윤동주 연구

실존의식과 서지자료를 중심으로

윤동주 연구

실존의식과 서지자료를
중심으로

김형태

역락

머리말

대학원 시절 논문 주제에 대해서 고민할 때, 가장 먼저 떠오른 이름이 '윤동주'였다. 그저 그가 좋았고 그의 시가 좋았다. 어쩌면 고등학교 시절 처음으로 그를 제대로 소개해준 문학 선생님 덕분인지도 모르겠다. 그러나 윤동주 관련 연구는 이미 워낙 많았기 때문에 과연 의미 있는 연구를 할 수 있을까 걱정이 되지 않을 수 없었다. 그러던 차에 우연히 윤동주 연구자인 김응교 교수님을 만나게 되었고, 교수님의 격려와 조언 덕분에 윤동주 연구를 시작할 수 있었다.

윤동주라는 우주는 참으로 넓었다. 그 속에서 수많은 인연들을 만났다. 김약연, 정재면, 문재린, 윤영춘, 송몽규, 문익환, 윤일주, 방정환, 윤석중, 강소천, 정지용, 백석, 이상, 박치우, 이영현, 엄달호, 강처중, 유영, 정병욱, 최현배, 정인보, 정인섭, 손진태, 이양하, 오지호, 김주경, 함석헌, 김교신, 김재준, 안병무, 강원룡, 문동환, 키에르케고어, 릴케, 도스토예프스키, 고흐, 본회퍼, 몰트만……. 이 책은 윤동주와 그 우주 속에서 만난 빛나는 별들에 대한 이야기이다. 대학원 시절에 쓴 학위논문과 졸업 이후 소소하게 연구한 논문들을 하나로 엮었다.

2015년 여름 대학원을 졸업할 때 주변에서 학위논문을 책으로 내라고 권해주셨지만, 스스로 보기에 부족함이 많아서 더 보완해서 책으로 내려고 했던 게 어느덧 8년이 훌쩍 지나버렸다. 너무 늦었다는 아쉬움이 크지만 지금이라도 세상에 내놓을 수 있어서 다행이라 여겨진다. 조금 더 잘 쓰고 싶었지만, 여기까지가 내 한계인 것도 같다. 다음에는 이 책을 토대로 조금은 더 말랑말랑한 윤동주 이야기를 쓰고 싶다. 부족하지만 부디 이 책이 누군가의 마음에 가 닿아서 조금이라도 세상에 보탬이 될 수 있기를 소망한다.

임수만, 나병철, 김응교, 류덕제, 박용찬, 류동규 교수님 등 여러 은사님들께 감사를 드린다. 여기에서 모든 이름을 부를 수는 없지만, 공부하는 과정에서 만난 소중한 벗들과 보잘것없는 원고를 이렇게 귀한 책으로 출판할 수 있도록 도와주신 역락 관계자분들에게도 감사를 드린다. 공부를 한다는 것은 누군가의 희생을 요구한다는 것을 뒤늦게 알게 되었다. 내 든든한 후원자이신 부모님과 사랑하는 안해 혜경, 그리고 두 아이 주한이, 한별이에게도 진심으로 감사의 마음을 전하고 싶다.

2023.10.31.

김형태

차례

머리말 _5

Ⅰ. 윤동주 시의 실존의식 연구

1. 서론 _15

1.1. 윤동주 시의 실존의식 _15

1.2. 선행연구 검토 _19

1.3. 윤동주 시와 종교·철학적 사유 _33

    1.3.1. 윤동주의 유고 시 _33

    1.3.2. 유신론적 실존주의, 조선적 기독교, 고난의 신정론 _34

2. 심미적 실존과 자기의식 _45

2.1. 심미적 실존과 초기 시 _46

    2.1.1. 심미적 실존 _46

    2.1.2. 초기 시의 배경 _48

2.2. 반성적 자기의식과 실존적 사유 _53

    2.2.1. 습작시 기록의 실존적 성격 _53

    2.2.2. 최초 시편의 반성적 자기의식 _55

    2.2.3. 삶에 대한 실존적 물음 _60

2.3. 무한한 공상과 절망 _70

    2.3.1. 무한성의 절망과 가능성의 절망 _71

    2.3.2. 심미적 실존의 절망과 아이러니 _78

2.4. 초기 시의 실존의식 _87

3. 윤리적 실존과 민족의식 _95

3.1. 윤리적 실존과 중기 시 _96
3.1.1. 윤리적 실존과 조선적 기독교 _96
3.1.2. 중기 시의 배경 _102

3.2. 현실 인식과 민족의식 _114
3.2.1. 사회적 약자와 퍼소나 _114
3.2.2. 민족적 현실과 제유·알레고리 _120
3.2.3. 민족의식과 윤리적 결단 _133

3.3. 분열의 심화와 절망 _140
3.3.1. 자기 분열의 심화 _141
3.3.2. 윤리적 실존의 절망 _158

3.4. 전통과 기독교의 융합 _164
3.4.1. 경천(敬天) 사상과 혼 사상 _165
3.4.2. 유교적 인의(仁義)와 기독교적 공의(公義) _176
3.4.3. 생태적 전통과 생태적 영성 _195

3.5. 중기 시의 실존의식 _207

4. 종교적 실존과 존재의 용기 _214

4.1. 종교적 실존과 후기 시 _215
4.1.1. 종교적 실존과 고난의 신정론 _215
4.1.2. 후기 시의 배경 _225

4.2. 신정론적 고뇌와 윤리적인 것의 정지 _227
4.2.1. 현실의 악(惡)과 침묵의 신정론 _228
4.2.2. 윤리적인 것의 정지와 항의의 신정론 _232
4.2.3. 아픔과 연대의 신정론 _239

4.3. 종교시의 신정론적 의미 _244
4.3.1. 자유의 양의성과 책임의 윤리 _245
4.3.2. 고통당하는 신과 대속적 고난의 윤리 _254
4.3.3. 종말론적 희망과 길 예비의 윤리 _264

4.4. 절대적 타자와 존재의 용기 _274
4.4.1. 신(神) 관계와 '자기 찾기'의 여정 _274

4.4.2. 자기 상실의 위협과 죄의식 _292

4.4.3. 존재의 용기 _310

4.5. 후기 시의 실존의식 _322

5. 윤동주 시의 정신사적 의미 _326

5.1. 전체주의와 종교적 실존 _327

5.1.1. 실존의식의 변화 과정 _327

5.1.2. 윤동주 시의 '종교적 실존' _330

5.2. 서구 근대 보편주의와 조선적 기독교 _333

5.2.1. 심층적 차원의 종교문화 _333

5.2.2. 윤동주 시의 '조선적 기독교' _335

5.3. 제국주의와 고난의 신정론 _336

5.3.1. 고난의 의미 _336

5.3.2. 윤동주 시의 '고난의 신정론' _338

6. 결론 _341

Ⅱ. 윤동주 관련 서지자료 연구

1. 서론 _349

2. 『어린이』, 『아이생활』 _351

2.1. 윤동주가 읽은 『어린이』와 『아이생활』 _351

2.1.1. 『어린이』, 『아이생활』의 발행과 필진 _353

2.1.2. 『어린이』의 애독자 송몽규, 『아이생활』의 필자 정재면, 윤영춘 _355

2.1.3. 윤동주와 『어린이』, 『아이생활』 필자들 _359

2.2. 습작 노트 기록의 동기 문제와 윤영춘 _363

2.2.1. 습작 노트의 기록과 시인으로서의 결단 _363

2.2.2. 윤동주와 청년 문필가 윤영춘 _364

2.2.3. 「조충혼」과 윤영춘의 회고 _369

2.3. 동요·동시 창작과 『정지용 시집』의 문제 _373

    2.3.1. 동요, 동시의 구분과 「내일은 없다」 _374

    2.3.2. "생애 최초로 쓴 동시"라는 문제 _376

    2.3.3. 『정지용 시집』의 문제와 『어린이』, 『아이생활』의 영향 _377

    2.3.4. 봉수리 주일학교와의 관련성 _380

2.4. 투르게네프의 「거지」 번역본과 산문시 「투르게네프의 언덕」 _381

    2.4.1. 투르게네프의 「거지」 미발굴 한글 번역본 _382

    2.4.2. 윤동주가 읽은 「거지」의 번역본 _384

    2.4.3. 자기비판의 패러디와 '反求諸己' _386

3. 『숭실활천』, 『가톨릭소년』 _390

3.1. 『숭실활천』의 발행과 필자 박치우 _392

    3.1.1. 『숭실활천』의 발행과 필진 _392

    3.1.2. 『숭실활천』 15호의 필자 박치우 _396

3.2. 『숭실활천』 15호와 「공상」, 「조개껍질」, 「이별」 _406

    3.2.1. 「공상」의 퇴고 흔적과 게재 의도 _406

    3.2.2. 「조개껍질」과 숭실학교 종교부 _412

    3.2.3. 「이별」의 "영현군"과 편집부원 이영현 _417

    3.2.4. 숭실학교 3학기에 쓴 시 _426

3.3. 『가톨릭소년』의 발행과 필자 엄달호, 강소천 _432

    3.3.1. 『가톨릭소년』의 발행과 필진 _432

    3.3.2. 『가톨릭소년』의 필자 엄달호와 강소천 _434

3.4. 『가톨릭소년』에 실린 동요·동시 8편의 퇴고 양상과 정본 확정 문제 _442

    3.4.1. 「병아리」의 경우 _444

    3.4.2. 「빗자루」의 경우 _448

    3.4.3. 「오줌싸개 지도」의 경우 _452

    3.4.4. 「무얼 먹구 사나」의 경우 _455

    3.4.5. 「거짓부리」의 경우 _458

    3.4.6. 「눈 삼제-눈, 개, 이불」의 경우 _461

4. 『조선일보』, 『소년』, 『문우』 _468

4.1. 『조선일보』에 게재된 「아우의 인상화」와 후기인상주의 미술 _469

    4.1.1. 『조선일보』의 〈학생 페이지〉 _469

    4.1.2. 〈아우의 인상화〉와 후기인상주의 미술 _471

  4.2. 윤동주의 스크랩북과 '동서고근 사상의 화충' _481

    4.2.1. 윤동주의 스크랩북과 조선 전통문화의 현대적 계승 _481

    4.2.2. '동서고근의 화충'과 조선학 운동 _483

  4.3. 『소년』과 「산울림」 _485

    4.3.1. 『소년』의 발행과 필진 _485

    4.3.2. 『소년』의 편집장 윤석중과 『소학생』 _488

    4.3.3. 『소년』에 게재된 「산울림」 _492

  4.4. 『문우』(1941.6)와 「새로운 길」, 「우물 속의 자상화」 _493

    4.4.1. 『문우』의 발행과 필진 _493

    4.4.2. 「새로운 길」과 「우물 속의 자상화」의 게재 의도 _500

5. 국어·문학 교과서 _506

  5.1. 윤동주 시의 교과서 수록 양상 _507

    5.1.1. 윤동주 시의 국어 교과서 수록 양상 _508

    5.1.2. 윤동주 시의 문학 교과서 수록 양상 _510

    5.1.3. 교육과정 시기별 작품 수록 양상과 작품별 빈도수 _517

  5.2. 윤동주 시 교육의 통시적 변화 양상 _520

    5.2.1. 1차 교육과정(1955-1963) _520

    5.2.2. 2차 교육과정(1963-1973) _522

    5.2.3. 3차 교육과정(1973-1981) _523

    5.2.4. 4차 교육과정(1981-1987) _525

    5.2.5. 5차 교육과정(1987-1992) _528

    5.2.6. 6차 교육과정(1992-1997) _529

    5.2.7. 7차 교육과정(1997-2007) _530

  5.3. 정리 및 제언 _532

6. 결론 _536

참고문헌 _538

I

윤동주 시의
실존의식 연구

1. 서론

1.1. 윤동주 시의 실존의식

　21세기를 살아가는 우리는 지금 인류 역사의 어디쯤에 서 있는 것일까? 돌아보면 20세기는 인류 역사상 유래없는 세계적인 전쟁의 시대로 시작하였고, 그 과정에서 서구 중심의 자본주의적 질서가 전 세계적으로 보편화되었다. 비판적 지식인들은 아우슈비츠·굴락·히로시마 등으로 상징되는 폭력성을 목도하면서 그것이 계몽주의 이후에 전개된 '근대성(modernity)'의 문제로 인한 것으로 진단하였고, 프랑스 68년 혁명 이후 '획일성', '전체성', '주체성', '역사성' 등에 내재된 근대적 이성의 폭력성으로부터 '다양성', '개별성', '타자성', '현재성' 등을 대안으로 제시하는 '탈근대성(postmodernity)'을 모색하는 방향으로 나아가고자 했다. 그럼에도 불구하고 기대했던 변혁은 온전히 일어나지 않았고, '근대성'에 대한 그 동안의 탈근대적 기획들조차 세계적 자본주의의 질서 속에서 '근대성'이 지닌 폭력성과 본질적으로 다르지 않게 기능하고 있음이 드러나고 있다. '신(神)의 죽음'과 더불어 '주체의 죽음'이 지적된 이후, 존재의 기반이 될 수 있는 '기준'과 '가치'마저도 모두 해체되어 버린 듯하다. 단지 "끝없이 개척하고 정복하려는 자율적이고 제국적인 근대적 자아가 상품을 거침없이 즐기기 위해 자기마저 착취하는 탈근대적 개인주의로 전환"¹되었을 뿐이다. 그리하여 '후기 자본주의', '소비사회', '위험사회', '유동하는 공포', '피로사회' 등[2]으로 묘사되는 우리 시대는 오랜 역사 속에서 인간이 그토록 꿈꾸어 왔던 '유토피아(utopia)'이기보다는 오히려 끔찍한 '디스토피아(distopia)'에 더 가까워 보인다.

어디에서부터 잘못되었을까? 우리에게 있어서 그것은 아마도 근대의 시작과 관련된 문제일 수 있다. 비서구인(非西歐人)인 우리에게 있어 '근대'란 단순한 시대 구분이 아니라 동양을 야만으로 규정하는 서양 문명을 모방하고 그 문명에 포섭되고자 하는 서구적 동일화의 과정이었다. 동아시아 대부분의 민족들이 그러했듯이 19세기 말에 처음으로 문호를 개방한 이후 조선은 심각한 정체성의 위기를 경험할 수밖에 없었다. 하지만 그것은 위기인 동시에 개인과 민족의 주체성을 재구성할 수 있는 기회이기도 했는데, 불행하게도 조선은 일본의 제국주의적 침략으로 인해 그 주체성을 재구성할 기회조차 온전히 가지지 못했다. 이때 조선이 직면한 위협은 이중적인 성격을 지니고 있었는데, 하나는 폭력적인 일본 제국주의였고 다른 하나는 서구 근대의 보편주의였다. 그리하여 조선은 굴욕적인 식민지의 경험 속에서 일본 제국주의와 서구 보편주의에 의해 주체성을 상실한 채로 자본주의적 세계 질서에 굴욕적으로 편입될 수밖에 없었다.

하지만 20세기 초 모든 조선인이 이러한 세계사적 흐름에 따라 굴종적으로 '자기'를 상실하고 제국에 의해 노예화되었던 것은 아니었다. 소수의 지식인들은 고난의 역사 속에서 치열하게 고뇌하며 자기와 민족의 주체성을 재구성하고자 노력했는데, 그 중에 한 사람이 바로 "암흑기 하늘의 별"[3]로 평가되는

---

1   Brian J. Walsh, Sylvia C. Keesmaat, 홍병룡 역, 『제국과 천국: 세상을 뒤집은 골로새서 다시 읽기』, IVP, 2011, 47-51쪽.

2   Ernest Mandel, 이범구 역, 『후기자본주의』, 한마당, 1985; Jean Baudrillard, 이상률 역, 『소비의 사회: 그 신화와 구조』, 문예출판사, 1991; Ulrich Beck, 홍성태 역, 『위험 사회: 새로운 근대(성)을 위하여』, 새물결, 2006; Zygmunt Bauman, 함규진 역, 『유동하는 공포』, 산책자, 2009; Han Byung-Chul, 김태환 역, 『피로사회』, 문학과지성사, 2002 참조.

3   백철은 윤동주를 1940년대 국문학사에서 빛나는 "암흑기 하늘의 별"로 평가하면서, 그가

시인 윤동주라고 할 수 있을 것이다. 물론 윤동주는 그의 비극적인 죽음으로 인해, 그리고 해방 이후 한국에 반일·반공 의식을 조장하려던 지배 권력에 의해서, 지나치게 신화적으로 미화된 측면도 없지 않다. 그럼에도 불구하고 우리가 거대한 문명사적 전환기였던 20세기 초의 역사로부터 무엇인가를 배울 수 있다면, 그 속에 시인 윤동주의 이름이 빠질 수 없을 듯하다. 문익환은 "그를 회상하는 것만으로 언제나 나의 넋이 맑아짐을 경험한다."라고 회상한 바 있다.[4] 그의 시에는 개인을 억압하고 착취하는 비인간적인 식민 통치 속에서 주체, 민족, 종교 등에 대해서 고뇌하는 시인의 '실존적인 사유'가 진솔하고도 서정적으로 형상화되어 있다. 이는 개인의 주체성을 거세시키고 불의한 현실에 대해 무감각하게 하며 근대 문명을 우상화하는 '제국의 언어'에 맞서, 주체를 형성하고 고통의 현실에 아파하며 제국의 허위를 폭로하는 시적 상상력이었다고 할 수 있다.

이러한 윤동주 시의 '실존의식'은 본질적으로 종교적 사유를 내포하고 있다. 근본적인 수준의 정신적 가치는 대개 종교적 가치를 수반하게 된다. 사실 문학은 그 자체의 성격이 본질적으로 '종교적'이라고 할 수 있다. 왜냐하면 "문학은 인간이 처한 실존적인 궁경(窮境)을 정밀하게 그려내면서도 인간이라면 누구나 가지고 있는 '상상'의 힘을 통하여 인간 존재의 변화와 그 궁경을 넘어서는 '자유'에로 독자를 초대하는데, 그것은 바로 종교적 '구원'의 다른 양태"[5]가 될 수 있기 때문이다. 따라서 윤동주의 실존의식은 그 종교

민족적 순교자와 시인의 두 여건 위에서 시를 썼다고 보았다(백철, 「암흑기 하늘의 별」, 『하늘과 바람과 별과 시』, 정음사, 1968).

4 문익환, 「동주 형의 추억」, 『하늘과 바람과 별과 시』, 정음사, 1968.

5 정진홍, 「문학과 종교」, 『문학과 종교』 제6권 2호, 한국문학과종교학회, 2001, 115-116쪽. 인간의 역사 속에는 신의 존재 여부와 상관없이 언제나 인간 의식 깊은 곳에 '신이 있다'고 믿는 태도와 '신이 없다'고 믿는 태도의 현실성이 실존해 왔다. 루마니아의 종교학자 미르치아 엘리아데(Mircea Eliade)는 이러한 인간 존재양태의 다른 두 측면을 '성(聖, sacred)'과 '속(俗, profane)'으로 규정하고, 이 두 겹으로 된 '상반되는 것의 공존(coincidentia oppositorum)'이 인간의 실존적 상황이며, 모든 인간은 근원적으로 종교적일 수밖에 없는 존재,

적 사유를 배제하고 접근해서는 그 본질을 제대로 파악하기 어렵다. 물론 근대 이후를 살아가는 우리 시대에 종교적 담론에 대해 이야기하는 것은 다시 전근대적인 시대로 돌아가자는 것이 아니다. 그것은 종교적 담론 내에 존재하는 인류의 지혜를 기억하자는 것이고, 현대의 실존적 궁경(窮境)을 극복하기 위하여 근대의 전개과정에서 밀려난 이성의 타자를 복원하자는 것이며, '작은 이야기(petit rcit)'와 더불어 '큰 이야기(grands rcit)'도 함께 하자는 것이다.[6]

이런 측면에서 종교·철학적 사유를 내포하는 윤동주 시의 '실존의식'은 현대인들이 잃어버린 정신적 가치로서 현재의 탈근대적 위협을 넘어서는 하나의 실마리가 될 수 있을 듯하다. 그의 시에 나타나는 치열한 자기 인식과 자기 형성의 실존적 고뇌, 잃어가는 민족 전통을 복원하고 재구축하고자 하는 의지, 타자의 고통에 대한 슬픔과 그 고통에 참여하며 현실을 변혁하고자 하는 열정 등은 '자기'를 상실하고 전통과의 단절을 경험하며 타자의 고통에 무감각하게 되어 버린 우리 시대에 다시 복원되어야 할 정신적 가치가 아닌가 한다. 따라서 이 책은 이러한 관점으로 윤동주 시의 실존의식을 살피면서 그 종교·철학적 사유가 지니는 정신사적 의미를 규명하고자 한다.

즉 '종교적 인간(homo reliosus)'이라고 보았다(Mircea Eliade, 이은봉 역, 『성과 속』, 한길사, 1998, 47-54쪽). 그에 의하면 종교는 '존재의 드러남'(ontophany)이라고 할 수 있는 '거룩한 것(聖)에 대한 경험'인데, 그것이 실존 주체에게 의미를 지니고 있는 한 그것은 '경험적 실재'이자 '문화적 실재'가 된다. 또한 20세기 독일의 종교·철학자 폴 틸리히(Paul Tillich)는 "종교는 인간 정신생활의 특수한 기능이 아니라, 그 모든 기능 속에 있는 심층의 차원이다."라고 말했는데, 그가 말하는 종교는 명목적인 특정 종교 너머에 있는, 일상적이고 실질적인 정신적 삶의 한 요소라고 할 수 있다(Paul Tillich, 남정우 역, 『문화의 신학』, 대한기독교서회, 2009, 16쪽). 아울러 그는 "종교는 문화의 실체요, 문화는 종교의 형식이다."라고 하면서, 모든 문화의 바탕에는 그 문화를 형성하는 사회 구성원들의 궁극적 관심으로서의 종교가 문화의 '실체'로서 내재해 있다고 보았다(Paul Tillich, 김경수 역, 『조직신학 3』, 성광문화사, 1986, 52쪽).

6   김용규, 『서양문명을 읽는 코드 신』, Humanist, 2010, 808쪽.

1.2. 선행연구 검토

그 동안 윤동주에 대한 연구는 매우 활발하고 다각적인 측면에서 이루어져
왔기 때문에 여기에서 모든 연구들을 살펴볼 수는 없다.[7] 여기에서는 각 시기
별로 의미 있는 윤동주 연구들을 개략적으로 검토해 보고자 한다.

우선 윤동주에 대한 최초의 언급은 1947년『경향신문』의 주간(主幹)이었던
정지용에 의해「쉽게씌워진詩」의 소개글 형식으로 이루어졌고,[8] 1948년 정
음사에서 유고 시 31편을 묶어『하늘과 바람과 별과 시』를 간행하였다.[9]
그리고 1954년에 윤동주 시에 대한 최초의 비평으로 평가받는 고석규의「윤
동주의 정신적 소묘」[10]가 발표되었고, 1960년대에 이상비,[11] 이유식,[12] 김열
규,[13] 최홍규[14] 등에 의해서 윤동주 시에 관한 연구가 본격화되었다. 또한
1967년도판『하늘과 바람과 별과 시』에 백철, 박두진, 문익환, 장덕순 등의
글이 더해졌는데, 이도 윤동주 연구에 있어서 소중한 자료라고 할 수 있다.[15]

1970년대에는『나라사랑』,『문학사상』,『심상』,『크리스찬 문학』등의
잡지들을 중심으로 많은 연구자들이 다양한 논의를 펼쳤는데, 대체로 '저항
성'의 문제를 중심으로 윤동주의 문학사적 위치에 대한 논의가 많이 이루어
졌다. 김흥규[16]는 전기에서 후기에 이르기까지 윤동주 시 전체의 특징과 변화

7 　이남호,『윤동주 시의 이해』, 고려대학교 출판부, 2014 참조. 이남호는 이 책의 부록으로
　　최근까지의 윤동주 연구 목록을 상세하게 정리하고 있어서 참고할 만하다.
8 　정지용,「쉽게 씌워진 시」,『경향신문』, 경향신문사, 1947.2.23.
9 　1948년 정음사에서 간행된 윤동주 유고시집『하늘과 바람과 별과 시』는 이후 1955년과
　　1976년에 각각 작품을 추가한 중판과 3판이 간행되었다.
10 　고석규,「윤동주의 정신적 소묘」,『초극』, 삼협문화사, 1954.
11 　이상비,「시대와 시의 자세」,『자유문학』11·12월호, 한국자유문학자협회, 1960.
12 　이유식,「아웃사이더적 인간성」,『현대문학』9(10), 현대문학사, 1963.
13 　김열규,「윤동주론」,『국어국문학』27, 국어국문학회, 1964.
14 　최홍규,「존재와 생성의 역(域)」,『세대』3(8), 세대사, 1965.
15 　윤동주,『하늘과 바람과 별과 시: 윤동주 시집』, 정음사, 1968.

양상을 세밀하게 살피면서 "화해의 세계", "갈등의 세계", "미완의 긴장" 등을 그 특징으로 언급하였는데, 이 시기 윤동주 연구의 중요한 성과로 평가된다. 또한 김윤식[17]은 창작 날짜 기록의 중요성을 언급하면서 전기적 사실과 관련된 시 해석, 정지용과의 관계, 북간도 이민자의 '고향' 체험, 서구 독서 체험과 기독교, '천체 미학'의 분석 등을 거론하며 윤동주론의 방향을 제시하였다. 그리고 오세영[18]은 윤동주가 우리 시사(詩史)에서 청록파와 대비되는 모더니즘 계열의 전통을 계승하는 위치에 있다는 의견을 제시하였고, 윤동주 시의 '저항성'에 대해서 강한 문제를 제기하였다. 한편 이 시기 잡지에는 윤동주와 관련된 중요한 증언과 기록들이 공개되었다. 1976년에는 『나라사랑』[19]의 '윤동주 특집호'에 윤영춘, 김정우, 박창해, 정병욱, 장덕순, 윤일주 등의 증언이 실렸고, 그동안 게재 유보되었던 시 23편이 유고 시집에 추가 수록되었다. 『문학사상』[20]에 일본인 우지고 츠요시(宇治鄕毅)의 도움으로 발견된 『특고월보(特高月報)』(1943년 12월)의 윤동주 재판 판결에 대한 기록이 공개되었다.

1980년대에는 윤동주의 전기적 사실에 중점을 두었던 이전 연구들에 비해 개별 작품 해석에 중점을 두면서 상징, 이미지, 기호론 등의 새로운 방법론이 제시되었다. 최동호[21]는 '물의 이미지'를 중심으로 윤동주 시의 의식세계를

16   김흥규, 「윤동주론」, 『창작과 비평』 9(3), 창작과비평사, 1974.

17   김윤식, 「윤동주론 − 어둠속에 익은 사상」, 『한국근대작가논고』, 일지사, 1974; 김윤식, 「윤동주론의 방향」, 『심상』 17, 심상사, 1975; 김윤식, 「한국 근대시와 윤동주」, 『나라사랑』 23집, 외솔회, 1976.

18   오세영, 「윤동주의 문학사적 위치」, 『현대문학』 21권 4호, 현대문학사, 1975; 오세영, 「윤동주 시는 저항시인가?」, 『문학사상』 43, 문학사상사, 1976.

19   『나라사랑』 23권(1976년 여름호)에는 다음의 글들이 실려 있다.
      윤영춘, 「명동촌에서 후꾸오까까지」; 김정우, 「윤동주의 소년 시절」; 유영, 「연희전문 시절과 윤동주」; 박창해, 「윤동주를 생각함」; 정병욱, 「잊지 못할 윤동주의 일들」; 장덕순, 「윤동주와 나」; 윤일주, 「윤동주의 생애」

20   문학사상 자료조사연구실, 「윤동주에 대한 일경극비비취조문서」, 『문학사상』, 문학사상사, 1977.

규명하였고, 마광수[22]는 '상징적 표현'을 분석하여 각 상징유형에 나타난 윤동주의 의식세계와 시의 특질을 분석하였으며, 이사라[23]는 윤동주 시에서 작용하고 있는 매개기능을 통해서 문학 언어가 시적 언어가 되어 가는 기호 작용의 과정을 살폈다. 또한 박이도[24]는 윤동주 시의 '기독교 의식'을 분석하였고, 이진화[25]는 윤동주 시의 특질을 내면적 편향에 두고 '자의식'의 양상을 규명하였으며, 이남호[26]는 의도주의의 입장에서 윤동주 시에 나타나는 '갈등의 양상'을 통해 자아의 발전적 과정을 밝히고자 하였다. 또한 이 시기 『현대시』특집으로 발표된 글들이 주목할 만한데, 여기에서 김현자[27]는 '자의식의 공간', '바람과 별의 이항대립', '부정과 긍정의 매개항' 등을 통해 윤동주 시의 화해의식을 분석했고, 김재홍[28]은 윤동주의 대표시를 검토하면서 그의 시의 가치가 저항성에 있는 것이 아니라 자아의 적나라한 존재론적 고뇌를 투명한 서정으로 끌어올린 데 있다고 보았다. 또한 이 특집에서 박호영[29]은 윤동주 시의 저항시 여부에 대한 기존 논의에 강한 문제를 제기했고, 홍정선[30]은 윤동주론에 대한 그 동안의 연구를 포괄적으로 정리하며 윤동주 시의 의미를 규명하고자 하였다. 한편 이 시기에는 송우혜의 『윤동주 평전』[31]이

---

21 최동호, 「한국현대시에 나타난 물의 심상과 의식의 연구: 김영랑, 유치환, 윤동주의 시를 중심으로」, 고려대학교 박사학위논문, 1981.

22 마광수, 『윤동주 연구: 그의 시에 나타난 상징적 표상을 중심으로』, 정음사, 1984.

23 이사라, 「윤동주 시의 기호론적 연구—이항대립에 있어서의 매개기능을 중심으로」, 이화여자대학교 박사학위논문, 1987.

24 박이도, 「한국 현대시에 나타난 기독교의식—윤동주, 김현승, 박두진의 시」, 경희대학교 박사학위논문, 1984.

25 이진화, 「윤동주 시 연구—자아 인식의 양상을 중심으로」, 서울대학교 석사학위논문, 1985.

26 이남호, 「윤동주 시의 의도 연구」, 고려대학교 박사학위논문, 1986.

27 김현자, 「대립의 초극과 화해의 시학」, 『현대시』 1집, 문학세계사, 1984.

28 김재홍, 「자기 극복과 초인에의 길」, 위의 책.

29 박호영, 「윤동주론의 문제점—저항성 여부」, 위의 책.

30 홍정선, 「윤동주 시연구의 현황」, 위의 책.

31 송우혜, 『윤동주 평전』, 열음사, 1988. 이 책은 초간본이 나온 이후, 개정판이 지속적으로

출판되면서 윤동주의 전기적 사실들이 상세하게 소개되었고, 오오무라 마스오에 의해서 윤동주의 무덤과 사적들이 발견되고 자필시고와 독서력 등의 연구가 시작되면서 실증적 연구의 중요성이 부각되었다.[32] 또한 이 시기에는 윤동주 시에 대한 번역 시집들이 출판되면서 윤동주의 시가 해외에 소개되기 시작했다.[33]

1990년대에는 윤동주 시에 대한 어느 정도의 합의가 이루어지면서 잡지보다는 학회지나 학위논문을 중심으로 새롭고 다양한 연구들이 시도되었다. 이숭원[34]은 윤동주 시의 자아 변모 양상을 정밀하게 논의하였고, 박의상[35]은 '자기화 과정'에 대해 사회심리학적 접근을 시도하였으며, 최문자[36]는 '원형

출간되었다. 1차 개정판은 소련이 해체되면서 냉전체제에서 다룰 수 없었던 좌익인사 강처중에 대한 내용을 추가하여 1998년 '세계사'에서 출판되었고, 2차 개정판은 일본인 야나기하라 야수코(楊原泰子)가 제공한 윤동주의 릿쿄대학 시절 관련 내용을 보완하여 2004년 '푸른역사'에서 출판되었으며, 3차 개정판은 저자가 기존 윤동주 연구논문에서 잘못 이해하고 있다고 판단한 부분(윤동주가 '동시'를 쓰게 된 계기와 창씨개명과 관련된 내용)을 보완하고 <부록>에 『윤동주 평전』의 뒷이야기와 초간본·제1차 개정판·제2차 개정판의 머리말을 추가하여 2014년 '서정시학'에서 출판되었다.

32　일본인 학자 오오무라 마스오는 윤동주 연구에 있어서 한국학계가 간과하고 있었던 실증적 연구의 중요성을 여실히 보여준 인물이다. 그는 80년대에 윤동주의 사적을 답사하면서 윤동주의 묘소와 묘비를 찾아내었고, 윤동주의 학적부와 독서 이력을 세밀하게 연구했으며, 이후 『(사진판) 윤동주 자필 시고전집』 발간에 중추적인 역할을 담당했다. 오오무라 마스오, 『윤동주와 한국문학』, 소명출판, 2001 참조.

33　이 시기의 대표적인 번역시집은 다음과 같다. 이부키 고(伊吹 郷)의 일역시집 『空と風と星と詩』(1984), 임병선의 프랑스어 번역시집 『le ciel. le vent. les stoiles et la poeses』(1988), 김채령의 영어 번역시집 『Heaven. the Wind. Stars and Poems』(1889). 이후 90년대에도 최문식·김동훈 편, 紫荆의 한중대역 시집 『尹東柱遺詩集』(1996), Mesini Pierre의 『ciel. Vent. etoiles et Poems』(1997) 등이 출판되었다. 이 중에서 이부키 고의 경우 일본의 유명작가 이바라기 노리코의 수필작품에 인용되면서 일본 고등학교 교과서에 윤동주의 시가 소개되기도 했다.

34　이숭원, 「윤동주 시에 나타난 자아의 변화 양상」, 『국어국문학』 107, 국어국문학회, 1992.

35　박의상, 「윤동주 시의 사회심리학적 연구」, 인하대학교 박사학위논문, 1993.

36　최문자, 「윤동주 시 연구－기독교적 원형 상징의 수용을 중심으로」, 성신여자대학교 박사학위논문, 1995.

상징'을 중심으로 윤동주 시의 기독교적 사상을 규명하고자 했다. 그리고 1995년에는 윤동주 서거 50주년을 기념하여 새로운 유고가 추가된 윤동주 전집과 기존의 주목할 만한 연구들이 정리되어 『서거 50주년 윤동주 전집』이 출판되었고,[37] 기존의 연구 성과를 기반으로 하여 구마키 쓰토무,[38] 조승기,[39] 김의수,[40] 김일남,[41] 정재규,[42] 강성자,[43] 왕신영,[44] 이경숙,[45] 문현미[46] 등이 비교문학적 측면에서의 논의를 활발하게 시도하였다. 특히 이 시기에 오오무라 마스오, 왕신영, 심원섭, 윤인석 등의 국내외 학자들과 유족들이 윤동주의 직필초고와 퇴고과정을 사진으로 담은 『(사진판) 윤동주 자필 시고전집』[47]을 출간하였는데, 이는 정본 확정에 대한 강한 문제의식을 바탕으로 윤동주 연구의 새로운 전환기를 마련하는 계기가 되었다.

2000년대 이후에도 윤동주 시 연구는 활발히 진행되었는데, 『(사진판) 윤동주 자필 시고전집』 발간 이후 홍장학,[48] 박종찬[49] 이복규[50] 등에 의해서 정본

---

37 권영민 편, 『서거 50주년 윤동주 전집 1 — 하늘과 바람과 별과 시』·『서거 50주년 기념 윤동주 전집 2 — 윤동주 연구』, 문학사상사, 1995. 1권에는 시 97편과 산문 4편을 실었고, 2권에는 13명의 연구 논문과 기타 주요 참고 자료를 실었다.

38 구마키 쓰토무, 「윤동주 시의 비교 문학적 연구」, 숭실대학교 석사학위논문, 1990.

39 조승기, 「한국현대시에 나타난 비극적 서정성 연구: 이육사와 윤동주 시의 전통적 맥락을 중심으로」, 성균관대학교 박사학위논문, 1990.

40 김의수, 「윤동주 시의 해체론적 연구」, 『현대문학연구』 132, 한국비교문학회, 1991.

41 박호용, 「백석과 윤동주 시의 비교연구」, 한국외국어대학교 석사학위논문, 1992.

42 정재규, 「이육사와 윤동주 시의 비교연구」, 부산대학교 석사학위논문, 1992.

43 강성자, 「서정주와 윤동주 시의 자의식 비교」, 한국교원대학교 석사학위논문, 1993.

44 왕신영, 「윤동주와 다찌하라 마찌조」, 『비교문학』 별권, 한국비교문학회, 1998.

45 이경숙, 「윤동주 시의 발전과정 연구 — 정지용 시와의 비교를 중심으로」, 인하대학교 석사학위논문, 1999.

46 문현미, 「윤동주의 나르시즘적 존재론 — 윤동주와 릴케 시문학의 거울 모티브를 중심으로」, 『한국시학연구』 2호, 한국시학회, 1999.

47 왕신영·심원섭·윤인석·오오무라 마스오, 『(사진판) 윤동주 자필 시고전집』, 민음사, 1999.

48 홍장학, 「윤동주 시 다시 읽기 — 원전과 상호텍스트성(INTERTEXTUALITY) 연구」, 서강대학교 석사학위논문, 2002; 홍장학, 『(정본 윤동주 전집) 원전 연구』, 문학과지성사, 2004.

확정과 관련된 연구들이 본격적으로 시작되었고, 홍장학,[51] 연세대학교,[52] 최동호[53] 등에 의해서 『사진판』을 토대로 윤동주 정본 시집이 새롭게 발간되었다. 또한 최숙인,[54] 조재수,[55] 최윤정,[56] 이황직,[57] 최은성,[58] 최종환,[59] 왕신영,[60] 임수만[61] 등의 논의를 중심으로 다양한 방법론이 계속해서 시도되었고, 남송우,[62] 이상섭,[63] 권오만,[64] 지현배,[65] 류양선[66] 등에 의해서 그 동안의 연구 성과들이 정리되어 출판되었다. 한편 최근에 주목되는 잡지는 『다시올문학』과 『기독교사상』이다. 『다시올문학』에는 2008년부터 26회에 걸쳐 류양선의 윤동주 평론 「윤동주 시 깊이 읽기」가 연재되고 있는데,[67] 특히 2013년

---

49   박종찬, 「윤동주 시 판본 비교 연구: 『자필 시고전집』 및 재판본을 중심으로」, 연세대학교 교육대학원 석사학위논문, 2003.

50   이복규, 「윤동주의 이른바 '서시'의 제목 문제」, 『한국문학논총』 61, 한국문학회, 2012.

51   윤동주, 홍장학 편, 『정본 윤동주 전집』, 문학과지성사, 2004.

52   윤동주, 연세대학교출판부 편, 『하늘과 바람과 별과 詩: 원본대조 윤동주 전집』, 연세대학교 출판부, 2006. 이 책은 윤인석, 심원섭, 정현기, 정현종 등의 주도로 발간되었다.

53   윤동주, 최동호 편, 『하늘과 바람과 별과 詩: 육필원고 대조 윤동주 전집』, 서정시학, 2010.

54   최숙인, 「제3세계 문학과 탈식민주의─필리핀의 호세 리잘과 한국의 윤동주」, 한림대학교 박사학위논문, 2000.

55   조재수, 『윤동주 사전: 그 시 언어와 표현』, 연세대학교 출판부, 2005.

56   최윤정, 「윤동주 시 연구」, 『한국문학이론과 비평』 43, 한국문학이론과 비평학회, 2009.

57   이황직, 「근대 한국의 윤리적 개인주의 사상과 문학에 관한 연구: 정인보, 함석헌, 백석, 윤동주를 중심으로」, 연세대학교 박사학위논문, 2002.

58   최은성, 「윤동주 '서시'의 텍스트언어학적 분석 연구」, 고려대학교 석사학위논문, 2002.

59   최종환, 「현대시에 나타난 기독교 죄의식의 심리학적 연구─윤동주, 김종삼, 마종기의 시를 중심으로」, 경희대학교 박사학위논문, 2003.

60   왕신영, 「윤동주와 일본의 지적 풍토」, 고려대학교 박사학위논문, 2007.

61   임수만, 「윤동주 시의 실존적 양상: 절망과 불안, 그리고 존재에의 용기」, 『한국현대문학연구』 24, 한국현대문학회, 2008.

62   남송우, 『(윤동주 시인의) 시와 삶 엿보기』, 부경대학교 출판부, 2007.

63   이상섭, 『윤동주 시 자세히 읽기』, 한국문화사, 2007.

64   권오만, 『윤동주 시 깊이 읽기』, 소명출판, 2009.

65   지현배, 『윤동주 시 읽기』, 한국학술정보, 2009.

66   류양선, 『순결한 영혼 윤동주』, 북페리타, 2015.

겨울호에 한·중·일 여러 발표자들의 글이 「윤동주 시인을 기억하며」란 제목의 특집[68]으로 실렸다. 또한 『기독교사상』에는 2013년부터 2015년까지 김응교의 윤동주 평론 「윤동주와 걷는 새로운 길」이 25회에 걸쳐 연재되었다.[69]

이상의 연구들은 크게 정신사적 측면에서의 연구, 전기적 사실에 대한 연구, 문학사적 위치에 관한 연구, 비교문학적 연구, 정본 확정에 관한 연구, 형식적 측면의 연구 등으로 나눌 수 있다. 이 중에서 정신사적 측면에서의 연구는 다시 크게 주체성, 저항성, 종교성 등에 대한 연구로 나누어 볼 수 있다.

---

67 류양선, 「윤동주 시 깊이 읽기」, 『다시올문학』, 1-26, 다시올, 2008-2015.

68 『다시올문학』 2013년 겨울호 '윤동주 특집'에 발표된 글은 다음과 같다. 김경훈, 「윤동주 시의 시간의식 연구」; 김혁, 「더기 아래 윤동주의 집」; 리순옥, 「나의 시로 감지하는 조선족 삶의 풍경 및 윤동주 시인의 정신미에 관통하여」; 박은희 역, 「윤동주의 對稱性 思想의 형성: 1936년 초여름의 시를 중심으로」; 박은희 역, 「宋夢圭에 대한 관결문」; 아이자와 가크, 「시인의 목숨: 윤동주의 시를 생각하며」; 콘다니 노부코, 박은희 역, 「시인 윤동주 기억과 화해의 비석」건립 運動의 現狀과 과정에서 공개된 윤동주와 송몽규의 판결문에 대하여」; 콘다니 노부코·미즈노 나오키·안자이 이쿠로, 박은희 역, 「'시인 윤동주 기억과 화해의 비석' 건립운동의 현상과 공개된 재판자료의 의미에 대하여」; 미즈노 나오키, 왕신영 역, 「윤동주는 '창씨개명'을 했는가」; 다나카 유운, 이은정 역, 「어둠을 뚫고 나아가는 사랑의 시경(詩境)」; 야나기하라 야스코, 이은정 역, 「시인 윤동주, 동경시대의 하숙과 남겨진 시」; 김우종, 「윤동주尹東柱의 문학적 순교와 부활」; 류양선, 「하늘에 올리는 제물: 육필자선시집『하늘과 바람과 별과 시』」; 송우혜, 「『윤동주 평전』에 담긴 뒷이야기」; 왕신영, 「『윤동주 자필 시고 전집』에 관한」; 유시경, 「윤동주 시 낭독 CD '하나'와 윤동주 장학금」; 윤인석, 「큰아버지의 유고와 유품이 연세에 오기까지」; 이은정, 「아름다운 청년시인 윤동주, 그리고 그를 사랑하는 아름다운 사람들」; 정과리, 「윤동주가 우리 마음속에 생생히 살아 있다는 사실의 의미: <윤동주의 시세계>」; 조영환, 「아스라한 존재들의 초대: 윤동주 문학기행」

69 김응교, 「윤동주와 걷는 새로운 길: 1-25」, 『기독교사상』 650-664, 대한기독교서회, 2013-2015. 이외에도 다음과 같은 김응교의 윤동주 연구들이 있다. 김응교, 「일본에서의 윤동주 인식: 이부키 고, 오오무라 마스오, 이바라기 노리코의 경우」, 『한국문학이론과 비평』 43, 한국문학이론과 비평학회, 2009; 김응교, 「만주, 디아스포라 윤동주의 고향」, 『한민족문화연구』 39, 한민족문화학회, 2012; 김응교, 「릿쿄대학 시절, 윤동주의 유작시 다섯 편」, 『한민족문화연구』 41, 한민족문화학회, 2012; 김응교, 「'별 헤는 밤'과 엠마누엘 레비나스의 타자」, 『(문학과 숨은 신) 그늘』, 새물결플러스, 2012.

윤동주 시의 '주체성'에 대한 연구는 그의 시에 끊임없이 나타나는 자기에 대한 실존적인 성찰과 결부된 것이다. 이 분야에서 주목되는 것은 김흥규,[70] 김우창,[71] 이진화,[72] 김남조,[73] 이남호,[74] 이숭원,[75] 임수만,[76] 구마키 쓰토무[77] 등의 연구라고 할 수 있는데, 이 연구들로 인해서 윤동주 시의 변천 과정과 갈등 전개에 대한 합의가 어느 정도 이루어졌다고 볼 수 있다. 또한 윤동주 시의 '자기의식'과 서양 근대의 '자기의식'을 철학적으로 대비시킨 김상봉[78]의 연구도 주목할 만하다. 한편 2000년대 이후에 와서는 탈근대적인 관점에서 윤동주 시의 '주체성'이 새롭게 조명되었다. 최윤정,[79] 구모룡,[80] 임현순,[81] 김창환,[82] 오문석,[83] 곽명숙,[84] 장철환[85] 등은 윤동주 시에 나타난 주체의 양상

---

70   김흥규, 앞의 글.

71   김우창, 앞의 글, 206-222쪽. 이 글에서 김우창은 윤동주의 시를 "심미적 발견을 통한 윤리적 완성"이라고 보았다.

72   이진화, 앞의 글.

73   김남조, 「윤동주 연구─자아 인식의 변모 과정을 중심으로」, 『현대문학』, 현대문학, 1985.8.

74   이남호, 앞의 글.

75   이숭원, 앞의 글.

76   임수만, 앞의 글.

77   구마키 쓰토무, 앞의 글.

78   김상봉, 「윤동주와 자기의식의 진리」, 『코기토』 69, 부산대학교 인문학연구소, 2011.

79   최윤정, 앞의 글.

80   구모룡, 「윤동주의 시와 디아스포라로서의 주체성」, 『현대문학이론연구』 43, 현대문학이론학회, 2010.

81   임현순, 『윤동주 시의 상징과 지기의 해석학』, 지식산업사, 2009.

82   김창환, 「윤동주 시 연구─윤리적 주체의 형성과정과 타자현상을 중심으로」, 연세대학교 석사학위논문, 2003.

83   오문석, 「윤동주와 다문화적 주체성의 문학」, 『한국근대문학연구』 25, 한국근대문학회, 2012.

84   곽명숙, 「윤동주 문학 연구의 트랜스내셔널적 가능성」, 『한중인문학연구』 37, 한중인문학회, 2012.

85   장철환, 「대문자 윤동주와 저항의 심도─윤동주 후기시의 타자인식을 중심으로」, 『비교한국학』 22, 국제비교한국학회, 2014.

을 탈식민성, 타자성, 상징해석학, 디아스포라, 다문화, 트랜스내셔널 등의 개념을 통해 새롭게 고찰하였다.

'저항성'에 대한 연구는 이상비 이래로 백철, 김윤식, 김우종 등에 의해서 윤동주 연구 초기부터 지속적으로 강조되어 왔다. 이상비는 4.19 직후의 시대적 분위기 속에서 '윤동주의 피맑은 반항의 태도'가 시인이 지녀야 할 마땅한 태도라고 주장하였고,[86] 해방 후 한국 현대문학사를 최초로 기술한 백철은 윤동주의 존재로 인해 1940년대를 '암흑기'가 아닌 '레지스탕스의 시기'로 바꾸겠다고 말하였다.[87] 또한 김윤식은 윤동주를 식민지 후기의 고난을 '부끄러움의 미학'으로 극복하고 있는 대표적인 저항시인으로 규정하였고,[88] 김우종은 윤동주의 시를 일제말 '암흑기'에 '민족적 저항정신과 순교적 사명정신이 뜨겁게 나타난 유일한 문학'이라고 하였다.[89] 이로 인해 "그에게 바쳐진 수많은 글 속에서 윤동주와 그의 시는 이해되기보다는 훨씬 더 많이 회고, 찬양되었다."라고 한 김흥규의 언급처럼, 윤동주는 "암흑기 하늘의 별", "레지스탕스", "겨레의 스승", "암흑기 최후의 별" 등으로 추앙되었다. 하지만 이러한 견해에 대하여 오세영[90]은 작품이 발표된 시기, 작품 자체의 내용, 시어의 기능, 작가의 삶 등을 검토하면서 윤동주 시의 저항성에 대해 본격적으로 문제를 제기하였고, 마광수[91]는 윤동주를 '저항 시인'이 아니라 '휴머니스트'로 규정하였다. 이후에도 윤동주 시의 저항성은 끊임없이 논란의 대상이 되었다. 이에 대해 박호영[92]은 윤동주가 저항 시인이냐 아니냐 하는 주장

---

86 이상비, 앞의 글.

87 백철, 앞의 글.

88 김윤식, 『한국문학사』, 민음사, 1974, 207-209쪽.

89 김우종, 「암흑기 최후의 별-그 문학사적 위치」, 『문학사상』, 문학사상사, 1976.4, 188-196쪽.

90 오세영, 앞의 글.

91 마광수, 앞의 책. 마광수는 윤동주의 '저항성'을 정치·사회적 저항이 아니라 "자기 내면 또는 본능적 자의식과의 끊임없는 투쟁"으로 보았다(위의 책, 12쪽).

은 양쪽 모두 논지의 무리가 따를 수밖에 없음을 검토하며 윤동주 시의 철학적 깊이에 대한 논의의 필요성을 언급하였고, 허정[93]은 윤동주의 시가 한국의 내표석인 저항시가 된 것은 체제의 모순을 은폐하기 위해 반공주의와 반일주의를 효과적으로 이용한 지배 권력의 정치적 담론 때문임을 예리하게 지적하였다. 하지만 윤동주 시의 저항성과 관련된 연구들은 여전히 지속되고 있는데, 최근에 와서는 비교문학적 관점에서 다른 나라의 저항 시인들과 비교하거나,[94] 그의 저항성을 탈민족적인 관점에서 새롭게 접근한 연구들이 나타나고 있다.[95]

'종교성'과 관련된 연구는 주로 윤동주가 기독교적 환경에서 성장했다는 전기적 사실과 그의 시에 나타나는 기독교적 사유에 기반하고 있다. 마광수[96]는 윤동주가 종교 상징을 통하여 기독교 원죄의식과 종말론적 역사관을 보여준다고 했고, 최문자[97]는 기독교적 원형 이미지와 그에 대응되는 기독교 사상을 상세하게 분석하였다. 또한 유성호[98]는 윤동주의 시를 자기 자신에 대한 성찰과 윤리적 자기 완성을 지향하는 '종교적 상상력'으로 보았고, 김옥성[99]

---

92   박호영, 앞의 글.

93   허정, 「윤동주의 저항시 담론과 해석」, 『한국시문학』 16, 한국시문학회, 2005; 허정, 「윤동주 시의 정전화와 민족주의 지평 넘기」, 『어문논총』 51, 한국문학언어학회, 2009.

94   김석원, 「쉐브첸코와 윤동주의 역사의식, 저항정신」, 『슬라브 연구』 13, 한국외국어대학교 외국학종합연구센터 러시아연구소, 1997; 최숙인, 앞의 글; 최성은, 「폴란드 콜롬부스 세대와 윤동주의 저항시 비교 연구」, 『동유럽발칸학』 4권 2호, 한국동유럽발칸학회, 2002.

95   조혜진, 「인문학적 상상력과 서사전략 – 윤동주 시에 나타난 윤리적 개인으로서의 타자성 연구」, 『한국문예비평연구』 36, 2011; 남기혁, 「윤동주 시에 나타난 윤리적 주체와 저항의 의미」, 『한국시학연구』 36, 2013; 홍용희·유재원, 「분열의식과 탈식민성」, 『한국시학연구』 39, 한국시학연구, 2014.

96   마광수, 앞의 글.

97   최문자, 앞의 글.

98   유성호, 「한국현대시에 나타난 종교적 상상력의 의미」, 『문학과종교』 2(1), 한국문학과종교학회, 1997.

99   김옥성, 「윤동주 시의 예언자적 상상력 연구」, 『문학과종교』 15(3), 한국문학과종교학회, 2010.

은 윤동주의 시를 체제 비판적인 사유와 미적 상상이 결합된 '예언자적 상상력'으로 보았다. 그리고 김재진[100]은 윤동주 시상에 담겨진 신학적 특성을 '현재적 실존론적 종말사상'과 이웃을 위해 자기를 희생하는 '순교자적 서정'이라 보았고, 김응교[101]는 신학과 철학에 대한 깊은 이해를 바탕으로 개별 작품들의 면모를 정밀하게 설명하였다. 하지만 이창민[102]은 윤동주 시에 대한 종교적 비평이 가치 평가의 기준에서 합리적 타당성과 객관적 정당성을 훼손할 수 있다고 비판하기도 하였다. 한편 최근에는 기독교 이외의 종교적 사유들을 통해서 윤동주 시에 접근하는 시도들이 나타나고 있다. 마광수[103]와 오세영[104] 등이 동양적 전통과 윤동주 시의 관련성을 언급한 이래로, 엄국현,[105] 김응교[106] 등이 유교적 세계관을 통한 새로운 접근을 시도하였다.

이처럼 기존의 선행연구를 통해서 윤동주 시 세계에 대한 어느 정도의 합의가 이루어졌음에도 불구하고 이 책에서 다시 윤동주 시 세계에 주목하는 이유는 다음과 같은 문제의식 때문이다.

첫째, 선행연구들은 윤동주 시의 실존의식에 주목하면서도 그 변화의 과정을 정밀하게 살피지 못했다. 많은 연구들이 창작 순서와 상관없이 특정 주제에 따라 윤동주 시를 분석하면서 어느 성도의 성과를 거두었으나, 윤동주 시의 실존적 변화 과정을 온전하게 드러내지는 못하였다. 윤동주는 정직하게

100 김재진, 「윤동주 시상에 담겨진 신학적 특성」, 『신학 사상』 136, 한국신학연구소, 2007.

101 김응교, 「윤동주와 걷는 새로운길: 1~24」, 『기독교사상』 650-674, 대한기독교서회, 2013-2015.

102 이창민, 「윤동주론의 종교적 평가 기준 비판」, 『어문논집』 58, 민족어문학회, 2008.

103 마광수, 「동양적 자연관을 통한 '부끄러움'의 극복 ─ 대표시 <별 헤는 밤>의 구조 분석」, 권영민 편, 앞의 책 참조. 마광수, 『윤동주 연구』, 철학과현실사, 2005, 39쪽.

104 오세영, 「서시」, 『한국현대시 분석적 읽기』, 고려대학교 출판부, 1995, 249-259쪽.

105 엄국현, 「윤동주 시에 나타난 유교적 기독교와 종말론」, 『한국문학논총』 46, 한국문학회, 2007.

106 김응교, 「윤동주 시에서 만나는 맹자 ─ 「서시」를 읽는 한 방법」, 『기독교사상』 667, 대한기독교서회, 2014.

자기의 내면을 시로 형상화했고 시의 말미에 창작날짜를 기록해 놓았기 때문에, 그의 시에는 시간적 순서에 따라 일련의 의식 변화의 과정이 드러난다. 이러한 전체적인 변화의 과정 속에서 윤동주의 시에 접근할 때에야 비로소 온전한 작품의 의미가 드러날 수 있다. 물론 이러한 점에 착안한 연구들이 없었던 것은 아니다. 하지만 윤동주 시의 변화 과정에 주목한 연구들도 초기시나 동시(童詩)를 미숙한 습작으로 평가하거나 유아기로의 퇴행으로 치부하여 이를 연구 대상에서 배제해 버리기도 했고, 윤동주 시의 저항적 특성이나 윤리적 가치에 매몰되어 그 속에 내포된 본질적인 종교·철학적 사유를 무시하면서[107] 윤동주 시 전체에서 나타나는 실존의식의 변화 과정을 온전히 드러내지 못한 측면이 있다.

둘째, 선행연구들은 윤동주 시의 실존의식을 살피되, 대체로 윤동주 시의 주체성, 저항성, 종교성 등의 주제를 별개의 영역으로 다루면서 상호 연관성을 정밀하게 규명하지 못하였다. 주체성, 저항성, 종교성 등의 주제는 각각 분리된 별개의 문제가 아니라 본질적으로 하나의 통합된 문제라고 할 수 있다. 개별적 실존자가 자기의식을 가지고 진정한 주체적 실존자로 존재하기 위해서는 자기 자신과 관계하는 동시에 타자와의 관계 속에서 자기를 인식하고 형성해 나가야 한다. 이때 종교적 실존자는 특별히 절대적 타자와의 관계 속에서 '자기'를 인식하고 형성하고자 한다. 그런데 주체와 타자의 관계에서 주체가 온전한 '자기'로 존재할 수 없도록 억압적 타자가 주체를 객체화할 때 '저항'의 문제가 나타나게 된다. 저항은 근본적으로 주체가 억압적 타자와의 관계 속에서 '자기'로 존재하고자 할 때 나타나는 문제이며, 자기 자신으로 존재하고자 하는 그 자체가 하나의 저항이 될 수 있다. 특히 식민지 현실에

---

107 이러한 문제에 대해서 문익환은 "나는 그에 나타난 신앙적인 깊이가 별로 논의되지 않는 것이 좀 이상하게 생각되곤 했었다."라고 했고(문익환, 앞의 글, 221쪽), 이상섭은 학자들이 "윤동주가 가장 감명받았을 것으로 생각되는 키에르케고르의 실존론적 신앙 차원"을 고려하지 않는다고 비판했다(이상섭, 앞의 책, 144쪽).

서는 주체의 민족적인 자기 인식 속에서 민족적 저항이 가능해진다. 그런데 비종교적 실존자와 달리 종교적 실존자는 저항의 과정에서 단순히 정치적·민족적 이데올로기를 통해 억압적 타자에게 저항하는 것이 아니라 윤리성이 내재된 종교적인 가치를 통한 저항을 지향하게 된다. 그러므로 종교적 실존자에게 있어서 주체성과 저항성은 별개의 문제가 아니며 그 중심이 되는 것은 종교성이라고 할 수 있다. 왜냐하면 종교적 실존자는 절대적 타자와의 관계 속에서 자기의 주체성을 추구하고, 억압적 타자에 대하여 종교적 가치를 통한 저항을 지향하기 때문이다. 따라서 윤동주 시의 주체성, 저항성, 종교성 등의 주제는 각각 별개의 것으로 다루어질 것이 아니라 종교성을 중심으로 하나의 통합된 관점으로 그 실존적 의미를 정밀하게 살필 필요가 있다.

셋째, 선행연구들은 당대의 사상적 흐름 속에서 피어난 윤동주 시의 종교·철학적 사유의 깊이를 온전히 드러내지 못하였다. 윤동주는 짧은 생애를 살았고 생전에 시집 한권도 발간해 본 일이 없지만, 그의 시가 지니는 종교·철학적 사유의 깊이는 결코 만만한 것이 아니었다. 특히 그의 종교·철학적 사유는 당대의 사상적 흐름 속에서 이해할 때에야 비로소 온전히 그 면모가 드러날 수 있는데, 선행연구들은 이를 등한시한 경향이 있었다. 특히 어느 정도 윤동주 시에 대한 합의가 이루어진 90년대 이후에 시도된 최근의 연구들은 탈근대적 관점에서 윤동주 시를 새롭게 해석하고자 시도하면서 윤동주 당대의 사상적 흐름을 소홀히 한 측면이 있다.

그렇다면 윤동주 당대의 식민지 조선에는 어떤 사상들이 전개되고 있었는가? 윤동주 당시 철학계에서는 본격적으로 서구의 '실존 철학'이 소개되기 시작했고, 종교계에서는 서구로부터 유입된 기독교가 서서히 민족 종교의 하나로 자리를 잡기 시작했다. 특히 당시 조선의 기독교계에서는 서구 기독교에 대한 주체적 수용과 관련된 '조선적 기독교' 운동이 일어났고, 식민지 치하 민족적 고난과 관련된 '신정론(神正論)'에 대한 고민이 나타났다. 윤동주는 이러한 사상적 흐름의 영향 속에서 시를 썼기 때문에 이러한 사상들과의 관련 속에서 윤동주 시에 대한 논의가 필요해 보인다. 물론 실존 철학과 관련해서는 윤동주가 덴마크의 철학자 쇠얀 키에르케고어(Søren Aabye Kierkegaard)[108]를 탐독했다는 전기적 사실과 그의 시에 나타나는 실존적 사유에 주목하면서 일찍부터 관련 연구가 시작되었으나, 둘 사이의 관련성이 반복해서 지적되었을 뿐 여전히 충분한 논의는 제대로 이루어지지 못한 듯하다.[109] 그뿐만이 아니라 신정론이나 조선적 기독교와 관련된 연구도 제대로 시도되지 못했다.

---

108 <외래어 표기법>에 의하면 '쇠렌 키에르케고르'가 맞는 표기이지만, <한국 키에르케고어 학회>에서는 덴마크어 발음과 가장 가깝다는 이유로 '쇠얀 키에르케고어'로 공식 결정한 바 있어 이 책은 이를 따르고자 한다.

109 윤동주와 키에르케고어의 관련성에 주목한 연구는 꽤 많지만, 대체로 관련성 자체에 대한 언급에만 그치거나 단편적인 작품 분석에만 활용될 뿐이었다. 키에르케고어의 사상을 통해 윤동주 시 전체의 면모를 살핀 연구는 그 수도 적을 뿐만 아니라, 학위논문의 경우에는 키에르케고어 사상 자체에 대한 이해가 얕아서 깊이 있는 논의가 진행되지 못했다. 주목할 만한 논문들을 시기별로 정리하면 다음과 같다.
문익환, 「동주 형의 추억」, 『하늘과 바람과 별과 시』, 정음사, 1968; 윤일주, 「선백의 생애」, 위의 책; 장덕순, 「인간 윤동주」, 위의 책; 김우창, 「시대와 내면적 인간」, 『궁핍한 시대의 시인』, 민음사, 1977; 남송우, 「윤동주 시의 연구-종교적 실존을 중심으로」, 『국어국문학지』 13, 문창어문학회, 1977; 김용직, 「어두운 시대와 시인의 십자가」, 『문학사상』, 1986. 4; 표재명, 「한국에서의 키에르케고어 수용사」, 한국 키에르케고어학회 편, 『다시 읽는 키에르케고어』, 철학과현실사, 2003; 양금선, 「윤동주 시에 나타난 실존적 자아인식」, 연세대학교 석사학위논문, 2003; 정현종, 「마음의 우물-윤동주의 시」, 『하늘과 바람과 별과 시-원본대조 윤동주 전집』, 연세대학교출판부, 2004; 류양선, 「윤동주 시에 나타난 종교적 실존-'돌아와 보는 밤' 분석」, 『어문연구』 제35권 2호, 한국어문교육연구회, 2007; 이상섭, 「윤동주의 "무서운" 아이러니: 「팔복」, 「위로」, 「병원」」, 『윤동주 자세히 읽기』, 한국문화사, 2007; 임수만, 「윤동주 시의 실존적 양상: 절망과 불안, 그리고 존재에의 용기」, 『한국현대문학연구』 24, 한국현대문학회, 2008; 윤혜린, 「정지용과 윤동주 시에 나타난 실존의식 연구」, 한양대학교 석사학위논문, 2010; 장래하, 「이육사와 윤동주의 실존의식과 시적 모색 연구」, 경원대학교 박사학위논문, 2011; 조혜진, 「윤동주 시에 나타난 윤리적 개인으로서의 타자성 연구-힘의 메커니즘과 용기의 수사학」, 『한국문예비평연구』 36, 한국문예비평학회, 2011; 임월남, 「이육사·윤동주 시의 공간 상상력과 실존의식 연구」, 배재대학교 박사학위논문, 2014; 김응교, 「단독자, 키에르케고르와 윤동주」, 『기독교사상』 670, 대한기독교서회, 2014.

따라서 이 책은 이러한 문제의식을 바탕으로 윤동주 시에 나타난 실존의식의 변화 과정을 살피고, 그 종교·철학적 사유를 당대의 사상적 흐름과의 관련 속에서 고찰해 봄으로써, 윤동주 시의 실존의식이 지니는 정신사적 의미를 규명하고자 한다.

1.3. 윤동주 시와 종교·철학적 사유

1.3.1. 윤동주의 유고 시

이 책은 『(사진판) 윤동주 자필 시고전집』[110]에 수록된 모든 윤동주의 유고 시를 대상으로 한다. 『사진판』에는 '나의習作期의 詩아닌詩'란 제목이 붙은 최초의 습작 노트, '窓'이라는 제목이 붙은 두 번째 습작 노트, 4편의 산문을 묶은 산문집, 출판하고자 했던 자선시집 『하늘과바람과별과詩』, 그 외 습유 작품 등이 묶여 있다. 여기에는 모두 150편의 작품이 실려 있는데, 수록된 작품 중에서 제목만 있는 「짝수갑」, 판독이 불가능한 「가로수」, 중복 수록된 작품 등을 제외하면 시는 119편, 산문은 4편으로 모두 123편이 된다.

『사진판』의 출간 이후 윤동주 시 연구는 정본 확정으로부터 자유로울 수 없게 되었다. 윤동주가 생전에 단 한권의 시집을 출간한 적도 없기 때문에 『사진판』이 출간되었음에도 불구하고 여전히 정본 확정은 복잡한 문제로 남아 있다. 이 책에서는 윤동주 시의 정본을 확정하기 위해서 우선 자선시집에 수록된 19편의 경우 기록된 그대로를 정본으로 확정하고, 자선시집과 습작 노트에 중복되어 수록된 작품의 경우에는 자선시집의 것을 정본으로 인정하였다. 그리고 자선시집에 수록되지 않으면서 습작 노트에 중복 기록된

---

110   왕신영 외, 『(사진판) 윤동주 자필 시고전집』, 민음사, 2002. 이하 『사진판』으로 약기.

경우에는 예외적인 것을 제외하고는 기록 날짜가 후기의 것을 우선적으로 정본으로 인정하였다. 또한 인쇄되어 발표된 작품은 이를 정본으로 인정하되 인쇄의 오류 가능성을 전제하여 윤동주 자신의 퇴고 흔적과 습작 노트를 비교하여 정본을 확정하고자 하였다. 그 외에 퇴고의 흔적, 자기 검열의 가능성, 후대의 수정 흔적 등을 다각도로 고려하여 정본을 확정하되, 그 사항을 명기하고자 하였다.[111]

1.3.2. 유신론적 실존주의, 조선적 기독교, 고난의 신정론

윤동주가 시를 쓰던 당시 조선에는 본격적으로 근대화가 진행되면서 여러 가지 사상과 운동들이 새롭게 일어났다. 철학적으로는 서구의 '실존주의' 철학이 본격적으로 소개되었고,[112] 기독교계에서는 서구 기독교에 대한 주체적 수용에 대한 고민이 나타나기 시작하면서 '조선적 기독교' 운동이 일어났고, 신학적으로는 고통의 문제와 관련하여 '신정론(神正論)'의 문제가 제기되었다. 윤동주는 시적인 기교와 형식에 주력하기보다는 그의 정신을 자연스럽고도 진솔하게 표현하는데 더 주력했던 시인으로 보이는데, 이러한 당대의 사상적 흐름은 그의 시에도 자연스럽게 반영되어 있다. 따라서 이 책은 윤동주 당대에 일어났던 '유신론적 실존주의', '조선적 기독교', '고난의 신정론' 등에 주목하고, 이러한 관점에서 윤동주 시에 나타나는 실존의식의 변화

---

111 이 책에서는 각 작품의 원전에 충실하기 위해서 『사진판』을 기준으로 하되 홍장학, 『정본 윤동주 전집 원전연구』(문학과지성사, 2004)를 참고하였다. 이하 『원전연구』로 줄여서 사용함.

112 현대 한국 철학이 본격적으로 시작되었다고 볼 수 있는 1920년대 말, 30년대 초 한국에 소개된 철학은 헤겔과 마르크스 철학 계열과 하이데거와 야스퍼스의 실존 철학 계열이었다 (강영안, 『주체는 죽었는가』, 문예출판사, 1996, 16쪽). 윤동주 스크랩해 놓은 평론을 보면 다수가 실존주의와 관련되어 있음을 확인할 수 있다(『사진판』의 부록 「스크랩 내용 일람」 참조).

과정과 그 정신사적 의미에 접근하고자 한다.

첫째, '실존주의'는 19세기 중반 서양의 사유에 커다란 전환을 가지고 온 덴마크의 철학자 쇠얀 키에르케고어(Søren Aabye Kierkegaard)와 독일의 철학자 프리드리히 빌헬름 니체(Friedrich Wilhelm Nietzsche)로부터 시작되어[113] 20세기 초 야스퍼스(Karl Jaspers), 마르셀(Gabriel Marcel), 하이데거(Martin Heidegger), 사르트르(Jean-Paul Sartre) 등에 의해서 일세를 풍미한 철학 사상이다. 이 중에서 특히 인간 실존을 자기와 신(神)과의 관계 속에서 가장 예리하게 밝힌 사람은 단연 키에르케고어라고 할 수 있다.

키에르케고어는 인간을 정적인 실체가 아니라 역동적인 관계로 보고, '사이 존재'(intermediary being)로서의 인간 실존을 "자기"(the self)라고 불렀다.[114] 그는 "인간은 정신이며, 정신은 자기"라고 말하고, "자기는 자기 자신과 관계하는 관계"라고 말했다. 이때 '정신(spirit)'은 "변증법적으로 서로 대립된 요소들 사이에 서로의 관계를 정립하고, 관계를 정립함으로써 그 자신을 '자기'로서 정립하는 요소"[115]를 말한다. 하지만 자기는 "자기 자신"과 관계하는

---

113 강영안은 키에르케고어 철학을 "주체성이 진리다"라는 명제로 요약될 수 있다면, 니체 철학은 "주체는 허구다"라는 명제로 요약될 수 있다고 보았다(강영안, 위의 책, 18쪽). 20세기 초 실존주의 철학자들이 키에르케고어로부터 지대한 영향을 받았다면, 1968년 프랑스의 5월 혁명 이후 후기구조주의자들은 니체로부터 큰 영향을 받았다고 할 수 있다.

114 "인간은 정신이다. 그런데 정신은 무엇인가? 정신은 자기이다. 그러면 자기는 무엇인가? 자기는 자기 자신과 관계하는 관계이며 또는 그 관계 안에서 자기 자신과 관계하는 관계이다. 자기는 관계가 아니라 자기 자신과 관계하는 관계이다. 인간은 무한한 것과 유한한 것의, 시간적인 것과 영원한 것의, 자유와 필연의 종합이며, 간단히 말해서 종합입니다. 종합은 그 둘의 관계이며, 이렇게 보건대 인간은 아직 자기가 아니다. … 만일, 그렇기는 하지만, 그 관계가 자기 자신과 관계한다면, 이러한 관계는 긍정적인 제3의 것인데, 그런즉 이것이 자기이다.
이처럼 자기 자신과 관계하는 그러한 관계, 즉 자기는 그 자신을 정립하였던지 아니면 타자에 의해서 정립되었을 것이다. … 인간의 자기는 그처럼 파생된, 정립된 관계이며, 자기 자신과 관계할뿐더러 자기 자신과 관계하는 가운데 타자와도 관계하는 관계이다."(Søren Kierkegaard, 임규정 역, 『죽음에 이르는 병』, 55-56쪽. 이하 『죽음』으로 줄여서 사용함)

115 위의 책, 55-58쪽.

동시에, 자기 관계에서 "타자"와 관계하는 관계이다. 여기에서 "타자"는 "자기 자신을 정립한 힘"으로서 절대적 타자인 '신(神)'을 의미한다. 즉 인간은 신 앞에 선 존재로서 자신을 정립한 신에게로 나아가든지 그 신으로부터 멀어지든지 하게 된다는 것이다.

그리하여 키에르케고어가 그의 전 저작들을 통해서 지향한 실존적 인간 존재는 신 앞에 홀로 서는 "단독자(den Enkelte)"였다. 그는 자신의 저작활동을 정리하는 『(저술가로서의 나의 저술활동의) 관점』에서 "뿐만 아니라 설혹 내가 나 자신의 묘비명(墓碑銘)을 스스로 택한다고 해도, 나는 '저 단독자'라는 말 이외의 것을 원하지는 않을 것이다."[116]라고 말할 정도로 이 '단독자'의 개념을 중요하게 생각했다. 키에르케고어의 '단독자' 개념을 살필 때 주의해야 할 점은 이것이 일체의 사회·정치적 상황을 외면하는 극단적 개인주의, 고독한 사상가, 금욕적 은둔자 등을 의미하는 것은 아니라는 것이다.[117] 오히려 그의 '단독자'는 당시 무르익고 있었던 전체주의적 상황에 대항한 반명제(Anti-thesis)로서 정립된 것이었다. 그래서 키에르케고어의 '단독자'는 그의 전 저작을 통하여 그 개념이 정교화되고 있는데, 약혼자였던 레기네 올센, 심미적 예외자, 책임적 자아, 신앙적 개별자, 주체적 사고자, 이타적 실천가, 고백적 순교자 등의 의미가 그 맥락에 따라 복합적이고도 다양하게 변주된다. 이를 통해서 키에르케고어가 궁극적으로 지향한 실존적 인간상인 단독자는 결코 이웃을 배제한 '개별적 주체'가 아니라 이웃과 공동체를 위한 '책임적 주체'임을 알 수 있다.

키에르케고어의 전기 저작 중에서 가명의 저작 전체의 뼈대를 이루는 것은 이른바 '실존의 삼 단계(tre Stadier af Existens)'라고 할 수 있다.[118] 키에르케고

---

116 Søren Kierkegaard, 임춘갑 역, 『(저술가로서의 나의 저술활동의)관점』, 2011, 치우, 202쪽. 이하 『관점』으로 줄여서 사용함.

117 이에 대해서는 표재명, 『키에르케고어의 단독자 개념』, 서광사, 1992 참조.

118 키에르케고어의 전체 저술활동은 흔히 세 부분으로 구분할 수 있는데, 제1군(심미적인 저

어는 인간의 실존을 심미적 실존, 윤리적 실존, 종교적 실존 등으로 구분하였
다.[119] 이러한 실존의 양상은 자기의식의 발달 단계와 관련된 결단의 유무와
결단의 강약에 따라서 구분될 수 있다. 결단은 유한성과 무한성, 가능성과
필연성, 영혼과 육체를 종합하는 자기 의식적 행동을 의미하는데, 결단의
유무에 따라서 실존은 심미적 실존과 윤리적 실존으로 구분되고, 결단의
강약에 따라서 윤리적 실존과 종교적 실존으로 구분된다.[120] 심미적 실존이
가장 저차원적인 단계이고 종교적 실존이 가장 고차원적인 단계인데, 각
단계의 이행은 자연스럽게 이루어지는 것이 아니라 실존자의 이성, 감성,
의지, 상상력, 정열 등의 모든 힘이 종합적으로 이루어질 때 '질적인 비약'을
통해서 이루어진다.

키에르케고어는 종교적 실존을 '종교성 A'와 '종교성 B'로 다시 구분하였
는데, 종교성 A는 내면성의 종교로서 그리스도교 이외의 보편적인 종교성을
말하고 종교성 B는 초월성의 종교로서 그리스도교를 말한다.[121] 그런데 여기
에서 '종교성 A'의 단계는 종교성의 내재적 보편성을 의미함으로 인해서,
비서구 국가에서 기독교 선교 이전에 존재했던 내재적 종교성과 관련이 될
수 있다. 또한 종교성 B의 단계는 종교적 실존자가 예수를 따르는 자로서
'고난'에 동시(同時)적으로 참여하고 신을 '중간 언어'로 하여 이웃사랑을 실

서)에 속하는 것으로 『이것이냐/저것이냐』, 『공포와 전율』, 『반복』, 『불안의 개념』, 『서문
집』, 『철학적 단편』, 『인생길의 여러 단계』 등이 있고, 제2군에 속하는 것으로 『후서』가
있으며, 제3군(종교적인 저서)에 속하는 것으로 『여러 가지 정신에 있어서의 건덕적 강화』,
『사랑의 역사』, 『그리스도교의 훈련』 등이 있다(『관점』, 17-23쪽 참조).

119 "실존에는 세 개의 영역이 있다. 심미적 영역과 윤리적 영역과 종교적 영역이다. 이들 각
영역이 접하는 곳에 두 개의 경계영역이 있다. 그것은 미적 영역과 윤리적 영역의 경계영역
으로서의 아이러니와 윤리적 영역과 종교적 영역의 경계영역으로서의 유머이다."Søren
Kierkegaard, Junghans 역, *Abschließende unwissenschaftliche Nachschrift Philosophischen
brocken* Ⅱ(Koln: Eugen Diederichs, 1957), 211쪽. 이하 『후서』로 줄여서 사용함; 『사랑과
영혼의 철학자 키에르케고어를 만나다』, 149-150쪽에서 재인용.

120 임규정, 「실존과 절망에 관하여」, 『죽음』, 27쪽.

121 표재명, 앞의 책, 162-178쪽.

천하는 것이 중요한 과제가 된다. 이처럼 키에르케고어가 말한 '종교적 실존'은 그리스도교 이외 국가의 종교성과 그리스도교적 실존자의 고난에 대하여 언급하고 있다. 따라서 이는 각각 20세기 초 식민지 조선에서 김교신과 함석헌에 의해 전개되었던 '조선적 기독교' 운동과 본회퍼와 함석헌에 의해 전개되었던 '고난의 신정론'과 연결될 수 있다.

둘째, '조선적 기독교'는 20세기 초 서구 기독교의 무분별한 수용에 대한 문제의식에서 비롯된 주체적인 종교 운동이나. 1930년대 많은 조선 교회가 서구 근대의 보편주의와 정교이원론 속에서 민족적 주체성을 상실해 갔지만, 소수의 기독교인들은 서구 근대의 모순 속에서 '조선적 가치'를 재발견하고 기독교를 통해 진정한 민족적 주체성을 회복하고자 '조선적 기독교' 운동을 일으켰는데, 대표적인 인물이 김교신과 함석헌이었다.

김교신은 1927년 7월에 함석헌, 송두용 등 5명의 동지들과 함께 『성서조선』을 창간하면서 '가장 사랑하는 대상인 조선'에 '최진(最珍)의 선물'인 성서를 소유시킴으로써 조선을 성서에 기초한 존재로서 변혁시키고자 한다고 취지를 밝혔다.[122] 그는 성서에서 예수가 오기 전에는 이스라엘의 '율법'이 복음전사적(福音前史的)인 의의를 가졌던 것처럼, 기독교 선교 이전에 있었던 조선의 민족적 전통도 가치가 있음을 주장하면서 조선의 선비들이 비기독교적인 기독교인보다 오히려 그 행동과 품격에서 그리스도의 제자가 될 자격이 있다고 생각했다.[123] 특히 그는 유교의 정신과 생태적 전통을 소중하게 생각하였

---

122 "그 이름을 『성서조선』이라 하게 되도다. 명명(命名)의 우열과 시기의 적부(適否)는 우리의 불문(不問)하는 바라. 다만 우리 염두의 전폭(全幅)을 차지하는 것은 '조선' 두 자이고 애인에게 보낼 최진(最珍)의 선물은 성서 한 권뿐이니 둘 중 하나를 버리지 못하여 된 것이 그 이름이었다."(김교신, 노평구 편, 『김교신 전집』 1, 부키, 2001, 19-21쪽) 『성서조선』의 발행부수는 300부를 넘지 못했지만, 고정 독자들 중에 이승훈, 장기려, 유달영, 손양원 등의 인물들이 있었다.

123 "이에 준하여 이방 사람들에게 희랍의 소크라테스, 아라비아의 마호메트, 인도의 석가, 중국의 공자 등과 기타 다수한 현철을 통하여 각기 인생이 살아갈 길 즉 도덕률을 표시한 것이 유대인이 구약성서에서 배운 바와 상등(上等)한 것이다(『김교신 전집』 4, 72쪽).

다. 그래서 그는 조선의 전통적 가치들을 회복하고자 했고,[124] 생태적 전통을 몸소 실천하며 살고자 하였다.[125]

또한 함석헌은 기독교가 조선에 들어온 것은 우연이 아니며 계급주의, 사대사상, 숙명론적 미신 등을 타파할 역사적 과제가 기독교에 있다고 생각했다.[126] 그는 조선 민족이 살아나기 위한 정신 혁명의 차원에서 종교개혁을 생각했고, 기독교의 자유정신, 민중 정신, 교육 정신을 높게 평가했으며,[127] 이를 통해 조선 민족이 '나'를 찾고 '뜻'을 찾아야 한다고 역설했다.[128] 이처럼 조선적 기독교 운동은 민족의 주체성이 상실되어 가던 위기의 시기에 민족적 전통과 기독교적 가치를 종합함으로써 새로운 민족적 주체성을 모색한 종교 운동이라 할 수 있다.

셋째, '고난의 신정론'은 예수의 십자가에서 계시된 '고난당하는 신'을 좇아 타자를 위해 대속적 고난에 참여함으로써 신적 정의를 실현하고자 하는 역설적인 신정론을 의미한다. 원래 '신정론(神正論)'은 신(神)적 정의(正義)와 불의(不義)한 현실 사이에서 종교적 실존자가 경험하는 모순에 대해 이성적으로 답해 보고자 하는 시도이다. 이 용어는 독일의 철학자 라이프니츠(Gottfried Wilhelm von Leibniz)가 '악(惡)'에 대한 책임으로부터 '신(神)'을 변호하고자 하는 의도로 그가 1710년에 쓴『신정론』에서 최초로 사용한 것이다.[129] 하지만 불의한 세계를 "모든 가능한 세계들 가운데 가장 좋은 세계"로 인식한 라이프니츠의 낙관적인 신정론은 당대에도 볼테르(Voltaire), 칸트(Immanuel

---

124 양현혜, 앞의 책, 260-269쪽.

125 서정민, 「김교신의 생명 이해」, 『한국기독교와 역사』 20, 한국기독교역사연구소, 1991, 178-181쪽.

126 함석헌, 『뜻으로 본 한국역사: 젊은이들을 위한 새 편집』, 한길사, 2014, 369-370쪽. 이하 『한국역사』로 줄여서 사용함.

127 위의 책, 370, 378쪽.

128 위의 책, 465쪽.

129 박영식, 『고난과 하나님의 전능: 신정론의 물음과 신학적 답변』, 동연, 2012, 13쪽.

Kant) 등의 계몽주의 철학자들로부터 강한 문제 제기를 당하였고, 두 차례의 세계 대전 이후에는 독일의 철학자 아도르노(Theodor W. Adorno)에 의해 더욱 심각한 비판을 받게 되면서 거의 폐기당하게 된다.[130] 이후 서구 사상계에서는 '고통의 현장에서 도대체 신은 어디에 있는가?'라는 회의적인 물음과 함께 '신은 죽었다'라는 신(神) 부재의 명제들이 선포되었다.

하지만 이 과정에서 예수의 십자가를 토대로 불의한 현실 속의 고난을 새롭게 이해하려고 하는 '고난의 신정론'[131]이 생겨났는데, 대표적인 인물이 독일의 신학자 디트리히 본회퍼(Dietrich Bonhoeffer)와 조선의 사상가 함석헌(咸錫憲)이었다. 이들은 예수를 '타자를 위해 고통당하는 존재'로 규정하면서, 예수의 십자가를 통해 계시된 '신(神)'을 전통적으로 이해되어 왔던 전지전능(全知全能)한 형이상학적인 신(神)이 아니라 고통당하는 자와 함께 고통당하는 사랑의 신(神)으로 새롭게 이해하였다. 그리하여 이들은 사랑 안에서 고통당하는 신(神)을 쫓아 타자의 고난에 적극적으로 참여함으로써 고통당하는 민중에게 메시아적 의미를 부여하고 제국주의적 폭력에 저항하며 역사를 변혁하고자 했다.

따라서 이 책은 이상에서 살펴본 사상들을 방법적 틀로 하여 윤동주 시에 나타난 실존의식의 변화 과정과 그 종교·철학적 사유를 살펴봄으로써 윤동주 시의 정신사적 의미를 규명해 보고자 한다. 윤동주는 짧은 인생을 살았고 생전에 한권의 시집도 발표한 적이 없으며 현재 남아 있는 유고(遺稿) 시도 얼마 되지 않지만, 그럼에도 불구하고 그의 시에는 자신의 깊은 고뇌와 실존의식의 변화 과정이 그대로 반영되어 있다. 게다가 그의 시는 마치 일기처럼

---

130 Thomas G. Long, 장혜영 역, 『고통과 씨름하다: 악, 고난, 신앙의 위기에 대한 기독교적 성찰』, 새물결플러스, 2014, 42쪽; 박영식, 앞의 책, 140-191쪽 참조.

131 이 책에서는 고난을 인간의 죄로 인한 신의 심판으로 보면서 고통을 정당화하는 전통적 신정론과 달리, 예수의 십자가에서 계시된 '고난당하는 신'을 쫓아 타자를 위해 대속적 고난에 참여함으로써 신적 정의를 실현하고자 하는 역설적인 신정론을 '고난의 신정론'으로 정의하고자 한다.

시의 마지막에 창작 연월일을 밝히고 있는 만큼, 시간적 순서에 따라 읽어나 갈 때 그 작품의 전체적인 면모와 그 속에 내재해 있는 실존의식의 변화 과정을 정밀하게 파악할 수 있다. 이뿐만 아니라 이러한 전체적인 전개 속에 서 개별 작품의 의미를 고찰하고, 또 가까운 시기에 창작된 작품들 사이의 상호텍스트적인 관련성에 유의할 때, 각 작품의 의미가 더 분명하게 드러날 수 있을 것으로 생각된다. 따라서 우리는 그의 작품 전개 양상과 실존의식의 성숙 정도가 대응 관계에 있다고 보고, 작품의 창작 시기에 따라서 발전적으 로 성숙해 가는 실존의식의 변화과정을 포착하고자 한다.

    윤동주 시의 변화과정에 주목한 선행연구들은 윤동주 시에 대한 시기 구분 을 매우 다양하게 시도하였는데,[132] 우리는 윤동주 시를 실존의식에 따라

---

132 관련 선행연구들은 윤동주 시에 대한 시기 구분을 다음과 같이 하고 있다.

	연구자	시기 구분			
2단계	구마키 쓰토무	1934~1938 (시의식의 형성과 시적 단련)		1939~1942 (자기 응시와 윤리적 세계관)	
3단계	이숭원	1939~1941 (자아와 세계의 만남)	1941 (자아의 갈등과 분열)	1941~1942 (자아의 합일에 이르는 길)	
	김창환	1934~1938 (자기중심적 주체의 형성)	1938~1941 (자기중심적 주체의 균열)	1941~1942 (윤리적 주체의 형성)	
	임수만	1934~1937 (초기 관념시와 동시의 심미주의)	1938~1939 (중기 시의 윤리적 면모)	1940~1942 (후기 시에 나타난 존재의 용기)	
4단계	김흥규	1934~1936.7 (초기 시)	1936.9~1936.12 (동시)	1937~1940 (습작기)	1941~1942 (자선시집)
	이진화	1934~1937 (첫 번째 습작 노트)	1938~1939 (두 번째 습작 노트)	1940~1941 (자선시집)	1942 (도일 이후)
	이남호	1939.9~1940.12 (시대와의 만남)	1941.2~1941.6 (시대적 양심의 소리)	1941~1942.1 (또 다른 고향의 아름다움)	1942.4.~1942.6 (아침을 기다리는 최후의 '나')
	이동용	1934~1935 (신앙발달 3단계)	1935~1940 (신앙발달 4단계)	1941~1942 (신앙발달 5단계)	1942 (신앙발달 6단계)

이상에서 볼 수 있듯이, 연구자마다 매우 다양하게 시기를 구분하고 있다. 구마키 쓰토무는 1939년을 기점으로 해서 전기와 후기의 2단계로 구분하였고(구마키 쓰토무, 앞의 글), 이숭

구분하고자 한다. 즉 키에르케고어의 '실존의 삼 단계'에 따라 윤동주가 처음 시를 쓴 1934년 12월부터 숭실학교 편입을 한 1935년 10월까지의 초기 시를 '심미적 실존(반성적 심미주의)'으로, 동시를 창작하기 시작한 1935년 12월부터 시 쓰기를 중지한 1939년 9월까지의 중기 시를 '윤리적 실존'으로, 시 쓰기를 다시 시작한 1940년 12월부터 1942년 6월 마지막 작품까지의 후기 시를 '종교적 실존'으로 구분하여, 윤동주 시의 실존의식의 변화 과정을 정밀하게 고찰하고자 한다. 아울러 윤리적 실존의 시기부터 나타나는 '조선적 기독교'의 사유와 종교적 실존의 시기부터 나타나는 '신정론'의 문제를 살펴보고 그 정신사적 의미를 규명해 보고자 한다.

2장에서는 윤동주의 최초 시편과 초기 관념시에 나타나는 자기의식과 절망의 양상에 대해서 살펴보고자 한다. 윤동주는 1934년 12월 24일부터 습작시를 본격적으로 기록하고 정리하기 시작한다. 그는 최초의 시편에서부터 서정시의 본질이라 할 수 있는 반성적인 자기의식을 뚜렷하게 나타내면서, 삶에 대한 실존적인 물음을 던지고 있다. 하지만 초기 관념시에 나타나는 그의 반성은 무한성과 가능성의 차원에서 시도된 추상적 사유였기에 결국 절망에 이르는 일련의 과정이 나타난다.

3장에서는 동시를 창작하기 시작한 1935년 12월부터 창작의 공백기가 시작되기 전 1939년 9월까지 중기 시에 나타나는 윤리적 실존의 현실 인식과 자기 분열의 양상에 대해서 살펴보고자 한다. 윤동주는 이때부터 약자와

원, 박의상, 김창환, 임수만 등은 3단계로 구분하였으며(이숭원, 앞의 글; 박의상, 앞의 글; 김창환, 앞의 글; 임수만, 앞의 글), 김흥규, 이진화, 이남호, 이동용 등은 4단계로 구분하였다(김흥규, 앞의 글; 이진화, 앞의 글; 이남호, 앞의 책; 이동용, 「제임스 파울러의 신앙 발달단계에 따른 윤동주 시연구」, 고려대학교 석사학위논문, 2009). 이숭원과 이남호는 1939년 이후를 윤동주의 본격적인 시세계로 본 반면, 김흥규가 초기 시와 동시에 주목한 이후 다른 연구자들은 대체로 1939년 이전 시들도 소홀히 하지 않고 있다. 선행연구들은 숭실학교를 편입한 1935년 9월, 동시 창작을 시작한 1935년 12월, 연희전문학교를 입학한 1938년, 절필 직전인 1939년 9월, 절필 직후인 1940년 12월, 졸업을 앞두고 자선시집 발간을 시도한 1941년, 일본 유학을 간 1942년 등을 중요한 분기점으로 보고 있다.

민족에 대한 현실인식과 그들에 대한 연민과 책임의식을 구체적으로 드러낸다. 이 시기 그의 시에 나타나는 중요한 특징 중 하나는 전통적인 윤리와 기독교 정신이 조화를 이루면서 형상화되기 시작한다는 것인데, 이러한 특징은 후기 시에도 지속적으로 나타난다. 이는 그의 성장과정에서 자연스럽게 체험한 민족 전통과 기독교의 영향이라 할 수도 있고, 민족 전통 문화를 회복하고자 하는 그의 의도가 반영된 것이라 할 수도 있다. 이러한 사유는 당시 김교신과 함석헌이 지향한 '조선적 기독교'의 주체적 사유를 내포하는 것으로서, 서구 근대의 보편주의를 경계하고 전통과 기독교를 융합함으로써 기독교의 물질주의와 민족주의의 배타주의를 극복할 수 있는 대안적인 사유였다. 그럼에도 불구하고 식민지 현실이라는 모순은 윤동주의 자기 분열을 심화시켰고, 결국 그는 이상과 현실의 괴리 속에서 윤리적 실존의 절망에 이르며 시 창작의 공백기에 이르게 된다.

4장에서는 윤동주가 다시 시 쓰기를 시작한 1940년 12월 이후 후기 시에 나타나는 종교적 실존의 신정론적 고뇌와 절대적 타자와의 관계에 대해서 살펴보고자 한다. 윤동주는 시 쓰기를 재개하면서 세 편의 시를 쓰는데, 이는 모두 신정론적 고뇌와 관련되면서 그가 종교적 실존으로 비약하는 과정을 보여주고 있다. 이는 약 5개월 후에 쓴 종교시에서 더욱 심화되는데, 이때 그는 기독교 구속사의 신정론적 의미를 시적으로 형상화한다. 이러한 사유는 당시 신학계에서 본회퍼와 함석헌이 전개한 '고난의 신정론'을 내포하는 것으로서, 고난의 현실에 공감하고 동참하며 제국주의의 억압적 현실을 변혁하고자 하는 시적 상상력이었다. 이후 그의 시는 절대적 타자와의 관계 속에서 자기 상실의 위협과 죄의식을 극복하고 존재의 용기를 회복하는 모습으로 나아간다.

5장에서는 이상에서 논의한 윤동주 시의 정신사적 의미를 정리하고자 한다. 그의 시는 종교적 실존, 조선적 기독교, 고난의 신정론 등의 종교·철학적 사유를 내포하고 있다. 그의 시에 나타나는 '종교적 실존'은 전체주의의 위협 속에서 절대적 타자 관계를 회복함으로써 본래적 자기로 존재하고자 하는 의지의 소산이었고, '조선적 기독교'는 절대적 신앙 속에서 서구 보편주의에 대립하며 사이비 기독교의 물질주의와 사이비 민족주의의 배타주의를 극복할 수 있는 사유였으며, '고난의 신정론'은 조선 민중의 이픔에 공감하고 조선의 고난에 적극적으로 참여함으로써 제국의 허위를 폭로하고 변혁을 꿈꾸는 시적 상상력이었다. 따라서 윤동주의 시적 상상력은 존재의 힘에 뿌리 내린 절대적 신앙 속에서 비존재적 위협에 맞서 '개별화'와 '참여'의 종합을 지향하는 '존재의 용기'를 시적으로 형상화했다고 할 수 있다.

2. 심미적 실존과 자기의식

　본 장에서는 윤동주 초기 시의 전개 양상을 살펴보면서 그 속에 내재된 실존의식을 확인해 보고자 한다. 윤동주는 1934년 12월 24일부터 그의 시를 습작 노트에 본격적으로 기록하기 시작했다. 물론 그 이전 시기에도 상당한 습작이 이루어졌을 것으로 짐작되지만, 그가 본격적으로 시를 기록하고 정리·보관하기 시작한 것은 이때부터인 듯하다. 이 책에서는 그가 본격적으로 시를 기록하기 시작한 1934년 12월에서부터 숭실학교 입학 직후인 1935년 10월까지를 '초기 시'로 규정하고, 초기 시를 1934년 12월 24일에 창작된 '최초 시편'과 그 이후에 창작된 '초기 관념시'로 구분하였다. 최초의 시편들은 다소 관념적이고 추상적인 성격을 지니는 것으로 보이지만, 상당히 깊이 있는 실존적 사유들을 내포하고 있다. 하지만 초기 관념시에서는 추상적 사유의 가능성 속에서 절망에 이르는 일련의 과정이 나타난다. 이러한 사유는 키에르케고어가 말한 '심미적 실존'의 단계에 속하는 '반성적 심미주의'에 가깝다고 할 수 있다. 따라서 본 장에서는 키에르케고어의 '심미적 실존'의 관점에서 윤동주 초기 시의 양상을 살펴보고자 한다. 이를 위하여 우선 '심미적 실존'의 개념과 윤동주 초기 시의 배경을 검토한 후, '최초 시편'과 '초기 관념시'의 실존의식을 살펴볼 것이다.

2.1. 심미적 실존과 초기 시

2.1.1. 심미적 실존

키에르케고어에 의하면 '심미적 실존'은 실존의 가장 낮은 단계로서 직접적이고 향락적인 단계이다. 키에르케고어는 가명의 첫 번째 저작인 『이것이냐 저것이냐』에서 심미적 실존의 의미와 그 실존이 궁극적으로 실패로 끝나게 되는 이유를 탐구하고 있다. 여기에서 익명의 '심미가 A'는 다음과 같이 말한다.

> 결혼을 하라. 그러면 그대는 후회할 것이다. 결혼을 하지 말라. 그래도 역시 그대는 후회할 것이다. 결혼을 하든 않든 간에, 그대는 후회할 것이다. … 대개의 사람들은 어느 한쪽을 하고 나서 대립하는 것을 통일하거나 매개하고 있기 때문에, 그들 자신이 영원의 형식에서 살고 있다고 생각한다. 그러나 그것은 오해다. 왜냐하면 진정한 영원은 이것이냐 / 저것이냐의 뒤에 있는 것이 아니라 앞에 있다.[1]

심미주의자는 후회하지 않기 위해서, 즉 '이것이냐 저것이냐'의 원리에 지배당하지 않기 위해서, 모든 종류의 결단을 피한다. 결단이 결여된 이들의 실존방식은 유한과 무한의 종합으로서의 자기 자신을 인식하지 못한다. 직접성에서 정신은 꿈꾸고 있으며, 육체-영혼의 통일로서의 자기의식은 직접적이고 선반성적이어서 자기가 결여되어 있다.[2] 따라서 심미적 실존자는 순간적인 향락만을 추구하여 끊임없이 부유하고 동요하는 한편 순간적 행복감 이후

---

1   Søren Kierkegaard, 임춘갑 역, 『이것이냐 저것이냐 Ⅰ』, 다산글방, 2008, 71-72쪽.
2   임규정, 「키에르케고어의 자기의 변증법」, 고려대학교 박사학위논문, 1991, 41쪽.

에 찾아오는 우수, 권태, 불안 등에 시달리게 된다.[3]

키에르케고어는 이러한 심미적 실존의 대표적인 예로 수많은 여성을 유혹한 '직접적 심미주의자'인 돈 후안과 순수한 어린 소녀 코델리아를 유혹하는 '반성적 심미주의자'인 유혹자 요하네스를 들고 있다.[4] 직접적 심미주의는 자기의 발달 과정에서 직접적 욕망의 지배를 받는 원초적 단계로서, 욕망은 직접적이고도 즉각적인 방식으로 충족되기 때문에 자기에 대한 의식이 없다.[5] 이와 달리 반성적 심미주의는 "자신의 직접성이 무르익어서 정신이 보다 높은 차원의 형식을 요구하는 순간이, 정신이 자신을 정신으로 파악하고자 하는 순간"이 찾아오는 때에 직접성을 부정하며 가능성으로 구성되는 자기를 의식한다.[6] 하지만 반성적 심미주의자는 결단의 잠재적 가능성만을 지닌 채 결단을 회피하기 때문에 엄밀한 의미에서 현실적 자기라 할 수 없다. 그런데 심미주의자가 선택을 회피하는 것은 사실 자신이 선택하지 않은 것을 선택하게 되는 결과를 가져온다.

키에르케고어는 『죽음에 이르는 병』에서 이러한 심미적 실존의 사람을 지하실, 일층, 이층이 있는 집을 가지고 있으면서도 슬프고도 우스꽝스럽게 지하실에 살기를 선호하는 사람들이라고 했다.[7] 심미적 실존을 키에르케고어가 분류한 절망[8]에 대응시켜 보면, 직접적 심미주의는 자기의식이 없고 선택

---

3   『사랑과 영혼의 철학자 키에르케고어를 만나다』, 151쪽.

4   『이것이냐 저것이냐』I, 81-245쪽 참조, 535-816쪽 참조.

5   임규정, 「키에르케고르의 절망의 형태와 삶의 형태의 상응에 관한 연구」, 『철학연구』105, 대한철학회, 2008, 353-356쪽.

6   Søren Kierkegaard, 임춘갑 역, 『이것이냐 저것이냐』II, 종로서적, 1982, 56쪽.

7   "층에 따라 거주자들 사이에 신분 차이가 있거나 또는 있는 것으로 생각되도록 설계된, 지하실, 일층, 이층이 있는 집 한 채를 상상해보자. 이제 인간이라는 것이 의미하는 바가 이 집에 비유된다면, 몹시 유감스러운 일이지만 대다수의 사람들에 관한 슬프고도 우스꽝스러운 진실은 자신의 집인데도 그들이 지하실에서 살기를 선호한다는 것이다. … 다시 말해서 감성적 범주 안에 사는 것을 선호한다."(『죽음』, 106쪽)

8   "절망은 정신의 병, 자기의 병이며, 그렇기 때문에 세 가지 형태, 즉 절망하여 자기를 소유

이나 책임을 모른다는 점에서 '절망하여 자기를 소유하고 있음을 깨닫지 못하는 형태'라고 할 수 있고, 반성적 심미주의는 순수한 직접성이 지양되면서 자기의식이 나타나긴 하지만 이때의 자기는 현실적 자기가 아니라 잠재적 자기일 뿐이라는 점에서 '절망하여 자기 자신이기를 원하지 않는 형태'라고 할 수 있다.[9]

하지만 절망이 반드시 부정적인 면만 있는 것은 아니다. 왜냐하면 절망으로 인해 실존자는 자기 자신을 선택할 수 있는 기회를 얻게 된다.

> 절망하라! 그러므로 절망을 선택하라! … 사람은 절망하였을 때 다시 선택하게 된다. − 그렇다면 그때 그는 무엇을 선택하는 것일까? 그는 자기 자신을 선택한다 − 그는 자신의 직접성 속에서 선택하는 것도, 또 이런 우연한 개인으로서 선택하는 것도 아니고, 자신의 영원한 타당성 안에서 자기 자신을 선택한다.[10]

심미적 실존이 절망에 빠져서 한계에 부닥칠 때, 심미적 단계와 윤리적 단계의 경계 영역인 '아이러니'(Irony)가 나타난다. 즉 사람은 내적인 현실과 외적인 현실간의 불일치에 대한 의식 속에서 '이것이냐 저것이냐'의 선택, 심미적인 실존이냐 윤리적인 실존이냐 하는 선택의 기로에 서게 된다. 이때 실존자가 후자를 선택하게 되면 그는 윤리적 단계에 진입하게 된다.

2.1.2. 초기 시의 배경

윤동주는 1917년 12월 30일 북간도 명동에서 태어났다. 당시 유럽은 제국

하고 있음을 깨닫지 못하는 형태, 절망하여 자기 자신이기를 원하지 않는 형태, 절망하여 자기 자신이기를 원하는 형태를 취할 수 있다."(『죽음』, 55쪽)

9　「키에르케고르의 절망의 형태와 삶의 단계의 상응에 관한 연구」, 367-369쪽 참조.

10　Søren Kierkegaard, 임춘갑 역, 『이것이냐 저것이냐』 Ⅱ, 다산글방, 2008, 409-410쪽.

들의 식민지 쟁탈전의 일환으로 1차 세계대전 중이었고, 러시아에서는 공산주의 혁명이 일어났으며, 식민지 조선에서는 근대소설의 시작이라 할 수 있는 『무정』이 발표되었다. 윤동주가 태어난 북간도 명동은 그가 14년을 산 곳인 동시에 그의 인격과 시적 감수성이 형성된 중요한 공간적 의미를 지니는 곳이다.

두만강 이북에 위치한 북간도 명동촌은 자연환경이 매우 아름답고 사방이 산으로 둘러싸여 있는 아늑한 곳이었다.[11] 그곳은 1899년 2월 18일 김약연, 문병규, 남도천, 김하규 등 4명의 학자 가문을 중심으로 141명의 조선인들이 집단 이민을 통해 조선인들의 정착촌이 되었다.[12] 명동은 유학을 신봉하는 학자 가문을 중심으로 세워졌기 때문에 유교적인 전통이 매우 강했고 특히 교육열이 높았다. 그들은 이민 와서 처음 땅을 분배할 때 공동의 '학전'을 만들었고 '학전'을 유지재단으로 출발해서 신학문 교육기관인 '명동서숙'을 열고 이를 개칭하여 1908년에 '명동학교'를 세웠다.[13]

1909년에는 '신민회(新民會)' 회원이자 기독교인이었던 정재면(鄭載冕)이 교사로 부임하면서 마을 전체가 기독교화되었고, 1909년에 명동 교회가 세워졌으며, 이로 인해 기독교적 평등의식에 의해 신분의식이 타파되고 여성들도

---

11   "이 마을은 사방이 산으로 둘러싸여 있는 아늑한 큰 마을이다. 동북서로 완만한 호선형(弧線形) 구릉이 병풍처럼 마을을 뒤로 둘러 있고, 그 서북단에는 선바위란 삼형제 바위들이 창공에 우뚝 솟아 절경을 이루며 서북풍을 막아주고 있다. 그 바위들 뒤에는 우리 조상들의 싸움터로 여겨지는 산성이 있고 화살 같은 유물들이 가끔 발견되곤 하였다. … 봄이 오면 마을 야산에는 진달래·개살구꽃·산앵두꽃·함박꽃·나리꽃·할미꽃·방울꽃들이 시새어 피고, 앞 강가 우거진 버들숲 방천에는 버들강아지가 만발하여 마을은 꽃과 향기 속에 파묻힌 무릉도원이었다. 여름은 싱싱한 전원의 푸르름에 묻혀 있고, 가을은 원근 산야의 단풍과 무르익은 황금색 전답으로 황홀하였다. 겨울의 경치는 더욱 인상적이었다. 산야 나목의 앙상한 가지들이 삭풍에 울부짖고 은색 찬란한 설야엔 옥색 얼음판이 굽이굽이 뻗으며 선바위골로 빠지는 풍경은 실로 절경이었다."(김정우, 「윤동주의 소년 시절」, 『나라사랑』 23, 외솔회, 117-119쪽)

12   송우혜, 『윤동주 평전』, 서정시학, 2014, 37쪽. 이하 『평전』으로 줄여서 사용함.

13   위의 책, 51-52쪽.

자기 이름을 가지기 시작했다.[14]

윤동주 일가는 1886년 윤동주의 증조부 윤재옥에 의해 함경북도 종성군 동풍면 상장포에서 북간도 자동으로 이민을 했고, 1900년에 자동에서 북간도 명동촌으로 이사를 해 왔다.[15] 윤동주의 조부 윤하현은 1910년에 기독교에 입교했고 나중에는 명동교회의 장로직을 맡게 된다. 윤하현과 김약연은 명동촌에서 서로 각별한 사이였는데, 이러한 관계는 1910년 윤하현의 아들 윤영석과 김약연의 여동생 김용의 결혼으로 이어지게 되었다.

1912년에는 북간도 이민 사상 최초로 조선인 자치기구인 '간민회(墾民會)'가 결성되었고 명동학교 교장인 김약연이 간민회 회장으로 선출되었다. 1919년에는 김약연과 정재면이 북간도 대표로 독립운동회의에 참석했고, 대규모 독립만세 운동 때에 명동학교의 브라스밴드가 앞장을 서기도 했다.[16]

이처럼 명동은 자연환경이 아름답고 아늑한 곳이었고, 조선 이민자들의 정착촌이었으며, 유교·기독교·민족주의 등이 융합되어 있는 꽤 이상적인 마을이었다. 이러한 분위기 속에서 아마도 윤동주는 평화롭고 풍족한 유년기를 보내면서 시적 감수성을 길렀을 것이다.

아명(兒名)이 '해환(煥)'이던 윤동주는 1925년 명동소학교에 입학했다. 그는 4학년 때『어린이』,『아이생활』등의 아동문학잡지[17]를 서울에서 부쳐다

14　위의 책, 53-63쪽. 이때 주목되는 것은 명동이 외국인 선교사에 의해 기독교가 전파된 것이 아니라 명동촌 조선인들의 민족운동의 필요성과 신학문에 대한 교육열 등을 위해 자발적으로 기독교를 받아들였다는 것이다.

15　위의 책, 26-27쪽.

16　위의 책, 72-73쪽.

17　윤동주의 민족의식이나 문학적 소양의 맹아는 아마도 아동문학잡지에서부터 비롯되었을 것으로 짐작된다. 1923년 소파 방정환이 한국아동문학의 획기적인 이정표라 할 수 있는 『어린이』를 창간한 이후 1920년대에는『새벗』(1925),『아이생활』(1926),『별나라』(1926),『소년계』(1926),『소년조선』(1928) 등의 아동문학잡지가 잇달아 간행되었다. 초창기 3대 어린 잡지는 계몽적이며 민족주의적인『어린이』, 기독교적인『아이생활』, 계급의식을 강조하는『별나라』등이라 할 수 있는데(이재철,『한국아동문학연구』, 개문사. 1983, 39쪽),『어린이』가 천도교재단을 배경으로 한 <개벽사>에서 나와서 민족주의적이고 계몽적인 의

읽었고, 5학년때 송몽규과 함께 발기인이 되어 『새명동』이란 월간잡지를 등사로 발간했으며, 명동소학교 졸업식때 기념품으로 김동환의 『국경의 밤』을 받았다.[18] 1931년 3월에 명동소학교를 졸업한 그는 대랍자에 있는 중국인 소학교 6학년에 편입하게 되었다. 이후 명동에도 사회주의가 만연하게 되어 재산이 많거나 명망 있는 민족주의자들이 명동을 떠나는 가운데, 1929년 명동학교가 '인민학교'로 넘어갔다가 중국 행정당국에 의해 공립으로 강제 수용되면서, 1931년 늦가을에 윤동주 가정도 용정으로 이사하게 되었다.[19] 이는 윤동주에게 있어서 아늑하고 평화스러운 '고향'을 떠난 최초의 경험이었고, 이후 그의 시에는 이와 관련된 고향에 대한 그리움이 중요한 모티프가 된다.

1932년에 윤동주는 용정의 은진중학교에 입학하게 되는데, 이때 가정 형편이 명동촌에서 가장 유력한 가정이었던 과거에 비해 어려워졌다. 은진중학교는 캐나다 선교부가 경영하는 미션스쿨로 기독교와 민족주의가 강한 곳이었는데, 특히 동경제대 출신의 교사 명희조는 동양사와 국사 수업을 통해 학생들에게 투철한 역사의식을 심어주며 큰 영향을 미쳤다고 한다.[20] 그리고

도가 강했다면 『아이생활』은 주일학교를 배경으로 <조선야소교서회>에서 나와서 기독교적인 경향이 짙은 잡지였다(위의 책, 55쪽). 특히 『어린이』는 윤석중, 이원수 등을 추천 육성함으로써 식민지치하 우리말, 우리글, 우리 이야기, 우리 노래 등에 대한 자각을 일깨워줌과 더불어 한국 역사, 위인, 산수지리 등에 대한 특집을 기획하여 항일민족운동의 밑거름을 자처하였다(위의 책, 31쪽). 하지만 『아이생활』은 박용철, 정지용, 황석우, 주요한 등이 참여하여 동요 부문에서 두드러진 강점을 보였지만, 1940년대 이후 식민지 정책이 강화됨에 따라 말기에는 부일 잡지로 전락하고 말았다(최명표, 「『아이생활』 연구」, 『한국아동문학연구』 24, 한국아동문학회, 2013, 23-24쪽).

「어린이」 1929년 6월호의 독자 사진란에 송한범(송몽규)의 사진이 게재되어 있고, 1932년 6월호의 독자현상(讀者懸賞)에 송한범이 등외(等外)로 당선되어 있다. 또한 『아이생활』 1936년 3월호에는 윤영춘의 글이 실려 있고, 사우방명(社友芳名)에는 정재면의 이름이 나온다. 구마키 쓰토무는 이러한 사실을 토대로 윤동주와 송몽규의 잡지 구독에 윤영춘과 정재면의 권유가 있었을 것으로 짐작했다(구마키 쓰토무, 앞의 글, 46쪽).

18   김정우, 「윤동주의 소년 시절」, 『나라사랑』 23, 외솔회, 120-121쪽.

19   『평전』, 90쪽.

당시 은진중학교 1, 2학년 때 윤동주는 윤석중의 동요와 동시에 깊이 심취했다고 한다. 1935년 9월에 윤동주는 상급학교 진학을 위해서 평양에 있는 숭실학교 편입시험에 응시하게 되는데, 문익환이 4학년에 편입한 반면 윤동주는 시험 결과 3학년에 편입하게 된다. 이는 시험에 낙제한 것과 마찬가지의 결과였기 때문에, 이로 인해 그는 생애 처음으로 깊은 좌절을 경험하였다. 그리고 그는 가족들을 떠나 평양에서 7개월을 보내게 된다.[21]

이상의 내용이 초기 윤동주 생애의 대략이라고 할 수 있다. 유년기에 경험한 명동의 마을 공동체, 어린이 잡지 구독과 월간잡지 발간, 명동을 떠나 용정으로의 이주, 기독교와 민족주의 경향이 강한 교육기관에서의 학습, 숭실학교 편입 시험의 실패, 가족과의 이별 등이 이 시기 윤동주의 중요한 개인사가 될 것이다. 이렇게 보면 그의 생애 초기는 아늑하고 평화스러운 공간이었던 고향으로부터 이탈하면서 편입 시험의 실패와 가족과의 이별로 귀결된다. 따라서 이러한 쓰라린 체험에서 비롯된 상실감과 좌절감이 이 시기 청소년 윤동주의 자의식을 형성하였으리라 짐작된다.

이러한 성장 과정 속에서 윤동주는 1934년 12월 24일부터 습작시를 본격적으로 기록하기 시작한다. 그는 1934년 12월 24일에 「초한대」, 「삶과죽음」, 「래일은없다」 등 3편의 시를 썼고, 이후 1935년에 「거리에서」, 「공상」, 「꿈은 깨여지고」, 「창공」, 「南쪽하늘」 등 5편의 시를 썼다. 따라서 우리는 1934년 12월에 창작한 「초한대」에서부터 1935년 10월에 창작한 「南쪽하늘」까지를 윤동주 '초기 시'로 규정하고 그의 시에 드러나는 실존의식을 살펴보고자 한다.

20　문익환, 「하늘·바람·별의 시인, 윤동주」, 『월간중앙』, 1976, 중앙일보사, 310-311쪽.

21　『평전』, 155-165쪽.

2.2. 반성적 자기의식과 실존적 사유

2.2.1. 습작시 기록의 실존적 성격

윤동주는 1934년 12월 24일부터 습작시를 기록하기 시작했다. 그가 자신의 습작시를 기록하기 시작했다는 사실과 습작시 기록을 시작하면서 남겨놓은 메모들은 그의 의식의 한 단면을 엿볼 수 있게 한다. 윤동주가 언제부터 시를 쓰기 시작한 것인지는 분명하지 않지만, 명동소학교 때와 은진중학교 때 교내 문학잡지를 발간했다는 사실을 감안하면 그가 1934년 이전에도 시를 썼을 것으로 추정된다.[22] 하지만 1934년 이전의 습작들은 하나도 남아 있지 않은데, 아마도 이때까지 그는 작품의 정리와 보관에 별로 뜻이 없었던 것 같다. 하지만 1934년부터 윤동주는 시를 정리하고 보관하는 작업을 시작하여 그가 죽을 때까지 이러한 작업을 지속하였다. 특히 시 작품 하단에 기록된 창작 날짜와 죽는 날까지 끊임없이 시도되고 있는 퇴고의 흔적들은 그가 얼마나 정성 들여 시를 기록하고 정리하고 있는지 알 수 있게 한다.

이러한 습작시 기록의 행위는 그 자체로 윤동주의 자기의식과 관련하여 중요한 시사점을 준다. 즉 윤동주가 최소한 1934년 12월쯤에는 시인으로서의 뚜렷한 자기의식을 가지고 시 창작에 대한 각오를 새롭게 했음을 짐작할 수 있는 것이다.[23] 따라서 1934년 12월 24일은 그의 인생에서 중요한 하나의 분기점이 된다고 볼 수 있다. "나에게 참으로 없었던 것은 내가 무엇을 해야 할 것인가에 대한 확실한 자각이었다."라고 고백했던 키에르케고어에게 1838년 여름이 '실존'에 대해 눈을 뜬 순간이었다면, 윤동주에게는 1934년 12월이 자기를 새롭게 인식한 순간이었다고 할 수 있다. 키에르케고어는

---

22   위의 책, 86쪽, 121쪽.
23   송우혜는 습작시 기록의 직접적인 계기가 송몽규의 『동아일보』 신춘문예 당선일 것이라고
      짐작한다(『평전』, 113-114쪽).

'직접적 심미주의'의 특징인 직접성이 언어로 인해 발생하는 반성에 의해서 부정된다고 보았는데,[24] 윤동주가 시를 본격적으로 기록하기 시작한 것은 그의 내면에 이미 직접성이 반성적 의식에 의해 극복되고 있음을 알 수 있게 한다.

『사진판』을 보면 윤동주는 첫 번째 습작 노트의 표지에 노트의 제목을 "나의習作期의 詩아닌詩"라고 붙였다.[25] 이는 이 노트의 작품들이 완성된 것이 아니라 습작의 과정을 기록해 둔 것이라는 것을 의미한다. 여기에서 눈에 띄는 것은 그가 자기 인생의 단계를 "習作期"로 규정하고 있다는 것이다. 그는 자신을 '완전무결한 작가'로 여기기보다는 부단한 연습의 과정을 거쳐야 하는 일종의 '연습생'으로 자신을 이해하고 있는 셈이다. 여기에서 자기의 정체성을 '시인'으로 규정하고 자신의 삶을 '되어감'의 과정으로 이해하고 있는 자기 인식의 한 단면을 엿볼 수 있다.

또한 윤동주는 첫 번째 습작 노트 "나의習作期의 詩아닌詩"의 표지의 '밀로의 비너스' 사진 오른쪽 옆에 세로로 "藝術은길고人生은짧다"라고 쓰고 있다.[26] 이 짧은 메모는 습작을 시작할 때 윤동주가 지녔던 정신적 지향을 압축적으로 보여준다. 이는 윤동주가 인생의 유한성에 대한 실존적 자각 속에서 영원을 추구하는 행위로서 시를 기록하기 시작했다는 것을 의미한다. 그에게 시 창작은 자기 인생의 기록이었고, 유한한 삶 속에서 영원을 지향하는 실존적 행위였다고 할 수 있다. 뿐만 아니라 이 말은 그리스의 히포크라테스(Hoppokrates)가 사용한 아포리즘인데, 아포리즘이 인생의 깊은 체험과 깨달음을 통해 얻은 진리를 간결하고 압축적으로 기록한 명상물이라는 점에서

---

24 임규정, 「키에르케고르의 절망의 형태와 삶의 단계의 상응에 관한 연구」, 앞의 책, 357쪽.
25 첫 번째 습작 노트에는 '밀로의 비너스' 시진 아래 "藻文"이라는 제목이 인쇄되어 있는데, 윤동주는 표지 상단 중앙에 "나의習作期의 詩아닌 詩"라고 가로로 쓰고 '밀로의 비너스' 옆에 "藝術은길고人生은짧다"라고 세로로 메모해 두었다.
26 『사진판』, 15쪽.

이 시기 윤동주의 시적 지향을 엿볼 수 있다. 공교롭게도 그의 시에는 이 아포리즘처럼 인생의 깨달음, 대구와 대조의 수법 등이 자주 나타난다. 게다가 그가 적은 이 짧은 메모는 결과적으로 일종의 '예언'처럼 되어 버렸다. 왜냐하면 이 메모의 내용처럼 그의 인생은 만 27년이라는 짧은 시간이었지만 그가 남긴 작품은 우리 현대문학이 지속되는 한 영원히 기억될 것이기 때문이다.

이상에서 살펴본 것처럼 윤동주가 자신의 시를 본격적으로 기록하기 시작했다는 점, 자신의 때를 '습작기'로 규정하고 있다는 점, 인생의 유한성과 예술의 무한성에 대한 자각을 드러냈다는 점 등은 모두 윤동주 내면의 실존적 고민을 엿볼 수 있게 한다. 즉 이 시기 윤동주는 자기에 대한 반성적 의식을 가지고 '시인'으로서의 '자기'를 새롭게 정립하기 시작했다는 것을 알 수 있다. 이러한 양상은 그가 처음 기록하기 시작한 최초의 시편들에도 두드러지게 나타난다.

2.2.2. 최초 시편의 반성적 자기의식

윤동주는 1934년 12월 24일에 「초한대」, 「삶과죽음」, 「래일은없다」 등세 편의 시를 썼는데, 다소 관념적인 최초의 시편들에서 그는 반성적 자기의식을 선명하게 드러내면서 '대속(代贖)적 고난', '죽음', '시간' 등에 관한 실존적 물음을 형상화하고 있다. 그 중에서 「초한대」는 윤동주가 첫 번째 습작 노트에 최초로 기록한 시라는 측면에서 윤동주 시의 원형적인 면모를 확인할 수 있는 작품이라 할 수 있다.[27]

---

27 오세영은 이 시에 드러나는 '순결', '고독', '참회', '자기희생', '이념' 등의 모티프를 윤동주 시의 원형으로 보았다(오세영, 「순결한 이념의 시인 윤동주론」, 『한국현대시인연구: 20세기 전반기를 중심으로』, 월인, 2003, 345-364쪽 참조). 이와 더불어 이 시에는 시인과 밀착된 일인칭 화자 "나"의 반성적 자기의식, 성찰의 시공간이라 할 수 있는 '밤'과 "내방",

초한대 —

내방에 품긴 향내를 맛는다.

光明의祭壇이 무너지기젼

나는 깨끗한 祭物을보앗다.

염소의 갈비뼈같은 그의몸,

그리고도 그의生命인 心志까지

白玉같은 눈물과피를 흘려,

불살려 버린다.

그리고도 책머리에 아롱거리며

선녀처럼 초ㅅ불은 춤을춘다.

매를 본꿩이 도망가듯이

暗黑이 창구멍으로 도망간

나의 방에품긴

祭物의 偉大한香내를 맛보노라.

「초한대」(1934.12.24.) 전문[28]

"처럼"을 통한 은유, 대속적 고난(3연)과 행복(4연)의 역설, "光明"과 "암흑" 같은 선악의 대조, 전통적 가치("心志", "선녀" 등)와 기독교 정신("깨끗한 祭物" 등)의 융화, 과거 회상과 숭고한 대상에 대한 동경 등이 나타나는데, 이 역시도 윤동주 시의 중요한 특질로 볼 수 있다.

28 『사진판』은 3연 2행에서 연필로 삭제된 "그리고도"와 5연 2행에서 연필로 "도망간"을 "도망한"으로 수정한 것을 수용하였으나(『사진판』, 17쪽), 홍장학은 연필 퇴고의 필체가 윤동주의 것이 아니라고 판단하여 "그리고도"와 "도망한"을 정본으로 인정하였는데(『원전연구』, 22쪽), 이 책은 후자를 따랐다. 이하 윤동주의 작품은 『사진판』에서 인용하되 예외적인 경우는 그 이유를 명시하고, 창작 날짜가 기록되어 있는 작품은 이를 명시한다.

먼저 이 시에서 눈에 띄는 것은 "나"를 중심으로 하는 '주체적인 사유'이다. 1연에서 시적 주체는 "내방"이라는 공간에 자리하고 있다. 시인이 "방"이라고 하지 않고 "내방"이라고 할 때에 특별히 "내"가 강조되는데, 이는 그 사유의 성격이 주체적인 것임을 보여주는 표지라 할 수 있다. 이때 "내방"은 외부와 단절되고 고립된 물리적 공간인 동시에 시적 주체가 자기를 성찰하고 반성할 수 있는 자기만의 내면적 공간이다. 그래서 "내방"은 시적 주체가 어떠한 간섭이나 방해 없이 자기의 생각을 통해 스스로 자신과 대상을 성찰할 수 있는 근원적인 자유를 보장하는 공간이다. 시적 주체는 이러한 자유 속에서 시인과 밀착된 일인칭 "나"를 통해 자기의식을 그대로 드러낸다. 여기에서 "나"는 시인 자신이 발화의 주체로 나서서 대상에 대한 '자기의식'을 개방한 것이기 때문에 근본적으로 반성적인 성격을 지닌다. 이는 서정시의 본질이자 윤동주 시의 중요한 특질이라 할 수 있다. 왜냐하면 서정시는 본질적으로 '세계의 자아화'라는 장르적 특성으로 인해 반성적 자기의식에 의해 매개된 세계를 시적으로 형상화하기 때문이다. 윤동주 시에서 가장 많이 쓰인 낱말은 대명사 '나·내'로 약 200번에 가깝게 쓰이면서[29] 반성적인 자기의식을 형상화하고 있다.

그런데 주체의 자기 인식과 자기 형성은 스스로 구성할 수 있는 것이 아니다. 주체가 자기를 반성적으로 인식하기 위해서는 반드시 타자적 존재가 필요하다. 즉 주체는 타자적 주체와의 대면을 통해서만 '나의 나됨'을 인식할 수 있는데, 이 시에서 시적 주체는 1행에서 동경의 대상인 "초한대"를 통해 '자기'를 인식하고 형성하고자 한다. 그래서 시적 주체는 "초한대"를 더 깊이

---

29 조재수, 『윤동주 시어 사전: 그 시 언어와 표현』, 연세대학교출판부, 2005, 32쪽. 이와 관련하여 윤동주가 많은 영향을 받은 것으로 알려진 시인 라이너 마리아 릴케(Rainer Maria Rilke)가 독일 시문학사 상으로 '나'를 처음으로 문제 삼은 시인으로 평가된다는 점도 눈여겨볼만하다(김재혁, 「독일의 시문학은 우리나라 시인들에게 무엇을 주었나」, 『현대시학』 397, 2002, 163쪽). 박호영은 윤동주 시의 시사적 의미를 본격적으로 '나'를 사유한 것에서 찾았다(박호영, 앞의 글, 196쪽).

성찰하기 위해서 1행에서 '一'을 통해 여운을 남기고, 후각·시각·미각 등의
다양한 감각들을 활용한다. 즉 그는 1연에서 초의 냄새를 맡고(후각), 2연에서
는 초의 모습을 보고(시각), 5연에서는 맛보면서(미각),[30] "초한대"를 깊이 성
찰하고 내면화하고자 한다.

　　그러면 시적 주체가 온 감각을 이용하여 인식하고자 하는 동경의 대상인
"초한대"는 어떤 존재인가? 2연에 "광명의 祭壇", "깨끗한 祭物", 3연의 "염
소의 갈비뼈" 등의 이미지로 인해서 "초한대"는 기독교적인 희생양의 의미
를 지니게 된다. 성서 「레위기」에 의하면 고대 유대인들은 속죄 제물로 염소
를 사용했는데, 이 염소로부터 '속죄양(scapegoat)'이란 말이 유래되었다.[31]
이후 기독교에서는 인류의 죄를 위해 죽은 예수를 '하나님의 어린양'[32]으로
불렀다. 또한 고난을 암시하는 "갈비뼈" 같은 몸을 지니고 "눈물과피"를 흘
리는 "그"는 옆구리에 창이 찔려 모든 물과 피를 쏟은 십자가 위의 예수를
떠올리게 한다.[33] 특히 이 시가 기록된 시기가 12월 24일 성탄절 전날이라는
점을 생각하면 그 의미가 더욱 명확해진다. 즉 시적 주체는 시끌벅적하게
성탄을 축하하는 축제의 시간[34]에 오히려 예수의 고난과 죽음을 진지하게

30　이때 시의 해석과 관련해서 문제가 되는 것은 5연의 '맛보노라'이다. 1연의 '맛는다'는 분명
　　히 '냄새를 맡는다'의 의미로 쓰였음을 감안하면, 5연의 '맛보노라'는 냄새를 맡고 모습을
　　본다는 의미로 1연의 촉각과 2연 이후에 나타나는 시각의 종합으로 쓰일 수도 있고, 아니면
　　완전히 새로운 감각인 미각을 의미할 수도 있다. 또 문제가 되는 것은 시의 1연에서 시각이
　　배제되고 있다는 것이다. 2, 3, 4연은 분명히 '불타는 초'에 대한 시각적 묘사라 할 수 있는
　　데, 1연에서는 후각이 부각되고 있다. 그렇다면 1연의 초는 '타는 초'가 아니라 '꺼진 초'일
　　수 있고, 2연, 3연, 4연의 '타는 초'는 과거의 모습을 회상한 것으로 볼 수도 있다.

31　「레위기」 4:22-31, 「레위기」 16:7-10 참조.

32　다음 날 요한은 예수께서 자기에게 오시는 것을 보고 말하였다. "보시오, 세상 죄를 지고
　　가는 하나님의 어린 양입니다."(「요한복음」 1:29) 이하 성서 인용은 개신교 대한성서공회의
　　'새번역(2011)'을 따른다.

33　"예수에게 가서는 이미 숨을 거두신 것을 보고 다리를 꺾는 대신 군인 하나가 창으로 그
　　옆구리를 찔렀다. 그러자 곧 거기에서 피와 물이 흘러 나왔다."(「요한복음」 19:33-34)

34　윤동주의 친구였던 김정우는 어린 시절 명동촌의 성탄절 풍경을 다음과 같이 회고하였다.
　　"우리는 주일학교도 같이 다니었으며, 구주 성탄 때는 교회당이 가까운 그의 집에서 새벽송

성찰하고 온 감각을 동원하여 그를 내면화하고자 하는 것이다.[35]

이처럼 윤동주의 첫 시「초한대」에는 내면 성찰의 공간인 "내방", 1인칭화자 "나", 숭고한 "초한대"에 대한 동경, "光明"과 "暗黑"과 같은 선악의 대조 등이 제시되면서 시적 주체의 '주체적인 사유'가 뚜렷하게 드러난다. 이때 특히 주목되는 것은 "초한대"를 성찰하고 있는 시적 주체의 '반성적인 자기의식'이다. 이러한 반성적인 자기의식은 자기의 내면을 성찰하는 행위이자 진정한 자기에게로 돌아가고자 하는 의지라 할 수 있다. 그래서 그는 "내방"으로 상징된 자기 내면의 성찰적 공간에서 "초한대"라는 숭고한 타자적 주체를 동경하면서, 그에게 종교적인 의미를 부여하고 그를 예찬하며 내면화하고자 한다. 이는 시인의 주관적인 정신적 지향이 "초한대"라는 외부적 매개를 통하여 자기를 인식한 결과라 할 수 있다. 또한 이는 시적 주체가 단순히 확정되어 있는 존재의 본질을 인식하는 데 그치는 것이 아니라 실현되어야 할 존재의 진리를 자기 내면에 형성하고자 하는 소망이 반영된 것이라 할 수 있다.

준비를 하고 밤샘을 하며 꽃종이를 준비하곤 했다. 옷을 두툼하게 껴입고 벙거지를 뒤집어 쓰고 개가죽 버선을 신고 새벽 눈길을 걸어다니며 찬송가를 부르던 것을 생각하면 지금도 한없이 기쁘다."(김정우, 앞의 글, 119쪽)

35 그런데 이 시에서 "초한대"는 "光明의祭壇", "깨끗한 祭物", "염소의 갈비뼈" 등의 기독교적 이미지 이외에도 "心志, 白玉, 선녀" 등의 전통적인 이미지들이 함께 융합되어 있다. 윤동주는 양초의 '심지'를 '등잔, 남포등, 초 따위에 불을 붙이기 위하여 꼬아서 꽂은 실오라기나 헝겊'의 뜻을 지닌 '심지'로 적지 않고 "心志"로 적고 있는데, 이는 『맹자』의 영향으로 보인다. 『맹자』제6편「告子章句」에는 "하늘이 사람에게 큰 임무를 맡기고자 할 때는 반드시 그 마음과 뜻을 먼저 힘들게 한다.(天將降大任於是人也 必先苦其心志)"라는 구절이 나오는데, 이때 "心志"는 "마음과 뜻"의 의미로 쓰였다(김응교,「예견되는 헌신의 삶: 윤동주의 첫시 <초한대>」,『기독교사상』651, 155-156쪽). 또한 "白玉"은 백색 반투명의 흠 없는 돌로서 "초한대"의 순결함을 암시하고 있고, "선녀"는 고난과 죽음에 굴하지 않는 "초한대"의 충만한 생명력을 나타내고 있다.

2.2.3. 삶에 대한 실존적 물음

「초한대」와 같은 날에 기록된 「삶과죽음」, 「래일은없다」에도 시적 주체의 반성적 자기의식이 나타나는데, 이 시들에서는 '삶'에 대한 실존적 물음이 뚜렷하게 부각되어 있다.

삶은 오날도 죽음의 序曲을 노래하엿다.
이노래가 언제나 끝나랴

세상 사람은 ─
뼈를 녹여내는듯한 삶이노래에
춤을 추ㄴ다.
사람들은 해가넘어가기前
이노래 끝의 恐抱[36]를
생각할 사이가 없엇다.

(나는 이것만은 알엇다.
이 노래의 끝을 맛본 니들은
自己만알고,
다음노래의 맛을 아르켜주지 아니하엿다)

하늘 복판에 알색이듯이
이 노래를 불은者가 누구냐.

---

36 윤동주는 습작 노트에 "恐怖"라고 표기했으나 『사진판』의 편집자들은 이를 "恐怖"의 오자로 보았는데, 이 책에서도 이를 수용하였다(『사진판』, 209쪽).

그리고 소낙비 끝인뒤같이도

이 노래를 끝인者가 누구뇨.

죽고 뼈만남은,

죽음의 勝利者 偉人들!

「삶과죽음」(1934.12.24.) 전문[37]

「삶과죽음」에서 1인칭화자 "나"는 삶과 죽음의 문제에 대해서 성찰한다. 결국 인간을 인간답게 하고, 삶을 삶답게 하는 것은 '죽음'에 대한 의식이라고 할 수 있다. 1연에서 시인은 "삶은 오날도 죽음의 序曲을 노래하였다."라고 한다. 이는 주체가 삶과 죽음을 대립적인 관계가 아니라 본질적으로 연결된 '하나'로 보고 있음을 의미한다. 이러한 삶과 죽음의 단일성에 대한 사유는 릴케(Rainer Maria Rilke)와 매우 유사하다.[38]

> 보라, 이렇게 죽음은 삶 속에 있다. … 누군가가 죽었을 때, 그것만이 죽음이 아니다. / 어떤 자가 살아있으면서도 그것을 모를 때도 죽음은 있다. / 어떤 자에게 죽음이 전혀 불가능할 때도 죽음은 있다. / 많은 것이 죽음이며, 그것을

---

37 『사진판』 편집자들은 2연과 3연 사이에 삽입된 "(나는 이것만은 알엇다. / 이노래의 끝을 맛본 니들은 / 自己만알고, / 다음 노래의 맛을 아르켜주지 아니하엿다)"를 3연으로 인정하지 않았지만(『사진판』, 18쪽), 이 책에서는 이를 3연으로 인정하였다.

38 당시 일본에는 『릴케 시집』(1927), 『사랑하는 신 이야기』(1933) 등이 번역되어 있었고, 조선에서 릴케는 1935년 이후부터 김진섭, 박용철, 윤태웅 등을 통해 본격적으로 번역되고 소개되었다(김재혁, 『릴케와 한국의 시인들』, 고려대학교출판부, 2006, 65-67쪽). 일본의 윤동주 연구자 오오무라 마스오(大村益夫)에 의하면 2차 세계대전부터 종전까지 일본에서는 릴케를 '라이너 마리아 릴케'가 아닌 「별 헤는 밤」처럼 "라이넬 마리아 릴케"라고 부르던 것이 관행이었다고 한다(오오무라 마스오, 『윤동주와 한국문학』, 소명, 2001, 59쪽). 1935년 이전에 윤동주가 릴케의 작품을 읽었을 가능성은 적지만, 영어나 일본어로 된 릴케의 시를 접했을 가능성을 완전히 배제할 수는 없다. 또한 일찍부터 형성된 삶과 죽음의 단일성에 대한 사유가 윤동주로 하여금 릴케의 시에 더 천착하게 했을 수도 있다.

매장할 수는 없다."[39]

릴케에 의하면 죽음은 삶의 종말이 아니라 삶의 근원이며 본질상 삶과 동일하다. 위의 구절에 따르면 "죽음은 삶 속에 있다." 살아있을 때에도 "죽음"은 있고, 죽음이 불가능할 때에도 "죽음"은 있으며 "죽음"은 보편적이고도 없앨 수 없다. 이때의 "죽음"은 물리적인 죽음이 아니라 실존적인 죽음으로서 키에르케고어가 말한 '절망'과 유사한 의미를 지닌다. 키에르케고어는 실존적으로 죽어 가는 많은 사람들이 '절망'하여 자기를 소유하고 있음을 깨닫지 못하고 있다고 지적하였다.[40] 이처럼 "죽음"은 "삶" 가운데 있고, 그것은 보편적인 것임에도 불구하고, 대다수의 "세상사람들"은 그러한 것을 결코 의식조차 하지 못한다.

2연의 "세상사람"은 "뼈를 녹여내는 듯한 삶의 노래"에 "춤"을 추고, "이 노래 끝의 恐怖"를 "생각할 사이"가 없었다. 즉 이들은 고통스럽고 힘겨운 "삶"으로 인해 "죽음"을 생각하지 못하고, "죽음"을 생각하지 못함으로 인해서 "삶"의 '실존적 의미'를 생각하지 못한다. 이들은 릴케의 언급처럼 "삶" 속에서 '죽음'을 죽은 이들이고, 키에르케고어의 말처럼 "자신이 정신으로 운명지워졌다는 것을 결코 의식하지" 못하는 이들이다. 「초한대」의 "초한

---

39 Rainer Maria Rilke, *Sämtlich Werke* Ⅰ, hrsg. v. Rilke Archiv in Verbindung mit Ruth Sieber-Rilke, besorgt durch Ernst zinn, Frankfurt a. M., 1995, S. 225; 엄선애, 「릴케의 작품 속에 나타난 죽음」, 『논문집』 20(경성대학교, 1999, 15쪽)에서 재인용.

40 "죽음은 병의 최후가 아니며, 다만 죽음은 끊임없이 계속되는 최후일 뿐이다. 죽음에 의해 이 병(절망)에서 벗어나는 것은 불가능한 일인데, 왜냐하면 이 병과 그 고통-그리고 죽음은 바로 이처럼 죽을 수 없는 무력함이기 때문이다. … 오히려 절망은 보편적인 것이다. … 전체적으로 볼 때 사람들은 대부분 자신이 정신으로 운명지워졌다는 것을 결코 의식하지 못한 채 세상을 살아가며"(『죽음』, 70-78쪽) 공교롭게도 윤동주와 릴케 두 시인은 모두 키에르케고어를 탐독한 이들이다. 릴케는 키에르케고어를 읽기 위해 덴마크어를 배웠고 당시 출간된 모든 키에르케고어의 작품들을 탐독했으며, 그래서 「말테의 수기」의 배경을 덴마크로 설정하기도 했다(문현미, 「윤동주의 나르시즘적 존재론」, 『한국시학연구』 2, 한국시학회, 1999, 69쪽).

대"가 고난 속에서도 의미를 찾아 "선녀처럼" "춤"을 췄다면, 「삶과죽음」의
"세상사람"은 고난에 예속되어 아무 "생각" 없이 그저 "춤"을 출 뿐이다.
따라서 여럿이 아닌 오직 하나의 "초한대"가 주체적인 존재라면, 무리로서의
"세상사람"은 주체성이 결여된 비주체적인 세속적 존재라고 할 수 있다. 퇴
고의 흔적을 보면, 2연 1행의 "세상사람은—"과 2연 4행의 "사람들은 해가넘
어가기前"은 이후에 삽입된 것인데,[41] 시인이 굳이 "세상사람" 또는 "사람들
은"을 삽입한 것은 이러한 비주체적인 무리들을 비판적으로 바라보고 주체
적인 자신과 이들을 구별하고 분리하고자 하는 의도로 읽을 수 있다.

키에르케고어는 이러한 부류의 사람들을 '자기'를 갖고 있다는 것에 대한
'절망적 무지' 또는 종합의 계기와 관련하여 '유한성의 절망'이라고 규정하고
다음과 같이 비판하였다.

> 사람의 무리에 둘러싸여서, 온갖 종류의 세속적 일에 빠져서, 세상의 풍습에
> 더욱 기민해져서, 그러한 인간은 자신을 망각하고, 신성하게 이해되는 자신의
> 이름을 망각하며, 자신을 믿으려 하지도 않은 채 자신으로 존재하는 것은 너무
> 위험하며 타인과 같이 존재하는 것, 또 하나의 사본, 숫자 하나, 군중의 일원이
> 되는 것이 훨씬 편하고 안전하다고 생각한다.[42]

키에르케고어에 의하면 이러한 '직접적 자기'는 "의욕하면서, 향락하면서
타자와 직접적으로 관계가 있는 것이다."[43] 이러한 직접적 자기는 유한하게
반성하고 유한하게 의식하며 유한하게 자유롭기 때문에 삶의 목적을 쾌락의
추구에 두게 된다. 이러한 직접적 자기는 '절망적 무지'에 빠져 있다.

---

41   『사진판』, 18쪽.
42   『죽음』, 90쪽.
43   『죽음』, 49쪽.

3연에서 시적 주체는 속삭이듯이 괄호 안에서 "이노래의 끝을 맛본 니들"이 "다음노래의 맛"을 알려주지 않았다고 한다.[44] 이는 삶이 유한하다는 것을 자각한 시적 주체가 자기의 '삶과 죽음'에 대한 물음을 쉽게 해소하지 못하고 있음을 드러낸 것이라 할 수 있고, 결국 그 '삶의 의미'는 자신이 찾아야 함을 암시하는 것이기도 하다. 키에르케고어에 의하면 절대자는 인간이 스스로 자신의 삶을 형성할 수 있도록 '자유'를 허락하였기 때문에 인간은 자기가 절망에 빠지게 된 것에 대해 '책임'을 지게 된다.[45] 아무 것도 정해진 것이 없고, 아무도 가르쳐주지 않는 가운데, 그저 주어진 삶에 대해 인간은 스스로가 선택하고 배우면서 자기 삶을 형성해 나가야 하는 것이다.

  그래서 시적 주체는 4연에서 실존적인 물음을 던진다. "하늘 복판에 아로새기듯이" 살다가, "소낙비 끝인뒤같이" 죽어간 자가 누구냐는 것이다. 그리고 그는 5연에서 "죽고 뼈만남은, / 죽음의 勝利者 偉人들!"이라고 스스로 짧게 답한다. 이때 "죽음의 勝利者 偉人들"은 어떠한 존재인가? 이들은 "세상 사람"과 대조되는 존재로서 "하늘"에 대해 의미 있는 삶을 살았고, "소낙비 끝인뒤"처럼 정열적인 죽음을 죽었으며, "뼈를 녹여내는 듯한 삶" 속에서도 "뼈"를 오롯이 남긴, 죽었으나 "죽음"을 이긴 존재자들이다.[46] 이 "죽음의 勝利者 偉人들"은 앞서 살핀 「초한대」에서 타자를 위해 고난과 죽음을 감내하는 "偉大한 祭物"의 변주라 할 수 있다. 「초한대」에서 "초한대"와 "暗黑"을 대조시켰던 시인이 「삶과죽음」에서 "죽음의 勝利者 偉人들"과 "세상사람"을 대조시키면서 동경의 대상인 "죽음의 勝利者 偉人들"을 예찬하고 있는 것이

---

44 3연은 퇴고과정에서 삽입된 것으로 ( ) 속에 들어 있다. 『사진판』, 18쪽.

45 "어디에서, 그렇다면, 절망은 오는가? … 하느님, 곧 인간을 관계로 구성하신 분께서, 말하자면 그 관계를 당신의 손에서 풀어 놓으시기 때문이다－요컨대 그 관계가 자기 자신과 관계하기 때문이다."(『죽음』, 61쪽)

46 "세상 사람들"과 대조되는 이 시의 "죽음의 勝利者 偉人들"은 성서 「히브리서」 11장에서 열거되는, 세상이 감당하지 못하는 '믿음의 승리자들'을 연상케 한다(「히브리서」 11장 참조).

다. 또한 "죽음의 勝利者 偉人들"은 이미 승리의 삶을 살다가 죽은 이들로 과거적 존재들이라는 점에서 주체는 이 시에서 과거와의 연관 속에서 자기 삶의 의미를 모색하고 있다고 볼 수 있다.

이처럼 「삶과죽음」도 「초한대」처럼 1인칭화자 "나", 반성적인 자기의식, 숭고한 동경의 대상, 주체적 존재와 비주체적 존재의 대조 등의 특징이 나타난다. 특히 「삶과죽음」에서는 삶과 죽음의 단일성에 대한 사유를 바탕으로 삶에 대한 실존적인 사유가 형상화되고 있다. 여기에서 시적 주체는 "하늘"을 기준으로 삼아 영원의 관점에서 삶의 의미를 모색하며 죽음조차도 극복하고자 한다. 한편 「래일은없다」에서는 좀 더 삶의 구체적인 실존인 '현재'에 대한 물음이 나타난다.

래일 래일 하기에
물었더니
밤을 자고 동틀 때
래일이라고

새날을 찾든 나도
잠을 자고 돌보니,
그때는 내일이 아니라
오늘이더라.

무리여!
래일은 없나니
....

「래일은없다(부제: 어린마음의 물은—)」(1934.12.24.) 전문이 시는 "어린마음의물은—"이라는 부제가 있는데, 여기에서 시인이 자신을 "어린 마음"이라고 겸허하게 표현하고 있다는 점과 삶의 문제에 대해서 실존적 물음을 제기하고 있다는 점이 부각된다. 이 시는 부제 자체만으로 삶을 이해하고자 애쓰는 반성적 주체의 자기의식을 엿볼 수 있다. 이때 시적 주체는 "래일"에 대해서 물으면서 미래와의 연관 속에서 '현재'의 의미에 대해 묻는다.

1연에서 "래일"에 대해서 '묻는 나'는 "래일"이 "밤을 자고 동틀 때"라고 하는 세속적인 시간관에 대해서 듣게 된다. 이는 끊임없이 흘러가 버리는 물리적이고 자연적인 시간이다. 이러한 시간에도 과거, 현재, 미래의 구분은 있지만, 과거는 '이미' 존재하지 않는 시간이고 '미래'는 '아직' 존재하지 않는 시간이며 오직 현재만이 '지금' 실제로 존재할 뿐이다. 그러나 이 '현재' 조차도 수많은 찰나들로 끊임없이 분산될 뿐, 거기에는 의미 있는 '지속'이 없다. 고대 그리스 철학자 아리스토텔레스(Aristoteles)는 『물리학』 제4권에서 이렇게 흘러가는 시간을 영원한 시간인 '아이온(ion)'과 구분하여 '크로노스(chronos)'라고 불렀는데,[47] 이러한 시간은 실존적으로 흘러가고 마는 것, 의미 없는 것, 허무한 것 등이 되고 만다. 그래서 시적 주체가 "무리여! 래일은 없나니"라고 하는 것은 흘러가 버리는 시간 속에서 존재의 토대를 상실해 버린 실존적 부조리의 발견이라고 할 수 있다.

이와 관련하여 중세 신학자 아우구스티누스(Aurelius Augustinus)는 인간의 마음 안에서 과거와 미래가 현재 안에서 의미를 가지는 시간관을 발견하고 다음과 같이 말하였다.

> 그러나 이제 나에게 명확히 드러나 밝혀진 것은 미래의 시간이나 과거의 시간이란 없다는 것입니다. 그러므로 우리가 과거, 현재, 미래라는 세 가지의

---

47 서진태, 「크로노스에서 아이온으로」, 서울대학교 석사학위논문, 2011, 12쪽.

시간이 있다고 말하는 것도 적당치 않습니다. 아마 '과거 일의 현재', '현재 일의 현재', '미래 일의 현재'라는 세 가지의 시간이 있다고 말하는 것이 옳을 것입니다. 이 세 가지의 시간이 어떤 면에서 우리의 영혼(마음) 안에 존재하고 있습니다. 그렇지 않다면 나는 그 밖의 다른 곳에서 그것을 알 수가 없습니다. 즉 과거 일의 현재는 기억이요, 현재 일의 현재는 직관이며, 미래 일의 현재는 기대입니다.[48]

키에르케고어는 아우구스티누스의 이러한 사유를 계승하면서 시간을 무한한 연속으로 볼 때 시간성의 차원은 제대로 구별될 수 없다고 했다.[49] 그래서 그는 시간에 대해서 다음과 같이 말하였다.

"만일 시간의 무한한 연속에서 어떤 발판, 즉 현재, 분할점이었던 현재가 발견될 수만 있다면, 그 분할은 당연히 옳을 것이다. 그렇지만 순간들의 총합은 물론이거니와 순간들 모두가 하나의 과정(일종의 지나감, ein Vorübergehen)이기 때문에 그 어떤 순간도 결코 현재가 아니며, 따라서 시간 안에는 현재도, 과거도 미래도 없는 것이다. … 정신이 정립되자마자 순간은 현전한다."[50]

그에 의하면 정신은 언제나 연속성으로 경험되는 시간의 흐름에 종속되면서도, 동시적 현재에서의 과거와 미래의 종합으로 경험되는 자기 자신의 시간적인 매체를 창조한다.[51] 이러한 측면에서 "래일은 없나니"라는 시적

---

48 Aurelius Augustinus, 선한용 역, 『성 어거스틴의 고백록』, 대한기독교서회, 2003, 401쪽.

49 임규정, 「키에르케고어의 자기의 변증법」, 31쪽.

50 Søren Kierkegaard, 임규정 역, 『불안의 개념』, 한길사, 1999, 255-261쪽 참조.

51 임규정, 「키에르케고어의 자기의 변증법」, 48쪽. 키에르케고어는 크로노스적인 시간 속에 아이온적인 시간이 함께 한다는 시간의 역설을 강조한다. 그는 종교성 B의 단계에서 크로노스적 시간성과 아이온적 영원성이 만나는 순간에 카이로스적인 '때의 참(the fullness of time)'이 이루어진다고 보았다(홍경실, 「시간에 대한 이해를 중심으로 한 키에르케고어의

주체의 선언은 흘러가버리는 '물리적 시간'의 부조리에 대한 발견인 동시에 오직 정신 안에서만 인식 가능한 '정신적 시간'의 발견이라고 할 수 있다. 이때 "래일"은 '지속된 오늘', 즉 "미래 일의 현재"로서의 "기대"를 의미하는 것이기에, "래일은 없나니"라는 선언은 흘러가버리는 '물리적 시간'을 거부하고 '정신적 시간' 속에서 현재를 중심으로 미래를 통합하고자 하는 시적 주체의 자각이 이루어진 순간을 형상화하고 있다.

또한 이 시에서 주목되는 것은 3연에 등장하는 "무리"이다. 이 "무리"는 삶의 실존적 의미에 대해서 고민하고 묻고 찾는 "나"와는 대조적인 사람들로서, 「초한대」의 "暗黑", 「삶과죽음」의 "세상사람"과 유사한 의미를 지니는 '직접적 심미주의자'라고 할 수 있다. 키에르케고어에 의하면 이러한 직섭적 심미주의자들의 특징은 자기 자신에게 현재를 가지지 못한 불행한 자들이다.[52] 이들은 자기 자신에게 어떠한 실재성도 가질 수 없는 미래를 희망하는 희망, 그리고 어떠한 실재성도 가질 수 없는 때를 추억하는 추억만이 있다.[53] 이 시에 드러나는 "무리"는 "오늘"과 분리된 "래일"을 공상적으로 희망함으로써 자기 자신에게 현재를 지니지 못한 반면, "나"는 "래일"은 사실 미래의 "오늘"이라는 깨달음을 통해서 "현재"의 정신적 의미를 새롭게 하고 있다. 이때 "오늘"은 단순히 과거나 미래와 단절된 심미적 실존자의 향락적 '순간'이 아니라 과거와 미래에 지속하는 '현재'를 의미한다.

그런데 윤동주의 육필시고의 퇴고흔적을 보면 처음에 "무리여!"라고 썼다가 이후에 "(동무여!)"라고 써 놓았는데,[54] 이는 시어를 대체하려고 고민한 흔적이라고 할 수 있다. 왜 그는 "무리여!"라고 했다가 다시 이를 "(동무여!)"로 써 놓았을까? "무리여!"라는 말 속에는 "무리"의 비주체성에 대한 비판의

실존의 삼 단계설, 『인문학연구』 20, 경희대학교 인문학연구원, 2011 참조).

52   표재명, 앞의 책, 156쪽.

53   위의 책, 154쪽.

54   『사진판』, 19쪽.

식과 아울러 주체의 우월의식이 전제되어 있다. 즉 주체성의 욕망 안에는 타자적 주체에 대한 배제와 지배의 욕망의 위험이 내재되어 있는 것이다. 하지만 "(동무여!)"라는 말에는 대상에 대한 존중과 공동체적인 연대의 의미가 내포되어 있다. 그래서 아마도 "무리여!"와 "(동무여!)"를 두고 고민한 흔적은 시인이 자기 안에 있는 타자적 주체에 대한 비판의식과 우월의식을 반성적으로 고찰한 흔적이라 할 수 있다. 이러한 태도는 이 시의 부제에서 자신을 "어린마음"이라고 한 표현에서도 확인할 수 있는데, 이는「삶과죽음」에서 "세상사람"에 대한 막연한 비판과 대비되는 부분이라 할 수 있다.

이상으로「초한대」,「삶과죽음」,「래일은없다」등 최초 시편들을 살펴보았다. 이 시편들은 모두 일인칭화자 "나"를 통해서 반성적 주체의 '자기의식'을 드러내고 있다는 점, 대조의 수법을 통해서 세속의 삶을 거부하고 주체적인 '자기'의 가능성을 시도하고 있다는 점, 내면에 과거·미래의 지속으로서의 '현재'를 모색하고 있다는 점 등이 공통적으로 드러난다. 여기에서 시인의 대변자라 할 수 있는 일인칭화자 "나"는 시인이 그 어떤 것보다 '자기'의 문제에 대해 반성적인 관심을 집중시키고 있다는 것을 드러내는 표상이라 할 수 있다. 또한「초한대」의 "초한대"와 "暗黑",「삶과죽음」의 "죽음의 勝利者 偉人들"과 "세상사람",「래일은없다」의 "나"와 "무리" 등은 서로 대조를 이루면서 시적 주체의 주체적 지향성을 선명하게 제시하고 있다. 이뿐만 아니라 세 편의 시들에는 모두 '시간성'의 문제가 드러나고 있다.「초한대」에서 "초한대"는 예수의 속죄양으로서의 죽음을 상징하고 있는데, 이것은 시적 주체가 역사적 사건으로서의 보편적 진리를 '기억'함으로써 과거와의 연관 속에서 자신의 현재적 삶을 구성하고자 하는 것이다. 또한「삶과죽음」에서 시적 주체는 삶과 죽음이 하나라는 관점으로 미래("이 노래가 언제나 끝나랴")와 과거("죽음의 勝利者 偉人들")의 연관 속에서 자신의 현재적 삶을 구성하고자 한다. 그리고「래일은없다」에서 시적 주체는 흘러가버리는 물리적 시간으로서의 "래일"이 존재하지 않음을 깨달으면서 지속된 '오늘'로서의 '정신적 시

간'에 대한 가능성을 모색한다. 이러한 점은 모두 시적 주체가 '절망'("暗黑"),
'무의미'("세상사람"), '물리적 시간'("무리") 등으로 점철된 세속적 삶을 거부
함과 동시에 주체적인 성격이 뚜렷한 "초한대", "죽음의 勝利者 偉人들", "나"
등의 '자기'로 온전히 서고자 하는 의지를 보여주고 있는 것이라 할 수 있다.

2.3. 무한한 공상과 절망

윤동주는 1934년에 최초 시편들을 쓴 이후, 1935년에 「거리에서」, 「空想」,
「꿈은 깨여지고」, 「蒼空」, 「南쪽하늘」 등 일련의 관념적인 시들을 썼다. 이
다섯 작품은 첫 번째 습작 노트의 목차 상에는 다소 뒤쪽에 있으나 1934년
12월에 작성된 최초 시편을 제외하고는 창작날짜가 시기적으로 가장 앞 선
것들이다. 첫 번째 습작 노트의 목차는 기록된 순서와 창작날짜의 순서가
다르다. 윤동주는 아마도 습작 노트 외에 다른 곳에 메모했던 작품을 시간이
지난 후에 다시 습작 노트에 옮겨 적으면서 작품 창작을 완료한 듯하다.[55]
첫 번째 습작 노트 표지에는 "藻文"이라고 인쇄되어 있는데, "藻文"은 '잘
지은 글'이란 의미이기 때문에 어느 정도는 다듬어진 시가 습작 노트에 기록
된 것으로 보인다. 「거리에서」(1935.1.18), 「꿈은 깨여지고」(1935.10.27 창작,
36.7.27 개작), 「南쪽하늘」은 창작날짜가 1935년 10월이라고 되어 있으며,
「空想」은 『崇實活泉』에 1935년 10월에 발표된 점으로 미루어 1935년 10월
이후라고 보기는 어렵다. 따라서 이 시들은 「거리에서」를 제외하면 모두
1935년 10월경에 창작된 것이다.
습작 노트에는 작품 순서가 「거리에서」, 「空想」, 「꿈은깨여지고」, 「蒼空」,

---

55   이러한 이유로 습작 노트에 기록된 날짜가 창작을 시작한 날짜인지, 창작을 완료한 날짜인
      지 정확하게 판단하기가 어렵다.

「南쪽하늘」로 기록되어 있다. 이 초기 관념시들 중에서 「거리에서」와 「空想」은 "空想"을, 「空想」과 「꿈은 깨여지고」는 "塔"을, 「꿈은 깨여지고」와 「蒼空」은 '상실감'을, 「蒼空」과 「南쪽하늘」은 "蒼空(하늘)"·"젖가슴"·"어린마음(어린컷)"을 공유하면서 상호텍스트적인 연관성을 이루고 있다. 따라서 우리는 습작 노트의 순서와 그 상호텍스트적 연관성을 고려하여 「거리에서」, 「空想」, 「꿈은깨여지고」, 「蒼空」, 「南쪽하늘」 순으로 창작 순서를 추정하였다. 이러한 순서에 따라 윤동주의 초기 관념시를 읽으면 시적 주체가 절망을 통과하는 일련의 흐름이 나타난다.

2.3.1. 무한성의 절망과 가능성의 절망

「거리에서」에서 시적 주체는 "거리"라는 물리적 공간으로 나아간다. 이는 최초 시편에 나타났던 고립된 내적 성찰의 공간인 '방'으로부터 시적 주체가 외적 현실에 자신을 개방한 것으로 볼 수 있다. 하지만 그는 외적 현실로 나아가자마자 현실의 괴로움과 대면하게 되고, 그 압력으로 인하여 내면에 '공상'을 불러일으키면서 '무한성의 절망'으로 나아간다.

> 달밤의 거리
> 狂風이 휘날리는
> 北國의 거리
> 都市의 眞珠
> 電燈 밑을 헤엄치는,
> 쪽으만人魚 나,
> 달과면등에 빛어
> 한몸[56]에 둘셋의 그림자,
> 커젓다 적어젓다,

궤롬의 거리

灰色빛 밤거리를

걷고있는 이마음,

旋風이닐고 있네.

웨로우면서도

한갈피 두갈피,

피여나는 마음의그림자,

푸른 空想이

높아젓다 낮아젓다

「거리에서」(1935.1.18.) 전문

    이 시는 전체적으로 1연에는 물리적인 공간 속에 흔들리는 육체로서의 "나"의 모습이 제시되어 있는 반면, 2연에는 심리적인 공간 속에 흔들리는 정신으로서의 "나"의 모습이 제시되면서,[57] 주체의 내면에 피어나는 "푸른 空想"에 시상이 집중되고 있다.

    1연에서 "狂風"이 부는 "달밤의 거리"이자 "北國의 거리"의 "電燈" 아래에서 시적 주체는 자신을 "쪽으만人魚"로 인식하고 있다. 그가 자신을 "쪽으만 人魚"로 인식하는 것은 아마도 자연의 빛과 문명의 빛인 "달과뎐등"에 비친 "둘셋의그림자"가 "커젓다 작아젓다" 하는 모습이 마치 헤엄치는 "人魚"처럼 보였기 때문인 듯한데, 여기에서 "거리"의 "달과뎐등" 아래에서 자신을 왜소하게 여기는 주체의 내적 방황을 엿볼 수 있다. 『사진판』의 퇴고 흔적을

---

56   원고의 흔적이 명확하지 않아서, 1연 8행의 "한몸"을 『사진판』의 편집자들은 '한몸'으로 보았고, 홍장학은 '한몸'의 북한말인 '함몸'으로 보았다. 『사진판』, 221쪽; 『원전연구』, 34쪽.

57   이처럼 윤동주의 시에는 일종의 '선경후정(先景後情)'의 방식이 많이 나타난다. 즉 시의 전반부에 외적인 상황을 제시하고 후반부에 이와 관련된 내적인 정서를 드러내는 것이다. 이로 인해 때로는 현실의 공간이 환상적 공간으로 바뀌기도 한다. 이는 능동적으로 사유하는 주체가 대상을 깊이 성찰하기 때문에 나타나는 시적 상상력이라고 할 수 있다.

보면 윤동주는 "電燈밑을 헤엄치는"으로 고치기 전에 원래 "電燈밑을 방황하는"이라고 적은 것으로 보아,[58] 그가 "거리"에서 뚜렷한 방향 없이 이리저리 '방황'하고 있는 주체의 모습을 "헤엄치는"으로 표현했음을 짐작할 수 있다. 그리하여 "한 몸에 둘셋의 그림자"는 방황하는 주체에서 일어나는 자기 분열의 조짐을 드러내는 것이라 할 수 있다.[59]

2연에서는 1연의 외적이고 물리적인 풍경이 내적이고 심리적인 풍경으로 바뀐다. 즉 "달밤의 거리", "北國의 거리"는 "궤롬의 거리", "灰色빛 밤거리"로 바뀌고, "狂風"은 "旋風"이 되며, "한몸에 둘셋의 그림자"는 "한갈피 두갈피, / 피여나는 마음의그림자"로 바뀐다. 이처럼 "피여나는 마음의그림자"는 시적 주체의 내면에서 뭔가 여러 가지 생각들이 피어나는 것인데, 이를 시인은 "푸른 空想"이라고 표현한다.

여기에서 "空想"이란 무엇인가? 공상은 현실성이 없는 것을 비현실적인 이미지를 통해 마음으로 상상하는 것으로, 대개의 경우 그것은 현실에서 이룰 수 없는 자기의 욕망을 반영하게 된다. 그러면 시적 주체가 처해 있는 현실은 어떠한가? 그는 외적으로는 "달밤의 거리"를 걷는 쓸쓸한 존재이고, "狂風"의 위협을 받고 있으며, "쪽으만人魚"로 자신을 인식할 정도로 위축되어서, "한몸에 둘셋의그림자"로 흔들리고 있다. 그리하여 주체는 내적으로는 "궤롬의 거리"에서 괴로워하고 "灰色빛 밤거리"에서 우울함을 느끼며 마음속 "旋風"으로 외로워하고 있다. 즉 암울한 현실이 그의 내면에 "마음의 그림자"이자 "푸른 空想"을 피워내고 있는 것이다. 이는 결코 시적 주체가 스스로 일으킨 것이 아니라 암울한 외적 현실의 압력이 위축된 시적 주체의 내면에 일으킨 것이라 할 수 있다.

키에르케고어에 의하면 심미적 실존자는 공상이나 상상력에 의하여 현실

---

58 『사진판』, 29쪽.
59 위의 책, 29쪽. "피여나는 마음의그림자"는 퇴고 이전에 "일어나는 마음의 그림자"로 되어 있다.

을 이상화하고 그 아름다운 형상에 자신을 맡김으로써 실존의 고뇌를 잊으려고 한다. 그는 사람의 '자기'는 "무한성"과 "유한성"으로 이루어져 있다고 하며,[60] 무한과 유한으로 구성된 인간 실존의 모습을 한 마차에 "페가수스"와 "늙은 말"을 함께 매어 달리는 것에 비유했다.[61] 자기가 유한하다는 것은 현실성에 의해 제약된다는 것인 반면에 상상은 자기의 현실성을 고려하지 않은 채 자유롭게 배회한다. 실존자는 자신의 무한한 가능성에 의해서 발달해 가지만 키에르케고어는 현실성을 고려하지 않는 무한한 상상은 '공상'이라고 비판한다. 그에 의하면 '공상'은 '무한성의 절망'과 관련되어 있다.

> 따라서 무한성의 절망은 공상적인 것, 무한한 것이다. … 공상적인 것은 물론 공상(Pahntasien)과 아주 밀접하게 관련되어 있다. 그러나 공상은 다시 감정, 인식, 의지와 관련되어 있다. 그러므로 인간은 공상적인 감정, 인식, 의지를 가질 수 있다. 공상은 일반적으로 무한화의 매체이다. … 공상적인 것은 인간을 자기에게서 멀어지게 할 뿐이며, 그렇게 함으로써 인간이 자기 자신에게로 되돌아가는 것을 방해하는 그런 방식으로 일반적으로 인간을 무한한 것으로 인도한다.[62]

여기에서 키에르케고어는 '공상'이 "무한화의 매체"이며 '공상'은 인간을 자기에게 멀어지게 하여 자기 자신에게로 되돌아오는 것을 방해한다고 한다. 그리하여 자기 자신에게로 돌아오지 못하는 '무한한 자기'는 유한성을 결여하여 '진정한 자기'가 아니게 된다. 이것이 키에르케고어가 말하는 '무한성의 절망'이다. 따라서 「거리에서」에서 일어난 "푸른 空想"은 유한한 '자기'로부

---

60   『죽음』, 83쪽.

61   임규정, 「키에르케고어의 자기의 변증법」, 17쪽.

62   『죽음』, 85-85쪽.

터 무한히 멀어지게 하는 '무한성의 절망'의 가능성을 지니고 있다. 그리하여
이 "푸른 空想"은 윤동주가 1935년에 쓴 「空想」[63]에서 더욱 무한하게 확장하
게 된다.

空想 —

내마음의塔

나는 말없이 이塔을쌓고 있다.

名譽와虛榮의 天空에다,

문허질줄도 몰으고

한층두층 높이 쌋는다.

無限한 나의空想 —

그것은 내마음의바다,

나는 두팔을 펼처서,

나의 바다에서

自由로히 헤염친다.

黃金, 知浴의 水平線을向하여.

「空想」 전문[64]

---

63   이 작품은 1935년 10월에 숭실학교 학생회에서 간행하던 학우지 『崇實活川』에 게재되면서
     윤동주의 시 중에서 최초로 활자화된 것으로 보인다. 이때 은진중학교에서 먼저 숭실학교
     에 온 친구 이영헌이 문예부장으로 있으면서 윤동주에게 『崇實活川』 편집을 맡겼기 때문에,
     윤동주는 시를 실었을 뿐만 아니라 편집 활동도 함께 하였다(문익환, 「하늘·바람·별의 시
     인, 윤동주」, 『월간중앙』, 1976, 312쪽).

64   정확하게 창작날짜가 기록되어 있지는 않지만, 습작 노트에 「거리에서」(1935.1)에 이어서
     기록되어 있고 1935년 10월 『崇實活川』에 실린 것으로 보아 1935년 10월 이전에 완성되었
     을 것으로 추정된다. 그런데 습작 노트의 기록과 『崇實活川』에 실린 작품의 모습이 조금
     다른데, 윤동주는 자신이 스크랩해 놓은 『崇實活川』의 활자화된 시 위에 습작 노트의 작품
     을 기준으로 다시 고쳐 놓았다. 이는 활자화된 이후 수정하여 습작 노트에 기록한 것으로

이 시에서 "空想"은 "내마음의 塔", "내마음의바다"로 묘사된다. 「거리에서」에서 모락모락 피어나던 "내마음의그림자 / 푸른 空想"이 1연에서 "내마음의 塔"이 되고 2연에서 "내 마음의 바다"가 된 것이다. 여기에서 시적 주체는 "天空"을 향해 "塔"을 "한층두층 높이" 쌓고 "바다"에서는 "水平線"을 향해 "자유로이" 헤엄을 친다. "無限한 空想"이 펼쳐지는 시적 주체의 내면은 그야말로 무한한 가능성의 공간이기에 그는 현실에서 펼칠 수 없는 자기 실현의 욕망을 마음껏 펼쳐낸다. 이는 「거리에서」의 물리적 공간인 "거리"에서 "쪽으만人魚"처럼 자기 한 몸조차 제대로 가누지 못해 흔들리던 주체가 자기의 내면에 조그맣게 피어올린 "푸른 공상"이 「空想」에서는 "塔"과 "바다"라는 높고 넓은 무한한 가능성의 모습으로 더 확장되어 나타난 것이라 할 수 있다.

그런데 시적 주체는 "塔"을 "名譽와 虛榮의 天空"에다 쌓고 있고, "바다"에서는 "黃金, 知慾의 수평선"을 향해서 헤엄치고 있다. 즉 시적 주체가 자기 내면의 공간에서 상상을 통해 욕망하고 있는 것은 최초의 시편에서 동경하던 숭고한 대상이 아니라 "名譽", "虛榮", "黃金", "知慾" 등이다. 이것들은 현실적으로는 이룰 수 없는 결핍이 주체로 하여금 가능성의 영역에서 자기의 실현에 대해 욕망하게 한 것으로 볼 수 있다.

키에르케고어에 의하면 반성적 심미주의자의 반성은 현실성을 배제하는 '환상적 반성'이 되어 버리는데, 이는 자기가 환상적으로 가능성의 차원에서 자신을 반성했기 때문이다.[65] 키에르케고어는 이러한 절망을 '가능성의 절망'으로 규정하였는데, 무한성의 절망은 가능성의 절망과 밀접한 관계에 놓여 있다. 왜냐하면 무한성의 절망이 유한성을 결여하고 있듯이 가능성의 절망은 필연성을 결여하여 자기 자신에게로 돌아오지 못하기 때문이다. 키에

볼 수 있기 때문에 습작 노트의 것을 정본으로 보았다(『사진판』, 20-31쪽, 185쪽 참고).
65 『죽음』, 95쪽.

르케고어는 가능성의 절망과 그 종류에 대해서 다음과 같이 말하고 있다.

> 그러나 만일 가능성이 필연성을 뛰어넘고 그 결과 자기가 가능성에 있어서 자신으로부터 이탈한다면, 자기는 자신이 돌아가야 할 필연성을 소유하지 못한다. 이것이 가능성의 절망이다. 이런 자기는 추상적 가능성이 된다. … 그리고 바로 이 마지막 순간, 개인 자신이 신기루가 되는 지점이다. … 그러나 본질적으로 두 가지 종류가 있다. 그 하나는 소망하고 열망하는 형태를 취하고, 다른 하나는 우울-공상(희망/공포 또는 불안)의 형태를 취한다.[66]

이러한 측면에서 「거리에서」에서 자신을 "쪽으만人魚", "푸른空想"으로 규정하고, 「空想」에서 "내마음의 塔"을 쌓고 "내마음의 바다"에서 헤엄치는 시적 주체는 점점 자신이 환상적인 '신기루'가 되어가는 양상을 보여주고 있다. 그리하여 자기를 상실한 시적 주체에게 키에르케고어가 말한 '소망하고 열망하는 형태'와 '우울-공상의 형태'가 모두 나타나고 있다. 즉 「거리에서」의 "푸른空想"이나 「空想」에서의 무한한 "天空", "水平線" 등이 소망하고 열망하는 형태를 보여준다면, 「거리에서」의 "궤롬의 거리 / 灰色빛 밤거리"와 「空想」에서의 "문허질줄도 몰으고"는 '우울'과 '불안'의 양상을 보여주면서 주체는 오히려 자기가 염려한 것에 의해 희생되고 있다.

그런데 이 시는 윤동주가 1935년 10월에 숭실학교의 교내 잡지 『崇實活泉』에 발표한 것인데, 기록으로 남아 있는 윤동주의 시 중에서는 최초로 활자화된 것이다. 그렇다면 지면에 발표할 정도로 시인이 이 시에 상당히 애착을 가졌다는 것이 되는데, 시인은 이 시에 스스로 어떤 의미를 부여했을까? 아마도 암울한 현실 속에서 비록 현실성이 배제되었다 하더라도 자유롭게 자기의 '공상'을 키워가는 그 자체를 소중하게 생각한 것은 아닐까? 당시

---

66 위의 책, 96쪽.

윤동주가 꿈꾼 것이 무엇인지는 정확하게 알 수 없지만, 1935년 8월경에 숭실학교 편입시험에 응시하면서 그가 자기의 미래를 낙관적으로 전망한 것과 연관되는 듯하다. 하지만 「空想」의 1연에서 시인이 "무너질 줄도 모르고"라고 표현했듯이, 미래에 대한 낙관 속에는 자기의 '공상'이 결국 현실에서 무너질 수도 있다는 은밀한 인식이 '불안' 속에 자리하고 있었다. 이러한 불안은 자기가 자기를 유한한 것으로 인식하는 것으로부터 비롯되는 것이며 자기가 본래 존재해야 하는 바대로 존재하고 있지 않음에서 오는 것이라 할 수 있다. 하지만 주체가 내면의 불안을 억누르고 본래적 '자기' 되기를 외면할 때, 이 불안은 현실이 되어 주체로 하여금 절망을 경험하게 하는데, 이러한 양상이 「꿈은깨여지고」에 잘 드러난다.

2.3.2. 심미적 실존의 절망과 아이러니

앞에서 살펴본 두 시에서 주체의 내면에서 발생한 '공상'이 점점 확장되는 양상을 보았는데, 이러한 '공상'은 주체를 마침내 심미적 실존의 절망에 이르게 한다.

> 꿈은눈을 떴다,
> 그윽한 幽霧에서.
>
> 노래하든 종달이,
> 도망처 나라나고.
>
> 지난날 봄타령하든
> 금잔듸 밭은아니다.

塔은 문허젓다,
붉은 마음의塔이 ―

손톱으로색인 大理石 塔이 ―
하로져녁暴風에 餘地없이도,

오 ― 荒廢의 쑥밭,
눈물과 목메임이여!

꿈은 깨여젓다,
塔은 문허젓다.

「꿈은깨여지고」(1935.10.27./1936.7.27. 개작) 전문[67]

이 시에서 "꿈"은 깨어지고 "塔"은 무너진다. 시적 주체는 "꿈은눈을 떳다."
라고 선언하면서 가능성에서 피어나던 자기의 "空想"이 현실에 개방되면서
무참히 깨어져 버렸음을 나타낸다. 그래서 주체는 2연에서 상실감을 드러내고
3연에서 좌절감을 드러낸다. 특히 5연에서 "손톱으로새긴 大理石塔이― / 하
로져녁暴風에 餘地없이도,"라고 한 후, 그는 비통한 어조로 6연에서 "오 ―
荒廢의쑥밭, / 눈물과 목메임이여!"라고 직설적으로 정서를 드러내며 절규한
다. 「거리에서」에서의 "푸른空想"이 「空想」에서 "塔"과 "바다"로 확장되다
가 여기에 오면 "塔"은 무너지고 정성들여 만든 "大理石塔"은 순식간에 "荒廢
의쑥밭"이 되고 만다. 이때 "荒廢의 쑥밭"은 자신의 욕망이 현실 속에서 충족
되지 못한 주체의 피폐해진 내면 풍경이라 할 수 있다. 이는 '그 무엇인가'에

---

67   창작날짜 옆에 "36.7.27 改作"이라고 쓴 것으로 보아서 이 시를 습작 노트에 옮겨 적은
시기가 36년 7월 이후임을 알 수 있다.

대해 절망한 주체가 결국은 '자신'에 대한 절망에 이르게 된 것이라 할 수 있다.

당시에 윤동주가 숭실학교 편입시험에서 한 학년 아래인 3학년으로 편입했다는 전기적 사실을 감안하면, 이 시는 아마도 그 때의 심정을 표현한 것일 수도 있다. 이는 알려진 윤동주의 생애 중에서는 그가 최초로 경험한 좌절이었다. 경제적 부담감을 감수하면서 집안 어른들을 설득한 결과 응시한 편입 시험이었고 은진중학교 동급생이었던 문익환이 편입 시험에 성공하여 4학년으로 편입했던 것을 감안하면, 윤동주의 상대적인 좌절감은 더욱 컸을 것으로 짐작된다. 이때 그는 누이동생 혜원에게 "그들이 나를 제 학년에 넣어주지 않는다."라는 서글픈 말로 편지를 보냈다.[68]

선행연구들은 문익환의 증언을 토대로 하여 이 작품을 숭실학교 신사참배 거부 사건 때문에 평양 유학을 포기하고 일본인이 경영하는 광명학원에 편입하게 된 것과 관계된 작품으로 보았다.[69] 하지만 이 시는 창작날짜가 1935년 10월로 되어 있는데, 숭실학교에서 신사참배 사건이 최초로 본격화된 것은 1935년 11월 14일 평남 도지사 야스다게(安武)가 도내 공·사립 중등학교 교장들에게 평양신사 참배를 명령하면서부터라 할 수 있다.[70] 따라서 이 시는 평양중학교 신사참배 사건이 본격적으로 시작되기 전에 창작된 것으로 신사참배 사건과의 관련성은 비교적 적다고 할 수 있다.[71]

키에르케고어에 의하면 반성적 심미주의는 순수한 직접성이 지양되면서 자기의식이 나타나긴 하지만 이때의 자기는 현실적 자기가 아니라 잠재적

---

68 위의 책, 170-171쪽.

69 문익환, 「동주, 내가 아는 대로」, 『문학사상』, 1973.3, 304쪽. 이진화, 앞의 글 18쪽; 마광수, 앞의 책, 94쪽; 구마키 쓰토무, 앞의 글, 54쪽.

70 『평전』, 185쪽.

71 물론 이 시의 개작 날짜가 숭실학교 자퇴 이후인 1936년 7월 27일로 되어 있어서, 신사참배에 대한 의식이 이 시에 반영될 가능성이 전혀 없다고는 할 수 없다.

자기일 뿐이라는 점에서 '절망하여 자기 자신이기를 원하지 않는 형태'를 띠게 된다.[72] 그는 이를 "연약함의 절망"이라고 하고, 이 단계에서 사람은 "지상적인 것, 또는 지상적인 어떤 것에 대한 절망"과 "영원한 것, 또는 자신에 대한 절망"을 경험하게 된다고 했다. 하지만 절망이 반드시 부정적인 면만 있는 것은 아니다. 왜냐하면 절망으로 인해 실존자는 자기 자신을 선택할 수 있는 기회를 얻게 되고, '이것이냐 저것이냐'의 선택에서 자기를 선택하게 될 때 심미적 실존자는 윤리적 실존의 단계로 들어가게 된다. 즉 현실성에서 직면하는 절망적 자기 인식이 역설적으로 자기 형성의 가능성을 현실성으로 옮겨 놓을 수 있는 것이다.

「꿈은깨여지고」에서 시적 주체는 "꿈은눈을 떳다"라고 선언하는데, 이는 가능성의 영역에서 이루어지던 '환상적 반성'이 절망으로 인해 자신의 한계를 인식한 것으로 볼 수 있다. 이러한 순간에 바로 키에르케고어가 심미적 실존과 윤리적 실존 사이에서 나타난다고 언급한 '아이러니(Irony)'가 발생한다. 키에르케고어에 의하면 심미적 실존자가 절망에 이르렀을 때에 '아이러니'의 순간이 발생한다. 이때 세속적인 쾌락을 추구하던 주체는 도리어 자신이 노예로 전락되었음을 깨닫게 되고 자기의 부정적인 것과 직면하며 뉘우침이 일어난다. 그래서 사람은 윤리적 실존에 눈을 뜨게 되고 양심의 눈뜸과 함께 심미적 실존은 윤리적 실존으로 넘어가게 된다.[73] 그리하여 아이러니의 순간에 나타난 절망을 변증법적으로 극복하기 위해서 주체는 현실의 결핍으로 인한 자기의 욕망이 아니라 진정한 '자기'를 찾기 시작한다. 이러한 양상이 「蒼空」과 「南쪽하늘」에 나타나는데,[74] 「蒼空」에서 주체가 절망을 극복하

---

72 임규정 「키에르케고르의 절망의 형태와 삶의 단계의 상응에 관한 연구」, 367-369쪽.

73 표재명, 앞의 책, 157쪽.

74 「蒼空」과 「南쪽하늘」은 「거리에서」, 「空想」, 「꿈은깨여지고」 등과 달리 모두 창작날짜와 함께 「平壤」이라는 구체적인 장소를 기록하고 있다. 때문에 아마도 「거리에서」, 「空想」, 「꿈은깨여지고」 등은 윤동주가 평양으로 이주하기 이전에, 「南쪽하늘」과 「蒼空」 등은 평양으로 이주한 이후에 쓰여졌을 가능성이 높을 것으로 추정된다.

고 자기의 욕망을 부정하려는 모습이 나타난다면 「南쪽하늘」에서는 현실성 속에서 자기를 새롭게 인식하는 모습이 나타난다.

그 여름날,

熱情의 포푸라는,

오려는 蒼空의 푸른 젓가슴을

어루만지려

팔을 펼어 흔들거렸다.

끌는 太陽그늘 좁다란地點에서.

天幕같은 하늘 밑에서,

떠들든 소낙이,

그리고 번개를,

춤추든 구름은 이끌고,

南方으로 도망가고,

높다라케 蒼空은, 한폭으로

가지우에 퍼지고,

둥근달 과 기럭이를 불러왔다.

푸드른 어린마음이 理想에 타고,

그의憧憬의 날 가을에

凋落의눈물을 비웃다.

「蒼空」(未定稿, 1935.10.20. 平壤서) 전문

「蒼空」은 시인이 "未定稿"라고 적은 것을 보면 미완성의 작품임을 알 수 있다. 여기에서 시적 주체는 "熱情의 포푸라"의 은유로 자신을 형상화하고 있다. 이는 「거리에서」에서 "달과년등"이라는 현실의 외적 압력으로 인해 이리저리 흔들리던 "쪽으만人魚"와는 달리 대지에 뿌리박고 하늘을 향해 팔을 벌린 식물의 은유로서 자기에 대한 시적 주체의 인식 변화를 엿볼 수 있다.

1연에서 "熱情의 포푸라"가 처음에 소망한 것은 "蒼空의 푸른젓가슴"이었다. 이는 앞에서 살펴보았던 "푸른 空想"을 연상케 하는 표현이다. 하지만 2연에서 그에게 주어진 하늘은 "天幕같은 하늘 밑"이었다. 이는 「十字架」의 "어두어가는 하늘밑에"와 유사한 표현으로서 이때의 "하늘"은 역사적 상황을 암시한다고 할 수 있다. 어두운 "하늘" 아래에서 등장하는 "소낙이", "번개", "구름"은 부정적인 대상들인데, 이들은 모두 "南方으로 도망"간다. 한반도의 남쪽에 일본 열도가 있음을 감안하면, 이 "南方으로 도망가고"라는 표현이 예사롭지 않게 느껴진다. 왜냐하면 식민지 현실 속에서 이 "南方으로 도망가고"의 표현은 당시 전쟁을 확장하고 있던 일본이 패망하여 조선에서 물러날 것을 암시할 수도 있기 때문이다. 시인이 습작 노트에 "未定稿"라고 기록한 이유가 이 때문일 수도 있다.

2연의 마지막에서 "춤추던 구름"이 "소낙이", "번개"를 이끌고 "남방"으로 도망간 후 "창공"은 "둥근달과 기럭이"를 불러왔다. 이때 "둥근달과 기럭이"는 시적 주체가 "蒼空의 푸른젓가슴"의 상실감으로 인해 발생한 심미적 실존의 절망을 "天幕같은 하늘 밑"이라는 '현실성'에서 새롭게 얻게 된 자기의 새로운 '이상(理想)'을 상징한다고 볼 수 있다. 이는 시적 주체가 심미적 실존의 절망을 통과하며 "理想"과 "憧憬" 속에서 회복되고 성숙하였음을 형상화한 것으로 볼 수 있다. 그래서 3연에서 시적 주체는 "凋落의눈물을 비웃다."라고 압축적으로 자신의 심경을 드러내는데, "凋落의 눈물"은 절망적 순간을 상징하지만 시적 주체는 이를 "비웃다"라고 표현하면서 자신의 정신적 비약을 드러낸다.

제비는 두나래를 가지엿다.

시산한 가을날 —

어머니의 젖가슴이 그리운

서리나리는 져녁 —

어린콧은 쪽나래의 鄕愁를 타고

南쪽하늘에 떠돌뿐 —

「南쪽하늘」(1935.10. 平壤에서) 전문

이 시에서는 1연의 "제비"와 2연의 "어린콧"이 대조를 이루고 있다. "제비"는 "두나래"를 가져서 "가을날"이 되면 따뜻한 남쪽의 고향을 향해 날아간다. 하지만 "어머니의 젖가슴"이 그리운 "어린콧"은 "쪽나래의 향수"를 타고 "南쪽하늘"을 떠돌 뿐 고향에 갈 수가 없다. 이때 "어린"은 "어머니"와 분리되어 있고, "콧"은 육체와 분리되어 있고, "쪽나래"[75]는 "두나래"와 분리되어 있고, "鄕愁"라는 말 속에서는 과거와 현재의 분리가 암시되고, "南쪽하늘"은 '고향'과 분리되어 있다. 즉 시적 주체는 자기 자신을 '온전함'으로부터 분리된 존재로 인식하고 상실감을 느끼고 있는 것이다. 이는 전기적으로 평양 숭실학교 편입으로 인해 생애 처음으로 가족과 고향을 떠난 경험과 관련될 수 있다.

이때 "南쪽하늘을 떠돌뿐"의 의미는 두 가지로 해석될 수 있다. "南쪽하늘"을 '고향의 하늘'로 본다면 "어린콧"이 육체를 떠나 고향의 하늘 위를 떠돌고 있다고 볼 수 있다. 하지만 "南쪽하늘"을 현재 시적 주체가 있는 곳으로 본다

---

[75] 홍장학은 "쪽"을 '작은'의 뜻을 더하는 접두사나 '작은 조각으로 만든'의 뜻을 더하는 접두사로 보아서 "쪽나래"를 '작은 날개'의 의미로 이해하였다(『원전연구』, 44쪽). 하지만 1연과 2연은 대조적 의미로 형상화되었다는 판단 하에 "쪽나래"는 "두나래"를 지니지 못했다는 의미를 지닌 '한쪽 날개'의 의미로 볼 수 있다.

면 "어린것"은 북쪽의 고향에 가지 못하고 그저 하늘을 맴돌고 있을 뿐이라고 해석할 수 있다. 하지만 우리는 이 시의 "南쪽하늘"을 고향의 하늘이 아니라 고향과 떨어져 시적 주체가 현재 거하고 있는 곳으로 보고자 한다. 그 이유는 다음과 같다. 첫째, 1연과 2연이 대조를 이루고 있음을 감안해야 한다. 대조의 관점에서 보면 "제비"가 남쪽에 있는 고향에 간 것에 반해 "어린것"은 북쪽에 있는 고향에 도달하지 못했다고 보는 것이 자연스러워 보인다. 둘째, 시인이 있는 곳이 "平壤"임을 감안한다면 고향인 북간도에 비해 자신이 남쪽에 있으므로, "南쪽하늘"은 고향이 아니라 "平壤"을 의미하는 것으로 이해할 수 있다. 셋째, "어린것"은 시인 자신과 밀착된 대상으로 보아야 한다. 물론 이 시의 시적 주체를 시인이 아니라 '퍼소나'로 볼 수도 있겠지만, 동시 창작 이전에 명확하게 타자의 '퍼소나'를 활용한 시가 없다는 점을 감안하면, 이 시의 "어린것"도 시인과 밀착되어 있다고 보아야 할 것이다.

이처럼 「南쪽하늘」도 「蒼空」과 마찬가지로 모두 '하늘'을 배경으로 하면서 시적 주체가 자신을 "어린" 존재로 인식하고 있는 모습이 제시된다. 하지만 「蒼空」에서 시적 주체는 "理想"과 "憧憬" 속에서 "凋落의눈물"을 비웃으며 절망을 극복하기 위해 용기를 내고 있는 반면에, 「南쪽하늘」에서 시적 주체는 여전히 "어머니의 젖가슴"을 그리워하며 상실감에 젖어 방황하는 모습이 제시된다. 이는 「蒼空」에서 시적 주체가 비웃은 것이 부정되어야 할 자기의 심미적 욕망이라고 한다면, 「南쪽하늘」에서 그가 그리워하는 것은 긍정되어야 할 본래적 자기 자신임을 의미하는 것으로 볼 수 있다. 그래서 「南쪽하늘」에서 시적 주체가 분리감과 상실감에 젖어 있는 것은 오히려 그가 현실성에 대한 정직한 자각 속에서 자기를 인식했기 때문이다. 이는 그가 「거리에서」와 「空想」에서 나타났던 무한성의 절망과 가능성의 절망을 어느 정도 극복하고 유한성과 필연성에 대한 자각을 보이는 것이라고 할 수 있다. 하지만 여전히 그는 자기 자신에 대한 분리감과 상실감에 젖어 있을 뿐, 현실성과 타자성에 대해서 온전히 자기를 개방했다고 볼 수는 없다.

이상으로 「거리에서」, 「空想」, 「꿈은깨여지고」, 「蒼空」, 「南쪽하늘」 등의 초기 관념시에 나타나는 실존의식을 살펴보았다. 앞에서 본 것처럼 초기 관념시는 심미적 실존의 절망을 통과하여 윤리적 실존으로 나아가는 하나의 흐름이 나타난다. 「거리에서」와 「空想」에서 시적 주체는 현실성이 배제된 가능성의 영역에서 환상적 "空想"으로 나아가고, 이 "空想"이 무한히 확장되면서 '무한성의 절망'과 '가능성의 절망'의 양상을 보였다. 그리하여 시적 주체는 결국 「꿈은깨여지고」에서 심미적 실존의 절망으로 '무너짐'을 경험하고, 아이러니의 순간에 "꿈은눈을 떳다"라며 절망을 변증법적으로 반성한다. 그래서 시적 주체는 「蒼空」에서 "凋落의눈물을 비웃다"라고 하며 자신의 절망을 극복하고, 「南쪽하늘」에서 여전히 온전치 못한 자기를 인식하면서 조금씩 자신을 현실성에 개방하기 시작한다. 이처럼 윤동주의 초기 관념시는 무한화 과정으로부터 다시 유한화 과정을 거쳐서 자기 자신에게로 돌아오는 일련의 흐름이 나타나고 있다.[76]

---

76 이러한 양상은 초기 시에 나타난 다음의 '은유'에서도 확인할 수 있다. 은유는 본질적으로 미지(未知)의 것을 이해하기 위하여 기지(旣知)의 것으로 바꾸어 부르는 명명 행위이고 이러한 명명 행위는 결국 자기 인식의 반영이라 할 수 있다(김준오, 『시론』, 삼지원, 1997, 179쪽).

① (어린마음의 물은―) / 래일래일 하기에(「래일은없다」)
② 電燈밑을 헤엄치는, / 쪽으만人魚 나. / 한몸에 둘셋의 그림자,
    …
    한갈피 두갈피, / 피여나는 마음의그림자, / 푸른 空想이(「거리에서」)
③ 空想 / 내마음의 塔(「空想」 부분)
④ 塔은 무너젓다. / 붉은 마음의塔이(「꿈은깨여지고」)
⑤ 푸드른 어린마음이 理想에 타고(「蒼空」)
⑥ 어린콧은 쪽나래의 향수를 타고(「南쪽하늘」)

위의 예들을 보면, 윤동주는 자기를 "어린마음", "쪽으만人魚", "塔", "어린콧" 등으로 은유적으로 표현하고 있는데, 여기에서 시적 주체가 자신을 왜소하고 방황하는 대상으로 인식하고 있음을 알 수 있다. 즉 초기 시의 은유적 표현들을 살펴보면, 시적 주체가 왜소한 "어린마음"에서 시작하여 방황하는 "쪽으만人魚", "空想" 등을 거쳐 무한한 "塔"으로 확장

2.4. 초기 시의 실존의식

윤동주와 키에르케고어의 관련성에 주목한 최근의 선행연구들은 대체로 1934년 12월에 창작된 「초한대」로부터 1937년 10월에 창작된 「遺言」 사이의 관념시와 동시(童詩)를 '심미적 실존'으로 규정하고 있다.[77] 이 연구들은 대체로 '심미적 실존'을 "상상을 할 수 있는 능력을 상실하고 그 필요성조차 몰각한 '무정신성'의 세계에서 벗어나고자 할 때 만나게 되는 것" 또는 "개인이 세상과 모순된 관계를 맺고 있는 단계"로 정의하고, 윤동주의 초기 관념시와 동시를 "유한성의 절망에서 벗어나고자 하는 심미적 실존의 자유 지향'으로 규정하였다.[78] 하지만 이 선행연구들은 크게 세 가지의 문제점을 지니고 있다.

첫째, 키에르케고어의 '심미적 실존'의 개념은 그 의미망이 단순히 '속물적 무정신성에서 벗어나고자 하는 것' 또는 '유한성의 절망에서 벗어나고자 하는 것' 등으로 한정될 수 없다. 왜냐하면 '심미적 실존'의 의미망은 가장 저급한 '속물적 무정신성'으로부터 높은 '시적-예술적 반성'에 이르기까지 그 의미망이 꽤 넓기 때문이다. 이러한 개념의 혼란은 키에르케고어가 '실존의 삼 단계'를 체계적으로 설명한 적이 없고, 그가 말하는 '실존'의 의미 자체가 정적인 개념이 아니라 '되어감의 과정(a process of becoming)'으로서의 동적인 개념이기 때문에 발생하는 것이라 할 수 있다. 그가 말하는 실존의 각 단계는 변증법적인 이중성과 양의성을 동시에 지니고 있고, 각 단계가 서로 분리된 것들이 아니라 긴밀하게 연결되어 있다. 그래서 심미적 실존이 종교적인 것을 돕기도 하고, 윤리적인 것의 바탕 위에서 참다운 심미적 실존

되다가 결국 무너지는 절망에 이르러 다시 "어린마음", "어린컷"이 되어 "理想"과 "鄕愁"를 소망하고 있는 양상을 확인할 수 있다.

77   윤혜린, 앞의 글; 장래하, 앞의 글; 임월남, 앞의 글 참조.
78   윤혜린, 앞의 글, 55쪽; 장래하, 앞의 글, 84쪽; 임월남, 앞의 글, 45쪽.

이 성립되기도 하는 것이다.[79]

  키에르케고어는 그의 첫 번째 저서인 『이것이냐 저것이냐』에서 '빅트로 에레미타(Victor Eremita)'라는 가명의 편집인을 내세워 '심미가 A'와 '윤리가 B'를 통해 심미적 실존과 윤리적 실존의 양상을 여러 관점에서 논하고 있다. 먼저 그는 『이것이냐 저것이냐』 1부의 「직접적-에로스적인 단계들 혹은 음악적-에로스적인 것」에서 모차르트의 오페라 「피가로의 결혼」의 케루비노, 「마적」의 파파게노, 「돈 조반니」의 돈 조반니 등을 통해 '직접적 심미주의자' 내에 있는 세 단계에 대해서 논하였다. 키에르케고어에 의하면 케루비노는 욕망과 욕망의 대상이 서로 분리되지 않고 그저 꿈을 꾸는 단계이고, 파파게노는 욕망이 꿈에서 깨어나면서 무엇인가를 찾는 단계이며, 돈 조반니는 욕망의 대상을 발견하는 즉시 향락을 즐기는 단계이다.[80] 돈 후안이 '직접적 심미주의자'의 전형이라면 키에르케고어가 『이것이냐 저것이냐』 1부의 마지막 「유혹자의 일기」에서 묘사하고 있는 유혹자 요하네스는 '반성적 심미주의자'의 전형이다. 그는 욕망의 충족과 쾌락을 위해서 새로운 대상을 찾아 끊임없이 떠나는 돈 후안과 달리, 반성적 의식을 통해서 단 한 사람의 여인을 대상으로 유혹의 다양한 방법에 몰두한다. 한편 『이것이냐 저것이냐』 2부의 '윤리가 B'는 심미적 실존의 다섯 단계를 구분하고 있다. 즉 그는 심미적 실존을 건강을 가장 귀하게 여기는 인생관, 부·명예·귀족의 신분 따위를 인생의 과제로 하는 인생관, 인생을 향락하기 위한 조건을 재능으로 보는 인생관, 인생을 향락하고 욕망대로 살고자 하는 인생관, 우수·권태·불안 등으로 전환하여 절망하는 인생관(네로와 칼리굴라) 등으로 구분한다.[81] 이처럼 키에르케고어는 '심미적 실존'의 의미를 매우 넓고 다양하게 사용하고 있다.

---

79 『이것이냐 저것이냐』 2부, 686쪽.
80 『이것이냐 저것이냐』 1부, 143쪽.
81 표재명, 앞의 책, 141-142쪽.

그가 『이것이냐 저것이냐』에서 케루비노, 파파게노, 돈 조반니, 요하네스, 네로, 칼리굴라 등과 가명의 저자 '심미가 A' 등을 통해 제시하고 있는 심미적 실존의 의미는 결코 동일하지 않다. 심지어 키에르케고어는 자신을 심미적인 '시인적 실존(poet-existence)'이라고 규정하고 자신의 익명의 저작들을 심미적인 성격의 '시'라고도 하였다.[82] 따라서 윤동주의 초기 시를 심미적 실존으로 규정할 때 그 심미적 실존의 의미가 어떤 것인지를 구체적으로 정밀하게 살필 필요가 있는데, 선행연구들은 이를 간과한 측면이 있다.

둘째, 선행연구들은 윤동주의 동시(童詩)를 심미적 실존으로 분류하고 있지만, 윤동주의 동시는 단순히 심미적 실존으로 보기 어렵다. 이는 윤동주의 동시에 대한 오해와 키에르케고어의 '심미적 실존'의 개념에 대한 오해에서 비롯되는 문제인 듯하다. 윤동주의 동시는 현실인식과 역사의식을 바탕으로 하고 있고, 구체적인 현실 속에서 타자적 주체들에 대한 연민과 책임이 나타나기 때문에 오히려 윤리적 실존으로 분류해야 할 것이다.[83]

셋째, 선행연구들은 윤동주가 연희전문학교에 입학하는 과정에서 의과에 진학하라는 아버지의 의견에 반하여 문과에 진학한 전기적 사실에 주목하고 이를 윤동주가 '자기'를 선택하여 윤리적 실존으로 도약한 것으로 해석하여, 연희전문학교 입학 직전에 창작된 「遺言」을 심미적 실존에서 윤리적 실존으로 도약하는 작품으로 보았다. 하지만 윤동주가 진로에 대해서 분명하게 자기의 주장을 드러낸 것은 연희전문학교 입학 때가 처음이 아니다. 그는 1935년에 숭실학교 편입시험을 볼 때에 부모들의 반대에도 불구하고 그들을 설득하여 숭실학교 편입을 시도하였고, 숭실학교 재학시절에는 신사참배에 반대하여 힘들게 들어온 학교에서 과감하게 자퇴를 선택하기도 하였다. 즉 그는 1935년 당시에 이미 자기 자신으로 존재하고자 하는 실존적인 결단을

---

82 임규정, 「시인의 실존: 키르케고르의 시인과 시의 개념에 관한 연구 I」, 『철학·사상·문화』 14, 동국대학교 동서사상연구소, 2012, 186쪽.
83 이에 대해서는 3장에서 구체적으로 논의할 것이다.

감행하고 있다고 볼 수 있다.

따라서 우리는 이러한 문제의식 하에 그가 처음 시를 기록한 1934년 12월 「초한대」에서부터 숭실학교 입학 직후이자 동시를 쓰기 직전 시기인 1935년 10월 「南쪽하늘」까지를 '초기 시'로 설정하고 여기에 나타나는 실존의식을 '심미적 실존'으로 규정하고자 한다. 윤동주는 1934년 12월에 「초한대」, 「삶과죽음」, 「래일은없다」 등 최초 시편들을 기록하기 시작하면서 반성적인 자기의식과 실존적 물음을 드러내었고, 「거리에서」, 「空想」, 「꿈은깨여지고」, 「蒼空」, 「南쪽하늘」 등 초기 관념시들을 통해서 시적 주체가 가능성과 무한성의 '공상'으로부터 심미적 실존의 절망에 이르는 과정을 시적으로 형상화했다. 이때 초기 시의 실존의식에서 주목되는 것은 '반성적인 자기의식'과 '공상적인 초월의식'이다.

주체적으로 된다는 것은 자기가 누구인가에 대한 '반성적인 자기의식'으로부터 시작한다고 볼 수 있는데, 윤동주의 최초 시편에 나타나는 반성적인 자기의식은 자신을 숭고한 대상과 동일시하고 자신을 세상 사람들과 구분하면서부터 시작된다. 그는 「초한대」, 「삶과죽음」에서 숭고한 대상에 대한 동경을 드러내는 한편, 「삶과죽음」, 「래일은없다」에서는 세상 사람들과 자신을 구분하는 주체적인 인식을 보여준다. 이처럼 인간은 자기의식 속에서 자기를 타자가 아니라 자기로서 의식하는 동일성에 대한 의식으로부터 자기를 정립한다. 그래서 윤동주의 최초 시편들은 언뜻 보기에는 반성적인 자기의식, 주체적인 사유, 시간의 지속성, 종교적인 모티프 등으로 인하여 윤리적 실존 또는 종교적 실존의 성격으로 보인다. 하지만 최초 시편들에서 드러나는 실존의식은 '이것이냐 저것이냐'의 선택에서 온전히 윤리적 실존 또는 종교적 실존으로서 '자기'를 선택했다고 보기 어려운 부분이 있다. 왜냐하면 최초 시편의 시적 주체는 반성적인 자기의식을 드러내고는 있지만 그의 사유는 다소 추상적인 사유이고 현실성이 배제된 가능성의 사유로 보이기 때문이다. 「초한대」에서 공간적 배경인 "내방"은 현실성이 배제된 고립된 공간이다.

「삶과죽음」에서는 "세상사람"에 대해서, 「래일은없다」에서는 "무리"에 대해서 시적 주체는 그들과 구별된 주체적 사유를 지향하고 있지만, 한편으로는 이들에 대한 비판 속에 자기의 상대적 우월성이 전제되면서 타자적 주체의 현실성이 배제되고 있다.[84] 그뿐만 아니라 최초 시편에서 시적 주체는 "깨끗한 祭物", "죽음의 勝利者 偉人들" 같은 추상적인 대상들에 대한 동경을 나타내는데, 이러한 막연한 동경은 '현실성' 속에서 구체적인 '자기'를 선택하는 윤리적 실존자가 타자적 주체에 대한 '책임'을 수반하고 있는 것과는 차이가 있다.

윤동주의 최초 시편이 심미적 실존이라고 한다면, 앞에서 언급한 대로 넓은 의미망을 지닌 심미적 실존의 모습 중에서 그 구체적인 성격이 어떠한가를 정밀하게 따져보아야 할 것이다. 우선 시적 주체의 반성적인 '자기의식'이 드러난다는 점에서 최초 시편의 시적 주체는 돈 후안처럼 욕망의 향락을 추구하는 '직접적 심미주의'와는 거리가 멀다. 윤동주의 시는 현재 남아있는 최초의 시부터 최후의 시까지 그 어떤 것도 직접적 심미주의로 보기는 어렵다. 따라서 윤동주 최초 시편의 실존의식을 윤리적 실존이 아니라 심미적 실존으로 규정한다면, 그 성격은 욕망의 만족을 위해 향락에 집착하는 '직접적 심미주의'보다는 가능성 속에서 자기를 구성하는 '반성적 심미주의'에 가깝다고 할 수 있다. 선행연구들은 윤동주 초기 시를 심미적 실존으로 규정하면서도 직접적 심미주의와 반성적 심미주의를 구분하지 않았다. 키에르케고어에 의하면 반성적 심미주의자는 그 반성적 의식으로 직접성을 배제하여 직접적 심미주의로부터 발전적으로 한 걸음 더 나아가지만 현실성을 배제함으로써 윤리적 실존에 이르지는 못한다. 따라서 윤동주 최초 시편의 반성적

---

84 물론 「래일은없다」에서는 앞에서 언급한 것처럼 부제 "어린마음의물은"을 통해 자신을 겸허하게 표현하고 "(동무여!)" 같은 퇴고 과정을 통해 타자적 존재에 대한 배려의 흔적이 나타나기도 한다. 하지만 그렇다고 해서 주체의 우월적인 태도가 완전히 극복되었다고 보기는 힘들다.

주체는 반성적 심미주의와 윤리적 실존의 경계에 서 있다고 할 수 있다.

여기에는 윤리적 실존으로 나아갈 수 있는 긍정적 가능성과 반성적 심미주의로 퇴보할 수 있는 부정적 위험성이 동시에 존재한다. 이와 관련하여 키에르케고어는 "절망이 의식되어 있느냐 아니냐와 상관없이 고찰된, 그 결과와 오직 종합의 계기와 관련하여 고찰된 절망"을 "유한성/무한성에 의해 규정된 절망"과 "가능성/필연성에 의해 규정된 절망"으로 나누고 있는데,[85] 윤동주 최초 시편에서 드러나는 주체는 반성적 심미주의의 '추상적인 무한화'의 특징으로 인해 키에르케고어가 말한 '무한성의 절망' 또는 '가능성의 절망'에 빠질 위험을 지니고 있었다.[86] 키에르케고어에 의하면 시인에게 현실태는 "그에게 가능태의 관념성을 추구하기 위해서 현실태를 포기하라고 촉구하는" 단순한 계기에 불과하다.[87] 즉 시인의 파토스는 "본질적으로 환상", 곧 "시적 파토스, 가능태의 파토스이며, 현실태는 하나의 계기일 따름이다."[88] 그리하여 윤동주는 구체적인 '자기'를 종합적으로 형성하기보다는 무한성과 가능성의 영역에서 키에르케고어가 "절망하여 자기 자신이려고 하지 않는 절망"[89]으로 규정한 것을 향해 나아가게 되는데, 이러한 양상이 최초의 시편 다음에 창작된 초기 관념시에 보다 잘 드러난다.

「거리에서」, 「空想」, 「꿈은깨여지고」, 「蒼空」, 「南쪽하늘」 등의 초기 관념시에서 반성적 심미주의자가 '공상적인 초월의식'으로 심미적 실존의 절망

---

85 『죽음』, 84-103쪽.

86 "자기는 추상적인 무한화에서 또는 추상적인 고립 속에서 공상적인 존재를 영위하거니와, 항상 자기가 결핍되어 있으며 자기는 더욱더 자기 자신에게서 멀어진다. 가령 종교적 분야에서 그렇다. 물론 신과의 관계는 사람을 무한화한다. 그러나 이 무한화는 인간을 너무 공상 속으로 몰아넣게 되어서 그를 도취상태로 있게 한다."(위의 책, 88쪽)

87 임규정, 「시인의 실존: 키에르케고어의 시인과 시의 개념에 관한 연구」, 『철학사상문화』 14, 동국대학교 동서사상연구소, 2012, 189쪽.

88 위의 글, 189-190쪽.

89 『죽음』, 57-58쪽.

에 이르는 일련의 흐름이 나타난다. 「거리에서」에서 암울한 현실로 인해 주체 내면에서 발생한 '공상'이 「空想」에서 무한하게 확장되다가 「꿈은깨여지고」에서 '공상'은 무너지면서 시적 주체는 절망에 이르게 된다. 이러한 양상은 반성적 자기의식이 상상을 통하여 '무한성의 절망'과 '가능성의 절망'으로 나아간다는 측면에서 키에르케고어가 말한 반성적 심미주의의 모습이라 할 수 있다. 그러나 키에르케고어가 『이것이냐 저것이냐』에서 반성적 심미주의자의 대표적인 예로 제시하는 '유혹자 요하네스'와 윤동주 최초 시편의 시적 주체는 상당히 거리가 멀다. 즉 유혹자 요하네스가 심미적 지향성이 강한 반성적 심미주의자라면 윤동주 초기 관념시의 시적 주체는 윤리·종교적 지향성이 강한 반성적 심미주의자의 모습을 보인다. 따라서 유혹자 요하네스가 윤동주 초기 관념시의 시적 주체를 잘 반영하고 있는 인물이라고 보기는 어렵다.[90]

---

[90] 윤동주 초기 시의 시적 주체는 유혹자 요하네스보다는 오히려 『이것이냐 저것이냐』에서 심미적 실존 전체의 다채로운 양상을 분석하는 '심미가 A'의 '시적-예술적 반성'에 가까워 보인다. 하선규는 『이것이냐 저것이냐』의 1부 전체에서 심미적 실존에 대해 다층적으로 분석하고 있는 익명의 저자 '심미가 A'에 주목하고 심미적 실존 내의 다양한 스펙트럼을 분석하였는데, 그는 심미적 실존의 가장 승화된 단계를 '시적 반성'과 '예술적 표현'으로 보았다(하선규, 앞의 글, 261쪽). 심미가 A의 반성은 "감성적인 상상력과 창작력을 동원한 '시적 반성', 혹은 시(문학), 음악, 오페라, 연극 등 감각적 표현 매체를 통한 '예술적 표현'에서 가장 높은 단계에 도달한다"고 할 수 있다(위의 글, 248쪽). 그는 욕망의 향락과 더불어 권태·우울·불안·절망 등의 다양한 심미적 실존의 고통을 예술적으로 승화시키고, 예술적 표현을 통해 고유한 가능성의 세계를 창조하고자 했다. 이는 윤동주가 습작 노트에 작품마다 일기식의 창작날짜를 기록하면서 최초 시편들에서 반성적 자기의식과 실존적 물음을 드러내고, 초기 관념시에서 상상을 통해 가능성을 모색하며 불안·절망·상실감 등의 고통을 형상화한 것과 상통하는 측면이 있다. 즉 '심미가 A'의 '시적-예술적 반성'과 같이 윤동주도 최초의 시편에서 자기의 실존적 고뇌를 예술적으로 승화시키고 시 쓰기를 통해서 자기의 가능성을 모색한 것으로 볼 수 있는 것이다. 이러한 맥락에서 김우종은 윤동주의 내면을 "심미적 발전을 통하여 윤리적 완성을 기하려는 충동"으로 보았다(김우종, 앞의 글, 176쪽). 그러나 '심미가 A'조차도 윤동주 초기 시의 심미적 실존의 양상을 잘 반영하는 인물이라고 할 수는 없다. 왜냐하면 윤동주 초기 시에 형상화되어 있는 실존의식은 선택 자체에 대해 회의하면서 끊임없이 심미적인 것의 향락을 예술적으로 모색하고 있는 '심미가 A'보다도 훨씬 더 윤리적 실존에 가깝고 어느 정도 종교적 실존의 모습도 보이고 있기 때문이다.

따라서 우리는 이러한 윤동주 초기 시의 실존의식을 '윤리·종교적 지향성을 띤 반성적 심미주의'로 규정하고자 한다. 초기 시에 나타난 그의 실존의식은 주체적이고 윤리적인 지향성이 강하여 윤리적 실존에 매우 가깝게 보이지만, 여전히 심미적 실존으로 규정할 수 있다. 왜냐하면 그의 초기 시에는 구체적인 현실성이 명확하게 제시되지 않고 자기 자신을 선택하는 실존적 결단이 결여되어 있기 때문이다. 초기 시 전체의 양상을 살펴보면, 윤동주의 최초 시편(「초한대」, 「삶과죽음」, 「래일은없다」)에서 시적 주제는 반성적인 자기의식과 주체적인 사유를 드러내면서 윤리적·종교적 실존을 지향하지만, 초기 관념시(「거리에서」, 「空想」)에서 공상적으로 자기의 가능성과 무한성을 모색하다가 결국 절망에 이르면서 다시 자기 자신에게로 돌아오는 양상(「꿈은깨여졌다」, 「蒼空」, 「南쪽하늘」)이 나타난다. 그리하여 윤동주는 초기 시에서 나타나는 '반성적 자기의식'의 실존적 모색과 '공상적 초월의식'의 방황 속에서 환상적인 자기 내면의 공상(空想)으로부터 이후 구체적인 현실 속의 타자적 주체들에게로 나아가면서 현실과 역사에 대한 보편적 인식을 확장시키는데, 이러한 윤리적 실존의 양상이 그의 중기 시에서부터 보다 명확하게 드러나기 시작한다.

3. 윤리적 실존과 민족의식

　본 장에서는 윤동주 중기 시의 전개 양상을 살펴보면서 그 속에 내재된 실존의식을 고찰해 보고자 한다. 윤동주는 1935년 12월부터 동시를 창작하게 되는데, 이때부터 그는 구체적인 현실 속에서 살아가는 타자적 주체들의 모습을 시적으로 형상화하면서 자기의 현실에 대한 인식을 확장하게 된다. 또한 그는 보편적인 윤리를 지향하며 자기 자신으로 존재하고자 하는데, 이 시기부터 성장과정에서 지니게 된 전통적 윤리와 기독교 정신이 시 속에 자연스럽게 드러나기 시작한다. 하지만 그는 내면의 윤리적 이상(理想)과 부조리한 현실로 인해 초기 시부터 나타났던 자기 분열이 중기 시에서 더욱 심화되어, 결국 1939년 9월을 끝으로 시 창작의 공백기가 나타난다. 이러한 실존의 변모 양상은 키에르케고어가 '윤리적 실존'으로 규정한 실존의 단계에 해당되는 것으로 이해할 수 있다. 따라서 여기에서는 윤리적 실존과 중기 시의 배경을 살펴본 후, '윤리적 실존'의 관점으로 중기 시에 드러나는 실존의식에 대해 고찰해 보고자 한다.

3.1. 윤리적 실존과 중기 시

3.1.1. 윤리적 실존과 조선적 기독교

3.1.1.1. 윤리적 실존

키에르케고어에 의하면 심미적 실존의 절망에 빠진 개인이 그 절망의 상황에서 '자기 자신'을 선택함으로써 결단하게 될 때 비로소 그는 윤리적 단계로 진입하게 된다. 개인은 윤리적 단계에서 비로소 종합을 가능케 하는 '정신'으로 자신을 실현할 수 있으며 이를 통해 '자기자신'이 될 수 있다.[1] 심미적 실존이 자기 자신에 대해서 의식하지 못하고 자기 외부에 있는 향락을 선택했다면, 윤리적 실존은 자기 자신에게 의식을 집중하여 결국 자기 자신을 선택한다.

물론 윤리적 단계로의 진입이 심미적 실존을 폐기하는 것은 아니고 윤리적 실존을 통해 심미적 실존은 그에 적합한 위치가 부여된다. 왜냐하면 심미적인 것의 절대적인 요구는 배제되지만, 그 상대적 의의는 인정되기 때문이다. 절대적으로 자기를 선택하는 윤리적 실존자는 본래적 자기가 됨으로써 모든 심미적인 것은 그 상대성에 있어서 다시금 복귀하게 된다.[2]

이때 자기 자신을 선택한다는 것은 자기 구조의 관점에서 볼 때 구체적인 것과 보편적인 것의 종합과 관련되어 있다.[3] 심미적 실존이 자기 폐쇄적이고

---

1   "그러나 내가 선택하는 것은 도대체 무엇일까? 이런 것 혹은 저런 것일까? 천만에, 왜냐하면 나는 절대적으로 선택하고, 나의 선택의 절대성은 내가 이런 혹은 저런 것을 선택하는 일을 선택하지 않았다는 바로 그 사실로서 잘 나타나 있기 때문이다. 나는 절대적인 것을 선택한다. 그렇다면 절대적인 것이란 무엇일까? 그것은 나의 영원한 타당성 속에 있는 나 자신이다."(『이것이냐 저것이냐』 II, 415쪽)

2   임규정, 「키에르케고어의 자기의 변증법」, 67쪽.

3   "인생을 윤리적으로 보는 사람은 보편적인 것을 보고, 윤리적으로 사는 사람은 자신의 생활 속에서 보편적인 것을 표현한다. 그는 자신을 보편적인 인간으로 만들지만, 자신의 구체성을 벗어버림으로써 그렇게 만드는 것이 아니라(왜냐하면 그것을 벗어버림으로써 그는 무로

자기중심적인 태도를 드러낸다면, 윤리적 실존은 보편성을 획득하고 타자를 이해하기 위해 자기를 개방하고, 현실에 대하여 책임을 지는 태도를 나타낸다. 하지만 개인이 보편적인 것 속에서 구체적인 것을 상실해 버린다면 심미적 실존과 구별되는 윤리적 실존은 성립되지 않는다. 결국 모든 사람들은 현실성에서 서로 구별되지만 자기 생성의 요구에 종속된다는 점에서는 동일하기 때문에 윤리적 실존은 개별성과 보편성의 종합이 요구된다. 이때 개인은 한 개인인 동시에 사회적·역사적 개인으로서 삶을 정립하게 되고 자신의 현실성을 극복하고 가능성을 실현하기 위해서 분투하게 되는 것이다.[4]

키에르케고어에 의하면 심미적 실존의 대표적인 예가 애욕(愛慾)이라면, 윤리적 실존의 대표적인 예는 결혼이라고 할 수 있다. 『이것이냐 저것이냐』에서 심미주의자인 돈 후안이나 유혹자 요하네스가 순간의 감성적 만족에만 관심이 있고 결혼을 연애의 무덤이라고 간주하는 반면, 윤리주의자인 빌헬름 판사는 사랑의 감성적인 면을 알고 있지만 결혼을 신성한 제도로 확신하고 결혼일의 감격을 일평생 되새기며 성실하게 살아가고자 한다.[5]

한편 『이것이냐 저것이냐』 2부에는 '최후의 말'이 이루어지는데, 이는 북부 해안의 히스가 무성한 유트란 황야에서 목회 활동을 하는 한 목사가 친구인 빌헬름 판사에게 우편으로 보낸 설교문이다. 이것은 키에르케고어가 빌헬름 판사의 입을 빌려 심미주의자의 교화에 나섰듯이, 이 목사의 입을 빌려 빌헬름 판사의 한계를 지적하고 있는 것을 의미한다. 이것의 요지는 신(神) 앞에서는, 심지어 매우 윤리적이고 양심적인 판사조차도 옳지 못하다는 것이다. 이 설교문은 윤리적인 것에 내재하는 '절망'을 폭로한다. 즉 윤리적으로

화하기 때문이다), 자신의 구체성을 옷 입듯이 그것에 보편성을 침투시킴으로써 자신을 보편적인 인간으로 만든다."(『이것이냐 저것이냐』Ⅱ, 497쪽)

4   "그런데 인격으로서의 영원한 절대적 자기는 동시에 역사적 자기이다. … 그리하여 그는 뉘우침 속에서 자기 자신에게로 돌아가는 동시에 가정으로, 인류로 돌아간다."(표재명, 앞의 책, 158쪽)

5   『죽음』, 30쪽.

살려고 애쓰면 쓸수록, 양심에 충실하면 할수록, 사람은 자기의 과제 앞에서 자기의 온전치 못함을 통감하지 않을 수 없게 된다는 것이다. 그리하여 사람은 신과의 관계를 수용할 것인가 아니면 거부할 것인가 하는 종교적 문제에 봉착하게 된다. 하지만 윤리주의자는 자신이 항상 윤리적일 수 없다는 것을 인정함에도 불구하고, 정열적으로 자기 자신이고자 하는 탓에 좀처럼 신을 의지하지 않는데, 이때 사람은 절망하게 된다. 키에르케고어에 따르면 이러한 방식은 "절망하여 자기 자신이기를 원하는 형태"의 절망으로서 "반항"이라 할 수 있다.[6]

키에르케고어는 "죄가 나타나자 윤리학은 뉘우침에서 파멸한다. 왜냐하면 뉘우침은 최고의 윤리적 표현이지만 동시에 그대로 최고의 윤리적 자기 모순이기 때문이다."라고 말한다.[7] 그리고 윤리적 실존이 좌절할 때 '유머(Humor)'[8]의 영역이 나타난다. 유머는 실존자가 자신의 한계를 통감하며 취하게 되는 자기 표현의 방법이다.[9] 유머를 통해서 윤리적 실존자는 자신의 한계를 발견하고 절망하게 되는데, 이 절망을 진지하게 수용하여 윤리적 자기를 체념하고 신(神)과의 관계를 수용하게 될 때 사람은 종교적 실존으로 들어서게 된다.[10]

6　『죽음』, 142-143쪽.

7　표재명, 앞의 책, 161쪽.

8　"'유머'라는 단어는 영어에서 유래했는데, 원래는 의학적인 용어로서 체액(體液)을 뜻했지만 나중에는 기질(temperament), 성질(disposition), 기분(mood) 등을 뜻하게 되었으며, 최종적으로는 익살스러운 표현을 뜻하게 되었다. 그러한 영어 어원에서 유래한 이 용어는 독일 낭만주의에 있어서는 '아픔에서 유래하는 익살이며 진지에 근거를 둔 농담'을 뜻했다. 키에르케고어도 이러한 뜻에서 그 용어를 사용한 듯하다."(김종두, 『키에르케고어의 실존 사상과 현대인의 자아이해』, 엠에드, 2002, 139-140쪽)

9　유머가(humorist)는 종교적 실존을 이해하지만 종교적 실존자는 아니다. 유머가의 웃음은 인간의 노력의 불가피한 한계에 대한 깨달음이며 유머는 실존적 내면성의 최후의 단계이다(임규정, 「키에르케고어의 주체성의 지양과 "죄책감"에 대한 고찰」, 『철학연구』 76, 대한철학회, 2000, 265-266쪽).

10　"그러나 인간적으로 말해서 가능성이 전혀 없을 때 인간이 극단에까지 이르게 되고서야

3.1.1.2. 조선적 기독교

윤리적 실존의 단계에서 개인은 구체적인 것과 보편적인 것을 종합하는 가운데 사회와 역사에 대한 인식을 확장하는 한편 민족적인 주체성을 형성하게 된다. 하지만 1930년대 식민지 체제 하에서 조선은 민족적 주체성이 뿌리째 흔들리고 있었기 때문에 이는 쉽게 도달할 수 있는 과제가 아니었다. 이러한 현실 속에서 1930년대 조선에서는 민족적 주체성 회복에 대한 자각이 본격적으로 나타나기 시작했다. 안재홍, 정인보, 문일평 등을 중심으로 민족적 주체성을 강조하는 '조선학운동'[11]이 본격적으로 시작되었고, 종교계에서는 '조선적 기독교운동'[12]이 일어났다. 특히 민족적 주체성의 문제는 조선의 기독교인들에게 더욱 심각한 문제였는데, 왜냐하면 이들은 서구 물질 문명에 예속될 뿐만 아니라 정신적으로도 서구 기독교의 보편주의에 함몰될 가능성이 컸기 때문이었다. 그래서 당시에 서구 근대 보편주의에 대한 문제의식을

비로소 진지한 결단이 나오게 된다. 그 다음에 문제는 그가 신에게 모든 것이 가능하다는 것을 믿을 것인가, 즉 그가 믿을 것인가 하는 것이다."(『죽음』, 97쪽)

11   '조선학'이란 말을 처음 쓴 사람은 최남선이다. 그는 1931년 『조선역사』에서 한국문화의 특징을 창조성보다는 통합성에 있다고 보고, 세계 문화를 집성(集成)·화회(和會)하는 것이 한국문화의 특색이라고 보았다(강준만, 『한국 근대사 산책』 8, 인물과사상사, 2008, 169쪽). 조선학운동에는 신채호의 영향이 컸다. 그는 『동아일보』 1925년 1월 2일자 「낭객(浪客)의 신년만필(新年漫筆)에서 "우리 조선 사람은 매양 이해 이외에서 진리를 찾으려 하므로, 석가가 들어오면 조선의 석가가 되지 않고 석가의 조선이 되며, 공자가 들어오면 조선의 공자가 되지 않고 공자의 조선이 되며, 무슨 주의가 들어와도 조선의 주의가 되지 않고 주의의 조선이 되려 한다. 그리하여 도덕과 주의를 위하는 조선은 있고, 조선을 위하는 도덕과 주의는 없다. 아! 이것이 조선의 특색이냐. 특색이라면 특색이나 노예의 특색이다. 나는 조선의 도덕과 조선의 주의를 위하여 곡하려 한다."라고 민족 주체성의 회복을 역설했다(하우봉, 「새로운 시각에서 쓴 한국유교사: 옮긴이의 말」, 강재언, 하우봉 역, 『선비의 나라 한국유학 2천년』, 한길사, 2003, 501-502쪽에서 재인용).

12   '조선적 기독교'는 넓은 의미로는 반선교사적 경향을 띠면서 서구교회로부터의 정치·경제적인 독립을 추구한 흐름을 의미하지만, 좁은 의미로는 서구교회에 대한 문제의식, 조선교회의 자립과 자치, 조선적 신학과 교회의 수립 등을 포함하는 경우를 의미한다(전인수, 「1920-1930년대 조선적 기독교 운동」, 연세대학교 박사학위논문, 2011 참조). 김교신과 함석헌의 경우는 후자에 가깝다고 할 수 있는데, 이들은 모두 조선의 전통적 정신 문화의 토대 위에서 성서 중심의 기독교적 가치를 수용하고자 하였다.

가진 김교신, 함석헌 등에 의해 조선 기독교계에는 서구 기독교의 주체적인 수용을 지향하는 '조선적 기독교' 운동이 일어났다. 이는 민족적 전통의 가치를 재발견하고 이를 토대로 기독교의 보편성과 민족의 특수성을 창조적으로 종합하여 민족적 주체성을 새롭게 구축하고자 하는 시도였다고 할 수 있다.

김교신은 서구 선교사들에 의해 조선기독교의 주체인 '조선'이 소외되고 있는 기독교의 현실을 비판적으로 바라보면서 성서를 통해서 조선을 재구축하고 조선을 통해서 기독교를 반성적으로 구현하고자 하였다. 그는 "조선산 기독교"라는 용어를 주로 사용하였는데, 이는 '조선에서 난', 혹은 '조선에서 만들어진'이라는 의미를 갖고 있는 것이었다.[13] 이때 그가 의도한 것은 '서구 기독교와 조선'의 종합이 아니라 '성서와 조선'의 종합 구조였다. 즉 그는 '순수 기독교'와 '제도적 교회'를 구분하였고, 세계의 모든 교회는 긍정되어야 할 것과 부정되어야 할 것을 동시에 가지고 있다고 보았다. 특히 그는 미국 기독교의 세속적인 상업주의와 반기독교적인 인종차별을 비판하면서[14] 미국 기독교를 상대화시켰다.

또한 김교신은 유교, 불교, 도교 등의 조선 재래의 정신이 많은 부분에서 기독교와 연결될 수 있다고 생각했다. 그는 예수 이전에 이스라엘에 "율법이나 선지자"가 있었던 것처럼 조선에도 인도의 석가, 중국의 공자 등의 성현이 준비한 도덕률이 있다고 보았다.[15] 특히 어렸을 때부터 한학을 공부했고 『논어』에 대한 이해가 매우 뛰어났던 그는 유교적인 바탕 위에서 기독교를 이해하였다. 그리하여 그는 유교의 형식 안에 머무르고 있는 '정신적 이상주의'를 조선의 정신적 전통으로 보고, 기독교의 '하향적 아가페'의 원리를 매개로 그 '정신'을 창조적으로 계승하고자 했다.[16] 그뿐만 아니라 지리를 전공한

---

13   전인수, 앞의 글, 95쪽.

14   양현혜, 앞의 책, 261쪽; 『김교신 전집』 5, 34-35쪽.

15   『김교신 전집』 4, 72쪽.

16   위의 책, 266쪽.

사람답게 그는 자연과 땅에 대해 상당히 관심이 많았고 이에 대해 매우 친화적인 태도를 강하게 나타내면서 한국적 생태 영성의 초기적 모습을 보여주었다.[17]

한편 함석헌은 일본 유학 시절인 1924년 우치무라 간조의 '예레미야 강의'를 듣고 나서부터 조국을 구원할 힘으로 기독교에 대한 확신을 가졌다.[18] 그는 편파적인 국수주의가 아니라 "영원의 진리, 보편적 정의"로 동포를 이끌 수 있는 '예언자적 실존'이야말로 조국과 기독교 신앙을 결합시킬 방법이라고 생각했다.[19] 그래서 그는 진리 추구에 있어서 민족과 기독교를 각각의 주체로 보고 기독교가 민족 정신을 새롭게 하는 것처럼 민족 역시 기독교를 구체화시킨다고 생각했다. 특히 그는 기독교 정신의 핵심으로 자유와 저항의 가치를 높이 평가했다. 그는 신(神)을 '스스로 하는 정신'으로 보고 생명의 근본 원리를 '스스로 함'으로 보았는데,[20] 그래서 그 자유를 구속하고 빼앗으려는 모든 외적 세력에 대하여 일어나 저항하는 행위야말로 가장 귀한 도덕이라고 생각했다.[21] 그런데 그가 보기에 조선은 역사적으로 '인(仁)'이라고 하는 좋은 바탕을 가지고 출발했으나 점진적으로 '자기'를 잃어버렸기에, "영(靈)이 물질에 대하여, 양심이 욕(欲)에 대하여, 생명이 죽음에 대하여 항쟁하는 일"에 필연적으로 동반되는 고난에 참여함으로써,[22] 민족이 '자기'를 되찾고 새로운 세계의 선구자가 되어야 한다고 주장했다.

---

17 서정민, 「김교신의 생명 이해」, 『한국기독교와 역사』 20, 2004 참조.

18 양현혜, 앞의 책, 287쪽.

19 위의 책, 187쪽; 함석헌, 「선지자」, 『함석헌 저작집』, 한길사, 2009, 47-52쪽; 「물위에 씨뿌리는 자」, 위의 책, 69-70쪽 참조.

20 『한국역사』, 60쪽.

21 함석헌, 『죽을 때까지 이 걸음으로』, 삼중당, 1964, 17-18쪽. "진리는 산 것이다. … 생장하는 원리이다. 그러므로 그 생장에 방해될 때 어떤 것에 향하여서든지 반항한다."(함석헌, 「프로테스탄트의 정신」, 『함석헌 전집』 9, 한길사, 1983, 186쪽)

22 함석헌, 「히브리서 강의 5」, 『함석헌 저작집』, 한길사, 2009, 143쪽.

해방 이후 그는 1953년 이른바 '대선언'을 통해 오직 하나인 진리를 위해 '종교'라는 형식에 대해서도 자유하고자 했다.[23] 이때부터 그는 '오직 하나(흔아)'의 의미를 발견하면서 모든 종교를 초월한 참된 '뜻'을 추구하였다.[24] 기독교의 '아가페', 불교의 '자비', 유교의 '인(仁)', 힌두교의 '희생'이 다 참된 '뜻' 속에 있는 것이라고 본 것이다.[25] 그리하여 그는 '흔민족'을 '오직 하나인 민족'이자, 또 '흔아님을 믿는 민족'으로 이해하였고,[26] 맹자, 노자, 장자 등 평화와 조화를 강조하는 동양의 정신문화적 전통을 '뜻'의 관점에서 새롭게 이해하여 되살리고자 하였다.

이러한 김교신과 함석헌의 조선적 기독교는 민족 정신을 통해 기독교를 회복하고 기독교 정신을 통해 민족의 주체성을 구성하고자 한 시도였다. 즉 서구 보편주의의 종교적 도구로 전락해 버린 기독교를 조선의 전통적 정신의 토대 위에서 회복하고, 기독교의 본질적인 정신을 통해 민족적 주체성을 재구성하고자 한 것이었다고 할 수 있다.

3.1.2. 중기 시의 배경

3.1.2.1. 중기 시와 윤리적 실존

윤동주는 숭실학교 재학 중이던 1935년 12월에 현재 남아 있는 유고 중에

---

23 "기독교는 위대하다. 그러나 참은 보다 더 위대하다. 참을 위해 교회에 죽으리라."(함석헌, 「大宣言」, 『함석헌 전집』 6, 한길사, 1983, 257쪽)

24 그래서 함석헌은 1961년 『성서적 입장에서 본 조선역사』의 개정판을 내면서 책 제목을 『뜻으로 본 한국역사』로 바꾸었다. "그래서 한 소리가 '뜻'이다. 하나님은 못 믿겠다면 아니 믿어도 좋지만 '뜻'도 아니 믿을 수는 없지 않느냐. 긍정해도 뜻은 살아 있고 부정해도 뜻은 살아 있다. 져서도 뜻만 있으면 되고, 이겨서도 뜻이 없으면 아니 된다. 그래서 뜻이라고 한 것이다. 이야말로 만인의 종교다. 뜻이라면 뜻이고 하나님이라면 하나님이고 생명이라 해도 좋고 역사라 해도 좋고 그저 하나라 해도 좋다."(『한국역사』, 20쪽)

25 『한국역사』, 52쪽.

26 백소영, 『우리의 사랑이 의롭기 위하여』, 대한기독교서회, 2005, 197쪽.

서 최초의 동시 작품인 「조개껍질」을 썼다. 이때부터 그는 현실에 대한 구체적인 인식을 시적으로 형상화하기 시작하면서 본격적으로 '동시'를 쓰기 시작했다.[27] 그는 원래 어릴 때부터 아동문학잡지를 구독했기 때문에 동시에 관심이 많았고,[28] 교회 주일학교에서 어린 학생들을 가르친 경험이 그로 하여금 더욱 동시에 집중하도록 한 것으로 보인다. 또한 은진중학교 입학 이후에 그는 정지용, 윤석중, 강소천, 박영종 등의 동요와 동시를 탐독한 듯한데,[29] 특히 1935년 10월 17일에 출간된 『정지용 시집』이 윤동주가 이 시기에 동시를 창작하는 데 영향을 미친 듯하다.[30]

---

27 윤동주의 동시 작품과 관련하여 장르 확정에 대한 문제가 존재한다. 윤동주 본인이 직접 습작 노트에 '동시' 또는 '동요'라고 표기해 놓은 작품은 「조개껍질」, 「고향집」, 「비ㅅ자루」, 「비행긔」, 「굴뚝」, 「봄1」, 「거즛뿌리」, 「개2」, 「해빛·바람」 등 9편의 작품이다. 그리고 첫 번째 습작 노트의 목차에는 「조개껍질」, 「고향집」, 「병아리」, 「오줌쏘개디도」, 「창구멍」, 「짝수갑」, 「기와장내외」 등에 "(童詩)" 또는 "(童謠)"로 기록이 되어 있다. 그래서 『사진판』 「부록」의 <시고집별수록 내용 대조표·작품연보>에는 9편의 작품 외에 「병아리」, 「오줌쏘 개디도」, 「창구멍」, 「짝수갑」, 「기와장내외」 등의 5편에도 윤동주가 "동시" 또는 "동요"로 기록했다고 '*'로 표시해 놓았다. 그러나 『사진판』 편집자들이 이 14편을 포함하여 윤동주의 동시 작품을 34편로 확정한(『사진판』, 383-394쪽) 반면, 홍장학은 이 34편의 작품 외에 「래일은없다」, 「비ㅅ자루」, 「버선본」 등 3편의 작품을 추가하여 윤동주 동시 작품을 37편으로 확정하였다(『원전연구』, 460쪽).

28 이 당시 아동문학은 어린이들에게 민족의식을 각성시키고, 반일사상을 고취시키려는 문화 운동 또는 사회운동이었다고 볼 수 있다. 대표적인 작품들이라 할 수 있는 방정환의 동요 「형제별」은 약소민족의 슬픔을 표현한 것이었고, 마해송의 「토끼와 원숭이」는 사대주의를 풍자하고 한민족의 주체성을 고취시키고자 하였으며, 윤극영의 「반달」은 망국의 원통함을 달래는 애국적인 가곡이었다(이재철, 앞의 책, 27쪽). 당시 계몽적인 성격의 『어린이』뿐만이 아니라, 기독교계열의 『아이생활』과 사회주의 계열의 『별나라』도 모두 공통적으로 반식민지적인 민족주의를 추구하였다(위의 책, 28쪽).

29 정지용은 1935년 10월 27일에 『정지용 시집』을 출간했는데, 이 시집에는 16수의 동요가 수록되어 있었다. 윤동주는 이 시집을 1936년 3월 19일에 구매하였다. 윤석중은 1932년에 조선 최초의 창작동요집 『윤석중동요집』을 출간했고, 1933년에 동시집 『잃어버린 댕기』를 출간하였다. 강소천도 동요시집 『호박꽃초롱』을, 박영종도 동시집 『나루터』를 출간했다(김만석, 「윤동주 동시 연구」, 『한국아동문학연구』, 한국아동문학회, 2010, 177-178쪽 참조).

30 송우혜는 윤동주가 동시를 쓰게 된 직접적인 계기를 1935년 10월 17일에 출간된 『정지용 시집』으로 보았다. 현재 남아 있는 윤동주의 유품 『정지용 시집』에는 "1936.3.19."이라는 날짜가 적혀 있는데, 이 시집의 3부에는 동시들과 민요조 시 23편을 독립된 영역으로 구성

형식적인 측면에서 윤동주의 동시 작품들은 이전의 관념시들과는 달리 간결한 형식, 규칙적인 운율, 의성어·의태어 사용 등의 특징을 가지고 있다. 하지만 윤동주의 동시 창작은 단순히 시의 형식을 습작하기 위한 것만은 아니었다. 선행연구들은 윤동주의 동시가 지니고 있는 현실인식과 역사의식을 소홀히 한 측면이 있었다.[31] 하지만 윤동주는 『鄭芝溶詩集』의 「太極扇」의 8연 밑에 "이게 文學者 아니냐(生活의 협박장이다)"라고 써 놓았고,[32] 윤일주에 의하면 『조선아동문학전집』에 실린 이광수의 동화, 박영종의 「나루터」, 정지용의 「말」 등의 작품 옆에 '꿈 아닌 현실이 표현되었기에 좋은 작품이다.'라는 의미의 설명을 써 놓았다고 한다.[33] 이는 그가 당시에 문학 작품을 평가하는 기준으로 '현실의 반영'을 중요하게 생각했음을 알 수 있게 하는 부분이다. 그래서 윤동주의 동시들은 대체로 사회적 약자에 대한 연민이 드러나고 식민지 치하의 민족 현실이 반영되어 있다. 따라서 2장에서도 언급했던 것처럼 윤동주의 동시는 단순히 심미적 실존의 단계로 보기 어렵고, 윤리적 실존의 단계에서 폐기되지 않고 새롭게 정립된 '심미성'의 본질이 시적인 형식으

하고 있다. 송우혜는 윤동주가 『정지용 시집』을 구입하기 전에 이미 출간 직후에 시집을 읽었을 것으로 추정하였다(『평전』, 178쪽). 윤동주가 소장하고 있던 『정지용 시집』에는 도처에 줄이 그어져 있고 곳에 따라 짧은 메모들이 적혀 있는 것으로 보아서 그가 상당히 이 시집을 정독했음을 알 수 있다(『사진판』, 189-191쪽).

31 김열규, 앞의 글, 106쪽; 이진화, 앞의 글, 31쪽; 김우종, 앞의 글, 141쪽. 특히 김우종은 이 시기 윤동주의 시에 대해서 다음과 같이 말하였다. "이렇게 시작된 30년대의 그의 시들은 초기 단계에는 사회 의식이나 역사 의식이 거의 나타나지 않았다. 그것은 한국 민족의 역사적인 수난사 속에서 발견된 자아가 아니라 그 같은 대사회적 사명감으로 고통을 의식하기 이전의 순수하고 행복한 자아에 해당된다."(김우종, 「암흑기 최후의 별」, 권영민 편, 『윤동주 연구』, 문학사상사, 1995, 141쪽) 또한 윤동주 시 의식의 변모 과정에 주목한 이남호와 이숭원의 경우, 윤동주의 현실인식이 1939년경부터 나타난다고 전제하고 1939년 이전의 시는 분석 대상에서 제외하였다(이남호, 앞의 책; 이숭원, 앞의 글 참조).

32 『사진판』, 191쪽.

33 윤동주는 연희전문학교 시절에 고향에 있는 윤일주에게 조선일보사 발행의 『조선아동문학전집』, 일본 『오가와 동화집』, 강소천의 『호박꽃초롱』 등을 보내주었다(윤일주, 「윤동주의 생애」, 『나라사랑』 23, 외솔회, 155-156쪽).

로 나타난 것으로 보아야 할 것이다.[34]

한편 1935년 말부터 숭실학교는 신사참배 문제로 극심한 갈등이 일어나게 된다. 1935년 11월 14일에 평남 도지사 야스다(安武)가 도내 공·사립 중등학교 교장회의를 소집하고 참석자들에게 평양신사 참배를 명령했는데, 숭실학교 교장이었던 선교사 윤산온(尹山溫, George McCune)이 이를 거부하여 1936년 1월 20일부로 교장 인가가 취소되는 사건이 일어났다. 신사참배는 본질적으로 기독교학교에서 서구 선교사들의 영향을 배제시키고 기독교 민족주의자들을 천황 이데올로기를 통해 훼절시킴으로써 종교적 정체성과 민족적 정체성을 해체시키기 위한 것이었다. 이때 윤동주와 문익환은 신사참배와 윤산온 교장의 교장 인가 취소 처분에 대해 반대하여 학교를 자퇴함으로써 다시 북간도에 돌아와 1936년 4월 광명학원에 편입하게 된다. 그리하여 윤동주의 평양 숭실학교에서의 생활은 7개월 정도로 끝이 나게 되지만, 평양 생활을 통하여 윤동주의 민족의식이나 문학적 소양이 크게 성장한 것으로 보인다. 특히 이 시기에 그는 숭실에 있던 여러 문인들을 만나며 문학적인 자극을 받은 듯하고, 『정지용 시집』과 백석 시집 『사슴』을 비롯하여 여러 문학 서적들을 읽었던 것 같다. 이때를 기준으로 하여 관념적이거나 추상적인 시가 거의 사라지고 민족의식과 역사의식이 전면으로 드러나는 시들이 나타난다.

숭실학교를 자퇴한 윤동주는 1936년 4월 용정에서 유일하게 5년제 학교이자 친일계 학교인 광명학원 중학부 4학년으로 편입했다. 광명학원은 윤동주의 성장과정 중에서 그가 유일하게 경험한 비기독교적인 친일 계열의 학교였기 때문에 "솥에서 뛰어 숯불에 내려앉은 격"[35]이라고 했던 문익환의 말처럼

---

34 키에르케고어는 윤리적인 선택에 의해서 미적인 것이 폐기되거나 훼손되지 않고, 오히려 미적인 것이 윤리적인 것과 조화를 이루게 될 때 삶이 더 아름답고 풍요롭게 된다고 보았다 (『이것이냐 저것이냐』 2부, 492-494쪽).

35 문익환, 「하늘·바람·별의 시인, 윤동주」, 『월간중앙』, 1976.4, 321쪽.

그의 낙담도 몹시 컸으리라고 생각된다. 그는 두 해 동안 광명학원에 있으면서 꽤 많은 작품을 창작하였는데, 특히 어린이 잡지 『가톨릭소년』에 필명을 사용하여 「병아리」, 「거짓부리」, 「빗자루」, 「오줌쏘개디도」, 「무얼먹구사나」, 「눈」, 「개」, 「이불」 등 8편의 동시를 발표했다. 뿐만 아니라 이 시기에 그는 문학 관련된 많은 책들을 탐독하였다.[36]

윤동주는 1938년 2월에 광명학원 중학부를 졸업하고 송몽규와 함께 1938년 4월에 연희전문학교 문과에 입학했다. 연희전문학교는 일제 지하에서 기독교 교육과 민족 교육의 본산 역할을 하고 있었기 때문에, 윤동주는 이 시기에 기독교 신앙과 민족의식을 더욱 깊이 했을 듯하다. 1939년부터 윤동주는 『소년』과 『조선일보』에 「달을쏘다」, 「遺言」, 「아우의 印象畵」, 「산울림」 등을 발표했다. 그리고 그는 『소년』 편집인인 동요시인 윤석중을 만나기도 했고,[37] 흠모하던 시인 정지용의 북아현동 집을 방문하기도 했다.[38]

하지만 불행하게도 시대적 상황은 점점 더 악화되고 있었다. 1937년 7월에 중일전쟁이 발발한 이후 일제는 1938년 2월에 '조선육군지원병령'을 공포하고, 3월에 '제3차 조선교육령 개정'을 공포하였으며, 5월에 '일본국가총동원법'을 조선에 적용한다고 공포했다.[39] 또한 1937년 6월 조선총독부는 '수양동우회' 사건을 터트려 기독교계 민족주의자들을 대거 검거함으로써 장로교계 민족주의자들을 전향시켰고, 1938년 5월에는 '흥업구락부' 사건을 통해 감리교 및 조선중앙 YMCA계 민족주의자들을 전향시켰다.[40] 그뿐만 아니라

---

36 윤일주의 증언에 의하면, 중학 시절 윤동주의 서가에는 『정지용 시집』(정지용), 『조선의 마음』(변영로), 『아름다운 새벽』(주요한), 『국경의 밤』(김동환), 『님의 침묵』(한용운), 이광수·주요한·김동환의 『3인 시가집』, 『조선의 맥박』(양주동), 『노산시조집』(이은상), 『잃어버린 댕기』(윤석중), 『방가』(황순원), 『영랑시집』(김영랑), 『을해 명시 선집』 있었으며, 특히 윤동주가 『사슴』, 『정지용 시집』, 『영랑시집』, 『을해 명시 선집』 등을 탐독했다고 한다 (윤일주, 앞의 글, 155쪽).

37 『평전』, 240쪽.

38 위의 책, 243쪽.

39 위의 책, 222쪽; 강준만, 앞의 책, 287쪽.

'내선일체'를 위해 신사참배를 강요함으로써 종교를 통해 조선인들을 그 정신에서부터 '황국 신민'으로 만들고자 했다. 그래서 1938년 9월 제27회 조선 예수교장로회 총회에서 신사참배가 정식으로 가결된 이후,[41] 조선 기독교는 제국주의 파시즘 체제 아래에서 민족적 정체성을 상실하고 철저히 침략전쟁에 동원되었다. 『특고월보』에 의하면 1939년 2월부터 8월까지 윤동주는 송몽규, 백인준, 강처중 등과 함께 조선문학 동인지의 출판을 위해 수차례 민족적 작품의 합평회를 열었으나 현실적으로 동인지 간행을 하지는 못했다고 한다.[42] 그리고 1939년 9월 독일이 폴란드를 침공함으로써 제2차 세계대전이 시작되었고, 윤동주는 결국 1939년 단 6편의 작품 창작을 끝으로 1940년 12월까지 잠시 동안 시 쓰기를 중단하게 된다.

3.1.2.2. 중기 시와 조선적 기독교

윤리적 실존의 단계에서 개인은 보편적 윤리를 지향하며 사회와 역사에 대한 인식을 확장하게 되는데, 앞에서 언급한 것처럼 이 시기 윤동주는 고향을 떠나 평양에서 생활하게 되면서 사회적 약자에 대한 연민에서부터 시작해서 식민지 치하의 민족 현실에 대한 비판적 인식까지 그 현실 인식을 확장하게 된다. 그는 이 과정 속에서 특별히 조선 민족으로서의 자기 정체성을 더욱 확고히 하게 된 것 같다.

이와 더불어 이 시기 윤동주 시의 중요한 특징 중에 하나는 전통적 윤리와 기독교 정신이 융합되어 형상화되고 있는 것이다. 이는 그의 성장 과정에서 자연스럽게 체득한 민족 전통과 기독교의 영향이라고 할 수 있는데, 이러한 사유는 당시 김교신과 함석헌에 의해 전개되었던 '조선적 기독교'의 문제의

---

40   김승태, 『한국기독교의 역사적 반성』, 다산글방, 1994, 393쪽.

41   양현혜, 앞의 책, 198쪽.

42   『평전』, 388쪽.

식과 연결되는 것이다. 김교신과 함석헌이 서구 기독교의 수용 과정에서 조선의 전통적 윤리를 회복하고자 했다면, 윤동주는 일제에 의해 전통적 가치가 상실되는 과정에서 전통 문화의 복원을 통하여 민족정신을 회복하고자 한 것이다. 이는 그의 성장과정과 『특고월보』, 신문 스크랩 등을 살펴보면 더 명료하게 드러난다.

3.1.2.2.1. 윤동주의 성장 과정과 조선적 기독교

윤동주가 자란 북간도 명동촌은 맹자를 만독(萬讀)했던 김약연과 기독교인 정재면의 영향으로 기독교 민족주의가 강한 곳이었다. 김약연은 '맹판'이라 불릴 정도로 맹자의 유교적 철학에 정통한 이였는데, 1901년에 맹자 사상에 기반을 둔 규암재를 설립하였고, 1909년에 정재면을 통해 기독교로 개종한 후 명동학교와 명동교회를 설립하여 명동촌의 민족교육과 신앙교육에 온 힘을 기울였다. 유학의 대가였던 그가 기독교를 수용한 것은 기독교를 통해 민족 정신을 개혁하고 후학들에게 근대적 교육을 경험케 하고자 하는 민족지도자로서의 결단 때문이었다. 뿐만 아니라 그는 1918년 무오독립선언에 적극 참여하고 1919년 간도 3·1 운동을 주도하며 '간도의 대통령'으로 불릴 정도로 민족의식이 투철한 인물이었다.[43] 또한 김약연이 명동촌의 교육을 위해 초빙한 정재면은 서울 종로 황성기독교 청년회(YMCA) 출신으로 독실한 기독교인이었고, 애국비밀결사단체인 신민회(新民會)에 소속되어 있었다.[44] 명동촌은 민족주의자였던 정재면에 의해서 기독교로 선교가 되었기 때문에 서구 선교사들의 정교분리의 원칙 아래 일본의 권력에 암묵적으로 순응하던

---

43 문익환과 문동환의 부모로 국내외 수많은 명사들을 만났던 문재린은 평생 만나보고 상종한 수많은 사람들 중에 생각해도 머리가 숙여지고 흠모하는 분 가운데 첫 번째로 김약연을 들겠다고 했다(문재린, 『(문재린 회고록)기린갑이와 고만녜의 꿈』, 삼인, 2006). 김약연은 조국 해방을 3년 앞두고 죽음을 맞았을 때 가족과 제자들이 유언을 부탁하자, "내 삶이 유언이다."라는 말을 남기고 눈을 감았다.

44 『평전』, 54쪽.

주류 기독교에 비해서 민족적 저항의 성격이 강하였다.

또한 윤동주가 다녔던 교육기관은 주로 기독교 민족주의 계열의 학교들이었다. 명동학교,[45] 은진중학교, 숭실학교, 연희전문학교 등이 모두 기독교 계열의 민족주의 경향이 강한 학교였다. 그래서 윤동주의 의식에는 자연히 기독교와 조선 민족은 서로 모순되는 것이 아니라 상호 조화를 이루는 것으로 종합되어졌을 것이다. 특히 윤동주는 당시 조선 기독교의 주류라 할 수 있는, 보수적이고 타종교에 배타적인 미국 장로교보다는 진보적이고 자유주의적인 기독교의 영향을 많이 받은 듯하다. 그는 어린 시절부터 윤석중의 동요와 동시에 심취해 있었고 연희전문학교 시절에는 그를 직접 만나기도 했는데, 윤석중은 무교회주의자였던 김교신의 돈독한 제자였다. 또한 김약연은, 당시 김교신이나 함석헌과 친분이 있었던 조선의 대표적인 자유주의 신학자인 김재준, 송창근(송몽규의 당숙) 등과 매우 가깝게 지냈다. 그래서 김약연은 김재준을 용정 은진중학교로 교목으로 초빙하기도 하였다. 김재준과 송창근이 윤동주와 송몽규의 연희전문학교 졸업식에 참석한 것을 보면, 윤동주는 아마도 이들의 영향을 꽤 받았을 것으로 짐작된다.[46]

---

45 명동학교의 교가를 보면 당시 북간도 명동의 기독교 민족주의적 성격을 엿볼 수 있다.

흰뫼가 우뚝코 은택이 호대한
한배검이 깃치신 이 터에
그 씨와 크신 뜻
넓히고 기르는 나의 명동

여기에서 "흰뫼"는 '백두산'을, "한배검"은 단군왕검을, "그 씨"는 단군의 후손을 의미한다. 송우혜는 이 가사의 의미를 "이곳은 우리 조상의 땅이며 지금 그 뜻을 잇는 후손을 기르고 있음을 내세워, 단호하게 그 땅의 주권을 주장한다."라고 했는데, 명동학교는 이 교가를 기독교 찬송가 '피난처 있으니 환난을 당한 자 이리 오라'에 맞추어 불렀다(『평전』, 70쪽).

46 『평전』, 123-124쪽.

3.1.2.2.2. 『특고월보』와 신문 스크랩

조선의 전통 문화에 대한 윤동주의 관심을 엿볼 수 있는 기록 중에 하나가 그의 생애 말기에 작성된 '재(在) 경도(京都) 조선인 학생 민족주의 그룹 사건'에 대한 『특고월보』의 기록이다. 1977년에 일본 특고경찰의 『특고월보』(1943년 12월)가 공개됨으로써 윤동주의 죽음과 관련된 '재(在)경도 조선인 학생 민족주의 그룹사건'의 면모가 밝혀졌다. 『특고월보』에 의히면 윤동주는 1939년 2월부터 8월까지 송몽규, 백인준, 강처중 등과 함께 조선문학 동인지의 출판을 위해 수차례 '민족적 작품'의 합평회를 열었으나 동인지 간행이 불가능해졌다고 되어 있다.[47] 여기에서 민족 전통에 대한 그의 관심과 열의를 엿볼 수 있다. 이뿐만 아니라 『특고월보』에는 송몽규, 윤동주, 고희욱 등이 1942년 10월경부터 1943년 7월경까지 조선 독립과 관련된 논의 내용이 기록되어 있는데, 송몽규와 윤동주가 조선의 독립을 위해서 민족 문화 회복에 주력했음이 드러난다.[48]

> (가) 조선의 현황을 보건대 제 나라 말도 글도 쓸 수 없게 되어 조선민족은 바야흐로 멸망하기에 이르렀다. 우리는 조선인이라는 의식을 잊지 말고 조선 고유의 문화를 연구하고 조선문화의 유지 향상을 도모하는 것이 민족적 문화인의 사명이다. 조선민족은 결코 열등민족이 아니고 문화적으로 계몽만 하면 고도한 문화민족이 될 것이다. 문화적으로 깨이고 민족의식을 자각하기에 이르면 조선의 독립은 가능한 것이다.
>
> (나) 민족의식의 계몽은 문화의 힘에 의지할 것인바, … 문학작품, 특히 대중문학에 의존하는 것이 가장 감화력이 크고 또한 아무런 제한이 없이 영향력도 크기 때문에 이 방향으로 노력해야 한다. …

---

47 『평전』, 388쪽.

48 물론 이 일본 측의 기록은 다분히 사상이 불온한 조선 청년에 대한 처벌을 목적으로 이루어진 재판 기록이라는 점에서 일본 특고 경찰의 확대 해석을 배제할 수는 없다.

(마) 조선의 독립 목적을 달성하기 위해서는 어디까지나 조선의 민족문화를
　　사수해야 한다. …

(차) 학교에서의 조선어 수업 폐지와 한글로 된 신문 잡지 등의 폐간은 조선
　　문화 즉 고유한 민족성을 말살하고 조선민족을 멸망케 하려는 것이므로
　　어떤 일이 있어도 조선문화의 유지에 힘쓰지 않으면 안 된다.

(카) '내선일체' 정책은 일본 정부의 조선민족 회유 정책으로서 조선민족을
　　기만하고 민족문화와 민족의식의 소멸을 꾀함으로써 조선민족을 멸망
　　시키려는 것이다.

(타) 조선문화를 유지하고 민족의식을 앙양하려며는 민족의 고유문화를 역
　　사적으로 연구하여 체계화할 필요가 있다.[49]

　이를 보면, 윤동주가 조선의 독립을 위해서 조선 문화의 유지와 민족 의식
의 앙양을 얼마나 중요하게 생각했는지 그 단면을 엿볼 수 있다. 그는 조선의
말과 글이 사라지는 식민지 현실을 개탄하면서, 조선 문화의 소멸을 통해
민족정신을 말살시키려는 일본의 정책에 맞서 조선 문화를 유지하고 향상시
키는 것을 자신의 사명으로 여기고 있었던 것이다. 그뿐만 아니라 그는 민족
문화에 대해 강한 자부심을 가지고 있었다. 그가 한글을 쓸 수 없는 상황
속에서도 끝까지 한글로 시를 썼던 것도 조선의 전통 문화에 대한 그의 애착
을 엿볼 수 있는 부분이다.[50]
　또한 현재 남아 있는 그의 신문 스크랩 일람표를 보면 전통 문화에 대한

49　『평전』, 389-391쪽. 일본 사법성 형사국에서 발행하는 『사상월보』에 실린 윤동주의 '판결
　　문'에는 위의 내용을 함께 논의한 인물, 날짜, 장소 등이 더 구체적으로 기록되어 있다(『평
　　전』, 409-413쪽). 이수경, 「윤동주와 송몽규의 재판 판결문과 『문우』(1941.6)지 고찰」, 『한
　　국문학논총』 61, 한국문학회, 2012 참조.

50　윤동주는 동경 유학시절 동생들에게 "우리말 인쇄물이 앞으로 사라질 것이니 무엇이나 심지
　　어 악보까지도 사서 모으라"고 당부할 정도로 민족 문화의 유지와 앙양에 애썼다(『평전』,
　　333쪽).

그의 관심을 엿볼 수 있다.

필자	제목	장르	게재연월일	비고
一己者	古典復興의 理論과 實際	평론	1938.6.4	
朴英熙	古典復興의 理論과 實際-古典復興의 現代的 意味	평론	1938.6.4	
李熙昇	古典復興의 理論과 實際 古典復興에서 어든 感想	평론	1938.6.5	
朴鐘鴻	古典復興의 理論과 實際-歷史의 轉換과 古典復興	평론	1938.6.7	
李如星	古典復興의 理論과 實際-古典研究와 讀籍貧困	평론	1938.6.8	
崔載瑞	古典復興의 理論과 實際-古典研究의 歷史性	평론	1938.6.10	
柳子厚	古典復興의 理論과 實際-傳來作品의 稽考難	평론	1938.6.11	
朴致祐	古典復興의 理論과 實際-古典의 性格인 規範性	평론	1938.6.14	
宋錫夏	古典復興의 理論과 實際-新文化 輸入과 우리 民俗	평론	1938.6.15	
田蒙秀	鄕歌解義-(三~七) 迷反, 夗乙, 於各是, 一等, 如一等隱, 「밧바당」(繹讀二의 四〇)	평론	1938.6.8~ 6.14	全8回
徐寅植	傳統의 一線的性格과 그 現代的意義에 關하야(1~8)	평론	1938.10.22~ 11.8	全8回
李源朝	新協劇團公演의 春香傳觀劇評(上, 下)	평론	1938.11.3 1938.11.5	
梁柱東	鄕歌와 國風·고시-그年代와 文學的價値에 對하여(上)	평론	1939.2.2	
洪碧初 口述	言文小說과 明淸小說의 關係	평론	1939.1.1	
湖岩	己卯年을 通해 본 政治家 / 高麗太祖(1~4)	평론	1939.1.7~ 1.11	全4回

위의 일람표는 당시 『조선일보』의 평론들을 윤동주가 스크랩한 것 중에서 전통 문화와 관련된 것들의 목록이다.[51] '고전부흥의 이론과 실제', '전통의 일선적 성격과 그 현대적 의의에 관하여', '향가와 국풍·고시－그 연대와 문학적 가치에 대하여' 등의 제목을 보면, 그가 우리 전통 문화의 현대적 계승에 상당히 관심이 많았음을 알 수 있다.

이처럼 윤동주의 성장과정, 『특고월보』의 내용과 신문 스크랩 등을 살펴보면, 윤동주가 조선의 전통 문화에 상당히 영향을 많이 받으며 자랐고 전통 문화의 현대적 계승에 관심이 많았음을 알 수 있다. 그에게 기독교와 민족은 이분법적으로 구분되는 것이 아니었기에, 그는 기독교적 보편성으로 인해 민족적 특수성을 상실하지도 않았고 민족적 특수성으로 인해 기독교적 보편성이 훼손되지도 않으면서, 이 둘의 긍정적인 융합이 나타나는 시를 쓸 수 있었다. 그래서 그의 시에는 기독교적 가치관뿐만이 아니라 전통적 가치들이 그대로 살아있음을 볼 수 있다. 특히 그의 시에는 경천사상, 유교적 윤리, 생태적 전통 등이 두드러지게 나타난다.

이상으로 윤동주 중기 시에 나타나는 윤리적 실존, 조선적 기독교의 성격, 중기 시의 배경 등에 대하여 간략히 살펴보았다. 우리는 그의 중기 시를 1935년 12월부터 1939년 9월까지로 설정하고, 이 시기에 나타나는 실존의식을 키에르케고어가 설명한 '윤리적 실존'으로 규정하고자 한다. 따라서 우리는 중기 시에 나타나는 윤리적 실존의 현실 인식, 자기 분열의 심화와 절망의 양상, 전통적 윤리와 기독교 정신의 융합 등을 살펴봄으로써 중기 시에 나타나는 실존의식을 고찰해 보고자 한다.

---

51 『사진판』 부록 「스크랩 내용 일람」 참조.

3.2. 현실 인식과 민족의식

3.2.1. 사회적 약자와 퍼소나

윤동주는 1935년 12월에 창작한 「조개껍질」의 제목 옆에 "童謠"라는 표기를 해 놓았는데, 이를 시작으로 1936년부터 본격적으로 다수의 동시 작품들을 쏟아낸다. 이 시기 윤동주는 평양 숭실학교 편입과 자퇴의 과정에서 북간도와 평양을 오가게 되는데, 아마도 이 과정에서 사회적 현실을 보다 명료하게 인식하게 된 듯하다. 이 시기 윤동주 시에서 가장 먼저 주목되는 것은 사회적 약자들에 대한 관심이다. 이때부터 그의 시에는 고향 잃은 나그네, 부모 없이 방치된 고아 같은 아이, 자식 잃은 노인, 착취당하는 노동자 등 구체적인 현실 속에서 고통당하는 사회적 약자들이 등장하기 시작한다.[52]

헌짚신짝 끌을고

52　이를 다음 표와 같이 정리할 수 있다.

사회적 약자	작품명
나그네	「南쪽하늘」, 「조개껍질」, 「고향집」, 「谷間」, 「黃昏」
고아 (또는 고아와 같이 방치된 아이)	「오줌쏘개디도」, 「창구멍」, 「비둘기」, 「黃昏이바다가되여」, 「해빛·바람」, 「츠르게네프의언덕」
자식 잃은 노인	「기와장내외」, 「遺言」
노동자	「해바라기얼골」, 「닭1」

「오줌쏘개디도」의 경우 처음 창작했을 때와 퇴고한 이후의 주제가 전혀 달라서, 어느 것을 정본으로 확정할 것인가 하는 문제가 발생한다. 홍장학은 「오줌쏘개디도」가 『가톨릭 少年』에 투고되는 과정에서 자기 검열로 인해 퇴고가 이루어졌을 것으로 추정하여 최초 창작된 형태를 정본으로 확정하고자 하였다(『원전연구』, 554-559쪽). 이처럼 최초의 형태를 정본으로 인정할 경우, 시적 주체는 부모 없이 방치되어 있는 아이가 된다. 한편 이 시의 제목은 습작 노트의 목차에는 "오줌싸개디도"로 되어 있으나, 습작 노트 내용에는 "오줌쏘개디도"로 되어 있고, 『가톨릭 少年』에는 "오좀싸개지도"로 되어 있다.

나여긔 웨왓노

두만강을 건너서

　쓸쓸한 이땅에

남쪽하늘 저밑엔

　따뜻한 내고향

내어머니 게신곧

　그리운 고향집.

「童詩 고향집-(만주에서불은)-」(1936.1.6.) 전문

바람부는 새벽에 장터가시는

우리압바 뒷자취 보구싶어서

춤을발려 뚤려논 적은창구멍

아롱아롱 아츰해 빛이움니다

눈나리는 져녁에 나무팔려간

우리압바 오시나 기다리다가

헤끝으로 뚤려논 적은창구멍

살랑살랑 찬바람이 날아듭니다.

「창구멍」 전문

비오는날 져녁에 긔와장내외

잃어버린 외아들 생각나선지

꼬부라진 잔등을 어루만지며

쭈룩쭈룩 구슬피 울음움니다

대궐집웅 우에서 긔와장내외

아름답든 녯날이 그리워선지

주름잡힌 얼골을 어루만지며

물끄럼이 하늘만 처다봅니다.

「기와장내외」 전문

「고향집」에는 제목 위에 "童詩"라는 표시가 기록되어 있고 부제가 "만주
에서불은"으로 되어 있다. "童詩"라는 형식에 걸맞게 2연 8행의 간결한 형식
에, '4·3/3·3'의 음수율 및 2음보율이 규칙적으로 반복되고 있는데, 짝수행
앞칸을 띄운 것이 독특하다. 부제가 '(만주에서불은)'으로 되어 있어서 이
시가 당시 고향을 떠나 유랑하던 간도 유이민의 비애를 노래한 것임을 알
수 있다. 이러한 고향 상실의 모티프는 간도 유이민이었던 윤동주의 조상들
로부터 간접적인 영향을 받은 것[53]이거나 1930년대에 고향을 떠나 유랑하던
간도 유이민을 윤동주가 실제로 본 직접적인 체험일 수 있다. 혹은 평양
숭실학교 편입으로 인해 고향을 떠날 수밖에 없었던 자신의 경험이 창작의
원인이 되었을 수도 있다. 어쨌든 이 시에서 "만주"에 위치한 시적 주체는
"남쪽하늘"을 고향으로 여기고 있다는 점에서 북간도가 고향인 시인 자신과
일치하지는 않지만, 이 시에 나타난 고향에 대한 그리움의 정서는 고향을
떠난 경험이 있는 윤동주의 직·간접적인 경험과 관련이 있는 동시에 당시
고향과 조국을 상실한 조선 민족 보편의 정서라고 할 수 있다.

「창구멍」에는 고아와 같이 방치된 아이가 시적 주체로 등장하여, "바람부
는 새벽에 장터"에 가고 "눈나리는 저녁에 나무팔려" 가는 "압바"를 아침
저녁으로 그리워하는 모습이 제시된다. 퇴고의 흔적을 보면 윤동주가 여러

---

53   윤동주의 가계를 살펴보면 1886년 증조부 윤재욱 때 함경북도 종성에서 북간도 자동으로
     이주했고 1900년에 다시 명동으로 옮겨왔다(『평전』, 27-41쪽).

번의 수정 과정을 통해 매우 고심하여 1연에 "바람부는"을 배치하고 2연에 "눈나리는"을 배치한 것을 알 수 있는데, 이는 "새벽"에서 "저녁"으로 시간이 흐르면서 상황이 더 악화된 것을 표현하고자 하는 시인의 의도로 볼 수 있다.

「기와장내외」에는 자식 잃은 노인들의 슬픔이 비오는 날의 "기와장"을 통해서 형상화되어 있다. "잃어버린 외아들"을 그리워하는 "기와장내외"는 "울음"을 울다가 "하늘만" 쳐다본다. 이러한 "하늘만" 바라보는 행위는 현실의 불행에 대한 자신들의 무력함, 현실의 불의에 대한 탄원, 회복에 대한 소망 등을 의미한다고 할 수 있다. 이는 현실의 슬픔으로부터 아무 것도 할 수 없는 자가 희망을 붙잡기 위해 할 수 있는 마지막 행위라고 할 수 있다.

이 시들은 모두 당대의 '구체적인 현실' 속에서 '사회적 약자'들이 경험하는 슬픔의 정서가 작품의 중심을 이룬다는 점에서, 관념성과 추상성 속에서 자기에 대한 인식이 작품의 중심을 이루었던 초기 시와 차이가 있다. 이들 작품을 통해서 시인은 사회적 약자들에 대한 '연민'을 드러내는데, 윤동주는 사랑에 있어서 특히 '동정(同情)'을 매우 중요하게 생각한 듯하다. 그는 1934년 4월에 발간된 『哲學辭典』 1쪽의 '愛'라는 어휘와 그 개념 설명에 붉은 색연필로 줄을 그어 놓고 있는데, 그 내용은 다음과 같다.

> 보편적 인류애는 먼저 스토아학파에 의해서, 후에는 그리스도 등에 의해 설파되었다. 그리스도교에서는 사랑은 도덕의 근원일 뿐 아니라 만물의 근본이다. 또 쇼펜하우엘에 의하면 진정으로 순수한 모든 사랑은 동정(同情)이며, 동정이 아닌 사랑은 아욕(我慾)에 지나지 않는다, 고 하였다. 아욕은 에로스(감각적 특히 성애적)이며, 동정은 아카페(비 감각적 사랑)이다.[54]

---

54 『사진판』, 197쪽. 일어 번역은 왕신영, 「1940년 전후의 윤동주 - '미'에 대한 천착을 중심으로」(『비교문학』 50, 한국비교문학회, 2010, 155쪽)에서 인용.

여기에서 에로스를 지양하고 아가페를 지향하며 '동정'을 중시하는 시인의 단면을 엿볼 수 있다. 자기동일성의 틀을 깨고 현실의 타자와 대면했을 때 윤동주가 느낀 정서는 '동정'이었는데, 이는 '아욕(我慾)'에 집착하는 심미적 실존과 구별되는 윤리적 실존의 중요한 특징이라고 할 수 있다.

그뿐만 아니라 위의 작품들은 슬픔의 정서와 함께 현실을 비판적으로 폭로하고 있다. 즉 사람들은 고향을 떠나 유랑하고, 아이들은 부모를 잃고 고아처럼 방치되며, 노인은 자식을 잃고 슬퍼하는 사회적 현실이 시 속에 고스란히 반영되어 있는 것이다.

이때 주목되는 점은 시인이 가면 쓴 시적 주체, 즉 '퍼소나'를 활용하고 있다는 점이다. 초기 시와 달리 이 시들은 시인 자신으로 보기 어려운 시적 주체가 제시되어 있다. 이러한 퍼소나는 소통의 측면에서 두 가지의 과정, 즉 시인이 타자적 주체의 자리에 서서 그를 이해하는 과정과 타자화된 목소리로 시적 주제를 독자에게 전달하는 과정을 거치게 된다. 특히 첫 번째 과정에서 퍼소나의 대상이 강자가 아니라 약자일 경우, 이는 약자에 대한 연민을 지닌 시인이 약자와 자신을 동일시하고 그들의 슬픔에 공감하고자 하는 윤리적 욕구의 소산이라 할 수 있다. 이때 타자적 주체를 향한 주체의 공감적 동일시는 주체를 확장시키는 동시에 주체의 분열을 조장하게 된다. 왜냐하면 주체는 그가 대면한 타자적 주체와의 관계 속에서 타자로서의 자기 자신을 새롭게 발견하지만 이러한 타자적 주체는 결코 자기의 동일성으로 포섭되지 않기 때문에 주체는 확장과 분열의 과정을 거치게 된다. 그리고 이를 통해 주체는 개별적 주체에서 윤리적인 책임을 지닌 주체로 나아가게 되는데, 이후의 시들에서 이러한 특징이 나타난다.

또한 두 번째 과정을 고려하면 윤동주가 동시(童詩)에 주목한 이유를 짐작할 수 있다. 윤동주는 「조개껍질」의 제목 위에 "童謠"라고 기록해 놓고, 「고향집」의 제목 위에는 "童詩"로 기록해 놓았다. 이뿐만이 아니라 첫 번째 습작 노트의 목차에는 「조개껍질」, 「고향집」, 「병아리」, 「오줌쏘개디도」, 「창구멍」,

「짝수갑」, 「기아장내외」 등에 "童謠" 또는 "童詩"라고 적어두었다. 「고향집」의 경우 습작 노트에는 "童詩"로 기록했으나, 목차에는 "童謠"로 적고 있는 것으로 보아서 그가 동시·동요를 명확하게 구분한 것 같지는 않지만 일반적인 시와 동시·동요를 구분하고자 한 것은 분명해 보인다. 이는 그가 동시·동요에 대한 분명한 장르 인식을 지니고 있었음을 보여주는 것이고, 동시가 아동 독자를 대상으로 창작되는 것이라는 점에서 윤동주가 시 창작 과정에서 아동 독자에 대한 뚜렷한 인식이 있었음을 의미한다고 볼 수 있다. 하지만 그가 쓴 초기의 동시는 일반적인 동시와 달리 그저 밝고 유쾌한 내용만을 담은 것이 아니라 현실적인 상실감이 주된 정서를 이루고 있는 작품들이 많다. 왜 그는 이렇게 무거운 주제들을 형상화하면서 동시라는 가벼운 형식을 택했을까? 물론 어렸을 때부터 아동문학잡지를 구독하며 형성된 동시에 대한 관심, 동시 시인이었던 정지용, 윤석중, 강소천 등의 영향, 시 형식에 대한 창작 연습 등이 직접적인 이유가 될 수 있겠으나, 그가 주일학교 교사였다는 사실과 1930년대에 계몽운동이 매우 강하게 일어났음을 감안하면 윤동주의 계몽적인 목적도 배제할 수는 없다. 윤동주의 습작 노트에는 "童詩" 이외에 "童謠"라고 명기된 작품이 꽤 있는데, '동요'라고 명시된 작품들은 실제로 노래로 부르기 위해 창작되었음을 짐작할 수 있다. 아마도 그 주된 대상은 교회 주일학교 아이들이었을 것이다.[55] 그렇다면 윤동주는 자신이 깨닫기 시작한 현실적인 모순을 손쉽게 배울 수 있는 동시나 동요라는 장르를 통해서 아이들에게 전달하고자 했을 수 있다. 특히 이 시기에 창작한 「이런날」, 「陽地쪽」 등에는 식민지 현실을 전혀 인지하지 못하는 아이들을 바라보며 안타까워하는 시적 주체의 모습이 나타나는데, 이러한 시에서 당시 아이들을 향한

---

55 「조개껍질」의 경우 창작된 장소가 '봉수리에서'라고 적혀 있는데, 당시 봉수리에는 숭실 YMCA 종교부에서 경영하는 주일학교가 있었고, 이 주일학교 교장을 맡은 이가 문익환이었다. 그래서 구마키 쓰토무는 아마도 윤동주가 문익환의 활동을 도우면서 아동들을 교육하는 과정에서 동시를 창작했을 것으로 추정했다(구마키 쓰토무, 앞의 글, 75쪽).

윤동주의 계몽적인 태도를 확인할 수 있다. 즉 그는 현실의 모순을 반영하는 '슬픈 동시'를 통해서 아이들에게 타자의 슬픔에 대한 공감, 공감을 통한 위로, 폭력적 현실에 대한 저항 등을 전달하고 싶었는지도 모른다.

3.2.2. 민족적 현실과 제유·알레고리

이 시기에는 앞에서 살펴보았듯이, 사회적 약자에 대한 관심과 더불어 식민지 치하 민족적 현실에 대한 인식이 시 속에 나타나기 시작한다. 당시 윤동주는 숭실학교에서 있었던 신사참배 반대 운동으로 인해 문익환과 함께 자퇴를 하고 다시 용정으로 돌아오는데, 이것은 윤동주의 생애에서 자기의 저항적 면모를 분명하게 드러낸 첫 번째 사건이라 할 수 있다. 이를 통해 당시에 이미 윤동주의 역사의식이 꽤 성숙해 있었음을 엿볼 수 있다.[56] 실존적 측면에서 볼 때 결국 본래적인 자기 자신이 된다는 것은 존재의 근원을 향해 되돌아간다는 점에서 반성적 자기의식은 역사의식과 필연적으로 만나게 되는데, 그 과정에서 윤동주는 조선의 암울한 민족적 현실을 대면하게 된 것으로 보인다. 이는 이 시기에 윤동주가 이미 심미적 실존의 단계를 지나 윤리적 실존으로 자기를 정립하고 있음을 알 수 있게 하는 전기적 사례라 할 수 있다.

---

56 그는 어린시절부터 민족주의적 성향이 강한 아동문학잡지 「어린이」를 송몽규와 함께 구독하여 읽고 있었고, 민족주의가 투철했던 김약연, 명희조 등에게 교육을 받으며 자라났다. 문익환은 은진중학교 시절 명희조에 대해서 다음과 같이 증언하고 있다. "이 학교에서 우리에게 절대적인 영향을 끼친 분은 동양사와 국사, 또 한문을 가르치시던 명희조(明犧朝)라는 선생이었다. 그분은 동경제대에서 동양사를 전공하신 분인데 동경 유학 시절에 일본 사람에게 돈을 안 주려고 전차를 타지 않았던 분이다. … 그의 동양사와 국사 강의는 정말 신나는 것이었다. 그는 우리에게 국사를 동양사, 더 나아가서 세계사의 관련 속에서 볼 수 있도록 눈을 열어 주었고 조국 광복을 먼 안목으로 내다볼 수 있도록 깨우쳐주었다."(문익환, 앞의 글, 310쪽) 1935년에 송몽규가 이미 독립운동에 투신했고, 문익환과 윤동주가 자퇴로 신사참배에 반대를 표한 것을 보면, 이 시기에 이미 윤동주의 민족의식과 역사의식이 어느 정도 성숙되어 있었음을 알 수 있다.

이 시기에 쓴 시 중에 「짝수갑」이란 작품이 있는데, 이 시는 「창구멍」과 「기와장내외」 사이에 제목만 있고 내용은 빈칸으로 비워져 있다.[57] 이 시는 원고지 8줄의 짧은 공간이 비워져 있기 때문에 아마도 동시의 형태였을 것으로 짐작되는데, 습작 노트의 목차에는 "童謠"로 명시되어 있다. 이 시는 제목으로 미루어 볼 때 아마도 식민지의 억압적인 현실과 관련된 내용이라 시인이 자기 검열의 차원에서 기록하지 않은 듯하다. 이를 통해 습작 노트에조차 시를 마음껏 기록하지 못하는 당시의 상황을 엿볼 수 있다. 따라서 이 시는 "짝수갑"이라는 제목과 내용이 비워져 있는 모습 그 자체로 식민지 현실의 암울한 상황을 그대로 반영하는 작품이라 할 수 있다. 이처럼 이 시기 윤동주의 시들에서는 민족적 현실에 대한 인식이 두드러지게 나타난다.[58]

사이좋은正門의 두돌긔둥끝에서

五色旗와, 太陽旗가 춤을추는날,

금(線)을 끊은地域의 아이들이 즐거워하다.

57　『사진판』, 23쪽.
58　이 시기 민족적인 현실이 반영되어 있는 작품들은 다음과 같다.

구분	시기	작품
사회적 현실	1936	「조개껍질」, 「고향집」, 「오줌쏘개디도」, 「창구멍」, 「짝수갑」, 「기와장내외」, 「離別」, 「牡丹峯에서」, 「黃昏」, 「종달새」, 「이런날」, 「陽地쪽」, 「谷間」, 「비ㅅ자루」, 「비행긔」, 「이불」, 「겨울」, 「黃昏이바다가되어」, 「참새」
	1937	「거짓부리」, 「할아버지」, 「夜行」
	1938	「슬픈族屬」, 「해빛·바람」
	1939	「薔薇病들어」
경제적 현실	1936	「비둘기」, 「食券」, 「닭1」, 「굴뚝」, 「무얼먹구사나」, 「버선본」, 「사과」, 「닭2」, 「호주머니」
	1937	「장」
	1938	「해바라기얼골」, 「애기의새벽」
	1939	「츠르게네프의언덕」

아이들에게 하로의 乾燥한學課로,

해ㅅ말간 權怠[59]가기쁠고,

「矛盾」두자를 理解치 몯하도록

머리가 單純하엿구나.

이런 날에는

잃어 버린 頑固하던 兄을

부르고싶다.

「이런 날」(1936.6.10.) 전문[60]

　「이런날」의 1연에서는 식민지 현실의 부조리한 상황이 제시되어 있다. 『사진판』의 퇴고 흔적을 보면 이 작품의 처음 제목은 '矛盾'이었는데,[61] 이를 통해 시인이 식민지 현실의 모순을 시적으로 형상화하고자 했음을 짐작할 수 있다. 1연에서 "五色旗와, 太陽旗가 춤을 추는 날"은 '오족협화(五族協和)'[62]의 현실상황을 반영하고 있는데, 아이들은 아무런 현실에 대한 인식 없이 그저 "즐거워"할 뿐이다.

　"하로의 乾燥한 學課로 / 해ㅅ말간 權怠가 깃뜰고"에서는 당대 식민지 교육 현실에 대한 시인의 비판적 인식을 엿볼 수 있다. 이는 다음 행에서도 확인할 수 있는데, 『사진판』의 퇴고 과정을 보면 "머리가 單純하엿구나"는 원래 "머

59　"權怠"의 "權"은 "倦"의 오자인 듯함.

60　『사진판』을 보면, 윤동주는 원래 '矛盾'이었던 제목을 삭제하고 '이런날'로 바꾸었다. 『사진판』, 31쪽.

61　『사진판』, 31쪽.

62　'오족협화'는 일본이 만주국을 건국할 때 내세운 이념으로서, 여기에서 오족(五族)은 일본인, 한인, 조선인, 만주인, 몽고인 등을 의미한다. 이 시의 '오색기'는 1932년 만주국이 오족(五族)이 협화(協和)하여 건국되었다는 것을 상징하는 깃발이고, '태양기'는 일본의 국기를 말한다.

리가 進步되엿슬까?"로 되어 있다. 즉 학교가 식민지화를 위해 이용되는 도구일 뿐 "아이들"에게 제대로 된 교육과정을 제공해 주지도 못하고, '오족협화(五族協和)'의 "矛盾"에 대한 현실 인식도 길러주지 못하고 있는 것이다. 당시 윤동주는 신사참배 운동에 반대하여 민족주의 성향이 강했던 평양의 숭실학교를 자퇴하고 친일 성향이 강한 용정의 광명학원에 다니고 있었기 때문에 우민화(愚民化)와 신민화(臣民化)를 지향하는 식민지 교육의 모순에 대해서 누구보다도 잘 인식하고 있었을 것이다.

민족 현실을 자각하지 못하고 "矛盾" 두 글자를 이해하지 못하는 아이들을 답답하게 바라보면서, 시인은 "잃어버린 頑固한 兄"을 그리워한다. 여기에서 "금(線)을 끊은地域의 아이들"과 "잃어버린 頑固한 兄"이 선명한 대조를 이루고 있다. 이 "잃어버린 頑固한 兄"은 전기적 사실을 감안하면, 이 시가 쓰일 당시 독립 운동을 모색하다가 일본 경찰에 잡혀서 웅기 경찰서에 구금되어 있던 사촌형 송몽규일 수 있다.[63]

산들이 두줄로 줄다름질 치고
여울이 소리처 목이 자젓다.
한여름의 햇님이 구름을 타고
이골짝이를 빠르게도 건너련다.

山등아리에 송아지뿔 처럼
울뚝불뚝히 어린바위가 솟구,
얼룩소의 보드러운 털이
山등서리에 퍼—렇게 자랐다.

63 『평전』, 205-206쪽.

三年만에 故鄉 찾어드는

산꼴 나그네의 발거름이

타박타박 땅을 고눈다.

벌거숭이 두루미 다리같이 ……

헌 신짝이 집행이 끝에

목아지를 매달아 늘어지고,

까치가 색기의 날발을 태우려

푸르룩 저山에 날뿐 고요하다.

갓쓴양반 당나구타고 모른척 지나고,

이땅에 드물든 말탄 섬나라사람이

길을 묻고 지남이 異常한 일이다.

다시 꼴작은 고요하다 나그네의마음보다.

「谷間」(1936)[64] 전문

「谷間」은 고향 찾은 나그네를 대상으로 하여 "谷間"으로 상징되는 이 땅의
모순된 현실을 반영하고 있다. 전체적으로 보면 「谷間」은 세 부분으로 나눌
수 있다. 1, 2연에서 "谷間"에 대한 외형 묘사와 3, 4연에서 "산꼴 나그네"에
대한 외형 묘사가 나타난 후, 5연에서 "갓쓴양반"과 "말탄 섬나라 사람"이

64　윤동주는 첫 번째 습작 노트에서 이 작품을 6연으로 창작한 다음 5연을 삭제하여 전체
5연으로 퇴고하였다. 그리고 이를 두 번째 습작 노트에 정서하여 옮겨 놓으면서 다시 5연을
삭제하고 4연으로 수정하였다. 따라서 이 작품은 무엇을 정본으로 확정할 것인가 하는 복잡
한 문제가 발생한다. 홍장학은 6연의 형태에서 1차로 5연을 삭제한 것은 작품의 완성도
때문이고 5연 형태에서 2차로 5연을 삭제한 것은 시대 현실을 감안한 자기 검열 때문이라
고 판단하여 두 번째 노트에 처음 정서한 5연 형태를 원전으로 확정하고자 했다. 이 책에서
도 이를 수용하였다(홍장학, 562-573쪽 참조).

오가는 현실과 "고요"로 인한 묘한 불안감이 조성되고 있다.

우선 「谷間」의 1, 2연에서는 고향의 모습이 비유의 수법을 활용하여 매우 인상적으로 묘사되고 있다. 1연에서 "줄다름질 치고", "목이 자젓다", "빠르게도 건너련다" 등의 역동적인 공간 묘사를 통해 긴장감이 조성되고, 2연에서는 "울뚝불뚝히", "퍼 ─ 렇게" 같은 의태어를 통해 기괴한 느낌을 주고 있다. 특히 2연에 제시된 "송아지뿔" 같은 바위와 "얼룩소의 보드러운 털" 같은 작은 풀만 무성한 "山"의 모습은 식민 통치하에 무참하게 벌목된 조선의 모습을 보여주는 듯하다.

이러한 공간에 한 사나이가 등장한다. 3, 4연에서 "三年만에 故鄕" 찾은 "산꼴 나그네"는 "타박타박", "벌거숭이 두루미 다리", "헌 신짝이 집행이", "목아지를 매달아 늘어지고" 등의 표현을 통해 그의 고단함을 간접적으로 드러내고 있다. 하지만 "고눈다"와 "색기의 날발을 태우려"라는 표현은 이 나그네가 심상치 않은 인물임을 암시하고 있다. '고누다'는 북한 방언으로서 '발굽을 세워 디디다'라는 뜻이 있고 나아가 '총을 겨누다'에서의 '겨누다'라는 뜻으로 자주 사용된다.[65] 게다가 "색기의 날발을 태우려"라는 것은 자기 새끼에게 비행을 배우게 하려 한다는 뜻이다. 그렇다면 이 나그네의 정체는 무엇일까? 왜 그는 3년간 고향을 떠나 있어야만 했던 것인가? 텍스트 안에서 정확하게 그의 정체를 알아낼 수는 없지만 저항적인 인물임을 짐작해 볼 수 있다.

5연에서는 "갓쓴양반"과 "이땅에 드물든 말탄 섬나라사람"이 등장하면서 식민지 현실을 넌지시 암시하고 있다. 이로 인해 이 시에는 세 명의 인물이 나타나는데, 고향을 잃고 떠도는 "산꼴 나그네"는 식민지 현실 속에서 방황하며 독립을 모색하는 우리 민족을 상징한다고 할 수 있고, "당나구" 타고 모른 척 지나가는 "갓쓴양반"은 식민지 현실에 대해서 침묵하고 타협하는

---

65 『원전연구』, 566-567쪽 참조.

친일 지배층을 상징한다고 할 수 있으며, "이땅에 드물든 말탄 섬나라사람"은 당시 우리 땅에 들어온 일본인을 상징한다고 볼 수 있다. 즉 이 세 인물은 피해자, 방관자, 가해자의 구도와 더불어 "헌 신짝", "당나구", "말" 등으로 상징되는 위계 구도를 형성하고 있다.

이런 상황에 대해서 화자는 "異常한 일이다"라고 진단한다. 왜냐하면 원래 "산꼴 나그네"가 이곳의 주인임에도 떠돌아다니고 있고, 저항에 앞장 서야 할 민족의 지도층인 "갓쓴양반"은 침묵을 지키고 있으며, 이 땅에 드물던 "말탄 섬나라사람"은 주인 행세를 하고 있기 때문이다. 모든 것이 뒤틀린 모순의 현실을 화자는 "異常한 일이다"라고 표현한다. 그리고 화자는 5연의 마지막에 "다시 꼴작은 고요하다"라는 반어적인 표현을 반복함으로써 겉으로 드러나지 않지만 잠재되어 있는 어떤 불안감을 드러낸다. 또한 "나그네의 마음보다"라고 함으로써 저항적 인물인 "나그네"보다 "산꼴"의 저항적 의지가 더 강함을 넌지시 드러낸다.

이상에서 살펴본 것처럼 「이런날」과 「谷間」 두 작품은 모두 공통적으로 식민지 현실에 대한 모순을 드러내면서 잠재된 저항성을 드러내고 있다. 「이런날」이 민족 현실에 대한 시간성의 반영이라면, 「谷間」은 민족 현실에 대한 공간성의 반영이라 할 수 있다. 앞에서 살펴 본 동시와 비교해 보면, 여기에도 아이들과 나그네가 나오지만, 이들은 가면을 쓴 '시적 주체'로 제시되지 않고 '언술의 대상'으로 그려지고 있다. 이들은 동시의 대상들과 달리 사회적 약자도 아니고 연민의 대상도 아니다. 이 대상들은 '대조'의 수법을 통해서 시대적 모순을 드러내는 역할을 한다. 「이런날」에서는 "금(線)을 끊은 地域의 아이들"과 "잃어버린 頑固하던 兄"이, 「谷間」에서는 "갓쓴양반", "말탄 섬마라사람"과 "산꼴 나그네"가 대조를 이룬다.

이때 이러한 인물들은 '제유'의 수법을 통해 당시 현실을 반영하게 되어 시적 주체의 저항성을 드러내게 된다. 제유는 부분으로 전체를, 전체로 부분을 대체하는 비유이다. 은유의 유사성이 교차 관계의 사물 사이에서 성립하는 것이라면, 제유의 포괄성(혹은 종속성)은 하나의 사물이 다른 사물의 일부분이거나 전체일 때 성립하게 된다.[66] 따라서 제유는 인간의 범주화 능력과 관계가 있고, 본질적으로 구조(체계)에 대한 인식의 반영이라 할 수 있다.[67] 윤동주는 이러한 제유의 방식을 통해서 식민지 현실의 구조를 형상화한다. 특히 그의 제유에는 사회적 약자나 조선 민족이 반영되어 있다.[68]

즉 "금(線)을 끊은 地域의 아이들"은 당시 식민지 현실을 제대로 자각하지 못하는 무지한 인물을, "잃어버린 頑固하던 兄"은 현실의 모순을 인식하고 일제에 저항하다 끌려간 인물을, "갓쓴양반"은 식민지 현실에 침묵하는 조선의 친일 성향 지배층을, "말탄 섬나라 사람"은 이땅을 침범한 일본인을, "산꼴 나그네"는 저항적 의지를 잠재적으로 가지고 있는 조선 민족을, 각각 의미한다고 볼 수 있다. 이뿐만 아니라 제목인 "이런날", "谷間" 자체가 식민지 조선의 시간적·공간적 현실이 반영된 제유라고 할 수 있다.

---

66 권혁웅, 『시론』, 문학동네, 2010, 315쪽.

67 위의 책, 316쪽.

68 앞에서 살펴 본 「고향집」, 「오줌싸개지도」, 「기와장내외」, 「해바라기얼골」 등에 나타난 나그네, 고아, 자식 잃은 부모, 노동자 등의 사회적 약자들도 현실을 반영하는 일종의 제유적 수법이라 할 수 있고, 「이런날」, 「谷間」, 「아우의 印象畵」, 「슬픈族屬」 등에 나타나는 시간, 공간, 인물, 족속 등도 식민지 치하 민족적 현실을 드러내는 제유적 수법이라 할 수 있다.
이러한 윤동주 시의 제유적 표현은 백석의 영향이 컸을 것으로 보인다. 윤동주는 1937년 8월 5일에 백석 시집 『사슴』 전체를 필사하여 꼼꼼하게 줄을 긋고 메모를 남겨놓고 있다. 백석은 은유적 병렬과 제유적 종합을 통해서 민족의 삶을 총체적으로 재구한 시인이다. 즉 백석 시에 나타나는 개인의 이야기는 개인의 차원으로 집약된 민족 전체의 이야기로서, 민족의 미적 특질을 구체적인 세목들의 종합적 연관을 통해 드러낸 것이다(권혁웅, 「백석 시의 비유적 구조」, 『한국문학이론과 비평』 14, 한국문학이론과 비평학회, 2002 참조). 『사진판』 제2부의 「사진판 자필 메모, 소장서 자필 서명」에 보면, 윤동주는 백석의 「모닥불」, 「추일산조」, 「초동일」, 「힌밤」, 「수라」 등에 각각 "傑作이다", "좋은 句節", "그림 같다", "氏의 想像力을 볼 수 있다", "生覺할 作品이다."라고 쓰고 있는데, 그가 메모를 남긴 이 작품들은 모두 부분을 통해 민족 전체의 현실을 드러내고 있는 '제유'의 방식이 사용된 것들이다(『사진판』, 194-196쪽).

처마 밑에
시래기 다람이
바삭바삭
춥소

길바닥에
말똥 동그램이
달랑 달랑
어오.

「겨울」(1936) 전문

앞마당을 백노지ㄴ것처럼
참새들이 글씨공부하지요

쨱, 쨱, 입으론 부르면서,
두발로는 글씨공부하지요.

하로종일 글씨공부하여도
쨱자한자 박에 더 못 쓰는 걸.

「참새」(1936.12.) 전문

「겨울」은 "겨울"을 배경으로 "시래기 다람"과 "말똥"을 의인화하여 추운
계절의 고난을 형상화하고 있다. 이러한 계절적 배경은 당시의 시대 상황과
연관해서 생각해 볼 수 있는데, 특히 "처마 밑"과 "길바닥"이라는 두 공간은
'위'와 '아래'를 상징하고 있어서, 위에서부터 아래까지 모든 곳에 시련이
닥쳤음을 의미하고 있다. 2연으로 되어 있는 이 시는 두 개의 연이 형식적으

로나 내용적으로 정확하게 대구를 이루고 있다.

「참새」는 "참새"가 "앞마당"에 발자국을 찍는 것을 "글씨공부"에 빗대어 시적으로 형상화하고 있다. 이 시의 주제는 표면적으로는 "참새"의 우둔함에 대한 해학적 웃음이라 할 수 있지만, 시대적 배경을 감안하면 이것은 일제의 한글 말살 정책과 연관된 것으로 생각해 볼 수 있다. 당시 일제는 "보통교육은 보통의 지식 기능을 주고, 특히 국민 된 성격을 함양하며, 국어(일본어)를 보급함을 목적으로 한다"는 1911년 조선교육령에 의거해 조선어를 제외한 모든 과목의 교과서는 일본어로 발행되고, 행정과 법률 관련 문서도 일본어로 작성하게 함으로써 조선말은 일상에서만 쓰이는 생활어로 전락하게 만들었다.[69] 2연과 3연에서 "참새"는 입으로 "짹, 짹" 부르면서 발로 "글씨공부"를 하지만 결국 "짹 자 한 자밖에" 쓰지 못한다. 이는 '입말'을 '글말'로 쓰지 못하는 당시의 상황을 반영한 것이라 할 수 있다. 윤동주는 습작 노트에서 이 시를 삭제하였는데, 아마도 당대 현실 상황을 고려한 자기 검열이 그 이유가 되었을 수 있다.

이러한 시편들이 당시 우리 민족의 사회적 상황이 반영된 것들이었다면, 다음의 시편들은 우리 민족의 경제적 상황이 반영된 것들이다.

> 한間鷄舍 그넘머 蒼空이 깃들어
> 自由의鄕土를 닛(忘)은 닭들이
> 시들은 生活을 주잘대고,
> 生活의 苦勞를 부르지젓다.
>
> 陰散한鷄舍에서 쏠려나온

---

69 제3차 개정교육령이 공포된 1938년 3월 15일 이후 일제는 식민지 언어정책을 조선어 병용에서 일본어 상용으로 바꾸었다. 그리하여 내선일체(內鮮一體)를 위하여 일본어와 일본사가 필수 과목으로 지정된 반면 조선어는 정규 교과목에서 완전히 제외되었다.

外來種 레구홍,
學園에서 새무리가 밀려나오는
三月의 맑은 午後도 있다

닭들은 녹아드는 두엄을 파기에
雅淡한 두다리가 奔走하고
굼주렷든 주두리가 바즈런하다.
두눈이 붉게 여무도록 —

「닭1」(1936.봄) 전문

누나의 얼골은
　　　해바라기 얼골
해가 금방 뜨자
　　　일터에 간다.

해바라기 얼골은
　　　누나의 얼골
얼골이 숙어 들어어
　　　집으로 온다.

「해바라기얼골」 전문

「닭1」은 1연에서 "自由의鄕土"를 잊은 "한間 鷄舍"의 "닭들"이 "시든 生活"을 "주절대고", "生産의 苦勞"를 부르짖는다. 이때의 "닭들"은 '자유'를 잃어버리고 과도한 노동에 시달리며 진정한 삶을 상실해 버리고 착취당하는 존재들인데, "自由의 鄕土를 잊은"이란 표현에서 이들의 고통스러움과 괴로움이 식민지 현실로 인한 것임이 암시된다.

2연에서는 "음산한 계사"에서 나온 "외래종 레그혼"과 "학원"의 "새무리"가 나타난다. 당시의 시대적 상황을 감안하면, "닭들"은 나라를 빼앗기고 식민지 상황 속에서 수탈당하는 조선 민중을, "外來種 레그혼"은 이 땅에 들어온 조선 민족을 착취하는 근대적 자본인인 일본인들을, "학원"의 "새무리"는 노동으로부터 자유로운 학생들로 이해할 수 있을 듯하다.

1연이 "鷄舍"의 원경(遠景)이라면 3연은 근거리에서 닭의 신체 각 부위가 "生産"을 위해 예속되었음을 보여주고 있다. "두 다리"는 "두엄"을 파기에 "奔走"하고, "주두리"는 "바지런"하고, "두눈"은 "붉게" 여물었다. 『사진판』의 퇴고과정을 보면 첫 번째 습작 노트에는 "주두리" 앞에 "구더기 줍기에"를 썼다가 "찍거기 줍기에"로 변경한 후에 다시 이를 삭제하였다. 이를 감안하면 시인이 처음에는 "닭"의 처지를 더욱 비참하게 그렸음을 알 수 있다. 결국 이 "닭"은 식민지 치하에서 신체기관 하나하나가 권력에 예속되어 "生産"하는 기계로 전락해버린 조선 민중에 대한 알레고리라 할 수 있다.

또한 『사진판』의 첫 번째 습작 노트에는 "두눈은 여무럿고" 뒤에 "날 수 있는 技能을忘却하엿고나, / 아깝다 洗練한 그몸이."라고 썼고, 마지막 부분에 연을 구분하여 "가장理解하기쉬운 심상한風景에 / 홀로 씨드쓴 웃슴을웃음이여!"라고 시를 마무리한 후에 이를 모두 삭제하였다. "날 수 있는 技能을忘却하엿고나, / 아깝다 洗練한 그몸이."은 여기에서는 삭제되었지만 이후에 동시 형식의 「닭2」로 다시 창작되었다.[70] "가장理解하기쉬운 심상한風景에 / 홀로 씨드쓴 웃슴을웃음이여!"으로 보아, 윤동주는 처음에 시의 전반부에서 "가장 理解하기쉬운 심상한風景"을 제시한 후, 후반부에서 자신의 정서를 드러내는 일종의 선경후정(先景後情)의 수법을 활용한 것이라 볼 수 있다. 하지만 아마도 직접적인 정서의 노출이 시의 완성도를 떨어뜨린다는 생각에 삭제한 듯하다.

---

70 『사진판』, 46쪽. 이후 동일한 제목의 시인 경우, 구분을 위해서 창작 시기의 순서에 따라 번호를 붙임.

어쨌든 마지막에 쓴 "씨드쓴 우슴"은 의미심장한 표현이다. 이는 진정한 자기의 삶을 빼앗기고 '생산하는 기계'로 전락한 "닭"에 대한 쓴 웃음이자 식민지 치하의 조선 민중에 대한 쓴 웃음이며 무력한 지식인인 자신에 대한 쓴 웃음이라 할 수 있다.

「해바라기얼골」에서 시인은 "해바라기"로 비유되는 "누나"를 통해 당시 여성 노동자의 현실을 반영하고 있다. 해가 뜨면 "일터"로 가고 해가 져서야 "집"으로 돌아올 만큼 당시 노동의 착취가 심삭했음을 드러내고 있는 것이다. 윤동주는 습작 노트에 "공장"이라고 썼다가 다시 "일터"로 바꾸었는데, "공장"이라는 시어가 자칫 사회주의와 연결될 수 있었음을 감안하면 이는 당대 현실로 인한 자기 검열의 결과라고 할 수 있다.

이처럼 「닭1」과 「해바라기얼골」 두 작품은 모두 당시 가난에 찌든 우리 민족의 궁핍한 경제적인 생활상이 반영되어 있다.[71] 그리고 이 가난이 식민지 현실과 연관되어 있음과 그로 인해 자유를 꿈꾸지 못하는 민족적 현실에 대한 시인의 안타까움이 드러난다. 그런데 앞에서 살펴보았던 「이런날」과 「谷間」이 '언술의 대상'으로 인간을 제시하면서 제유의 수법을 활용했다면, 「겨을」, 「참새」, 「닭1」, 「해바라기얼골」 등은 모두 사물, 식물, 동물 등을 의인화하여 우의(寓意)적인 의미를 형성하고 있다. 이러한 의인화는 그 의미가 사회적 맥락 하에서 해석해야만 본의가 드러난다는 점에서 '알레고리'의 수법이 활용된 것이라고 할 수 있다. 알레고리는 표면적으로 완결된 하나의 이야기가 텍스트 외부의 상황으로 인해 다른 의미를 숨기고 있을 때 발생하는데,[72] 이때 알레고리는 텍스트 외부의 컨텍스트로 인해 텍스트 내의 의미가

---

71 물론 「닭1」과 「해바라기얼골」은 비본래적 일상에 의해 본래적 삶을 상실한 인간상을 형상화한다는 점에서 실존적인 의미로 해석해 볼 수 있다.

72 권혁웅은 알레고리의 특징을 다음과 같이 정리하고 있다(권혁웅, 앞의 책, 392쪽).
   ① 상징은 원관념과 보조관념이 여럿 대 하나이지만, 알레고리는 하나 대 하나다. 따라서 상징은 하나의 원관념이 여러 개의 보조 관념을 거느리는 은유적 병렬의 역상이며, 알레고리는 표면의 의미가 이면의 의미와 상반되는 반어의 역상이다.

규정된다. 그래서 알레고리는 식민지 현실을 전제하고 제국에 대한 저항적 의미를 이면에 은폐하면서 우회적으로 독자에게 의미를 전달하는 방식이라고 할 수 있다.

3.2.3. 민족의식과 윤리적 결단

윤동주는 이 시기에 조선의 현실을 직시하면서 민족적인 자기를 형성하고 조선 민족을 위해 헌신하고자 하는 윤리적 실존자의 결단을 시적으로 드러내고 있다. 특히 1938년 연희전문학교 입학 직후에 이러한 양상은 보다 명확하게 나타난다.

> 내를 건너서 숲으로
> 고개를 넘어서 마을로
>
> 어제도 가고 오늘도 갈
> 나의 길 새로운 길
>
> 민들레가 피고 까치가 날고
> 아가씨가 지나고 바람이 일고
>
> 나의 길은 언제나 새로운 길

---

② 상징은 비교 차원에서 생겨서 체계차원으로 올라선 것이지만, 알레고리는 체계 차원에서 생겨서 비교 차원으로 내려온 것이다.
③ 알레고리에서 작품 바깥의 의미는 대개 사회, 역사적 의미를 갖는다. 그래서 알레고리는 대개 교훈적인 의도를 갖는다.
④ 알레고리는 환유와 마찬가지로 관습적이다. 은유(죽은 은유)와 제유(체계화)를 공유하기 때문이다.

오늘 …… 내일도 ……

내를 건너서 숲으로
고개를 넘어서 마을로

「새로운길」(1938.5.10.) 전문[73]

　「새로운길」은 윤동주가 연희전문학교에 입학하여 쓴 최초의 시로서 새로운 시작에 대한 윤리적 실존의 낙관적 희망이 가득하다. 키에르케고어에 의하면 '선택'하지 않고 끊임없이 향락을 추구하는 심미적인 실존자와 달리 윤리적 실존자는 자기 자신으로 존재하기 위하여 자기를 '선택'하게 된다. 이 시기에 윤동주는 아버지가 원했던 진로를 거부하고 자신의 뜻을 관철시켜서 1938년에 연희전문학교 문과대에 진학하게 되는데, 이는 '이것이냐 저것이냐'의 선택에서 자기 자신을 선택한 윤리적 실존의 모습을 보여주는 하나의 사례라 할 수 있다. 물론 앞에서도 언급했듯이 이러한 사실로 인해 그가 이 시기에 윤리적 실존의 단계에 진입했다는 의미는 아니다.

　이 시에서 강조되는 "나의 길"은 '자기'의 진정한 주체성을 선택하는 동시에 초기 시에 나타났던 "내방"의 고립된 개별적 주체성으로부터 벗어난 모습을 보여준다. 장덕순은 이 시를 쓸 무렵 윤동주가 자신에게 연희전문학교로 진학할 것을 권했다며 다음과 같은 증언을 하였다.

73　이 작품은 1941년 연희전문학교 문우회가 발간한 『文友』 폐간호에 「우물속의 自像畵」와 함께 발표되었는데, 졸업을 앞둔 윤동주가 폐간 직전의 『文友』에 새로운 희망으로 가득 찬 이 작품을 실은 것이 매우 흥미롭다. 또한 이 작품은 『文友』에 발표된 것을 계기로 윤동주의 장례식 때 낭독되기도 했다. 즉 이 작품은 폐간되는 잡지에 발표되고 시인의 죽음 직후에 낭독됨으로써 절망의 순간에 새로운 희망을 부여하는 기능을 한 것이다. 공교롭게도 1948년에 윤동주는 유고시집 『하늘과 바람과 별과 시』가 간행되면서 우리 현대문학사에 영원히 빛나는 시인으로 다시 살아났고, 1960년에 『文友』는 연세대학교 문과대학 학생들에 의해 다시 복간되어졌다.

문학은 민족사상의 기초 위에 서야 하는데, 연희전문학교는 그 전통과 교수, 그리고 학교의 분위기가 민족적인 정서를 살리기에 가장 알맞은 배움터라는 것이다.

당시 만주땅에서는 볼 수 없는 무궁화가 캠퍼스에 만발했고, 도처에 우리 국기의 상징인 태극 마크가 새겨져 있고, 일본말을 쓰지 않고, 강의도 우리말로 하는 '조선문학'도 있다는 등등 …… 나의 구미를 돋우는 유혹(誘惑)적인 내용의 이야기를 차분히, 그러나 힘주어서 들려주었다.[74]

이러한 증언을 통해 볼 때 윤동주가 연희전문학교로 진로를 선택한 것은 결코 우연한 일이 아니라 민족의식의 토대 위에 문학을 공부하고자 했기 때문임을 알 수 있다. 이러한 전기적 사실을 감안하면, 연희전문학교 입학 직후에 쓴 이 시의 "나의 길"은 단순히 개인의 주체적인 진로를 의미하는 것이 아니라 민족의식이 반영된 것으로 볼 수 있다. 이 시에서 그가 가고자 하는 "나의 길"은 평탄한 길이 아니다. "나의 길"은 "내"를 건너고 "고개"를 넘어서 "숲"과 "마을"을 향해 가는 과정이다. 이때 "내"와 "고개"는 극복되어야 할 대상이고 "숲"과 "마을"은 지향해야 할 목표인데, 작품 자체에서는 민족적 의미가 선명하게 드러나지 않지만 장덕순의 증언을 고려하면 이 시에 나타나는 극복의 대상과 지향의 대상에는 민족적인 의미가 내포되어 있다고 볼 수 있다. 즉 윤동주는 이 시에서 연희전문대학교 입학으로 인해 새롭게 전개되는 자신의 삶이 결코 순탄하지는 않겠지만, 극복할 것은 극복하고 지향해야 할 것은 지향하면서 "나의 길"을 가고자 하는 낙관적인 전망을 형상화하고 있는 것이다. 이러한 전망에는 민족을 위한 윤리적 실존자의 책임의식이 반영되어 있다고 볼 수 있다.

이러한 민족을 위한 윤리적 실존자의 헌신과 결단은 1938년 6월 19일에

---

74   장덕순, 「윤동주와 나」, 『나라사랑』 23, 외솔회, 143-144쪽.

쓴 두 편의 시, 「사랑의殿堂」, 「異蹟」 등에서 보다 선명하게 드러난다.

順아 너는 내殿에 언제 들어왓든것이냐?
내사 언제 네殿에 들어갓든것이냐?

우리들의 殿堂은
古風안 風첩이녀딘 사랑의殿堂

順아 암사슴처럼 水晶눈을 나려감어라.
난 사자처럼 엉크린 머리를 고루련다.

우리들의 사랑은 한낫 벙어리 엿다.

聖스런 촛대에 熱한불이 꺼지기前
順아 너는 앞문으로 내 달려라.

어둠과 바람이 우리窓에 부닥치기前
나는 永遠한 사랑을 안은채
뒤ㅅ門으로 멀리 사라지련다.

이제
네게는 森林속의 안윽한 湖水가 있고,
내게는 險峻한 山脈이 있다.

「사랑의殿堂」 전문

「사랑의殿堂」에서 윤동주는 여성의 이름으로 보이는 "順"을 처음으로 사용하기 시작하는데, 이 이름은 이후에 「少年」, 「눈오는地圖」 등에서도 반복해서 등장한다. 이는 시인 장만영의 영향과도 관련되는 듯하다. 『사진판』에의하면 윤동주는 이 시를 창작한 날짜와 비슷한 시기인 1938년 6월 7일조선일보에 실린 장만영의 「順伊와나와」를 스크랩해 놓았고, 1942년 2월에이 시가 실린 장만영의 시집 『祝祭』를 구입하여 소장해 놓고 있었다. 「順伊와나와」 이외에도 「달·포도·잎사귀」, 「비」, 「사랑」 등 장만영의 시에는 '순이'가 자주 등장하고 있다. 하지만 장만영의 '순이'가 순박한 전원의 배경 속에서 다정한 연인의 모습으로 제시되는 반면, 윤동주의 '순이'는 현실에서 맺어질 수 없는 이별의 대상으로 제시되고 있다. 윤동주의 '순이'는 시인이 흠모하던 특정한 여성을 지칭한 것일 수도 있겠지만, 한용운의 '님'과 같이 다양한 상징적 의미를 지닐 수 있을 듯하다. 특히 윤동주의 '순이'가 시적 주체가사랑하는 대상이라는 점, 당시 가장 흔한 조선 여성의 이름 중 하나라는점, '順'이 '온순하고 진실하다'라는 의미를 지니는 점, 현실에서는 이루어질수 없는 연인이라는 점 등을 고려하면 민족적인 의미를 지닐 수 있다. 당시식민 통치 하에서 조선어 사용이 금지되고 창씨개명이 강제되던 시기에 '순이'는 잃어버린 이름으로서 사라져가는 조선의 정체성과 정신을 내포하는제유적 표현이 될 수 있다.[75] 특히 「눈오는地圖」에서 시적 주체는 "順伊"를향해 "잃어버린歷史처럼 홀홀히 가는것이냐"라고 말하고 있어서 "順伊"가'잃어버린 조선'의 의미를 지닐 수 있음을 암시하고 있다.[76]

'順'을 민족적인 의미로 이해할 때 이 시는 사랑하는 조선 민족을 위해기꺼이 고난을 감내하고자 하는 시인의 의지를 형상화한 시가 된다. 2연에서

---

75 "順伊"는 당시 조선에서 가장 흔했던 여성의 이름으로서 일종의 '환칭'이라 할 수 있다. 이때 환칭은 개인을 통해 전체를 지시하는 수사법으로서 제유의 일종이 된다.

76 이러한 측면에서 "順"을 그리워하는 행위는 「별혜는밤」에서 시인이 "小學校때 冊床을 같이 햇던 아이들의 일홈"과 "벌서 애기 어머니 된 게집애들의 일홈" 등의 잃어버린 이름을 부르는 행위와 유사한 것이라 할 수 있다.

시인은 "古風한 風習이어린 사랑의殿堂"이라고 표현하고 있는데, 이는 연인 사이의 추억을 회상함과 동시에 사라져가는 민족 전통에 대한 기억을 의미할 수 있다. 또한 4연에서 시인은 "우리들의 사랑은 한낱 벙어리였다."라고 말하는데, 이는 서로의 사랑을 표현할 수 없는 연인의 상황인 동시에 조선과 관련된 표현의 자유가 박탈된 식민지 상황을 의미할 수 있다. 특히 7연의 "네게는 森林속의 안윽한 湖水가 있고, / 내게는 險峻한 山脈이 있다."라는 표현은 "森林속의 안윽한 湖水"와 같은 소선의 평안과 회복을 위해서 "險峻한 山脈"과 같은 고난의 길을 가겠다는 시인의 의지를 드러낸 것이라 할 수 있다. 이때 "險峻한 山脈"은 「새로운 길」의 "내"와 "고개"의 변주라 할 수 있다. 이러한 고난을 향한 의지 속에서 시인은 절대자로부터 자신의 소명을 확인하고자 하는데 그러한 양상이 동일한 날에 창작한 「異蹟」에서 잘 드러난다.

발에 터분한 것을 다 빼여 바리고
黃昏이 湖水 우로 걸어오듯이
나도 삽분삽분 걸어 보리 잇가?

내가 이湖水가로
부르는 이 없이
불리워 온 것은
참말異蹟이 외다.

오늘따라
戀情, 自惚, 猜忌, 이것들이
작고 金메달처럼 만저 지는구려

하나 내 모든 것을餘念없이

물결에 써서 보내려니

당신은 湖面으로 나를 불러내소서.

「異蹟」 전문

「異蹟」은 성서에서 베드로가 갈릴리 호수에서 물 위를 걸은 사건을 모티프로 하고 있다.[77] 성서에 의하면 베드로는 물 위를 걸어 자신의 배로 다가오는 예수에게 "주님, 주님이시면, 나더러 물 위로 걸어서, 주님께로 오라고 명령하십시오."라고 물은 다음, 예수가 "오너라!"라고 하자 잠시 물 위를 걷다가 곧바로 물에 빠지게 된다. 예수는 그를 건진 다음 바다를 건너서 게넷사렛 땅으로 가고 거기에서 많은 병자들을 고친다.

1연에서 시적 주체는 낮이 밤으로 바뀌는 "黃昏"의 시간에 절대적 존재에게 마치 베드로가 한 것처럼 자신도 "湖水" 위로 걸어볼 것인가 하고 묻고 있다. 여기에서 시적 주체는 자기 앞에 있는 "湖水"를 성서 속의 '갈릴리 호수'로 인식하고 있다. 성서에 의하면 예수와 제자들은 갈릴리 호수를 건너서 게넷사렛 땅으로 가는데, 그 땅은 민중들의 삶의 공간으로서 많은 병자들이 있는 곳이었다. 이때 '갈릴리 호수'는 소명의 땅 '게넷사렛'으로 가기 위해 통과해야 하는 공간으로, 자신의 힘만으로는 건널 수 없고 절대자의 부름에 대한 믿음이 필요한 곳이다. 그러한 "湖水" 앞에서 시인은 신적 부름을 확인하고자 물음을 던진 것이다. 하지만 시인은 아직 신의 부름을 온전히 듣지

---

77 이른 새벽에 예수께서 바다 위로 걸어서 제자들에게로 가셨다. 제자들이, 예수께서 바다 위로 걸어오시는 것을 보고, 겁에 질려서 "유령이다!" 하며 두려워서 소리를 질렀다. [예수께서] 곧 그들에게 말씀하셨다. "안심하여라. 나다. 두려워하지 말아라." 베드로가 예수께 말하였다. "주님, 주님이시면, 나더러 물 위로 걸어서, 주님께로 오라고 명령하십시오." 예수께서 "오너라!" 하고 말씀하셨다. 베드로는 배에서 내려, 물 위로 걸어서, 예수께로 갔다. 그러나 베드로는 [거센] 바람이 불어오는 것을 보고, 무서움에 사로잡혀서, 물에 빠져 들어가게 되었다. 그 때에 그는 "주님, 살려 주십시오" 하고 외쳤다. 예수께서 곧 손을 내밀어서, 그를 붙잡고 말씀하셨다. "믿음이 적은 사람아, 왜 의심하였느냐?" 그리고 그들이 함께 배에 오르니, 바람이 그쳤다(「마태복음」 14:25-32).

못했다. 그에게는 물 위를 걷고자 하는 의지는 있지만 신의 부름에 대한 확신이 없다.

　그래서 2연에서 그는 물 위를 걷는 것이 "異蹟"이 아니라 "부르는 이 없이 / 불리워 온 것"이 "異蹟"이라고 한다. 그는 비록 신의 부름을 확신하지는 못하지만, 자신이 "湖水" 앞에 서 있는 그 자체를 "異蹟"이라고 여기고 있다. 즉 그는 자신이 "湖水" 앞에 서 있는 것은 분명히 신이 인도한 것이고 자신의 힘만으로 "湖水"를 건널 수는 없지만 신의 부름만 있다면 "湖水" 위를 걸을 수 있으리라 확신하고 있는 것이다. 즉 시적 주체는 소명에 대한 확신만 있다면 기꺼이 헌신하고자 하는 것이다. 그리하여 3연과 4연에서 시인은 "戀情, 自惚, 猜忌", "내 모든 것"을 다 내려놓은 테니 "당신은 湖面으로 나를 불려내소서."라고 하며 신적 소명을 확인하고자 한다. 여기에서 헌신과 결단의 순간에 신적 소명을 기다리는 겸허한 자의 머뭇거림과 간절함을 엿볼 수 있다.

　이상으로 윤동주가 1938년에 쓴 세 편의 시를 살펴보았다. 이 시들에서 윤동주는 민족을 위해 고난을 극복하고 자기를 헌신하고자 하는 결단을 형상화하고 있다. 이는 이 시기에 민족의 비극적인 현실을 인식하면서 생겨난 민족의식을 토대로 하여 조국을 위해 자기의 책임을 다하고자 하는 윤리적 실존자의 헌신과 결단으로 볼 수 있다.

3.3. 분열의 심화와 절망

　이 시기 윤동주는 현실 인식이 확장되면서 민족의식이 성숙해 갔지만, 한편으로는 현실 인식이 확장되면서 주체의 자기 분열이 심화된다. 1935년 중기 시를 쓰는 시기에 윤동주는 태어나 처음으로 북간도의 고향을 떠나서 평양 숭실학교로 편입을 하게 되었다가, 신사참배 반대로 인해 학교를 자퇴하고 다시 북간도로 돌아온다. 이 과정에서 그는 북간도와 한반도 사이에서 방황하는 '디아스포라'로서의 자신을 발견하게 되고, 민족의 현실에 대한 인식이 확장되면서 자기 분열의 정도가 더욱 심화된다. 그리하여 그는 1939년 9월에 자기의식의 분열을 확인하고, 이상(理想)과 현실의 괴리 속에서 윤리적 실존의 절망에 이르게 되면서 시 쓰기를 그만두게 된다.

3.3.1. 자기 분열의 심화

3.3.1.1. 고향 상실과 디아스포라 주체

숭실학교로 편입하게 되어 북간도의 고향을 떠나면서 윤동주는 디아스포라로서의 자신을 발견하게 되는데, 이로 인해 자기 분열을 경험하게 된다.

> 남쪽하늘 저밑엔
>> 따뜻한 내 고향
> 내어머니 게신곧
>> 그리운 고향집
>
> 「고향집- (만주에서불은)」(1936.1.6.) 부분

> 까마기떼 집웅우으로
> 둘, 둘, 셋, 넷, 작고 날아지난다.
> 쑥쑥, 꿈틀꿈틀 北쪽 하늘로,
>
> 내사 ················
> 北쪽 하늘에 나래를 펴고싶다.
>
> 「黃昏」(1936.3.25. 平壤서) 부분

「고향집」, 「黃昏」 등에서 "하늘"은 시적 주체가 돌아가고 싶은 '고향'의 의미로 쓰이고 있다. 이때의 고향은 개인의 측면에서는 시인이 태어나고 자란 '북간도'일 수도 있고, 민족의 측면에서는 잃어버린 조국인 '조선'일 수 있으며, 신앙의 측면에서는 존재 근원으로서의 '하나님 나라'가 될 수 있는데, 위의 시들에서는 "내"가 강조되면서 비교적 개인적 실존의 측면이 강하게 나타난다고 할 수 있다. 하지만 이후 이러한 고향 상실 의식은 '진정한 고향'을 향한 회귀 의식으로 발전하면서 후기 시인 「또다른故鄕」, 「별헤는밤」, 「終始」 등에서 민족적 실존 또는 종교적 실존과 결합되어 더욱 심화된다.

그런데 위의 두 시에서 주목되는 것은 비슷한 시기에 "만주에서불은"이라는 부제가 붙은 「고향집」에서는 시적 주체가 "남쪽하늘"을 그리워하고 있는데, "平壤"에서 쓴 「黃昏」에서는 "북쪽 하늘"을 그리워하고 있어서 대조가 되고 있는 것이다. 물론 「고향집」의 시적 주체가 시인 자신이 아니라 퍼소나를 활용한 것이겠지만, 당시 북간도 이주민들에게 조선 땅 한반도에 대한 그리움은 조선 민족으로서 느끼는 보편적인 정서였기 때문에, 윤동주의 무의식 속에도 조상들의 고향이었고 조국의 땅인 한반도를 향한 그리움이 내재해 있었다고 볼 수 있다. 어쨌든 "南쪽하늘"과 "북쪽 하늘"을 그리워하는 것으로부터 윤동주의 자기 분열이 감지된다. 이는 북간도의 "만주"에서는 "남쪽하늘"인 한반도를 그리워하고, 한반도의 "平壤"에서는 "북쪽하늘"인 북간도를 그리워함으로써 어떤 곳에도 온전히 정착하지 못하고 방황하는 '디아스포라'[78]적 주체의 반영이라 할 수 있다. 사실 그가 태어나고 자란 고향이라 할 수 있는 '간도'의 의미 자체가 '사이섬(間島)'이란 의미를 지니고 있듯이,

---

[78] '디아스포라(diaspora, διασπορά)'라는 단어는 '씨 뿌리다'라는 그리스어에서 유래된 것으로, 흩어진 백성을 의미한다. 윤동주는 태어나서 죽기까지 명동과 용정에서 20년 8개월(그 중 평양숭실학교 7개월), 경성 연희전문학교에서 33개월, 일본에서 3년을 살았던 전형적인 조선인 디아스포라였다(김웅교, 「만주, 디아스포라 윤동주의 고향」, 『한민족문화연구』 39, 한민족문화학회, 2012, 107쪽).

윤동주 자신이 숙명적으로 북간도와 한반도 사이에서 분열되고 방황하는 디아스포라였던 것이다. 따라서 이 시들은 당시 보편적이었던 유이민에 대한 체험을 토대로 형성된 '디아스포라적 주체'의 자기 분열을 보여준다고 할 수 있다.

3.3.1.2. 낙관적 파토스와 비관적 파토스

이 시기 윤동주의 시에서는 파토스(pathos)[79]적인 분열의 양상이 감지된다. 윤동주는 앞에서 살펴본 것처럼 당대 현실을 반영하는 시들을 꽤 많이 썼고, 또한 그러한 시들에는 으레 현실에 대한 비관적 파토스가 내포되어 있다. 하지만 윤동주가 그러한 시들만을 쓴 것은 아니다. 같은 시기에 그는 현실에 대한 매우 낙관적인 분위기의 시들을 많이 썼다.[80] 여기에서 하나의 물음이 발생한다. 한 명의 시인이 동일한 시기에 현실에 대한 낙관적인 파토스와

---

[79] 아리스토텔레스는 『니코마코스 윤리학』에서 '파토스'가 정의(情意)와 비슷한 의미를 가져 "욕정, 분노, 공포, 질투, 환희, 혐오, 동경, 연민, 그 밖의 일체의 쾌락, 고통을 수반하는 것을 뜻한다"라고 정의하였는데, 키에르케고어 역시 이러한 의미에서 '비상하게 고양된 감정 상태'의 의미로 '파토스'를 사용하였다. 임규정, 「키에르케고르의 주체성의 지양과 "죄책감"에 대한 고찰」, 『철학연구』 76, 대한철학회, 2000, 271쪽 각주 참조.

[80] 이 시기 윤동주의 시를 낙관적인 파토스와 비관적인 파토스로 나누어 보면 다음과 같다. 특히 윤동주는 창작의 공백기 직전인 1939년에 단 6편의 시를 썼는데, 모두 비관적 파토스의 작품이라는 것에 주목할 필요가 있다.

시기	낙관적 파토스	비관적 파토스
1936	「조개껍질」, 「병아리」, 「오줌쏘개디도」, 「食券」, 「山上」, 「黃昏」, 「山林」, 「빨래」, 「비ㅅ자루」, 「해비」, 「가을밤」, 「굴뚝」, 「무얼먹구사나」, 「봄1」, 「개1」, 「편지」, 「버선본」, 「이불」, 「사과」, 「호주머니」, 「아침」	「고향집」, 「창구멍」, 「기와장내외」, 「비둘기」, 「離別」, 「牡丹峯에서」, 「가슴1」, 「종달새」, 「닭1」, 「午後의球場」, 「이런날」, 「陽地쪽」, 「가슴3」, 「谷間」, 「비행긔」, 「눈」, 「닭2」, 「겨울」, 「참새」
1937	「거짓부리」, 「둘다」, 「반딧불」, 「밤」, 「만돌이」, 「나무」, 「風景」, 「寒暖計」, 「冥想」, 「바다」, 「山峽의午後」, 「비ㅅ뒤」	「黃昏이바다가되여」, 「달밤」, 「그여자」, 「소낙비」, 「悲哀」, 「牡丹峯」, 「窓」, 「遺言」, 「할아버지」, 「개2」, 「장」, 「울적」, 「夜行」

비관적인 파토스를 동시에 드러내는 것을 어떻게 볼 것인가?

우리는 이를 윤리적 실존자의 내면에서 발생하는 주체의 자기 분열로 보고자 한다. 정서의 분열은 인식의 분열을 전제로 하는 것이다. 주체가 현실을 아름다운 세계로 인식하면 그는 낙관적 파토스를 경험하며 아름다운 세계에 대한 향유를 소망하게 되고, 주체가 현실을 암울한 세계로 인식하면 그는 비관적 파토스를 경험하며 암울한 세계로 인한 상실을 경험하게 된다. 즉 윤동주 시에 드러나는 이러한 정서적 분열은 인식의 분열을 전제하면서 주체의 자기 분열 양상을 보여준다고 할 수 있다. 따라서 여기에서는 정서적인 분열 양상을 중심으로 윤동주 중기 시에 드러나는 자기 분열의 양상을 살펴볼 것이다.

3.3.1.2.1. 향유를 꿈꾸는 낙관적 파토스

세계를 아름다운 이상으로 인식하는 주체는 그 아름다운 세상에서 향유를 꿈꾸게 된다. 이때 주체가 자신의 바탕이 되는 자연과의 조화로운 합일을 소망하는 양상이 나타난다.

> 궂은비 나리는 가을밤
> 벌거숭이 그대로
> 잠자리에서 뛰쳐나와
> 마루에 쭈그리고 서서
> 아이ㄴ양 하고

1938	「새로운길」, 「산울림」, 「비오는밤」, 「사랑의殿堂」, 「異蹟」, 「코스모스」, 「고추밭」, 「귀뚜람이와나와」	「아우의印象畵」, 「슬픈族屬」, 「해빛·바람」, 「해바라기얼골」, 「애기의새벽」, 「어머니」
1939	.	「달같이」, 「薔薇病들어」, 「츠르게네프의 언덕」, 「少年」, 「산골물」, 「自畵像」,

솨 — 오줌을 쏘오.

「가을밤」(1936.10.23.) 전문

오양간 당나귀
아 — ㅇ앙 외마디 울음 울고,

당나귀 소리에
으 — 아 애기 소스라처 깨고,

등잔에 불을 다오.

아버지는 당나귀에게
짚을 한 키 담아 주고,

어머니는 애기에게
젖을 한 모금 먹이고,

밤은 다시 고요히 잠드오.

「밤」(1937.3.) 전문

「가을밤」에서 시적 주체는 "궂은비 내리는 가을밤"에 "아인 양" "솨 — 오줌"을 싼다. "솨 —"라는 의성어로 인해 "궂은비"와 "오줌"의 소리가 하나가 됨으로써 자연과 일체가 되고 싶은 화자의 소박한 욕망이 드러난다. 또한 「밤」에서는 자연과 인간의 어울림이 평화스럽게 그려진다. "외양간 당나귀" 와 "애기"의 울음을 "아버지"와 "어머니"가 "짚"과 "젖"으로 달래어 다시 "밤"은 고요히 "잠"이 든다. 여기에서 "외양간 당나귀"와 "애기"는 동일하게 보살핌을 필요로 하는 존재자들이라는 측면에서 동물과 인간이 평등하게 그려지고, "아버지"와 "어머니"라는 존재들의 돌봄을 받으며 내면의 욕구가 충족되고 있다.

이처럼 「가을밤」, 「밤」은 모두 "밤"을 시간적 배경으로 하여 주체의 욕망이 충족되고 있는 양상을 보여준다. 「가을밤」에서 "궂은비"라는 자연의 소리에 주체가 "오줌"의 소리로 화답했다면, 「밤」에서는 "밤"의 고요에 "어머니"의 "젖"으로 아이의 울음을 달래고 있다. 즉 전자에서 주체는 배설의 욕구를 충족시키며 자연과의 합일을 꿈꾼다면, 후자에서 "애기"는 식욕을 충족시킴으로써 자연과의 일체감을 형성하고 있다.

이처럼 낙관적인 파토스의 작품들에서 주체는 세계를 아름답게 인식하며 자연과의 합일을 소망한다. 이때 자연은 개별적 존재자들의 욕구를 충족시켜 주고, 안식과 놀이를 제공하는 평화로운 토대로 나타난다. 즉 이때 '자연'은 인간을 포함한 모든 존재자를 포괄하는 전체요, 존재 자체를 가능케 하는 존재의 근원이며 원천이 된다.[81] 이뿐만 아니라 이러한 시들에는 아버지와 어머니가 있고, 집과 고향이 있고, 친구가 나타나는데, 이러한 낙관적인 파토스는 세계에 대한 향유를 꿈꾸는 주체의 소망이 반영된 것이라 할 수 있다.

3.3.1.2.2. 상실을 경험하는 비관적 파토스

향유를 꿈꾸는 낙관적 파토스의 시를 쓴 동일한 시기에 윤동주는 또한 매우 비관적인 시들을 함께 썼다.

소리없는 북
답답하면 주먹으로
뚜다려 보오.

---

81 강영안, 앞의 책, 24쪽.

그래 봐도
후 ―
가―는 한숨보다 몯하오.

「가슴1」(1936.3.25. 平壤서) 전문[82]

불 꺼진 火독을
안고 도는 겨울밤은 깊었다.

재(灰)만 남은 가슴이
문풍지 소리에 떤다.

「가슴3」(1936.7.24.)

　윤동주는 1936년에 "가슴"이란 제목으로 세 편의 습작시를 기록해 놓았는데, 「소리2」는 두 번째 습작 노트에서 삭제되었다. 「가슴1」에서 "가슴"은 "소리없는 북"으로 은유되면서 시적 주체의 답답한 마음을 우회적으로 표현하고 있다. 이를 통해 시인은 "북"처럼 두드리면 소리를 내는 존재이고 싶지만, 마음으로부터 터져 나오는 소리는 외치지 못하고 "한숨"만 쉴 수밖에 없는 자신의 처지를 형상화하고 있다. 창작일이 1936년 3월 25일이고 "平壤서"라고 기록해 놓은 것으로 보아서, 아마도 이 시는 윤동주가 신사참배에 반대하여 평양 숭실학교를 자퇴할 때의 심정이 반영된 것으로 추정된다. 이때 그의 자퇴는 윤리적 실존자가 자기를 선택하는 결단의 모습이라고 볼 수 있다.
　「가슴3」에서 가슴은 "불 꺼진 火독", "재만 남은 가슴"으로 형상화되어

82　이 시는 첫 번째 습작 노트와 두 번째 습작 노트에 모두 기록되어 있는데, 두 번째의 것을 정본으로 삼았다.

있다. 여기에서는 1연의 물리적 상황이 2연의 내면적 상황으로 전이되고 있다. 1연에서 "불꺼진 화독"은 "겨울밤"과 대조를 이루고, 2연에서 "재만 남은 가슴"은 "문풍지 소리"와 대조를 이루고 있다. 즉 깊은 "겨울밤"과 "문풍지 소리"를 이겨낼 수 있는 힘이 되는 "화독"의 "불"이 꺼져 버린 상실감이 "재만 남은"이라는 상징을 통해서 드러나고 있는 것이다. 여기에서 부각되는 것은 "겨울밤"이라는 시련의 시간에 경험하는 "불"의 상실이다. 그리고 외부에서 불어오는 "문풍지 소리"에 의해 주체는 자기 내년에서 "떨림"을 경험하게 한다. 이때 "떨림"은 내면의 '존재론적인 불안'이라 할 수 있는데, 이로 인해 주체는 떨림을 경험하지만 오히려 주체 내면의 "불"을 소생케 할 수도 있다. 이러한 불안은 주체가 자기의 유한함을 인식하는 '자기 앎'으로부터 비롯된 것이며, 본래적으로 존재해야 하는 바대로 존재하고 있지 않음에 대한 '불안'이라 할 수 있다.

하로도 검푸른 물결에
흐느적 잠기고 …… 잠기고 ……

저 ― 웬 검은 고기 떼가
물든 바다를 날아 橫斷할고.

落葉이 된 海草
海草마다 슬프기도 하오.

西窓에 걸린 해말간 風景畵,
옷고름 너어는 孤兒의 설음

이제 첫 航海하는 마음을 먹고

방바닥에 나뒹구오 …… 뒹구오 ……

黃昏이 바다가 되여
오늘도 數많은 배가
나와 함께 이 물결에 잠겼을 게오.

「黃昏이바다가되여」 전문

「黃昏이바다가되여」에서 "밤"은 '슬픔'의 시간이다. 제목이 "黃昏이 바다가 되여"라고 되어 있는데, 이를 통해 이 시는 황혼 무렵의 바다 풍경을 그리고 있음과 황혼 이후 해가 바다에 잠긴 "밤"을 "바다"의 상징으로 형상화하고 있음을 알 수 있다. 이는 "하루도 검푸른 물결에 / 흐느적 잠기고 …… 잠기고 ……"라는 1연에도 확인할 수 있다. "황혼"을 "바다"로 형상화함으로써 시적 대상들이 물에 잠기면서 매우 비현실적인 장면들로 그려진다. 여기에서 "바다"로 상징되는 물은 하강과 부정의 이미지를 가지고 있다. 그리고 그 속에서 시적 주체는 '沈澱'을 경험한다. 시적 주체는 "밤"이 되자 그만 침체를 경험하고(1연), "슬픔"을 느끼고(3연), "고아의 설움"에 빠지고(4연), 몸부림치고(5연), "수많은 배"가 "물결"에 잠겨 소망의 상실을 경험한다(6연). 이 모든 비관적인 정서의 원인은 시간이 "밤"이 되었기 때문이다. 즉 낮의 "해"가 "바다"에 잠겨 버렸기 때문이다. 윤동주가 쓴 낙관적 파토스의 시들에서 "해"는 인간으로 하여금 평화스러운 삶을 향유할 수 있도록 하는 원동력이다.[83] 하지만 이 시에서는 "밤"이 오자 모든 소망이 끊어지고 시적 주체는 유희나 모험의 삶이 아닌 죽음과 같은 고통스러운 삶(4연)을 각오하면서 결국 "물결"에 잠겨버린다. 결국 시적 주체는 어떤 상실감 속에서 비관적인 정서 속에 빠져든 것이다.

---

83   「빨래」, 「해비」, 「봄1」 등 참조.

이처럼 비관적 파토스가 나타나는 시에서 자연은 시련의 대상으로 나타나고, 시적 주체 곁에는 아버지도, 어머니도, 친구도 없고 거주할 수 있는 고향도 집도 없다. 이러한 상황 속에서 주체는 존재에의 용기를 상실하고 죽음을 떠올리기도 하고 때로는 저항을 꿈꾸기도 한다. 결국 비관적 파토스는 향유에 대한 욕망이 좌절되고 현실 속에서 경험하는 상실의 정서라고 할 수 있다.

이상에서 확인할 수 있듯이 동일한 시기에 동일한 시인에게서 비롯되는 낙관적 파토스와 비관적 파토스는 윤리적 주체의 복합적인 내면을 드러내면서 주체의 자기 분열 양상을 나타낸다고 볼 수 있다. 낙관적 파토스를 드러내는 시에서 자연은 언제나 사람이 평화스러운 삶을 영위할 수 있는 토대로 그려지고, 사람들은 공동체성을 회복한 인정스러운 사람들이다. 여기에는 어머니가 있고 친구들이 있고 사랑하는 땅인 고향이 있다. 반면에 비관적 파토스의 시에서 자연은 혹독한 시련을 주는 대상으로 그려지고 주체는 철저한 고독을 경험한다. 따라서 낙관적 파토스는 이상적 세계를 향유하고자 하는 소망을 드러낸 것이고 비관적 파토스는 이러한 이상이 실현되지 못하는 현실에서 경험하는 상실감을 드러낸 것이라 할 수 있다.[84]

---

84 이러한 상실감은 이 시기에 쓴 작품에 나타나는 은유적 방식을 통해서도 확인할 수 있다. 앞에서 살펴보았듯이 윤동주는 초기 시의 은유에서 자신을 왜소하고 방황하는 주체로 인식했는데, 중기 시의 은유에서는 무엇인가를 잃어버린 존재로 자신을 인식하고 있음을 볼 수 있다.

① 아롱아롱 조개껍데기 / 나처럼 그리워하네 / 물소리 바닷물소리(「조개껍질」)
② 소리없는 북 / 답답하면 주먹으로 / 뚜다려 보오.(「가슴1」)
③ 고기색기 같은나는 헤매나니, / 나래와노래가 없음인가.(「종달새」)
④ 불꺼진 火독을 / 안고도는 겨울밤은 깊엇다. 재만 남은 가슴이 / 문풍지 소리에 떤다.(「가슴 3」)
⑤ 西窓에 걸린 해발간 風景畵, / 옷고름너어는 孤兒의설음(「黃昏이바다가되여」)

시적 주체는 ①에서는 고향을 상실한 "조개껍질"로, ②에서는 "소리없는 북"으로, ③에서는 "나래와노래"가 없는 "고기색기"로, ④에서는 "재만 남은 가슴"으로, ⑤에서는 부모 없는

3.3.1.3. 분열의 심화와 상기

앞에서 살펴본 낙관적 파토스와 비관적 파토스의 양가적인 경험은 주체의 자기 분열을 반영하고 있다. 윤동주는 1934년에 습작시를 기록하기 시작해서 매년 다수의 시를 창작했는데, 1939년에는 단 6편만을 창작한 후 약 1년여의 공백을 가지게 된다. 그래서 1940년 12월에 그가 다시 시 창작을 시작할 때까지 시 창작의 공백이 나타나, 1939년과 1940년 사이에는 하나의 큰 단절이 존재한다.[85] 그리고 1939년 9월의 작품이 모두 비관적 파토스의 작품들인 반면, 1940년 이후에는 종교적인 성격의 작품들이 급격히 늘어난다. 앞에서 윤리적 주체의 내면에서 일어나는 주체의 자기 분열 양상에 대해서 여러 시들을 통해서 고찰해 보았는데, 이러한 양상이 하나의 작품에서 가장 잘 드러난 시가 바로 「自畵像」이라 할 수 있다.

산모퉁이를 돌아 논가 외딴우물을 홀로 찾아가선 가만히 드려다 봅니다.

우물속에는 달이 밝고 구름이 흐르고 하늘이 펼치고 파아란 바람이 불고 가을이 있습니다.

그리고 한 사나이가 있습니다.
어쩐지 그 사나이가 미워저 돌아갑니다.

"孤兒"로 자기를 인식하고 있다. 이러한 '상실 의식'은 식민지 현실 속에서 점점 심화되는 자기에 대한 절망과 환멸을 표현한 것으로 볼 수 있다.

85 1939년 9월에 창작한 시들에 반영되어 있는 비관적 파토스는 민족적 성격의 문학 동인지 발간의 좌절에서 비롯된 것일 수도 있다. 일본 특고 경찰의 『특고월보』에 의하면 윤동주는 1939년 2월부터 8월까지 송몽규, 백인준, 강처중 등과 함께 조선문학 동인지의 출판을 위해 수차례 민족적 작품의 합평회를 열었으나 동인지 간행이 불가능해졌다고 되어 있다(『평전』, 388쪽).

돌아가다 생각하니 그사나이가 가엾어집니다. 도로가 드려다 보니 사나이는
그대로 있습니다.

다시 그사나이가 미워저 돌아갑니다.
돌아가다 생각하니 그 사나이가 그리워집니다.

우물속에는 달이 밝고 구름이 으르고 하늘이 필치고 피이란 바람이 불고
가을이 있고 追憶처럼 사나이가 있습니다.

「自畵像」 전문

이 시는 많은 연구자들이 이 시로부터 윤동주의 성숙된 시 의식이 본격적
으로 시작되었다고 평가할 만큼 수작(秀作)이라 할 수 있다.[86] 1연에서 "논
가 외딴 우물"[87]은 흐르지 않는 정지된 물로서 '자연의 거울' 이미지를 갖고
있다. 이때 시적 주체가 이 "외딴 우물"을 "홀로" 찾아가는 행위는 세계로부
터 자신이 소외된 처지에 있음을 의미하는 것이고, "가만히 드려다" 보는
행위는 자신의 내면을 반성적으로 성찰하는 행위라고 할 수 있다. 그런데
우물 속에서 그가 자기 자신보다 먼저 본 것은 2연에 제시되고 있는 자연의
풍경이다. 여기에서 우물 속에서 펼쳐진 환상적인 자연의 풍경은 흘러가는
'시간성'을 상징적으로 나타내는 동시에 자기 존재의 바탕이 되는 '존재 근

---

86 김남조, 앞의 글; 이숭원, 앞의 글; 이남호, 앞의 글 참조.

87 김정우는 이 시의 우물을 명동촌 윤동주의 집 뒷문에 있었던 우물이었으리라 짐작했고(김
    정우, 「윤동주의 소년 시절」, 『나라사랑』 23, 외솔집, 117쪽), 유영은 윤동주의 서소문 하숙
    집 근처의 우물과 관련시켰는데, 송우혜는 유영의 추정이 옳은 듯하다고 보았다.(『평전』,
    241쪽). 그런데 이 우물의 이미지는 윤동주의 산문 「달을 쏘다」에 나오는 "기숙사" 근처
    "못"의 이미지와도 몹시 닮아있다. "발거름은 몸둥이를 옴겨 못가에 세워줄때 못속에도
    역시 가을이고, 三更이 있고 나무가 있고, 달이있다. 그刹那 가을이 怨望스럽고 달이 미워
    진다."(「달을 쏘다」 부분, 『사진판』, 114쪽)

원'을 형상화한 것이라 할 수 있다.

그리고 3연에서 시적 주체는 "한 사나이"를 본다. 이때 "한 사나이"는 주체의 분열된 자기의식을 객관적으로 대상화한 존재라 할 수 있다. 즉 그는 물 위에 비친 자기와 마주하면서 타자로부터 자기 자신에게 복귀하지만, 다시 자기 자신을 타자화하고 있는 것이다. 이런 점에서 이 시는 윤동주가 자기 자신에 대해서 본격적으로 반성적인 성찰을 시작한 전환적인 작품이라 할 수 있다.

그런데 이 시에서 자기를 대면했을 때 시적 주체가 가장 먼저 느낀 정서는 '미움'이다.[88] 왜 그는 '미움'의 정서를 느꼈을까? 선행연구 중에는 이 시를 '나르시즘'과 연관시키는 것들이 있지만,[89] 이 시의 시적 주체는 그리스의 오비디우스(P. Ocidius Naso) 『변신 이야기』(Metamorphoses)에 나오는 나르시스와 정확하게 대조를 이루고 있다. 둘 다 물 위에 비친 자기와 대면하면서 반성적인 자기의식이 나타나지만, 나르시스가 물 위에 자기의 모습을 보았을 때 그가 가장 먼저 느낀 정서는 자기에 대한 광기에 가까운 '사랑'이었다. 이러한 점에서 본래적인 나르시즘은 아름다운 사람이 느끼는 자기에 대한 "확고한 긍지(dufa superbia)"라고 할 수 있다.[90] 반면에 이 시의 시적 주체는 자기와 대면하여 '미움'을 느끼고 그로부터 돌아가고자 한다. 왜 이러한 차이가 발생했을까? 이는 물에 비친 자기의 모습이 이상적인 것에 미치지 못하기 때문일 것이다. 그것은 일차적으로는 우물 속에 비친 자기에 대한 윤리적인

---

88 비슷한 모티프로 창작된 산문 「달을 쏘다」(1939.1.23)에서는 "사나이"에 대해 미움의 정서를 드러내는 이 시와 달리 "달"에 대한 미움의 정서를 드러낸다(「달을 쏘다」, 『사진판』, 114쪽 참조).

89 이진화, 앞의 글, 41쪽; 김윤식, 『한국현대시론비판』, 일지사, 1996, 63쪽; 문현미, 앞의 글, 1999, 58-69쪽.

90 김상봉, 『서로주체성의 이념: 철학의 혁신을 위한 서론』, 길, 2007, 56쪽. 김상봉은 나르시시즘을 서양의 '홀로주체성'으로 해석하면서 나르시스를 사랑했던 에코(Echo)를 서양 정신 앞에서 자기의 언어와 주체성을 상실한 모든 타자적 정신의 은유로 보았다(위의 책, 57쪽).

성찰의 결과로 인한 것일 수 있고, 이차적으로는 조선인으로서 느끼는 자괴감으로 인한 것일 수 있다.

1977년에 공개된 『특고월보』에 의하면 절필 이전에 윤동주는 1939년 2월부터 8월까지 송몽규, 백인준, 강처중 등과 함께 조선문학 동인지의 출판을 위해 수차례 민족적 작품의 합평회를 열었으나 현실적으로 동인지 간행을 하지는 못했다고 한다.[91] 여기에서 당시 민족과 전통에 대한 윤동주의 열정을 엿볼 수 있는데, 이는 식민지 조선인으로서 자기의 주체성을 회복하고자 하는 행위라고 할 수 있다. 이 과정에서 현실인식과 민족의식이 성숙하면서 반성적인 자기의식과 민족적인 역사의식이 윤동주의 정신 속에서 결합되었을 것이다.

하지만 한창 서양 근대의 신문화가 들이닥치던 당시의 현실 속에서 전통문학에 대한 열정 속에서도 식민지 조선인으로서의 자기에 대한 자괴감은 극복하기 쉬운 것이 아니었을 것이다. 당시에 함석헌은 중학생들에게 조선의 역사를 가르치면서 "나는 스스로 자기를 속임 없이는 유행식의 '영광스런 조국의 역사'를 가르칠 수 없음을 깨달았다. … 그보다도 있는 것은 압박이요, 부끄러움이요, 찢어지고 갈라짐이요, 잃고 떨어짐의 역사뿐이다."라고 탄식한 적이 있다. 이처럼 당시 식민지 조선에서 정직한 지식인이 느끼는 자괴감이 이와 같았다. 아마도 이 시의 시적 주체가 정직하게 자기를 대면하면서 느낀 '미움'의 정서도 이러한 반성적인 역사의식이 작용했기 때문일 수 있다. 따라서 3연의 "한 사나이"는 반성적 자기의식을 대상화한 것인 동시에 식민지 조선인으로서의 자기를 대상화한 것이라 할 수 있다. 즉 그가 느낀 '미움'의 정서는 반성적 자기의식과 반성적 역사의식이 결합되어 나타나는 자기에 대한 자괴감과 관련되어 있다고 볼 수 있다. 그래서 이 시에 나타난 '미움'의 정서가 이후 「懺悔錄」에서 '욕됨'의 정서로 발전되어 갔다고 볼

---

91 『평전』, 388쪽.

수 있다.

그래서 시적 주체는 "사나이"에 대해 '미움(3연) → 연민(4연) → 미움(5연) → 그리움(5연)'의 정서적 엇갈림 속에서 '돌아가다(3연) → 도로 가다(4연) → 돌아가다(5연) → (도로 가다)(6연)'의 엇갈린 행위를 반복한다. 여기에서 문제가 되는 것은 주체의 분열과 정서의 순화 양상이다.

선행연구들은 대체로 '미움'의 정서에 주목해서 "사나이"를 비본래적 자기로 해석해 왔다. 하지만 시적 주체가 본래적 자기이고 "사나이"가 비본래적 자기인지, 아니면 시적 주체가 비본래적 자기이고 "사나이"가 본래적 자기인지 명확하지 않다. 왜냐하면 "사나이"가 양가적인 면을 지니고 있기 때문이다. "사나이"는 미움의 대상이기도 하지만 연민과 그리움의 대상이기도 하다. 따라서 "사나이"는 '본래적 자기' 또는 '비본래적 자기'로 규정되기보다는 그 두 속성을 모두 공유하고 있는 '실존적 자기'라고 할 수 있다.

키에르케고어는 '자기'를 하나의 실체로 보지 않고 '관계'로 보면서 인간을 다음과 같이 규정하였다.

> 인간은 정신이다. 그런데 정신은 무엇인가? 정신은 자기이다. 그러면 자기는 무엇인가? 자기는 자기 자신과 관계하는 관계이며 또는 그 관계 안에서 자기 자신과 관계하는 관계이다. 자기는 관계가 아니라 자기 자신과 관계하는 관계이다. 인간은 무한한 것과 유한한 것의, 시간적인 것과 영원한 것의, 자유와 필연의 종합이며, 간단히 말해서 종합이다.[92]

여기에서 키에르케고어는 '인간'을 '정신'으로서의 자기와 '종합'으로서의 자기 자신의 관계로 정립하고 있다. 그에 의하면 정신으로서의 자기는 자기 자신과 관계하는 관계 속에서 대립되는 두 요소를 능동적으로 종합해야

---

92 『죽음』, 55쪽.

하는데, 이 종합이 성공적으로 이루어지면 자기는 그 자신이 되고 종합이 잘못 이루어지면 자기는 '절망'에 빠지게 된다. 따라서 이러한 맥락에서 이 시의 '나'를 분석해 볼 수 있다. 위의 시에서 "나"는 우물을 들여다보는 '보는 나'와 우물에 비친 '있는 나'로 구분할 수 있고, 보는 행위 이후에 '생각하는 나'와 '느끼는 나'로 구분할 수 있다. 그래서 이 시의 "나"를 "보는 나"와 "있는 나", "느끼는 나"와 "생각하는 나"로 구분하면 다음과 같이 도식화할 수 있다.

보는 나(1연) → 있는 나(3연) → 느끼는 나(미움)(3연) → 생각하는 나(연민)(4연)

보는 나(4연) → 있는 나(4연) → 느끼는 나(미움)(5연) → 생각하는 나(그리움)(5연) → (보는 나) → 있는 나(6연)

여기에 키에르케고어의 '자기'의 개념을 대입해 보면, '보는 나'는 능동적인 주체로서 '정신'으로서의 자기이고, '있는 나'는 '종합'해야 할 자기 자신으로서 2연과 3연에서 확인할 수 있듯이 연 구분을 통해 존재 근원과 분리되어 있는 '자기 자신'이다. 또한 '느끼는 나'가 그저 드는 감각적 느낌에 지배당하는 '무정신으로서의 자기'라면 '생각하는 나'는 성찰하는 주체로서 '정신으로서의 자기'라고 할 수 있다.

그렇다면 이 시에서 '정신'으로서의 자기는 어떻게 자기 자신과의 관계 속에서 자기를 종합하고자 하는가? 시 속에서 자기의 '종합'이 결코 쉽지 않음을 이어지는 정서의 혼란에서 엿볼 수 있다. 하지만 6연에서 시적 주체는 "追憶처럼"을 통해 '존재 근원'과 하나가 된 "사나이"를 제시되고 있다.[93]

---

[93] 최동호는 「自畵像」에 대해 "우물에 투영된 사나이의 심상에서 시적 주체가 과거적 자아를 회상하고, 그 속에 있는 본래적 자아를 (현재는 그렇지 못하니까) 그리워하는 내향적 의식을 드러낸다는 점에서 의식의 지향성을 규명하는 하나의 단서가 된다."고 했다(최동호, 「윤

이는 형식적인 측면에서도 확인할 수 있는데, 2연과 3연이 연 구분이 되어 '존재 근원'과 "한 사나이"의 단절이 나타나고 있는 반면 6연은 "追憶처럼"을 통해 하나의 연으로 이어져 '존재 근원'과 "사나이"가 종합되었음을 보여준 다. 이때 주목되는 것은 "追憶처럼"이라는 표현이다. 어떻게 개별적 실존자가 "追憶처럼"을 통해 존재 근원과 종합을 이룰 수 있는 것인가? '추억'이란 무엇인가?

키에르케고어는 그리스어의 "상기(Erinnerung)"와 대비되는 "반복(Wiedergol ung)"을 강조했는데, 전자가 과거를 향하는 반면 후자는 미래를 향하면서 둘이 이질적인 성격임을 말하였다.[94] 이때 상기의 경우 상기의 대상이 상기하 는 주체 안에 이미 존재하고 있기 때문에 진리는 내재해 있으며 자기의식이 그대로 진리인식이 된다. 게다가 상기는 구체적인 현실로부터의 의식적인 이탈을 함축하고 있으며, 그런 의미에서, 멀리 떨어진 무-시간성에 있어서 허가된 일종의 추상이다.[95] 이러한 맥락에서 이 시의 "추억"은 '상기'와 유사 하게 과거지향적인 사유이고 시적 주체의 내면에 존재하는 자기 동일성의 사유라 할 수 있으며, 구체적인 현실로부터의 환상적인 이탈이라고 할 수 있다. 따라서 시인이 "追憶처럼"을 통해서 '존재 근원'과 '자기 자신'을 종합 하고자 하는 것은 자기 내면의 진리에 대한 신뢰에 근거하고 있다고 볼 수 있다. 키에르케고어는 인간의 '자기'는 "자기 자신과 관계할뿐더러 자기 자 신과 관계하는 가운데 타자와도 관계하는 관계"라고 하며 윤리적 실존자가 절대적 타자와의 관계를 제대로 정립하지 못했을 때, "자기 자신이기를 원하 는 형태"의 절망이 나타난다고 했다.[96] 따라서 6연은 "追憶처럼"을 통해 '존 재의 근원'과 '자기 자신'을 종합하면서 다소 환상적으로 자기와의 화해를

동주 시의 의식현상」, 권영민 편, 『윤동주 연구』, 1995, 486-487쪽).

94 Søren Kierkegaard, 임춘갑 역, 『반복: 현대의 비판』, 치우, 2011, 3쪽.

95 임규정, 「시인의 실존: 키에르케고르의 시인과 시의 개념에 관한 연구 I」, 203쪽.

96 『죽음』, 57-58쪽.

모색하지만, 이는 자기동일성으로의 과거적 회귀를 의미하면서 키에르케고어가 경계한 '자기 자신이기를 원하는 형태의 절망'에 빠질 위험이 내재하게 된다. 이로 인해 결국 시적 주체는 윤리적 실존의 절망을 경험할 수 있는데, 이러한 양상이 나타나는 시가 바로 동일한 시기에 쓴 「츠르게네프의언덕」이라고 할 수 있다.

3.3.2. 윤리적 실존의 절망

1939년 9월 이후 윤동주는 창작의 공백기에 들어가는데, 「츠르게네프의 언덕」에서 그가 절망하는 양상을 엿볼 수 있다.

> 나는 고개길을 넘고있었다 ········ 그때 세少年거지가 나를 지나첫다.
>
> 첫재 아이는 잔등에 바구니를 둘러메고, 바구니 속에는 사이다병 간즈매통 쇳조각, 헌양말짝 等 廢物이 가득하엿다.
>
> 둘재 아이도 그러하엿다.
>
> 셋재 아이도 그러하엿다.
>
> 텁수룩한 머리털 식컴언 얼골에 눈물고인 充血된 눈 色옳어 푸르스럼한 입술, 너들너들한 襤褸 찢겨진 맨발,
>
> 아 ― 얼마나 무서운 가난이 이어린少年들을 삼키엿느냐!
>
> 나는 惻隱한마음이 움즉이엿다.
>
> 나는 호주머니를 뒤지엿다. 두툼한 지갑, 時計, 손수건 ········ 있을 것은 죄다있었다.
>
> 그러나 무턱대고 이것들을 내줄 勇氣는 없엇다. 손으로 만지작 만지작 거릴 뿐이엿다.
>
> 多情스레 이야기나 하리라하고 "얘들아" 불러보앗다.
>
> 첫재 아이가 充血된 눈으로 흘끔 도려다 볼뿐이엿다.

둘재아이도 그러할뿐이 엿다.

셋재아이도 그러할뿐이엿다.

그리고는 너는 相關없다는 듯이 自己네끼리 소곤소곤 이야기하면서 고개로
넘어갓다.

언덕우에는 아무도 없엇다.

지터가는 黃昏이 밀려들뿐 ―

「츠르게네프의언덕」(1939.9.) 전문

「츠르게네프의언덕」은 러시아 시인 투르게네프의 「거지」[97]를 패러디한
시이다.[98] 「거지」는 국내에서는 1915년 몽몽 진학문에 의해 최초로 번역되었

---

[97]　윤동주가 읽은 투르게네프의 「거지」의 원 텍스트를 정확하게 확인하기는 어려운 듯하다.
김윤식은 윤동주 당시에 널리 읽힌 김억·나빈·손진태의 번역본 원문을 소개한 바 있는데
(김윤식, 「한국 근대문학과 러시아 문학의 관계」, 『러시아연구』, 민음사, 1991), 안병용의
경우 다음과 같이 「거지」를 현대에 맞게 새롭게 번역하기도 했다(안변용, 「뜨르게네프 산
문시 "거지"와 윤동주의 "투루게네프의 언덕: 한국근대문학의 러시아 문학 수용 문제에
부쳐", 『슬라브학보』 21(3), 한국슬라브학회, 2006, 192쪽).

길을 걷고 있었다… 발걸음을 늙고 초췌한 거지가 멈춰 세웠다.
눈물 머금은 충혈된 눈, 파룻한 입술, 남루한 누더기, 불결한 상처… 아, 가난 이 어쩌면
이 불쌍한 존재를 이토록 흉하게 갉아먹었는지!
그는 나에게 붉고 부르튼 더러운 손을 내밀었다… 신음 소리 비슷한 웅얼거리는 소리로
적선을 부탁했다.
나는 주머니를 뒤지기 시작하였다… 지갑도 없고, 시계도 없고, 손수건조차 없다. 아무 것도
가지고 나오지 않았다.
그러나 거지는 기다린다… 내밀은 그의 손은 힘없이 떨고 있었다.
어쩔 줄 모르고 당황한 나는 그의 더럽고, 떨리는 손을 꼬옥 쥐었다…《여보게 미안하네;
아무 것도 가진 게 없네》.
거지는 충혈된 눈으로 나를 바라보더니 파룻한 입술에 미소를 지었다. ― 그리 고 내 차가운
손가락을 꽉 잡으며 하는 말
― 별 말씀을 나리, 감사합니다. ― 이것도 적선입니다.
나는 알았습니다. 나 또한 그로부터 무언가 받았다는 것을.
1878년 이 월

[98]　패러디는 두 텍스트 사이의 긴장이 강렬하여 의미론적 뒤틀림이 일어날 때 발생하는데,

고, 김억에 의해 1918년 11월 2일 『태서문예신보』 5호에 "비렁방이"라는 제목으로 소개된 이후,[99] 「백조」(1922), 「금성」(1924), 「신생」(1929), 「신여성」(1931), 「조선일보」(1931), 「동아일보」(1932), 「만국부인」(1932) 등에 지속적으로 실렸다.[100]

이 시는 「거지」와 비교해 볼 때, 그 시적 의미를 더 선명하게 알 수 있다. 「거지」에서 시적 주체는 "길"에서 "늙고 초췌한 거지"를 만난다. 이때 시적 주체는 그에게 연민의 감정을 느끼고 주머니를 뒤지는데, 지갑·시계·손수건 등이 하나도 없음에도 불구하고 "여보게 미안하네. 아무 것도 가진 게 없네"라는 진심이 담긴 말 한 마디를 건넴으로 인해서 거지로부터 "별 말씀을 나리, 감사합니다. ― 이것도 적선입니다."라는 감사의 인사를 받는데, 이때 시적 주체는 자신 역시도 그로부터 무엇인가 받았다는 것을 깨달으며 시가

이때 텍스트와 텍스트 외부의 다른 텍스트 사이의 유사성 속에서 의미가 규정된다(권혁웅, 앞의 책, 490쪽).

99 송우혜는 1919년 2월에 투르게네프의 「거지」가 김억에 의해 최초로 번역되어 『태서문예신보』에 발표했다고 했는데(『평전』, 250쪽), 실제로 『태서문예신보』에는 1918년 11월 2일에 발표된 것을 확인하였다(태서문예신보, 『태서문예신보』 1-16, 태학사, 1981, 38쪽).

100 조용훈은 투르게네프의 경우 그의 산문시가 1914년 『청춘』 창간호에 소개된 이후, 1940년대에 이르기까지 수차례 중다역(重多譯)되었을 뿐만 아니라 번역 소개된 시가 57편에 달할 정도로 그가 우리 근대 시단에 큰 영향을 끼쳤다고 보았다. 조용훈은 「거지」의 초기 번역 양상을 다음과 같이 정리하고 있다(조용훈, 「투르게네프의 이입과 영향」, 『서강어문』 7, 1990, 292쪽).

1. 「乞食」: 『學之光』 3(1915.2.28) 夢夢譯
2. 「비렁방이」: 『泰西文藝新報』 5(1918.11.2) 金億譯
3. 「비렁방이」: 『創造』 8(1921.1.27) 金億譯
4. 「거지(乞食者)」: 『白潮』 창간호(1922.1.9) 羅彬譯
5. 「거지」: 「金星」 3(1924.5.24) 孫晉泰 譯
6. 「거지」: 「新生」 2 : 3 (1929.3.1) 曺圭善 譯
7. 「거지」: 「新女性」 5 : 3 (1931.3.15) 金億 譯
8. 「乞人」: 「朝鮮日報」(1931.9.9) 쏘한 밤 譯
9. 「乞人」: 「東亞日報」(1932.2.20) 金尙鎔 譯
10. 「乞人」: 「萬國婦人」 창간호 (1932.10.1) 李景淑 譯

마무리된다.

반면 「츠르게네프의언덕」에서 시적 주체는 "고갯길"에서 "세少年거지"를 만난다. 여기에서 먼저 주목되는 것은 "고갯길"과 "세少年거지"이라는 표현이다. 「거지」의 공간이 "길"이었던 것에 반해 이 시의 공간은 "고갯길"인데, 이 "고갯길"은 제목에서 "언덕"으로 표현될 정도로 중요한 시어라고 할 수 있다. 이는 평탄한 "길"에 비해서 넘어 가야 할 매우 힘겨운 공간인데, 시적 주체와 "세少年거지"가 함께 "고갯길"을 넘고 있다는 측면에서 이들은 하나의 동질성을 공유하고 있다.

이때 시적 주체의 눈에 들어온 대상은 "세少年거지"이다. 이는 「거지」의 "늙고 초췌한 거지"와는 다른 대상이다. "늙고 초췌한 거지"와 "세少年거지"는 개인과 집단, 늙음과 젊음 등이 대조를 이루고 있다. 그래서 「거지」보다 이 시의 상황이 훨씬 더 비참하게 느껴질 수 있다. 그런데 또 하나 눈에 띄는 변주는 「거지」에서 늙은 거지가 구걸을 하며 시적 주체를 멈춰 세운 반면에, 이 시의 "세少年거지"는 구걸을 하지 않고 그저 스쳐 지나가고 있다는 것이다. 어떻게 보면 시인은 "세少年거지"라고 표현했지만, 이들은 구걸을 하는 거지라기보다는 폐물을 수집하고 판매하는 '넝마주이'로 볼 수 있다. 3연에는 그들이 노동을 통해서 바구니에 넣은 각종 "廢物"들이 열거가 되고 있다. 우리나라에서 넝마주이는 산업화와 도시화로 인해 생겨났는데, 대체로 일제 강점기였던 1920년대부터 나타났다고 보고 있다.[101] 이렇게 보면 이 시의 "세少年거지"는 단순하게 불쌍한 사람들이 아니라 식민지 사회현실의 구조적인 모순이 빚어낸 가난한 '조선의 얼굴'이라 할 수 있다. 6연에서 시인은 "찢어진"이 아니라 "찢겨진"이라는 수동적인 표현을 통해 "세少年거지"의 가난이 자연발생적인 것이 아니라 식민지 현실로부터 오는 폭압 때문이라

---

101 윤수종, 「넝마공동체의 성격과 그 변화」, 『민주주의와 인권』 2(1), 전남대학교 5.18 연구소, 2002, 175-176쪽.

는 암시를 주고 있다. 그리고 바로 이어서 나오는 "아 ─ 얼마나 무서운 가난이 이 어린 少年들을 삼키었느냐! 나는 惻隱한 마음이 움즉이였다."라는 직설적인 표현을 통해 시적 주체는 현실에 대한 비판의식과 이들을 향한 연민을 표현한다.

하지만 이러한 연민의 정서 이후에 이 시는 반전이 일어나면서 「거지」와 선명한 대조를 이루게 된다. 이 시의 "나"는 「거지」의 "나"와 달리, 지갑·시계·손수건 등 있을 것은 모두 있음에도 불구하고 "勇氣"가 없어 내어줄 "손"으로 "만지작만지작거릴 뿐"이다. 결국 그는 자선을 베풀지 못하고 최소한 자기의 "多情"함을 표현해 보고자 그들을 불러 보지만, 돌아온 것은 "흘끔 도려다 볼뿐"의 냉대였다. 이로 인해 시의 마지막에서 "언덕우에는 아무도 없었다. / 지터가는 黃昏이 밀려들뿐"이라는 표현에서 볼 수 있듯이 시적 주체의 소외감과 상실감이 선명하게 드러나고 있다. 이는 「거지」가 "나는 알았습니다. 나 또한 그로부터 무언가 받았다는 것을"로 마무리되면서 "나"와 늙은 거지가 비록 가난하지만 인간으로서의 동질감을 느끼는 것과 극명하게 대비되는 부분이다.

선행연구들은 이 시를 「거지」에 나타나는 "사이비 형제애"와 "싸구려 이웃사랑"에 대한 "풍자시"로 보기도 했는데,[102] 이는 조금 지나친 해석이라 할 수 있다. 왜냐하면 이 시는 투르게네프의 「거지」에 대해 비판을 가하기보다는 결국 「거지」에 나타난 '인간애(人間愛)'를 실현하지 못하는 '자기'에 대한 비판으로 보이기 때문이다. 보통 '패러디'는 원래의 텍스트가 지니고 있는 숭고함을 훼손시키고 그 의미를 비틀어서 풍자하는 기법이라는 측면에서, 이 작품은 매우 예외적이고 독특한 특질을 지니고 있다. 왜냐하면 이 시는 패러디의 대상이 되는 텍스트 외부의 원 텍스트를 비판하기보다는 오히려 그 비판의 화살을 자기 자신에게 돌려 자신을 반성적으로 비판하고 있기

---

102 『평전』, 249–254쪽.

때문이다. 물론 이 시에는 투르게네프가 지녔던 이상(理想)과 현실의 괴리, 식민지 현실의 구조적인 모순 등이 간접적으로 제시되기도 하지만, 이 작품의 가장 중심적인 비판의 대상은 바로 시적 주체 자신이라고 할 수 있다. "惻隱한마음"이 움직였지만 "勇氣"가 없는 "나", "얘들아"라고 입으로는 부르지만 "손"을 내밀지 못하는 "나"가 이 시의 주된 비판의 대상인 것이다. 이를 위해서 시인은 「거지」와 유사하게 "세少年거지"를 만난 상황과 「거지」와는 다르게 "지갑, 時計, 손수건"을 모두 다 가진 상황을 설정한 후에 그럼에도 불구하고 자기의 "勇氣" 없음을 부각시킨 것이다.

따라서 이 시는 윤동주가 자기를 향해 얼마나 혹독한 비판을 가하고 있는지를 엿볼 수 있는 작품이라 할 수 있다. 결국 이 시에서 그는 자신이 인식하고 있는 이상(理想)적 가능성과 그 이상을 실현할 수 없는 현실성 사이의 괴리를 경험하며 윤리적 실존의 절망을 경험했다고 볼 수 있다. 즉 자기의 이상을 실현할 수 없는 윤리적 실존자로서의 한계를 절감하며 주체가 '자기 자신이기를 원하는 형태의 절망'[103]에 이른 것이다.

윤동주는 비슷한 시기에 쓴 산문 「終始」에서도 비슷한 사유를 드러낸다.

이 짧은 순간 많은 사람 사이에 나를 묻는 것인데 나는 이네들에게 너무나 피상적이 된다. 나의 휴머니티를 이네들에게 발휘해낸다는 재주가 없다. 이네들의 기쁨과 슬픔과 아픈 데를 나로서는 측량한다는 수가 없는 까닭이다. 너무 막연하다. 사람이란 횟수가 잦은 데와 양이 많은 데는 너무나 쉽게 피상적이 되나 보다. 그럴수록 자기 하나 간수하기에 분망하나 보다.[104]

---

103 키에르케고어는 실존의 단계를 '심미적 실존', '윤리적 실존', '종교적 실존'으로 나누고, 절망의 종류를 '절망하여 자기를 소유하고 있음을 깨닫지 못하는 형태', '절망하여 자기 자신이기를 원하지 않는 형태', '절망하여 자기 자신이기를 원하는 형태'로 나누었는데, 임규정은 윤리적 실존자의 절망을 '절망하여 자기 자신이기를 원하는 형태'(반항)로 보았다 (임규정, 「실존과 절망에 관하여」, 『죽음』, 37쪽).

104 『사진판』, 134쪽.

여기에서도 윤동주는 "나의 휴머니티를 이네들에게 발휘해낸다는 재주가 없다"라고 하면서 자신의 한계를 드러낸다. 키에르케고어에 의하면 인식이 성취되려면 행위를 통해 관념이 실존적으로 실현되어야 한다. 즉 실존적 현실을 소유하지 않는 인식은 올바른 인식이 아니다.[105] 여기에서 윤동주는 결국 윤리적 실존자의 절망에 이르렀다고 볼 수 있다. 「自畵像」에서 시인은 자기 분열의 순간에 내면의 진리를 의지하며 자기동일성을 과거회귀적이고도 환상적인 "追憶" 속에서 다시 구축하고자 했지만, 「츠르게네프의 언덕」에서 타자의 얼굴을 대면하면서 그 자기동일성이 무너진 것이다. 이는 키에르케고어가 말한 "유머"의 순간으로서 "자기 자신이고자 하는 형태"의 절망이 나타나는 순간이다. 그에 의하면 윤리적 실존자는 자신이 도덕적 의무를 수행하는 데 필요한 모든 조건을 이미 소유하고 있다는 가정 위에 서 있는데, 결국 이상적 목적을 실현하는 데 실패하고 자신을 죄 있는 자로 인식하게 된다. 이때 인간 노력의 불가피한 한계에 대한 자각적인 웃음을 그는 "유머"라고 규정하였다. 윤동주는 이 시를 창작한 1939년 9월 이후 창작의 공백기로 들어가게 되는데, 아마도 이 시에 드러나는 자기의 무력감과 죄책에 대한 절망으로 인한 것일 것이다.

3.4. 전통과 기독교의 융합

앞에서 살펴 본 것처럼 윤동주의 중기 시에는 현실 인식의 확장과 자기분열의 과정 속에서 윤리적 주체가 절망에 이르는 일련의 양상이 나타난다. 그런데 이 시기에 또 하나 주목할 만한 것은 그의 민족의식이 자라면서 나타

---

105 "저 의식이 더해질수록 자기도 더해진다. 의식이 더해질수록 의지도 더해진다. 의지가 더해질수록 자기도 더해진다." 키에르케고어는 데카르트에 반대해서 피히테의 "나는 행위한다. 고로 나는 존재한다."에 동의한다(임규정, 「키에르케고어의 자기의 변증법」, 38쪽).

나기 시작하는 전통적인 윤리와 기독교 정신의 융합이다. 이는 그가 성장과 정에서 기독교 민족주의의 영향을 강하게 받았기 때문이기도 하고, 이 시기에 전통문화의 회복을 위해 고심했기 때문이기도 하다. 이뿐만 아니라 그가 살았던 20세기 초는 동양 문명과 서양 문명이 충돌하던 시기이기도 했기 때문에 그의 시에 동서양의 종교문화가 반영되어 있는 것은 당연한 일일 수도 있다. 특히 그의 시에는 경천사상, 유교적인 윤리, 생태적인 윤리 등이 강하게 드러나는데, 이러한 전통적 윤리는 기독교 정신과 융합되면서, 당시 김교신과 함석헌에 의해 전개되었던 '조선적 기독교'의 문제의식을 공유하는 것이라 주목할 만하다. 여기에서는 그의 시에 나타나는 경천사상, 유교적 윤리, 생태적 윤리 등에 대해서 살펴보고 그 종교문화적 사유의 의미를 고찰해 보고자 한다.

3.4.1. 경천(敬天) 사상과 훈 사상

3.4.1.1. 경천 사상

인류에게 '하늘'은 신적인 속성이라 할 수 있는 그 '무한함'과 '초월성'으로 인하여 일찍부터 보편적인 신앙의 대상이 되었다.[106] 우리나라도 고대로부터 하늘을 숭배하는 '경천사상'이 있었고, 이후 여러 종교를 통하여 이러한 사유가 더욱 심화되었다. 유교에서는 '천명(天命)' 혹은 '천도(天道)'를 따르고 섬기는 것을 인간의 도리(人道)라고 보았고, 기독교에서는 '하늘에 계신 우리 아버지'를 존재의 근원이자 인격적인 신으로 이해하였으며, 동학에서는 '인내천(人乃天)' 또는 '사인여천(事人如天)'을 주장하였다.

윤동주가 생전에 유일하게 내려고 했던 자선시집의 제목은 『하늘과바람과

---

106 엘리아데에 의하면 인류에게 천공신에 대한 신앙은 보편적인 현상이다. Mercea Eliade, 이은봉 역, 『종교형태론』, 한길사, 1996, 94-187쪽 참조.

별과詩』였다. 이때 제목 제일 처음에 나오는 단어가 바로 '하늘'이다. '하늘'
은 그만큼 윤동주의 시에서 중요한 위치를 차지한다고 할 수 있다.[107] 그런데
윤동주의 "하늘"은 종교적인 경천(敬天)의 사상이 내포되어 있다. 그래서 김
응교는 과거 이부키 고(伊吹 鄉)가 「序詩」의 "하늘"을 인격적 공간인 '텐'(天)
이 아닌 물리적 공간인 '소라'(空)로 번역한 것을 비판하면서, "하늘이라는
단어에는 한국인의 전통적인 경천사상과 기독교 사상이 직조되어 있는 절대
가치를 내포하고 있다."라고 했다.[108] 또한 마광수도 윤동주 시의 '하늘'을
"한국인의 전통사상으로 내려온 윤리적 주재자(主宰者)의 상징"으로 보고 그
를 동양적 윤리관에 투철한 인물로 보았다.[109]

윤동주 시에 나타나는 '하늘'은 다의적으로 해석 가능한 상징이기 때문에
하나의 의미로 한정할 수 없고 작품에 따라서 다양하게 변주되고 있다. 이
책에서는 윤동주 시에 드러나는 "하늘"의 의미를 '경천'과 '외천' 등으로
구분하여 살펴보고자 한다.

3.4.1.1.1. '경천'의 하늘

윤동주의 초기 시 「삶과죽음」, 「空想」, 「蒼空」, 「南쪽하늘」 등에서 '하늘'
은 윤리적 기준, 삶의 목표, 역사의 주관자, 존재의 근원 등의 의미로 쓰였다.
그의 시의 '하늘'은 '경천'의 대상으로 흔히 제시된다.

> 앗씨처럼 나린다
>
> 보슬보슬 해ㅅ비

---

107 조재수에 의하면 윤동주 시에서 가장 많이 나오는 핵심어 중 하나가 '하늘'이다(조재수,
     앞의 책, 44쪽).

108 김응교, 「일본에서의 윤동주 인식」, 『한국문학이론과 비평』, 한국문학이론과 비평학회,
     2009, 43쪽.

109 마광수, 앞의 책, 39쪽.

맞아 주자, 다가치
　　　옥수수대 처럼 크게
　　　닷자엿자 자라게
　　　해ㅅ님이 웃는다.
　　　나보고 웃는다.

「해ㅅ비」(1936.9.9.) 부분

우리애기는
아래발추 에서 코올코올,

고양이는
가마목에서 가릉가릉

애기바람이
나무가지에 소올소올

아저씨 햇님이
하늘한가운데서 째앵째앵

「봄1」(1936.10.) 전문

텐트같은 하늘이 문허저
이거리를 덮을가 궁금하면서
좀더 높은데로 올라가고 싶다.

「山上」(1936.5.) 부분

「해ㅅ비」에서 '하늘'은 "해ㅅ비"를 내려서 "옥수수"와 "나"를 자라게 하고 "무지개"와 "해ㅅ님"을 통해서 사람들에게 기쁨을 주는 고마운 존재이다. 이때 "앗씨"같은 "해ㅅ비"나 "해ㅅ님"은 모두 '하늘'의 이미저리라 할 수 있는데, 둘 다 의인화되어 인격적인 존재로 그려지고 있다. 땅 위에 모든 생명은 '해'와 '비'가 없이 살아갈 수 없다. 따라서 '해'와 '비'는 생명의 절대적인 조건이 되는데, 이 두 요소가 모두 '하늘'로부터 내려온다는 점에서 '하늘'은 땅 위의 존재자들이 삶을 영위할 수 있게 하는 '생명의 근원'이라 할 수 있다.

「봄1」에서 세계는 매우 조화롭고 평화로운 모습으로 묘사되는데, 그 근원적 바탕으로서 마지막 연에 "아저씨 햇님"이 제시되고 있다. 여기에서 주목되는 것은 이 "햇님"이 "아저씨"로 묘사되고 있다는 것과 "하늘한가운데" 있다는 것이다. "아저씨"라는 표현에서 시인이 "햇님"을 인격적인 대상으로 인식하고 있음을 알 수 있고, "하늘한가운데"라는 표현에서 "햇님"이 "하늘"의 속성을 대변하는 이미저리임을 알 수 있다. 그래서 그 '하늘' 아래에서 인간과 자연은 "코올코올", "가릉가릉", "소올소올" 등의 의성어·의태어가 나타내듯이 평화롭게 안식할 수 있다. 여기에서도 '하늘'은 인간과 자연이 평화롭게 공생(共生)할 수 있는 근원적인 바탕이 되고 있다.

「山上」에서 시적 주체는 "하늘"을 "텐트"에 비유하고 있는데, 이는 초기시 「蒼空」에서 "天幕같은 하늘"이라고 한 것과 유사한 사유이다. "텐트"나 "天幕"처럼 "하늘"은 사람이 거주할 수 있도록 외부로부터 보호하는 역할을 한다. 그런데 이 시에서 주목되는 것은 시적 주체가 "하늘"이 무너질까 염려하면서도 그 "하늘"을 향해서 더 높이 오르고자 하는 상승의 욕구를 나타낸다는 것이다. 이는 시적 주체가 지닌 자기 완성에 대한 의지를 나타낸 것이라 할 수 있는데, 이때 "하늘"은 시적 주체에게 윤리적인 절대 기준이자 삶의 궁극적인 목표라 할 수 있다.

이러한 '경천'의 의미를 지닌 '하늘'의 상징은 단지 윤동주의 중기 시에만 나타나는 것은 아니고, 초기부터 후기까지 지속적으로 나타난다. 후기 시에서는「무서운時間」,「새벽이올때까지」,「길」,「별헤는밤」,「序詩」,「쉽게씌워진詩」 등에서 '경천'의 하늘이 등장한다.「무서운時間」에서 "하늘"은 "내 한몸둘" 곳으로서 시적 주체가 상실해 버린 존재의 근원으로 제시되고,「새벽이올때까지」에서는 종말의 "나팔소리"가 들려오는 곳이며,「길」에서는 자기 상실의 슬픔 속에서도 삶을 지속할 수 있도록 하는 힘이 된다. 또한「별헤는밤」에서 자연의 거울이자 시간의 흐름이 제시되는 '하늘'은 '하늘'의 이미저리라 할 수 있는 '별'을 통해 '추억'과 '동경'을 불러일으키는 존재의 바탕이 되고,「序詩」에서는 윤리적 기준으로서 유교적 '수신(修身)'과 기독교적 '성화(聖化)'의 의미가 함께 직조되어 나타나며,「쉽게씌워진詩」에서는 시적 주체에게 "天命"을 명하는 절대적 존재이기도 하다.

3.4.1.1.2. '외천(畏天)'의 하늘

윤동주의 시에서 '하늘'이 긍정적이고 우호적인 대상만은 아니다. '하늘'은 경천(敬天)의 대상인 동시에 외천(畏天)의 대상이다. 이때 외천(畏天)의 하늘은 대체로 어둡고 흐린 하늘로 제시되면서 죽음의식과 연결된다.

> 하로도 검푸른 물결에
> 흐느적 잠기고 … 잠기고
> (중략)
> 黃昏이 바다가되여
> 오늘도 數많은 배가
> 나와함께 이물결에 잠겨슬 게오.
>
> > 「黃昏이바다가되여」(1937.1.) 부분

> 흐르는 달의 힌물결을 밀처
> 여윈 나무그림자를 밟으며,

北邙山을向한 발거름은 무거웁고
孤獨을伴侶한 마음은 숲으기도하다.

「달밤」(1937.4.15.) 부분

平生 외롭든 아버지의 殞命
감기우는 눈에 슬픔이 어린다.

외딴집에 개가 짖고
휘영찬 달이 문살에 흐르는 밤.

「遺言」(1937.10.24.) 부분

「黃昏이바다가되여」에서 '바다'는 제목이 암시하는 것처럼 '어두워진 하늘'에 대한 은유이다. 이때 '바다'는 '죽음'을 의미하는 '물'의 상징과 연결되면서 '어두워진 하늘'은 '죽음'과 연결되고 있다. 그리하여 시적 주체는 자신이 "이물결"에 잠길 것으로 전망하며 불안에 떨게 되는데, 이러한 '침전(沈澱)의식'은 그가 '어두워진 하늘' 아래에서 경험하는 절망과 침체를 의미한다고 볼 수 있다.

「달밤」[110]에서도 '외천'의 이미저리로 '흐르는 달'이 제시되면서 시적 주체는 '죽음'을 의식하게 된다. 1연에서 시적 주체는 "흐르는 달의 흰물결" 속에 자신이 서 있음을 의식하는데, 이때 이 '흰 달빛의 물결'은 매우 기이하고도 환상적인 분위기를 형성한다. 그래서 시적 주체는 자신의 여정이 죽음을 의미하는 "北邙山"을 향해 있다고 여기고, 고독한 마음으로 '슬픔'에 잠긴다.

「遺言」에서는 "아버지"의 임종의 순간이 그려진다. "平生 외롭든 아버지"

---

110   이 시는 백석의 「힌밤」과의 관련성을 생각하게 한다. 『사진판』을 보면 윤동주는 백석의 「힌밤」을 필사한 후에 붉은 색 줄을 긋고 "氏의 想像力을 볼 수 있다."라고 메모해 놓았다(『사진판』, 196쪽).

는 죽음의 순간에도 "맏아들"과 함께 하지 못하는 슬픔 속에서 눈을 감는데, "외딴집" 위로 "휘영찬 달"이 문살에 흘러간다. 여기에서도 '하늘'의 이미저리인 '흐르는 달'은 「달밤」과 마찬가지로 '죽음의식'과 '슬픔'의 정서와 연결되고 있다.

> 번개, 뇌성, 왁자지근 뚜다려
> 머—ㄴ 都會地에 落雷가 있어만싶다.
>
> 벼루짱 엎어논 하늘로
> 살같은 비가 살처럼 쏟다진다.
> (중략)
> 내 敬虔한 마음을 모서드려
> 노아때 하늘을 한모금 마시다.
>
> 「소낙비」(1937.8.9.) 부분

앞의 시들이 '밤'을 배경으로 '어두운 하늘'이 제시되었다면, 이 시에는 '흐린 하늘'이 제시되면서 '비'가 내린다. 이 시에 나타나는 하늘은 "노아때 하늘"로서 "번개", "뇌성", "落雷", "살" 등을 동반하는 심판과 홍수의 하늘이다. 특히 '번개'는 고대로부터 신의 분노의 표현이자 숭배의 대상이었다. 그리스의 제우스, 로마의 주피터, 중국의 상제 등은 모두 최고의 신으로서 그 신성을 낙뢰로 표현하였고 동양에서 용(龍)은 항상 번개를 동반하며 등장하였다. 또한 '살'은 그 소리가 '煞'(사람이나 생물 등을 해치는 모진 기운), '殺'(죽이다), '蠚'(화살) 등과 동일하여 여러 가지 의미로 해석될 수 있으나 모두가 땅에 대한 '하늘'의 공격적 의미가 내포되어 있다.

성서에 나오는 "노아때 하늘" 역시 악한 인간에 대한 신의 심판이 나타난 하늘이다. 이 홍수 설화에 의하면 인간의 죄로 인한 신의 분노로 '하늘 위의 물'이 땅에 쏟아져서 온 인류가 멸망하고, 오직 노아의 식구 여덟 명만 살아남아 새로운 역사가 시작되게 된다. 그렇다면 이 시에서 "노아때 하늘을 한모금 마시다"란 무슨 의미인가? 그것은 단순히 화자가 소낙비를 온몸으로 맞아서 종교적으로 신의 심판을 겸허히 수용하겠다는 의미만 있는 것은 아니다. 엘리아데에 의하면 '홍수'의 상징은 단순히 죽음과 심판의 의미를 넘어 정화, 재생, 회복을 의미한다.[111] 물은 형태를 해체하고 폐기하며, 죄를 씻어버린다. 즉 '홍수'는 온 인류에 대한 '세례'라고 할 수 있고 물로의 귀환과 창조라는 우주순환의 기본적인 계기를 의미하고 있는 것이다. 이러한 맥락에서 이 시의 화자가 "노아때 하늘을 한 모금 마시다"라는 것은 성서 속 '노아의 홍수'가 그러했던 것처럼 장차 다가올 세계의 죽음과 새로운 창조를 현재의 시점에서 '소낙비'를 통해 선취하고자 하는 소망의 행위라 할 수 있다.

이처럼 '경천'의 하늘이 주로 '밝고 맑은' 하늘이라면, '외천'의 하늘은 주로 '어둡고 흐린' 하늘로 나타난다. 어둡고 흐리다는 것은 '하늘'의 모습이 가리어진 것을 의미하고, 시적 주체가 온전하게 '하늘'을 볼 수 없음을 의미하는 것이다. 그래서 '어둡고 흐린 하늘'은 밤의 어둠 속에 존재하는 '깊은 물'의 상상력[112]을 불러일으키며 '죽음'에 대한 명상과 연결된다. 그리하여 '어둡고 흐린 하늘'은 결국 시적 주체로 하여금 고독, 슬픔, 불안, 절망, 침체, 죽음 등을 경험하게 하고 때로는 재생과 부활을 소망하게 한다.

3.4.1.2. 혼 사상

앞에서 윤동주 시에 나타나는 '하늘'의 다양한 상징적 의미에 대해서 살펴보았는데, 이 '하늘'은 조선의 뿌리 깊은 종교문화적 전통과 연결되어 있다.

---

111 『종교형태론』, 295-296쪽.

112 바슐라르에 의하면 '깊은 물'은 어둡다는 특징을 지니며 죽음에 대한 이미지와 연결된다(이가림, 「물질적 상상력과 역동적 상상력 I −바슐라르의 시학」, 『시와시학』 20, 시와시학사, 1995, 200쪽).

특히 여기에서는 경천사상에 내포된 본질이 민족 전통의 '흔' 사상과 관련하여 그 의미를 고찰해 보고자 한다.

20세기 초에 조선은 서양 문명과의 만남을 통해서 민족적 정체성의 위기를 경험하였기 때문에 민중적이고 민족적인 토착종교 운동들이 활발하게 일어났다. 최제우의 동학, 김항의 정역(政易), 증산 강일순의 신명(神明)사상, 라철의 삼일(三一) 철학, 박중빈의 일원(一圓) 철학 등이 토착적 신 개념과 새로운 세계 이해를 바탕으로 일어났다.[113] 하지만 이러한 민족주의적 종교들과 달리 김교신과 함석헌은 조선적인 것과 더불어 기독교의 정신을 함께 붙잡고 이를 종합하고자 했다. 이때 제기되는 문제가 '과연 우리의 정신문화 속에 진정으로 우리의 것이란 게 있는가, 있다면 그 정신의 핵심은 무엇인가?' 하는 것이다.

이와 관련해서 김교신과 함석헌은 조선 민족의 언어와 문화 속에서 정신적으로 지녀온 '흔' 사상에 주목하였다.[114] 여기에서 '흔'은 '크다', '밝다', '하나다', '많다', '으뜸이다' 등의 의미를 지니면서,[115] 우리 겨레를 가리키는

---

[113] 류병덕, 『근·현대 한국 종교사상 연구』, 마당기획, 2000, 참조.

[114] 민족 정신의 근원을 고대 종교문화전통에서 찾는 대표적인 시도는 육당 최남선의 불함(不咸)문화론이라 할 수 있다. 여기에서 그는 '푸른 하늘'을 의미하는 'Tengri'에서 출발하여 붉(흔) 사상을 전개하면서 이 사상이 '하늘', '태양', '신'을 하나로 보는 동북아 일대의 보편적인 종교 개념임을 밝혔고, 조선 민족의 기원을 불함산(백두산)을 중심으로 한 단군의 나라에 두고, 그 문화적 특징을 천신사상(天神思想)이라 할 수 있는 '불함문화'로 명명하였다. 이 불함문화론은 당시 일제의 식민사관에 대항하고, 중국 중심의 역사 이해를 부정하며, 한민족의 문화적 독창성을 주장한 것이었다(최남선, 정재승·이주현 역주, 『불함문화론』, 우리역사연구재단, 2008 참조). 한편 김상일은 '흔'에 대해서 "나라는 <한>국, 그 나라에 사는 사람들은 <한>겨레, 그들이 쓰는 말은 <한>글, 그리고 그들의 정신은 <한>얼, 이러한 <한>얼을 체계화시켜 놓은 것을 <한> 철학이라고 한다. <한>이 인격화되어 최고 존재자 '하나님'이 될 때에는 <한>의 신학이 이에서 시작된다."라고 하며 '흔'에 주목하였다(김상일, 『한의 철학』, 온누리, 1995, 21쪽).

[115] 안호상은 '한'의 의미를 '크다(大), 동이다(東), 밝다(明, 鮮), 하나다(單一, 唯一), 통일하다(統一), 꾼·뭇(大衆), 오래(久) 참음, 일체·전체, 처음(始初), 한나라·한겨레, 희다(白), 바르다(正), 높다(高), 같다(同), 많다(多), 하늘(天), 길다(長), 으뜸이다(天), 위다(上), 임금(王), 온전하다(全), 포용하다(包容)' 등의 22가지로 정리하고 있다(안호상, 『국민윤리학』, 배영출판사, 1977, 147-150쪽).

말이기도 하고, '한님', '하나님', '한울(하늘)'을 가리키는 말이기도 하다.[116] 김교신과 함석헌은 이 '흔'을 기독교 신앙과 연결시켜 이해했다.

> 천공(天空)을 가리켜 '하늘' 혹은 '한울', '하눌' 등으로 학자의 설명이 구구하나 우리 신앙의 대상은 공간이나 위치를 표시한 하늘은 아니다. 청색의 '하늘'에다 '님'자를 붙인 것을 우리가 믿는 것이 아니다. 만일 그렇다면 목석을 믿을 것이다.[117]

> 이 '한' 혹은 '흔'이 우리 정신 생활의 등뼈다. 우리 사람은 한 사람이요, 우리나라는 한 나라요, 우리 문화는 한 문화다. 그리고 그것을 인격화해 대표하는 것이 한님 곧 하나님, 환인이다. … 사실 우리나라 사람이, 조상공경을 우상숭배라 해서 종래의 도덕을 뿌리째 흔드는 기독교를 쉬이 이해하고 받아들이고 있었던 것은 몇천 년 동안 내려오며 민중의 가슴속에 뿌리받아온 이 '흐느님' 사상이 있었기 때문일 것이다.[118]

여기에서 김교신은 경천의 사상이 조선 민족의 오랜 신앙의 본질이었으며 그 신앙의 '하늘'은 단순히 물리적 '하늘'을 의미하는 것이 아니었음을 말하였다. 또한 함석헌은 단군신화에 나오는 환인과 환웅의 '환'을 '흔'의 뜻으로 이해하였다. 이러한 '흔'은 '하늘'과 연결된다. '큰 + 하나 = 하늘(大 + 一 = 天)'이다. 즉 '흔'은 하늘의 크고 하나임과 밝고 환함을 나타내는 것이 된다.[119] 단군신화에서 환인은 널리 세상을 이롭게 하기 위해서 하늘로부터 아들 환웅을 보냈고, 나라를 세운 날을 '하늘을 연 날(開天節)'로 규정하였는데, 이는

---

116 위의 책, 61쪽.

117 『김교신 전집』, 12쪽.

118 『한국역사』, 140-141쪽.

119 박재순, 위의 책, 172-173쪽.

모두 한민족과 하늘과의 관련성을 강조한 것이다. 함석헌은 이러한 '훈' 사상이 있었기 때문에 조선에서 기독교 수용이 쉽게 이루어졌다고 보았다.[120] 즉 이러한 '훈'의 정신이 있었기에 역사적으로 조선은 종교 문화적으로 포용과 회통(會通)의 문화를 꽃 피울 수 있었다는 것이다. 실제로 기독교 선교 초기에 가톨릭 선교사들은 그들의 '하늘에 계신 아버지(天父)'와 유교 문화권의 '하늘(天)님'의 유사성에 주목하였다.[121] 이러한 '훈'의 정신은 독일 신학자 폴 틸리히(Paul Tillich)가 유신론을 초월하는 개념으로 제시한 '하나님 위에 계신 하나님(God above God)'의 절대적 신앙과 상통하는 바가 있다.[122]

따라서 윤동주 시에 반영되어 있는 '하늘'은 오랜 역사에 걸쳐서 조선 민족의 무의식에 축적되어 온 민족적 주체성의 존재 기반이라 할 수 있다. 이는 김교신과 함석헌의 경우 기독교와의 만남을 통해서 역설적으로 재발견한 민족의 종교문화적 전통이었다. 물론 윤동주가 남긴 유고 중에서 산문은 거의 남아 있지 않기 때문에 그가 민족 전통과 기독교에 대해서 구체적으로 어떤 의식을 갖고 있었는지 명확하게 확인하기는 어렵다. 하지만 그의 시에 가장 많이 등장하는 핵심어 중의 하나가 '하늘'이라는 점, 그 '하늘'이 종교적인 성격을 가지고 있다는 점, 이 종교적인 성격이 조선 민족의 오랜 전통 속에서 지속적으로 이어져 내려오는 민족 정신의 본질 중 하나라는 점 등은 윤동주 시의 '하늘'이 지니는 종교·철학적 의미가 결코 가볍지 않다는 것을 의미한다. 특히 '일선동조론(日鮮同祖論)', '만선사관(滿鮮史觀)', '정체성론(正體性論)' 등을 통해 조선 민족의 주체성 자체를 부정했던 일제 식민지 현실 속에서 윤동주가 전통적 윤리와 종교적 가치를 지니는 '하늘'을 시적으로

---

120 이와 관련하여 백소영은 이 '훈'을 '종교심', '소수의 주체적인 지식인들과 대다수 민중이 지켜온 해석의 틀', '실제적인 공동체' 등으로 설명하였다(백소영, 『우리의 사랑이 義롭기 위하여』, 대한기독교서회, 2005, 41-42쪽).

121 안병로, 「동·서양의 하늘(天)님 사상: 신종교사상에서 본 그리스도교와 유교의 종교적 천(天) 사상」, 『신종교연구』 20, 2004, 181쪽.

122 폴 틸리히, 차성구 역, 『존재의 용기』, 예영커뮤니케이션, 2004, 218-226쪽 참조.

형상화한 것은 자기의 정체성을 제국주의 권력이 아니라 절대적인 존재에게 구하는 것으로서 탈식민적 저항의 의미와도 연결될 수 있다.

3.4.2. 유교적 인의(仁義)와 기독교적 공의(公義)

윤동주의 시에는 전통적인 윤리 중에서 유교적 인의(仁義)의 정신이 깊이 배어있다. 이는 그의 외삼촌 김약연의 영향인 듯한데, 아마도 윤동주는 일찍부터 김약연에게 『孟子』를 배운 것 같고, 또한 1940년 방학 때에는 그로부터 『詩傳』을 배웠다고 하니, 그의 내면적 성찰의 태도는 유교적 수양으로부터 비롯된 것이라 할 수 있다.[123] 실제로 윤동주가 소장하고 있던 책 『藝術學』 앞면에는 『孟子』「離婁篇」의 구절이 메모되어 있는데, 이 구절 앞에 윤동주는 제목으로 "反求諸己(돌이켜 그 원인을 나에게 구하라)"라고 쓰고 있다.[124] 김교신과 함석헌은 서구 기독교를 수용하면서도 유교가 지니고 있던 인의(仁義)를 우리 민족의 정신적 전통으로 이해하였다.

특히 윤동주는 『孟子』로부터 많은 영향을 받은 듯하다. 『孟子』의 첫머리라 할 수 있는 「梁惠王章句」를 보면, 나라의 '이로움'을 묻는 양혜왕에게 맹자는 "왕은 하필 利를 말씀하십니까? 또한 仁義가 있을 뿐입니다.(王 何必曰利 亦有仁義而已矣)"라고 말하며[125] '仁義'를 강조하고 있다. 이는 『孟子』에 나오는 맹자의 첫 번째 말인 동시에 『孟子』 전체에 대한 짧은 요약이라 할 수 있다. 전쟁의 시대였던 전국시대에 '仁義'를 강조했던 '맹자'는 동일하게 전쟁의 시대를 살았던 윤동주에게 많은 감명을 준 듯하다. 그래서 그의 시에 드러나는 주된 정서라 할 수 있는 '슬픔', '부끄러움', '미움' 등은 모두 유교적

---

123 김응교, 「윤동주 시에서 만나는 맹자―"서시"를 읽는 한 방법」, 『기독교사상』 667, 대한기독교서회, 2014, 178쪽.

124 『사진판』, 199쪽.

125 성백효, 『(현토완역) 맹자집주』, 전통문화연구회, 2013, 26쪽.

'仁義'의 윤리와 관련하여 설명될 수 있다. 그뿐만 아니라 이 유교적 '仁義'는 또한 기독교에서 강조하는 '공의(公義)'의 정신과도 공유하는 면이 있다.

3.4.2.1. 인(仁)의 전통

3.4.2.1.1. 측은지심(惻隱之心)과 '슬픔'의 정서

『孟子』「公孫丑章句」에서 맹자는 사단(四端)에 대해서 설명하면서 '측은지심'(惻隱之心)을 '仁'의 '실마리'(端)라고 하였다(惻隱之心 仁之端也).[126] 이러한 '仁'의 정신은 윤동주의 시에서 자주 등장하는데, 이는 대체로 약자에 대한 연민으로 인해 발생하는 '슬픔'의 정서와 관련이 된다.

아 — 얼마나 무서운 가난이 이어린少年들을 삼키엇느냐!
나는 惻隱한마음이 움직이엿다.

「츠르게네프의언덕」(1939.9.) 부분

나는 처음 그를 퍽 不幸한 存在로 가소롭게 여겻다. 그의 앞에 설 때 슬퍼지고 惻隱한 마음이 앞을 가리군 하엿다.

「별똥떨어진데」 부분

「츠르게네프의 언덕」과 「별똥떨어진데」에서 윤동주는 자신의 심정을 "惻隱한 마음"이라고 표현하고 있는데, 이는 아마도 맹자의 영향으로 보인다. 「츠르게네프의 언덕」에서 시적 주체는 "고개길"에서 "세少年거지"를 만나면서 "아 — 얼마나 무서운 가난이 이어린少年들을 삼키엇느냐!"라고 하며 그들을 향한 연민을 직접적으로 드러낸다. 또한 산문 「별똥떨어진데」에서도 시적 주체는 무생물인 "나무"조차도 불쌍하게 여기며 '슬픔'의 정서를 드러낸다. 여기에서

---

126 위의 책, 151쪽.

주목되는 것은 이 "惻隱한 마음"이 윤동주의 작품에서 약자에 대한 연민을 바탕으로 하는 '슬픔'의 정서와 관련된다는 것이다. 윤동주의 시에는 매우 빈번하게 '슬픔'의 정서가 제시되는데, 이때 '슬픔'은 '자기에 대한 연민', '원통함', '분함', '서러움' 등의 의미보다는 대체로 타자를 불쌍히 여기는 '惻隱之心'의 유교적 윤리와 관련된다.[127] 이는 다음의 시들에서도 확인할 수 있다.

붉은 니마에 싸늘한 달이 서리여
아우의 얼굴은 슬픈 그림이다.

발거름을 멈추어
살그먼히 애딘 손을 잡으며
"너는 자라 무엇이 되려니"

"사람이 되지"
아우의 설흔 진정코 설흔 對答이다.

슬며—시 잡엇든 손을 노코
아우의 얼굴을 다시 드려다 본다.

싸늘한 달이 붉은 니마에 저저,
아우의 얼굴은 슬픈 그림이다.

「아우의 印象畵」(1938.9.15.) 전문

---

127   이진화는 윤동주의 시에서 왜곡된 자신의 삶을 윤리적 기준에 비출 때 '부끄러움'의 정서가 나타나지만 자기애적 감정에 충실할 때 '슬픔'의 정서가 나타난고 했다(이진화, 앞의 글, 29쪽). 하지만 윤동주 시의 '슬픔'은 대체로 자기애적 감정보다는 타자에 대한 정서적 공감에 더 가깝다고 볼 수 있다.

힌 수건이 검은 머리를 두르고

힌 고무신이 거츤발에 걸리우다.

힌 저고리 치마가 슬픈 몸집을 가리고

힌 띠가 가는 허리를 질끈 동이다.

「슬픈族屬」(1938.9.) 전문

지난밤에

눈이 소—복이왓네

집웅이랑

길이랑 밭이랑

치워한다고

덮어주는 니불인가바

그러기에

치운겨을에만 나리지

「니불」[128](1936.12.) 전문

「아우의印象畵」에서 시적 주체는 "아우의 얼굴"을 바라보며 '슬픔'의 정서를 느낀다. 1연에서 아우의 "붉은 니마"에는 "싸늘한 달"이 서려 있다. 여기에서 "붉은" 색의 이미지는 아우의 '젊음'을 의미함과 동시에 아우가 지니고 있는 '정열, 열정, 혁명, 야망' 등을 의미한다고 볼 수 있고, "싸늘한 달"은

---

[128] 『사진판』을 보면 제목이 '니불'이 연필로 '눈'으로 수정되어 있다. 홍장학은 습작 노트의 가까운 곳에 '눈'이라는 제목의 텍스트가 있다는 점과 연필의 필체가 정병욱의 필체에 가깝다는 점을 이유로 이 시의 제목을 '니불'로 보았는데, 이 책에서도 이를 수용하였다(『원전연구』, 148쪽).

"붉은 니마"와는 대조적인 '어둡고 차가운 현실의 상황'을 의미한다고 볼 수 있다. 그래서 시적 주체는 1연에서 "아우의 얼굴"에서 "슬픈 그림"을 보고, 2연에서 "애딘 손"을 잡으며 "너는 자라 무엇이 되려니"라고 근심스럽게 묻는다. 일반적으로 이러한 물음은 진로나 직업과 관련된 것이라고 할 수 있는데, 의외로 아우는 3연에서 "사람이 되지!"라는 꽤 철학적이고도 존재론적인 대답을 내놓는다. 이에 대해 시적 주체는 "진정코 설흔 對答"[129]이라고 하는데, 이는 그가 "싸늘한 달"과 같은 억압적 현실로 인해 '사람다운 삶'을 살고자 하는 아우의 삶이 결코 순탄치 않을 것을 알기 때문일 것이다. 그래서 시적 주체는 4연에서 "잡엇든 손"을 놓고 진지하게 "아우의 얼굴"을 "다시 드려다 본다". 2연에서 "손"을 잡는 행위가 같은 핏줄로 연결된 어린 아우에 대한 '연민'으로부터 나온 것이라면, 4연의 "손"을 놓는 행위는 어느덧 자기 스스로 주체적인 삶을 살 수 있는 자로 성장한 아우에 대한 '자각'으로부터 나온 것이라 할 수 있다.

아우를 대하는 시적 주체의 변화는 5연에서 보다 명확하게 확인할 수 있다. 5연은 1연과 내용이 유사하지만 1행에 변화를 주었다. 1연 1행에서 "붉은 니마에 싸늘한 달이 서리여"라고 한 것을 5연 1행에서는 "싸늘한 달이 붉은 니마에 저저"라고 한 것이다. 얼핏 보기에는 1연과 5연은 동일한 의미를 지니는 듯하지만, 자세히 보면 5연에서 주체와 객체의 상황이 역전되어 있다.[130] 1연에서 "싸늘한 달"에 의해 객체의 자리에 있던 "붉은 니마"는 5연에

---

129 홍장학은 이 "설흔"을 옛말 '슳다(슬퍼하다)'의 이형태로 보았지만(『원전연구』, 241쪽), 최동호는 "설운"의 사투리로 '서럽다'의 의미로 보았다(최동호, 『원본 윤동주 시집 – 하늘과 바람과 별과 시 최동호 주해』, 깊은샘, 2011).

130 얼핏 보기에 '수미상관'의 수법처럼 보이지만, 두 번째 반복되는 부분에 살짝 변화를 주어서 상당히 심오한 의미를 형성케 하는 이러한 기교는 윤동주 시의 독특한 표현 방식이라 할 수 있다. 대표적인 경우가 「自畵像」과 「쉽게씨워진詩」이다. 「自畵像」은 시의 처음인 1, 2연과 마지막인 6연이 유사하게 반복되지만 "추억처럼"을 통해서 1, 2연의 종합이 일어나고, 「쉽게씨워진詩」는 1연과 8연이 유사하게 반복되지만 8연에서 행이 뒤바뀌어 상황의 역전이 일어난다. 전자에서는 '미움'의 정서가 '연민'을 거쳐 '그리움'으로 전환되고 후자에

서 주체의 자리에 서서 오히려 "싸늘한 달"을 젖게 만들고 있다. 이는 아마도 시적 주체가 "사람이 되지!"라고 대답하는 "아우의 얼굴"을 들여다보면서 그 속에서 억압적 현실을 헤쳐 나갈 수 있는 주체적인 '용기'를 보았기 때문일 것이다. 그렇지만 억압적 현실과 대결해야 하는 상황을 예견하며 시적 주체는 여전히 아우의 얼굴에서 "슬픈 그림"을 본다. 저항해야 하는 자의 삶이 권력에 굴종하는 자의 삶에 비해서 오히려 더 고통스러운 것일 수 있기 때문에, 어쩌면 시적 주체의 슬픔은 1연에 비해 5연에서 더 커졌을 수 있다.

전체적으로 이 시의 구조는 "사람이 되지"라는 아우의 대답이 나오는 3연을 중심으로 대칭을 이루고 있다. 즉 '슬픈 그림(1연) – 손을 잡음(2연) – 아우의 대답(3연) – 손을 놓음(4연) – 슬픈 그림(5연)'의 구조로 되어 있으면서, 1연과 5연의 의미가 역전되어 제시되고 있다. 1연의 '슬픔'이 억압적 현실에 의해 일방적으로 고통당해야 하는 어린 아우에 대한 시적 주체의 '근심'에서 비롯된 것이라면, 5연의 '슬픔'은 억압적 현실에 굴하지 않고 주체적인 삶을 지향하고자 하는 아우에 대한 시적 주체의 '확신'에서 비롯된 것이라 할 수 있다. 그리고 이러한 "아우"의 모습에서 시인은 아마도 자신의 모습을 보았을 것이고 더 나아가 식민지 현실 속에서 '굴종의 삶'과 '저항의 삶' 사이에서 고난을 각오해야 하는 조선 민족의 모습을 보았을 것이다.

「슬픈族屬」에서는 식민지 현실을 살아가는 민족의 '슬픔'이 반영되어 있다. 이 시에서 가장 주목되는 것은 각 행의 처음에서 "흰 수건", "흰 고무신", "흰 저고리", "흰 띠" 등으로 반복적으로 제시되는 "흰"이라는 색채 이미지이다. 이 "흰"의 색채 이미지는 백의민족(白衣民族)인 조선 민족을 나타내는데, 여기에서는 제유의 방식과 환유의 방식이 함께 결합되어 나타나고 있다. 제유가 '포괄성'을 본질로 한다면 환유는 공통 특성이 존재하지 않는 두 대상

서는 '부끄러움'의 정서가 '존재의 용기'로 전환된다. 이러한 구조적인 대조는 일종의 '반어'라고 할 수 있다.

사이의 사회적이고도 관습적인 '인접성'으로 인해 발생한다.[131] 따라서 "힌"은 "힌 저고리", "힌 띠"를 통해 전체인 "族屬"을 드러냈다는 측면에서는 제유가 되고, "힌"의 색채를 통해서 관습적으로 '백의민족'이라 불리는 조선인을 형상화했다는 측면에서는 환유가 된다. 공동체적인 삶을 형상화하는 시에서는 제유가, 상투적인 대상을 활용하여 대중을 선동하는 시에서는 환유가 주로 활용되는데,[132] 이러한 측면에서 제유와 환유가 결합된 「슬픈族屬」은 조선인을 민족 공동체로 결속하는 동시에 슬픈 민족적 현실을 독자에게 강하게 환기시킨 것이라 하겠다. 뿐만 아니라 이 "힌"의 색채는 전통적인 의미뿐만이 아니라 기독교적인 의미가 결합되어 있다. 즉 "힌"은 전통적으로는 '백의(白衣)'를 즐겨 입는 조선 민족을 의미함과 동시에 기독교적으로 '선한 자, 고난당하는 자, 순결한 자, 평화를 가져오는 자' 등의 의미가 더해진다.[133]

그런데 시인에게 "힌" 민족은 "슬픈族屬"이다. 이들은 세상에 자기 모습을 그대로 당당하게 나타낼 수 없고 "검은 머리"와 "슬픈 몸집"을 가려야 하는 굴종적인 모습으로 묘사된다. 게다가 "거츤발"과 "허리를 질끈 동이다"라는 표현은 이들이 심한 노동에 착취되는 모습을 연상케 한다. 이는 식민지 조선에서 제국에 의해 억압당하고 착취당하는 조선 민족의 실상을 우회적으로 드러낸 것이라 할 수 있다. 당시 일본은 내선일체(內鮮一體), 대동아공영권(大東亞共榮圈) 같은 허위의식을 조장하였지만, 시인은 부조리한 현실 속에서 억압당하고 착취당하는 민족의 '슬픔'을 정확하게 꿰뚫어 본 것이다.

「니불」은 엄혹한 식민지 시대 현실을 우의적으로 드러내는 '알레고리'라 할 수 있다. 여기에서 시적 주체는 혹독한 추위에 노출된 "집웅", "길", "밭"

---

131 권혁웅, 앞의 책, 334쪽.
132 위의 책, 360쪽.
133 「마태복음」 25:31-46, 「요한계시록」 7:13-14 참조. 「새벽이올때까지」, 「힌그림자」 등에도 "힌"의 이미지가 제시되는데, 여기에서도 "힌"은 민족적 의미와 종교적 의미가 함께 결합되어 있다.

등에 대한 연민을 드러내면서, "눈"을 추위를 덮어주는 "니불"로 인식하는 역설적인 상상력을 보여주고 있다. 이는 "겨울"이라는 시간적 배경 속에서 고통당하는 사물들을 따뜻하게 덮어주고자 하는 시적 주체의 '惻隱之心'으로 인한 것이다. 또한 시대적 배경을 고려하면 "치운겨을"은 일제 식민지의 암울한 상황을, "집웅", "길", "밭" 등은 그 속에서 고통당하는 조선 민족을, "눈"은 "치운겨을"이라는 고통의 순간에 하늘로부터 임하는 '신적 은혜'나 '외적인 도움'을 각각 의미하는 것으로 볼 수도 있다. 전자의 경우 "눈"은 종교적인 의미를 지닌 '하늘'의 이미저리가 된다.

이상에서 「아우의印象畵」, 「슬픈族屬」, 「니불」 등을 살펴보았는데, 여기에서 제시되는 '슬픔'의 정서는 모두 '惻隱之心'으로 인해 일어나는 '仁'의 유교적 윤리와 연결된다고 할 수 있다. 맹자는 『孟子』「盡心章句」에서 '仁'은 "친척을 친히 하고서 백성을 仁하게 하고 백성을 仁하게 하고서 물건을 사랑하는 것이다.(親親而仁民, 仁民而愛物)"[134]라고 했다. 이러한 맹자의 말에 비추어 보면, 「아우의印象畵」가 "친척"에 대한 '仁'을 드러낸 것(親親)이라면, 「슬픈族屬」은 "백성"에 대한 '仁'을 드러낸 것(仁民)이며, 「니불」은 "물건"에 대한 '仁'을 드러낸 것(愛物)이라 할 수 있다.

돌이켜보면 윤동주의 시에 나타나는 가장 주된 정서는 '슬픔'이라 할 수 있다. 중기 시 중에서 약자의 퍼소나를 활용하는 「조개껍질」, 「고향집」, 「창구멍」, 「기와장내외」 등의 작품과 타자에 대한 연민이 나타나는 「비행긔」, 「겨울」, 「아우의印象畵」, 「슬픈族屬」, 「햇빛·바람」, 「해바라기얼골」 등의 작품에도 모두 '슬픔'의 정서가 나타난다. 중기 시뿐만이 아니라 '슬픔'의 정서는 후기 시에서도 계속 나타나는데, 「八福」에서는 기독교의 여덟 복(福)을 모두 '슬픔'으로 종합하여 '슬픔'의 역설을 형상화했고, 「흐르는거리」에서는 일본의 거리를 거니는 사람들을 보며 "가련한 많은 사람들"이라고 했다. 즉

---

134 성백효, 앞의 책, 577쪽.

조선을 억압하는 일본인에 대해서도 그는 적대감 대신에 측은한 마음을 비치고 있는 것이라 할 수 있다. 이러한 '슬픔'의 정서는 모두 '仁'이라고 하는 전통적인 유교 윤리를 토대로 하고 있다고 볼 수 있다.[135]

3.4.2.1.2. '인(仁)'의 공동체

유교적 윤리인 '仁'은 개인적 윤리뿐만이 아니라 공동체적인 윤리로 나타난다. 이는 윤동주의 시에서 대체로 타자에 대한 나눔과 환대로 형상화되고 더 나아가 평화를 지향하는 정신으로 나타난다.

「사과」와 「굴뚝」은 동시 형태의 소품인데, 가난하지만 먹을 것을 함께 나누어 먹는 공동체의 모습이 형상화되어 있다. 「사과」에서는 "붉은사과 한개"를 네 식구가 "껍질채로 송치까지" 나누어 먹어야 할 정도로 가난한 가족의 살림살이가 엿보이지만, 온 가족이 먹을 것을 함께 나눔으로 인해서 사랑으로 가난을 함께 극복해 가는 모습을 볼 수 있다. 또한 「굴뚝」에서는 "총각애들"이 "산골작이 오막사리"에서 함께 "넷 이야기"를 나누며 "감자"를 구워 먹는 모습이 제시되어 있다. "산골작이 오막사리"라는 공간적 배경과 "감자"라는 먹거리는 이들이 결코 부요한 자들이 아님을 알 수 있게 한다. 그럼에도 불구하고 입술에 "꺼멓게 숯을 바르고" "넷 이야기"를 나누며 "감자"를 먹는 "총각애들"의 모습은 매우 인정 많은 공동체의 모습을 보여주고 있다. 「사과」가 사랑 넘치는 '가족 공동체'의 모습을 묘사했다면, 「굴뚝」은 인정 많은 '마을 공동체'의 모습을 묘사했다고 볼 수 있다.

이런 공동체적 모습은 전통 사회에서는 매우 일상적인 것이었지만 서구화

---

135 타자로 인한 '슬픔'의 정서는 유교와 기독교가 공유하는 보편적인 윤리이지만 이 둘이 정확하게 일치하는 것은 아니다. 유교적 '仁'이 차마 하지 못하는 '惻隱之心'이라는 인간의 본성에 토대를 두고 있다면, 기독교적 '사랑'은 '예수 뒤따름'을 통해 타자를 위한 '고난'을 지향한다고 볼 수 있다. 따라서 종교적 실존의 특징이 강한 후기 시로 갈수록 윤동주 시에 나타나는 '슬픔'의 정서는 타자를 위한 '고난'과 결부되어 나타난다.

된 문명사회에서는 그 개인주의적 경향 때문에 자취를 점점 상실할 수밖에 없는 것이었다. 특히 1930년대 후반부터 식민지 조선에서는 물질적 근대화가 본격적으로 시작되면서 그러한 경향이 더 강하게 나타나기 시작했는데, 감수성이 예민한 윤동주는 이런 현실 속에서 사라져가는 전통적 공동체를 아쉬워한 듯하다. 이러한 양상은 후기 시의 「看板없는거리」에서 더욱 선명하게 드러나는데, 여기에서 시인은 전통적 공동체 속에서 만나는 사람들을 "다들, 어진 사람들"이라고 표현하며 전통적 공동체 속에 살아있는 '仁'의 윤리를 강조한다.

「陽地쪽」과 「비ㅅ자루」에서는 아이들의 놀이를 통해 전쟁을 비판하고 평화를 지향하는 시적 주체의 모습이 나타난다. 이 두 시에는 전쟁이 빈번하게 일어나는 시대 현실이 아이들의 놀이에까지 반영된 모습이 묘사되어 있다. 「陽地쪽」에서 시적 주체는 "地圖째기노름"이라고 하는 아이들의 놀이에 빗대어 전쟁을 비판하고 "열븐平和"가 깨어질까 근심한다. 그리고 「비ㅅ자루」에서도 시적 주체는 아이들이 종이로 "큰총"을 만들어 노는 모습과 '어머니'의 체벌을 통해 우회적으로 전쟁이 일상이 된 시대 현실을 비판하고 있다.

이와 관련하여 함석헌은 우리 민족의 핵심적인 심성을 '착함(仁)'으로 보았다. 그는 중국의 역사적인 기록 속에서 한민족의 인상이 군자(君子)였다는 점, 우리 신화·전설 속에 정복전쟁이 없다는 점, 이름에 '인, 의, 예, 지, 순(順), 순(淳), 화(和), 덕(德), 명(明), 량(良), 숙(淑)' 등이 들어간다는 사실 등을 들면서 조선 민족을 착한 사람, 평화의 민족으로 보았다.[136] 그래서 그는 맹자가 제선왕(齊宣王)에게 '차마 못 하는 마음(不忍之心)으로 이상적인 평천하(平天下)가 가능하다고 이야기한 것처럼 '착함'(仁)의 민족성을 통해서 조선 민족이 세계사적인 큰 사명을 감당할 수 있다고 보았다.[137]

---

136 『한국역사』, 113-120쪽.

137 위의 책, 474쪽. "이 민족은 채 죽지는 않았느냐? 그럴 만한 가능성이 있느냐? 있다. 무엇으로써 있다느냐? 그 '착함'으로다. … 그런데 그 이상의 출발점이 어디냐 하면 착한 마음이

이처럼 '仁'의 유교적 윤리는 단순히 사적(私的) 윤리만을 의미하는 것이 아니라 궁극적으로 '평천하(平天下)'라는 공적(公的) 윤리를 지향하게 된다. 따라서 윤동주 시에 나타나는 전통적인 공동체의 모습이나 평화를 지향하는 태도들은 공적 윤리로서의 '仁'과 관련된다고 할 수 있다.

3.4.2.2. '의'(義)의 전통

3.4.2.2.1. 수오지심(羞惡之心)과 '부끄러움·미움'의 정서

『孟子』「公孫丑章句」에서 맹자는 사단(四端)에 대해서 설명하면서 '羞惡之心'을 '의'(義)의 실마리(端)이라 하였다.(羞惡之心 義之端也)[138] 이러한 '羞惡之心'의 마음은 윤동주의 시에 나타나는 '부끄러움'과 '미움'의 정서와 관련되어 있다.[139]

　　"이 개 더럽잖니"

　　아 — 니 이웃집 덜렁수캐가

　　오날 어슬렁 어슬렁 우리 집으로 오더니

　　우지 집 바두기의 미구멍에다 코를 대고

　　씩씩 내를 맡겠지 더러운 줄도 모르고,

　　보기 숭해서 막 차며 욕해 쫓았더니

　　꼬리를 휘휘 저으며

다. 우리가 하늘에서 받아가지고 온, 그리고 우리 조상들이 흥안령을 넘기 전부터 가슴속 깊이 간수하고 길러온 이 착한 바탕이 미래의 세계역사에서, 하려고만 한다면 큰 사명을 다할 수 있는 것이라고 우리는 믿는다 … 무너져가는 초막 속에 다른 것은 없어도 아직 '인'은 남아 있다. '인'은 알맹이다. 그것이 곧 생명이다. 하나님의 명이다. 없어질 수 없다." (위의 책, 474-475쪽)

138 성백효, 앞의 책, 151쪽.

139 윤동주의 시 중에서 '부끄럽다'라는 시어가 최초로 나타나는 시는 「코쓰모쓰」(1938.9.20) 인데, "코쓰모쓰" 앞에서 "넷 少女"를 생각하며 시적 주체가 느끼는 '부끄러움'의 정서는 윤리적으로 자기의 옳지 못함에서 느끼는 '羞惡之心'과는 다소 거리가 있다.

너희들보다 어떻겠냐 하는 상으로

뛰여 가겠지요 나 ― 참.

「개2」 전문

　「개2」는 제목 위에 "童詩"라고 명시하고 있지만, 윤동주의 시 중에서 유일하게 '성(性)'을 주제로 하고 있는 작품이기에 주목할 만하다. 아마도 윤동주는 이러한 성적인 담론이 '동시'에 어울리지 않을 것이라고 생각하여 시를 써 놓고는 스스로 삭제한 듯하다.[140] 이 시는 "「이 개 더럽잔니」"라는 상대의 물음에 대해 "아 ― 니"로 시작해서 "나 ― 참"으로 끝을 맺고 있는데, 그 사이에 '개'의 성적 행동, 화자의 적대적 대응, '개'의 냉소적 반응 등이 배열되어 있다. 그런데 시적 주체와 대립하고 있는 '개'는 원래부터 인간의 윤리와는 거리가 먼 존재이기 때문에 인간의 윤리적 규범의 대상이 아니다. 뿐만 아니라 인간의 윤리적 규범으로 보더라도 최소한 '개'는 화자에 비해 자연의 본성에 대한 솔직함의 윤리를 더 가지고 있기에, 오히려 "너희들보다 어떻겠냐하는 상"을 보이며 화자의 위선을 냉소적으로 비웃는다. 이때 표면적으로 드러나는 해학적 웃음은 이면적으로 화자의 반성을 촉구하고 있다는 측면에서 아이러니가 발생한다. 그래서 이 시의 '부끄러움'의 정서는 직접적으로 드러나지 않고 아이러니에 의해 이면적으로 은폐되어 있다고 볼 수 있다.

　앞에서 살펴본 '슬픔'의 정서가 초기부터 후기까지 지속적으로 윤동주의 시에 등장한다면, '부끄러움'의 정서는 비교적 후기의 시에 직접적이고도 빈번하게 나타난다. 예를 들어, 「길」, 「별헤는밤」, 「序詩」, 「懺悔錄」, 「쉽게씨

140　홍장학은 정음사본 『하늘과 바람과 별과 시』에서 편집자가 이 시를 제외시킨 것은 아마도 윤동주에게 '흠'이 될 것 같은 판단 때문일 것으로 추정했다. 그러면서 그는 오히려 "아직 성 담론이 금기시되던 그 시기에 「개2」를 남긴 윤동주가 오히려 얼마나 자랑스러운지 모른다. 「개2」는 그가 얼마나 자기 성찰에 철저했는가, 솔직했는가, 아니 얼마나 '시쓰기'에서 용감했는가를 보여주는 생생한 증거이다."라고 했다(『원전연구』, 536쪽).

워진詩」 등에서는 모두 윤리적인 자기완성의 과정에서 온전하지 못한 자신에 대해서 느끼는 '부끄러움'의 정서가 나타나는데, 이는 모두 '羞惡之心'으로 인해 일어나는 '義'의 유교적 윤리와 관련된다. 또한 이때의 '부끄러움'은 기독교적인 '죄의식'과도 함께 결부되어 나타난다.[141] '부끄러움'의 정서가 후기 시에서 본격적으로 나타난다는 사실은 후기로 갈수록 더욱 심화된 윤리적 실존의 이상(理想)이 종교적 실존의 '죄의식'과 결부되기 때문이라고 할 수 있다.

> 허물어진 城터에서
> 철모르는 女兒들이
> 저도모를 異國말로,
> 재질대며 뜀을 뛰고,
>
> 난데없는 自動車가 밉다.
>
> 「牡丹峯에서」 부분

윤동주의 시에서 '미움'의 정서는 매우 드물게 나타나는데, 그 중에 하나의 작품이 「牡丹峯에서」라 할 수 있다. 「牡丹峯에서」에서 시인은 "城터"를 허물고, "철모르는 女兒"들에게 "저도모를 異國말"을 하게 하는 왜곡된 식민지 현실을 반영하면서, "난데없는 自動車"에게 '미움'의 정서를 드러낸다. 이는 조선에 유입되기 시작한 근대 서구 문명과 이를 매개하는 일본 제국주의에 대한 적개심이라 할 수 있는데, 이때의 '미움'의 정서는 '羞惡之心'으로 인해

---

141 타자로 인한 '슬픔'의 정서와 마찬가지로 자기에 대한 '부끄러움'의 정서도 유교와 기독교가 유사하게 공유하는 것이지만 차이가 있다. 예를 들어, 맹자의 경우 '부끄러움'은 군자가 누리는 즐거움의 하나이지만, 기독교인의 '부끄러움'은 신 앞에서 경험하는 고통스러운 죄의식과 결부되어 있다.

일어나는 유교적 윤리인 '義'의 반영이라 할 수 있다.

이상에서 살펴본 것처럼 윤동주 시의 '부끄러움'과 '미움'의 정서는 '羞惡之心'으로 인해 일어나는 유교적 '義'의 윤리와 관련하여 설명될 수 있다. '부끄러움'의 정서의 경우 중기 시보다는 후기 시에서 더욱 심화되어 집중적으로 나타나고, '미움'의 정서는 매우 드물게 나타나고 있다. 이에 비해 앞에서 살펴본 '惻隱之心'과 관련된 '슬픔'의 정서는 초기부터 후기까지 매우 빈번하게 등장하고 있다. 김윤식과 김현은 윤동주 시의 '부끄러움'에 주목하고 그의 시를 '부끄러움의 미학'이라 명명했지만,[142] 윤동주 시의 가장 보편적인 정서는 오히려 '슬픔'이라고 할 수 있을 듯하다.

3.4.2.2.2. 호연지기(浩然之氣)의 실천과 사생취의(捨生取義)의 용기

윤동주의 시에는 '義'와 관련하여 자기를 위하여 일상적인 수신(修身)을 지향하고 타자를 위하여 고난을 감내하고자 하는 모습이 형상화되어 있는데, 이는 '호연지기(浩然之氣)'와 '사생취의(捨生取義)'의 유교적 윤리와 관련하여 설명될 수 있다.

맹자는 『孟子』「公孫丑上」에서 '義'와 관련된 '호연지기(浩然之氣)'에 대해서 다음과 같이 말하였다.

> 公孫丑가 말하였다. "감히 묻겠습니다. 무엇을 호연지기라 합니까?" 孟子께서 말씀하셨다. "말하기 어렵다. 그 氣됨이 지극히 크고 지극히 강하니, 정직함으로써 기르고 해침이 없으면 〈이 浩然之氣〉가 天地의 사이에 꽉차게 된다. 그 氣됨이 義와 道에 배합되니, 이것(義와 道)이 없으면 〈浩然之氣가〉 굶주리게 된다. 이 浩然之氣는 義理를 많이 축적하여 생겨나는 것이다. 義가 하루아침에 갑자기 엄습하여 취해지는 것이 아니니, 행하고서 마음에 부족하게 여기는

---

142   김윤식·김현, 『한국문학사』, 민음사, 1974, 207-209쪽.

바가 있으면 〈浩然之氣〉가 굶주리게 된다.("敢問何謂浩然之氣?" 曰: "難言也. 其為氣也, 至大至剛, 以直養而無害, 則塞於天地之間. 其為氣也, 配義與道. 無是, 餒也. 是集義所生者, 非義襲而取之也. 行有不慊於心, 則餒矣.)[143]

맹자에 의하면 '浩然之氣'는 '지극히 크고 지극히 강한 기운'인데, 하루아침에 갑자기 이루어지는 것이 아니다. 그는 '義'와 '道'가 없다면 '浩然之氣'는 굶주리게 되기 때문에, 이것을 약하게 하지 않기 위해서는 날마다 '義를 쌓는 실천(集義)'이 중요하다고 보았다. 즉 '浩然之氣'는 도덕적 수양을 할 수 있는 신비스러운 기운이라고 할 수 있는데, 이는 실천의 여부에 따라서 더 강해지기도 하고 약해지기도 하는 것이다. 따라서 유교적 수양에서는 매일의 일상에서 도덕적 행위를 실천하는 것이 그 무엇보다도 중요하다고 할 수 있다.

> 내를 건너서 숲으로
> 고개를 넘어서 마을로
>
> 어제도 가고 오늘도 갈
> 나의 길 새로운 길
>
> 「새로운길」(1938.5.10.) 부분

「새로운길」에서 "길"은 유교적인 '道'의 개념에서 비롯된 상징이라 할 수 있다. 이 시에는 "내"와 "고개" 같은 장애도 있고 "숲"과 "마을" 같은 긍정적인 대상들도 있다. 그래서 시적 주체는 극복할 것은 극복하고 취해야 할 것은 취하면서 끊임없이 "길"을 걸어가야 한다. 이때 그가 걷는 길은 "새로운 길"인데, 이 "새로운 길"은 시적 주체가 "어제도 가고 오늘도" 가야 하는

---

143 성백효, 앞의 책, 128-130쪽.

길이다. 이는 결국 존재에로 나아가는 도상(途上)에서 끊임없이 '되어감'의 과정 가운데 서 있는 실존적 인간이 매일의 일상 속에서 새롭게 수행해야 할 수신(修身)의 과정을 상징한다고 볼 수 있다.

이외에도 일상적인 수신(修身)과 수양(修養)을 위한 '호연지기적 실천'과 관련된 작품은 후기 시인 「돌아와보는밤」, 「길」 등에서도 나타난다. 「돌아와 보는밤」에서 시적 주체는 "낮"과 대조되는 "밤"이라는 시간적 배경 속에서 "思想이 능금처럼 저절로 익어 가옵니다."라고 하며 일상적인 수신(修身)을 형상화하는데, 이는 맹자의 "야기(夜氣)"[144]와 관련되어 있다. 또한 「길」에서 시적 주체는 "내가 사는 것은, 다만 / 잃은 것을 찾는 까닭입니다."라고 하는데, 이는 맹자가 '仁義'와 관련하여 "學問을 하는 것은 다른 것이 없다. 그 放心을 찾는 것일 뿐이다."라고 한 말이 모티프로 작용한 듯하다.[145]

한편 맹자는 『맹자』 「告子章句」에서 "사생취의(捨生取義)"에 대해서 다음과 같이 말했다.

"魚物도 내가 원하는 바요 熊掌도 내가 원하는 바이지만 이 두 가지를 겸하여 얻을 수 없을진댄 魚物을 버리고 熊掌을 취하겠다. 삶도 내가 원는 바요 義도 내가 원하는 바이지만 이 두 가지를 겸하여 얻을 수 없을진댄 삶을 버리고

---

144 맹자는 『孟子』 「告者章句 上」에서 '仁義'를 잘 기르기 위해서는 '낮의 행위'를 비우고 "夜氣"을 잘 보존해야 한다고 했다(성백효 편주, 앞의 책, 464-465쪽). 한편 맹자의 "夜氣"를 함석헌은 "밤숨"으로 표현하면서 "밤"의 중요성을 다음과 같이 강조했다. "생명의 소생하는 작용은 언제 되느냐 하면 밤 동안에 됩니다. 낮은 일이 주장하는 때입니다. … 씨을이 아구를 트는 것은 밤입니다. 상처가 아무는 것도 밤입니다. 밤은 쉬는 때입니다. 쉬는 때가 사는 때입니다. 숨을 쉰다, 숨을 태운다는 말이 이것을 증명합니다. 이것이 아마, 안식사상의 근본일 것입니다."(함석헌, 「밤숨을 끊지 말라」, 『함석헌 전집』 4, 한길사, 1999, 150쪽).

145 "仁은 사람의 마음이요, 義는 사람의 길이다. 그 길을 버리고 따르지 않으며 그 마음을 잃어버리고 찾을 줄을 모르니, 애처롭다. 사람이 닭과 개가 도망가면 찾을 줄을 알되 마음을 잃고서는 찾을 줄을 알지 못하니 學問하는 길은 다른 것이 없다. 그 放心을 찾는 것일 뿐이다."(仁, 人心也; 義, 人路也; 舍其路而弗由, 放其心而不知求, 哀哉! 人有雞犬放, 則知求之; 有放心, 而不知求. 學問之道無他, 求其放心而已矣)"(성백효, 앞의 책, 473-475쪽)

義를 취하겠다.”(魚, 我所欲也; 熊掌,亦我所欲也. 二者不可得兼, 舍魚而取熊掌者
也. 生, 亦我所欲也; 義, 亦我所欲也. 二者不可得兼, 舍生而取義者也.”)[146]

여기에서 맹자는 '삶(生)'을 버리고 '의(義)'를 취하고자 한다. 이때의 '義'는
사람이 가장 중요하게 여기는 목숨보다도 더 중요한 가치로서, 맹자는 사람
이 생사(生死)를 선택해야 하는 가장 극단적인 상황에서 '義'를 선택할 수
있는 '용기'가 있어야 함을 말하고 있다.[147] 이러한 '捨生取義'의 윤리는 중기
시 중에서는 「사랑의殿堂」과 「異蹟」에 잘 드러난다. 이 두 시는 동일한 날
(1938년 6월 19일)에 창작한 시들인데, 자신의 소명과 관련된 윤동주의 각오를
엿볼 수 있다.

이제
네게는 森林속의 안윽한 湖水가 있고,
내게는 險峻한 山脈이 있다.

「사랑의殿堂」 부분

하나 내 모든 것을餘念없이
물결에 써서 보내려니
당신은 湖面으로 나를 불려내소서.

「異蹟」 부분

「사랑의殿堂」에서 시적 주체는 조선 민족을 내포하는 “順”을 위해서 “險峻

---

146 위의 책, 469쪽.
147 이와 관련해서 공자는 “의를 알면서도 행하지 않는 것은 용기가 없는 것이다(見義不爲, 無
     勇也).”라고 했다(공자, 「爲政」, 최영갑 역, 『論語: 주자의 논어집주』」, 웅진씽크빅 펭귄클
     래식코리아, 2009 참조).

한 山脈'으로 상징되는 고난을 기꺼이 감내하고, 「異蹟」에서는 "내 모든 것"을 기꺼이 내려놓고자 한다. 이처럼 「사랑의殿堂」과 「異蹟」에서 타자를 위해 고난을 감내하고 자신을 비우고자 하는 의지는 '捨生取義'의 윤리와 관련된다고 볼 수 있다. 이러한 '捨生取義'의 윤리는 이후 「十字架」, 「肝」, 「懺悔錄」, 「쉽게씨워진詩」 등과 같은 윤동주의 후기 시에서 더욱 심화된 양상으로 나타나는데, 이때에는 윤리적 가치를 넘어 종교적인 희생의 의지가 더욱 강조된다.

3.4.2.3. 기독교적 '공의(公義)'

앞에서 살펴본 유교적 인의(仁義)는 또한 기독교 정신과도 공유하는 측면이 있는 보편적 윤리라고 할 수 있다. 김교신은 기독교를 '지'(智)의 종교가 아닌 '의'(義)의 종교로 보면서, 기독교의 '아가페'를 애(愛), 사랑, love, 자비 등과는 다른 '인의(仁義)' 또는 '의애(義愛)'로 보았다.[148] 이는 김교신이 유교적 배경 속에서 기독교를 이해하고 있기 때문인데, 그는 유교적 '仁義'와 기독교적 '아가페'를 동일하게 보았던 것이다. 뿐만 아니라 함석헌도 조선인을 '인(仁)'과 '용(勇)'의 특징을 가진 민족으로서 도덕성이 매우 높은 성품을 지녔다고 보았다.[149]

유교의 '인의(仁義)'와 유사한 개념으로 기독교에는 보통 '공의(公義)' 또는 '정의(正義)'로 번역되는 '미슈파트(mishpat)'와 '츠다카(tsedakah)'의 개념이 있다. 이 둘은 두 단어이지만 마치 '仁義'처럼 실제로 쓰일 때에는 대부분 함께 짝을 이루면서 하나의 단어처럼 쓰이는데, 성서에는 '옳고 바른 일(「창세기」 18:19)', '공의와 율법(「신명기」 33:21)', '공평함과 의로운 법(「사무엘하」 8:15)', '정의와 공의(「시편」 33:5)', '선한 일과 옳은 일(「이사야」 5:7)', '공의와 정의(「아모스」 5:7)' 등의 의미로 번역되어 쓰였다.[150] 이때 '미슈파트'가 공정

---

148 『김교신 전집』 4, 172-173쪽.
149 『한국역사』, 107쪽.

한 '법적 판결'의 의미를 지닌다면, '츠다카'는 이웃과의 올바른 '인격적 관계'를 의미하면서 고아, 과부, 나그네 등 약자에 대한 배려가 중시된다. 성서에 의하면 이스라엘 왕의 본질적인 책임이 바로 이 '미슈파트'와 '츠다카'를 실행하는 것이었는데,[151] 이것이 제대로 이루어지지 않을 때 어김없이 예언자들이 나타나 정치적 권력과 종교적 권력을 책망하고 신의 심판을 경고하였다. 구약성서에는 '제사장 전통'과 '예언자 전통'이 함께 조화를 이루고 있는데, 제사장 전통이 모세 율법을 토대로 성전과 제의 중심의 종교적 이데올로기의 자기 동일성 구축을 지향한다면, 예언자 전통은 예언서를 토대로 종교적 이데올로기의 균열과 전복을 지향하면서 '公義'를 강조했다.

이러한 측면에서 유교의 '仁義'와 기독교의 '公義'는 매우 유사한 개념이라 할 수 있다. 맹자가 '仁義'를 통해서 민중을 위한 '왕도 정치'를 지향했다면, 예언자들은 '公義'를 통해서 가난한 이웃을 위한 '하나님 나라'를 현실에 실현하고자 했다. 두 개념은 모두 '사랑'과 '정의'의 의미를 내포하면서, 약자에 대한 배려가 전제되고, 사적(私的)인 윤리인 동시에 공적(公的)인 윤리를 지향하며, 부패한 정치적 권력을 심판하는 기준으로 제시되었다. 하지만 기독교의 '公義'에 비해서 유교의 '仁義'는 비교적 현실에 순응적인 성격이 좀 더 강하다고 할 수 있다. 그래서 김교신은 유교가 지닌 정신적 가치를 높이 평가하면서도 유교는 "어쩔 수 없는 경향으로서 아무리 해도 외적이요 사회적인 규약임을 면치 못한다"는 한계를 지니고 있다고도 했다.[152] 또한 함석헌은 조선 민족의 전통적 사고 속에는 숙명론이 깊이 뿌리내리고 있는데, 기독교의 종말론과 예언자 정신이 이를 극복할 수 있다고 보았다.[153]

따라서 이러한 측면에서 윤동주 시에 나타나는 '仁義'의 유교적 윤리는

---

150   김근주, 「그의 백성을 부르신 목적」, 『복음과상황』 196, 2007, 50-53쪽.

151   「시편」 73:1-3.

152   『김교신 전집』 1, 71-72쪽.

153   함석헌, 「한국은 어디로 가는가 I」, 『함석헌 전집』 11, 한길사, 1983, 345-350쪽.

또한 '公義'의 기독교적 윤리와도 연결되어 있다고 볼 수 있다. 이는 민족적 전통과 기독교 신앙 속에서 자란 그의 경험이 자연스럽게 반영된 것이고, 자신을 성찰하고 약자를 배려하며 권력에 저항하고자 하는 그의 의지가 투영된 것이라 할 수 있다. 또한 이는 본질적으로 유교와 기독교가 공유하고 있는 종교·철학적 보편성에서 비롯된다고도 할 수 있는데, 김교신과 함석헌이 그러했듯이 윤동주 또한 유교와 기독교가 지닌 보편적 윤리를 기반으로 하여 민족적 주체성을 회복하고자 했다고 볼 수 있다.

3.4.3. 생태적 전통과 생태적 영성

전통적으로 선비들은 자연을 따르고 자연과 하나가 됨으로써 '道'를 닦고자 했다. 앞에서 경천사상을 통해 살펴본 '하늘' 상징의 근원도 생태적 전통과 연결되어 있다고 볼 수 있다. 근대적 이성이 자연 그 자체의 현상적인 특성을 과학적으로 인식하는 것에 주력했다면, 생태적 전통은 자연 자체의 특성이 아니라 자연에 내재해 있는 '天命'을 발견하고 '修道'를 하고자 했다. 이때 자연은 인간 주체와 분리된 객체이거나 인간이 지배해야 할 도구적 자연이 아니라 인간이 따르고 합일해야 할 대상이었다. 이는 피조물 속에서 신성(神性)을 발견하고 우주적 가족 공동체를 지향하는 기독교의 '생태적 영성'과 유사한 사유이다.

윤동주 시에는 하늘, 해, 별, 달, 구름, 물, 나무, 풀, 귀뚜라미, 까치 등 수많은 자연의 이미지들이 나열되는데, 여기에서 생태적 전통과 기독교 생태 영성의 흔적을 엿볼 수 있다.

3.4.3.1. 생태적 전통
3.4.3.1.1. 근대 문명에 대한 부정적 인식
윤동주에게 자연과 문명은 서로 상반되는 대상으로 인식된다. 윤동주의 시에는 생태적 타자들은 긍정적인 대상으로 인식한 반면, 근대 기계 문명은 부정적인 대상으로 형상화된다. 이는 아마도 근대 기계 문명이 자연을 지배하고 인간을 착취하고자 하는 도구적 이성으로부터 온 것임을 그가 꿰뚫어 보았기 때문일 것이다.

앞에서 살펴본 「谷間」에서 "谷間"은 인간으로 인해 파괴된 자연의 모습 또는 제국주의 일본에 의해서 황폐화된 식민지 조선의 모습이 압축적으로 제시된다. 이 시에서 "산들"은 도망치고 "여울"은 소리를 지르는데, 이는 인간으로 인해 고통당하는 자연의 모습을 의인화한 것으로 볼 수 있다. 이어서 인간의 벌목으로 인해 황폐하게 된 '山'의 모습이 비유적으로 제시되는데, 이는 전쟁과 착취에 의해 피폐화된 식민지 조선에 대한 제유라고 볼 수 있다. 이 시의 마지막 연에는 "이땅에 드물든 말탄 섬나라사람이"라는 구절이 나오면서, 시인은 이러한 자연의 파괴가 제국주의 일본에 의해서 벌어진 참상임을 암시한다. 이처럼 당시의 자연 파괴는 주로 제국주의 일본의 전쟁 수행이나 식민지 수탈을 위해 자행되었는데, 이러한 착취를 효과적으로 수행하기 위해서 문명의 기계들이 사용된 것은 당연한 일이었다.

「거리에서」, 「離別」, 「牡丹峯에서」, 「비행긔」 등의 작품에서는 "電燈", "機關車", "自動車", "비행긔" 등 문명의 기계들이 등장하는데, 이들은 모두 시적 주체에게 부정적인 대상들로 나타난다. 「거리에서」에서 시적 주체는 "뎐등" 밑에서 자신을 왜소한 "쪽으만人魚"로 인식하면서 자연의 빛인 "달"과 문명의 빛인 "뎐등" 사이에서 분열의 조짐을 보이고 있다. 「離別」의 1연에서는 "재ㅅ빛하늘에 또뿌연내"를 뿜고 "빼 — 액 —" 울며 지나가는 압도적인 "크다른機關車"는 '눈물'을 흘리는 시적 주체의 "쪽으만, / 가슴"과 대조되고 있다. 또한 2연에서는 "기차"는 "리별"의 순간을 기다려주지 않는 비정한 기계이며, "일터"라는 시어가 암시하듯이 본질적으로 착취적 문명의 도구이다. 「牡丹峯에서」에서는 시적 주체는 "난데없는 自動車가 밉다"라고 하면서 자신의 정서를 직접적으로 드러내고, 「비행긔」에서는 "비행긔"를 의인화하여 인간에게 이용당하는 사물에 대한 연민을 나타냄으로써 도구적 이성에 대한 비판의식을 우회적으로 드러내고 있다. 또한 당시 비행기가 대체로 침략 전쟁의 도구였음을 감안하면, 이 시는 전쟁에 대한 비판적 인식을 드러냈다고도 볼 수 있다.

장미 병들어
옮겨 노흘 이웃이 없도다.

달랑달랑 외로히
幌馬車 태워 山에 보낼거나

뚜 ― 구슬피
火輪船에 태워 大洋에 보낼거나.

푸로페라소리 요란히
飛行機 태워 成層圈에 보낼거나

이것 저것
다 구만두고

자라가는 아들이 꿈을 깨기前
이내 가슴에 무더다오.

「薔薇病들어」 전문

「薔薇病들어」에서는 "薔薇"가 병 들었지만 "옮겨 노흘 이웃"이 없고, "幌馬車", "火輪船", "飛行機" 등의 서구 근대 문명은 도움이 되지 못하는 상황이 제시된다. 여기에서 병든 "薔薇"는 잔혹한 시대 속에서 그 고유의 아름다움을 상실한 '자연'을 의미할 수도 있고 '주체성'을 상실한 조선 민족을 의미할 수 있다.[154] "옴겨 노흘 이웃"이 없다는 것은 개인주의적인 서구 문명으로 인해서 인간적인 공동체가 파괴되었음을 의미할 수 있다. 그리고 그 자리를 대신하는 "幌馬車", "火輪船", "飛行機" 등의 근대 문명을 시적 주체는 거부한다. 그래서 5, 6연에서 시인은 "이것 저것 / 다 구만두고 // 자라가는 아들이 꿈을 깨기前, / 이내 가슴에 무더다오."라고 한다. 여기에서 도움이 되지 못하는 서구 근대 문명은 시적 주체의 "이내 가슴"과 대비되고 있다. '병든 장미'에게 필요한 것은 서구 근대 문명이 아니라 "이내 가슴"인 것이다. 이러한 대비는 '물질적 근대'보다 '정신적 근대'를 중시하는 시인의 의식으로부터 비롯된 것이라 할 수 있다. 이러한 인식은 후기 시 「病院」에서 "늙은 의사"가 "젊은이"의 "病"을 전혀 진단하지 못하는 것과 동일한 사유 방식이다. 「病院」에서 "病院"은 근대 문명에서 새롭게 생겨난 근대적 의료기관이라 할 수 있는데, 그곳은 "젊은이의 病"이라는 본질적인 인간 내면의 "病"은 진단조차 하지 못하는 곳이다. 이러한 측면에서 시인이 지향하는 '정신적 근대'는 단순히 서구 물질문명을 모방함으로써 얻을 수 있는 것이 아니라 공동체적 정신("이웃")과 생태적 아름다움("薔薇")이 살아있던 전통의 기반 위에서 "이내 마음"을 통해 병든 조선을 품을 때에만 가능한 것이라 할 수 있다.

당시 일본은 자신을 '문명'으로, 조선을 '야만'으로 규정한 다음, 일본이

---

154 이남호는 이 시를 1938년 『삼천리 문학』 1월호에 발표된 이효석의 단편소설 「薔薇 病들다」와의 관련성 속에서 이해하고자 하였다. 그는 이 시의 "薔薇"를 이효석의 작품에 나오는 "남죽"이란 여주인공과의 관련성 속에서 의미를 파악하고자 했는데, 이 작품에서 "남죽"은 시대 상황 속에서 몸과 마음이 모두 병들어 괴로워하는 인물로 제시된다. 또한 이남호는 『삼천리 문학』 1월호에 이태준의 작품 「浿江冷」 말미에 윤동주의 산문 「花園에 꽃이 핀다」에 나오온 "履霜而堅氷至"가 있음을 지적하면서, 윤동주가 『삼천리 문학』 1월호에 실린 이효석의 「薔薇病들다」를 읽고 「薔薇病들다」를 썼고 이태준의 「浿江冷」를 읽고 「花園에 꽃이 핀다」를 썼을 것으로 추정하였다(이남호, 앞의 책, 53쪽, 78쪽).

근대 문명을 전달해 주는 고마운 매개라는 식민사관을 조선인들에게 교육하고자 하였다. 하지만 그들이 식민지 조선에서 건설한 기계 문명은 조선을 위한 것이 아니라 조선을 더 효율적으로 착취하고 전쟁에 이용하고자 함이었다. 앞의 시들에서 언급된 전등, 기관차, 비행기, 화륜선 등은 모두 이를 위해 이용된 것들이었다. 따라서 표면적으로 드러나는 생태계 파괴의 근본적 원인은 근대 문명의 '자연 지배'의 욕망과 제국주의의 '인간 지배'의 욕망 때문이었다고 할 수 있다. 물론 윤동주가 당시에 이러한 착취의 메커니즘이나 생태계 파괴에 대한 깊은 이해가 있었다고 보기는 힘들지만, 그가 근대로의 전환기에 서구 문명을 동경의 시선으로 바라보기보다는 비판적 시선으로 바라본 것은 오랜 역사 속에서 습득된 생태적 전통의 영향이라 할 수 있다.

3.4.3.1.2. 자연과 인간의 유기적 공동체

윤동주의 시에는 자연과의 인격적인 사귐의 모습이 시적으로 형상화되고 있다. 윤동주는 산문 「花園에 꽃이 피다」에서 다음과 같이 썼다.

> 나는 이 귀한 시간을 슬그머니 동무들을 떠나서 단 혼자 화원에 거닐 수 있습니다. 단 혼자 꽃들과 풀들과 이야기할 수 있다는 것이 얼마나 다행한 일이겠습니까. 참말 나는 온정으로 이들을 대할 수 있고 그들은 웃음으로 나를 맞아 줍니다. … 나는 세계관, 인생관, 이런 좀더 큰 문제보다 바람과 구름과 햇빛과 나무와 우정, 이런 것들에 더 많이 괴로워했는지도 모릅니다.
>
> 「花園에 꽃이 피다」 부분

여기에서 일상에서 마주치는 작은 자연의 대상들과 인격적으로 교감하며 자기 존재를 성찰하는 시인의 모습을 엿볼 수 있다. 서구 근대 문명과 달리 생태적 전통에서 자연은 언제나 인격적인 대상으로 나타난다. 윤동주 시에서 자연이 인격적인 사귐의 대상으로 제시되는 것은 그가 쓴 동시에서 주로

많이 나타난다. 다음의 시들은 서정적인 분위기 속에서 자연물과 교감하고
있는 시인의 모습이 나타난다.

까치가 울어서 / 산울림,
아무도 못들은 / 산울림.

까치가 늘었다, / 산울림,
저혼자 들었다, / 산울림.

「산울림」 전문[155]

귀뜨람이와 나와
잔디밭에서 이야기 햇다.

귀뜰귀뜰 / 귀뜰귀뜰

아무게도 아르켜 주지말고
우리둘만 알자고 약속햇다.

「귀뜨람이와나와」 부분

「산울림」에서 시적 주체는 고요한 산 속에서 산울림을 일으키는 "까치"의
울음소리를 홀로 듣고 있다. 1연에서 "까치"의 울음은 "산울림"을 만들어

155　이 시는 '尹童舟'라는 필명으로 1939년 『少年』 3월호에 실린 작품이어서 이를 정본으로
　　삼았다. 이 작품은 백석의 영향이 엿보인다. 『사진판』의 제2부 「사진판 자필메모, 소장서
　　자필 서명」을 보면, 윤동주는 백석의 「秋日山朝」의 "꿩은울어 山울림과작난을한다"에 붉은
　　줄을 긋고 "좋은句節"이라는 메모를 남겨 놓고 있다. '산새와 산울림의 어울림'이라는 모티
　　프가 동일하다.

내는데, 이를 아무도 듣지 못함으로 인해서 "산울림"은 아무런 의미가 없는 것처럼 여겨진다. 하지만 2연에서 시인은 이를 역전시켜서 "산울림"을 "까치"가 들었기 때문에 그 소리가 결코 무의미하지 않음을 암시한다. 게다가 사실 시에서 드러나지는 않지만 시적 주체가 "까치"의 울음소리와 "산울림"을 듣고 있다. 때문에 이 시는 "까치", "산울림", 시적 주체 등이 모두 은밀한 중에 하나가 되고 있다. 즉 깊고 고요한 산 속 두 생태적 타자 사이의 은밀한 소통에 시적 주체가 참여하여 함께 어울리고자 하는 소망을 넌지시 암시하고 있다.

「귀뚜람이와나와」에서도 시적 주체는 조용한 "달밝은밤"에 홀로 "귀뚤귀뚤"하는 귀뚜라미 소리를 듣고 있다. 제목에서부터 암시되듯이 "귀뚜람이"와 시인은 단 둘만의 친밀한 관계가 강조되는데, 이러한 친밀함은 3연에서 "아무게도 아르켜 주지말고 / 우리둘만 알자고 약속했다."에서 볼 수 있듯이 은밀한 사귐으로 나아간다. 이때 "귀뚜람이"는 시인과 대화할 수 있는 인격적인 존재로 형상화되어 있다.

이처럼 자연을 인격적인 대상으로 설정하고 자연과의 깊은 교감을 시도하는 시적 상상력은 단순히 동시적인 것으로 치부할 수만은 없다. 이는 자연을 인간과 동등하게 존중하는 겸허한 태도로서, 인간 이외의 자연을 수단화시켜버리는 인간중심적인 근대의 세계관과는 다른 생명중심적인 전통의 세계관이라 할 수 있다.

이와 관련하여 윤동주가 쓴 산문 「별똥떨어진데」를 보면 "나무"에 대한 그의 동경이 나타난다.

> 오늘 도리켜 생각건대 나무처럼 幸福한 生物은 다시 없을듯 하다. 굳음에는 이루 비길데 없는 비위에도 그리 탐탁치는 못할망정 滋養分이 있다 하거늘 어디로 간들 生의 뿌리를 박지 못하며 어디로 간들 生活의 不平이 있을 소냐, 칙칙하면 솔솔 솔바람이 불어오고, 심심하면 새가 와서 노래를 부르다 가고, 출출하면 한줄기 비가 오고, 밤이면 數많은 별들과 오순도순 이야기할수있고

― 보다 나무는 行動의 方向이란 거치장스런 課題에 逢着하지 않고 人爲的으로 든 偶然으로서든 誕生시켜준 자리를 직혀 無盡無窮한 營養素를 吸取하고 玲瓏한 해ㅅ빛을 받아드려 손쉽게 生活을 營爲하고 오로지 하늘만 바라고 뻐더질수 있는것이 무엇보다 幸福스럽지 않으냐.[156]

이 산문에서 "나무"는 "生의 뿌리"를 박을 수 있어 "生活의 不平"이 없고, "새", "비", "별" 등의 동무들이 있으며, "햇빛"을 받아들여 오로지 "하늘"만 바라고 뻗어질 수 있기 때문에 그 어떤 생물보다도 "幸福"한 존재로 묘사된다. 이러한 "나무"에 대한 동경이 이후 동경 유학 시절에 쓴 「봄2」에서 시인으로 하여금 "풀포기"의 상상을 자극하였을 듯하다. 그래서 "풀포기"처럼 "三冬"을 참아온 "나"는 "봄"과 함께 피여나 "종달새"와 함께 "푸르른 하늘"을 향해 나아가고자 한다. 여기에서 자연은 시인으로 하여금 "三冬"과 같은 현실의 어려움을 견딜 수 있는 '존재의 용기'를 주는 인격적인 대상이 된다.

자연과 인격적인 사귐을 지향하는 전통적 세계관은 인간과 자연의 조화와 합일을 중시한다. 윤동주의 시에는 인간과 자연의 조화와 합일에 대한 소망이 자주 형상화되어 있다. 예를 들어 앞에서 살펴본 「새로운길」의 경우, "길"은 "내", "숲", "고개", "마을"로 이어지고, 시적 주체는 길 위에서 "문들레", "까치", "아가씨", "바람" 등을 만난다. 여기에서 자연은 인간의 삶과 분리될 수 없는 삶의 바탕이자 우주적 공동체로 형상화되어 있다.

大同江 물로끄린국,
平安道 쌀로지은밥,
朝鮮의 매운고추장,

---

156 『사진판』, 119–120쪽.

식권은 우리배를 부르게.

「食券」 부분

가만이 하늘을 들여다보려면 눈썹에 파란 물감이 든다. 두손으로 따뜻한 볼을 쓰서보면 손바닥에도 파란 물감이 묻어난다. 다시 손바닥을 두드려 본다. 손금에 맑은 강물이 흐르고, 맑은 강물이 흐르고, 강물속에는 사랑처럼 슬픈얼굴 — 아름다운 順伊의 얼굴이 어린다.

「少年」 부분

「食券」에서 시인은 자신이 먹는 것이 단순한 "국"과 "밥"과 "고추장"이 아니라, "大同江"과 "平安道"와 "朝鮮"을 먹는다고 생각한다. 이런 측면에서 "국", "밥", "고추장", "大同江", "平安道"는 모두 결국 "朝鮮"의 제유라고 할 수 있다. 여기에서 자연은 먹거리를 인간에게 제공함으로써 인간을 존재하게 하는 존재의 근원으로 형상화된다. 이 시는 창작 날짜가 1936년 3월로 되어 있는데, 아마도 윤동주가 평양 숭실학교 시절에 쓴 것으로 짐작된다. 따라서 이 시는 조선의 주변부라 할 수 있는 북간도의 디아스포라였던 시인이 조선의 중심부라 할 수 있는 평양에서 조선 땅의 음식을 먹으면서 느꼈던 감격을 소박하게 표현한 것이라 할 수 있다. 한자어로 써서 도드라져 보이는 "大同江", "平安道", "朝鮮"이라는 시어들에서 조선에 대한 시인의 사랑을 엿볼 수 있다. 이렇게 보면 "食券"이라는 제목도 결코 예사롭지 않다. "食券"은 '먹을 권리'인 동시에 인간으로서, 그리고 조선인으로서 '존재할 권리'라고 할 수 있다. 즉 조선인은 조선 땅으로부터 나와서 조선의 것을 먹다가 조선 땅으로 돌아가는 것이 조선인으로서 누려야 할 마땅한 권리가 되는 것이다. 따라서 이 시에서 자연과 합일하고자 하는 시인의 소망은 동시에 조선인으로서 존재하고자 하는 소망이라 할 수 있다.

「少年」에서는 자연과 시인의 합일이 매우 서정적으로 그려지고 있는데,

손바닥의 "맑은 강물"을 매개로 하여 "하늘"과 "順伊"와 "少年"이 모두 하나가 되고 있다. 이때 "맑은 강물"은 '자연의 거울'로서 외적으로는 "하늘"을 반영하고 내적으로는 "順伊"를 반영하는 아름다운 매개체가 된다.

3.4.3.1.3. 순환적 시간관과 낙원의 노스텔지어

윤동주의 시에는 순환적인 시간관이 빈번하게 등장하면서 그가 지향하는 이상향은 미래지향적이면서 동시에 과거지향적인 모습으로 나타나면서, '추억'과 '동경'이 동시적으로 제시되고 있다. 흔히 기독교적 세계관은 직선적 시간관을 의미하고 동양적 세계관은 순환적 시간관을 의미한다고 하지만, 기독교적 세계관의 종말은 역사의 끝이 아니라 '새 하늘과 새 땅'으로 상징되는 새로운 창조의 시작을 의미한다. 이러한 측면에서 기독교적 세계관 역시 순환적인 측면이 있다고 할 수 있다.

그는 산문 「花園에서 꽃이 피다」에서는 "봄이 가고, 여름이 가고, 가을, 코쓰모쓰가 홀홀히 떨어지는 날 宇宙의 마지막은 아닙니다. 단풍의 세계가 있고 ─ 履霜而堅氷至 ─ 서리를 밟거든 얼음이 굳어질 것을 각오하라 ─ 가 아니라, 우리는 서리밭에 끼친 낙엽을 밟으면서 멀리 봄이 올 것을 믿습니다."라고 했고, 산문 「終始」에서 "終點이 始點이 된다. 다시 始點이 終點이 된다."라고 했다. 여기에서 윤동주의 순환적인 시간관을 엿볼 수 있고, 이러한 시간관이 미래에 대한 희망의 근거로 작용함을 엿볼 수 있다.

윤동주의 시에서 절망의 시간은 주로 '밤'과 '겨울'로 그려지는 반면, 위의 두 산문에서도 확인할 수 있듯이 회복의 시간은 주로 '아침'과 '봄'의 상징으로 나타난다. 이 시기 절망의 시간으로서 '밤'이 설정된 시로는 「초한대」, 「거리에서」, 「기왓장 내외」, 「산림」, 「가슴3」, 「황혼이 바다가 되어」, 「달밤」, 「비애」, 「유언」, 「아우의 인상화」, 「산골물」 등이 있고, '겨울'로 설정된 시로는 「이불」, 「겨울」 등이 있다. 이러한 절망의 시간 속에서 윤동주는 '아침'과 '봄'을 기다리는데, 후기 시에서 이러한 양상은 잘 나타난다.[157] 이때 "아침"

과 "봄"은 도래할 미래인 동시에 지나간 과거의 순환적 반복으로서 '추억'과 '동경'이 함께 나타나는 시간이다.

윤동주의 시에서 순환적인 시간관에 의한 시간적인 회복이 "아침"과 "봄" 이라면, 공간적인 회복은 어머니의 자궁과도 같은 '고향'으로 상징된다. 윤동 주는 산문 「終始」에서 "아나 그보다 진정한 내 故鄕이 있다면 故鄕行을 달겠 다. 다음 到着하여야 할 時代의 停車場이 있다면 더 좋다."라고 했다. 이때 "故鄕"은 현실에 존재하는 물리적 공간도 아니고 과거회귀적인 장소도 아니 며 주체가 새롭게 재창조해야 할 '진정한 본향'이다. 「남쪽하늘」, 「조개껍질」, 「고향집」, 「谷間」 등에서 잃어버린 고향에 대한 그리움이 묻어난다.[158] 이러 한 고향에 대한 그리움은 종교적으로 '낙원에 대한 노스텔지어'라고 부르는 인간의 어떤 상황을 부각시킨다고 볼 수 있다. '낙원에 대한 노스텔지어'란 항상, 그리고 힘들이지 않고 세계의 중심, 실재의 한 가운데에 있고자 하는 욕망을 뜻한다.[159] 이것은 자연스럽게 기독교인라면 타락 이전의 조건이라고 말할 수 있는 신적인 조건을 재발견하려는 욕망을 의미한다고 할 수 있다.

3.4.3.2. 생태적 영성

근대 서구 문명은 철저한 인간 중심적 세계관을 통해 자연을 인간을 위한

---

157 윤동주는 후기 시 「새벽이 올 때까지」와 「눈감고간다」에서 밤이 지나 아침이 올 것을 확신 한다. 그리고 「별 헤는 밤」에서는 "계절이 지나가는 하늘에는 / 가을로 가득 차 있습니다." 라고 하며 하늘에 펼쳐진 계절의 순환을 읽어내고, "그러나 겨울이 지나고 나의 별에도 봄이 오면"이라고 하면서 시간적 순환을 통한 "봄"의 회복을 소망한다. 그리고 그의 마지막 시 「봄2」에서 그는 "三冬을 참어 온 나는 / 풀포기처럼 피여난다."라고 하며 자신을 겨울을 견디어 내고 봄을 맞이하는 "풀포기"에 비유한다.

158 후기 시 중에는 「또다른故鄕」, 「간판 없는 거리」, 「별 헤는 밤」, 「사랑스런 追憶」 등에서 윤동주는 고향에 대한 그리움을 표현한다. 특히 「또다른故鄕」에서는 물리적인 "고향"에 왔 으나 다시 진정한 고향인 "또다른故鄕"을 향해 길을 떠나는 시적 주체의 모습이 나타난다.

159 Micea Elliade, 이재실 역, 『이미지와 상징: 주술적-종교적 상징체계에 관한 시론』, 까치, 2000, 63-64쪽.

도구로 인식하고 자연 위에 군림하고자 했지만, 동양의 생태적 전통은 자연 속에서 신성(神性)을 발견하고 인간과 자연이 동등한 입장에서 인격적인 사귐과 합일을 꿈꾸었다. 이런 측면에서 생태적 위기는 단순히 환경 파괴의 문제가 아니라 삶에 대한 총체적인 가치와 신념의 문제라고 할 수 있다. 여기에서는 인간과 자연의 관계를 어떻게 자리매김하느냐가 중요한 문제가 되는 것이다. 그래서 이러한 생태적 전통은 본질적으로 종교적 성격의 '생태 영성'을 추구하게 된다. 이와 관련하여 김교신은 다음과 같이 말하였다.

> 그러나 예레미야는 살구나무의 일지(一枝)를 볼 때에 주야불식하고 깨어역사하시는 여호와의 거룩하신 경륜을 간취(看取)하였다. 이 점은 근대 과학의도(徒)가 '이해관계'로만 자연을 취급함보다 옛날 동양인들의 자연관이 유다의예언자와 상통하는 바 있는 듯하다. 설중매에 선구자를 찾으며, 추국(秋菊)에대기만성을 찬탄하며, 흙탕물(泥流)에 솟은 연화에 청렴과 숭고를 느끼며, 낙락장송에 충절을 사모하는 등은 모두 우리 조상 전래의 천연관이었다.[160]

그는 살구나무의 가지를 보고 신적 경륜을 경험하는 예언자 예레미야의 생태적 영성이 "근대 과학"보다는 "옛날 동양인들의 자연관"과 상통한다고 보았던 것이다. 생태적 전통은 본질적으로 종교적 성격을 띠기 때문에 생태적 영성과 연결된다. 전통적인 인간에게 자연은 신의 계시이고 신성(神性)의 본질이었기 때문에 그들은 자연 속에서 신성(神性)을 발견하고 진리를 배우고자 했다. 그들에게는 존재하는 모든 것이 신성했고 신을 대하듯 자연을 대하는 겸허한 마음이 있었다. 하늘은 아버지였고, 땅은 어머니였으며, 생명은 인간과 동등한 우주적 가족 공동체였다. 그래서 자연과 조화를 이루는 것을 중요하게 여겼고, 이를 위해 단순한 생활을 영위하며 기꺼이 불편을 감수했

---

160 『김교신 전집』 3, 177쪽.

다. 하지만 근대 문명은 이러한 전통을 미신과 야만으로 규정하고 자연에서 신성을 제거하여 자연을 인간의 욕망을 위한 도구로 전락시켰다. 근대의 생태계 위기는 이러한 생태 영성의 상실과 인간의 이기적인 욕망으로부터 시작되었다고 할 수 있다.

하지만 동양의 생태 전통과 기독교 생태 영성은 유사한 점도 있지만 뚜렷한 차이점도 존재한다. 전자가 인간을 자연의 일부분으로 보고 자연과의 조화와 합일을 추구한다면, 후자는 자연과 구별되는 특별한 피조물로서 인간을 파악하고 인간이 자연을 돌보고 보존하고자 한다. 역사적으로 후자에 대한 그릇된 이해는 인간 중심주의라는 혹독한 비판을 받아왔지만, 성서적 생태관의 본질은 자연을 도구화하여 이용하고 착취하는 것이 아니라 청지기로서 자연을 가꾸며 돌보는 것이었다.

이러한 측면에서 윤동주 시의 생태적 태도는 근대의 인간 중심적 세계관과 대비되는 것으로, 현대인이 잃어버린 생태적 전통이라고 할 수 있다. 이러한 사유는 인간과 뭇 생명을 동일하게 존중하는 '생명 중심의 우주적 생태주의'로서 기독교적인 생태 영성과 공유될 수 있는 보편적 가치이다. 물론 윤동주의 시 의식 속에 생태에 대한 근본적인 인식이 뚜렷하다고 볼 수는 없다. 다만 민족 전통 속에서 이어져 내려오는 생태적 전통이 그의 시에 깊이 배여 있음을 알 수 있고, 우리 생태시 초기의 문제의식과 전개 양상을 어느 정도 확인할 수 있을 뿐이다.

3.5. 중기 시의 실존의식

윤동주는 1935년 12월 「조개껍질」부터 동시를 쓰면서 초기 시의 관념성과 추상성을 탈피하기 시작하는데, 이때부터 그의 시에 구체적인 현실과 타자적 주체들의 모습이 형상화되기 시작한다. 따라서 우리는 그의 중기 시를 1935

년 12월부터 1939년 9월까지 창작된 작품으로 설정하고 이 시기의 실존의식을 '윤리적 실존'으로 규정하고자 한다. 이때 중기 시의 실존의식에서 주목되는 것은 현실 인식의 확장, 민족의식의 반영, 전통적 윤리, 보편적 윤리, 민족을 위한 결단, 자기 분열의 심화 등이다.

키에르케고어에 의하면 본래의 자기로 존재하기를 거부하고 가능성의 영역에서 환상적으로 인생을 향락하고자 하는 반성적 심미주의자가 현실성에 자기를 개방하고 열정적으로 자기를 '선택'하게 될 때 '윤리적 실존'으로 도약하게 된다. 이때 자기를 선택한다는 것은 자신이 구체적인 현실 속에서 윤리적 책임 앞에 서 있음을 자각하는 것을 의미하는데, 윤리적으로 자기 자신이 된다는 것은 '나'와 '너'의 관계성 속에서 보편적인 인간성을 토대로 사회적·역사적 자기로서의 '책임적 주체'가 되는 것을 의미한다. 그런데 키에르케고어에 의하면 인간은 근본적으로 자기중심적이고 극도로 이기적이기 때문에 온전하게 타자를 사랑하지 못하는 한계에 부딪치게 되고, 이때 그가 경험하는 '죄책'으로 인해 종교의식이 발생하게 된다.

선행연구들은 윤동주의 동시(童詩)를 심미적 실존으로 분류하고 있지만, 윤동주의 동시는 단순히 심미적 실존으로 보기 어렵다. 윤동주의 동시를 심미적 실존으로 보는 것은 두 가지 측면의 오해로부터 비롯된 듯하다. 즉 이는 윤동주의 동시에 대한 오해와 키에르케고어의 '심미적 실존'의 개념에 대한 오해에서 비롯되는 문제인 듯하다.

선행연구들은 윤동주의 동시를 유아기로의 퇴행이나 어린 아이의 낙천적 세계 인식으로 이해하였지만, 이는 윤동주 동시의 성격을 단편적으로 이해한 것이다.[161] 앞에서 살펴보았듯이, 윤동주의 동시는 단순히 동심(童心)을 노래하는 것에 그치지 않고, 사회적 현실과 민족적 현실에 대한 인식의 확장, 보편적 윤리에 대한 관심, 타자성에 대한 인식 등으로 인해 윤리적 실존의

---

161   김열규, 앞의 글 참조.

성격이 강하게 나타나기 때문에 '심미적 실존'으로 규정하기 어렵다.

또한 선행연구들이 동시를 심미적 실존으로 분류한 것은 '심미적(ästhetisch)'이라는 의미를 '감성적', '감각적', '미학적' 등의 의미로 이해했기 때문인 듯하다.[162] 하지만 키에르케고어가 '심미적 실존 영역(Existenzsphäre)' 또는 '심미적 삶의 단계(Lebensstadium)' 등으로 사용할 때 '심미적'의 의미는 단순히 '감성적', '감각적', '미학적' 등의 의미만을 내포하는 것이 아니다. 그것은 근본적으로 "인간적 삶의 '감각적이며 감성적인 차원 전체'를 가리키는 말"인 동시에 "개별자가 자신의 삶 속에서 실현하고 있는 '삶 전체에 대한 포괄적인 관점과 태도'를 지칭하는 용어"라고 할 수 있다.[163] 심지어 키에르케고어는 '심미적 실존'의 모든 단계들은 정신이 '직접성'에 의해서 규정된다고 했는데, 이때 '직접성'은 '반성'과 대비되는 개념으로 "자기에 대한 무지한 통일"로 규정된다.[164] 따라서 '심미적'의 의미를 단순히 '감성적', '감각적', '미학적' 등으로 이해하여 윤동주의 동시를 '심미적 실존'으로 규정하기는 어렵다.

윤동주는 1935년 12월부터 「고향집」, 「창구멍」, 「기왓장내외」, 「해바라기 얼골」 등의 동시와 「이런날」, 「谷間」, 「슬픈族屬」 등의 시에서 나그네, 고아 또는 고아와 같이 방치된 아이들, 자식 잃은 부모, 착취당하는 노동자 등의 '사회적 약자'의 모습과 일제에 의해 억압당하는 슬픈 '민족적 현실'을 형상

---

162 김우창은 "지적인 것, 심미적인 것, 윤리적인 것에 하나의 통일을 부여하는 과정, 더 간단히 말하여, 인간의 내적 가능성의 全人的 발전을 이룩하는 과정을 일컫는 말이다. … 심미적인 관심은 세계의 감각적 양상과 자아의 교섭에 대한 관심이며"라고 했는데, 여기에서 '심미적인 것'이 '감성적인 것, 감각적인 것' 등의 의미로 쓰이고 있음을 알 수 있다(김우창, 앞의 글, 176쪽). 김우창뿐만이 아니라 선행연구들은 키에르케고어의 '심미적 실존'의 의미를 대체로 이와 같이 이해하였다.

163 하선규, 「키에르케고어 철학에 있어 심미적 실존과 예술의 의미에 관한 연구」, 『미학』 76, 한국미학회, 2013, 225쪽.

164 임규정, 「키에르케고어의 자기의 변증법」, 45쪽. 물론 2장에서 보았듯이 키에르케고어는 '심미적 실존'의 개념을 상당히 포괄적으로 사용하고 있다.

화하였다. 이처럼 자기의식은 순수한 반성적 자기의식으로 주체성을 획득하는 것이 아니라 자신이 존재할 수 있는 '현실'이라는 구체적인 바탕으로부터 구체적인 자기를 정립하게 된다. 그래서 진정한 주체성은 자기의식과 더불어 역사의식을 동반하게 된다.

그리하여 윤동주는 자신이 식민지 치하의 조선 민족이라는 현실적인 인식 속에서 민족적인 정체성을 형성하고 민족을 위해 책임을 다하고자 하는 윤리적인 '결단'에 이르게 된다. 1938년 이후에 창작된 「새로운 길」, 「사랑의 殿堂」, 「異蹟」 등에서 본래적인 자기 자신으로 존재하고자 하는 '결단'이 보다 뚜렷하게 드러난다. 그는 「새로운 길」에서 "나의 길"을 가고자 하고, 「사랑의 殿堂」에서 조선 민족의 의미를 내포하는 "順"을 위해서 "峻險한 山脈"을 각오하며, 「異蹟」에서 "戀情, 自惚, 猜忌" 등을 겸허히 내려놓고 신(神) 앞에서 자기의 소명을 확인하고자 했다. 즉 그는 자기 앞에 펼쳐지고 있는 민족적 비극 앞에서 조선 민족을 위해 헌신하고 희생하고자 하는 열정을 시적으로 형상화한 것이다.

그런데 구체적인 현실에 자신을 개방하고 타자적 주체를 대면하면서부터 그의 자기 분열이 심화되기 시작한다. 왜냐하면 현실에 대한 인식이 확장되고 자기의식과 역사의식이 만나면서 민족의식이 성숙할수록, 식민지 조선인으로서의 주체의 상실감 또한 더 커질 수밖에 없기 때문이다. 즉 식민지라는 상황 속에서 개인은 자기의 민족적·역사적 정체성을 공고히 하고자 할수록 오히려 자신이 자유로운 주체가 아니라 식민지 노예의 자리에 서 있음을 더 명확하게 발견하게 되는 아이러니를 경험하는 것이다. 여기에서 주체의 자기 분열이 심화된다.

「고향집」과 「黃昏」에서 볼 수 있듯이, 생애 처음으로 고향을 떠나면서 윤동주가 발견한 현실 속 자기의 모습은 식민지 조선의 본토인 한반도와 태어나고 자란 북간도 사이에서 방황하는 디아스포라의 모습이었다. 그리하여 그는 세계를 향유하고자 하는 '낙관적 파토스'와 현실 속에서 상실감을 경험하는 '비관적 파토스' 사이에서 정서적 분열을 드러내는데, 이러한 감성적인 분열은 자기에 대한 이성적인 분열을 반영하는 것이라 할 수 있다. 그래서 그는 결국 1939년 9월에 창작된 「自畵像」에서 자기의식을 타자화하면서 더욱 심화된 자기의 분열 속에서 상기(想起)를 통해 과거적 자기로 회귀하고자 하지만, 「츠르게네프의언덕」에서 자기의 이상(理想)을 실현할 수 없는 윤리적 실존의 한계 속에서 절망하며 창작의 공백기에 이르게 된다. 이처럼 윤동주의 중기 시에는 윤리적 실존자가 현실에 대한 인식의 지평이 확장되고 민족의식이 성숙하는 과정 속에서 책임적 주체로서 거듭나게 되지만, 한편으로는 식민지 조선인으로서의 상실감 속에서 자기 분열이 심화되고 자기의 이상(理想)을 실현할 수 없어 절망에 이르는 양상이 나타난다.

한편 윤동주의 중기 시에는 민족의식의 성장과 더불어 전통적인 윤리가 자연스럽게 반영되기 시작한다. 선행연구들 중에서 윤동주의 시 의식을 서양적인 것이나 기독교적인 것으로만 보는 견해들이 있었다.[165] 하지만 비록 윤동주가 서구에 대한 독서체험과 기독교 신앙을 지니고 있었지만, 그는 결코 민족 전통과 유리되어 있지 않았다.

키에르케고어는 종교적 실존의 단계를 윤리적 실존의 성격이 보다 심화된 '종교성 A'와 기독교를 의미하는 '종교성 B'로 구분하였는데, 이때 종교성 A는 기독교 이외의 이교도가 지니고 있는 내면성의 종교를 의미하는 것이었다. 특히 그가 『철학적 단편』과 『후서』에서 종교성 A의 예로 들고 있는 인물은 주체적인 사상가인 소크라테스인데, 이때 종교성 A의 신(神)은 무한

---

165 김우창은 윤동주의 내면을 서양적인 것으로 보고 다음과 같이 말하였다. "윤동주 생애의 주제는, 괴테의 자기 완성의 이상에 비슷한 정신적 성장이었다. … 그러면 이 내면적 인간의 내면은 어디에서 오는가? 그것은, 그의 유기적인 영혼의 開花를 저해하는 요소로 느껴졌던 토착전통의 내면에서 오는 것이 아니었다. 그것은 멀리 괴테, 키에르케고르, 앙드레 지드, 발레리 등 서양의 내면적 작가에서 온 것이었다. 그리고 일본은 한국보다도 이러한 영혼의 고향인 서양에 가까운 곳이었다."(김우창, 『김우창 전집 I ─궁핍한 시대의 시인』, 민음사, 2012, 25쪽)

한 모든 것으로서 단독자 밖에 있는 것이 아니기 때문에 개인은 신 관계를 자신 안에서 발견하게 된다.[166]

이러한 측면에서 기독교 이전 조선의 전통적인 종교문화는 종교성 A를 통해 설명될 수 있다. 키에르케고어가 소크라테스를 존중하면서 종교성 B의 단계를 지향했던 것처럼, 당시 김교신과 함석헌도 조선의 역사적인 위인들을 존중하며 민족의 전통적 윤리를 기독교의 본래적 정신과 연결시키고자 하였다. 당시 조선은 일본과 서양을 접하면서 서구 근대 문명을 경험하였지만, 식민지 상황은 조선이 스스로 자기 주체성을 정립할 수 있는 기회를 허용하지 않았다. 결국 조선은 자신들을 야만으로 규정하는 서구 근대 보편주의 앞에서 민족적 주체성이 해체되었고, 적극적으로 서양 문화를 수용하는 과정에서 아이러니하게도 결국 자기 자신을 잃어버리고 말았다. 즉 서구적 근대 문명이라는 타자와의 만남을 통해서 식민지 주체가 의식하게 된 자기는 긍정해야 할 자기가 아니라 부정해야 할 자기였고, 조선이 서양 문화에 동화되면 될수록 조선은 자기 부정과 자기 상실을 경험할 수밖에 없었다. 이러한 현실 속에서 그들은 무분별한 서구 기독교의 수용이 소중한 전통적 가치를 훼손하는 측면이 있다고 보았고, 제도적 기독교 내에도 자본주의적 속물성이 내재해 있음을 간파하였다. 그래서 그들은 본질적인 기독교 정신을 통해 잃어버린 전통적 가치를 회복하고 전통적 가치를 통해 기독교의 본질을 복원하고자 하였다. 이러한 조선적 기독교는 일제 식민 치하에서 근대적 가치를 외면하는 국수적인 '사이비 민족주의'와 정신적 가치를 무시하는 세속화된 '사이비 기독교'를 극복하고, 동서양 종교 문화의 융합을 통해 새로운 민족적 주체성을 모색하는 운동이었다고 할 수 있다.

이러한 상황 속에서 『특고월보』에서 확인할 수 있듯이, 윤동주가 전통

---

166 이승구, 「키에르케고어의 '종교성 A'와 슐라이어마허의 종교」, 한국키에르케고어학회, 『다시 읽는 키에르케고어』, 철학과현실사, 2003, 107-108쪽.

문화의 회복을 통해서 조선의 정신을 회복시키고자 한 것은 매우 의미 있는 시도였다고 볼 수 있다. 특히 그의 시에는 오랜 민족 전통인 경천사상, 인의(仁義)의 유교적 윤리, 생태적 윤리 등이 형상화되어 있는데, 이러한 전통적 윤리들은 기독교적 윤리와도 공유할 수 있는 보편적 윤리였다. 이는 그가 성장과정에서 자연스럽게 습득한 정신적 가치였고, 동서양의 정신문화가 융합되면서 나타난 시대의 반영이었으며, 전통 문화의 회복을 통해 조선의 정신을 회복하고자 한 의식의 투영이었다고 볼 수 있다. 윤동주 시의 이러한 양상은 김교신과 함석헌이 전개한 조선적 기독교의 문제의식을 내포하는 것으로서, 그의 시가 식민지 현실 속에서도 민족의 정신적 전통을 고스란히 간직하고 있음을 보여주는 것이라 할 수 있다.

이러한 조선적 기독교의 양상이 그의 중기 시부터 나타난다는 것은 윤리적 실존 단계 내부에 잠재해 있는 종교적 실존의 모습이라 할 수 있다. 키에르케고어에 의하면 '정신으로서의 자기'는 자기 자신과 관계하는 동시에 자기를 정립한 절대적 타자와 관계하면서 진정한 자기 자신으로서 존재할 수 있게 되는데, 이러한 양상이 윤동주의 후기 시에서 본격적으로 나타난다. 창작의 공백기 이후 윤동주는 중기 시에서 나타나는 자기 분열과 윤리적 실존의 절망을 딛고 후기 시에서 절대적 타자와 관계하면서 종교적 실존으로 비약하게 된다.

4. 종교적 실존과 존재의 용기

윤동주의 작품 창작 시기를 살펴보면 1939년 9월부터 1940년 12월까지 약 1년 3개월 동안 창작 기간의 공백이 나타난다. 이 시기는 세계사적으로 격변의 시기였고 거대한 정신적 전환의 시기였다. 1939년 9월에 독일이 폴란드를 침공함으로써 2차 세계대전이 일어났고, 1941년 12월에 일본이 진주만을 공격함으로써 태평양 전쟁이 일어났으며, 아우슈비츠로 상징되는 비인간적 참상들이 잇달아 일어났다. 이는 독일의 철학자 아도르노(Theodor W. Adorno)의 지적대로 "계몽"의 과정에서 나타난 '합리적 이성'이 '자연 지배'를 거쳐 '인간 지배'에 이르면서 "새로운 종류의 야만"으로 타자를 무참하게 짓밟은 악마적인 참극이었다.[1] 당시 독일과 일본에서는 히틀러와 천황이 '정치적 메시아'로 등장하였고, 제국주의적 폭력 속에서 종교적 지식인들은 악한 현실과 신(神)의 정의(正義) 사이의 모순에 대해 묻는 '신정론(theodicy, 神正論)'의 문제를 강하게 제기하였다.

창작의 공백을 끝내고 1940년 12월 윤동주는 다시 시 쓰기를 시작하는데, 이 시기에 다수의 종교적 모티프의 시들을 창작한다. 특히 그는 종교적 실존

---

1   Theodor Wiesengrund Adorno, 김유동 역, 『계몽의 변증법: 철학적 단상』, 문학과지성사, 2001, 12-15쪽.

자가 불의한 현실과 신적 정의(正義) 사이에서 경험하는 신정론(神正論)적 고뇌를 시적으로 형상화하고 절대적 타자와의 관계 속에서 본래적인 자기로 존재하고자 하는 양상을 나타낸다. 따라서 우리는 이 장에서는 종교적 실존과 신정론의 관점에서 윤동주 후기 시를 살펴보려고 한다.

4.1. 종교적 실존과 후기 시

4.1.1. 종교적 실존과 고난의 신정론

4.1.1.1. 종교적 실존

키에르케고어는 『두려움과 떨림』에서 성서에 나오는 아브라함 이야기를 더듬으며 종교적 실존을 설명한다. 이 이야기에서 아브라함은 자신이 100세에 얻은 독자 이삭을 모리아 산에서 제물로 바치라는 신의 명령을 받게 된다. 여기에서 키에르케고어는 뭇 사람들은 이 이야기 앞에서 두려움으로 전율한다고 말한다. 그는 아브라함의 이야기에서 '살인하지 말라'는 보편적인 윤리적 규범과 '아들을 죽이라'는 개별적인 신앙 사이의 대립적인 모순을 발견하고, 윤리적 범주의 예외로서 신앙적 범주를 설정한다. 그는 아브라함의 상황이 보편적 인륜의 입장에 서서 가까운 이들을 살해한 「아울리스의 이피게니아」에 나오는 아가멤논(Agamemnon), 성서 「사사기」에 나오는 입다(Jephtha), 로마의 집정관 브루투스(L. Junius Brutus) 등의 비극적 영웅과는 다르다고 말한다.[2] 왜냐하면 아브라함의 이야기에는 윤리적인 것으로 설명할 수 없는 '윤리적인 것의 목적론적인 정지'[3]가 나타나기 때문이다. 물론 그렇다고 해서

---

2   표재명, 앞의 책, 165쪽.

3   정지(Suspension)라는 개념은 헤겔의 지양(Aufgeben)에 대립하는 것으로서 키에르케고어에 의하여 의식적으로 사용된 것이며, 지양이 전 단계를 폐기하는 데 대하여 정지된 것은

이 단계에서 윤리적인 것이 폐기되는 것은 아니다. 윤리적인 것은 상대적으로 낮추어졌을 뿐이며 부정된 것은 아니다. 오히려 윤리적인 것은 전연 다른 표현, 곧 역설적 표현을 취하게 된 것이다.[4] 그리하여 아브라함은 실제로 보편적 윤리의 세계를 넘어서, 신 앞에 홀로 서서 무한한 체념을 통한 신앙의 비약을 감행했다.[5] 그리하여 여기에서 "신앙이란, 곧 개별자가 보편자보다 높다고 하는 역설"이 성립된다.[6]

　　신앙이란 개체가 개별자로서 보편적인 것보다 더 상위에 있고 보편적인 것에 대하여 권리를 지키고 있음으로써 그 밑에 종속하는 것이 아니라 그 상위에 놓인다는 데 그 역설이 있다. 특히 유의해야 할 것은 개체가 개별자로서 보편적인 것 위에 놓인 다음에, 그 보편적인 것을 통하여 개체로서 보편적인 것 상위에 있는 개별자가 된다고 하는 역설, 개체가 개별자로서 절대자와의 절대적인 관계에 서게 된다는 역설이다. 이 입장은 매개를 필요로 하지 않는다. 왜냐하면 모든 매개는 바로 보편적인 것의 힘에 의해서 일어나는 것이기 때문이다. 이 입장은 영원히 역설로 남을 것이며, 사고로는 접근할 수가 없다.[7]

키에르케고어는 『후서』에서 윤리적 단계를 돌파하는 이러한 종교적 실존 단계의 주요한 두 특징을 구별하고 이 둘을 각각 '종교성 A'와 '종교성 B'로 명명한다. 여기서 종교성 A는 일종의 보편적 종교이고, 종교성 B는 그리스도

　　더 높은 단계에 보존되어 있음을 강조하는 것이다(표재명, 『사랑과 영혼의 철학자 키에르케고어를 만나다』, 2012, 치우, 166쪽).

4　표재명, 앞의 책, 166쪽.

5　"이것이 아브라함이 서 있는 정점이다. 그의 시야에서 사라지는 마지막 단계는 무한한 체념의 단계다. 그는 실제로 거기에서 더 전진하여 신앙에까지 나아간다."(『두려움과 떨림』, 78쪽)

6　표재명, 앞의 책, 165쪽.

7　Søren Kierkegaard, 손재준 역, 『공포와 전율』, 삼성출판사, 1986, 94쪽.

교를 의미하는 것이다. 여기에서 가명의 저자 요하네스 클리마쿠스는 종교성 A가 "은폐된 내면성"이며 또 "죄책감의 영원한 상기"를 그 특징으로 한다고 말하고,[8] 이것은 이교에서도 나타날 수 있는데 "세례를 받았건 안 받았건 간에, 확고하게 그리스도교인이 아닌 모든 사람의 종교성"이라고 한다. 종교성 A는 '내재성의 종교'라고 할 수 있는데 그 이유는 이 단계에서 사람은 인간의 의식 속에 영원한 진리가 본래적으로 내재하기 때문에 자기를 이해하는 것이 곧 신을 이해하는 것이라고 전제하기 때문이다.[9] 그리하여 실존의 입장인 "주체성이 진리이다"라는 명제가 성립된다.[10] 이 단계에서 사람은 "절대적 목적에 대해서는 절대적으로 관계하고 상대적 목적에 대해서는 상대적으로 관계"해야 하는데,[11] 그는 세상의 모든 상대적인 것들을 내려놓아야 하기 때문에 그에게는 체념, 고뇌, 죄책 등이 따를 수밖에 없다. 이때 '체념'은 "단독자가 자기에 대해서는 절대적 관계를, 여타의 것에 대해서는 상대적 관계를 동시에 유지하려고 노력하는 행위"[12]이고, '고뇌'는 "상대적 목적에 대한 절대적 관계를 극복하지 못한 결과"[13]이다. 그리고 개인이 이러한 고뇌의 실존상태를 반성함으로써 자기와 절대적 목적 사이의 모순을 의식할 때 '죄책'이 수반된다.[14] 이때 실존자는 자기가 근본적으로 자유이고 책임이라는 사실과 더불어 자신의 파토스적 투쟁을 통해서는 자기의 과제를 온전히 수행할 수 없다는 사실을 인식하고 뉘우치게 된다. 여기에서 "주체성은 비진

---

8   임규정, 「가능성의 현상학 ─ 키에르케고어의 실존의 삼 단계에 관한 소고」, 『범한철학』 55, 범한철학회, 2009, 297쪽.

9   김종두, 앞의 책, 142쪽.

10   표재명, 앞의 책, 166쪽.

11   위의 책, 167쪽.

12   임규정, 「키에르케고어의 자기의 변증법」, 76쪽.

13   위의 글, 82쪽.

14   "이 순간에 유머가 나타난다. 유머는 은폐된 내면성의 종교인 종교성 A를 벗어나서 그리스도교적 실존의 영역인 종교성 B로 나아가는 위치에 있지만, 결코 그리스도교적 실존은 아니다."(위의 글, 89쪽 참조)

리"[15]라고 하는 인식과 함께 죄책 의식은 죄의식으로 바뀌고, 신-인(神-人)의 절대적 역설을 수용할 때 사람은 종교성 B에 이르게 된다.[16]

여기에서 키에르케고어는 '죄책'과 '죄의식'을 구별하는데, 그에 따르면 실존자는 스스로의 실존이 깊어감에 따라서 죄책의 의식이 가능해지지만 신의 힘에 의하지 않고서 스스로 죄의식에 다다를 수는 없다.[17] 그리고 죄의식이 투철해지면 사람은 신이면서 동시에 사람인 그리스도의 역설을 믿음으로써 구원을 얻게 되는데, 이것이 종교성 B이다. 따라서 종교성 A가 내재성의 종교라면, 종교성 B는 초월성의 종교라고 할 수 있다. 종교성 B는 인간 속의 영원성을 추구하지 않고 영원성이 인간의 역사 속에 인간의 모습으로 나타난 그리스도와의 관계를 통해 도달할 수 있는 단계이다. 그러나 키에르케고어는 많은 사람들이 그가 역설이라고 부른 이 걸림돌에 걸려 넘어진다고 말한다.[18] 왜냐하면 인간의 이성으로서는 '시간 안에 들어온 영원자', '개별자로서 시간 안에 태어나고 자라고 죽은 신'을 이해할 수가 없기 때문이다. 따라서 사람이 자기의 이성을 내려놓고 신이면서 동시에 사람인 그리스도의 역설을 믿을 때에만 그는 구원을 얻게 된다. 그리하여 신앙의 역설을 수용하는 종교성 B의 단계에서는 예수 그리스도의 고난에 동시적으로 참여하고 신 관계 속에서 잃어버렸던 자기를 되찾아 참된 자기에게로 돌아가는 것이 중요한 과제가 된다.[19]

4.1.1.2. 고난의 신정론

키에르케고어는 『그리스도교의 훈련』에서 예수를 따르는 자로서 비진리

15　표재명, 앞의 책, 167쪽.
16　임규정, 「가능성의 현상학－키에르케고어의 실존의 삼 단계에 관한 소고」, 297쪽.
17　표재명, 앞의 책, 168쪽.
18　『죽음』, 252쪽.
19　표재명, 앞의 책, 178-179쪽.

와의 싸움에 나서 고난에 참여함으로써 그리스도와의 동시성을 이루고 사랑을 실천하는 종교적 실존자의 모습을 설명했다. 그는 그의 시대가 예수가 고난당하고 죽은 '계시의 때'와 다시 예수가 재림하여 세상을 심판할 '종말의 때' 사이에 있는 '중간시(Mellemrummet)'이기 때문에, 중간시를 살아가는 종교적 실존자는 비천한 종의 모습을 한 고난의 예수와 그의 비천함과 고난에 동시적으로 되는 것이지 않으면 안된다고 보았다.[20]

이러한 고난에 대한 종교적 사유는 20세기 초에 제기된 신정론(神正論)의 문제와 관련해서 본회퍼와 함석헌에게서 더욱 심화되었다. 20세기 초 2차 세계 대전 당시 사상계에서는 인간이 저지르는 너무도 비인간적인 참상들을 목격하면서 신정론에 대한 강한 문제 제기가 일어났는데, 이 과정에서 예수의 십자가를 토대로 불의한 현실 속의 고난을 새롭게 이해하려고 하는 '고난의 신정론'이 생겨났다. 그 대표적인 인물이 독일의 신학자 디트리히 본회퍼(Dietrich Bonhoeffer)와 조선의 사상가 함석헌(咸錫憲)이었다. 이들은 예수를 '타자를 위해 고통당하는 존재'로 규정하면서, 예수의 십자가를 통해 계시된 '신(神)'을 전통적으로 이해되어 왔던 전지전능(全知全能)한 형이상학적인 신(神)이 아니라 고통당하는 자와 함께 고통당하는 사랑의 신(神)으로 새롭게 이해하였다. 그리하여 이들은 사랑 안에서 고통당하는 신(神)을 쫓아 타자의 고난에 적극적으로 참여함으로써 고통당하는 민중에게 메시아적 의미를 부여하고 제국주의적 폭력에 저항하며 역사를 변혁하고자 했다.

4.1.1.2.1. 신정론의 개념과 전개 양상

신적 정의와 악한 현실 사이에서 경험되는 모순의 문제는 철학, 신학, 문학의 역사 속에서 매우 다양한 형태로 제기되어 왔다. 가장 오래되고 예리한 문제제기는 고대 그리스 철학자 에피쿠로스(Epikouros)에 의해서 일어났는데,

---

20 위의 책, 231-232쪽.

그는 다음과 같은 딜레마를 제시하였다.

신(神)은 악을 제거하기 원하지만 악(惡)을 제거할 수 없거나, 혹은 신이 악을 제거할 수 있는데도 악을 제거하기 원하지 않거나, 혹은 신이 악을 제거할 수도 있으며 제거하기를 원하거나 할 것이다. 만약 신이 악의 제거를 원하면서도 할 수 없다면, 신은 약하므로 신의 속성에 걸맞지 않는다. 만약 신이 이를 행할 수 있으면서도 원하지 않는다면, 신은 사랑이 없으므로 역시 신에게 낯선 것이 된다. 만약 신이 이를 원하지도 않고 행할 수도 없다면, 신은 사랑이 없을 뿐더러 악한 존재가 되므로 역시 신이 되지 못한다. 그러나 신의 속성에 걸맞기 위해 신이 악을 제거하기 원하며 이를 행할 수 있는 능력이 있다고 할 때, 대체 악은 어디에서 오는 것이며 무엇 때문에 신은 악을 없애지 않는 것일까?[21]

이러한 질문에 대한 다양한 답변을 '신정론(theodicy, 神正論)'이라고 한다. 이 용어는 독일의 철학자 라이프니츠(Gottfried Wilhelm von Leibniz)가 1710년에 쓴 『신정론』에서 최초로 사용한 것으로, '신(theos)'과 '정의(dike)'를 뜻하는 두 그리스어의 합성어이다.[22] 이는 악의 근원에 대한 책임으로부터 신을 변호하려는 의도에서 시작되었고, 이런 의미에서 신정론을 '변신론(辯神論)'이라고도 한다. 따라서 신정론은 악한 현실과 전능하고 정의로운 신(神) 사이의 모순으로부터 신의 정당성을 밝히고자 하는 이론적 노력이라 할 수 있다.

사상사에서 신정론의 문제를 본격적으로 의식하기 시작한 것은 근대 계몽주의 이후의 일이었다.[23] 왜냐하면 근대적 이성의 조건 아래에서만 신정론의

---

21 김용성, 『하나님 이성의 법정에 서다: 신정론』, 한들, 2010, 15-16쪽.

22 박영식, 『고난과 하나님의 전능: 신정론의 물음과 신학적 답변』, 동연, 2012, 13쪽.

23 계몽주의 이전에는 기독교 신학자였던 아우구스티누스(Aurelius Augustinus)와 이레내우스(Ireneaus)가 신정론의 문제에 깊은 관심을 기울였다(John Hick, 김장생 역, 『(신과 인간 그리고 악의) 종교·철학적 이해: 아우구스티누스에서 플란팅가까지 신정론의 역사』, 열린책들, 2007 참조).

질문이 본격적으로 가능해지기 때문이다.[24] 그 결정적인 사건은 라이프니츠가 『신정론』을 쓴 지 약 40년 후인 1755년 11월 1일 만성절(Hallowmas, 모든 성인의 영혼에 제사를 지내는 날)에 포르투갈의 수도 리스본에서 일어난 대지진이었다.[25] 이 사건을 계기로 볼테르(Voltaire), 칸트(Immanuel Kant) 등의 계몽주의 철학자들은 라이프니츠의 낙관적인 신정론에 대해서 강한 비판을 제기하였다.[26]

20세기가 되면서 신정론은 더욱 심각한 타격을 입게 되었다. 두 차례에 걸쳐 일어난 세계대전이 그 원인이었는데, 특히 2차 세계대전 중에 일어났던 홀로코스트(Holocaust)는 너무도 비이성적이고 거대한 고통이었기 때문에 신의 존재 자체를 회의하도록 만들었다. 아도르노는 리스본의 지진과 같은 사건은 인류 역사상 가장 처참한 비극인 아우슈비츠(Auschwitz)에 비하면 사소한 것에 지나지 않는다며 신정(神正)에 대한 강력한 문제제기를 하였다.[27] 또한 아우슈비츠의 수용소에서 살아남은 유대인 작가 위젤(Elie Wiesel)은 그의 작품 『나이트』에서 작중 인물을 통해 "하나님은 어디 있느냐?"라고 물은 다음 "하나님이 어디에 있느냐고? 여기 교수대에 매달려 있지."라고 답하기도 했다.[28] 너무도 과도한 고통의 현장에서 인간이 처절하게 확인한

---

24 롱(Thomas G. Long)은 계몽주의 이후의 신정론 문제를 4가지 가설 사이에서 이루어지는 '불가능한 체스 경기'에 비유했는데, 그 4가지 가설은 다음과 같다. ① 신은 존재한다. ② 신은 전능하다. ③ 신은 사랑이 많고 선하다. ④ 무고한 고통이 존재한다. Thomas G. Long, 장혜영 역, 『고통과 씨름하다: 악, 고난, 신앙의 위기에 대한 기독교적 성찰』, 새물결플러스, 2014, 54쪽.

25 이 지진은 수많은 예배 참석자들을 파괴된 성당의 잔해 속에 묻게 했을 뿐만 아니라 서구 유럽의 중세적 세계관 자체를 붕괴시켰다(Long, 앞의 책, 28. Nicholas Shrady, 『운명의 날: 유럽의 근대화를 꽃피운 1755년 리스본 대지진』, 에코의 서재, 2009 참조).

26 『신정론』에서 라이프니츠는 인간의 이성으로 이해하기는 어려우나 실제적인 세계가 '모든 가능한 세계들 가운데 가장 좋은 세계'라고 주장하였으나 볼테르와 칸트는 이에 동의하기 어려웠다(Long, 앞의 책, 42쪽; 박영식, 앞의 책, 140-191쪽 참조; 김용성, 앞의 책, 43-66쪽 참조).

27 김용성, 앞의 책, 18쪽.

것은 '신의 부재(不在)'였다. 때문에 서구에서는 '아우슈비츠 이후의 신학'이라는 말이 생겨났고, 곳곳에서 '신은 아우슈비츠에서 죽었다'라는 말이 메아리처럼 퍼져나갔다.

4.1.1.2.2. 본회퍼와 함석헌의 '고난의 신정론'

20세기에 들어와서 고난을 정당화하는 전통적인 신정론에 대한 강한 비판이 세기된 만년, 고난의 상황 속에서 그 의미를 새롭게 발견하는 '고난의 신정론'이 나타났다. '고난의 신정론'은 형이상학적으로 '전능한 신'을 전제하고 고난을 죄로 인한 신의 심판으로 규정했던 전통적인 신정론과 달리, 예수의 십자가 속에서 '고난당하는 신(神)'을 새롭게 발견하고 불의한 세계 속에서 일어나는 고난의 의미와 그 극복을 지향했다. 이를 대표하는 사상가가 독일의 신학자 본회퍼[29]와 조선의 사상가 함석헌[30]이라 할 수 있다.

동일한 시대를 살았던 이 두 사람은 서양과 동양의 차이에도 불구하고 신정론에 대한 유사한 사유를 전개했다. 둘 다 구약 성서의 예언자적 전통, 예수의 산상수훈, 간디의 비폭력 사상 등에 큰 영향을 받았고, 고통당하는 민중의 자리에 서서 전체주의적 폭력에 저항했으며, 미성숙한 제도적 종교의

---

28 Elie Wiesel, Night, 김하락 역, 『나이트: 살아남은 자의 기록』, 예담 위즈덤하우스, 2007, 122-123쪽.

29 본회퍼는 1930년대와 1940년대에 저술한 『창조와 타락』, 『나를 따르라』, 『윤리학』, 『저항과 복종』 등에서 고난당하는 신을 좇아 타자의 고난에 적극적으로 참여하는 기독론적 책임윤리를 전개하였다. 그는 안정적인 삶이 보장된 젊은 신학자였지만 나치 정권에 적극적으로 저항하다가 1945년 4월 교수형에 처형되었다.

30 함석헌은 기독교적 고난사관의 역사철학을 "성서적 입장에서 본 조선 역사"라는 제목으로 1934년 2월에서 1935년 12월까지 총 22회에 걸쳐 『성서 조선』에 발표하였다. 이것이 해방 이후 1950년 성광문화사에서 책으로 출판되었고, 1962년과 1963년에 『뜻으로 본 한국역사』로 제명이 바뀌어 각각 일우사와 숭의사에서 간행되었으며, 이후 제일출판사, 삼중당, 한길사 등에서 출판되었다. 이 책에서는 1930년대 당시 함석헌의 사상을 살펴보기 위해 『성서적 입장에서 본 조선 역사』(성광문화사, 1950)를 중심으로 보되, 『뜻으로 본 한국역사: 젊은 이들을 위한 새 편집』(한길사, 2014)을 함께 참고하였다.

한계를 넘어서고자 했다. 특히 1930년대에 각각 독일과 식민지 조선에서 고통의 문제와 관련하여 '십자가 신학(theologia crucis)'[31]에 근거한 '고난의 신정론'을 전개하였다. 이들 사상의 깊이와 넓이를 이 책에서 상세히 논할 수는 없지만 이들의 신정론을 인간관, 고난관, 종말관 등을 중심으로 간략하게 정리해 보면 다음과 같다.

첫째, 본회퍼와 함석헌은 '인간'의 본질을 신 앞에서 자유와 책임을 지닌 존재라고 보았다. 본회퍼는 성서 「창세기」에서 인간이 '하나님의 형상'이라는 것은 "인간이 자유로운 존재로서 하나님을 닮았다는 것을 뜻한다."라고 보았고,[32] 함석헌은 성서적 사관에 대해 설명하면서 "자유의지 위에 일하는 자"인 절대자가 인간에게 "자유의지"를 주었다고 말했다.[33] 이때 이들이 주장한 '자유'는 고립된 개별성에 함몰된 것이 아니라 타자와의 관계성 안에 자리하는 것으로서 '책임'을 내포하는 자유였다. 그래서 본회퍼는 참된 인간을 "타자를 위해 자유로운 존재"라고 규정했고,[34] 함석헌은 인간을 절대자 앞에서 역사에 대해 책임을 지는 "도덕적 책임자"라고 주장했다.[35]

둘째, 본회퍼와 함석헌은 '고난'과 관련하여 예수의 십자가를 통해 고난의

---

31 '십자가 신학'이란 독일 신학자 루터(Martin Luther)가 신의 존재는 예수의 비천한 삶과 십자가의 고통을 연구함으로써 인식할 수 있다는 신학으로, 신은 자연 연구로부터 인식될 수 있다는 스콜라 철학자들의 '영광의 신학(theologia gloriae)'에 대한 반대개념으로 제시한 것이다. 종교개혁 당시 루터의 '십자가 신학'이 개인적인 차원에서 '의인(義認)'의 문제에서 비롯된 것이었다면 20세기의 '십자가 신학'은 사회적 차원의 '고난'의 문제에서 비롯된 것이었다고 할 수 있다(강성영, 『생명·문화·윤리: 기독교 사회윤리학의 주제 탐구』, 한신대학교 출판사, 2006, 195쪽).

32 Dietrich Bonhoeffer, 강성영 역, 『창조와 타락: 창세기 1-3장에 대한 신학적 해석』, 대한기독교서회, 2010, 83쪽. 이하 『창조와 타락』으로 줄여서 사용함.

33 『조선역사』, 24쪽. 이와 관련하여 함석헌은 『뜻으로 본 한국역사』에서는 "생명의 근본 원리는 스스로 함이다. 하나님은 스스로 하는 정신이기 때문에 지은 그 세계도 스스로 하는 생명에 이르기를 바란다."라고 했다(『한국역사』, 60쪽).

34 『창조와 타락』, 83쪽.

35 『조선역사』, 25-27쪽.

의미를 새롭게 발견하고 자발적으로 타자의 고난에 참여함으로써 불의한 현실을 변혁하고자 했다. 본회퍼는 예수의 십자가에서 계시된 신은 '전능한 절대자'가 아니라 사랑 안에서 '연약하고 무력하고 고통당하는 존재'라고 인식했다.[36] 또한 그는 예수를 "타자를 위한 존재"로 명명하고 그를 뒤따르는 자는 타자를 위해 대리적인 고난을 감당하면서 정의를 실현해야 한다고 주장했다.[37] 마찬가지로 함석헌도 신은 자기를 제한하고 내어줌으로써 사랑 안에서 피조물과의 사귐을 추구하는 존재라고 보았고,[38] 신 앞에서 타자에 대한 사랑을 실현해야 하는 인간의 책임은 자기를 제한하고 내어주는 '고난'으로 구체화된다고 생각했다.[39] 또한 그는 이러한 고난이 개인의 자기실현뿐만이 아니라 인류 역사를 변혁하는 원리가 된다고 생각했다. 그래서 그는 일제 식민지 치하에서 성서적 입장에서 민족적 고난을 반성적으로 성찰하고 그 고난에 지고한 의미를 부여함으로써, 조선의 역사를 "수난의 여왕"으로서의 세계사적 메시아로 승화시켰다.[40]

셋째, 본회퍼와 함석헌은 성서가 예언하는 '종말'에 대한 희망 안에서 현재적 책임을 다하고자 했다. 본회퍼는 역사 속에 도래할 신적 종말을 기대하며 "궁극 이전의 영역"에서 "궁극적인 것"의 도래를 미리 준비하는 "길 예비"의 윤리를 주장하였다.[41] 또한 함석헌도 "종말일이 온다고 하는 것은 우리에게 희망을 약속하는 일이다"이라고 말하면서,[42] 종말의 약속이 있기 때문에 역

---

36 Dietrich Bonhoeffer, 손규태, 정지련 역,『저항과 복종: 옥중서간』, 대한기독교서회, 2010, 681쪽. 이하 이 책은『저항과 복종』으로 줄여서 사용함.

37 Dietrich Bonhoeffer, 손규태·이신건 역,『나를 따르라: 그리스도의 제자직』, 대한기독교서회, 2010, 77-78쪽. 이하 이 책은『나를 따르라』로 줄여서 사용함.

38 『조선역사』, 19,『한국역사』, 52쪽.

39 『조선역사』, 26-27쪽.

40 『조선역사』, 4, 274쪽.『한국역사』, 482-483쪽.

41 Dietrich Bonhoeffer, 손규태·이신건·오성현 역,『윤리학: 옥중서간』(대한기독교서회, 2010), 189. 이하 이 책은『윤리학』으로 줄여서 사용함.

42 『조선역사』, 23-24쪽.

사에 희망과 목표가 있으며 인간은 종말의 완성을 위해 '지금 여기'에서의 현재적 책임을 다해야 한다고 보았다.[43]

이처럼 본회퍼와 함석헌은 20세기 초 과도한 고통의 역사 속에서 인간을 타자를 위해 자유와 책임을 지닌 존재로 규정하고, 사랑 안에서 고통당하는 신을 쫓아 타자의 고난에 참여함으로써 신적 사랑을 실현하며, 종말론적 희망 속에서 현실을 변혁하고자 하는 '고난의 신정론'을 전개하였다. 동일한 시대를 살았던 윤동주의 시에도 식민지 현실 속에서 경험하는 고난의 문제가 시적으로 형상화되어 있다. 특히 윤동주는 종교적 실존자였기 때문에 그에게 있어 고난의 문제는 신정론의 문제와 연결되는 것이었다. 따라서 우리는 본회퍼와 함석헌이 주장했던 '고난의 신정론'의 관점에서 윤동주 후기 시의 의미를 살펴보고자 한다.

4.1.2. 후기 시의 배경

우리는 윤동주가 창작의 공백기를 지나 1940년부터 그가 마지막 유고 시를 남긴 1942년까지를 '후기 시'로 보고자 한다. 1940년은 조선을 식민지로 만든 지 30년째가 되는 해였는데, 일본은 더욱 공고한 조선의 황국신민화를 위해서 2월 11일부터 '창씨개명제도'를 실시하였고 8월 10일에 한글 일간지 『조선일보』와 『동아일보』를 폐간하였다. 또한 이때 미일 관계가 악화되어 재조선 미국인의 4분의 3 가량이 조선을 떠났고, 10월 30일에 감리교 신학교가 폐교 조치를 당했다. 문익환과 윤일주는 이 시기에 윤동주가 신앙에 대한 회의에 빠졌다고 했는데, 그럼에도 불구하고 정병욱은 여전히 윤동주가 예배와 영어성서반에 참석했다고 했다.[44] 이러한 시기에 윤동주는 창작의 공백기

---

43   『조선역사』, 27쪽.

44   윤일주, 앞의 글, 157쪽; 문익환, 「동주 형의 추억」, 257쪽; 정병욱, 앞의 글, 135쪽.

를 지나 12월에 「八福」, 「慰勞」, 「病院」 등의 세 편의 시를 창작했다.

1941년 2월 25일에 일제에 의하여 연희전문학교 교장이 친일 계열의 윤치호로 바뀌었고, 3월에는 '조선사상범 예비 구금령', '국방보안법' 등이 공포되었으며, 4월에는 한글 문예지『문장』, 『인문평론』 등이 폐간되었다. 그리고 12월 8일 일본이 미국 하와이의 진주만을 기습 공격하면서 '태평양 전쟁'이 시작되었다. 윤동주는 6월에 연전 문과 학생회인 '문우회(文友會)'에서 발행하는 잡지『文友』에 자신의 시 「새로운길」, 「우물속의自像畵」를 실었다. 정병욱의 증언에 의하면, 이 시기 윤동주는 진학에 대한 고민, 시국에 대한 불안, 가정에 대한 걱정 등으로 몹시 괴로워 보였다고 한다.[45] 1941년에 그는 모두 17편의 작품을 썼는데, 연전 졸업을 앞두고 지금까지 쓴 시 중에서 19편의 시를 묶은 시집을 '77부 한정판'으로 출간하려고 했으나 상황이 여의치 않아서 포기하게 된다.

1942년에 윤동주는 송몽규와 함께 일본 유학을 위해서 이름을 '히로누마 도오쥬우(平沼東柱)'로 창씨를 하고 도일(渡日)하게 된다. 송몽규는 1942년 4월 1일에 경도제국대학 사학과 서양사학 전공 선과(選科)에 입학했고, 윤동주는 4월 2일 동경 입교대학 문학부 영문과 선과에 입학했다.[46] 윤동주는 약 5개월 가량 동경에 있으면서 「힌그림자」, 「흐르는거리」, 「사랑스런追憶」, 「쉽게씨워진詩」, 「봄2」 등을 썼다. 그리고 10월 1일자로 경도 동지사대학 문학부 문화학과 영어영문학 전공(선과)에 편입학하였다.[47]

당시 일본 치안 당국은 1941년 3월 '치안유지법'과 12월에 '언론, 출판, 집회, 결사 등의 임시 단속법' 등을 공포하면서 '사상범죄' 적발과 예방을 강화하였는데, 1943년 7월에 윤동주와 송몽규가 '조선독립운동' 혐의로 일

---

45   정병욱, 앞의 글, 137쪽.
46   『평전』, 319쪽.
47   위의 책, 358쪽.

본 특고 경찰에 의해 체포되었다. 당시 시모가모(下鴨) 경찰서에서 윤동주를 면회했던 김정우와 윤영춘은 윤동주가 취조실에서 조선어로 쓴 시와 산문을 일어로 번역하고 있었는데 그 작품의 분량이 꽤 많았다고 증언하였다.[48] 하지만 그의 체포와 함께 압수된 그의 작품들은 현재까지도 찾지 못하고 있다. 그리고 윤동주는 1944년 3월 31일 경도지방재판소 제2형사부에서 '징역 2년'을 선고받았고, 후쿠오카 형무소에서 복역 중 1945년 2월 16일 만 27세의 나이로 절명했다.

4.2. 신정론적 고뇌와 윤리적인 것의 정지

1939년 9월부터 시작하여 1년여 동안 지속된 윤동주의 창작 공백은 시대적 상황과 관련하여 그의 심경에 어떤 변화가 있었음을 짐작케 한다.[49] 그리고 마침내 1940년 12월 그가 다시 시를 창작했을 때, 그가 쓴 작품은 이전의 것들과는 확연히 다른 면모를 가진 문제작들이었다. 창작의 공백기 직후 그는 「慰勞」, 「八福」, 「病院」 등 세 편의 시들을 썼는데,[50] 이들은 모두 현실의

---

48 위의 책, 399-401쪽.

49 윤동주의 창작의 공백 시기는 공교롭게도 1939년 9월에 일어난 2차 세계대전과 1941년 12월에 일어난 태평양 전쟁 사이에 위치해 있다. 이 시기 일제는 조선의 민족정신을 말살시키고 조선을 내면으로부터 '황국신민화'하기 위해서 대대적인 '국민정신 총동원 운동'을 펼쳤다. 1939년 말 교육현장에서 '국체명징', '내선일체', '인고단련'이란 3대 강령 아래 조선교육령이 실시되었고, '신사참배'는 물론 '황국신민의 서사' 제창이 강요되었으며, 일본어 상용 운동 전개와 함께 1939년 11월에 창씨개명이 강행되었다. 1940년 8월 한국어 일간지 『동아일보』와 『조선일보』가 폐간되었으며, 1940년 10월 감리교 신학교가 폐교되었다. 또한 1941년 3월에는 '조선사상범 예비구금령'이 시행되고 '국방보안법'이 공포되었으며, 1941년 4월에 『문장』, 『인문평론』이 강제 폐간되었다(『평전』, 255-263쪽; 양현예, 『김교신의 철학』, 이화여자대학교출판부, 2013, 205쪽).

50 「慰勞」는 창작일자가 1940년 12월 3일로 명시되어 있고, 「病院」은 창작일자가 12월로 기록되어 있다. 「八福」은 창작일자가 기록되어 있지 않지만, 「慰勞」의 뒷면에 「八福」이 기록되

고난과 관련된 신정론의 문제와 결부된 것이었다.

4.2.1. 현실의 악(惡)과 침묵의 신정론

「八福」과 「慰勞」에는 불의한 현실 속에서 고통당하는 약자들의 슬픔이
알레고리적으로 드러난다.

거미란 놈이 흉한 심보로 病院 뒷뜰 난간과 꽃밭사이 사람발이 잘 다찌않는
곳에 그물을 처놓앗다. 屋外療養을 받는 젊은 사나이가 누어서 치여다 보기
바르게―

나비가 한마리 꽃밭에날어들다 그믈에 걸리엿다. 노―란 날개를 파득거려도
파득거려도 나비는 작고 감기우기만한다. 거미가 쏜살같이가더니 끝없는 끝없
는 실을 뽑아 나비의 온몸을 감어버린다. 사나이는 긴 한숨을쉬엿다.

나(歲)보담 무수한 고생끝에 때를잃고 病을 얻은 이사나이를 慰勞할말이
― 거미줄을 헝크러버리는 것박에 慰勞의말이 없엇다.

「慰勞」(1940.12.3.)[51]

어 있어서 「八福」도 12월경에 기록되었을 것으로 추정된다. 습유작품 「慰勞」는 텍스트가
두 개인데, 그 중에 하나의 뒷면에는 「八福」이 기록되어 있고, 나머지 하나의 뒷면에는 「病
院」이 기록되어 있다. 퇴고의 상태를 보면, 후자의 「慰勞」가 전자의 퇴고 과정을 거쳐 이기
된 것임을 알 수 있다. 또한 필기도구의 상태를 보면, 「慰勞」의 두 텍스트는 동일한 필기도구
로 기록되었지만, 「八福」과 「病院」의 필기도구는 각각 다른 것으로 기록되었다. 따라서 창작
순서는 아마도 「慰勞」의 두 작품이 기록한 이후에, 그 뒷면에 각각 「八福」과 「病院」이 기록
되었을 것으로 추정해 볼 수 있고, 필기도구가 다르기 때문에 「八福」과 「病院」은 같은 날에
기록되지는 않았을 가능성이 크다(『사진판』, 169-172쪽 참조).

51 이 작품은 습유작품으로 뒷면에 「八福」이 씌어 있는 것과 뒷면에 「病院」이 씌어 있는 것
   등 두 개의 텍스트가 있다. 전자가 퇴고의 흔적이 비교적 많은 데 비해 후자는 깨끗하게

윤동주가 1940년 12월에 쓴 「慰勞」는 현실의 '악(惡)'과 그 속에서 고통당하는 자들을 자연의 약육강식(弱肉强食)적 질서를 통해 알레고리적으로 형상화하고 있다. 시인은 이 작품을 통해 '악한 현실 속에서 위로가 가능한가?'라는 질문을 제기하면서 침묵할 수밖에 없는 자신의 모습을 그리고 있다.

이 시는 전체 3연으로 구성되어 있는데, 1연에서는 "병원 뒤뜰 난간과 꽃밭 사이"의 객관적 현실이, 2연에서는 현실에 대한 "사나이"의 "긴 한숨"이, 3연에서는 "나"의 '침묵'이 제시되어 있다. 그래서 초점이 외부의 현실(1연)로부터 타자(2연)를 거쳐 주체의 내면(3연)으로 이동하게 되면서, 시상이 현실에 대한 발견(1연), 타자에 대한 감응(2연), 자기의 무력함(3연) 등의 세 단계의 구성으로 전개되고 있다. 그리하여 시는 최종적으로 '악한 현실 속에서 위로가 가능한가?'라는 질문을 제기하면서 독자에게 진한 여운을 남긴다.

1연에서는 객관적으로 묘사된 외부의 현실 속에서 세 겹의 '시선'이 형성되고 있다. "거미"는 "나비"를 기다리고 "젊은 사나이"는 "거미"를 보고 "나"는 "젊은 사나이"를 본다. 반대로 "나비"는 "거미"를 보지 못하고 "거미"는 "젊은 사나이"를 보지 못하고 "젊은 사나이"는 "나"를 보지 못한다. 이러한 시선의 일방향성은 각 주체가 지닌 '인식의 차이'를 드러낸다.

2연에서 무지하고 연약한 "나비"는 "흉한 심보"의 "거미"가 쳐 놓은 "그물"에 걸리고 만다. 이는 표면적으로는 자연에서 일어나는 약육강식(弱肉强食)의 질서를 묘사한 것이지만, 이면적으로는 당대 식민지 현실에 대한 알레고리적 표현이라 할 수 있다. 당시 강대국들은 생존경쟁, 약육강식, 우승열패 등의 생물학적 진화론의 개념을 인간 사회에 확장하여 적용시킨 '사회적 진화론'[52]을 통하여 그들의 제국주의적 침략을 인류 문명의 진보를 위한 신성

정서해 놓은 것으로 보아 후자를 원본으로 보았다(『사진판』, 169, 171쪽).

52 다윈의 생물학적 진화론을 사회과학의 분야에 확장시킨 사회적 진화론은 1880년대 유길준의 『경쟁론』, 1890년 『독립신문』과 『황성신문』, 1900년대 양계초의 『음빙실문집』 등에 의해 소개되면서 조선의 지식인 사이에서 주류 담론이 되었다. 사회적 진화론은 생물학적

한 사명으로 정당화하였다. 하지만 식민지 조선인의 처지에서 이러한 사회적 진화론은 도저히 수용할 수 없는 '악(惡)'일 수밖에 없었다. 이러한 측면에서 "나비"는 고통당하는 약소민족으로서의 '조선 민족'으로, "거미"는 억압과 착취를 일삼는 '일본 제국주의'로 읽을 수 있다. 또한 신정론적 관점에서 보면, "나비"는 자신의 무지와 악한 현실로 인해 직접적으로 고통당하는 무고한 존재로, "젊은 사나이"는 약자가 고통당하는 악한 현실을 분명하게 인식하는 자로서 연민 속에서 간접적으로 고통당하는 존재도 이해할 수 있다. 이때 "젊은 사나이"는 현실에 대한 정확한 이해와 고통당하는 자에 대한 깊은 연민은 있으나 그 현실을 바꿀 수는 없는 무력한 존재이다. 그는 과거에 "나비"처럼 '고통당했던 자'일 수도 있고, 고통당하는 자를 바라보며 아파하는 '비판적 지식인'일 수도 있으며, 고통으로 가득 찬 세계를 사랑 가운데 아프게 바라보는 '신(神)'일 수도 있다. 따라서 "젊은 사나이"의 "긴 한숨"은 세상의 '악'으로 인해 고통당하는 약자에 대한 안타까움인 동시에 선(善)의 부재에 대한 좌절감을 드러낸 것이 된다.

여기에서 시는 신정론적인 질문을 제기한다. 즉 약육강식적 질서 속에서 무고한 자가 고통당하는 현실은 '세상은 왜 악한 것인가? 세상은 본래적으로 악한 것인가? 약자는 왜 고통당해야 하는가? 약자가 고통당하는 것이 신의 뜻인가?' 등과 같은 질문을 제기하는 것이다. 그리고 이러한 신정론적 물음은 신의 존재 여부, 신의 전능함, 신의 선함 등에 대해 자연스럽게 이성적인

진화론을 인간 사회에 적용시키면서 진보를 위한 지배와 억압을 합리화시켰는데, 특히 서구 제국주의적 침략을 인류 역사의 진보를 이루는 신성한 질서로 정당화하였다. 이러한 사회적 진화론을 자기 해석의 논리로 내면화한 당시 조선의 지식인들은 열등한 조선이 독립하기 위해서는 우월한 서구 근대 문명을 모방하고 실력을 양성해야 한다고 주장하였는데, 이때 이들이 이해한 '실력'은 천부인권, 인간의 존엄 등의 서구의 정신적 가치가 아니라 물질적 가치로서의 자본주의적 산업 문명을 의미했다. 그뿐만 아니라 이들은 이러한 논리 안에서 조선의 식민지화를 조선이 열등하기 때문에 감수해야 하는 당연한 처벌로 이해했고 일본을 저항해야 할 대상이 아니라 모방해야 할 대상으로 인식하였다(양현혜, 앞의 책, 177-184쪽 참조).

의문을 제기하게 한다.

하지만 3연에서 시적 주체는 신정론적인 질문에 이성적으로 답하기보다는 악한 현실("거미줄")과 고통당하는 자("나비"), 그러한 상황을 바라보며 아파하는 자("사나이") 등을 보면서 "慰勞할 말"을 찾고자 한다. 이는 시적 주체가 현실의 문제에 대해서 단순히 '이성적'으로 접근하기보다는 '윤리적'으로 접근하고 있음을 알 수 있게 한다. 그래서 시적 주체는 3연에서 고통당하는 자에게는 고통 그 자체의 해결("거미줄을 헝클어 버리는 것")이 없는 "慰勞"는 진정한 위로일 수 없다고 생각한다. 굶주린 자에게는 음식이 필요하고, 병든 자에게는 치료가 필요하듯이, 극심한 고통 중에 있는 자에게는 그 어떤 설명보다도 고통의 제거가 무엇보다도 중요한 것이다. 고통당하는 자 앞에서 행하는 어설픈 위로는 오히려 고통당하는 자를 더 아프게 하는 야만적인 행위가 될 수 있는 것이다. 진정한 위로는 단지 말 몇 마디 건네는 게 아님을 시인은 이미 1939년 9월 창작의 공백기 직전에 쓴 「츠르게네프의 언덕」에서 뼈아프게 반성적으로 고백하고 있지 않는가. 그래서 시적 주체는 "위로의 말이 없었다."라고 '침묵'할 뿐이다.

이러한 '침묵'은 악에 대한 두 가지 상반되는 양의적인 태도를 내포한다. 이는 '말뿐인 위로'가 아니라 악에 대한 분노와 고통당하는 자에 대한 연민 속에서 현실을 변혁하기 위한 '삶으로서의 위로'를 의미한다. 3연에서 이러한 태도는 "거미줄을 헝클어버리는 것"으로 형상화된다. 하지만 과연 "거미줄을 헝클어 버리는 것"이 현실에서 가능한가? 물론 "사나이"의 눈앞에 있는 '자연의 거미줄'은 쉽게 제거해 버릴 수 있지만, 악의 근원으로서 현존하는 '사회의 거미줄'은 시적 주체가 쉽게 제거할 수 있는 것이 아니다. 이때 "慰勞의 말이 없었다."라는 '침묵'은 어찌할 수 없는 현실에 대한 시적 주체의 '무력감'을 의미하게 된다. 따라서 "慰勞의 말이 없었다."라고 고백하는 시적 주체의 '침묵'은 이중적으로 '악에 대한 저항'을 의미함과 동시에 '시적 주체 자신의 무력감'을 의미한다. 이렇게 '침묵'이 주는 이중의 의미망 속에서 시는 '악한 현실에서 과연 위로는 가능한가?'라는 질문을 강하게 제기하며 독자에게 진한 여운을 남기고 있다.

4.2.2. 윤리적인 것의 정지와 항의의 신정론

1940년 12월경에 윤동주는 「八福」을 썼는데, 이 시에는 그가 윤리적 실존에서 종교적 실존으로 비약하는 양상과 신정론의 문제도 고뇌하는 모습이 드러난다. 이 시는 성서 「마태복음」을 패러디함으로써 독자로 하여금 상당히 낯선 충격을 경험하게 하는 문제작이라 할 수 있다.

> 슬퍼 하는자는 복이 있나니
> 슬퍼 하는자는 복이 있나니
> 슬퍼 하는자는 복이 있나니
> 슬퍼 하는자는 복이 있나니
> 슬퍼 하는자는복이있나니
> 슬퍼 하는자는복이있나니
> 슬퍼 하는자는복이있나니
> 슬퍼 하는자는복이있나니
>
>
> 저히가 永遠히 슬플것이오.
>
> 「八福」(마태福音五章三 — 十二.) 전문[53]

원래 '팔복'은 이 시의 부제에 나오는 것처럼 성서 「마태복음」 5장에 나오

---

53 이 작품은 동일한 시기에 창작된 것으로 추정되는 「慰勞」가 씌워진 종이의 뒷면에 씌어 있다. 원고지가 아닌 백지에 적혀 있어서 띄어쓰기에 대한 판단이 쉽지 않다.

는 '산상수훈'에서 예수가 언급한 여덟 가지의 복(福)을 의미한다. 여기에는 모두 '심령이 가난한 사람', '슬퍼하는 사람', '온유한 사람', '옳은 일에 주리고 목마른 사람', '자비를 베푸는 사람', '마음이 깨끗한 사람', '평화를 위하여 일하는 사람', '옳은 일을 하다가 박해를 받는 사람' 등이 받게 되는 복이 나온다. 그런데 윤동주는 성서의 '팔복'을 패러디하여 1연에서 "슬퍼하는자"만을 8번 반복하고 2연에서 "저히가 永遠히슬플것이오."라고 선언하면서 낯선 충격을 주고 있다. 그래서 선행연구 중에서는 이 작품을 기독교에 대한 윤동주 냉소와 풍자를 형상화한 것으로 이해한 연구들이 있으나 이 책에서는 이 작품이야말로 종교적 실존의 역설이 여실히 드러난 것으로 보고자 한다.

먼저 주목되는 것은 산상수훈의 '팔복' 중에서 윤동주는 왜 하필 '슬픔'을 선택했을까 하는 것이다. 앞에서도 살펴보았듯이 사실 '슬픔'은 그의 시를 지배하고 있는 주된 정서라고 할 수 있다. 그가 이리도 슬퍼했던 이유는 현실 속에서 고통당하는 타자에 대한 '정확한 인식'과 타자의 슬픔에 민감하게 감응할 수 있는 '슬픔의 감수성'을 지니고 있었기 때문인 듯하다.

그렇다면 이 시가 의도하고 있는 의미는 무엇일까? 여기에는 두 가지 해석의 가능성이 있다. 첫째, 이 시에 나타난 갈등의 양상을 '슬퍼하는 자'는 위로를 받아야 한다는 인과응보의 '합리적 윤리'와 영원한 슬픔이 진실한 '복'이라는 '신앙의 윤리' 사이의 대립으로 볼 수 있다. 둘째, '슬퍼하는 자는 복이 있다'는 성서와 실제로 '슬퍼하는 자'가 위로받지 못하는 현실 상황 사이의 대립으로 볼 수 있다. 즉 전자에 따르면 이 시는 합리적 윤리와 신앙의 윤리 사이의 갈등을 폭로한 것으로 볼 수도 있고, 후자에 따르면 성서의 텍스트와 식민지 현실의 컨텍스트 사이의 갈등을 폭로한 것으로 볼 수도 있다. 여기에서 전자는 키에르케고어가 말한 '윤리적인 것의 목적론적 정지'[54]와 관련되고, 후자는 신정론적 문제와 관련된다.

먼저 '윤리적인 것의 목적론적 정지'에 대한 살펴보겠다. 윤리적인 관점에서 보면 불의한 현실 속에서 직접적으로 슬픔을 당하거나, 슬퍼하는 자의 슬픔에 공감하여 함께 슬퍼하는 자는 모두 위로를 받는 것이 마땅하다. 착한 마음을 가지면 복을 받고, 악한 마음을 가지면 벌을 받는 것이 보편적 윤리의 합리적인 기준이라고 할 수 있다. 그런데 시인은 여기에서 이러한 윤리적 보편성을 비틀고 신앙의 역설을 충격적으로 형상화하고 있는 것이다. 어떻게 '슬픔'이 '복'이 될 수 있는가? 그것도 영원한 '슬픔'이 어떻게 '복'이 될 수 있는가? 이것은 인간의 오성으로는 이해하기 어려운 것이고, 오직 '슬픔'을 '복'으로 이야기하는 신(神)을 신뢰하는 종교적 실존에서만 수용할 수 있는 종교적 윤리이다. 키에르케고어는 이처럼 인간의 오성으로 이해할 수 없는 역설적 신앙의 윤리를 '윤리적인 것의 목적론적 정지'라고 했는데, 이를 통해 윤리적 실존자는 종교적 실존자로 비약하게 된다.

> 무한한 체념은 신앙에 선행하는 최종 단계이며, 그렇기 때문에 이 운동을 해내지 못한 사람은 누구라도 신앙을 간직할 수 없는데, 왜냐하면 오직 무한한 체념을 통해서만 나는 내 영원한 가치를 의식하게 되기 때문이며, 또 오직 그럴 때에만 사람은 신앙의 힘으로 실존을 파악하는 것에 관해 말할 수 있는 것이다.[55]

---

54 키에르케고어는 "침묵의 요하네스(Johannes de Silentio)"란 익명으로 출간한 『두려움과 떨림』에서 「창세기」 22장에 나오는 아브라함을 통해서 종교적 실존으로의 비약을 위해서는 먼저 '윤리적인 것의 목적론적 정지'라는 역설적인 '신앙의 윤리'가 선행되어야 한다고 주장하였다. 여기에서 키에르케고어는 아브라함의 모리아산 사건에 대해서 네 가지 다른 시적인 시도를 하고 나서 다시 이 모두를 부정한 다음, 세 가지 질문을 던진다. 그것은 '윤리적인 것에 대한 목적론적 정지가 있는가? 하나님께 대한 절대적 의무가 있는가? 아브라함이 자신의 행위를 사라와 엘리에셀, 그리고 이삭에게 숨긴 것은 윤리적으로 정당화될 수 있는가?' 하는 것이다(이승구, 「합리주의적 윤리와 신앙의 윤리의 관계」, 한국키에르케고어학회 편, 『키에르케고어, 미학과 실존』, 킹덤북스, 2014, 133쪽).

55 『두려움과 떨림』, 100쪽.

이러한 '윤리적인 것의 목적론적 정지'는 단순히 신앙을 위해 이성을 포기한다는 의미가 아니다. 키에르케고어에 의하면 이러한 신앙의 운동은 이중적인데, '무한한 체념'과 신에 대한 '신뢰'를 포함함으로써 '내려놓음'으로 인해 다시 '되찾음'을 경험한다.[56] 즉 '윤리적인 것의 목적론적 정지'는 종교적 실존자가 신과의 관계에 근거하여 정립하는 새로운 윤리라고 할 수 있다. 이는 '신은 사랑'이라는 진리에 대한 신뢰를 바탕으로 이해할 수 없어도 믿으려는 신앙의 투쟁이라 할 수 있다.[57]

따라서 「八福」에서 시적 주체가 직면하는 것은 '슬퍼하는 자'가 보상을 받을 것이라는 '합리적 윤리'와 "永遠히 슬플것"이 "福"이라는 '신앙의 윤리' 사이의 모순으로 볼 수 있고, 이때 제시된 '슬픔'의 역설은 키에르케고어가 『두려움과 떨림』에서 말한 '윤리적인 것의 목적론적 정지' 속에서 설명될 수 있다. 즉 「八福」의 "永遠히 슬플것"은 인간의 오성으로 이해되지 않지만, '슬픔'이 신에 대한 믿음 안에서 "福"이자 '위로'가 되는 신앙의 역설을 형상화한 것이다. 무한한 체념에 평화와 안식이 깃들어 있으며, 또 위로는 고통 속에, 다시 말하자면 그 운동이 규칙에 의거해서 이루어질 때가 있다는 것이다.[58] 이 시를 이렇게 해석한다면, 이는 윤리적 실존자가 종교적 실존자로 비약하는 하나의 과정이 표현되었다고 볼 수 있다. 여기에서 독자는 시인과 마찬가지로 두 가지의 가능성 앞에 서게 된다. 하나는 인간의 오성을 선택하고 신앙을 포기함으로써 신 앞에서 반항의 절망으로 나아가는 것이고 또 하나는 오성을 포기하고 신앙의 역설을 선택함으로써 신을 신뢰하는 것이다. 어쩌면 이것이 이 시에 대한 선행연구들의 해석이 크게 기독교 신앙에 대한 '반항'과 기독교 신앙의 '역설'로 구분되는 이유일 것이다.

---

56 아브라함은 "모든 것을 무한하게 단념했으며, 또 그런 다음에는 부조리의 힘에 의해 모든 것을 다시 붙잡았다."(위의 책, 87쪽)

57 이승구, 앞의 글, 184쪽.

58 위의 책, 98쪽.

그럼에도 불구하고 역시 이 시에 대한 두 번째 해석의 가능성을 완전히 배제할 수는 없다. 기독교적 신앙을 견지해 온 윤동주에게 「慰勞」에서 나타나는 것처럼 악의 존재와 자신의 무력함에 대한 인식은 결국 신정론적인 물음을 향하게 된다. 그는 「慰勞」에서 어설픈 몇 마디의 말보다는 침묵을 통한 위로를 선택하였지만, 현실 속에서 고난의 의미에 대해서 고뇌하지 않을 수 없었을 것이다. 왜냐하면 감당할 수 없는 고난이 지난 후에, 슬픔이 침묵 속에서 잦아들면 사람은 그 의미에 대해서 묻게 될 수밖에 없기 때문이다. 즉 "신이 있다면 왜 이리도 세상은 악한 것인가? 신은 전능하지 못한 것인가? 아니면 선하지 못한 것인가?"와 같은 신정론의 질문이 곧이어 제기되는 것이다. 이는 「慰勞」에서 드러난 악의 존재와 자신의 무력함이 제기한 신정론의 문제가 「八福」에 더욱 심화되었다고 할 수 있다. 즉 이 시는 신의 말씀인 '성서'와 부조리한 '현실' 사이의 갈등을 폭로한 신정론의 문제를 형상화한 것으로 볼 수 있다.

윤동주의 낱장 원고를 보면 그는 이 시를 여러 번 고쳐 쓰면서, "저히가 위로함을받을 것이오 → 저히가 슬플것이오 → 저히가 오래 슬플것이오 → 저히가 永遠히 슬플것이오"의 과정을 거쳤다. 여기에서 시인의 인식이 전환되는 양상이 드러난다. 결국 시인은 창작 과정에서 "위로"를 거절하고 "永遠히 슬플것"을 선택한 것이다. 왜 그는 "위로"보다 '슬픔'을 선택했을까?

첫째, 시인이 "위로"를 거절하고 "永遠히 슬플 것"을 선택한 것은 '신의 부재'에 대한 '항의'라고 할 수 있다.[59] 선행연구 중에는 이 시를 기독교에 대한 풍자시로 이해한 것들이 있지만,[60] 습작 노트를 보면 윤동주는 이 시를

---

59 롱은 「마태복음」 13장에 나오는 예수의 비유를 설명하면서, 신정론의 첫 번째 반응으로 고통당하는 자의 울부짖음을 '항의의 신정론'으로 설명한다(Long, 앞의 책, 2014, 196-202쪽).

60 『평전』, 264-267쪽. 송우혜는 비록 이 시를 신(神)에게 반항하는 풍자시로 규정했지만, "그러나 우리는 여기에서 커다란 역설을 본다. 그가 신의 약속을 믿을 수 없음에 그토록 절망한다는 것은, 곧 그가 그토록 그 약속을 믿고 싶어 하고, 그 약속이 이루어지기를 간구하고

쓴 이후에 유독 진지한 종교시들을 많이 썼다. 또한 윤동주의 시 의식은 본질적으로 대상에 대한 공격성과는 거리가 멀어서 현재 남아 있는 시 중에서 공격적인 웃음을 지닌 '풍자'의 정신을 담은 시는 사실상 없다고 볼 수 있다. 이러한 사실은 이 시에 대한 시인의 의도를 기독교에 대한 '반항'으로 보기 어렵게 한다. 비록 시적 주체가 1연에서 "슬퍼하는 자"를 8번이나 반복하며 과도한 '슬픔'이 세상을 가득 채우고 있음과 2연에서 "슬퍼하는 자"들이 제대로 신원(伸寃)되지 못하는 현실에 대해 진술하고 있지만, 이것은 부재하는 신에 대한 '냉소'가 아니라 신의 존재를 전제하는 가운데서 현실을 고발하고 신원(伸寃)을 소망하는 '항의'라 할 수 있다. 즉 이것은 "세상에는 악이 가득하다. 따라서 신은 없다!"라는 선포라기보다는 "신이여, 어찌하여 악이 번성하고 세상에 슬픔이 가득합니까?"라고 묻는 것으로 볼 수 있다. 성서에 의하면 이러한 항의의 신정론은 오래되고 심오한 기도로서 신이 정의롭고 선한 존재라는 깊은 신뢰로부터 흘러나온 것이다.[61]

둘째, 시인이 '위로'를 거절하고 "永遠히 슬플 것"을 선택한 것은 슬픔 속에 함께 하는 '신의 현존'에 대한 역설적 깨달음이라고 할 수 있다. 성서 「마태복음」 5장 4절에서 사용되는 '위로'의 동사 '파라카레오(parakaleo)'는 '곁으로 부른다'는 의미이다. 즉 기독교에서 '복'은 세속적인 것이 아니라 관계적인 것이기에,[62] 진정한 '위로'는 '신의 곁'에서만 가능해진다. 그런데 현대 신정론에 의하면 기독교의 신은 세상의 슬픔이나 고통에 무관한 자가 아니라 그 슬픔과 고통을 자신의 것으로 고스란히 받아들이고 아파하는 존재

있음을 드러내는 것이기 때문이다. 그렇다. 그의 불신앙은 그의 신앙과 마찬가지로 신을 찬양하는 기도에 다름 아니었다. 그렇기에 그는 불신앙이란 절망의 지옥을 가슴에 품고도 신을 향하여 조용히 무릎 꿇었던 것이리라."라고 평하였다(위의 책, 266-267쪽).

61 성서 「욥기」, 「시편」, 예언서 등에는 이러한 신원을 향한 항의의 기도가 무수하게 등장한다.

62 아삽은 성서 「시편」 71편에서 신정론의 질문을 제기하면서 "하나님을 가까이 함이 내게 복이라."라고 시를 마무리하고 있다.

이다. 몰트만에 의하면 무고하게 고통당하는 자는 이해할 수 없는 고통 가운데 신에 대하여 항의하며 소리를 지르지만, 십자가에 달린 예수 안에서 신이 고통당하는 자의 편에 서 있음을 발견한다고 한다.[63] 즉 예수의 십자가에서 계시된 기독교의 신은 고통당하는 자들과 함께 고통당하는 신이라 할 수 있다.[64] 따라서 이 시에서 "슬퍼하는 자"는 그 슬픔 속에 함께 슬퍼하는 신을 발견하게 되고 신적 슬픔 속에서 신과 연합하게 된다. 이런 의미에서 '슬픔'은 역설적으로 진정한 "福"이 될 수 있다. 이런 측면에서 "永遠히 슬플 것"이 관계적 의미의 "福"이 될 수 있는 것이다.[65]

또한 이 시의 형식이 '패러디'란 점도 주목할 만하다. 패러디가 본질적으로 원 텍스트를 인정하는 동시에 전복하는 수사적 기법임을 감안하면, 이 시가 겨냥하고 있는 것은 본래적인 '기독교 신앙'이 아니라 "슬픔"을 외면하고 "福"에만 가치를 부여하는 기복적인 '제도적 교회'라고 볼 수 있다. 윤동주가 패러디의 형식을 활용한 시는 딱 두 편인데, 그것이 바로 「츠르게네프의언덕」과 「八福」이다. 앞에서 「츠르게네프의언덕」이 비록 패러디를 활용했음에도 불구하고 일반적인 패러디와 달리 텍스트 외부의 원전 텍스트가 아닌 자기

---

63 Jurgen Moltmann, 김균진 역, 『十字架에 달리신 하나님: 기독교 신학의 근거와 비판으로서 예수의 十字架』, 한국신학연구소, 2005, 266쪽.

64 몰트만은 다음과 같이 고통당하는 신에 대해서 말한다. "이 십자가의 신학에서 하나님과 고통은 유신론이나 무신론에서와는 달리 더 이상 모순관계에 있지 않다. 오히려 하나님의 존재가 고통 안에 있으며 고통이 하나님의 존재 자체 안에 있다. 왜냐하면 하나님은 사랑이기 때문이다"(위의 책, 89쪽).

65 3장에서 '슬픔'은 윤동주 시의 가장 보편적인 정서로서 주로 대상에 대한 연민을 내포하고 있어서 '측은지심(惻隱之心)'의 유교적 윤리와 깊이 연결되어 있음을 확인한 바 있다. 하지만 후기 시로 오면서 이 '슬픔'의 정서는 종교적 실존과 결부되면서 단순한 연민이 아니라 신적 '슬픔'과 연결되고 고통당하는 타자의 '슬픔'을 대신 짊어지고자 하는 양상으로 나아간다. 여기에서 유교와 기독교의 차이가 나타난다고 할 수 있다. 즉 차마 하지 못하는 유교적 '측은지심(惻隱之心)'의 윤리'가 인간 본성에 기초한 소극적 측면의 '슬픔'이라면, 타자의 슬픔을 대신 짊어지고자 하는 기독교적 '대고(代苦)의 윤리'는 신적 고난에 동참하고자 하는 적극적 측면의 '슬픔'이라 할 수 있다.

자신을 비판의 대상으로 삼은 것을 볼 수 있었다. 마찬가지로 「八福」도 패러디를 활용하고 있지만 원전 텍스트인 『성서』나 기독교 신앙 자체를 비판했다기보다는 자기 자신을 성찰하고 기복적인 제도 종교 너머의 진정한 신앙을 지향한 것으로 볼 수 있다.

정리하면 이 시는 성서 「마태복음」 5장을 패러디하며 매우 낯선 충격을 주고 있다. 1연에서 8행의 반복을 통해 강조된 의미가 단 1행으로 된 2연에서 여지없이 무너지면서 신앙의 윤리와 신정론의 문제를 제기하고 있다. 즉 '슬퍼하는 자들에게 위로가 있는가? 진정한 위로는 무엇인가?'와 같은 질문이 제기되는 것이다. 여기에서 시적 주체는 합리적 윤리가 아니라 신앙의 윤리를 깨달으면서 윤리적 실존에서 종교적 실존으로 비약했다고 볼 수 있다. 더불어 그는 신원되지 못하는 '슬퍼하는 자'를 통해 신의 부재를 항의함과 동시에 '슬픔'을 통해 역설적으로 계시되는 신의 현존을 형상화했다고 할 수 있다.

4.2.3. 아픔과 연대의 신정론

「病院」은 「慰勞」와 매우 유사한 사유를 형상화하고 있는데, 「慰勞」에서 침묵했던 시인은 「病院」에서는 윤리적인 행동으로 나아간다. 「慰勞」와 「八福」에서 '악의 존재'와 '슬픔의 역설'을 형상화했던 시인은 이제 침묵하거나 항의하기보다는 아픈 자들에게로 나아가서 그들과 함께 아파하고자 한다. 이러한 양상이 잘 드러난 시가 「病院」이다.

> 살구나무 그늘로 얼골을 가리고, 病院뒷뜰에 누어, 젊은 女子가 힌옷 아래로 하얀 다리를 드려내 놓고 日光浴을 한다. 한나절이 기울도록 가슴을 알른다는 이 女子를 찾어 오는 이, 나비 한마리도 없다. 슬프지도 않은 살구나무가지에는 바람조차 없다.

나도 모를 아픔을 오래 참다 처음으로 이곳에 찾어왔다. 그러나 나의 늙은 의사는 젊은이의 病을 모른다. 나안테는 病이 없다고 한다. 이 지나친 試鍊, 이 지나친 疲勞, 나는 성내서는 않된다.

女子는 자리에서 일어나 옷깃을 여미고 花壇에서 金盞花 한포기를 따 가슴에 꼽고 病室안으로 살어진다. 나는 그女子의 健康이—아니 내健康도 速히 回復되기를 바라며 그가 누엇든 자리에 누어본다.

「病院」(1940.12.) 전문

윤동주는 1941년 12월 연희전문학교 졸업 기념으로 자선 시집을 발간하고 자 하였다. 친구 정병욱의 회고에 따르면, 윤동주는 자필 시집의 제목을 '병원'이라고 짓고 "지금 세상이 온통 환자투성이이기 때문"이라며 "병원이란 앓는 사람을 고치는 곳이기 때문에 혹시 앓는 사람들에게 도움이 될 수 있을 지도 모르지 않겠느냐'고 설명했다고 한다.[66] 아마도 그는 악한 세상 속에서 고통당하는 자들을 '환자'로 인식하고, 그들의 고통을 시를 통해 위로하고자 한 듯하다.[67]

---

66 정병욱, 앞의 글, 140-141쪽.

67 이 시는 키에르케고어, 도스토옙스키, 릴케 등과 관련성이 있어 보인다. 윤동주는 키에르케 고어뿐만이 아니라 윤일주의 증언에 의하면 일본어로 된 도스토옙스키의 서적과 릴케 시집 을 애독했다고 한다(윤일주, 앞의 글, 158쪽). 이들의 주요 저서들은 모두 '병'과 관련된 문장으로 시작된다.
키에르케고어의 『죽음에 이르는 병』의 A장 "절망은 죽음에 이르는 병이다"는 다음과 같은 문장으로 시작한다. "절망은 정신의 병, 자기의 병이며, 그렇기 때문에 세 가지 형태, 즉 절망하여 자기를 소유하고 있음을 깨닫지 못하는 형태, 절망하여 자기 자신이기를 원하지 않는 형태, 절망하여 자기 자신이기를 원하는 형태를 취할 수 있다."(『죽음』, 55쪽)
도스토옙스키의 『지하로부터의 수기』는 다음과 같은 문장으로 시작된다. "나는 병든 인간 이다……. 나는 악한 인간이다. 나는 호감을 주지 못하는 사람이다. 간에 이상이 있는 것 같다. 그런데, 나는 내 병에 대해서 아무 생각이 없었으며 사실 어디가 아픈지조차도 잘 모른다. 의학과 의사들을 존경하기는 하지만 나는 치료를 받고 있지 않으며 치료를 받은

1연에서의 공간은 「慰勞」와 동일한 "病院 뒤뜰"이다. 당시 "病院"은 일본과 미국을 통해 새롭게 생겨나기 시작한 근대적 의료기관으로서, 초기에는 주로 가난한 환자, 전염병 환자, 여자와 아이들이 주된 진료 대상이었다.[68] 근대적 의료기관인 '병원'은 환자 치료의 목적을 위해 사회로부터 어느 정도 격리된 공간이라 할 수 있는데, "병원 뒤뜰"은 그런 근대적 의료기관 내에서도 구별된 폐쇄적인 공간이다. 여기에 "가슴을 앓는다는 이 女子"가 등장하는데, 상황은 「慰勞」보다도 훨씬 암담하게 그려진다. 여자는 "찾어오는 이"도, "나비 한 마리"도, "바람조차"도 없이 철저히 소외되어 있다.

2연에서 시적 주체는 "나도 모를 아픔"을 "오래 참다" 병원에 왔으나 "늙은 의사"는 "젊은이의 병"을 모른다. 즉 "나"는 분명히 "아픔"을 느끼는데, "늙은 의사"는 아픔을 인지하지 못한다. 이와 관련하여 키에르케고어는 다음

적도 결코 없다. … 내가 치료받기를 원치 않는 것은 증오심 때문이다."(Fedor Mikhaylovich Dostoevsky, 계동준 역, 『지하로부터의 수기 외』, 열린책들, 2007, 11-12쪽) 또한 『사진판』의 윤동주의 스크랩 목록을 보면, 한설야의 작품 『지하실의 수기-어리석은 자의 獨白 一齣』에 대한 한설야 자신의 평론 「世紀에 붓치는 말-地下室의 수기-어리석은 자의 獨白 一齣」(조선일보, 1938.7.8)이 있는데, 이 작품은 도스토옙스키의 『지하로부터의 수기』(당시 조선에서 번역되어 통용되던 제목은 『지하실의 수기』)의 제목을 그대로 가지고 왔을 뿐만 아니라 『지하로부터의 수기』 제1장의 마지막 구절을 인용하면서 시작되고 있어 도스토옙스키와 관련성이 많은 작품이라 할 수 있다.

릴케의 『말테의 수기』는 다음과 같은 문장으로 시작된다. "그래, 이곳으로 사람들은 살기 위해 온다. 하지만 내 생각에는 이곳에 와서 죽어가는 것 같다. 거리에 나가 보았다. 여러 병원을 보았다. 한 사람이 비틀대다가 쓰러지는 것을 보았다. … 나는 배가 부른 한 여자를 보았다. 그 여자는 높고 따뜻한 담벼락을 따라 힘겹게 발걸음을 옮기면서 가끔 담벼락을 더듬었다. … 그리고 불안의 냄새가 풍겨 왔다."(Rainer Maria Rilke, 김재혁 역, 『말테의 수기』, 펭귄클래식 코리아, 2010, 9쪽)

위 책의 인용 부분에는 육체의 병과는 다른 정신의 병, 자신을 환자로 인식하는 모습, 증상은 있으나 진단은 없는 상황, 의사에 대한 증오, 환자를 치료하지 못하는 병원, 고통스러워하는 여자, 도시의 불안 등이 나타나 이 시의 모티프와 유사한 부분이 나타난다.

68 "우리 나라의 병원 내지 의료사업은 기독교 개신파들의 전도 의료사업이 중추가 되어 1904년에 근대적인 병원으로 면모를 갖춘 세브란스병원의 발전과 더불어 성장되어 초기에는 주로 가난한 환자들의 치료에 힘썼으며 그 이후에는 전염병환자와 부인 및 어린이의 질병 진료에 힘썼다."(김두종, 『한국의학사』, 탐구당, 1979 참조)

과 같이 말하였다.

> 의사의 할 일은 처방하는 것일 뿐만 아니라, 무엇보다도 먼저 병을 확인하는 것이거니와, 결국 그의 최우선의 과제는 환자로 짐작되는 사람이 실제로 아픈 것인지 또는 건강한 것으로 생각되는 사람이 혹시 실제로 아픈 것은 아닌지를 확인하는 것이다. 그것은 또한 영혼의 의사가 절망에 대해 맺고 있는 관계이기도 하다. 그는 절망이 무엇인지를 안다. … 통속적인 견해는 또한 질망이 통상 병이라고 일컬어지는 것과는 변증법적으로 다르다는 사실을 간과하는데, 그 이유는 그것이 정신의 질병이기 때문이다.[69]

여기에서 키에르케고어는 의사가 육체의 병을 정확하게 진단하듯이 영혼의 의사는 정신의 병인 절망을 정확하게 진단한다고 하며, '육체의 병'과 '정신의 병'을 구분하고 있다. 이런 맥락에서 이 시에 나타나는 "나"와 "의사"의 대립을 이해할 수 있는데, 가슴을 앓는다는 "女子"나 "나도 모를 아픔"을 느끼는 "젊은이"는 '정신의 병'인 절망을 느끼지만 '육체의 병'을 진단하는 "늙은 의사"는 '정신의 병'으로서의 "젊은이의 病"을 모르는 것이다. 정병욱의 증언대로 당시에 윤동주는 "세상은 온통 환자투성이"[70]라고 인식하고 있었는데, 정작 환자를 치유하는 병원의 의사는 당시 조선인들이 당하는 '정신의 병'에 대해서는 아무런 진단을 하지 못하고 있는 것이다. 이때 진단을 하지 못한다는 것은 "늙은 의사"가 고통당하는 자들의 아픔에 전혀 공감하지 못하고 있음을 의미하는 것이다. 그래서 시적 주체는 "이 지나친 시련, 이 지나친 피로, 나는 성내서는 안 된다."라고 외치며 좌절한다. "아픔"을 치료하기 위해서 "병원"에 왔으나 그 "병원"에서는 진단조차 하지 못하는 모습은

---

69   『죽음』, 73-74쪽.

70   정병욱, 앞의 글, 140-141쪽.

근대적 의료기관으로서의 "병원"이 '정신의 병'에 전혀 알지 못하고, 환자의 아픔에 공감하지 못하며, 진정한 의미의 치유 기능이 부재함을 드러내는 것이다. 동시에 이는 "아픔" 속에 있는 자들이 당하는 '고통 안의 고통'의 문제를 부각시킨다. 즉 "병원 뒤뜰"에서 철저히 소외된 "여자"와 "늙은 의사"로부터 치료를 거절당하는 "나"는 "아픔"을 치료하는 "병원"에서조차 소외당하며 '고통 안의 고통'을 경험하고 있는 것이다. 그러면서 "여자"와 "나"는 그 '고통 안의 고통' 속에서 어떤 동질성을 갖게 된다.

하지만 3연에서 두 사람은 결국 만나지 못한다. "여자"는 "병실"로 사라지고, "나"는 "그가 누웠던 자리에 누워본다." 하지만 이 만나지 못한 사실로부터 타자의 타자됨이 주체의 동일성 안으로 포섭되지 않게 된다. 레비나스에 의하면 "타자는 나와 똑같은 위치에 있지 않는 자로 거주하며 노동하는 나에게 윤리적 요구로서 임하는 무한자로, 내가 어떠한 수단을 통해서도 지배할 수 없는, 즉 나로 환원할 수 없는 절대적 외재성"이라고 했다.[71] 따라서 3연에서 보이는 "나"의 행동은 윤동주 시에서 처음으로 나타나는 고통에 대한 새로운 윤리적 반응이다. 창작의 공백기 이전에 쓴 「츠르게네프의 언덕」에서 시인은 어설프게 자선을 베풀려다가 좌절을 경험했고, 창작의 공백기 이후에 쓴 「慰勞」에서는 위로보다는 침묵을 선택했다. 하지만 이 시에서 그는 타자의 타자됨을 섣부르게 주체 안으로 포섭하지 않으면서도 고통 안에서 아파하는 타자와 함께 아파하며 연대하고자 하는 의지를 드러낸다.[72]

---

71 강영안, 앞의 책, 249쪽.

72 그래서 신형철은 이 시를 두고 다음과 같이 평하였다. "서정은 언제 아름다움에 도달하는가. 인식론적으로 혹은 윤리학적으로 겸허할 때다. 타자를 안다고 말하지 않고, 타자의 고통을 느낄 수 있다고 자신하지 않고, 타자와의 만남을 섣불리 도모하지 않는 시가 그렇지 않은 시보다 아름다움에 도달할 가능성이 더 높다. 서정시는 가장 왜소할 때 가장 거대하고, 가장 무력할 때 가장 위대하다. 우리는 그럴 때 '서정적으로 올바른'이라는 표현을 쓸 수 있다. 서정적으로 올바른 시들은 자신이 있어야 할 자리를 안다. 그곳은 '그가 누웠던 자리'다."(신형철, 『몰락의 에티카』, 문학동네, 2008, 512쪽)

이상으로 1940년 12월경에 윤동주가 창작의 공백을 깨고 쓴 세 편의 시를 살펴보았다. 이에 의하면 「慰勞」는 악의 현실 속에서 주체의 무력함을 드러내는 '침묵의 신정론'으로, 「八福」은 합리적 윤리를 정지하는 '신앙의 윤리'와 현실의 불의를 고발하는 '항의의 신정론'으로, 「病院」은 아픈 타자와 함께 아파하고자 하는 '연대의 신정론'으로 해석해 볼 수 있었다.

하지만 윤동주의 이러한 신정론적 고뇌는 1940년에 창작된 세 편의 시로 마무리되지 않는다. 그는 1941년 성서를 모티프로 하는 5편의 시를 썼는데, 이 작품들도 모두 신정론적 의미가 반영되어 있는 문제작들이다. 여기에서 그의 고뇌는 성서의 창세 신화, 예수의 십자가, 기독교 종말론 등을 다루며 기독교 구속사의 신정론적 의미를 시적으로 형상화하고 있다.

4.3. 종교시의 신정론적 의미

1940년 12월 세 편의 시를 쓴 윤동주는 그로부터 약 5개월 후인 1941년 5월에 「太初의아츰」, 「또太初의아츰」, 「十字架」, 「새벽이올때까지」, 「눈감고 간다」 등 기독교적 시어로 다섯 편의 시를 잇달아 썼다.[73] 이 시편들은 '악은 어디에서 오는 것인가?', '신은 어디에 있는가?', '희망은 가능한가?'라는 신정론적 질문에 대한 해답을 모색하면서 '창조-타락-구속-완성'이라는 '기독교 구속사'의 흐름에 따라 작품이 전개되고 있어 주목할 만하다. 또한 이 다섯 작품은 윤동주가 졸업 당시 자선시집을 출판하기 위해서 고른 19편[74]에

---

[73] 다섯 작품 중에 「太初의아츰」은 창작일자가 기록되어 있지 않지만, 연이어 기록되어 있는 「또太初의아츰」의 창작일자가 1941년 5월 31일로 되어 있어서 「太初의아츰」도 동일한 시기로 추정된다.

[74] 이른바 '서시'라 불리는 작품 외에 윤동주가 고른 작품은 다음과 같다. 「自畵像」, 「少年」, 「눈오는地圖」, 「돌아와보는밤」, 「病院」, 「새로운길」, 「看板없는거리」, 「太初의아츰」, 「또太初의아츰」, 「새벽이올때까지」, 「무서운時間」, 「十字架」, 「바람이불어」, 「슬픈族屬」, 「눈감

모두 포함되었을 만큼 시인이 상당히 비중 있게 여겼던 작품들이다. 그럼에도 불구하고 「十字架」를 제외한 다른 작품들은 종교적 색채가 강하고 다소 관념적이라는 이유로 선행연구에서 크게 주목받지 못한 듯하다. 물론 윤동주의 시가 기독교 교리를 설명하는 신학적 주석도 아니고 그의 윤리적 지향성이 특정 종교로 한정되는 것도 아니지만, 이 시들은 기독교 신정론의 관점에서 볼 때 그 의미가 더 선명하게 드러난다.

4.3.1. 자유의 양의성과 책임의 윤리

4.3.1.1. 「太初의아츰」: 자유의 양의성

「太初의아츰」은 성서 「창세기」의 창조 신화를 모티프로 하여 악의 기원을 모색하면서 피조물이 창조된 순간부터 '선악의 가능성'을 모두 지니고 있었음을 상징적으로 제시하고 있다.

> 봄날 아츰도 아니고
> 여름, 가을, 겨을,
> 그런날 아츰도 아닌 아츰에
>
> 빨―간 꽃이 피여낫네,
> 해ㅅ빛이 푸른데,
>
> 그前날밤에
> 그前날밤에
> 모든것이 마련되엿네.

고간다」, 「또다른故鄕」, 「길」, 「별헤는밤」(『사진판』, 140-165쪽 참조).

사랑은 뱀과 함께
毒은 어린 꽃과 함께

「太初의아츰」 전문

1연과 2연에서 시간성을 초월하는 "太初의아츰"에 "빨—간 꽃"이 피어난 상황이 제시된다. 여기에서 "太初"는 '시간 안'이 아니라 '시간의 시작'을 뜻하는 것으로 신적 시간의 '초월성'을 함축하게 되고,[75] 피조물을 상징하는 "빨—간 꽃"은 선명한 색채 이미지로 인해 강렬한 관능과 원초적 생명력을 환기하게 된다. 그런데 화자는 이 "빨—간 꽃"을 신적 정의(正義)를 상징하는 "해ㅅ빛"의 "푸른"색과 대비시키고 '—는데'라는 어미로 문장을 종결하지 않고 여운을 남김으로써, 묘한 불안감을 조성하고 있다.

3연에서는 2연의 불안감 속에서 '악의 가능성'이 암시되고 있다. 화자는 "그前날밤에"를 두 번이나 반복하면서 "모든것"이 이미 "마련"되어 있었음을 강조한다. 여기에서 "모든것"은 무엇을 의미하는 것일까? 현대 신학에서는 창조주가 '무(無)'로부터 세상을 창조했다고 본다. 본회퍼의 사상을 계승한 독일 신학자 몰트만(Jurgen Moltmann)은 창조 이전에 "신이 자신의 현존을 거두어들이고 자기의 힘을 제한함으로써 그의 '무(無)로부터의 창조'를 위한 '무'가 생성"되게 했는데, 이러한 '무'로부터의 창조가 신이 자기를 제한함으로써 이루어진 "사랑으로부터의 창조"라고 보았다.[76] 따라서 신학적 관점에서 3연의 "모든것"은 "太初"가 시작되기 전에 창조주가 자기를 비우고 제한

---

75 「창세기」는 "태초에 하나님이 천지를 창조하셨다."란 문장으로 시작한다. 히포의 주교 아우구스티누스(Aurelius Augustinus)는 '태초(principium)'의 의미를 '아주 오래 전'이 아니라 '시간의 시작'으로 보고, "세계는 시간 속에서 만들어진 것이 아니고 시간과 더불어 만들어졌다."라고 했다(Aurelius Augustinus, 성염 역주, 『신국론』, 분도출판사, 2004, 1153쪽).

76 Jurgen Moltmann, 김균진 역, 『창조 안에 계신 하나님: 생태학적 창조론』, 한국신학연구소, 1987, 112-113쪽.

하는 '사랑' 안에서 허용한 '무'라고 이해할 수 있다. 그리하여 "모든것이 마련되엿네"라는 것은 절대자의 자기 제한으로 인해 자유로운 존재로 창조된 피조물이 '선의 가능성'과 함께 '악의 가능성'도 지닐 수 있음을 의미한다. 이는 4연의 상징적 시어에서 보다 구체적으로 제시된다.

4연에서는 "사랑"과 "뱀", "毒"과 "어린 꽃" 등의 대립적인 시어들이 "함께" 어우러져 제시된다. '꽃'이나 '뱀' 등의 상징을 도입하고 성서를 모티프로 한다는 점에서, 이 작품은 보들레르의 "惡의 꽃", 서정주의 "花蛇" 등과 관련되어 있는 듯하다.[77] 여기에서 주목되는 것은 '양의성(兩義性)'이다. 보들레르의 "惡의 꽃", 서정주의 "花蛇", 이 시의 "빨-간 꽃" 등은 공통적으로 '선'과 '악' 또는 '아름다움'과 '추한 욕망' 등의 대립적인 이미지가 공존한다.[78]

기독교 신학은 이러한 피조물이 지닌 양의성의 원인이 '자유'를 허락한 '신의 사랑' 때문이었다고 본다. 본회퍼와 함석헌은 모두 신이 사랑 안에서 인간을 '자유로운 존재'로 창조했다고 보았다.[79] 그런데 이러한 '자유'와 관련해서 흥미로운 점은 본회퍼와 함석헌이 창조의 순간 신이 자기를 제한함으

---

77 실제로 윤동주의 유품 중에 서정주의 『花蛇集』이 있는데, 구입시기가 1941년 2월로 되어 있어서 1941년 5월에 창작된 이 작품과의 관련성을 짐작케 한다(『사진판』, 「부록」의 "소장 도서 목록" 참조).

78 「창세기」에도 '남자'의 창조 이야기에 이어서 '선악을 알게 하는 나무' 이야기, '여자'의 창조 이야기, 인간을 유혹하는 '뱀'의 이야기가 일련의 연속을 이루며 나오는데, 이들은 모두 양면적인 속성을 지니고 있다. 즉 '남자'는 자유의지로 인해 신에게 복종할 수도 있으나 반항할 수도 있었고(「창세기」 1:27), '선악을 알게 하는 나무'는 선(tob)과 악(ra)이 함께 어우러진 금지된 것이었으나 욕망의 대상이었고(「창세기」 2:16), '여자'는 '돕는 사람'으로서 아담을 도울 수도 있으나 미혹할 수도 있었고(「창세기」 2:18), '뱀'은 지혜로웠으나 인간을 유혹할 수도 있었다(「창세기」 3:1).

79 "하나님께서 인간 안에 자신의 형상을 땅 위에 창조하셨다는 것은, 인간이 자유로운 존재로서 하나님을 닮았다는 것을 뜻한다."『창조와 타락』, 83쪽. "아가페의 신은 자동기계로써 즐거워하지 않는다. 그는 이 우주 속에 자유의지를 넣었다. 자유로운 의지가 있어서만 생명은 가능하기 때문이다."(『조선역사』, 24쪽)

로써 피조물에게 '자유'를 허락했다고 본 것이다. 본회퍼는 "자신의 피조물에게 형태와 고유한 존재를 부여함으로써, 그리고 형태를 만듦으로써 창조주는 (자기) 스스로를 부정하였지만"이라고 말했고,[80] 함석헌은 우주가 "신의 로고스가 자기를 포기하고 그 영원무궁의 자리에서 내려와 만물 속에 거함에 의해 성립된 것"이라고 보았다.[81] 따라서 절대자의 '자기 제한'으로 가능해지는 피조물의 '자유'는 필연적으로 '선의 가능성'과 함께 '악의 가능성'을 허용하게 된다. 따라서 이러한 관점에서 4연에 제시된 시어늘의 상싱석 의미를 한정적으로 제시해 보면, "사랑"은 피조물에게 '자유'를 허락한 '신적 사랑'을, "뱀"은 '인간의 욕망'을, "毒"은 '죄'의 결과로 나타난 '악의 현실성'을, "어린 꽃"은 '미성숙하지만 아름다운 피조물'을 의미한다고 할 수 있다.

이때 특별히 "어린 꽃"의 "어린"이 지닌 '이중적 의미'와 시어들이 나열된 '순서'에 주목해 볼 필요가 있다. "어린"은 "꽃"의 '미성숙함'을 상징함과 동시에 온전한 성숙에 대한 '가능성'을 상징한다. 즉 "어린 꽃"은 유혹(타락)의 가능성과 성숙(구원)의 가능성을 모두 지닌 존재인 것이다. 또한 4연에 제시된 시어들의 순서를 보면, "사랑", "뱀", "毒", "어린 꽃" 순으로 나열되어 있는데, 이는 각각 신적 사랑(창조), 인간의 욕망(타락의 가능성), 악의 출현(타락), 미성숙한 아름다움(성숙을 향한 가능성) 등을 의미하면서 '기독교 구속사'의 흐름을 함축하고 있다. 따라서 4연의 상징적 의미들로 인해 "太初의아츰"은 '선악'의 가능성과 더불어 타락과 구원이 함께 예비된 '창조의 순간'이라 할 수 있다.

정리하면 신정론적 관점에서 「太初의아츰」은 '악은 어디에서 오는 것인가?'라는 물음을 「창세기」 신화를 통해 모색하면서, '악의 가능성'을 허용하는 '자유의 양의성'이 창조의 필연적 결과임을 상징적으로 나타내고 있다.

---

80   『창조와 타락』, 54쪽.

81   『한국역사』, 52쪽.

즉 "太初의아츰"에 신이 사랑 안에서 허용한 '자유'로부터 '악'의 출현이 가능해졌다는 것이다. 그렇다면 여기에서 '악은 신으로부터 오는 것인가?'라는 의문이 생기게 된다. 본회퍼와 함석헌은 '악'이 인간의 자유를 위해 신이 자기를 제한한 결과라고 보면서 신의 선함을 옹호하고 '악'을 선택한 인간에게 그 책임을 묻는데, 이러한 양상이 잘 나타나는 작품이 바로 「또太初의아츰」이다.

4.3.1.2. 「또太初의아츰」: 책임의 윤리

「또太初의아츰」은 제목만 봐도 「太初의아츰」과 상호텍스트적으로 깊이 연관된 작품임을 알 수 있다. 이 작품 역시도 「太初의아츰」과 마찬가지로 「창세기」를 모티프로 하여 죄에 대한 책임의 윤리를 제시하고 있다.

하얗게 눈이 덮이엿고
電信柱가 잉잉 울어
하나님말슴이 들려온다.

무슨 啓示일가.

빨리
봄이 오면
罪를 짓고
눈이
밝어

이咹가 解産하는 수고를 다하면

無花果 잎사귀로 부끄런데를 가리고

나는 이마에 땀을 흘려야겠다.

「또太初의아츰」(1941.5.31.) 전문

1연에서 화자는 "電信柱" 소리를 통해 "하나님말슴"을 듣지만 2연에서 "무슨 啓示일가"라는 물음을 스스로에게 던질 뿐 그 뜻을 명확하게 분별하지 못하고 있다. 성서에 의하면 신의 뜻을 분명하게 인식하지 못하는 상황은 신과 인간의 관계가 무너져버린 '타락' 이후에 나타나는 현상이다. 따라서 이러한 상황은 1, 2연에서 시간적 배경으로 제시된 '겨울'은 「太初의 아침」에서 잠재해 있던 '악의 가능성'이 현실화되어 나타난 '타락 이후의 시간'임을 의미한다고 볼 수 있다.

3연에서 화자는 "빨리" "봄"이 오기를 기다리면서, "봄"이 오면 "罪"를 짓고 "눈"을 밝게 하고자 한다. 여기에서 문제가 되는 것은 화자가 "하나님말슴"이 들려오는 현실 속에서 오히려 "빨리" "罪를 짓고"자 하는 것이다. 왜 그는 "빨리" "罪를 짓고"자 하는 것일까?

이는 화자가 자신을 아담과 동일시하고 있기 때문이다. 4, 5, 6연을 감안하면 화자가 자신과 아담을 동일시하고 있음을 알 수 있다. 본회퍼는 "선과 악을 알게 하는 나무의 열매를 따먹은 자는 아담이 아니라 바로 우리이다."라고 했는데,[82] 기독교에서 아담은 최초의 인간인 동시에 보편적인 '인간의 원형'을 의미한다.[83] 그래서 최초의 인간이 지은 죄라는 의미에서, 모든 인간

82　『창조와 타락』, 116쪽.

83　"'아담'(adam)이란 말은 히브리에서 한 특정한 사람의 이름이 아니라 '인간'이라는 집단 인격을 뜻한다. '아담'은 한 사람일 수도 있지만, '우리 모든 인간'을 말한다. … 죄의 타락은 모든 시대의 모든 아담에게서 언제나 다시금 일어난다. 그것은 통시적(通時的)이며 언제나 현재적인 것이다."(김균진, 『기독교 신학: 하나님 나라의 메시아적 신학을 향해 2』, 새물결플러스, 2014, 406쪽)

이 이러한 죄를 짓는다는 의미에서, 그리고 누구나 이 죄를 본래적으로 갖고 있다는 의미에서, 이것을 '원죄(original sin)'라고 불렀다. 그만큼 죄의 문제는 인간이 실존적으로 경험하는 보편적이고 숙명적이라는 의미이다.

그리하여 화자는 아담의 '고난'을 자신이 '짊어지고자' 한다. 4, 5, 6연을 감안하면 그가 '죄'를 짓고자 하는 것은 '고난'을 받기 위함이다. 성서에 의하면 "解産하는 수고", "無花果 잎사귀", "땀" 등은 모두 타락의 결과로 인간이 감당해야 하는 '고난'이었다.[84] 하지만 성서는 이 '고난'이 동시에 '구원'에 대한 약속이라고 한다.[85] 따라서 화자가 '죄'를 짓고자 하는 것은 다가올 구원에 대한 희망 속에서 죄로 인한 고통을 적극적으로 감당하고자 하는 것이다.

이러한 책임적인 태도는 성서 속 아담이 취한 태도와는 대조적인 것이다. 「창세기」에서 아담은 타락 이후에 신으로부터 숨었고, 죄를 자백하면서 그 고백 속에서 다시 자신의 책임을 회피하고자 했다.[86] 그는 자신의 죄가 여자 탓이라고 했고 여자는 뱀 탓이라고 했는데, 이는 인간이 여자를 창조하고 뱀을 창조한 신에게 죄의 책임을 돌리는 행위였다. 마찬가지로 악과 고통이 현존하는 세계에서 인간은 그 원인과 책임을 신에게 돌린다. 즉 '신이 있다면 왜 이런 일이 일어나는가?'라고 물으며 반항한다. 하지만 성서 속 아담과

---

84 성서에 의하면 '해산'의 고통과 '노동'의 고통은 신이 직접 내린 형벌이었고, 벗은 몸에 대한 '수치'는 죄를 지은 이후 즉각적으로 나타난 결과로서 그 역시 죄에 대한 벌이라 할 수 있다. 이것은 또한 관계의 파괴를 의미하기도 한다. 해산의 고통, 벗은 몸의 수치, 노동의 고통은 각각 새로운 생명, 다른 인간, 땅(피조세계)과의 관계가 깨어졌음을 의미한다.

85 성서에 의하면 타락 이후 인간은 '노동'의 수고를 통해 자신이 "흙"으로 돌아갈 때까지 삶을 보존할 수 있었고, '해산'의 고통을 통해 자손을 낳으며 언젠가 "여자의 자손"이 "뱀"의 "머리"를 상하게 할 날을 기다릴 수 있었다. 이러한 희망 안에서 남자는 아내의 이름을 '생명이 있는 모든 것의 어머니'란 뜻의 "하와"로 지어주었고, 이후 신은 사람에게 '구속'을 상징하는 "가죽옷"으로 그들의 '벗은 몸'을 가려주었다(「창세기」 3:14-24 참조). 아우구스티누스는 죄가 궁극적으로는 구원을 가져오기에 '허용된 죄의 선함'을 주장하며 "오 축복받은 범죄여(O Felix Culpa)"라고 했다(Hick, 앞의 책, 192-193쪽).

86 「창세기」 3:12.

달리 시의 화자는 아담의 죄를 자신의 것으로 동일시함으로써 타자가 지은 죄의 책임을 자신의 것으로 수용하고 있다. 그렇다면 이와 같이 타자의 '고난'을 자신이 감당하기 위해서 '죄'를 짓고자 하는 행위는 타자를 위한 '구속적인 대리 행위'라고 할 수 있다.

본회퍼와 함석헌은 인간을 '자유로운 존재'로 규정하면서도 이 자유가 타자를 위한 '책임'을 전제한 '자유'임을 강조했다.

> 자유란 다만 하나의 관계일 뿐이며 그 밖의 아무 것도 아니다. 다시 말하면 자유란 양자 사이의 관계이다. 자유로운 존재는 곧 '타자를 위해 자유로운 존재'이다. 왜냐하면 타자가 나를 자기에게 속박하였기 때문이다. 단지 타자와의 관계 속에서만 나는 자유로운 것이다.[87]

> 자유의 가치는 자기 하고 싶은대로 방종을 하는데 있는 것이 아니다. 내 의지를 자유로써 신 앞에 바치는데 있다. … 조선 사람이면 세계 어느 구석에 가던지 조선에 대한 도덕적 책임을 피하지 못한다. 이를 도덕적으로 향상시킬 책임이다. 실로 조선만이 아니라 전 우주에 대하여서다.[88]

이렇게 관계지향적이고 타자지향적인 '자유'는 고립된 개별성에 함몰된 자유가 아니라 타자와의 관계성 안에서 윤리적 책임을 지는 것이다. 특히 본회퍼는 사람이 책임적인 행동을 하려고 할 때 필연적으로 죄를 짓게 된다고 하며, 이러한 책임 윤리를 타자를 위해 '죄를 짊어지는 행위'라고 했다.[89]

---

87 『창조와 타락』, 83쪽.

88 『조선역사』, 26-27쪽. 또한 함석헌은 "사람은 자유이지만, 또 넘을 수 없는 절대의 너에게 얼굴을 맞댄 자유다"라고 했다(『한국역사』, 63쪽).

89 『윤리학』, 329-330쪽. 고재길, 『한국교회 본회퍼에게 듣다』, 장로회신학대학교출판부, 2014, 32쪽.

따라서 이러한 관점에서 「또太初의아츰」은 타자의 죄를 수용하고 짊어지고자 하는 '책임의 윤리'를 형상화했다고 볼 수 있다. 이때 "봄"은 '악'이 현실화된 이후에 그 책임을 적극적으로 감당하면서 고난에 참여해야 하는 새로운 시작이 된다. 즉 「太初의아츰」이 '선악'의 가능성이 모두 마련된 '창조의 시작'을 형상화했다면, 「또太初의아츰」은 '악'이 현실화된 이후 죄책을 적극적으로 수용하고 고난에 참여하는 '구속사의 시작'을 형상화했다고 할 수 있다.

또한 신정론의 관점에서 보면, 「太初의아츰」과 「또太初의아츰」은 '자유의 양의성'으로부터 '책임의 윤리'로 신정론의 중심이 이동하면서, 신정(神正)에 대한 물음이 인정(人正)에 대한 물음으로 바뀌게 된 것을 볼 수 있다. 독일 신학자 푈만(Horst Georg Pöhlmann)은 아우슈비츠 이후에 "하나님이 아니라 인간이 자기의 옳음을 나타내야 한다. 신정은 없다. 인정(人正: Anthropodizee)만이 있을 뿐이다."라고 했다.[90] 이와 관련하여 본회퍼는 '악의 기원'에 대한 질문이 신학적 질문이나 책임에 대한 바른 태도가 아님을 주장하며 예수의 십자가를 주목하고자 했다.

> 악의 이유에 대한 질문은 신학적 질문이 아니다. … "이유를 묻는 질문" (Warumfrage)은 인간에게 전적으로 책임을 돌리는 "진술"(daβ)로써 언제나 대답될 수 있다. 신학적 질문은 악의 기원을 묻는 것이 아니라, 십자가에서 실제적으로 일어난 악의 극복을 향하는 것이다. 신학적 질문은 죄의 용서와 타락한 세상의 화해에 대해 묻는 것이다.[91]

---

90 김균진, 앞의 책, 136쪽.
91 『창조와 타락』, 153쪽.

4.3.2. 고통당하는 신과 대속적 고난의 윤리

「太初의아츰」과 「또太初의아츰」에서 윤동주는 인간 존재를 '자유'와 '책임'의 존재로 형상화하면서 타자를 위해 죄를 짊어지고자 하는 의지를 나타내었다. 이러한 의지는 시인으로 하여금 '하나님처럼' 되고자 한 아담과의 동일시로부터 인류의 죄를 대신 지고 가는 '하나님의 어린양' 예수와의 동일시로 나아가게 하는데, 그러한 양상이 잘 드러나는 시가 바로 「十字架」이나.

> 쫓아오든 햇빛인데
> 지금 敎會堂 꼭대기
> 十字架에 걸리였습니다.
>
> 尖塔이 저렇게도 높은데
> 어떻게 올라갈수 있을가요.
>
> 鐘소리도 들려오지 않는데
> 휫파람이나 불며 서성거리다가,
>
> 괴로왔든 사나이,
> 幸福한 예수·그리스도에게
> 처럼
> 十字架가 許諾된다면
>
> 목아지를 드리우고
> 꽃처럼 피여나는 피를
> 어두어가는 하늘밑에

조용이 흘리겠읍니다.

「十字架」(1941.5.31.) 전문

1, 2연에서 화자는 "敎會堂 꼭대기"에 걸린 "十字架"를 보면서 "어떻게 올라갈수 있을가요"라며 좌절감을 드러내고 있다. 여기에서 화자가 느낀 좌절감은 무엇일까? 첫째, 이는 키에르케고어가 언급했던 종교적 실존자의 '죄의식'일 수 있다.[92] 둘째, 이는 지고(至高)한 신적 부르심에 대한 인간적인 망설임일 수 있다.[93] 셋째, 이는 신정론의 관점에서 '부재(不在)하는 신'에 대한 좌절일 수 있다. 이때 화자와 높은 "尖塔" 사이의 수직적 '거리'는 신이 부재하는 현실과 신의 현존 사이의 심리적 거리감이 될 것이다.

3연에서 형상화된 "鍾소리도 들려오지 않는" 상황은 당시 식민지 조선의 정치적 상황뿐만이 아니라 종교적 상황을 상징적으로 보여준다.[94] 이 작품을 쓸 무렵 친구들의 증언에 의하면, 윤동주가 성경공부에 열심이었다고도 하고 신앙에 회의를 느꼈다고도 하는데,[95] 아마도 윤동주가 신앙 자체에 회의를

---

92 키에르케고어는 윤리적 실존자가 종교적 실존에 이르기 위해서 '유머'의 단계에서 경험하는 '절망'과 종교성 A에서 종교성 B에 이르는 과정에서 경험하는 '죄의식'에 대해서 논하였는데, 1, 2연에서 경험하는 화자의 좌절을 이러한 절망과 죄의식의 표현으로 이해할 수 있다. 이는 윤리적 실존의 의지가 강하게 드러나는 「또太初의아침」과 대비되는 부분이다.

93 성서에는 모세, 예레미야 등 많은 영웅적 인물들이 신적 부르심에 적극적으로 응답하지 못하고 자기를 비하하며 망설이는 태도를 보였다.

94 당시 일제는 조선을 천황제 국가에 동화시키기 위해서 '내선일체'를 주장하면서 그 구현을 위해 '신사참배' 강요 정책을 펼쳤다. 신사참배는 기독교 학교에서 서구 선교사들의 영향을 배제시키고 우파 민족주의 운동의 핵심인 기독교인들을 천황 중심 이데올로기를 통해 훼절시킴으로써 신앙의 정체성과 함께 민족적 정체성을 해체시키기 위함이었다. 이에 대한 거부로 1936년 평양 숭실학교 교장이 파면되었을 때 숭실학교를 다니던 윤동주와 문익환은 자퇴를 하기도 했다. 천주교와 감리교는 좀 더 일찍 신사참배를 국민적 의례로 인정했고 이후 보수적인 장로교도 1938년 9월 제27차 총회에서 신사참배를 가결했다. 이후 조선 기독교는 일본의 전시체제와 교회의 정교분리 원칙에 의하여 민족적 정체성과 기독교적 사회윤리를 상실하며 철저히 침략 전쟁에 동원되고 이용당했다(양현혜,『근대 한·일 관계사 속의 기독교』, 이화여자대학교출판부, 2009, 142-164쪽 참조).

느꼈다기보다는 제도적 교회의 현실에 대해 회의를 느꼈으리라 짐작된다. 어쨌든 3연에서 "鍾소리"가 부재하는 현실과 "휫파람"은 각각 '신 부재의 현실'과 '신의 임재에 대한 기다림'의 상징으로 볼 수 있다. 이때 신의 부재와 화자의 기다림 사이의 '서성거림'은 '신은 지금 어디에 있는가?'라는 신정론적 질문과 연결된다. 이는 역사적으로 고통의 현실 속에서 고통당하는 자들의 물음이었고, 특히 2차 세계대전 당시 과도한 고통의 현실에서 '과연 신이 존재하기는 하는가?', '신은 죽은 것이 아닌가?' 등과 같은 회의 속에서 상력하게 제기된 물음이었다. 화자는 이렇게 신이 부재하는 현실 속에서 예수의 십자가를 주목하게 된 것이다.

4연의 1, 2행에서 화자는 예수를 "괴로왔든 사나이", "幸福한 예수·그리스도"로 고백한다. 그런데 어떻게 한 존재 안에 "괴로웠든"과 "幸福한"이 함께 있을 수 있을까?

첫째, 이는 신학적으로 '역사적 예수'와 '신앙적 그리스도' 사이의 동일성을 의미한다고 볼 수 있다.[96] 예수는 역사적으로 명백히 "괴로왔든 사나이"였다. 그의 고향 나사렛은 소외지대로서 민중 봉기가 그치지 않는 곳이었고, 그는 계층적으로는 평민이자 목수 일을 하는 노동자였다. 그래서 그는 정규 교육을 거의 받지 못했고, 독신으로 철저한 무소유의 삶을 살았으며, 주로

---

95 정병욱은 이때 윤동주가 이화여전 구내의 협성교회를 다니며 영어성서반에 참석했다고 한 반면, 윤일주와 문익환은 이 시기 윤동주가 신앙생활에 회의를 느꼈다고 했다(문익환, 앞의 글, 216쪽; 윤일주, 앞의 글, 157쪽; 정병욱, 앞의 글, 134-135쪽).

96 예수는 부활 이전 땅 위의 역사적 인물 예수와, 부활 이후 높이 고양된 신앙의 그리스도가 구별된다. 복음서에서는 양자가 통일된 존재로 기술되고 있다. 기독교 신학에서 이 문제는 "복음서가 전하는 신앙의 그리스도와 역사적 예수를 구별하는 단계", "역사적 예수를 재구성하는 단계", "역사적 예수를 포기하는 단계", "역사적 예수와 신앙적 그리스도의 연속성을 찾고자 하는 단계" 등으로 구별될 수 있다(김균진, 앞의 책, 431-435쪽). 이와 관련하여 김응교는 "十字架"의 "예수·그리스도"를 '역사적 예수(Historical Jesus)'와 '구세주(Savior Christ)'로 보았다(김응교, 「(윤동주와 걷는 새로운 길 19) '처럼'의 현상학-「십자가」와 스플랑크니조마이」, 『기독교사상』 668, 대한기독교서회, 2014 참조).

질병과 가난 속에서 소외당한 민중들과 함께 성서를 가르치거나 치유의 활동을 하며 '하나님 나라' 운동을 일으켰다. 그는 가족들에게 '미친 사람'이었고, 종교 지도자들에게는 '귀신들린 자' 또는 '신을 모독하는 자'였으며, 정치 지도자들에게는 '민중 봉기를 일으킬 수 있는 위험인물'이었다. 그리고 결국 종교적 권력과 정치적 권력에 의해서 십자가에서 비참하게 처형당했다. 하지만 '신앙적 그리스도'는 동정녀 마리아에게서 태어난 성자(聖子)로서 죽음을 이기고 부활했으며 승천하여 성부(聖父)의 보좌 우편에서 모든 영광과 찬양을 받는 "그리스도"이다. 따라서 고통당하는 자와 함께 고통당했던 '역사적 예수'와 신의 우편에서 찬양받는 '신앙적 그리스도'의 동일시는 고통당하는 자들을 위해 살았던 예수가 여전히 하늘에서도 고통당하는 자들과 함께 한다는 믿음을 토대로 하여 고통당하는 자들에게 위로와 저항의 근거를 제공한다.

둘째, 이는 '신의 부재'와 '신의 현존'이 역설적으로 다르지 않음을 의미할 수 있다. 이때 "괴로왔든"은 신의 부재를, "幸福한"은 신의 현존을 의미한다. 하지만 어떻게 신의 부재와 신의 현존이 다르지 않을 수 있는가? 십자가에서 예수는 "나의 하나님, 나의 하나님, 어찌하여 나를 버리셨습니까?"[97]라는 외침으로 그의 고통과 죽음이 철저한 신의 부재 속에서 이루어졌음을 드러내었는데, 이것이 어떻게 신의 현존과 연결될 수 있는가?

역사적으로 계몽주의적 세계관은 신의 부재와 신의 현존을 대립적인 것으로 생각하였다. 하지만 예수의 십자가에서 '연약하고 무력하고 고통당하는 신'을 발견했던 본회퍼는 신의 무력함과 신의 전능이 다르지 않고, 신의 부재와 신의 현존이 다르지 않다고 이해했다. 본회퍼는 감옥에서 친구 베트게(Eberhard Bethge)에게 쓴 편지에서 다음과 같이 썼다.

> 우리는 하나님 없이 하나님 앞에서 하나님과 더불어 산다네. 하나님은 자신

---

97 「마가복음」 15:34.

을 세상에서 십자가로 추방하지. 하나님은 세상에서 무력하고 약하며, 오직 그렇기 때문에 그는 우리와 함께 계시고 우리를 돕는다네. 그리스도가 그의 전능하심이 아니라, 그의 약함, 그의 수난으로 도우신다는 것은 「마태복음」 8:17에 분명하게 나타나 있네. 바로 여기에 다른 종교들과의 결정적 차이가 있지. 인간의 종교성은 인간에게 곤궁에 빠졌을 때 세상에 존재하는 하나님의 능력에 의지하는 법을 가르치지. 그것은 deus ex machina(기계장치로서의 신)이지. 반면에 성서는 인간에게 하나님의 무력함과 수난을 지시하고 있지. 오직 고난당하는 하나님만이 도울 수 있지.[98]

이와 관련하여 몰트만은 십자가를 삼위일체 교리에 근거하여 성부(聖父)와 성자(聖子)가 십자가 위에서 서로를 완전하게 상실하는 고통을 겪었지만, 역설적으로 성부와 성자는 그 고통 속에서 사랑 가운데 가장 깊이 하나로 결합되었다고 보았다.[99] 그래서 십자가는 인간이 경험하는 '신적 부재의 순간'이 역설적으로 신적 사랑 안에서 고통당하는 자들과 함께 '고통당하는 신이 현존하는 순간'이 된다. 즉 십자가에는 신의 부재와 신의 현존, 상실과 연합, 고통과 행복이 역설적으로 결합되어 있는 것이다. 따라서 이러한 관점에서 4연에 나타나는 "괴로왓든 사나이"의 역설적인 "幸福"이 이해될 수 있다.[100]

---

98 『저항과 복종』, 680-681쪽. 여기서 '고난당하는 신'이 아무 것도 할 수 없는 전적으로 '무능한 신'이 아님에 유의해야 한다. 오히려 '고난당하는 신'은 고통당하는 자를 돕기 위해 고난에 참여하는 '사랑 안에서 전능한 신'이다. 그래서 본회퍼는 "고난당하는 하나님만이 도울 수 있지."라고 말했다.

99 "아들은 죽음을 고통당하며, 아버지는 아들의 죽음을 고통당하신다. 여기서 아버지가 당하는 아픔은 아들의 죽음만큼 큰 것이다. 아들이 당하는 상실은 아버지께서 당하시는 아들의 상실과 상응한다. … 십자가에서 아버지와 아들은, 아들의 버림받은 상태 속에서 가장 깊이 하나로 결합되어 있다."(Jurgen Moltmann, 『십자가에 달리신 하나님: 기독교 신학의 근거와 비판으로서 예수의 십자가』, 347-349쪽).

100 이러한 「十字架」의 역설은 시인이 약 5개월 전에 예수의 산상수훈을 모티프로 하여 창작했던 「八福」에서 "슬픔"을 "福"으로 이해하는 역설과 동일한 성격의 것이다.

4연의 3행에서 시인은 "처럼"이 조사임에도 불구하고 행을 나누어 독립적으로 제시해 놓고 있다. 이는 시인이 의도적으로 "처럼"이 주는 무게와 의미를 강조한 것이다. 화자는 이 "처럼"으로 인해 예수와 자신을 동일시하고 있고, 예수의 "십자가"를 자신의 "십자가"로 받아들이고 짊어지려 하는 것이다.[101] 그는 왜 예수와 자신을 동일시하면서 십자가를 지려고 하는 것일까?

키에르케고어는에 의하면 사람이 자기의 이성을 내려놓고 신이면서 동시에 사람인 그리스도의 역설을 믿을 때에만 그는 참된 종교적 실존인 '종교성 B'에 이르게 된다. 이러한 종교적 실존자는 그리스도와의 동시성을 지니고 그리스도처럼 고난에 참여함으로써 진리를 드러내고자 한다. 이때 그리스도와 동시성을 이룬다는 것은 단독자였던 예수를 따르는 자, 곧 그를 본받아 자기도 고난받을 각오로 비진리와의 싸움에 나서며 사랑을 실천하는 자이다.[102] 따라서 윤동주는 「十字架」의 4연에서 "괴로왓든 사나이 / 幸福한 예수·

---

101 이러한 점에서 「十字架」는 윤동주가 1934년 12월 24일에 동일한 모티프로 창작하여 최초로 기록했던 「초한대」와 비교해 볼 수 있다. 후자에 비해 전자가 예수와 자신을 동일시함으로써 고난에 참여하고자 하는 의지를 더 적극적으로 표현하고 있다. 「초한대」가 고난당하는 '희생양'과 화자 자신의 거리감으로 인해 대상을 예찬하고 그를 내면적으로 수용하는 데 그친 반면 「十字架」는 그러한 거리감이 소멸되며 화자 자신이 '희생양'의 자리에 서서 죽음을 각오하고 있다.

102 임규정, 「키에르케고어의 주체성의 지양과 "죄책감"에 대한 고찰」, 『철학연구』 76, 대한철학회, 2000, 265-266쪽; 임규정, 「가능성의 현상학─키르케고르 실존의 삼 단계에 관한 소고」, 『범한철학』 55, 범한철학회, 2005, 297쪽.
'윤리적인 것의 목적론적 정지'라는 역설적 신앙의 윤리를 수용하는 자에게 문제가 되는 것은 이 '슬픔'의 짐을 기꺼이 짊어질 것인가 하는 것이다. 키에르케고어는 마르크스(K, Marx)와 엥겔스(F. Engels)가 「공산당 선언(Comullist Manifesto)」을 기초하고 있었던 1847년 9월, 「공산당 선언」과 정반대되는 사회변혁의 원리를 담은 『사랑의 역사』를 세상에 내놓았다. 여기에서 그는 인간의 자연적인 사랑에 대비하여 "네 이웃을 네 몸과 같이 사랑하라"는 그리스도교 신앙의 윤리적 근간을 깊이 성찰하면서 진정한 정치·사회적 변혁은 근본적으로 모든 인간 관계를 맺어주는 사랑의 변혁임을 역설하고 단독자의 '이웃 사랑'에 대하여 논하였다. 또한 그는 『그리스도교의 훈련』에서 단독자를 비천한 종의 모습을 한 고난의 예수와 동시적으로 고난받는 '진리의 증인'(det lidende Sanhedsvidne)으로서 불의에 대항하는 순교자이자 자백으로서 은총으로 피하는 자로 묘사하였다. 윤동주의 후기 시들은 이러한 종교적 실존자의 '이웃'에 대한 주체적 책임성을 그 주제로 하고 있는데, 이러

그리스도에게"라고 하며 종교성 B의 역설을 형상화한 다음, "처럼"을 한 행에 독립시킴으로써 자신과 그리스도의 동시적인 고난을 소망한다. 즉 시의 초반부에서 '우러러 보던 십자가'에서 '짊어지는 십자가'로 전환된 것이다.

이와 관련하여 본회퍼와 함석헌은 타자를 위해 자유로운 인간의 삶은 '고난'으로 구체화된다고 생각했다. 본회퍼는 타자의 고통을 대신 짊어지는 예수를 "타자를 위한 존재(being for the others)"로 규정한 다음, 예수를 뒤따르는 "제자직(Nachfolge)"은 불의한 세계 속에서 오직 고통당하는 타자를 위해 대리적으로 고난을 받고 버림을 받은 자로서만 가능하다고 보았다.[103] 또한 그는 『윤리학』 원고에서 "책임적인 삶의 구조"에 대해서 설명하면서, 기독론적 책임윤리는 타자를 대신하여 행하는 "대리" 행위와 타자를 위해 죄를 짓고 이를 수용하는 "죄책 수용"을 통해 가능하다고 강조했다.[104] 그에 의하면 책임적인 모든 인간은 대리적으로 살아갈 뿐만 아니라 타자의 죄를 짊어지는 자이다.

동일한 맥락에서 함석헌은 세계의 불의를 짊어지는 것이 역사가 지시하는 조선 민족의 세계사적 사명이라고 보았다.

우리의 사명이 여기에 있다. 이 불의의 짐을 원망도 않고 회피도 없이 용감하게 진실하게 지는데 있다. … 그것을 짐으로써 우리 자신을 구하고 세계를 구하여야 한다. 불의의 결과는 그를 지는 자 없이는 없어지지 않는다. 세계를 위하여 이것을 져야 한다.[105]

한 양상은 「十字架」, 「序詩」, 「肝」, 「쉽게씨워진詩」 등에서 잘 드러난다.

103 『나를 따르라』, 77-78쪽. 본회퍼는 본질에서 벗어난 '이신칭의(以信稱義)' 교리를 비판하면서 고난 없는 '칭의'를 "싸구려 은혜"라고 비판했다(위의 책, 33-51 참조).

104 『윤리학』, 307-339쪽 참조. 본회퍼는 "책임적인 삶의 구조"라는 제목의 장에서 책임 개념을 '의무'와 '자유'라는 두 가지 형태로 나누고, '매임'으로서의 책임을 다시 '대리', '현실적 합성', '죄책 수용'으로, '자유'로서의 삶과 행동의 '수용', 구체적 결단의 '모험'으로 구체화했다(위의 책, 307쪽).

함석헌은 조선 민족이 현재의 민족적 고난을 기꺼이 짊어짐으로써, 민족의 잘못을 씻고 잃어버린 주체성을 회복할 뿐만 아니라 제국주의의 악을 정화시켜 장차 도래할 새로운 세계의 선구자가 되어야 한다고 주장했다.[106] 즉 그는 민족의 고난을 전체 인류의 구원을 향한 대속적 과정으로 이해하여 식민지 조선의 고난에 세계사를 위한 '메시아'적 의미를 부여한 것이다.[107]

따라서 4연에서 화자가 "처럼"을 통해 예수와 자신을 동일시하는 것은 화자가 예수를 따르는 자로서 타자의 죄를 짊어지고 대신 고통당하는 '대속(代贖)적 고난'의 윤리를 지향하고 있음을 의미한다. 이때 그의 의지는 4연 4행의 "許諾"이란 말에서 확인할 수 있는 것처럼 자기 스스로 하고자 하는 의지가 아니라 신적 의지에 참여하고자 하는 의지이다.

이러한 의지는 5연에서 보다 비장한 '순교'의 의지로 형상화된다.[108] 1, 2행에서 형상화된 '순교의 의지'와 '변혁의 소망'은 3행에서 식민지 조선의 상황을 암시하는 "어두어가는 하늘밑에"라는 표현과 함께 종교적인 신앙의 의미만이 아니라 정치적 저항의 의미를 형성하게 된다. 실제 순교의 역사에서 주목되는 것은 순교자들이 단순히 종교적인 이유로만 죽은 것은 아니라는 점이다. 예수가 정치적 죄목으로 십자가에서 처형되었듯이, 많은 순교자들은 정치적인 이유 때문에 죽었다. 조선 후기 지배층이 기독교인들을 참수하며

---

105 『조선역사』, 268쪽.

106 『한국역사』, 482-483쪽.

107 이러한 '고난 사관'은 성서 「이사야」 53장의 '고난받는 종의 노래'에 근거하는 것으로, 타자의 죄를 정화하는 '대속적 고난'의 역설적 사상이라 할 수 있다.

108 이때 "목아지를 드리우고"는 목을 베는 '참수'의 상상력과 관계될 수 있다. 그리고 "꽃처럼 피어나는 피를"은 예수의 부활과 함께 이차돈의 순교와 관련되면서, 순교 이후 일어날 이적과 그로 인한 현실 변혁에 대한 소망을 암시하고 있다. 이황직은 "꽃처럼 피어나는 피를"을 『삼국유사』에 나오는 이차돈의 순교 설화와 관련지어 설명하였다(이황직, 앞의 글, 258). "옥리가 (그의) 목을 베니 한 길이나 되는 흰 젖이 솟구쳐 올랐다. 온 하늘이 어두워지고, 비낀 해가 어두웠다 밝아졌다 하고 온 땅이 진동하여 꽃비가 떨어지는 것이었다."(일연, 이가원 역, 『삼국유사 신역』, 태학사, 1991, 209쪽)

박해한 것도 그들이 당시 봉건적 신분질서 또는 유교적 질서를 유지하는 데 위협이 된다고 판단했기 때문이었다. 마찬가지로 식민지 조선에서도 예수의 십자가는 일제에 대한 정치적인 저항을 의미할 수 있었다. 실제로 정병욱은 윤동주가 졸업할 당시 자선시집 출판을 위하여 스승인 이양하에게 필사본을 보여주었을 때, 이양하가 윤동주에게 출판 보류를 권한 것은 「十字架」 같은 작품 때문이었을 것이라고 추측했다.[109] 이는 그가 「十字架」가 지닌 저항적 의미를 간파하고 있었음을 의미한다.

몰트만은 예수가 십자가 위에서 이룬 구원은 "사(私)적인 구원"이 아니라 "공(公)적인 구원"이라는 요한 밥티스트 메츠(Johann Baptist Metz)를 인용하며, "그리스도의 수난과 부활의 기억"은 자유와 정의를 갈망하는 가운데 비판적 성격의 정치신학을 지향한다고 주장했다.[110] 이러한 의미에서 본회퍼는 "바퀴에 깔린 희생자를 싸매어 줄 뿐 아니라, 바퀴 자체를 저지"[111]하고자 히틀러 암살 계획에 동참하였고, 함석헌은 십자가를 '개인적 구속'뿐만이 아니라 '역사적 구속'의 의미로 이해한 것이다.

이러한 측면에서 「十字架」는 전통적인 기독교의 십자가 이해와는 차이가 있다. 전통적인 기독교에서 '십자가'는 '신앙의 그리스도'만을 부각하여 개인의 죄를 용서하는 '대속(代贖, redemption)'적 관점이 지나치게 강조된 측면이 있었다. 이러한 죄 용서에 대한 강조는 죄를 고통의 이유로 보게 함으로써 고통을 정당화하는 신정론을 가능케 하였는데, 유대인 철학자 레비나스(Emmanuel Levinas)는 이를 신학적인 '동일성의 폭력'으로 보면서 고통을 정당화하는 신정론의 폐기를 주장하였다.[112] 그리고 결과적으로 지나친 죄 용서

---

109 "이 시고를 받아보신 이양하 선생님께서는 출판을 보류하도록 권하셨다. 「십자가」「슬픈 족속」「또 다른 고향」과 같은 작품들이 일본 관련의 검열에 통과할 수 없을 뿐더러 동주의 신변에 위험이 따를 것이니 때를 기다리라고 하셨을 것이다."(정병욱, 앞의 글, 140-141쪽)

110 Moltmann, 앞의 책, 451쪽.

111 Everhard Bethge, 김순현 역, 『(신학자-그리스도인-동시대인)Ditrich Bonhoeffer』, 복있는 사람, 2014, 426쪽.

의 강조는 십자가를 사(私)적 영역[113]에 한정시켜 십자가가 지닌 공(公)적 의미를 자각치 못하게 하였다. 하지만 윤동주의 「十字架」는 본회퍼와 함석헌이 전개한 '고난의 신정론'을 내포하면서, '역사적 예수'와 '신앙의 그리스도', '신의 부재'와 '신의 현존', '대속(代贖)'과 '대고(代苦)', '개인의 구원'과 '사회적 변혁' 등의 의미가 한쪽으로 치우치지 않고 양쪽의 긴장 속에서 형상화되어 있다고 볼 수 있다.

정리하면 신정론적 관점에서 「十字架」는 불의한 현실 속에서 '신은 지금 어디에 있는가?'라고 물음을 예수의 십자가를 통해 모색하면서, 역설적으로 '고난당하는 신'의 현존을 발견하고 타자를 위해 신적 고난에 참여하는 '대속적 고난'의 윤리를 지향하는 시인의 '순교 의지'가 형상화된 작품이라 할 수 있다.

하지만 비록 「十字架」에 현실 변혁의 소망이 간접적으로 암시되기는 하지만 그것이 강하게 드러나지는 않는다. 그래서 '대속적 고난'의 강조는 전통적인 기독교 신정론이 그랬던 것처럼 오히려 불의한 현실을 체념하게 하고 고통을 순응적으로 수용하게 하는 권력자들의 논리를 정당화할 위험이 있다. 따라서 '대속적 고난'의 윤리를 추구하는 종교적 실존자는 과연 현실 속에서 '희망이 가능한가?'라는 물음을 묻게 되는데, 이러한 양상이 잘 드러나는 작품이 「새벽이올때까지」와 「눈감고간다」이다.

---

112 박원빈, 『레비나스와 기독교: 기독교 신학적 관점에서 바라본 현대철학』, 북코리아, 2010, 99쪽.

113 아렌트(Hanna Arendt)는 '사적(private)'의 어원적 의미를 "무엇이 박탈된(privative)"으로 보고 "사적인 영역은 곧 타인의 부재"로 보았다(Hanna Arendt, 이진우·태진호 역, 『인간의 조건』, 한길사, 1996, 44쪽).

4.3.3. 종말론적 희망과 길 예비의 윤리

윤동주는 「새벽이올때까지」와 「눈감고간다」에서 '악'이 현존하는 불의한 현실 속에서 과연 '희망이 가능한가?'라는 신정론적 질문에 대해 '종말론적 희망'을 제시하고 '지금 여기'에서 신적 정의를 선취(先取)하고자 하는 '길 예비'의 윤리를 형상화하고 있다.

4.3.3.1. 「새벽이올때까지」: 종말론적 희망

「새벽이올때까지」는 '선악'이 공존하는 고통의 시간이 끝나면 신적 정의가 실현될 종말의 때가 올 것임을 성서적 상징들을 통해 형상화한다. 이 시는 제목이 암시하는 바와 같이 "새벽"에 대한 기다림을 형상화하고 있는데, 이때 "새벽"은 "나팔소리"의 이미지와 어울리면서 성서에서 예언하고 있는 '종말의 때'를 상징한다.[114]

다들 죽어가는 사람들에게
검은 옷을 입히시요.

다들 살아가는 사람들에게
힌 옷을 입히시요.

그리고 한 寢臺에
가즈런이 잠을 재우시요

다들 울거들랑

---

[114] 「고린도전서」 15:52, 「데살로니가전서」 4:16, 「요한계시록」 1:10·4:1·8:12.

젖을 먹이시요

이제 새벽이 오면
나팔소리 들려 올게외다.

「새벽이올때까지」(1941.5.) 전문

　이 시는 화자와 청자가 누구인지 작품 자체에 명시적으로 드러나지는 않지만, 인간의 삶과 죽음을 조망하고 심판하는 초월적 존재들로 그려지고 있다. "죽어가는 사람들"이 어떤 존재이고, "살아가는 사람들"이 어떤 존재인지 명확하게 이해하기는 어렵지만, "흰 옷"과 "검은 옷"의 색채 대비는 이 두류의 대조적인 차이를 선명하게 드러내고 있다.

　시에 제시된 '종말의 시간'과 '대조적인 두 부류'는 성서「마태복음」25장에서 '최후의 심판'에 대해 묘사하는 '양과 염소의 비유'를 연상케 한다.[115] 여기에서 "인자(예수)"는 모든 민족들을 심판하기 앞서 사람들을 선인(양)과 악인(염소) 두 부류로 갈라놓는다.[116] 또한 성서「요한계시록」7장에는 심판의 날에 '흰 옷'을 입은 큰 무리가 나온다.[117] 이들은 "큰 환난을 겪어낸 사람들"인데 "어린 양이 흘리신 피에 자기들의 두루마기(옷)를 빨아서 희게 한" 사람들이라고 설명된다.

　따라서 이러한 성서의 맥락에서 1연과 2연을 보면, "흰 옷"과 "검은 옷"은 최후 심판의 날에 사람들을 분류한 것과 관련된다. 이때 "흰 옷" 입은 사람들

115　「마태복음」 25:31-46.

116　이 비유에서 '양'으로 분류된 사람들은 "지극히 보잘 것 없는 사람 하나"에게 선을 베푼 이들로서, 예수는 그들이 행한 선행을 자신에게 한 것으로 여기며 이들을 "영원한 생명"으로 인도한다. 반면에 '염소'로 분류된 사람들은 "지극히 보잘 것 없는 사람 하나"에게 선을 베풀지 않은 이들로서, 예수는 그들이 행하지 않은 선행을 자신에게 하지 않은 것으로 여기며 이들을 "영원한 형벌"에 들어갈 것이라 한다.

117　「요한계시록」 7:13-14.

은 '선을 행한 자', '고난을 당한 자', '순결한 자' 등의 의미를 가지게 되는 반면, "검은 옷"을 입은 사람들은 그와는 반대로 '선을 행하지 않은 자', '고난을 당하지 않은 자', '순결하지 않은 자' 등의 의미를 가진다고 볼 수 있다. 또한 윤동주의 시에서 "힌"이 '조선민족', '고통', '순결', '슬픔' 등을 상징한다는 것을 감안하면,[118] "힌 옷" 입은 사람들은 식민지 조선에서 고통당하는 '조선 민족'을 의미할 수 있다. 실제로 당시 조선인들은 흰 옷을 즐겨 입었고, 그런 소선인들을 쌉박하넌 일본 순사들은 검은 옷의 제복을 입있었다. 어쨌든 여기에서 중요한 것은 "힌 옷"의 상징이 성서적 의미와 조선적 의미가 중첩되어 '애매성(Ambiguity)'을 형성하고 있다는 것이다. 즉 성서적으로 "힌 옷"은 '선을 행한 자, 고난당하는 자, 순결한 자'를 의미하는데, 이것이 다시 백의민족인 '조선'을 연상시키는 것이다. 따라서 이러한 관점에서는 종교적 구원과 민족적 해방이 다른 것이 아니게 된다. 이는 함석헌이 성서의 고난당하는 유대 민족과 조선 민족을 동일시하면서 식민지 치하의 조선 민족을 세계를 구원할 "수난의 여왕"으로 본 것과 동일한 맥락이라 할 수 있다.[119]

3연에서 화자는 이들을 "한 寢台"에서 "잠"을 재우라고 한다. 대조적인 성격을 지닌 두 존재자들이 하나의 공간에서 동침하는 것은 매우 어려운 법이다. 이러한 상황은 성서「마태복음」13장에 나오는 '가라지 비유'를 연상케 한다.[120] 이 비유에서 예수는 "추수" 전까지는 "밀"과 "가라지"가 함께

---

118 「슬픈 族屬」의 "힌 수건", "힌 고무신", "힌 띠" 등은 조선 민족에 대한 상징으로 쓰였다. 또한「病院」의 "힌 옷", "하얀 다리" 등은 아픔과 순결함에 대한 상징으로 쓰였으며, 「눈오는 地圖」의 "함박눈"은 슬픔을 상징하는 것으로 쓰였다. 즉 윤동주 시에서 '흰 색'은 조선민족, 고통, 순결, 슬픔 등을 상징한다고 볼 수 있다.

119 『조선역사』, 4쪽, 274쪽;『한국역사』, 482-483쪽.

120 「마태복음」13:24-43. 이 비유에 의하면, "원수"는 좋은 씨가 뿌려진 밭에 사람들이 잠자는 동안 "가라지"를 뿌려 두었다. "주인"은 "가라지"를 뽑으려는 종들에게 "밀"까지 뽑으면 안 된다며 그냥 두었다가 "추수" 때에 "가라지"는 뽑아서 불 태우고 "밀"은 곳간에 거두어 들이라고 한다.

있듯이, 세상이 끝날 때까지는 '선'과 '악'이 어지럽게 혼재할 수밖에 없다는 것을 이야기한다. 따라서 이러한 관점에서 "검은 옷" 입은 사람들과 "흰 옷" 입은 사람들을 한 "寢台"에 누이는 것은 최후의 심판 이전까지 세상에는 '선악'이 혼재할 수밖에 없고 선한 자들이 악한 자들에 의해 고통당하며 슬퍼하는 일들이 일어날 수 있다는 것을 의미한다. 그래서 4연에서 화자는 이들이 울면 "젖"을 먹이라고 하는데, "젖"은 '신적인 은혜'[121]를 상징하는 것으로 이것이 일시적인 위로는 될 수 있겠지만 궁극적인 해결책이 될 수는 없다. 그렇기 때문에 "새벽"의 도래가 요구된다.

5연에서의 "새벽"은 구속사의 '완성'으로서 역사의 종말에 도래할 새로운 창조의 시간을 의미한다. 성서적으로 그것은 세상이 끝나고 '새 하늘과 새 땅'으로 규정되는 '하나님 나라'가 이 땅에 도래할 날을 의미할 수 있고, 민족적으로는 조선 민족이 일제로부터 해방되는 '광복의 날'을 의미할 수 있다. 이때 "나팔소리"는 신적 정의의 웅장한 임재를 상징하게 된다. 고요한 "새벽"에 울리는 장엄한 "나팔소리"는 「또太初의아츰」의 "잉잉" 우는 희미한 "電信柱" 소리나, 「十字架」의 들려오지 않는 "鍾소리"와 달리 종말의 때에 강력하게 임재할 신의 영광과 웅장함을 나타낸다.

함석헌은 '우주 완성의 날'이 인류의 역사 속에서 이루어진다고 믿었다. 그는 종말의 영원한 이상이 있기 때문에 역사를 바른 방향으로 이끌 수 있고, 현실의 고통을 이길 수 있는 '희망'이 있다고 생각했다.

인류의 사상은 찰나적 조건보다도 미래에 의하여 규정될 때에 가장 원대성을 띨 수 있고 건전할 수 있기 때문이다. … 만일 그 날이 영원히 아니 온다면, 이 고통 많은 세상에 있어서 실망하지 않을 자 누군가. 종말일이 온다고 하는

---

121 특히 이 "젖"은 신학적으로 선인과 악인, 믿는 자와 믿지 않는 자를 가리지 않는 '일반섭리'의 의미로 볼 수도 있다. 기독교에서 '일반섭리'는 우주 및 전체 인간에 대한 신의 보편적 섭리를 말하는 반면 '특별섭리'는 신을 믿고 따르는 이에 대한 특수한 섭리를 말한다.

것은 도리어 우리에게 희망을 약속하는 일이다.[122]

정리하면 「새벽이올때까지」는 '악'이 현존하는 고통의 현실에서 과연 '희망은 가능한가?'라는 신정론적 물음에 대한 해답을 모색하면서, 신앙 안에서 종말론적 희망이 가능함을 성서적 상징들을 통해 형상화하고 있다. 이러한 종말론적 희망 속에서 종교적 실존자는 암담한 절망의 현실을 넘어서 미래적 가능성을 바라볼 수 있고 현재석 고난의 극복을 소망할 수 있는 것이나.

그렇다면 악한 현실 속에서 계속 고통당하면서 "나팔소리"만을 수동적으로 기다리면 되는 것인가? 결코 그럴 수는 없다. 그래서 역사의 종말을 희망하며 '이미' 온 구원과 '아직' 오지 않은 구원 사이에서 흔들리며 사는 종교적 실존자에게 '길 예비'의 윤리가 요구된다. 이러한 양상이 「눈감고간다」에서 잘 드러난다.

4.3.3.2. 「눈감고간다」: '길 예비'의 윤리

「눈감고간다」는 종말의 때에 도래할 신적 정의를 '지금 여기'에서 선취하기 위해 '눈 감음', '씨 뿌림', '뜨는 눈'을 통한 '길 예비'의 윤리를 형상화하고 있다.

> 太陽을 사모하는 아이들아
> 별을 사랑하는 아이들아
>
> 밤이 어두었는데
> 눈감고 가거라.

---

122 『조선역사』, 23-24쪽. 그는 "종말관은 인류 역사를 이끄는 정신적 항성이다."라고도 했다 (『한국역사』, 59쪽).

가진바 씨앗을

뿌리면서 가거라

발뿌리에 돌이 채이거든

감었든 눈을 왓작떠라.

「눈감고간다」(1941.5.31.) 전문

　1연에서 시의 청자는 "太陽"과 "별"을 "사모하는 아이들"로 설정되어 있다. 하지만 2연에서 볼 수 있듯이, 시간적 배경은 "밤"이기에 화자는 청자에게 차라리 "눈감고 가거라"라고 권한다. '빛'을 사모하는 이들에게 '빛'이 보이지 않는 "밤"은 고통스러운 시간이다.

　이러한 상황은 윤동주가 그의 산문 「終始」에서 현재를 '터널' 속 "暗黑時代"로 보고 도래할 "光明의 天地"를 기다리며 "終始"를 바꾸고 "眞正한 내 故鄕"과 "時代의 停車場"을 꿈꾸는 상상력과 매우 유사하다.[123] 신정론적 관점에서 "太陽"이나 "별"을 '신의 임재'로, "밤"을 '신 부재의 시간'으로 본다면, 이 시는 종말론적 희망 속에서 신의 임재를 기다리는 이들에게 신이 부재하는 고통의 시간을 통과하는 '지금 여기'의 윤리를 말하고 있는 것으로 볼 수 있다.

　그렇다면 "눈감고 가거라"의 의미는 무엇인가? 무엇에 대해 눈 감으라는 것인가? 그것은 신이 부재하는 듯한 현실의 절망에 대해서 눈 감으라는 것을 의미한다. 「새벽이올때까지」에서 보았듯이, 도래할 종말론적 희망이 있으니,

---

123　"이 턴넬이란 人類 歷史의 暗黑 時代요, 人生 行路의 苦悶相이다. 空然히 바퀴 소리만 요란하다. 구역날 惡質의 煙氣가 스며든다. 하나 未久에 우리에게 光明의 天地가 있다. … 이제 나는 곧 終始를 바꿔야 한다. 하나 내 車에도 新京行, 北京行, 南京行을 달고 싶다. 世界一周行이라도 달고 싶다. 아니 그보다 眞正한 내 故鄕이 있다면 故鄕行을 달겠다. 다음 到着하여야 할 時代의 停車場이 있다면 더 좋다."(「終始」, 『사진판』, 136-137쪽)

보이는 현재의 절망을 보지 말고 보이지 않는 미래의 희망을 "눈감고" 보라는 것이다. 하지만 이러한 "눈감고"의 행위는 외면상으로는 악한 현실에 대해 체념적으로 순응하고 불의한 권력에 굴종하는 것과 크게 다르지 않아 보인다. 그래서 화자는 단지 '눈 감음'만을 말하지 않고 3연과 4연에서 종말론적 희망 속에서 요구되는 '씨 뿌림'과 '뜨는 눈'의 윤리를 말한다.

화자는 3연에서 "씨앗"을 뿌리면서 가라고 한다. 이러한 행위는 악한 현실에 대한 순응이 아니라 미래에 대한 희망 가운데 섬득섬득으로 이루어지는 현재적 변혁의 행위이다. 참된 신앙(믿음)과 참된 생활(순종)이 둘이 아니듯이, 참된 희망은 반드시 그 희망에 어울리는 진실한 행위를 낳기 마련이다. 이러한 '씨 뿌림'의 행위는 앞서 언급했던 「마태복음」 13장의 '가라지' 비유[124]와 이 비유 속에 등장하는 '겨자씨' 비유[125]를 연상케 한다.

롱(Thomas G. Long)은 '가라지' 비유를 신정론적 관점에서 해석하면서 이 비유가 서투른 해석자들에 의해, "선과 악이 공존하는 이 세상에서는 우리가 악을 뽑으려고 노력해서는 안 된다."는 의미로 받아질 수 있다고 경고한다.[126] 그래서 그는 '겨자씨' 비유를 주목하는데, 여기에서 '겨자씨'는 씨앗 중에서도 매우 작은 씨앗이지만 한번 씨를 뿌리면 제거하는 것이 불가능할 정도로 미친 듯이 자라서 나중에는 새들에게 쉼터를 제공하는 거대한 겨자나무가 된다. 예수는 이 비유를 통해 '하나님의 나라'가 겨자씨와 같이 겉으로 보기에는 아주 작고 미미하지만, 역사의 종말엔 그것이 매우 강력하고 거대하게 이루어질 것임을 말했다.

따라서 3연에서 화자가 "가진 바 씨앗을/ 뿌리면서 가거라"라는 것을 성서 「마태복음」 13장에 나오는 비유의 맥락에서 보면, 이는 불의한 세상 속에서

---

124 「마태복음」 13:24-43.

125 「마태복음」 13:31-33.

126 Long, 앞의 책, 194쪽, 230쪽.

종말론적 희망을 가지고 신적 정의의 기초를 세우는 작은 행동들을 하라는 의미가 된다. 즉 '선악'이 공존하는 현재의 세계는 아직 완성되지 않았고, '악의 가능성'뿐만 아니라 '선의 가능성' 역시 잠재된 세계이기에 '선'의 가능성을 희망하며 변혁을 꿈꾸라는 것이다.

이와 관련하여 함석헌은 역사를 '수확의 역사'가 아니라 '파종의 역사'로 보고 종교적 실존자는 자기의 시대에는 어떠한 수확도 기대하지 않고 종말의 그날까지 영원히 씨 뿌리는 '파종꾼'이 되어야 함을 강조했다.

> 떨어지는 종자가 방금 물결에 잃어지는 것을 보면서도 겁내지 않고 결실하는 날이 있을 것을 믿는 자만이 하나님을 믿는 자다. … 오늘날 우리의 하는 것으로서 물 위에 뿌리는 종자 아닌 것이 없다. 시급한 맘성으로는 모두 무의미한 듯하고 모두 낭비인 듯하나 우리일수록 더욱 물 위에 뿌려둘 필요가 있다. 우리 소망을 영원의 나라에 두어야 한다. 영원의 소망이고서야 비로소 우리를 곤궁에서 끌어내어 생명의 길로 인도한다.[127]

4연에서 화자는 "발뿌리에 돌이 채이거든 / 감았던 눈을 왓작떠라."라고 한다. 2연에서 '감았던 눈'이 4연에서 '뜨는 눈'으로 바뀌게 된 것이다. 이것은 위기 앞에서 놀라 물러서는 것을 의미하지 않는다. 이는 오히려 눈에 보이는 "밤"의 '어둠'에 대해 눈을 감고, 비록 보이지 않지만 다가올 '빛'을 소망하는 자가 그 '빛'이 오는 길을 평탄하게 하기 위해서 '뜨는 눈'이다. 즉 "발뿌리"의 "돌"에 대해 '뜨는 눈'은 '빛'이 오는 '길'을 예비하기 위해 "발뿌리"의 "돌"을 제거하고자 하는 행위이다. 그래서 3연의 '씨 뿌림'의 행위가 '선의 가능성'을 믿는 것이라면, 4연의 '뜨는 눈'의 행위는 '돌 제거'를 통해 '악의 가능성'을 제거하기 위함이다.

---

127 함석헌, 「물 위에 씨를 뿌리는 자」, 『함석헌 저작집』 18, 한길사, 2009, 70-72쪽.

이와 관련하여 본회퍼는 신적인 종말을 예비하는 모든 사람이 성서 「이사야」에 나타나는 '길 예비'의 윤리[128]를 실현해야 한다고 하며 다음과 같이 말하였다.

우리는 궁극 이전의 것을 두 가지로 말할 수 있다. 그것은 인간으로 존재한다는 것과 선하게 존재한다는 것이다. … 길 예비는 오히려 예수 그리스도의 도래에 관해 알고 있는 모든 사람들에게 무한한 책임을 부여하는 임무다. 굶주리는 자에게는 빵이 필요하고, 노숙자에게는 집이 필요하고, 권리를 빼앗는 자에게는 정의가 필요하고, 고독한 자에게는 사귐이 필요하고, 방종에 빠진 자에게는 질서가 필요로 하고, 노예에게는 자유가 필요하다. … 궁극적인 것을 위해 이런 일을 행하는 자에게 이와 같은 궁극 이전의 것은 궁극적인 것과 연결되어 있다. 그것은 마지막이 오기 전에 오는 것이다."[129]

여기에서 "길 예비"의 윤리는 "궁극 이전의 영역"에서 "궁극적인 것"의 도래를 미리 준비하는 종교적 실존자의 책임 윤리를 의미한다. 그는 신적 나라의 도래가 신의 주권에 달려 있기 때문에 인간의 예비 행위가 상대적 가치를 가질 뿐임을 강조하면서도,[130] "궁극적인 것"과 "궁극 이전의 것"의 관계를 통해 인간의 책임적 행위를 정당화했다. 여기에서 "궁극적인 것"이 신의 구원 행위에 의한 절대적이고 영적인 '칭의(稱義)'를 의미한다면 "궁극 이전의 것"은 인간의 윤리적 행위에 의한 상대적이고 세속적인 '정의(正義)'

---

128 "한 소리가 외친다. 광야에 주님께서 오실 길을 닦아라. 사막에 우리의 하나님께서 오실 큰길을 곧게 내어라. 모든 계곡은 메우고, 산과 언덕은 깎아 내리고, 거친 길은 평탄하게 하고, 험한 곳은 평지로 만들어라."(「이사야」 40:3-4)

129 『윤리학』, 181-187쪽.

130 "예비되어야 할 것은 그리스도에게 나아가는 우리의 길이 아니라 우리에게 오시는 그리스도의 길이다. 우리의 길은 오직 그리스도가 친히 자신의 길을 예비하신다는 사실을 알 때에만 예비될 수 있다."(위의 책, 192쪽)

를 의미한다고 할 수 있다. 특히 그는 "길 예비"의 목표를 "인간으로 존재하는 것"과 "선하게 존재하는 것"으로 규정하였다. 따라서 "길 예비"의 윤리는 궁극적인 현실로서의 "하나님 나라"[131]의 도래를 방해하는 모든 종류의 장애물을 제거하고 세상의 현실 속에서 신과 이웃의 요구에 적극적으로 응답하는 책임 윤리를 지향하게 된다.

이러한 기독교적 종말론은 종교적 실존자를 신적 정의 앞에 서게 함으로써 현실의 불의한 권력에 대해 비판적 저항을 수행하게 한다. 당시 조선 기독교에는 전통적인 미륵사상과 미국 장로교 선교사들의 영향으로 현실도피적인 말세사상이 유행하였지만, 함석헌 같은 무교회주의자들은 종말의 완성을 현재의 생활에 어떻게 환원시킬 것인가를 중요하게 보았다. 그래서 이들의 종말론은 현실도피적인 환상이 아니었고 오히려 현실적인 책임윤리를 강조했다. 실제로 당시 일본은 조선 기독교를 전시체제에 효율적으로 이용하기 위해서 현실 정치에 대해 비판적 성격이 강한 '기독교적 종말론'이나 '하나님 나라' 사상을 문제시하고 이를 차단할 것을 교단에 요구했다.[132] 이는 종말론의 현재적 책임윤리가 저항과 변혁의 힘이 될 수 있음을 보여주는 사례라 할 수 있다.

정리하면 「눈감고간다」는 '악'이 득세하는 어두운 현실 속에서 종말론적 이상을 희망하는 종교적 실존자의 '지금 여기'에서의 현재적 책임윤리를 함축적으로 형상화했다고 할 수 있다. 그것은 다가올 신적 정의를 선취하기

---

131 강성영은 '하나님 나라'와 '하늘 나라'를 구별한다. 그에 의하면 "'하늘 나라'가 형이상학적 공간적 표상으로서 차후에 영혼이 가게 되는 피안의 안식처라면, '하나님 나라'는 '지금 여기'에 확장되고 이루어져야 할 이상향으로 현세적이고 차안적인 실재로서 기독교 운동의 목표이다." 강성영, 앞의 책, 57쪽. 이와 관련하여 함석헌은 다음과 같이 말하였다. "천당 가는 것이 목적이 아니다. 천당 가기 전에 이 땅 위에 하늘나라가 임하게 하자는 것이 기독교다. 그럼 저절로 천당에 갈 것이다. 구원 얻는 것이 목적이 아니다. 형제의 죄를 사해주는 것이 기독교다. 그러면 구원이 저절로 될 것이다."(『한국역사』, 410쪽)

132 양현혜, 앞의 책, 160쪽, 196–222쪽.

위해서, '눈 감음', '씨 뿌림', '뜨는 눈' 등으로 상징되는 '길 예비'의 윤리이다. 여기에서 종말론적 희망은 초월성과 내재성의 긴장 속에서 현실 변혁의 윤리로 구체화된다. 뿐만 아니라 이러한 '길 예비'의 윤리는 비존재의 위협으로 고통당하는 자에게 무의미로 닫혀버린 현실을 초월하여 아직은 오지 않은 미래의 가능성을 향해 한걸음 내딛을 수 있게 하는 용기를 준다.

4.4. 절대적 타자와 존재의 용기

4.4.1. 신(神) 관계와 '자기 찾기'의 여정

일련의 종교시를 쓴 이후에 윤동주는 1941년 6월에 「돌아와보는밤」, 「바람이불어」 등을 통해 자기 내면에서 들려오는 '절대적 타자'의 소리에 귀를 기울이고, 1941년 9월에 쓴 「또다른故鄕」, 「길」 등을 통해 '자기 찾기'를 위한 순례의 여정을 떠나는 모습을 형상화했다.

세상으로부터 돌아오듯이 이제 내 좁은 방에 돌아와 불을 끄옵니다. 불을 켜두는 것은 너무나 피로롭은 일이옵니다. 그것은 낮의 延長이옵기에—

이제 窓을 열어 空氣를 밧구어 드려야 할턴데 밖을 가만이 내다 보아야 房안과같이 어두어 꼭 세상같은데 비를 맞고 오든길이 그대로 비속에 젖어 있사옵니다.

하로의 울분을 씻을바 없어 가만히 눈을 김으면 마음속으로 흐르는 소리, 이제, 思想이 능금처럼 저절로 익어 가옵니다.

「돌아와보는밤」(1941.6.) 전문

이 시의 제목은 "돌아와보는밤"이다. 어디에서부터 어디로 돌아와서 무엇을 보는 것인가? 1연에서 확인할 수 있듯이 "돌아와"라는 것은 시적 주체가 "세상"으로부터 "내 좁은 방"으로 상징되는 '자기'에게로 복귀하였음을 의미한다. 그래서 그는 "방"에서 "낮"의 "피로"를 떠나 어둠 속에서 안식을 누리고자 한다.[133] 그리고 시적 주체는 2연에서 "窓"을 열고 "밖"을 "가만이 내다"보는데, "보아야"라는 표현에서 알 수 있듯이 "밖"을 내다보는 행위는 부질없는 짓임이 드러난다. 왜냐하면 "밖"도 "방"과 동일하게 어둡기 때문이다. 다만 "밖"은 어두울 뿐만 아니라 "비"에 젖어 있다. 이때 시적 주체는 자신이 "비를 맞고 오든길"을 확인하게 되면서 3연에서 "울분"을 느끼게 된다. 여기에서 그가 "낮"의 시간 동안 "밖"에서 겪은 어떤 고통이 암시되면서, 그는 "내 좁은 방"에서조차 마음의 안식을 누리지 못해서 오히려 눈을 감는데 이때 "마음속으로 흐르는 소리"가 들린다. 그리고 시적 주체는 "思想이 능금처럼" 성숙해 가는 것을 경험한다.

이처럼 이 시에는 의식의 지향성이 "세상"에서 "방"으로, "방"에서 "마음"으로 전환되면서 '보는 행위'와 '듣는 행위'의 대조가 나타난다. 「自畵像」에서 확인했듯이 '보는 행위'는 보는 주체와 보여지는 객체를 분리시키고 주체의 자기 동일성 안으로 객체를 포섭하며 사물화시킨다. 하지만 '듣는 행위'에서 듣는 주체는 말하는 이 없이 들을 수 없기 때문에, 말하는 타자의 발화 행위에 의존하게 된다. 하지만 듣는 주체는 단순히 수동적으로 듣기만 하는 것이 아니라 들으면서 능동적으로 그 뜻을 헤아린다는 측면에서 다시 듣는 이의 주체성을 확보하게 된다. 즉 '듣는 행위'는 말하는 이와 듣는 이가 모두

---

133 윤동주의 시에서 '어둠', '밤' 등의 상징적 의미는 단일하지 않다. 이 시어들은 암울한 현실, 사색과 성찰의 시간, 안식의 시간 등 다양한 상징적 의미로 쓰인다. 산문 「별똥 떨어진데」에서는 "나는 이 어둠에서 胚胎되고 이 어둠에서 生長하여서 아직도 이 어둠속에 그대로 生存하나 보다."라며 자신의 존재 근원을 '어둠'에서 찾기까지 했다(「별똥 떨어진데」 부분, 『사진판』, 116쪽).

능동적인 주체성을 지닌다는 점에서 보는 행위와는 달리 인격적인 관계에 있다고 할 수 있다.

그렇다면 이 시에서 시적 주체가 듣고 있는 "마음 속으로 흐르는 소리"란 무엇인가? 이는 시적 주체 내면에 있는 절대적 타자의 소리라고 할 수 있다.[134] 이 시의 주된 어조는 '(오)ㅂ니다'의 상대높임 선언말어미로 제시되어 있어서 절대적 타자와 대화하는 일종의 기도의 형태를 띠고 있다. 윤리적 실존자가 주로 '보는' 행위를 중심으로 자기를 응시하거나 현실을 인식하면서 자기 자신이고자 하는 반면에, 종교적 실존자는 '듣는' 행위를 중심으로 자기 내면의 소리에 귀 기울이면서 '존재를 정립한 힘'에 의존하게 된다.[135]

키에르케고어는 "하느님 앞에서"라는 조건에서 자기의식의 단계가 변증법적으로 새로운 방향을 취한다고 하며 다음과 같이 말했다.

> 요점은 앞에서 고찰된 자기의식의 단계적 변화가 인간의 자기의 범주 안에, 혹은 그 척도를 인간으로 삼고 있는 자기 안에 있다는 사실이다. 그렇지만 이 자기는 그것이 직접 하느님 앞에 있는 자기라는 사실에 의해 새로운 성질 내지 조건을 획득한다. 이 자기는 더 이상 단순한 인간적 자기가 아니라 내가, 오해되지 않기를 바라건대, 신학적 자기라고 부르고자 하는 바이며, 직접 하느님 앞에 있는 자기이다.[136]

---

134 이와 관련하여 함석헌은 내면의 절대적 타자의 소리를 '나는 생각'이라 불렀다. 그에 의하면 종교적 실존자의 '하는 생각'은 기도의 행위 중에서 '나는 생각'으로 바뀐다(『함석헌 전집』 3, 169쪽).

135 성서에는 '보는' 행위와 '듣는' 행위의 대조가 매우 많이 나타난다. 하와는 선악을 알게 하는 나무의 열매를 보면서 유혹에 빠졌고, 롯은 소돔과 고모라를 보면서 잘못된 길을 갔으며, 다윗은 밧세바를 보면서 죄를 지었다. 하지만 아브라함, 요셉, 사무엘 등 신앙의 사람들은 언제나 신의 말씀을 듣는 자로 묘사된다. 성서에 의하면 시각적 이미지의 신상으로 가득했던 이집트 문명을 탈출한 히브리 민족에게 야훼는 "너 이스라엘은 들으라(쉐마)"라고 하며 그의 율법을 가르쳤다.

136 『죽음』, 161쪽.

여기에서 "앞에서 고찰된 자기의식의 단계적 변화"는 절망의 세 가지 형태, 즉 절망하여 자기를 소유하고 있음을 깨닫지 못하는 형태, 절망하여 자기 자신이기를 원하지 않는 형태, 절망하여 자기 자신이기를 원하는 형태를 의미한다. 그런데 키에르케고어는 인간이 자기를 척도로 삼지 않고 "하느님 앞에서"라는 기준을 인식할 때 그는 "신학적 자기" 또는 "직접 하느님 앞에 있는 자기"가 된다고 했다. 따라서 이 시에서 윤동주가 "마음 속에 흐르는 소리"로 형상화된 절대적 타자의 소리에 귀 기울이고 있는 것은 그가 "하느님 앞에서" 존재하는 자기에 대한 인식을 드러낸 것으로, 키에르케고어가 "신학적 자기"로 규정하는 종교적 실존의 단계를 형상화한 것이라 할 수 있다.

바람이 어디로부터 불어와
어디로 불려가는 것일가.

바람이 부는데
내 괴로움에는 理由가 없다.

내 괴로움에는 理由가 없을가.

단 한女子를 사랑한 일도 없다.
時代를 슬퍼한 일도 없다.

바람이 작고 부는데
내발이 반석우에 섯다.

강물이 작고 흐르는데

내발이 언덕우에 섯다.

「바람이불어」(1941.6.2.) 전문

이 시는 성서 「요한복음」 3장에서 '거듭남'에 대한 예수와 니고데모의 대화를 떠올리게 한다.[137] 여기에서 예수는 '성령'을 '바람'에 비유해서 말하고 있다.[138] '바람'이 눈에 보이지 않고 오직 소리를 들음으로 그 존재를 인식할 수 있으며 그것이 어디에서 와서 어디로 가는지 알 수 없듯이, 신(神)의 임재도 그렇다는 것이다. 따라서 성서 「요한복음」과 연관하면 이 시의 "바람"은 자기 내면에서 일어나 시적 주체의 자각을 촉구하는 절대적 타자의 존재와 관련된다고 할 수 있다. 선행연구들은 주로 윤동주 시의 "바람"을 시련, 좌절, 괴로움 등의 의미를 지니는 부정적인 대상으로 이해하였지만, 이런 측면에서 윤동주의 "바람"은 단순히 부정적인 대상으로만 볼 수는 없다. 오히려 윤동주 시의 "바람"은 이 시의 경우처럼 외부 현실과 주체의 내면을 연결시키면서 시적 주체의 인식을 확장시키고 각성을 유도하는 외부적 매개로서의 기능을 한다.[139]

2연에서 "−는데"의 어미를 통해서 시상이 전환된다. 왜냐하면 이 "바람"이 "괴로움"으로 연결되었기 때문이었다. 그렇다면 왜 신적 임재를 상징하는 "바람"이 주체에게 "괴로움"을 불러일으키는 것일까? 이는 시적 주체가 절대

137　"내가 진정으로 진정으로 너에게 말한다. 누구든지 물과 성령으로 나지 아니하면, 하나님 나라에 들어갈 수 없다. 육에서 난 것은 육이요, 영에서 난 것은 영이다. 너희가 다시 태어나야 한다고 내가 말한 것을, 너는 이상히 여기지 말아라. 바람은 불고 싶은 대로 분다. 너는 그 소리는 듣지만, 어디에서 와서 어디로 가는지는 모른다. 성령으로 태어난 사람은 다 이와 같다."(「요한복음」 3:8)

138　'성령(聖靈)'은 구약 성서에서는 '루아흐(rûah)'이고, 신약 성서에서는 '프뉴마(pneuma)'로 쓰였는데, 두 단어 모두 '바람', '숨', '영(靈)' 등의 의미를 지니고 있다.

139　"旋風이닐고 있네."(「거리에서」), "재문풍지 소리에 떤다"(「가슴3」), "문득 닢아리흔드는 저녁바람에 / 솨 ─ 무섬이올마오고"(「山林」), "하늘에선가 소리처럼 바람이 불어온다."(「또다른故鄕」), "잎새에 이는 바람에도"(「序詩」) 등에서 '바람'의 이러한 역할을 확인할 수 있다.

적 타자 앞에 섰을 때 경험하는 '죄의식'과 관련이 있다. 키에르케고어는 인간이 신적 존재 앞에 섰을 때, 죄에 대한 의식을 가지게 된다고 하며 다음과 같이 말했다.

> 특정한 외톨이인 개인으로서의 자기가 하느님 앞에서 실존한다는 것을 의식할 때, 오직 그때 그것은 비로소 무한한 자기이며, 그리고 그때 이 자기는 하느님 앞에서 죄를 범한다.[140]

키에르케고어에 의하면 이교도는 신 앞에서 실존하는 것에 대한 절망적인 무지로 "세상에서 하느님 없이 있는 것"이기에 엄밀한 의미에서 신 앞에서 죄를 지은 게 아니지만, 기독교인은 "하느님 앞"에서 실존하고 있다는 의식을 지니고 있기에 죄의 의식을 지니게 된다.[141] 따라서 이 시에서 "바람이 부는데 / 내 괴로움에는 理由가 없다."라는 것은 절대적 타자 앞에서 실존하고 있다는 자각이 인간 실존에 대한 근원적인 괴로움을 불러일으킨 것이다.

3연에서 시인은 "괴로움"의 "理由"를 묻고 4연에서 "단 한 女子를 사랑한 일도 없다. / 時代를 슬퍼한 일도 없다."라고 답한다. 이것의 의미는 무엇일까? 왜 그는 "한 女子"도 사랑한 일도 없고, "時代"를 슬퍼한 일도 없다고 했을까? 그의 시가 온통 사랑과 슬픔의 시라는 것을 감안하면, 이 표현은 역설적인 것이라고 할 수 있다. 언제나 윤동주는 그의 시를 통해서 존재의 '온전함'을 추구했다. 특히 신적 존재 앞에 섰을 때 그 온전함의 기준은 무한히 강화된다. 왜냐하면 기독교에서 '죄'는 인간적 기준에서의 범죄행위가 아니라 신적인 기준에 미치지 못하는 모든 것이 죄이기 때문이다.[142] 따라서

---

140 『죽음』, 164쪽.

141 『죽음』, 164-165쪽.

142 성서에는 다음과 같이 인간이 신 앞에서 완전할 것을 요구하고 그 신적 완전함에 미치지 못하는 것을 '죄'로 규정한다. "그러므로 하늘에 계신 너희 아버지께서 완전하신 것 같이,

4연은 실제로 윤동주가 "단 한女子"도 사랑한 일이 없고, "時代"를 슬퍼한 일도 없었다는 의미가 아니라 종교적 실존자가 신적 '온전함'의 기준으로 자신을 성찰할 때 나올 수 있는 겸허한 '죄의 고백'이라고 할 수 있다.

5연과 6연에서는 "-는데"의 어미를 통해서 시상이 다시 전환된다. 시적 주체는 "바람"과 "강물"이 흐르는데 "내 발"이 "반석" 위에 서고 "언덕" 위에 섰다고 말한다. 여기에서 "바람"과 "강물"은 「요한복음」 3장에서 예수가 '거듭남'의 조건으로 제시한 "물과 성령"의 이미지와 연결되면서 인간 내면에 임재하는 신적 존재의 역사(役事)를 의미하게 된다. 이 "바람"과 "강물"은 유동적인 대상들임에도 불구하고 시적 주체는 오히려 "반석"[143]과 "언덕"으로 상징되는 흔들림 없는 존재의 든든한 기초 위에 서게 되는데, 이는 3, 4연에서 신 앞에서 자신의 죄를 성찰한 시적 주체가 5, 6연에서 절대적 타자에게 의지하는 신앙으로 비약했음을 보여주는 것이다.

이처럼 윤동주는 1941년 6월에 창작한 시들에서 절대적 타자와의 관계 속에서 존재를 정립한 힘에 자기를 의지하는 모습을 보여준다. 「돌아와보는 밤」에서 시적 주체가 자기 내면의 "흐르는 소리"에 귀 기울이며 "思想"을 키워나갔다면, 「바람이불어」에서 시적 주체는 자기 내면의 "바람"의 소리에 의해 '죄의식'에서 '믿음'으로 나아가고 있는 것이다. 이후 윤동주의 시에서는 이 '죄의식'과 '믿음' 사이에서 일어나는 갈등의 양상이 지속적으로 나타난다.

한편 1941년 9월에 창작된 「또다른故鄕」과 「길」은 모두 진정한 '자기'를 찾기 위해 길을 떠나는 주체의 모습이 형상화되어 있다. 시인이 1941년 5월

너희도 완전하여라."(「마태복음」 5:48), "모든 사람이 죄를 범하였습니다. 그래서 사람은 하나님의 영광에 못 미치는 처지에 놓여 있습니다."(「로마서」 3:23), "믿음에 근거하지 않는 것은 다 죄입니다."(「로마서」 14:23)

143 성서에서 '반석'은 구약에서는 보호자와 피난처가 되는 '하나님'(「신명기」 32:4, 「시편」 18:2, 「시편」 71:3, 「하박국」 1:12), 신약에서는 구원의 확고한 기초가 되는 '예수'(「마태복음」 7:24, 「마태복음」 16:18, 「고린도전서」 10:4)을 나타낼 때 은유적으로 쓰였다.

에 「十字架」에서 종교적 실존의 모습을 형상화했음에도 불구하고 왜 다시 그는 길을 떠나고 있는 것인가? 이는 종교적 실존이 본질적으로 도달하기 위해서 끝없이 모색해야 하는 궁극적 이상이지 어느 순간에 '이루었다'라고 단정할 수 없는 성질의 것이기 때문이다. 윤리적 실존을 지향하는 존재자가 여전히 심미적 실존의 욕망과 내면적으로 끊임없이 대결하는 것과 마찬가지로 종교적 실존을 지향하는 존재자는 끝없이 "주체성이 진리"라는 윤리적 욕망과 대결하면서 종교적 실존을 향해서 한 걸음 내디딜 뿐이다.

故鄕에 돌아온날밤에
내 白骨이 따라와 한방에 누엇다.

어둔 房은 宇宙로 通하고
하늘에선가 소리처럼 바람이 불어온다.

어둠속에 곱게 風化作用하는
白骨을 드려다 보며
눈물 짓는 것이 내가 우는것이냐
白骨이 우는것이냐
아름다운 魂이 우는것이냐

志操 높은 개는
밤을 새워 어둠을 짓는다.

어둠을 짖는 개는
나를 쫓는 것일게다.

가자 가자

쫓기우는 사람처럼 가자

白骨몰래

아름다운 또다른 故鄕에가자.

「또다른故鄕」(1941.9.) 전문

　이 시는 시적 주체가 고향에 돌아왔지만 그 곳이 본래적 고향이 아님을
자각하고 "또다른故鄕"을 향해 길을 떠나는 모습이 형상화되어 있다.[144] 우선
1연에서 "고향"에 돌아왔다는 것은 시적 주체가 자기 동일성으로 복귀했음
을 의미한다. 그런데 그곳에서 시적 주체는 "내 白骨"이 따라온 것을 보게
된다. 그런데 시적 주체는 3연에서 "곱게 風化作用하는 / 白骨"을 보면서
자신이 울고 있음을 깨닫게 되는데, 정확하게 누가 울고 있는지 이해하지
못하고 있다. 여기에서 "내"가 우는 것인지, "白骨"이 우는 것인지, "아름다운
魂"이 우는 것인지 알 수 없는 상황은 시적 주체가 상당한 자기 분열과 혼란
속에 있음을 알 수 있게 한다.

　여기에서 두 가지 물음이 생겨난다. 하나는 '시적 주체는 왜 울고 있는가?'
이고 또 하나는 '白骨, 나, 아름다운 魂 등이 의미하는 것은 무엇인가?'하는
것이다.

　우선 시적 주체가 우는 것은 "白骨"이 "風化作用"을 통해 사라져가는 것을
슬퍼하기 때문일 것이다. 그런데 왜 슬퍼하는 것일까? 만약에 "白骨"이 부정
적인 자기라면 시적 주체가 슬퍼할 이유가 없다. 그렇다면 "白骨"은 긍정적인
자기인가? 하지만 이 시에서 "白骨"은 "아름다운 魂"과 대비되는 대상이고,
6연에서 보듯이 시적 주체가 "몰래" 떠나고자 하는 대상이다. 따라서 이

144　이러한 인식은 식민지 시대를 살았던 시인들의 보편적인 인식으로 보인다. 예를 들어 정지
　　용은 「고향」에서 "고향에 고향에 돌아와도 / 그리던 고향은 아니러뇨."라고 한탄했다.

"白骨"은 양의적인 대상이라 할 수 있다. 이러한 "白骨"의 모습은 마치 「自畵像」에서 양의적인 성격을 지녔던 "사나이"를 떠올리게 한다. 「自畵像」에서 시적 주체가 물에 비친 "사나이"를 보면서 '미움'과 '그리움'의 양의적인 정서를 느꼈던 것처럼 이 시에서도 "白骨"의 "風化作用"을 보면서 시적 주체는 슬퍼하면서도 결국 "白骨"을 두고 떠나고자 하는 것이다.

그렇다면 "白骨", "내", "아름다운 魂"이 의미하는 것은 무엇인가?[145] 이것들은 '선택'과 '종합'의 맥락에 따라 다르게 해석될 수 있다. 키에르케고어는 실존의 삼 단계를 설명하면서 궁극적으로는 단 하나의 "이것이냐 저것이냐"만 존재하는데 그것은 "심미적인 것을 선택할 것이냐 종교적인 것을 선택할 것이냐"라고 한 바 있다. 이러한 '선택'의 맥락에서 "白骨"은 심미적인 실존을, "나"는 '선택'을 실행하는 능동적인 주체를, "아름다운 魂"은 종교적인 실존을 의미할 수 있다. 이렇게 본다면 6연에서 시적 주체가 "白骨몰래" 떠나는 것은 능동적인 주체인 "나"가 심미적인 것인 "白骨"을 거부하고 종교적 실존인 "아름다운 魂"을 선택한 것으로 이해할 수 있다. 하지만 키에르케고어에 의하면 인간의 실존은 분절적으로 구분하여 설명은 할 수 있으나 그것은 단선적이고 정적인 것이기보다는 복합적이고 동적인 것이기 때문에, 종교적 실존의 단계에서 심미적 실존이 배제되지 않는다. 그래서 키에르케고어는 자기 자신과의 관계에서 '종합'의 문제를 중요하게 생각하였다.

---

145 선행연구들은 이 시에 나타나는 "白骨", "나", "아름다운 혼"을 해석하기 위하여 정신분석학, 원형이론, 실존철학 등 매우 다양한 방법론을 시도하였다. 김재홍은 "白骨', '나', "아름다운 魂"을 '현상 자아', '현실적인 자아', '이상적인 자아' 등으로 보았고(김재홍, 앞의 글), 문덕수는 정신분석학에 의거하여 이드, 초자아, 중간적 자아로 분리해서 분석했으며(문덕수, 『현대시의 이해와 감상』, 삼우출판사, 1982, 304-305쪽 참조), 정재완은 집합무의식의 원형이론으로 접근하고자 했다(정재완, 『한국현대시인연구』, 전남대출판부, 2001, 272-294쪽). 임현순은 키에르케고어의 실존철학을 바탕으로 각각을 심미적 실존, 윤리적 실존, 종교적 실존 등으로 분석하였다(임현순, 앞의 책, 67-68쪽). 김남조는 마르셀(Gabriel Marcel)의 철학에 의해 윤동주 시를 분석하면서 이 작품의 자아를 각각 일상적 자아, 의식 주체, 예술혼 등으로 보았다(김남조, 앞의 글, 33쪽).

키에르케고어는 『죽음에 이르는 병』에서 인간을 '정신'으로서의 자기, '유한한 것, 시간적인 것, 필연, 육체'로서의 자기, '무한한 것, 영원한 것, 자유, 영혼'으로서의 자기 등으로 구분하면서 '정신'으로서의 자기가 자기 자신과 관계하면서 이 대립적인 두 요소를 종합해야 진정한 자신이 될 수 있다고 말했다.[146] 그에 의하면 이 종합이 온전히 이루어지지 않으면 그는 아직 '자기'가 아니다. 따라서 인간은 누구나 '자기'를 과제로 가지고 있다. 즉 '정신으로서의 자기'는 서로 상반되는 두 요소(육체와 영혼, 유한한 것과 무한한 것, 시간적인 것과 영원한 것, 필연과 자유 등)를 종합해야 하는 과제를 안고 있는 것이다. 이에 따라서 이 시의 "나"를 자기 자신과 관계하는 능동적인 주체인 '정신'으로서의 자기로, "白骨"을 '유한한 것, 시간적인 것, 필연' 등의 의미를 지니는 '육체'로서의 자기로, "아름다운 魂"을 '무한한 것, 영원한 것, 자유' 등의 의미를 지니는 '영혼'으로서의 자기로 이해할 수 있다.[147]

이러한 관점에서 보면 시적 주체가 "白骨"의 "風化作用"을 슬퍼하는 것은 '유한한 것, 시간적인 것, 필연' 등의 의미를 지니는 '육체'로서의 자기가 쇠하고 있기 때문이다. 이는 현실 속에서 주체를 온전히 자기 자신으로 존재하지 못하게 하고 그 주체성을 해체하려고 하는 식민지 상황의 반영이라 할 수 있다. 하지만 시적 주체는 이러한 '육체'로서의 자기를 쇠하게 하는 주체를 단지 일본 제국주의와 같은 상대적인 타자로 인식하지 않는다. 2연에서 볼 수 있듯이, 이 "風化作用"은 "하늘에선가 소리처럼" 불어오는 "바람"으로 인하여 일어나는 것이다. 여기에서의 "바람"은 「바람이불어」, 「또다른故鄕」과 마찬가지로 시적 주체를 각성케 하고 역사를 주관하는 절대적 타자의 역사(役事)라고 할 수 있다. 즉 시적 주체는 '육체'로서의 자기를 쇠하게 하는

---

146 『죽음』, 55-63쪽.

147 이와 관련하여 유영모는 순우리말로 '몸나', '얼나', '솟나'란 말을 사용했다. 그는 육적인 자아를 '몸나'로, 영적인 자아를 '얼나'로, 몸나를 벗고 얼나로 거듭난 새로운 자아를 '위로 솟아난 나'란 의미로 '솟나'로 불렀다(백소영, 앞의 책, 190쪽).

"風化作用"의 고난이 절대적 타자의 뜻 안에서 이루어지는 것으로 인식하고 있는 것이다.

키에르케고어에 의하면 온전한 '자기'의 종합을 위해서는 자기 자신과의 관계뿐만이 아니라 절대적 타자와의 관계가 필수적이다. 왜냐하면 자기는 자기 자신과 관계할 뿐만 아니라 절대적 타자와 관계하면서 자신을 정립하기 때문이다.[148] 이러한 맥락에서 자기와 관계하는 절대적 타자를 형상화한 것이 "바람"과 "志操 높은 개"라고 할 수 있다. 2연의 하늘에서 불어오는 "바람"과 4연의 "志操 높은 개"는 모두 '소리'를 통해 시적 주체의 자기를 정립케 하는 절대적 타자의 모습으로 나타난다. "바람"을 통해서 시적 주체는 "白骨"을 들여다보면서 자기를 '인식'하게 되고 "志操 높은 개"를 통해서 시적 주체는 "쫓기우는 사람처럼" 자기를 '형성'하기 위해 탈주하게 된다. 즉 "바람"이 '자기 인식'을 매개하는 타자라면 "개"는 '자기 형성'을 촉구하는 타자가 되는 것이다.

여기에서 또 '보는 행위'와 '듣는 행위'의 대립이 나타난다. "들여다보며"의 '보는 행위'는 '보는 주체'와 '보이는 주체'를 분리시킴으로써 주체의 분열을 야기하지만, "바람" 소리와 "志操 높은 개"의 소리를 '듣는 행위'는 '자기 인식'의 분열을 초월하여 '자기 형성'에의 행위를 촉구하고 있다. 이러한 소리에 의해서 시적 주체는 고향을 떠나 "또다른 故鄕"을 향하게 된다. 여기에서 확인할 수 있는 것은 종교적 실존을 지향하는 시적 주체가 자기 동일성에 안주하기보다는 끝없이 본래적 자기를 찾아 떠나고 있는 여정이다.

이때 시적 주체는 "쫓기우는 사람"에 자기를 비유하고 있는데, 이는 주체의 관계적인 수동성을 의미하고 있다. '정신'으로서의 자기인 "나"는 자기 자신과 관계할 때에는 "白骨"과 "아름다운魂"을 능동적으로 종합해야 하지

---

148 "인간의 자기는 그처럼 파생된, 정립된 관계이며, 자기 자신과 관계할뿐더러 자기 자신과 관계하는 가운데 타자와도 관계하는 관계이다."(『죽음』, 56쪽)

만, 그가 절대적 타자와 관계할 때에는 자기를 체념하고 의존적으로 관계해야 하기 때문에 '자기'는 수동적인 태도를 지니게 된다. 그래서 이 시에서 "志操 높은 개"에 의해 "쫓기우는" 시적 주체의 모습은 그가 절대적 타자와의 소리에 수동적으로 순응하고 있음을 형상화한 것이라 할 수 있다.

그렇다면 6연에서 시적 주체가 "白骨몰래" 떠나는 것은 '육체'로서의 자기를 이분법적으로 배제함으로 인하여 종합의 과제를 온전하게 실행하지 못한 것은 아닐까? 물론 이렇게 해석할 수도 있지만 "白骨몰래" 떠나는 것이 '육체'로서의 자기를 완전히 배제했다고만 볼 수는 없다. 키에르케고어가 '유한한 것, 시간적인 것, 필연, 육체'와 '무한한 것, 영원한 것, 자유, 영혼' 등의 종합을 말하면서도 전자보다 후자의 우선성을 전제하는 것처럼, "白骨몰래" 떠나는 것은 "아름다운 魂"을 중심으로 하여 새로운 종합을 시도하는 행위로 볼 수도 있다. 즉 "白骨몰래" 떠나는 행위는 '육체'로서의 자기를 배제하는 것이 아니라 '영혼'으로서의 자기를 중심으로 새로운 '육체'로서의 자기로 태어나는 과정으로 이해할 수 있는 것이다. 왜냐하면 종교적 실존자의 중요한 특징 중에 하나가 자기를 무한히 체념함으로 인해서 다시 그것을 새롭게 되찾는 '반복'이기 때문이다. 하지만 이 시는 상징적 의미가 모호하여 시인의 의도를 정확하게 해석해 내기는 어렵기 때문에 다양한 맥락에 따라서 "白骨", "나", "아름다운 魂" 등의 상징적 의미를 다르게 해석할 수 있다. 따라서 이 시에는 종합의 가능성이 잠재해 있으면서도 여전히 선택으로 인한 이분법적인 배제의 위험이 내재해 있다고 볼 수 있다.

6연에서 시적 주체는 실존적 자기 초월을 위한 결단을 실행하여 "또다른故鄕"을 지향하게 된다. 이때 "또다른故鄕"을 향한 지향의식은 단순한 고향 상실의 의미를 넘어서고 있다. 이 시의 고향 상실 의식은 조국 상실의 의미를 지님과 동시에 종교적 실존과 밀접한 관련을 맺고 있다. 종교적 실존자는 본질적으로 이 '땅'에 속해 있는 동시에 저 '하늘'에 속해 있음으로 인해서 두 개의 이중적인 정체성을 지니고 있다. 그는 '황제'의 백성인 동시에 '신'의 백성인 것이다.[149] 이로 인해 종교적 실존자는 실낙원의 땅에서 낙원의 회복을 꿈꾸며 존재 근원으로서의 진정한 본향을 지향하게 된다. 이때의 "白骨"은 허물과 죄로 썩어질 '땅에 속한 자기'이며, "아름다운 魂"은 썩지 않는 '하늘에 속한 자기'라고 할 수 있다.[150] 그래서 이 '땅'에 속하지만 저 '하늘'에 속해 있는 종교적 실존자는 결코 이 땅에서는 참된 '본향'에서 누리는 안식을 경험하지 못한다. 심지어 이 시의 1연에서 형상화하고 있는 것처럼 자신이 태어나고 자란 물리적인 고향에 돌아온다 하더라도, 그것은 단지 "白骨"의 고향일 뿐 "아름다운 魂"의 고향은 아닌 것이다. 그래서 종교적 실존자는 끊임없이 "또다른 故鄕"을 향해 떠나는 '순례자'가 될 수밖에 없다. 이는 비록 고향을 상실했으나 뚜렷한 고향에 대한 지향의식이 있다는 점에서 단순히 고향을 잃고 방황하는 디아스포라적인 '나그네'와 다르다고 할 수 있다.[151] 이것이 이 시가 「自畵像」과 다른 부분이다. 두 시 모두 자기 분열 속에서 자기에 대한 양의적인 정서를 느끼지만 「自畵像」의 시적 주체가 떠나가다 '추억' 속의 과거적 자기에게로 다시 복귀한 반면, 이 시의 시적 주체는 뚜렷한 지향의식을 지니고 "또다른故鄕"에 도착할 미래를 향해 순례의 여정을 시도하고 있다. 하지만 이러한 순례의 여정에도 불구하고 주체가 진정한 자기를 찾는 것은 상당히 힘겨운 과제임이 「길」에서 나타난다.

잃어 버렸습니다.
무얼 어디다 잃었는지 몰라
두손이 주머니를 더듬어

---

149 "황제의 것은 황제에게 돌려주고, 하나님의 것은 하나님께 돌려드려라."(「마가복음」 12:17)

150 "하늘에 속한 몸도 있고, 땅에 속한 몸도 있습니다. … 썩을 몸이 썩지 않을 것을 입어야 하고, 죽을 몸이 죽지 않을 것을 입어야 합니다."(「고린도전서」 15:40, 53)

151 "그러므로 이제부터 여러분은 외국 사람이나 나그네가 아니요, 성도들과 함께 시민이며 하나님의 가족입니다."(「에베소서」 2:19)

길에 나아갑니다.

돌과 돌과 돌이 끝없이 연달어
길은 돌담을 끼고 갑니다.

담은 쇠문을 굳게 닫어
길우에 긴 그림자를 드리우고

길은 아츰에서 저녁으로
저녁에서 아츰으로 통했습니다.

돌담을 더듬어 눈물 짓다
처다보면 하늘은 부끄럽게 프름니다.

풀 한포기 없는 이길을 걷는 것은
담저쪽에 내가 남어 있는 까닭이고,

내가 사는것은, 다만,
잃은것을 찾는 까닭입니다.

「길」(1941.9.31.) 전문

「또다른故鄕」에서 진정한 자기를 찾아 순례의 길을 떠났던 시적 주체는
「길」에서 자기 상실을 분명하게 인식하게 된다. 1연에서 시적 주체는 "잃어
버렸습니다."라고 단정하면서도 무엇을 어디에서 잃어버렸는지 모른다고 고
백한다. 무엇을 잃어버렸는지는 모르지만 분명히 뭔가를 잃어버렸다는 상실
감 속에서 시적 주체는 자기 앞에 펼쳐진 "길"을 발견한다.

2연에서 "길"은 끝없이 이어진 "돌담"을 끼고 펼쳐진다. 여기에서 "길"이 잃어버린 것을 찾을 수 있는 '가능성'을 의미한다면, "돌담"은 그러한 가능성을 차단하는 '필연성'을 의미한다고 볼 수 있다. 이러한 관점에서 이 시에서 끝없이 이어진 "돌담"과 "길"은 잃어버린 것을 찾는 것에 대한 불가능성과 가능성을 동시에 형상화한 것이라 할 수 있다.

이러한 불가능성과 가능성의 양상은 5연에서 "돌담을 더듬어 눈물짓다 / 쳐다보면 하늘은 부끄럽게 푸릅니다."라는 진술에서 더욱 선명하게 드러난다. 시적 주체는 더 이상 자기 내면만을 들여다보지 않고 절대적 타자의 의미를 내포하는 "하늘"과 관계하고 있다. 그는 현실의 "돌담"에 대해서 눈을 감고 손으로 더듬으면서도 "하늘"을 쳐다보고 "부끄럽"지만 '푸른 가능성'을 소망하며 '길 걷기'를 포기하지 않는다. 이러한 "하늘" '쳐다보기'의 행위는 절망과 대립되는 신앙의 행위라 할 수 있다. 키에르케고어는 "필연성의 절망"에 빠져 가능성이 전혀 없는 극단에 이르렀을 때, "문제는 그가 신에게는 모든 것이 가능하다는 것을 믿을 것인가, 즉 그가 믿을 것인가 말 것인가 하는 것이다."라고 했다.

그리하여 마침내 시적 주체는 6연에서 마침내 자신이 잃어버린 것이 무엇인지 깨닫게 된다. 그것은 "담 저쪽에" 남아 있는 "나"였다. 사실 자기는 잃어버릴 수 없는 것인데, 시적 주체는 '있는 나' 속에 '자기'가 없음을 깨닫게 된 것이다. 이것은 본래적 자기를 상실해 버린 '없이 있는 나'의 모습이라 할 수 있다. 이때 "담 저쪽에"라는 표현을 통해 '자기 상실감'은 자기 자신과 관계하지 못하여 종합되지 못한 '자기 분리감'으로 인식된다. 그래서 시적 주체는 마지막 연에서 "내가 사는 것은, 다만, / 잃은 것을 찾는 까닭입니다."라고 고백하면서 "하늘"을 바라보며 걷기를 지속한다.

그런데 이 시와 유사하게 '길', '담', '하늘' 등의 모티프가 나타나는 그의 산문 「終始」에서 윤동주는 자신이 잃어버린 것이 '조선'임을 우회적으로 말하고 있다.

차라리 城壁우에 펼친 하늘을 처다보는 편이 더 痛快하다. 눈은 하늘과 城壁 境界線을 따라 자꾸 달리는 것인데 이 城壁이란 現代로써 캄푸라지한 넷禁城이다. 이안에서 어떤 일이 일우어저스며 어떤 일이 行하여지고 있는지 城박에서 살아왔고 살고있는 우리들에게는 알바가 없다. 이제 다만 한가다 希望은 이 城壁이 끈어지는 곳이다. 企待는 언제나 크게 가질것이 못되여서 城壁이 끈어지는 곳에 總督府, 道廳, 무슨 參考官 … 아이스케이크 看板에 눈이 잠간 머무는데 이놈을 눈나린 겨을에 빈집을 직히는 꼴이라든가, 제身分에 낫산는 가개를 긕히는 꼴을 살작 옐릴에 올리여 본달 것 같으면 한幅의 高等諷刺漫畵가 될터인데 하고 나는 눈을감고 생각하기로 한다. 事實 요지음 아이스케이크 看板身世를 免치 아니치 못할者 얼마나 되랴, 아이스케이크 看板은 情熱에 불타는 炎署가 眞正코 아수롭다.[152]

여기에 나오는 "城壁"[153]은 성 안과 성 밖을 나누는 "境界線"으로서, 이 성벽이 궁궐을 둘러싼 "넷禁城"임을 감안하면 '성벽'은 지배 권력과 피지배 민중을 구분하는 경계선이 된다. 그리고 성 밖에 살아가는 존재인 윤동주는 성 안으로 들어가기 위해서 성벽이 끊어지는 곳을 찾는데, 이는 지배와 피지배의 경계가 무너지기를 바라는 윤동주의 "希望"이 반영된 것으로 볼 수 있다. 하지만 윤동주에게 성벽은 과거의 유물이 아니라 "現代"이다. 성벽이 끊어진 곳에는 총독부, 도청, 무슨 참고관, 아이스케이크 간판 등이 있다. 특히 옛 궁궐의 성벽이 무너진 곳에 '총독부'가 있다는 것은 시대가 바뀌었지만 여전히 지배와 피지배의 착취 구조는 그대로이고 오히려 그 지배 권력이

---

152 「終始」, 『사진판』, 129-131쪽.
153 문명사적으로 '벽돌'의 발명은 인간 사회의 급격한 변화를 가져왔다. 벽돌로 인하여 지배 권력은 피지배 민중의 노동력을 착취하는 대규모 토목 공사를 통해 '성(城)'을 쌓을 수 있었는데, 이들은 이를 통해 자기의 권력을 공고하게 하고 부를 축적하며 온갖 향락을 추구하였다. 이뿐만 아니라 이들은 성벽을 만들어 성 안과 성 밖을 구분함으로써 피지배층, 죄인, 병자, 이방인 등을 공동체에서 배제시켰다.

봉건 군주에서 일본 제국주의로 바뀌어 시대가 더 엄혹해졌음을 상징하는 것이다. 이때 윤동주는 "아이스케이크 看板"에 주목한다. 왜냐하면 그가 "눈 나린 겨울에 빈집을 직히는" 아이스케이크 간판에서 나라 잃은 시대에 민족의 주체성을 잃지 않은 조선인의 모습을 자조적으로 떠올렸기 때문이다. 그래서 그는 "아이스케이크 看板은 情熱에 불타는 炎署가 眞正코 아수롭다." 라고 하며 광복의 염원을 우회적으로 드러내고 있다. 그런데 이때 그가 회복되기를 바라는 것은 물론 조선이겠으나 그것은 다시 과거의 봉건사회로 회귀하고자 하는 것은 아니다. 그가 성벽이 끊어지는 곳을 찾는 것은 본질적으로 지배와 피지배의 억압과 착취가 없는 새로운 공동체를 소망하고 있다고 볼 수 있다.

이처럼 「길」에서 잃어버린 '자기'를 찾기 위해 길을 걷는 주체가 「終始」에서는 잃어버린 '조국'의 회복을 희망하고 있다. 이는 '자기'를 찾는 것이 단순히 개인적인 주체성을 회복하는 것만을 의미하는 것이 아니라 '나'와 '너'가 함께 어울리는 공동체적인 주체성을 회복해야 함을 의미한다고 볼 수 있다. 결국 개인은 사회 없이 존재할 수 없고, 사회 또한 개인 없이 존재할 수 없는 것이다.

하지만 현실은 개인의 주체성도, 사회의 주체성도 회복할 수 없는 상황이었다. 「길」에서 그가 발견한 것은 자기를 상실했다는 사실과 자기 찾기를 불가능하게 만드는 끝없이 이어진 "담"과 굳게 닫힌 "쇠문"이었다. 그리고 「終始」에서 그가 발견한 것은 "옛禁城"이 끊어진 곳에 있는 "總督府"와 눈 내리는 겨울에 빈집을 지키는 "아이스케이크 看板"이었다. 즉 그는 본래적 자기를 가능하게 하는 개인과 공동체의 회복이 결코 쉽지 않은 것임을 다시 깨닫게 된 것이다. 그럼에도 불구하고 그는 눈물 속에 "하늘"을 쳐다보면서 자기 찾기를 향한 순례의 여정을 그치지 않고, 눈 내리는 겨울에 빈집을 지키는 "아이스케이크 看板"마냥 "情熱에 불타는 炎署"를 기다린다. 이러한 갈등 속에서 몸부림치고 있을 때 윤동주는 외부적 현실로부터 강한 자기 상실의 위협을 경험하게 되는데, 이러한 양상이 졸업 직전에 쓴 시들에서 잘 드러난다.

4.4.2. 자기 상실의 위협과 죄의식

윤동주가 연희전문학교를 졸업할 당시 식민지 조선의 상황은 날로 악화되고 있었다. 1941년 2월 연희전문학교 교장이 친일파였던 윤치호로 바뀌었다. 그리고 그해 3월에 '조선사상범 예비구금령', '국방보안법' 등이 공포되고, 4월에는 『문장』, 『인문평론』 등이 강제 폐간되었다. 그러한 상황 속에서 윤동주는 진학, 시국, 가정 등의 일들로 몹시 괴로워했다고 하는데,[154] 「별혜는 밤」에는 서정적인 가을 별밤을 배경으로 그의 비애가 묻어난다.

季節이 지나가는 하늘에는
가을로 가득 차있습니다.

나는 아무 걱정도 없이
가을속의 별들을 다 헤일듯합니다.

가슴속에 하나 둘 색여지는 별을
이제 다 못헤는 것은
쉬이 아츰이 오는 까닭이오.
來日밤이 남은 까닭이오.

---

154 정병욱은 당시의 윤동주에 대해 다음과 같이 증언하였다. "어딘가 어설프고 번거롭고 뒤숭숭한 그런 분위기였다. 게다가 졸업반인 동주 형의 생활은 무척 바쁘게 돌아갔다. 진학에 대한 고민, 시국에 대한 불안, 가정에 대한 걱정, 이런 일들이 겹치고 겹쳐서 동주 형은 이때 무척 괴로워하는 눈치였다."(『평전』, 294쪽)

아직 나의 靑春이 다하지 않은 까닭입니다.

별하나에 追憶과

별하나에 사랑과

별하나에 쓸쓸함과

별하나에 憧憬과

별하나에 詩와

별하나에 어머니, 어머니,

어머님, 나는 별 하나에 아름다운 말 한마디식 불러봅니다. 小學校때 冊床을 같이 햇든 아이들의 일홈과, 佩, 鏡, 玉 이런 異國小女들의 일홈과 벌서 애기 어머니 된 계집애들의 일홈과, 가난한 이웃사람들의 일홈과, 비둘기, 강아지, 토끼, 노새, 노루, 「푸랑시쓰·쨤」「라이넬·마리아·릴케」 이런詩人의 일홈을 불러봅니다.

이네들은 너무나 멀리 있습니다.

별이 아슬이 멀듯이,

어머님,

그리고 당신은 멀리 北間島에 게십니다.

나는 무엇인지 그러워

이많은 별빛이 나린 언덕우에

내 일홈자를 써보고,

흙으로 덥허 버리엿습니다.

따는밤을 새워 우는 버레는

부끄러운 일홈을 슬퍼하는 까닭입니다.

그러나 겨을이 지나고 나의별에도 봄이 오면

무덤우에 파란 잔디가 피여나듯이

내일홈자 묻힌 언덕우에도

자랑처럼 풀이 무성 할게외다.

「별혜는밤」(1941.11.5.) 전문[155]

「自畵像」에서 시인이 "우물"을 통해서 자연의 거울을 형상화했다면, 이 시에서는 "계절이 지나가는 하늘"을 통해서 또 다른 자연의 거울을 형상화하고 있다.[156] 시적 주체는 이 "하늘"의 거울을 통해서 결국 자기 자신을 바라보는 것인데, 여기에는 그의 "追憶"과 "憧憬"이 함께 나타난다.

이때 "追憶"은 5연에서 제시된 것처럼 산문적 형식의 긴 호흡으로 나열되는 "일홈"과 관련되어 있다. 시적 주체는 여기에서 "小學校때 冊床을 같이 햇든 아이들의 일홈", "異國小女들의 일홈", "애기 어머니 된 게집애들의

---

155 홍장학은 이 시의 10연은 윤동주가 시를 창작한 후에 정병욱에 대한 우정의 표시로 건넨 메모이기에 원전 텍스트에서 배제해야 한다는 의견을 제시하였다(『원전』, 610-634쪽 참조). 하지만 김응교는 10연을 보태면서 9연이 수정됨("따는" 삽입)으로써 전체 시가 완성되었다고 보았다(김응교, 「사라진 이름을 호명한다-<별 헤는 밤>」, 『기독교사상』669, 기독교사상, 2014, 193쪽).

156 김응교는 이 시가 백석의 「흰 바람벽이 있어」와 깊이 연관되어 있는 것으로 보았다(김응교, 「사라진 이름을 호명한다-<별 헤는 밤>」, 『기독교사상』 669, 대한기독교서회, 2014 참조). 『사진판』을 보편 윤동주는 백석의 시집 『사슴』을 필사하여 보관하고 있었고 붉은 색연필로 줄을 긋고 메모를 남기며 꼼꼼히 읽었다(『사진판』, 194-196쪽). 백석이 「흰 바람벽이 있어」에서 '흰 바람벽'을 거울 삼아 "내 가난한 늙은 어머니", "내 사랑하는 사람", "내 쓸쓸한 얼굴", "초생달과 바구지꽃과 짝새와 당나귀", "'프랑씨스 쨈'과 도연명과 '라이넬 마리아 릴케'" 등을 생각하듯이, 윤동주는 이 시에서 "하늘"을 거울 삼아 추억에 잠기고 있다(김응교, 앞의 글, 190-191쪽 참조).

일홈", "가난한 이웃사람들의 일홈", "비둘기, 강아지, 토끼, 노새, 노루, 「푸랑시쓰 쨤」「라이넬·마리아·릴케」 이런 詩人의 일홈"을 부른다. 이처럼 그에게 '추억'은 "아름다운 말 한마디"의 "일홈"들로 가득하다.

그렇다면 이 시에서 "일홈"을 부르는 것은 어떤 의미가 있을까? 이 시를 창작한 날짜가 1941년 11월 5일인데, 이는 윤동주가 졸업을 앞두고 자선시집 출판과 일본 유학을 준비하고 있던 때라고 할 수 있다. 그리고 당시 조선총독부는 1940년 2월부터 창씨개명을 시행하고 조선인의 창씨개명을 강요하고 있던 상황이었다. 이는 내선일체(內鮮一體)의 일환으로 조선의 민족정신을 말살하기 위한 것이었다. 따라서 이 시에서 윤동주가 "일홈"을 부르는 행위는 각별한 시대적 의미를 지니고 있다고 할 수 있다. 그가 부르는 "일홈"들은 더 이상 식민지 조선에서 부를 수 없는 '사라져가는 이름'들일 수 있다. "일홈"이 존재의 본질을 상징하는 기호라면, 사라지는 "일홈"은 그 "일홈"을 지닌 존재들의 본질이 상실되는 것을 의미한다. 이는 제국의 위협에 의해서 자기가 본래의 자기로 존재할 수 없게 되어 버리는 자기 상실의 상황을 반영한 것이다. 비슷한 시기에 썼던 「序詩」에서 그는 "모든 죽어가는 것을 사랑해야지"라고 했는데, 이 사라지는 "일홈"들이야말로 "모든 죽어가는 것" 중에 하나라고 할 수 있다. 따라서 그가 "일홈"을 부르는 행위는 사라져 가는 존재들을 사랑하는 행위로서, 그들을 다시 기억하면서 자기 안에서 살려내고자 하는 눈물겨운 회상의 행위가 된다.

6연~9연에서 시적 주체는 그 "일홈"들이 부재하는 현실을 절감한다. 여기서 그는 시간적인 거리감뿐만 아니라 "이네들은 너무나 멀리 있습니다."라고 하면서 공간적인 거리감도 함께 느끼고 있다. 그리고 그는 "내 일홈자"를 써보고, 흙으로 덮어 버린다. 이 "일홈"을 덮어 버리는 행위의 의미는 무엇인가? 이는 단순한 부끄러움의 행위만은 아니다. "일홈"이 자기 존재를 상징하는 기호라고 한다면, "일홈"을 흙으로 묻는 행위는 자기 자신을 스스로 죽이고 매장해 버리는 행위가 된다. 10연에서 그가 "내일홈자 묻힌 언덕"을 "무덤"에 비유하는 대목에서도 이를 확인할 수 있다. 즉 그는 여기에서 자기의 존재를 스스로 장사지내고 있는 것이다. 어쩌면 윤동주는 이 시에서 조선 이름인 '윤동주'를 묻어버림으로써 조선 민족으로서의 자기 정체성을 잠시 버려야 할 것을 각오하고 있는 것처럼 보인다. 이는 9연에서 "밤을 새워 우는 버레"가 그러하듯이 식민지 조선인이 감내해야 할 부끄러움이고 슬픔 이었을 것이다.

원래 이 시는 9연까지 창작된 것이었는데, 정병욱과의 대화를 통해서 10연 이 추가되었다.[157] 9연까지만 본다면 이 시는 추억 속의 사라진 "일홈"들과 함께 자기 "일홈"이 매장되는 비관적인 시로 마무리된다. 하지만 윤동주는 10연을 삽입함으로써 죽음을 딛고 일어서는 부활의 상상력을 보여주고 있다. 10연에서 시인은 "가을"이 "겨울"을 지나 결국 "봄"이 될 것을 예상하면서, 묻어 버린 "내일홈자" 묻힌 "무덤"에서 "자랑처럼 풀이 무성할" 것을 소망한 다. 그래서 이 시는 시간적으로는 '현재 → 과거 → 현재 → 미래'의 흐름을 형성하고, 계절적으로는 '가을 → 겨울 → 봄'의 순환을 제시하면서 낙관적인 전망을 암시하고 있다. 이 시는 윤동주가 연희전문학교 졸업과 함께 출판을 하려던 자선시집 『하늘과바람과별과詩』에 실린 19편의 시 중에서 「序詩」를 제외하면 시기상으로 가장 마지막에 창작한 것이고 자선시집에서도 가장 마지막 순서에 실려 있다. 앞의 논의와 관련시켜 본다면, 그는 자선시집의 마지막을 자기의 죽음과 부활로 마무리하고 있는 것이라 할 수 있다.

이러한 측면에서 이 시는 「自畵像」과는 다른 성격을 지니게 된다. 두 작품 모두 동일하게 '자연의 거울'을 통해서 시간의 흐름 속에서 자신을 들여다보 지만, 「自畵像」이 "追憶처럼"을 통해서 과거를 지향하는 '상기(Erinnerung)'를 형상화했다면, 「별헤는밤」은 과거의 "追憶"이 미래의 "憧憬"으로 순환하는

---

157 정병욱, 앞의 글, 139-140쪽. 『사진판』에는 9연과 10연 사이에 창작 날짜가 적혀 있다(『사 진판』, 166쪽).

과정을 통해서 미래를 지향하는 '반복(Wiedergolung)'을 형상화했다고 할 수 있다. 이와 관련하여 키에르케고어는 『반복』에서 욥의 행위를 통해 '반복'을 '되돌려 받음'으로 설명하였다.[158] 키에르케고어에 의하면 모든 되풀이가 '반복'을 의미하지는 않는다. 이 낱말은 종교적인 의미를 띠고 있으며 특히 구속(救贖) 또는 속지(贖罪)라는 그리스도교적 개념을 지칭한다. 그렇지만 훨씬 일반적인 의미에서 반복은 원래 상태의 회복(redintegratio on statum pristinum)으로 간주될 수 있다.[159] 따라서 윤동주는 이 시 속에서 자기의 "일홈"을 묻어 버림으로써 다시 자기의 "일홈"을 되돌려 받기를 소망하고 있는 것이다. 그때가 설령 자신이 죽은 이후라 할지라도 자기의 "일홈"만은 영원히 다시 회복되기를 염원하고 있는 것이다. 결과적으로 애석하게도 이 시는 그의 미래를 예언하는 시참(詩讖)이 되어버렸다.

함석헌은 조선의 역사를 마무리하면서 다음과 같이 말하였다.

> 그러나 우리가 어떻게 구경만 하고, 읽기만 하고, 바라만 보고 있으리요? 그 비렁뱅이는 바로 우리 자신이 아닌가? 다른 사람의 일인 듯 우리가 바라보고 있었던 그 끔찍한 형상은 고난의 시냇물 위에 비친 우리 자신의 그림자였다. 그러므로 우리는 이제 한걸음 더 나아가야 한다. 우리 자신을 고난자로 스스로 의식하고 수난자의 심정을 가지고 아픔을 우리 자신에 체험하여야 한다. 고난의 술잔을 그것인 줄 알고 삼킬 뿐만 아니라, 그 맛이 달기가 꿀 같다고 느껴야 한다. 이제 우리 마음을 바꿔야 한다. 제3자의 태도를 버리고 내가 되어야 한다.[160]

---

158 키에르케고어는 『두려움과 떨림』에서는 아브라함의 행위를 통해 반복을 설명하였다. "의심의 여지없이 그는 일의 결과를 보고 놀랐지만, 이중 운동을 통해 그는 자신의 처음 상태를 회복했으며, 또 그렇기 때문에 처음보다 훨씬 기쁜 마음으로 이사악을 되돌려 받았다(『두려움과 떨림』, 76쪽).

159 임규정, 「가능성의 현상학 – 실존의 삼단계에 관한 소고」, 12쪽.

160 『한국역사』, 459-460쪽.

여기에서 그는 나라 잃은 조선을 "비렁뱅이"로 비유하면서 그 "고난의 시냇물 위에 비친 우리 자신의 그림자"를 바라보고만 있을 것이 아니라 자신을 "고난자"로 의식하고 "아픔"을 체험함으로써 진정한 "내"가 되어야 한다고 역설(力說)했다. 자기가 된다는 것은 단순히 자기의 동일성으로 복귀하는 것이 아니다. 특히 식민지 조선인에게 있어서 고난 없는 '자기됨'은 허위요 가식일 수밖에 없었기 때문에 진정한 자기의 완성은 반드시 고난을 통과해야만 가능한 것이었다. 이처럼 「自畵像」에서 우물에 비친 "사나이"에 대한 미움과 그리움의 양의적인 정서를 느끼다가 "추억처럼" 자기 동일성으로 복귀하고자 했던 시적 주체가 「별을헤는밤」에서는 단지 자기를 바라만 보는 것이 아니라 추억과 동경 속에서 현실을 직시하고 자기의 죽음을 각오하며 다가올 "봄"을 희망하고 있는 것이다.

여기에서 윤동주가 창씨개명을 대하는 태도를 엿볼 수 있다. 그에게 창씨개명은 도저히 이해할 수도 없고 수용할 수도 없는 행위이지만, 단순한 친일의 행위만은 아니었다. 그것은 자기의 "일홈"을 버림으로써 다시 되찾는 행위일 수 있었다. 어떻게 그런 일이 가능할까? 키에르케고어에 의하면 그것은 '신앙의 역설'로서 인간의 오성으로 이해할 수 있는 것이 아니다. 다만 윤동주가 일본 유학을 위해서 창씨개명을 했고, 일본 유학의 목적이 조선의 독립에 있었다는 전기적 사실[161]로부터 윤동주의 의도를 어느 정도 추정할 수는 있겠다. 그럼에도 불구하고 윤동주는 "일홈"을 묻어야 하는 자신의 현실을 결코 당당하게 여기지 않았고, 그것을 매우 부끄럽고 슬픈 것으로 여기고 있었다. 이러한 양상은 이후에 씌어진 「序詩」, 「肝」, 「懺悔錄」에서 더욱 심화된다.

죽는 날까지 하늘을 우르러

---

161 『평전』, 386-392쪽.

한점 부끄럼이 없기를,

잎새에 이는 바람에도

나는 괴로워했다.

별을 노래하는 마음으로

모든 죽어가는것을 사랑해야지

그리고 나안테 주어진 길을

거러가야겠다.

오늘밤에도 별이 바람에 스치운다.

「序詩」 전문(1941.11.20.)[162]

이 시는 윤동주가 간행하고자 했던 자선시집에 실린 시 중에서 가장 마지막에 창작되었지만 첫 번째 순서에 실려 있다. 이 시는 자선시집의 제목인 "하늘과바람과별과詩"와도 깊이 연관되어 있고, 특히 자연의 상징과 자기 내면의 결합을 통해서 고도의 서정성과 숭고한 시 정신이 결합된 작품이라 할 수 있다.

이 시는 형식적으로 2연으로 되어 있는데, 1연이 8행으로 되어 있고 2연이 1행으로 되어 있다.[163] 1행은 다시 1행~4행과 5행~8행으로 구분되어져서,

---

162 이 시는 오랫동안 「序詩」로 알려져 왔지만, 『사진판』을 확인해보면 제목 없이 기록되어 있다. 「序詩」의 제목 문제는 일본 학자 오오무라 마스오에 의해 가장 먼저 제기된 바 있고 (오오무라 마스오, 「윤동주 시의 원형은 어떤 것인가」, 『윤동주전집2』, 문학과사상사, 1995, 533쪽), 홍장학의 경우 이 작품을 「무제」 또는 「(序詩)」로 기술하기도 했다(홍장학, 『정본 윤동주 전집』, 문학과지성사, 2004, 122쪽; 『원전연구』, 339쪽). 한편 윤일주는 윤동주가 자신에게 보여 준 자선시집 원고에는 '서시'란 제목이 확실히 있었다고 회고한 바 있다(윤일주, 앞의 글, 159-160쪽).

163 이런 형식은 윤동주 시에서 매우 예외적인 경우라 할 수 있는데, 유일하게 동일한 형식이 『八福』에서 시도된 바 있다. 두 시 모두 2연으로 되어 있고 1연이 8행, 2연이 1행으로 되어 있어서, 마지막 한 줄로 앞의 모든 내용을 압축하며 강한 여운을 남기고 있다. 『八福』이

전체적으로는 2연과 함께 세 부분으로 구성되어 있다고 볼 수 있다.[164]

1행~4행은 공간적으로 천상과 지상이 대비를 이루고 있다. 이때의 "하늘"은 '경천(敬天)'의 숭고한 하늘로서 시적 주체에게 '부끄러움'의 정서를 불러일으키는 반면, "잎새에 이는 바람"은 시적 주체 "나"에게 '괴로움'의 정서를 불러일으킨다. 실존적인 측면에서 보자면, 전자가 절대적 타자(또는 생태적 타자) 앞에서 느끼는 주체의 반성적 성찰이라면, 후자는 상대적 타자들에 대한 공감적 연민에서 비롯된 주체의 반성적 성찰이라고 할 수 있다.[165] 이러한 맥락에서 사람은 누구나 실존적으로 '하늘'과 '땅' 사이에서 흔들리며 살아가야 하는 '사이 존재'라 할 수 있다. 그래서 그는 '하늘'을 바라보지만 '땅'에 두 발을 디뎌야 하고, 부끄러움이 없기를 소망하지만 또한 괴로워할 수밖에 없다. 이것이 '사이 존재'로서 인간이 실존적으로 경험하는 본질적인 고뇌라고 할 수 있을 것이다. 여기에서 특히 시적 주체는 "도"라는 조사를 통해서 자신이 "잎새에 이는 바람"과 같이 한없이 작고 여린 것에도 정서적

성서의 '산상수훈'을 패러디하여 2연에서 낯선 충격을 주었다면, 이 시는 『孟子』의 '군자삼락(君子三樂)'을 인유하여 2연에서 깊은 여운을 주고 있다. 이러한 대조적인 양상은 『八福』의 고뇌가 이 시에 와서 어느 정도 승화되고 있음을 확인할 수 있게 한다.

164 크게 보면 세 부분으로 나눌 수 있지만 좀 더 세분화하면 다음과 같이 구조화할 수 있다.

	시간	공간(자연)	내면	시제
1-2행	죽는 날(終)	하늘	부끄러움, 소망	(-기: 미래)
3-4행	·	잎새, 바람	괴로움	-았-: 과거
5-6행	·	별	소망, 사랑	(-야: 미래)
7-8행	·	길(땅)	의무, 의지	-겠-: 미래
9행	오늘 밤(始)	별, 바람	(생략: 여운)	-ㄴ-: 현재

165 앞에서 확인한 것처럼 유교적 '측은지심(惻隱之心)'이 후기 시에 와서 종교적 실존과 결부되면서 대고(代苦)의 적극적인 '슬픔'으로 나아가듯이, 유교적 '수오지심(羞惡之心)'은 후기 시에 와서 종교적 '죄의식'과 결부된다. 이는 유교적 윤리가 인간 본성을 토대로 한 것에 비하여 종교적 윤리는 '신 앞에 선 단독자'에게 신적 완전함을 기준으로 제시하기 때문에 발생하는 것이라 할 수 있다. 물론 키에르케고어에 의하면 진정한 신앙이라 할 수 있는 종교성 B의 단계에서는 이 '죄의식'이 신적 은혜 안에서 '용납할 수 없는 것을 용납하는 용기'와 '사랑할 수 없는 것을 사랑하는 용기'로 극복된다.

으로 감응하고 있음을 드러내고 있다. 즉 시적 주체는 타자의 고통을 자기의 고통으로 동일시하고 있는 것이다. 이처럼 1행~4행은 천상과 지상 사이에서 고뇌하는 실존적인 인간의 모습이 형상화되어 있다.

5행~8행에서는 앞에서 제시된 갈등의 양상이 비약적으로 해소되고 종합되고 있다. 그것은 "별"의 존재 때문이다. "별"은 하늘의 이미저리이지만 "하늘"과 달리 시적 주체에게 '부끄러움'의 정서가 아니라 "노래하는 마음"을 불러일으키고 "사랑해야지"라는 의지를 다지게 하고 있다.[166] 앞에서 부끄러워하고 괴로워하던 정서가 "별"을 통해서 노래하고 사랑하고자 하는 마음으로 바뀌고 있는 것이다. 이때 "하늘"이 "별"로 변주될 때 "잎새에 이는 바람"은 "모든 죽어가는것"으로 변주되면서, '괴로움'을 주던 대상이 사랑해야 할 대상으로 바뀌게 되고 고뇌하던 주체는 타자를 위하여 사랑을 다짐하는 책임적 주체로 변모하게 된다. 이때 "그리고"라는 접속 부사는 시적 주체가 자기보다 타자를 우선하여 위하고 있음을 드러내는 표지가 된다.

그리하여 시적 주체는 타자를 위한 자기의 "길"을 걸어가고자 한다. 이때

---

166 "별을 사랑하는 마음으로 / 모든 죽어가는 것을 사랑해야지"라는 것은 모순되는 것이 공존하며 새로운 종합을 지향하는 역설적 표현이다. 미국의 비평가 브룩스(Cleanth brooks)는 '역설'을 "상반되는 둘 이상의 이미저리나 관념이 하나로 수용되어 높은 진실로 초극된 진술을 뜻한다."라고 정의했다(Cleanth Brooks, "Language of Paradox", The Well Wrought Urn(N.Y.: Harvest, 1947); 오세영, 앞의 책, 526쪽에서 재인용). 이런 측면에서 역설은 특별히 인간 삶의 실존적인 모순을 반영하는 표현 방식이라 할 수 있다. 실존적 주체가 현실에 존재하는 모순되는 것들 사이에서 초월을 감행할 때 '역설'이 발생하게 된다. 이런 의미에서 역설은 시적 언어의 특성일 뿐만 아니라 인간 실존의 반영이며 종교적 언어의 본질이라고도 할 수 있는데, 종교적 실존이 두드러지는 윤동주의 후기 시에는 다음과 같이 유독 역설의 표현이 많이 나타난다.

슬퍼 하는자는 福이있나니 // 저희가 永遠히 슬플것이오.(「八福」)
사랑은 뱀과 함께 / 毒은 어린 꽃과 함께(「太初의아츰」)
괴로웠든 사나이, / 幸福한 예수·그리스도에게(「十字架」)
내가 사는 것은, 다만, / 잃은 것을 찾는 까닭입니다.(「길」)
밤이 어두웠는데 / 눈 감고 가거라(「눈감고간다」)

시적 주체가 걷고자 하는 "길"은 수동성과 능동성이 종합되어져 있는 "길"이다. 그의 "길"은 "나안테 주어진" 수동적인 길이자 내가 "거러가야" 하는 능동적인 길이다. 주체가 자기의 길만을 고집하여 타자를 배제할 때 동일성의 폭력이 나타나게 되고 주체가 타자의 길에 예속되어 자기를 배제할 때 자기 상실의 굴종이 나타나게 되는데, 이 시의 시적 주체가 가고자 하는 "길"은 동일성과 타자성이 종합되어 있는 길이다. 이처럼 진정한 주체성은 타자에 대한 사랑과 주체적인 의지가 함께 종합되어 나타난다. 특별이 이 길이 절대적 타자로부터 주어졌을 때 이 같은 수동성과 능동성의 종합은 절대적 타자에게만 순종하고 그 어떤 타자에게도 굴종하지 않는 종교적 실존자의 '의뢰적 주체성'과 연결된다. 그리하여 「異蹟」에서 호수를 앞에 두고 자기의 소명을 확인하고자 기다리던 시적 주체가 이 시에 와서는 명확하게 자기의 소명에 대한 분명한 확신을 보여주고 있다.

2연은 단 1행으로 압축되어 있다. 1연에 등장하는 자연의 상징들은 시적 주체의 내면적인 반응을 불러일으키는데 비해 2연은 상징적 시어의 제시만으로 마무리되고 있다. 즉 1연에서 1행의 "하늘"은 2행에서 '부끄러움'과 '소망'을, 3행의 "바람"은 4행에서 '괴로움'을, 5행의 "별"은 6행에서 '사랑'과 '소망'을, 7행의 "길"은 8행에서 '의무'와 '의지'를 불러일으키고 있다. 이에 비해 2연은 상징적 시어들만 제시되고 시적 주체의 내면이 생략됨으로 인하여, 오히려 상징적 의미가 확장되고 깊은 여운을 주면서 시가 마무리된다.

2연에는 또한 "오늘 밤"이라는 시간적 배경이 제시되어 있는데, 이는 1연 1행의 "죽는 날까지"와 시간적으로 수미상관적인 호응을 이루고 있다. 즉 이 시는 내부에 설정된 천상과 지상 등의 공간적 배경과 자연의 상징을 외부의 시간적인 배경이 감싸고 있는 형식으로 되어 있다. 그런데 이 시의 외부를 감싸고 있는 '시간'이 '終'("죽는 날까지")과 '始'("오늘밤에도")의 의미를 지니고 있어서 종말론적 희망을 위한 현재적 책임의식을 함축하고 있다고 볼 수 있다.[167] 이는 용언의 시제에서도 확인할 수 있는데, 1연 4행은 과거, 1연

8행은 미래, 2연 1행은 현재로 되어 있어서, 과거와 미래가 현재로 귀결되고 있다. 결국 이 시에서는 현재의 중요성이 부각되고 있는데, 현재는 "별"이 "바람"에 "스치우고" 있다. 이때 1연 3행에서 제시되었던 조사 "도"가 다시 제시됨으로써, 현재의 상황이 과거의 상황과 다르지 않음이 제시되면서 책임적 주체의 결단과 헌신이 암시된다.

키에르케고어는 윤리적 실존은 심미적 실존을 폐기하지 않고 심미적 실존은 종교적 실존을 돕는다고 하면서 실존의 각 단계들이 복합적으로 어우러질 수 있음을 강조하였는데, 이 시는 윤동주의 작품 중에서도 심미적 실존, 윤리적 실존, 종교적 실존이 가장 조화롭게 종합되어 있는 듯하다. 즉 "하늘", "바람", "별" 등의 자연 상징과 시공간의 균형적인 구성은 이 시의 예술적인 서정성을 높여주고 있고, 또한 전통적 윤리와 기독교적 정신이 직조되어 형상화된 종교적 실존자의 내면은 시의 정신적 깊이를 더해 주고 있다.

> 바닷가 해빛 바른 바위우에
> 습한 肝을 펴서 말리우자.
>
> 코카사쓰山中에서 도맹해온 토끼처럼
> 둘러리를 빙빙 돌며 肝을 직히자.
>
> 내가 오래 기르든 여윈 독수리야!
> 와서 뜨더먹어라, 시름없이
>
> 너는 살지고

---

167 이러한 종말론적 희망과 현재적 책임의식은 「새벽이올때까지」, 「눈감고간다」, 「終始」, 「懺悔錄」, 「쉽게써어진詩」 등에서도 나타나고 있는데, 이는 윤동주 시의 중요한 정신적 특질이라 할 수 있다.

나는 여위여야지, 그러나,

거북이야!
다시는龍宮의 誘惑에 않떠러진다.

푸로메디어쓰 불상한 푸로메디어쓰
불 도적한 죄로 목에 맷돌을 달고
끝없이 沈澱하는 푸로메드어쓰.

「肝」(1941.11.29.) 전문

「肝」은 구토지설, 프로메테우스 신화, 「마태복음」 18장 등이 모티프가 되어 복잡하게 얽혀 있는 시이다. 즉 조선 설화, 그리스 신화, 기독교 성서 등 동서양의 옛 이야기가 서로 융합되어져 있다.

1연과 2연에서 시적 주체는 "습한 肝"을 말리고 "肝"을 지키고자 한다. 이 시에서 "肝"은 무엇을 의미하는 것인가? "肝"은 한자어로 살(肉)을 의미하는 '月'과 방패를 의미하는 '干'로 구성되어 '살로 된 방패'의 의미를 지닌다. 실제로 의학적으로도 '간'은 독성 물질을 해소하고 질병을 막는 역할을 한다. 하지만 우리말에서 "肝"은 단순히 육체적인 의미만이 있는 것이 아니라 인간의 정신과 관련되어 있다. '간'과 관련된 관용 표현들을 보면, 인간의 정신, 그 중에서도 '용기'와 관련되어 있음을 알 수 있다. '간이 작다', '간이 크다', '간이 부었다', '간을 졸이다', '간이 콩알만 해지다', '간을 말리다', '간을 태우다' 등의 관용 표현을 보면, '간'은 정신의 상태와 관련된 것으로 마치 방패처럼 외부의 상황에 대응하는 내면의 '용기'를 의미하고 있다. 따라서 이 시의 "肝"은 '살로 된 방패'로서 '존재의 용기'[168]를 의미한다고 볼 수

---

168 독일 신학자 폴 틸리히(Paul Tillich)는 운명과 죽음, 공허함과 무의미함, 죄의식과 정죄

있다. 또한 이 시 전후에 창작된 「별혜는밤」, 「懺悔錄」 등이 모두 '이름'과 관계된 것임을 감안하면, '존재의 용기'의 외적인 기표(記標)라 할 수 있는 자기의 '이름'일 수도 있다.

이 시가 난해하게 여겨지는 것은 시적 주체가 단수의 존재가 아니기 때문이다. 1, 2, 5연에서 "나"는 구토지설의 토끼이고, 3, 4연에서 "나"는 프로메테우스[169]이며, 6연에서 "나"는 프로메테우스에 대해 탄식하는 "나"이다. 하

등의 위협 속에서 종교적 근원에 뿌리 내린 존재의 자기 긍정을 '존재의 용기'라고 했다 (Paul Tillich, 차성구 역, 『존재의 용기』, 예영커뮤니케이션, 2004, 193쪽). 틸리히에 의하면 존재론적 원리들은 '자아'와 '세계'라는 양극으로 구성되어 있기 때문에 여기에서 '개별화'와 '참여'의 문제가 발생한다(위의 책, 123쪽). 그래서 주체는 '자아'가 '세계' 속에 함몰되어 개별적인 '자아'를 상실해 버릴 위협과 '세계'에 대한 참여를 상실하여 전체로서의 '세계'를 상실해 버릴 위협에 이중적으로 노출된다. 틸리히는 자아를 상실하고 세계 속에 함몰되는 것을 '일부로서 존재하려는 용기'로, 세계를 상실하고 자아를 지향하는 것을 '자기 자신으로 존재하려는 용기'라고 규정하였다. 그리하여 틸리히는 이 두 유형의 용기를 종합하는 '존재의 용기'는 자기 자신의 힘이나 자기 세계의 힘보다 더 강한 '존재의 힘' 속에 뿌리내려야 한다고 보았다. 이때 '존재의 힘'은 종교적인 근원을 지니게 되는데, 그는 이를 '하나님 위에 계신 하나님'이라는 절대적 신앙으로 규정하였다(위의 책, 218쪽). 이와 관련하여 임수만은 윤동주 후기 시의 특징을 틸리히가 말하는 '존재의 용기'로 규정하였다(임수만, 앞의 글 참조). 한편 흥미롭게도 니체는 『짜라투스트라는 이렇게 말했다』에서 '용기'를 '독수리'와 '담(heart)'에 빗대어 다음과 같이 말했다. "오 내 형제여, 그대는 용기를 지니고 있는가? … 단지 사람들에게 보여 주는 그런 용기가 아니라, 신에게도 보이지 않는 독수리 같은 용기를 품고 있는가? … 두려움이 무엇인지 알지만 그것을 몰아내는 자, 깊은 심연을 바라보지만 결코 움츠려 들지 않는 자에게는 담(heart)이 있다. 독수리의 눈으로 심연을 내려다보며, 독수리의 발톱으로 심연을 움켜잡는다. 그는 용기를 지니고 있다."(Tillich, 앞의 책, 62쪽 재인용)

[169] 프로메테우스와 관련하여 주목되는 것은 윤동주의 스크랩 목록에 김오성(金午星)의 「時代와 知性의 葛藤-프로메듀-스的 事態」(『조선일보』, 1939.1.24-2.2)가 있는데, 윤동주는 아마도 이 글로부터 시적 영감을 받았을 듯하다. 이 글에서 김오성은 아이스킬로스의 희곡 「결박당한 프로메테우스」를 예를 들어 백철의 「時代的 偶然의 受理-事實에 대한 精神的 態度」(『조선일보』, 1938.12.2-12.7)를 반박하는데, 그는 프로메테우스가 제우스에게 굴복하지 않을 수 있었던 정신이 "歷史的 必然"을 아는 힘임을 강조하며 "時代와 知性의 葛藤은 知性이 時代(偶然的 態度)를 歷史的 時代(必然)에까지 高揚시킴으로써만 和解될 것"이라고 말했다. 즉 김오성이 말하는 프로메테우스는 그 이름의 의미대로 "歷史的 必然"을 먼저 생각하는 선지자(先知者)이고, 그 '지성'의 힘으로 '제우스의 시대'에 굴복하지 않고 시대를 변혁하는 정신적 '용기'의 표상이라 할 수 있다. 윤동주는 이 시기에 고전에 대한 관심도 많았는데,

지만 이 복수의 존재들 또한 모두 "나"라고 할 수 있다. 이때 "나"에게 다가오는 두 존재자들이 있는데, 그들은 바로 '간'을 먹는 "여윈 독수리"와 유혹하는 "거북이"이다. "독수리"는 고통을 주는 존재이지만 시적 주체는 오히려 "거북이"를 거부하고 "독수리"를 선택한다. 이러한 양상은 「또다른故鄉」에서 "白骨"을 거부하고 "아름다운魂"을 선택했던 것과 유사하다고 할 수 있다. 이때 "내가 오래 기르든 여윈 독수리"는 「또다른故鄉」의 "아름다운魂"과 같이 "나"의 내면에 있는 '정신(영혼)'의 의미를 지닐 수 있다.

그래서 시적 주체가 "거북이"를 선택하게 되면 "나"는 "토끼"가 되어 "용궁"의 유혹에 빠지거나 도망을 다녀야 하지만, "독수리"를 선택하게 되면 "나"는 "푸로메두어쓰"가 되어 '간'을 뜯기고 '沈澱'하게 된다. 이때 "푸로메두어쓰"는 "불 도적한 죄"로 "목에 맷돌을 달고" '沈澱'하는데, 불을 도적질했다는 것은 그가 타자를 위해 죄를 짊어졌다는 것을 의미하고, 목에 맷돌을 달고 침전한다는 것은 그가 '걸려 넘어졌음'[170]을 의미하는 것이다. 이 '걸려 넘어짐'은 비록 타자를 위해 죄를 짊어졌지만, 자기 내면에 어찌할 수 없는 '죄의식'의 절망이라 할 수 있다. 키에르케고어는 이러한 걸려 넘어짐의 유형으로 프로메테우스를 예로 들면서 이는 "믿을 겸손한 용기"가 없는 것[171]이며 "수난의 형태"를 띤다고 했다.[172]

이 시를 이 시기에 창작된 다른 작품이나 윤동주가 창씨개명을 한 전기적

고전에 대한 관심과 김오성의 글로부터 「肝」의 시적 영감을 얻었을 듯하다. 하지만 김오성의 글을 스크랩했던 때와 「肝」을 창작한 때는 시간적으로 어느 정도 거리가 있고, 신문의 "프로메듀-스"와 「肝」의 "푸로메디어쓰"는 표기가 달라서 직접적인 영향은 적었을 수도 있다.

170 "나를 믿는 이 작은 사람 가운데서 하나라도 걸려 넘어지게 하는 사람은, 누구라도, 차라리 그 목에 큰 맷돌을 달고 깊은 바다에 빠지는 편이 낫다. 사람을 걸려 넘어지게 하는 일 때문에 세상에는 화가 있다. 걸려 넘어지게 하는 일이 없을 수는 없으나, 걸려 넘어지게 하는 일을 일으키는 그 사람에게는 화가 있다."(「마태복음」 18:6-7)

171 위의 책, 173쪽.

172 위의 책, 261쪽.

사실과 비교하면, 이 시에 나타나는 고뇌는 '창씨개명'과 관련된 것일 수 있다. 그는 이미 「별혜는밤」에서부터 자기 이름을 버려야 할 어떤 예감을 가지고 있었고 결국 이 시를 창작한 지 얼마 지나지 않아 창씨개명을 하게 되었다. 이러한 사실을 감안하면, 이 시의 '간'은 존재의 용기로서의 '이름'을 의미할 수 있다. '간'을 빼앗기는 것과 마찬가지로 '이름'을 잃어버린다는 것은 자기 존재를 완전히 상실하는 것이라 할 수 있다. 하지만 '창씨개명'은 프로메테우스가 그랬던 것처럼 '간'을 내어주고 '불'을 취할 수도 있는 것이었다. 윤동주가 '창씨개명'을 한 이유는 조선의 독립을 위해 일본 유학을 하기 위함이었는데, 그가 일본에서 배운 지식을 통해 실제로 조선의 독립에 기여할 수 있다면, 이는 그야말로 "불 도적한 죄"로서 타자를 위해 죄를 짊어진 것이 될 수 있을 것이다. 『사상월보』의 판결문에 의하면 실제로 송몽규와 윤동주는 조선의 독립을 위하여 유학을 결심했고, 징병제도를 군사지식 습득이나 무력 봉기에 이용할 생각도 한 듯하다.[173]

하지만 실제로 조선의 '이름'을 버려야 하는 것은, 신 앞에 서 있는 종교적 실존자로서, 그리고 윤리적으로 매우 예민한 감수성을 지닌 그에게 이루 말로 다 할 수 없는 "沈澱"의 절망을 경험하게 했을 것이다. 그래서 그는 결국 「懺悔錄」에서 죄의 고백으로 나아가게 된다.

> 파란 녹이 낀 구리 거울속에
> 내얼골이 남어있는 것은
> 어느王朝의遺物이기에
> 이다지도 욕될가.
>
> 나는 나의懺悔의글을 한줄에 주리자.

---

173 『평전』, 406-411쪽.

― 滿二十四年一個月을

　　무슨깁븜을바라살아왔든가

내일이나 모레나 그어느 즐거운날에

나는 또 한줄의 懺悔錄을 써야 한다.

　― 그때 그 젊은 나이에

　　웨그런 부끄런 告白을 했든가.

밤이면 밤마다 나의 거울을

손바닥으로 발바닥으로닦어보자.

그러면 어느 隕石밑으로 홀로거러가는

슬픈사람의 뒷모양이

거울속에 나타나온다.

「懺悔錄」(1942.1.24.) 전문

　"懺悔錄"이라는 제목이 암시하듯이 여기에서 시인은 자기의 죄를 고백하며 죄의 용서를 구하고 있다. 1연에서 시인은 자신을 "어느 王朝의 遺物"로 인식하는데, 이는 역사로부터 이어져오는 '죄의 연속성'과 '죄의 보편성'을 의미하는 것으로 볼 수 있다. 이는 역사의식과 관련되면서 조선 민족으로서의 '욕된 자기'를 수용해야 할 수 밖에 없음을 의미하는 것이기도 했다.

　그래서 2연에서 시인은 과거의 삶을 돌아보며 자기 인생 전체를 "懺悔"한다. 이 시는 창작 날짜가 1942년 1월 24일로 되어 있는데, 1917년 12월생인 윤동주에게 "滿二十四年一個月"은 자기 인생 전체를 가리킨다고 할 수 있다. 그리고 그가 한 줄에 줄인 참회의 내용은 "무슨깁븜을바라살어왔든가"이다. 이것은 자기 인생에서 아무런 "깁븜"이 없었다는 탄식인 동시에 "무슨 깁븜"

을 바라며 산 태도 자체를 반성적으로 돌아보고 있는 것이라 할 수 있다. 시인은 3연에서는 모든 갈등이 해소된 미래에도 자신은 "懺悔"해야 할 것을 예상한다. 이는 시인 내면의 죄의식이 얼마나 철저한지를 엿볼 수 있는 부분이다. 그는 자신의 죄가 결코 쉽게 용서되어질 수 없으리라고 예상하고 있는 것이다. 그래서 그는 4연과 5연에서 죄된 자신의 삶에 대해 전 존재를 다해서 참회하는 일상을 살고자 하고, 그러한 참회의 "슬픔" 속에서 "어느 隕石밑으로 홀로 거러가"고자 한다.

이때 "隕石"은 하늘로부터 이 땅에 떨어진 '별'의 상징인데,[174] 이와 유사한 모티프가 윤동주의 산문 「별똥 떨어진데」에도 나타난다.

어디로 가야 하느냐 東이 어디냐 西가 어디냐 南이 어디냐 北이 어디냐 아라! 저별이 번쩍 흐른다. 하면 별똥아! 꼭 떨어저야 할곳에 떨어저야 한다.

여기에서 "별"은 높은 하늘에 있다가 낮은 땅으로 내려온 존재로서 기독교적으로 '케노시스(kenosis)'의 의미를 지닌다. '케노시스'란 '자기를 비워'[175] 라는 표현에서 유래한 것으로 예수의 '자기 낮춤'을 의미하는 것이다. 즉 예수가 자신의 영광스런 신적 지위를 버리고 스스로 낮은 모습의 인간으로 이 땅에 온 것을 의미한다. 이런 의미에서 5연은 예수가 스스로 자신을 낮추고 인류의 죄를 짊어졌듯이 자기의 죄뿐만이 아니라 민족의 죄를 짊어지고자 하는 윤동주의 의지가 나타난 것이라 할 수 있다. 여기에서 그는 「肝」의 '걸려 넘어짐'의 "沈澱"으로부터 "홀로거러가는 / 슬픈 사람의 뒷모양"으로 나아가면서, 참회를 통한 신적 용서를 구하고 기꺼이 고난을 감내하고자 한다.

---

174 「별똥 떨어진데」, 『사진판』, 116쪽.
175 「빌립보서」 2:7.

4.4.3. 존재의 용기

1942년 4월에서 6월 사이의 기간에 윤동주는 일본에서 「흰그림자」, 「흐르는거리」, 「사랑스런追憶」, 「쉽게씨워진詩」, 「봄2」 등의 다섯 작품을 마지막으로 남겼다. 이 시들에는 '정신으로서의 자기'가 절대적 타자와의 관계 속에서 진정한 자기를 대면하는 양상이 그려지고 있다.

4.4.3.1. 자기 비움과 죄사함의 수용

「흰그림자」에는 부끄러움과 슬픔의 정서가 나타나는 다른 시와 달리 자기에 대한 긍지가 두드러지게 나타난다.

> 黃昏이 지터지는 길모금에서
> 하로종일 시드른 귀를 가만이 기우리면
> 땅검의 옴겨지는 발자취소리,
>
> 발자취소리를 들을수있도록
> 나는총명했든가요.
>
> 이제 어리석게도 모든 것을 깨다른다음
> 오래 마음 깊은속에
> 괴로워하든수많은 나를
> 하나, 둘 제고장으로 돌려보내면
> 거리모통이 어둠속으로
> 소리없이사라지는흰그림자,
>
> 흰그림자들

연연히 사랑하든 힌그림자들,

내모든것을 돌려보낸 뒤

허전히 뒷골목을 돌아

黃昏처럼 물드는 내방으로 돌아오면

信念이 깊은 으젓한 羊처럼

하로 종일 시름없이 풀포기나 뜻자.

「힌그림자」(1942.4.14.) 전문

　이 시의 1연에서 주체는 나를 찾는 여정의 "길 모금"에서 "발자취 소리"를 듣는다. 이 "발자취 소리"를 듣는 행위는 내면 속 자기의식의 소리를 듣는 것이라 할 수 있다. 이때 주체는 문득 "모든 것을 깨달은 다음" "괴로워하던 수많은 나를" "제고장"으로 돌려보낸다. 즉 그는 자기 내면에 "수많은 나"가 있다는 것과 그것들이 모두 제각기 다른 "고장"으로부터 왔음을 깨달은 것이다. 이 "수많은 나"를 "제고장"에 돌려보내는 행위는 '진정한 자기'와는 다른 '자기 아닌 자기'를 비우는 행위라고 할 수 있다. 시인은 이 "수많은 나"를 "연연히 사랑하던 힌그림자들"이라고도 하고 "내 모든 것"이라고도 한다. 이렇게 "수많은 나", "힌그림자들", "내 모든 것" 등을 모두 돌려보내는 행위는 신(神) 앞에 홀로 선 단독자의 '무한한 체념'을 의미한다고 볼 수 있다.

　사실 이렇게 시적 주체가 '신 앞에 홀로 선 단독자'로서 '자기 아닌 자기'를 비우고자 하는 태도는 「힌그림자」에서 최초로 드러나는 것은 아니다. 윤동주의 시에서 '자기 아닌 자기'를 의미하는 '그림자'의 상징은 「거리에서」의 "한갈피 두갈피 / 피여나는 마음의 그림자"에서 최초로 주체의 분열된 모습으로 드러난다. 그리고 「異蹟」에서 시적 주체는 "황혼"의 "호수 위"에서 '자기 아닌 자기'로 형상화되는 "戀情, 自惚, 猜忌" 등을 내려놓고자 시도했었다. 하지만 이러한 '자기 비움'이 제대로 실현되지 못하다가 「힌그림자」에 와서야 시적 주체는 "이제 어리석게도 모든 것을 깨달은 다음" '자기 아닌 자기'들을 온전하게 비워낸 것이다.

이 시의 주체는 모든 것을 돌려보낸 뒤에 "黃昏처럼 물드는 내 방"으로 돌아오는데, 이때의 "내 방"은 이전 시에 나오는 공간적 배경인 고립된 "내 방"과 다르다. 이전 시의 "내방"이 현실성으로부터 고립된 "괴로워하든수많은 나"의 고뇌가 있던 공간이었다면, 이 시의 "내방"은 자기를 찾기 위한 여정의 과정 속에서 "괴로워하든수많은 나"를 모두 돌려보낸 뒤에 그 빈 공간 속에서 정신으로서의 자기가 홀로 자기를 정립한 존재와 관계하는 공간이 된다. 즉 "황혼처럼 물드는 내 방"은 존재가 자기에게 "황혼처럼" 스며드는 공간인 것이다. 이때 시적 주체는 자신을 "信念이 깊은 으젓한 羊처럼"이라고 은유적으로 표현하고 "하루 종일 시름없이 풀포기나 뜯자."라고 말한다. 「또다른故鄕」과 「길」에서 진정한 자기를 찾아 길을 떠나 "내모든것"을 돌려보낸 단독자가 존재와의 관계 속에서 드디어 "信念이 깊은 으젓한 羊"으로서의 진정한 자기와 대면하게 된 것이다. 이는 자기 속에서 존재를 찾은 것이 아니라 존재와의 관계 속에서 '나'의 '나'됨을 대면한 것이 된다. 「별헤는밤」, 「肝」, 「懺悔錄」 등에서 늘 부끄러움, 죄의식, 희생 의지 등으로 괴로워하던 시적 주체에게 이러한 "의젓한" 모습은 매우 낯선 것이다. 그는 드디어 존재와의 관계 속에서 자기를 용납하는 용기를 지니게 된 것이다. 여기서 "羊"은 성서적인 은유로서 신적 은혜 아래에서 누리는 '안식'과 고난 속에서도 꺾이지 않는 당당한 '긍지'를 의미한다. 성서 「시편」 23편은 '양'의 모습을 통해 신적 은혜를 누리며 안식하는 존재의 모습을 그리고 있고,[176] 성서 「이사야」 53장은 타자를 위해 대속적 고난을 당하는 자를 '양'에 비유하는데 여기에서 양은 잠잠하고 당당하게 자기의 죽음을 수용하는 모습으로 그려진다.[177]

---

[176] "주님은 나의 목자시니, 내가 부족함이 없어라. 나를 푸른 풀밭에 누이시며 쉴 만한 물가로 인도하신다. … 진실로 주님의 선하심과 인자하심이 내가 사는 날 동안 나를 따르리니, 나는 주님의 집으로 돌아가 영원히 그 곳에서 살겠습니다."(「시편」 23:1-6)

따라서 이러한 맥락에서 이 시의 "信念이 깊은 으젓한 羊"은 신 앞에 선 단독자로서 죄의식과 정죄(定罪)의 위협에도 불구하고 용납됨을 용납하는 '존재의 용기'라 할 수 있다.[178]

4.4.3.2. 이웃 사랑과 새 날의 소망

신 앞에서 선 단독자로서 용납됨을 용납하게 된 윤동주는 타자를 향한 용납인 '이웃 사랑'과 '새 날'에 대한 소망으로 나아간다.

으스럼이 안개가 흐른다. 거리가 흘러간다. 저 電燈, 自動車, 모든 바퀴가 어디로 흘리워 가는 것일가? 碇泊할 아무 港口도 없이, 가련한 많은 사람들을 실고서, 안개속에 잠긴 거리는

거리 모통이 붉은 포스트상자를 붓잡고, 서슬라면 모든것이 흐르는 속에 어렴푸시빛나는 街路燈, 꺼지지 않는 무슨 象徵일까? 사랑하는 동무 朴이여! 그리고 金이여! 자네들은 지금 어디 있는가? 끝없니 안개가 흐르는데,

「새로운날 아츰 우리 다시 情답게 손목을잡어 보세」 몇字 적어 포스트 속에 떠러트리고, 밤을 새워 기다리면 金徽章에金단추를 삐었고 巨人처럼 찬란히 나타나는 配達夫, 아침과 함께 즐거운 來臨,

이밤을 하염없이 안개가 흐른다.

「흐르는거리」 전문(1941.5.12.)

---

178 "그는 굴욕을 당하고 고문을 당하였으나, 아무 말도 하지 않았다. 마치 도살장으로 끌려가는 어린 양처럼, 마치 털 깎는 사람 앞에서 잠잠한 암양처럼, 끌려가기만 할 뿐, 아무 말도 하지 않았다."(「이사야」 53:7)

178 틸리히, 앞의 책, 200-201쪽.

1연에서 그는 거리의 사람들을 "가련한 많은 사람들"이라고 표현한다. 이 표현은 시인이 서 있는 거리가 일본이라는 점에서 매우 의미심장한 것이라 할 수 있다. 즉 그는 조선을 억압하는 제국주의 일본의 거리에서 식민지 조선인으로서 일본인에 대한 적대감을 드러내기보다 오히려 그들에게 연민을 표현하고 있다. 키에르케고어에 의하면 종교적 실존자는 결코 타자와 고립된 단독자가 아니다. 그는 『사랑의 역사』에서 기독교적 '이웃 사랑'은 신의 사랑에 대한 반응이자 부여받은 명령으로서, 항상 '신'을 그 중간 언어로 하여 무한하고 차별이 없다고 했다. 그리하여 종교적 실존자의 '이웃 사랑'은 사랑받을 만한 사람만 사랑하는 '자기 사랑'을 넘어 사랑할 수 없는 '원수 사랑'에까지 나아간다. 이처럼 일본인에 대해 연민을 드러내는 윤동주의 시는 매우 숭고한 정신이라 할 수 있고, 단순히 그의 시를 민족적 저항시로만 한정할 수는 없는 것이라 하겠다.

또한 이 시의 "흐르는거리"는 문명의 거리로서 「看板없는거리」의 '전통적 거리'와 대조를 이루고 있다. 「看板없는거리」에서 전통적인 거리는 "집집마다 看板"이 없고, "불붙는文字"도 없는 곳이다. 본질적으로 집집마다 있는 "看板"은 국가가 각 가정을 통제하고 관리하기 위해서 생겨난 것이고, "불붙는文字"는 자본주의 질서 속에서 상품을 광고하기 위해 생겨난 것이라는 점에서, 이들은 모두 개인을 관리하고 유혹하기 위한 제국의 족쇄라고 할 수 있다. 하지만 전통적인 거리에는 이러한 것들이 없고, 다만 있는 것은 "慈愛"가 있고, "어진사람들"이 있고 "봄, 여름, 가을, 겨을" 반복되는 계절의 순환이 있을 뿐이다. 반면에 「흐르는거리」는 1942년 일본 릿교대학 재학 중에 윤동주가 쓴 것이다.[179] 그래서 1연에 제시되는 거리는 일본을 매개로 하여 근대화된 '조선의 거리'가 아니라 조선의 근대화를 주도한 '일본의 거

179　『사진판』을 보면, 입교대학의 문양과 함께 'RIKKYO UNIVERSITY'라고 인쇄된 용지가 사용되어 있어 창작 연도를 짐작할 수 있다(『사진판』, 179-180쪽).

리'라고 볼 수 있다. 여기서 시인은 근대화의 불안과 모순을 꿰뚫어 보면서 문명의 거리를 비판적으로 형상화하고 있다. 당시 일본은 조선과는 비교할 수 없는 수준의 근대화를 이룩한 상태였다. 하지만 관찰자인 식민지 유학생의 눈에 비친 일본의 거리는 "안개" 속에 잠긴 채 "電車, 自動車, 모든 바퀴"가 "碇泊할 아무港口도없이" 그저 흘러갈 뿐이다. 여기에서 가장 중심적인 이미지인 "안개"는 물처럼 축축하고 흐릿하게 세계의 끊임없는 흐름을 형성하고, 공기처럼 가볍게 부유하며 모든 것에 깃들어 사람의 시야를 방해한다. 그래서 그 속에 있는 "가련한 많은 사람들"은 어디로 가는지 알지 못하고 그저 흘러갈 뿐이며, 문명의 거리를 지배하는 정서는 공허함과 무의미로 인한 답답함과 불안이다.

그래서 시적 주체는 "새로운날아츰"을 소망한다. 2연에서 시적 주체는 「별헤는밤」에서 그러했듯이, 동무들의 이름을 부르는데, 이는 잃어버린 것의 복원을 희망하는 것이라 할 수 있다. 그래서 그는 동무들에게 편지를 써서 "포스트"에 넣는다. 당시가 식민지 시대였음을 감안하면, 3연에 제시된 "새로운날아츰"이라는 의미는 결코 가벼운 것이 아니다. 여기에서 그는 "精답게 손목을 잡어 보세"라고 적고 있는데, 이는 "손목을 잡으면 / 다들, 어진사람들 / 다들, 어진사람들"이라고 했던 「看板없는거리」의 회복을 희망하고 있는 것이라 할 수 있다. 즉 "새로운날아츰"은 조선의 공동체가 다시 복원되는 날이라 할 수 있다. 그래서 시적 주체는 "아츰"의 희망 속에서 "配達夫"를 기다리는데, 이 배달부는 편지의 내용을 전달함으로써 시적 주체의 소망을 이루어주는 메시아적 대상이라 할 수 있을 것이다.

4.4.3.3. '최후의 나'를 위한 '최초의 악수'

「쉽게씨워진詩」에는 존재와의 관계 속에서 시적 주체와 실존적 주체가 화해하는 양상이 나타난다.

窓밖에 밤비가 속살거려
六疊房은남의나라,

詩人이란 슬픈天命인줄알면서도
한줄詩를 적어볼가,

땀내와 사랑내 포근히 품긴
보내주신 學費封套를받어

大學노―트를 끼고
늙은敎授의講義 들으려간다.

생각해보면 어린때동무들
하나, 둘, 죄다 잃어버리고

나는 무얼 바라
나는 다만, 홀로 沈澱하는것일가?

人生은 살기어렵다는데
詩가 이렇게 쉽게 씨워지는것은
부끄러운 일이다.

六疊房은남의나라,
窓밖에 밤비가속살거리는데,

등불을 밝혀 어둠을 조곰 내몰고,

時代처럼 올 아츰을 기다리는 最後의 나,

나는 나에게 적은 손을내밀어
눈물과 慰安으로잡는 最初의 握手.

「쉽게씨워진詩」(1942.6.3.) 전문[180]

　　2연에서 시적 주체는 "시인"이란 "슬픈 天命"임을 이야기한다. 왜 시인은
"슬픈 天命"일까? 키에르케고어는 시인에 대해서 다음과 같이 말하였다.

　　　　시인이란 무엇인가? 마음 속에는 깊은 고뇌를 지니고 있으면서도, 입술이
　　　그렇게 생겨서인지, 탄식과 비명이 입술을 빠져나올 때는 아름다운 음악으로
　　　들리는 불행한 사람이다. 그의 운명은 독재군주인 팔라리스가 청동으로 만든
　　　황소 속에 가둬 이글거리는 불로 천천히 고문을 자행한 저 불행한 희생자들의
　　　운명과 같다.[181]

　　이는 두 가지의 의미로 해석될 수 있다. 첫째, '시인'은 아름다운 음악을
위해서 마음으로 고뇌하고 입술로 탄식과 비명을 질러야 하는 존재로서,
그는 고난을 당해야만 다른 이에게 즐거움을 줄 수 있다는 의미로 볼 수
있다. 즉 시인은 노래하기 위해서 '고통'을 당해야 하는 존재인 것이다. 이러
한 측면에서 "슬픈天命"은 고통의 현실 속에 기꺼이 동참해야 하는 시인의
운명에 대한 반성적 성찰이라 할 수 있다. 둘째, 시인은 내적 고통을 그대로
표출하지 못하고 예술적 매체를 통해 고통을 미화하고 승화시켜 표현할 수밖
에 없는 존재라는 의미로 볼 수 있다. 즉 시인은 고통을 당하지만 그것을

180　습유작품인데, 원고지가 아니라 줄노트에 적혀 있어서 띄어쓰기 판단이 쉽지 않다.
181　『이것이냐 저것이냐』 I, 35-36쪽.

'노래'로 불러야 하는 존재인 것이다. 이때의 시는 현실의 고통을 그대로 반영한 것이 아니라 가능성의 세계를 창조하기 위해 그것을 가공하고 변형시켜 형상화한 예술 작품이 된다. 이러한 측면에서 "슬픈天命"은 내적 고통을 있는 그대로 전달하지 못하고 예술적 형상화 속에서 그것을 승화시켜야 하는 시인의 운명에 대한 반성적 성찰이라 할 수 있다. 따라서 이 두 가지 의미를 종합하면, "詩人"의 "슬픈天命"은 노래하기 위해서 '고통'을 당해야 하는 동시에 고통을 당하지만 '노래'해야 하는 이중의 슬픔을 지니고 있다고 할 수 있다. 여기에서 '시인'의 실존은 고통당하고 고뇌하는 '실존적 주체'와 노래하는 '시적 주체'로 분열된다.

시적 주체는 시를 쓰면서 이러한 분열을 자각하게 된다. 1연에서 속살거리는 "밤비"는 시적 주체가 "남의 나라"에 있음을 인식하게 하는 매개체이다. 그래서 그는 왜 자신이 "남의나라"에 와야 했는지(1연), 왜 부모가 보내주는 "學費封套"로 "늙은 教授'의 강의를 들어야 하는지(3연, 4연), 왜 "어린때동무들" 다 잃어야 했는지(5연) 등을 돌아보며 자기에게 회의를 느끼고 있다. 그는 6연에서 "나는 무얼 바라 / 나는 다만, 홀로 沈澱하는 것일까?"라고 하며 삶의 목적을 상실하고 무의미의 절망 속으로 빠져들고 있는 '沈澱하는 나'를 대면한다. 이는 절망을 회피하지 않고 수용하는 '절망의 용기'라 할 수 있다. 이러한 '沈澱'은 절망적 순간을 상징하는 것으로 이미 시인은 「黃昏이바다가되여」, 「肝」 등에서 이러한 경험을 시적으로 형상화한 적이 있다. 그리하여 시적 주체는 마침내 7연에서 "人生은 살기 어렵다는데 / 시가 이렇게 쉽게 씨워지는 것은 / 부끄러운 일이다."라고 하며 삶과 시가 분리되어버린 자기에게 "부끄러움"을 느낀다. 이는 실존적 주체와 시적 주체가 분리되어 있음을 의미하는 것이다. 이와 관련하여 키에르케고어는 "시인-실존"에 대해서 다음과 같은 언급을 하였다.

모든 시인-실존은 (미학에서는 여하튼 간에) 죄이며, 존재하지 않고 시화(詩

化)하는 죄, 선과 진리로 존재하는 대신 혹은 그것이고자 실존적으로 분투노력하는 대신 상상을 통해 선과 진리와 관계하는 죄이다.[182]

나는 원래 시인이었다. … 이런 점에서 보자면 내가 할 일은 오직 한 가지 사실 아래 겸손히 몸을 숙이는 것이다. 그 사실이란 내가 이해하고 있는 바가 될 수 있는 능력이 나 자신에게 없다는 것이다. … "오호라, 나는 기독교인이 아니로다. 나는 그저 기독교의 시인이자 사상가일 뿐이로다."라는 한숨이 메아리치게 될 것이다.[183]

키에르케고어는 '죄'를 '무지(無知)'라고 정의하는 소크라테스를 비판적으로 성찰하면서 그리스도교적으로 죄는 '앎'에 뿌리를 두고 있는 것이 아니라 '의지'에 뿌리를 두고 있다고 한다.[184] 왜냐하면 정신의 삶에는 '정지 상태'가 존재하지 않기 때문에, 옳은 것을 하는 그 순간에 그것을 행하지 않는다면 앎은 잦아들고 자연이 기승을 부리면서 사고는 존재로 이행되지 않기 때문이다.[185] 이러한 측면에서 시인의 부끄러움은 '앎'을 상상하는 시적 주체와 '삶'을 실천해야 하는 실존적 자기의 불일치로부터 오는 것이라 할 수 있다.

8연에서 시적 주체는 다시 "밤비"의 속살거림을 들으며 상황을 역전시킨

---

182 『죽음』, 158쪽.

183 Søren Kierkegaard, Howard V. Hong, Edna V. Hong 편역, *Søren Kierkegaard's Journals and Papers*, 6, Bloomington: Indiana University, 1967-78, 6391쪽; 임규정, 「인간의 존재론적 상실을 의미하는 불안의 개념」, 『불안의 개념』, 35쪽 재인용. 여기에서 '시인'으로 번역된 덴마크어 'dicter'에 해당되는 정확한 우리말은 존재하지 않는다. 이때 시인이란 사상을 심미적·문학적으로 표현해내는 사람을 뜻한다. 그래서 키에르케고어는 시를 쓴 적이 없음에도 불구하고 자신을 '시인'으로 일컫는데, 이는 사상을 문학적으로 형상화하는 것과 실천에 옮기는 것과는 큰 차이가 있다는 그의 확고한 신념을 반영하는 것이다(임규정, 위의 책, 35쪽 각주 참고).

184 위의 책, 192쪽.

185 위의 책, 189쪽.

다. 여기에서 1연이 "窓밖에 밤비가 속살거려 / 六疊房은남의나라"라고 한 반면에 8연은 "六疊房은남의나라 / 窓밖에 밤비가속살거리는데"라고 하면서 1연의 두 행이 8연에서 역전되고 있음을 주목할 필요가 있다. 이 '행의 역전'은 전체 시상의 역전을 불러일으킨다. 즉 1연의 "밤비"가 화자에게 "六疊房은남의나라"라는 현실을 인식하게 하는 '자기 인식'의 소리로서 '필연성의 절망'을 불러일으켰다면, 8연의 "밤비"는 "六疊房은남의나라"임에도 불구하고 가능성 속에서 자신의 "天命"을 감당하라는 '자기 형성'의 소리라고 할 수 있다. 즉 이 "밤비"는 필연성과 가능성의 종합을 요구하고 절망을 희망으로 바꾸는 '존재의 소리'인 것이다. 그리하여 시적 주체는 존재와의 관계 속에서 8연의 역전을 통해 9연에서 "時代처럼 올 아츰을 기다리는 最後의 나"와 대면하게 된다. 이 "最後의 나"는 절대적 타자와의 관계에서 발견했던 「힌그림자」의 "信念이 깊은 으젓한 羊"의 변주라 할 수 있고, '믿음'을 통해 형성될 것을 확신하는 '본래적 자기'의 모습이라 할 수 있다. 그래서 키에르케고어는 "생각하는 것은 존재하는 것이다."라는 데카르트의 명제를 비틀어 "믿는 것이 존재하는 것이다."라고 선언했었다.[186] 이는 실존적인 자기 인식과 종교적인 자기 형성의 종합으로서 "어둠"을 감당하고 "아츰"을 기다리는 진정한 '자기'의 모습이다.

10연에서 "나"는 "나"에게 "눈물과 慰安"으로 "最初의 握手"를 하게 된다. 이 "最初의 악수"는 시적 주체와 실존적 주체가 종합되어 본래적 '자기'로 승화되고 있는 모습, 즉 7연에서의 분리가 10연에서 극복되고 있는 모습이다. 따라서 「힌그림자」가 '자기 비움'을 통해서 "信念이 깊은 으젓한 羊"으로서의 종교적 실존의 '본래적 자기'에 대한 발견을 형상화했다면, 「쉽게씨워진 詩」에서 "最初의 握手"는 '자기 종합', 즉 실존적 주체와 시적 주체의 합일을 통한 '본래적 자기'의 완성을 형상화한 것이라 할 수 있다.

---

186 위의 책, 188쪽.

여기에서 "最後의 나"와 "最初의 握手"의 의미를 더 음미해 볼 필요가 있다. "最後의 나"는 "最後"라는 말이 암시하듯이 현재에는 온전히 이루어지지 않았지만 종말에는 반드시 이루어질 '완성'을 기다리는 자기의 모습이라고 할 수 있다. 이러한 태도는 종교적 실존자의 종말론적 희망과 관련되는데, 여러 작품에서 고난의 현실을 극복하는 종말론적 희망을 형상화했던 윤동주는 그의 산문 중 하나의 제목을 "終始"라고 했다. 이 말은 아마도 『大學』에 나오는 "물유본말 사유종시(物有本末 事有終始)"와 관련이 있는 듯하다. 이와 관련하여 함석헌은 다음과 같이 말하였다.

그러니까 '사유종시'라, 일이라는 건 끄트머리가 있고 시작이 있다, 그런 거 아니야? 끄트머리가 먼저 있어 가지고 시작이 나오는 거야. 생각을 해봐, 목적이 있어야 시작이 있지[187]

역사를 지나간 일의 결과라고 누가 그러나? 아니다. 역사는 장차 올 것 때문에 있는 것이다. 시(始)가 종(終)을 낳는 것이 아니라 종이야말로 처음부터 있어 시를 결정하느니라. 그러므로 뜻이다. … 고구려가 망하였느냐? … 고구려가 망하는 것은 오늘날 너와 나에게 달렸다.[188]

여기에서 함석헌은 "종(終)"의 목적이 먼저 있고 나서 "시(始)"가 시작되었고, 그 "종(終)"의 "뜻"을 이루는 것은 "오늘날 너와 나"에 달려 있다고 했다. 즉 이는 역사에 대한 목적론적인 이해를 바탕으로 종말에 반드시 이루어질 '뜻'을 위하여 현재에 자기의 책임을 다하고자 하는 종교적 실존자의 모습이라 할 수 있다. 이러한 '종(終)'과 '시(始)'의 맥락에서 "最後의 나"와 "最初의

---

187 함석헌, 「새 종교가 나와야 한다」, 『함석헌 저작집』 25, 한길사, 2009, 260쪽.
188 『한국역사』, 162쪽.

握手"가 이해될 수 있다. 즉 "最後의 나"는 '종(終)'의 '뜻'이 온전하게 이루어질 "時代처럼 올 아츰"을 희망 속에서 끝까지 기다리는 '나'이고, "最初의 握手"는 그 "時代처럼 올 아츰"을 기다리며 고뇌하고 분투하는 실존적 주체와 "時代처럼 올 아츰"을 시적으로 노래하고 있는 시적 주체의 종합이 시작되었음을 형상화한 것이다. 이러한 종합은 '종(終)'의 '뜻'을 이루기 위해 '지금-여기'에서 자신의 현재적 책임을 다하며 지속적으로 '시(始)'를 시작하는 행위라 할 수 있다. 그리하여 그것은 현재의 고통 속에서 다가올 희망을 노래해야 하는 것이기에, "눈물과 慰安" 속에서 이루어지는 것이다. 이러한 양상은 현재의 비존재적 위협에도 불구하고 장차 다가올 종말의 희망에 대한 믿음 가운데 본래적인 자기 자신으로 존재하고자 하는 '존재의 용기'라 할 수 있다.

4.5. 후기 시의 실존의식

여기에서는 앞에서 살펴본 후기 시의 실존의식에 대해서 정리해 보고자 한다. 윤동주는 1940년 12월부터 창작의 공백을 끝내고 다시 시 쓰기를 시작하는데, 이때부터 그의 작품에는 종교적 실존의 양상이 강하게 나타나고 있다. 선행연구들은 이 시기의 윤동주 시에 나타난 윤리적 경향에 주목하면서도 그 윤리 이면에 존재하는 종교적 실존을 등한시한 경향이 있었다. 종교적 실존자에게 보편적 윤리는 종교적 신앙에 근거해 있기 때문에 여타의 비종교적 윤리와는 차이가 있다. 하지만 선행연구들은 흔히 윤동주 시의 윤리적 실존에 주목하면서도 종교적 실존을 배제한 경향이 있었다.[189]

---

189 김우창의 경우 윤동주와 키에르케고어의 관련성에 주목하면서도 심미적 실존과 윤리적 실존을 강조하고 종교적 실존은 배제하였다. "키에르케고르와의 병행관계를 너무 강조해서는 안되겠지만, 윤동주에게 있어서도 심미적 발전을 통하여 자신의 윤리적 완성을 기하려는 충동이 강하였다고 말할 수는 있다. 그리하여 심미적인 관심은 그의 내면화를 가져오고

키에르케고어에 의하면 윤리적 실존자가 '자기'를 정립한 절대적 존재를 의식하고 죄의식을 깨달았을 때 그가 자기를 무한히 체념하고 역설적인 신앙을 지향하게 되면, 그는 종교적 실존으로 비약하게 된다. 이때 종교적 실존자는 절대적 타자와의 관계를 의식하면서 '신 앞에 선 단독자'로 서게 된다. 키에르케고어에 의하면 종교적 실존은 다시 종교성 A와 종교성 B로 구분되어지는데, 그리스도교인 종교성 B에서는 예수의 고난에 동시적으로 참여하면서 신의 사랑에 대한 반응으로서 이웃 사랑을 실현하는 것이 중요한 과제가 된다. 이러한 키에르케고어의 '고난의 동시성'은 20세기에 와서 본회퍼와 함석헌이 전개한 '고난의 신정론'으로 심화되었는데, 윤동주의 후기 시는 이러한 종교·철학적 사유를 내포한 것이었다.

1940년 12월에 쓴「慰勞」,「八福」,「病院」등은 모두 신정론적 고뇌가 강하게 나타나고 있다. 그는「慰勞」에서 자연의 약육강식적 질서를 통하여 제국주의의 모순을 드러내었고,「八福」에서 성서를 패러디하여 '슬픔의 역설'이라는 진정한 신앙의 경지를 나타내었으며,「病院」에서 아파하는 자들과 연대하고자 하는 의지를 형상화하였다. 선행연구들은 이 시편들을 신앙의 회의기에 윤동주의 불신앙이 표현된 작품으로 보았지만, 우리는 이를 부정한 현실과 정의로운 신 사이에 발생하는 종교적 실존자의 신정론적 고뇌로 보았다. 즉 이 작품들은 단순히 신에게 반항하고 기독교를 풍자한 성격의 작품이

윤리적인 관심은 그를 시대의 어두운 장벽에 대결하게 하였다."(김우창, 앞의 글, 176쪽) 시 의식의 변모 과정에 주목한 이남호의 경우에도 윤동주의 시를 심미적 지향성이 강한 '본질적 자아'와 윤리적 지향성이 강한 '현실적 자아'의 갈등으로 파악하면서 종교적 실존의 측면을 소홀히 한 측면이 있다. 특히 이남호는 심미적 자아를 유년 시절에 경험하는 조화롭고 아름다운 근원적인 자아라는 의미로 '본질적 자아'라고 명명하였는데, 인간이 회복해야 할 본질적인 자아는 오히려 심미성과 윤리성이 종합되어야 한다는 점에서 오해의 소지가 많은 개념이라 할 수 있다(이남호, 앞의 책 참조). 구마키 쓰토무도 "후기시의 작품 세계를 살펴볼 경우, 윤동주의 후기시에서 주목되는 부분은 자기응시의 문제와 윤리적 세계관의 측면이다."라고 하며 종교적 실존의 측면을 소홀히 했다(구마키 쓰토무, 앞의 글, 273쪽).

라기보다는 현실에 대한 절망과 신의 존재에 대한 믿음 사이에서 고뇌하는 종교적 실존자의 내면이 진솔하게 표현된 것으로 볼 수 있다.

이 중에서 특히 「八福」이 문제작이라고 할 수 있는데, 우리는 이 작품을 종교적 실존에의 비약과 신정론적 역설이라는 두 가지 측면에서 접근해 보았다. 전자에 의하면 시인이 이 작품에서 윤리적 '슬픔'에 대한 보상의 의미를 지닌 "위로"를 배제하고 "永遠히 슬플것"을 제시한 것은 합리적 윤리를 정지하고 인간의 이성으로 가늠할 수 없는 역설적인 신앙의 윤리를 지향한 것으로 볼 수 있다. 이는 키에르케고어가 말한 "윤리적인 것의 목적론적 정지"의 행위로서 이 작품은 시인이 윤리적 실존에서 종교적 실존으로 비약하는 과정이 형상화되었다고 볼 수 있다. 후자의 측면에서 시인이 "슬픔"에서 "위로"를 배제한 것은 고통의 현실을 고발하고 슬퍼하는 자를 신원하고자 하는 '항의'의 행위인 동시에 '슬픔'이 "福"이라는 진정한 '신앙의 역설'을 형상화한 것이라고 할 수 있다. 이는 신의 존재를 전제하고 현실의 모순을 폭로한다는 점에서 단순히 불신앙이나 반항의 행위와는 다른 것이다.

1941년 5월에 윤동주는 「太初의아츰」, 「또太初의아츰」, 「十字架」, 「새벽이올때까지」, 「눈감고간다」 등의 5편의 종교시를 썼다. 이 작품들은 모두 기독교 구속사의 흐름에 따라 작품이 전개되면서 '고난의 신정론'을 통해 전통적 신정론의 모순을 극복하는 양상이 나타난다. 여기에서 그는 자유의 양의성과 책임의 윤리, 대속적 고난의 윤리, 종말론적 희망과 길 예비의 윤리 등을 형상화하면서 고난에 적극적으로 참여함으로써 현실을 변혁하고 종말을 예비하는 종교적 실존자의 신앙적 윤리를 보여주고 있다. 이 중에서 가장 핵심적인 작품은 「十字架」인데, 여기에서 그는 그리스도의 고난에 동시적으로 참여하고자 순교의 의지를 형상화하고 있다. 이는 키에르케고어, 본회퍼, 함석헌 등이 전개한 '고난'에 대한 종교·철학적 사유를 내포하는 것이었다.

1941년 6월에 윤동주는 「돌아와보는밤」, 「바람이불어」 등을 통해 자기 내면에서부터 들리는 절대적 타자의 소리에 귀 기울이기 시작하고, 9월에

「또다른故鄕」, 「길」 등을 통해 본래적 자기를 찾아 떠나는 종교적 실존자의 순례적 여정을 형상화하였다. 하지만 식민지 현실은 '창씨개명'을 통해 개별적 존재자들을 민족적으로 거세하고자 했기 때문에 윤동주는 자기 상실의 위협 속에서 죄의식이 심화된다. 이러한 양상이 1941년 11월부터 일본 유학 가기 전까지의 시기에 창작된 「별헤는밤」, 「序詩」, 「肝」, 「懺悔錄」 등에서 뚜렷하게 나타난다.

하지만 1942년에 쓴 「懺悔錄」에서 그는 죄의 고백과 '케노시스'의 윤리를 지향하며 죄의식과 절망을 극복하는 양상을 나타내었다. 그리고 그는 일본 유학 시절에 「사랑스런追憶」, 「흐르는거리」, 「힌그림자」, 「쉽게씨워진詩」, 「봄2」 등의 5편의 시를 썼는데, 여기에서 죄의식을 극복하고 이웃에 대한 사랑을 드러내며 '존재의 용기'를 회복하는 양상으로 나아간다. 그는 「힌그림자」에서 '자기 아닌 자기'를 비우고 '용납됨을 용납하는 용기'를 형상화했고, 「흐르는거리」에서 원수 사랑을 내포하는 종교적 실존자의 '이웃 사랑'과 조선이 회복될 '새 날의 소망'을 드러내었으며, 「쉽게씨워진詩」에서 마침내 종말론적 희망 안에서 시적 주체와 실존적 주체가 화해하는 양상으로 나아갔다.

5. 윤동주 시의 정신사적 의미

앞에서 초기 시부터 후기 시에 이르기까지 윤동주 시의 실존의식을 중심으로 그의 시에 나타나는 종교·철학적 사유를 살펴보았다. 선행연구들은 윤동주 시를 평가하면서 저항시의 여부와 문학사적 위치를 중요하게 생각한 듯하다. 하지만 윤동주 시의 진정한 가치는 저항성 여부에 있는 것도 아니고 문학사적 위치에 있는 것도 아니다. 윤동주의 시는 그런 것과 상관없이도 보편적인 공감을 독자에게 주는데, 그것은 그의 시가 지니고 있는 자기 완성에 대한 치열한 실존의식과 그 종교·철학적 사유들이 지니는 정신적 깊이로부터 온다고 볼 수 있다. 따라서 본장에서는 앞에서 살펴본 윤동주 시의 실존적 변화 양상을 토대로 그 속에 내포되어 있는 종교·철학적 사유의 정신사적 의미에 대해 정리해 보려고 한다.

우리는 윤동주 시의 종교·철학적 사유의 특성을 타자와의 관계 속에서 자기를 인식하고 형성하는 '종교적 실존', 전통과 기독교를 융합하는 '조선적 기독교', 고난에 참여함으로써 현실을 변혁하고자 하는 '고난의 신정론' 등으로 규정하였다. 이러한 사유들은 존재 자체의 힘에 사로잡힌 '종교성'을 토대로 자기 자신으로 존재하고자 하는 '주체성'과 전체주의·서구 근대의 보편주의·제국주의 등에 대한 '저항성'을 종합하는 '존재의 용기'라 할 수 있다.

5.1. 전체주의와 종교적 실존

5.1.1. 실존의식의 변화 과정

윤동주와 동시대를 살았던 함석헌은 식민지라는 비극적 현실을 마주하며 "우리나라 역사에서는 이 자아를 잃어버렸다는 일, 자기를 찾으려 하지 않았다는 이 일이 백 가지 병, 백 가지 폐해의 근본 원인이 된다. 나를 잊었기 때문에 이상이 없고 자유가 없다."라는 진단을 내린 적이 있다.[1] 그에 의하면 민족적 비극의 근본 원인은 스스로 자기 자신을 규정하는 주체의 자유를 포기하고 타자에 의해 규정되는 노예의 삶을 선택했기 때문이었다. 이러한 점에서 윤동주의 시적 상상력은 우리 근대 시사에서 그 어떤 시인보다도 '자기 상실'에 대한 깊은 반성과 자기 자신으로 존재하기 위한 치열한 성찰을 보여주었다고 할 수 있다.

초기 시에서부터 나타나는 윤동주의 반성적인 자기의식은 실존적인 물음과 관계된 것이었다. 그는 1934년 12월 24일에 본격적로 습작시 기록을 시작하면서 습작 노트 표지에 "나의習作期의 詩아닌詩", "藝術은길고 人生은짧다"라고 썼다. 이는 그가 자신을 '시인'으로 이해하고 있으며 자신의 삶을 '되어감의 과정'으로 규정하고 있음을 알 수 있게 한다. 그뿐만 아니라 이는 그가 인생의 유한성에 대한 실존적 자각 속에서 영원을 추구하는 행위로서 시를 썼음을 알 수 있게 한다. 그래서 최초의 시편에는 시인과 밀착된 시적 주체인 '나'가 성찰의 시공간인 '어둠', '방' 등의 배경 속에서 세속적인 '무리'와 자기를 구별하면서 '삶과 죽음', '오늘' 등이 지니는 실존적 의미에 대해서 물음을 제기한다. 즉 그의 시는 그 최초의 모습에서부터 자기 자신으로 존재하고자 하는 주체적인 사유가 드러나는 것이다.

---

1   『한국역사』, 297쪽.

이러한 주체적인 사유는 자기의식을 지니고 있는 인간이라면 누구나 가지고 있는 것이지만, 정신사적으로 보면 근대와 더불어 본격적으로 시작되었다고 할 수 있다. 전근대적인 사회에서 개인은 그 자체로 중요성을 지닌 하나의 인격적 존재가 아니라, 보편적인 것 아래에서 그것의 일부로서만 존중받을 수 있었다. 그래서 전근대적인 봉건 사회에서 개인의 주체성은 허용되지 않았고, 조선의 경우 사대(事大)의 가치 아래에서 개인뿐만이 아니라 민족의 주체성도 쉽게 훼손되었다. 그리고 근대로 전환되는 과정에서 조선은 근대적 정신을 제대로 누리기도 전에 일본 제국주의의 식민지로 전락해 버렸기 때문에 자기 자신으로 존재할 수 있는 기회를 부여받지 못했다. 그리하여 역사상 가장 비극적인 자기 상실의 시대 속에서 윤동주는 '자기'의 실존적 의미에 대해 묻지 않을 수 없었을 것이다. 그래서 윤동주는 본질적으로 주체의 반성적 자기의식을 시적으로 형상화하는 시 쓰기를 통해서 실존에 대한 성찰을 모색하고자 한 것이라 할 수 있다.

하지만 초기 관념시에서 윤동주는 자기동일적 주체성을 형성하는데 실패한 것처럼 보인다. 초기 관념시에서 시적 주체는 무한한 '공상'으로부터 시작해서 결국 절망에 이르는 일련의 과정을 보여준다. 진정한 자기동일성은 자기중심적인 주체성 속에 함몰되는 것이 아닌데, 윤동주의 초기 관념시는 현실성을 배제하고 타자적 주체를 고려하지 않음으로 인하여 이를 극복하지 못한 듯하다. 그래서 그는 초기 관념시의 절망 속에서 현실성에 자기를 개방하고 타자적 주체에게 시선을 돌리며 보편적 주체성을 지향하기 시작하는데, 우리는 이 시기부터를 윤동주의 중기 시로 규정하였다.

중기 시에서 윤동주는 식민지 현실에 대한 인식과 자기 분열의 양상을 드러낸다. 우선 그가 대면한 것은 사회적 약자와 조선 민족이 고통당하는 식민지 현실이었다. 이 시기에 그의 시 속에는 당대 현실이 곳곳에 반영되어 있다. 그는 나그네, 고아, 노인, 여성, 노동자 등 사회적 약자들의 고통스런 삶과 "슬픈族屬"으로 살아가는 조선 민족의 슬픔을 시적으로 형상화하였다.

이때 그가 발견한 자기의 정체성은 고향을 잃어버린 '디아스포라'였다. 그는 "南쪽하늘"(한반도)과 "북쪽 하늘"(북간도) 두 개의 고향 사이에서 상실을 경험하는 디아스포라적 주체로서 자기 분열을 경험한다. 이러한 '뿌리 뽑힌 자'의 모습은 민족적으로는 조국을 상실한 식민지 조선인의 보편적인 실상이라 할 수 있고, 종교적으로는 존재 근원인 본향을 상실한 종교적 실존자의 모습이었다고 할 수 있다. 그리하여 윤동주의 중기 시는 본래적인 고향을 꿈꾸는 '향유의 파토스'와 현실 속에서 상실을 경험하는 '상실의 파토스'가 드러나는 일련의 시들이 병행적으로 창작되다가 1939년 9월 6편의 작품을 끝으로 창작의 공백기에 이르게 된다. 이때 윤동주는「自畵像」에서 자기와 대면하면서 자기의식 자체를 시적으로 형상화하는데, 존재 바탕과 분열된 자기를 종합하기 위해서 "추억처럼"을 통해 과거로의 회귀를 상상하지만,「츠르게네프의언덕」에서 나타나듯이 결국 자기의 윤리적 이상(理想)이 현실의 타자적 주체들과 온전히 만나지 못하면서 죄책 속에서 윤리적 실존의 절망에 이르게 된다.

후기의 시에서 윤동주는 중기 시에서 경험한 고난의 문제와 자기 분열의 문제를 타자와의 관계 속에서 해결을 모색한다. 그는「八福」에서 보편적인 윤리를 '정지'시키고 '슬픔'의 역설 속에서 '종교적 실존'으로 비약하며,「十字架」에서 예수와의 '동시성'을 통해 타자를 위한 '대속적 고난'에 참여하고자 한다. 그리고 그는「돌아와보는밤」,「바람이불어」에서 자기 내면에 존재하는 타자의 소리를 들으며,「또다른故鄕」,「길」등에서 존재 근원을 향한 순례자로서 '자기 찾기'의 여정에 나서는 모습을 형상화한다. 하지만 일본 유학을 앞두고 그가 현실적으로 직면한 것은 '창씨개명'이라는 '자기 상실'의 위협이었다. 이는 제국이 식민지 조선의 주체성을 거세시키고 조선을 제국에 동화시키기 위한 자기동일성의 폭력이었다고 할 수 있다. '굴종하느냐 저항하느냐'의 두 갈림길 속에서 윤동주는 '굴종적 저항'을 선택한 듯하다. 그것은 조선의 독립을 위해서 아이러니하게도 일본 유학이 필요하다는 현실적

인식으로부터 비롯된 것이었다. 하지만 그가 창씨개명으로 인해 비록 조선인으로서의 기표(記標)는 상실했지만, 자기 주체성의 기의(記意)까지 상실한 것은 아니었다. 주체성은 본질적으로 누군가가 빼앗아갈 수 있는 것이 아니라 오직 자기에 의해서만 정립되거나 망각될 수 있을 뿐이기 때문이다. 그래서 「序詩」, 「별헤는밤」, 「肝」, 「懺悔錄」 등에서 그는 '죄의식'으로 인한 부끄러움과 괴로움을 무릅쓰면서 결코 본래적인 자기 자신으로 존재하기를 포기하지 않는다. 그리고 「흰그림자」에서 절대적 타자와의 관계 속에서 '자기 아닌 자기'를 비우며 "羊"으로서의 자기를 인식하고, 「쉽게씨워진詩」에서 마침내 도래할 "最後의나"를 기다리면서 시적 주체와 화해하면서 '존재의 용기'로 나아간다.

이처럼 윤동주의 시는 처음부터 마지막까지 '실존적 주체성'을 향한 치열한 반성과 성찰의 기록이라 할 수 있다. 그것은 키에르케고어가 말한 '종교적 실존'을 향한 과정이었는데, 이는 절대적 타자에 대한 믿음과 이웃 사랑을 위한 자기 희생을 내포하며 개인의 주체성을 박탈시키고 전체의 지배를 강요하는 전체주의에 대한 저항적 성격을 지닌 것이었다.

5.1.2. 윤동주 시의 '종교적 실존'

윤동주 자신이 전체주의라는 시대정신에 대한 철저한 저항의 의식이 얼마나 있었는지는 명확하지 않다. 오늘날의 관점에서 전체주의는 일반적으로 2차 세계 대전 당시 독일, 이탈리아, 일본 등에서 발생하여 개인보다 전체를 우위에 두는 파시즘적인 정치 체제를 의미하는 것이지만, 윤동주 당시의 지식인들이 이해한 전체주의는 민족과 국가를 우선시하는 새로운 국가체제의 근본 원리였다.[2] 즉 1930년대 후반의 지식인들에게 전체주의는 당시에

---

2   박치우, 「전체주의의 제목: 전체주의의 철학적 해명 –「이즘」에서 「학(學)」으로의 수립과정

승승장구하는 독일, 이탈리아, 일본 등의 신흥 국가에서 새롭게 일어나는 대안적인 사상일 수 있었다. 윤동주도 이러한 영향으로부터 자유롭지 않았을 수 있다. 「특고월보」의 기록을 보면, 송몽규와 윤동주는 조선이 독립한 이후에 강력한 독립 국가 수립을 위해 임시적으로 군인 출신의 독재 정권이 들어설 것을 희망하고 있었는데, 이러한 사실은 그들이 어느 정도는 민족과 국가 우위의 전체주의적 사유에 물들어 있었음을 알 수 있게 한다. 물론 이러한 증언이 윤동주의 것인지 송몽규의 것인지 명확하지 않고, 「특고월보」는 처음부터 사상이 불온한 조선 청년을 처벌하기 위한 목적으로 진행된 재판 기록이었음을 감안하면, 처벌의 목적을 위해 피고인들의 증언을 확대 해석하여 기록했을 가능성을 배제할 수는 없다. 그리고 「특고월보」와는 별개로 윤동주가 의도하든 의도하지 않았든 그의 시에 나타나는 주체적인 사유는 분명히 전체주의의 위협에 대한 저항성을 내포한 것이었다. 그 이유는 다음과 같다.

첫째, 윤동주의 시적 상상력은 세속적 정신과 구별되는 주체적인 사유라는 점에서 전체주의와 대립한다. 전체주의는 본질적으로 자신이 전체의 일부가 됨으로써 불안과 절망을 극복하려는 인간의 실존적 소외로부터 발생한다고 볼 수 있다. 키에르케고어는 이러한 삶을 '유한성의 절망'으로 규정하고 "자신으로 존재하는 것은 너무 위험하며 타인과 같이 존재하는 것, 또 하나의 사본, 숫자 하나, 군중의 일원이 되는 것이 훨씬 편하고 안전하다고 생각한다"라고 말하며 타인에 의한 자기 상실의 절망을 경고했다.[3] 20세기 초에 급부상했던 실존주의는 이러한 전체주의에 급진적으로 대항하여 자기 자신으로 존재하려는 용기를 가장 극명하게 보여준 사유라고 할 수 있다. 윤동주

(상)·(중)·(하), 『조선일보』, 1939.2.22.-2.24. 현재 남아있는 윤동주의 스크랩에 1939년 『조선일보』 기사들이 있는 것으로 보아서, 윤동주가 이 기사를 읽었을 가능성도 있다.

3   『죽음』, 90쪽. 그뿐만 아니라 당시 많은 철학자들이 이러한 부류의 인간에 대해 '世人(마르틴 하이데거)', '大衆(테오도르 아도르노)', '愚衆(발터 벤야민)', '無思惟(한나 아렌트)', '자유로부터의 도피'(에리히 프롬), '일부로서 존재하려는 용기'(폴 틸리히) 등으로 규정하면서 비판하였다.

의 시는 이러한 실존적 문제의식으로부터 시작되었을 뿐만 아니라 지속적으로 실존적인 사유를 형상화함으로써 전체주의에 대한 정신적 저항성을 내포하고 있다.

둘째, 윤동주의 시적 상상력은 주체의 '생각하는 능력'을 통해서 '타자성'을 지향한다는 점에서 전체주의와 대립한다. 물론 이때의 '생각하는 능력'은 하이데거가 비판했던 데카르트의 '코기토'와는 차이가 있다. 『전체주의의 기원』에서 아렌트는 전체주의가 극단적으로 나타난 이유를 공적(公的) 영역의 위축과 사적(私的) 영역의 확대로 보았는데, 이때 사적 영역은 '타자의 부재'를 의미하는 것이었다.[4] 또한 아렌트는 『예루살렘의 아이히만』에서 전체주의적 '악'의 원인이 '생각하지 않음(thoghtlessness)'에 있다고 보며 '생각'이라는 내적 영역과 '정치'라는 외적 영역이 밀접하게 연결되었음을 지적하였다. 아렌트에게 생각하는 능력은 마음 속에서 자기 자신과 대화할 수 있는 능력이었고 더 나아가서 타자의 입장에서 자기를 성찰할 수 있는 공감의 능력이었다. 이러한 측면에서 윤동주의 시적 상상력은 끊임없이 자기 자신과 대면하고, 마음 속 존재의 소리에 귀 기울이며, 타자의 자리에 서고자 하는 '타자성'을 형상화함으로써 '생각 없는 복종'을 강요하는 전체주의에 대한 저항성을 내포한다.

셋째, 윤동주의 시적 상상력은 종교적 실존의 '의뢰적 주체성'[5]을 지닌 점에서 전체주의와 대립한다. 선행연구들은 대체로 윤동주 시의 저항적 성격을 윤리적 성격으로 규정하였지만, 본질적으로 그 근원은 보편적인 윤리를 넘어서는 종교적 실존의 '의뢰적 주체성'이라 할 수 있다. 「八福」, 「十字架」,

---

4   Hanna Arendt, 이진우·태진호 역, 『인간의 조건』, 한길사, 1996, 44쪽.

5   양현혜, 『김교신의 철학』, 이화여자대학교출판부, 2013, 72쪽. 여기에서 양현혜는 기독교인이 "신에게만 의지함으로써 자기 안에서 일하는 신의 섭리와 경륜을 의식하고 어떠한 인간적인 능력이나 원조에 의지하지 않는 자유·독립의 단독자로 서는 것"을 '의뢰적 주체성'으로 규정하였다.

「懺悔錄」 등에서 볼 수 있는 것처럼 그의 종교적 상상력은 보편적인 윤리를 넘어서고자 했기에 단순히 윤리적 가치로만 규정될 수는 없다. 「肝」, 「흰그림자」 등에서 볼 수 있는 것처럼 그는 절대적 타자 이외의 그 누구에게도, 심지어 자기 내면의 '자기 아닌 자기'에게도 굴복하지 않는 종교적 실존의 '의뢰적 주체성'을 지니고 있었다. 그리하여 윤동주의 시적 주체는 자기 자신으로 존재할 수 없도록 노예화하는 모든 억압적 권력에게 죽음마저도 각오하는 저항을 지향했다.

이러한 측면에서 윤동주 시에 나타나는 '종교적 실존'은 당시 타자를 동일성의 폭력으로 억압하고, 개인의 주체성을 전체에 복속시켜 거세시키던 전체주의에 대한 정신적 '저항성'을 내포하는 것이라 할 수 있다.

5.2. 서구 근대 보편주의와 조선적 기독교

5.2.1. 심층적 차원의 종교문화

20세기 초는 세계사적으로 동양[6]과 서양 문명이 만나고 충돌되는 거대한 정신적 전환기라고 할 수 있다. 하지만 서양인들은 동양의 정신문화를 존중하지 않았기 때문에 서양이 동양을 진지하게 경험하지 못한 반면, 동양은 전통 문화 속에서 서양 문명을 수용하는 과정을 경험하였다. 이러한 양상은 다른 제3세계 국가에 비해 동북아에서 본격적으로 이루어졌고, 그 중에서도

---

[6] '동양'은 지리적 개념이 아니라 역사적이고 정치적인 개념이다. "동양(East)은 유럽을 중심으로 세계의 동쪽을 일컫는다. 처음부터 서양인의 흥미주의 내지 상업주의 및 침략주의의 차원에서만 인식되었다. 곧 진귀한 물건을 사고파는 무역과 착취 및 지배의 대상으로서 인식되었다."(Edward W. Said, ORIENTALISM, 박홍규 역, 『오리엔탈리즘』, 교보문고, 2009, 14쪽 각주)

중국과 일본에 비해 조선에서 가장 활발하게 일어났다고 할 수 있다. 왜냐하면 중국은 공산화되면서 전통 문화를 억압하고 서양 문화를 배제하였고, 일본은 천황제와 전통 종교 신도(神道)를 바탕으로 제국주의로 치달았기 때문이었다.[7]

당시 조선은 식민지 경험 속에서 지배 이념과 전통 종교가 쇠퇴하면서 전통적 가치와 서구 기독교 정신을 종합하는 것이 매우 중요한 문제였다. 특히 이 문제는 조선의 기독교인들에게 더욱 심각한 문제였다. 왜냐하면 두 거대 문화권의 만남 속에는 심층적인 '종교'의 문제가 내재해 있었기 때문이었다. 폴 틸리히(P. Tillich)는 "종교는 인간 정신생활의 특수한 기능이 아니라, 그 모든 기능 속에 있는 심층의 차원이다."[8]라고 말하면서, "종교는 문화의 실체요, 문화는 종교의 형식이다."[9]라고 했다. 그는 모든 문화의 바탕에는 그 문화를 형성하는 사회 구성원들의 궁극적 관심으로서의 종교가 문화의 '실체'로서 내재해 있다고 보았던 것이다. 이런 의미에서 전통 문화와 서구 문화가 충돌했던 20세기 초반 조선의 심층에는 종교문화의 문제가 내재해 있었다고 할 수 있다. 그런데 조선의 기독교인들은 물질적으로 서구 근대 문명에 흡수되고 정신적으로 서구 기독교에 포획될 여지가 매우 컸다. 초기의 조선 기독교는 그 '자유'와 '저항'의 정신으로 인해서 민족주의와 결합하여 3·1 운동의 밑거름이 되었지만, 이후 서구 선교사들이 주장한 '정교분리'의 원칙에 의해 조선 기독교는 권력에의 굴종을 암묵적으로 강요하면서 조선인으로 하여금 민족적 정체성을 해체하는 하나의 요인으로 기능하였다. 이때 조선 기독교는 서구 근대 문명을 보편적인 가치로 인식하면서 민족적 전통과 단절되었고, 기독교 본래의 정신적 가치보다는 물질문명의 자본주의적 가치

---

7   박재순, 『함석헌의 철학과 사상』, 한울, 2012, 53쪽.

8   Paul Tillich, 『문화의 신학』, 16쪽.

9   Paul Tillich, 『조직신학』 3, 52쪽.

를 획득하고자 했다. 그리고 이 과정에서 문명적으로 우월한 일본 제국주의를 통해 서구적 근대를 모방하고자 함으로써 일본 제국주의를 정당화하는 모순에 빠지기도 했다.

5.2.2. 윤동주 시의 '조선적 기독교'

동서양 문명권이 융합되는 정신사적 흐름 속에서 윤동주의 시적 상상력은 서구 근대의 보편주의에 대한 정신적 '저항성'을 내포한다. 그는 기독교적 정신을 바탕으로 시적 사유를 전개하면서도 서구 보편주의에 함몰되었던 주류 근본주의 기독교의 한계를 벗어나 있었다. 이는 아마도 그의 성장 과정의 영향이었을 것이다. 앞에서도 언급했듯이, 그는 기독교 민족주의의 색채가 매우 강했던 북간도 지역에서 태어났고, 기독교 민족주의 계열의 학교에서 교육을 받았다. 또한 외삼촌 김약연으로부터 유교 교육을 어렸을 때부터 지속적으로 받았고, 예민한 생태적 감수성을 지니고 있었으며, 김재준·송창근·윤석중 등의 진보적 기독교인들과도 직간접적인 교류가 있었다. 그리고 일본 『특고월보』의 재판기록과 윤동주가 스크랩하여 보관한 신문 기사들을 보면, 그가 조선의 독립과 조선 정신의 회복을 위해서 전통 문화를 부흥시키고자 했음을 엿볼 수 있다. 특히 『특고월보』에 의하면 절필 이전에 윤동주는 1939년 2월부터 8월까지 송몽규, 백인준, 강처중 등과 함께 조선문학 동인지의 출판을 위해 수차례 민족적 작품의 합평회를 열었으나 현실적으로 동인지 간행을 하지는 못했다고 한다.[10] 적어도 이때부터 윤동주는 문학 작품을 통한 민족의식 앙양에 깊은 관심을 기울였다고 볼 수 있다.

그래서 그의 시에는 당시 서구 기독교에 대한 주체적인 수용으로 고민했던 김교신이나 함석헌의 '조선적 기독교'와 유사한 사유들이 내포되어 있다.

---

10   『평전』, 388쪽.

즉 그의 시에 자주 등장하는 '하늘'의 상징과 천제 이미저리들, 대표적인 시적 정서라 할 수 있는 '슬픔'·'부끄러움'·'미움'의 정서, 근대 문명과 자연을 대하는 생태적 세계관 등은 그 심층에 '흔 사상', '인의(仁義) 사상', '생태적 전통' 등의 전통적 가치와 기독교 정신이 융합되어 있음을 확인할 수 있다.

이러한 민족 전통과 기독교 정신의 긍정적인 융합은 민족 전통을 통해 사이비 기독교의 물질적 근대와 서구 보편주의를 극복하는 동시에 기독교 정신을 통해 배타적 민족주의를 극복하고 근대적 가치를 내면화할 수 있는 가능성을 내포한 것이었다. 다시 말해서 윤동주의 시적 상상력은 서구 근대 보편주의의 종교적 도구로 전락해 버린 식민지 조선의 기독교를 조선의 전통적 정신의 토대 위에서 본질적으로 회복하고, 기독교의 본질적인 정신을 통해 민족적 주체성을 재구성하고자 한 것이었다고 할 수 있다. 이러한 종교·철학적 사유는 식민지 조선에서 저항과 창조의 정신적 구심점을 다지는 행위였기 때문에 한국 근대사에서 종교가 할 수 있는 가장 본질적인 기여의 하나였다고 할 수 있다.[11]

5.3. 제국주의와 고난의 신정론

5.3.1. 고난의 의미

윤동주가 창작의 공백기를 지나 시를 다시 쓰기 시작한 시기에 조선은 제국주의의 광기 속에서 그 주체성이 심각하게 훼손되고 있었다. 이러한 전환기에 함석헌은 역사를 가르치는 교사로서 자기를 속임 없이는 도저히 '영광스러운 조국의 역사'를 가르칠 수 없음을 깨달았다. 왜냐하면 그의 말대

---

11   양현혜, 앞의 책, 272쪽.

로 "5천 년 역사의 앓는 소리", "삼천리에 박혀 있는 상처"[12]가 너무도 컸기 때문이었다. 식민지 현실 속에서 역사를 가르치는 것이 "끓는 물을 돋아나는 새싹 위에 퍼붓는 일"이라는 자괴감에 휩싸여, "내가 왜 역사교사가 되었던 고!"라고 탄식할 때,[13] 그는 성서 속에서 새로운 진리를 깨닫기 시작했다.

세계의 각 민족이 다 하나님 앞에 가지고 갈 선물이 있는데 우리는 있는 게 가난과 고난밖에 없구나, 할 때 천지가 아득하였다. … 그러나 성경은 그러는 가운데서 진리를 보여주었다. 나를 건진 것은 믿음이었다. 이 고난이야말로 한국이 쓰는 가시 면류관이라고 가르쳐주는 것이었다. 그리하여 세계역사 전체가, 인류의 가는 길 그 근본이 본래 고난이라 깨달았을 때 여태껏 학대받은 계집종으로만 알았던 그가 그야말로 가시 면류관의 여왕임을 알았다.[14]

이러한 '고난의 재발견'은 식민지 시대를 사는 종교적 지식인이 할 수 있는 가장 숭고한 고백일 것이다. 당시 일본은 조선을 황국의 신민으로 만들기 위해서 온갖 회유와 억압을 통해 내외적으로 조선의 주체성을 거세시키고자 했지만, 함석헌은 역설적으로 기독교가 지닌 '고난'의 가치를 조선에 부여하여 조선을 "학대받은 계집종"으로부터 "가시 면류관의 여왕"으로 승화시킨 것이다. 그리하여 함석헌은 "세계의 하수구요, 공창(公娼)"인 조선만이 세계의 불의를 씻고 세계를 구원할 수 있다고 역설하면서, 고난당하는 식민지 조선에 세계를 구원하는 메시아적 위치를 부여하였다.[15] 따라서 그의 사유는 결과적으로 종교가 지닌 정신적 가치를 통하여 제국에 의해 고난당하는 조선 민족의 주체성을 회복시키는 것이었고 진정한 정신적 근대를 지향하는 것이

---

12 『한국역사』, 94쪽.

13 『한국역사』, 96쪽.

14 『한국역사』, 96쪽.

15 『한국역사』, 482-483쪽.

었다.

　이러한 맥락에서 '고난의 신정론'을 내포하는 윤동주의 시도 고난당하는 조선 민족의 주체성을 회복시키고 제국의 폭력에 저항하는 '고난의 시학'이라고 할 수 있다. 윤동주 시의 실존적 변화 과정은 '부끄러운 자기'에 대한 수용 과정인 동시에 욕된 '민족적 자기'에 대한 수용 과정이었고, 그 과정에서 그는 민족적 정체성을 확인하고 종교적 실존이 지닌 '고난의 동시성'을 수용하면서 자신이 짊어져야 할 '고난'도 함께 수용하게 된다.

5.3.2. 윤동주 시의 '고난의 신정론'

　윤동주의 시적 주체는 자기 인식의 과정에서 반성적 자기의식을 통해서 자기 자신으로 되돌아오는데, 이때 시적 주체의 자기 반성은 과거에 대한 회상으로부터 발생한다. 여기에서 주체의 자기의식과 역사의식이 만나게 된다. 창작의 공백기 이전 1939년 9월에 창작된 일련의 시들은 이러한 자기의식과 역사의식 사이에서 일어나는 갈등의 단면을 보여준다고 할 수 있다. 이때부터 그의 시에는 '부끄러움'의 정서가 본격적으로 나타나는데, 이는 그가 '욕된 자기'의 모습을 인식한 결과라 할 수 있다. 「自畵像」에서 볼 수 있듯이 정신으로서의 '보는 나'는 존재의 근원과 분리된 '밉고도 그리운' "한 사나이"를 정직하게 대면하고, 존재의 근원과 '있는 나'를 "추억처럼"의 '상기'를 통해서 낭만적으로 종합하고자 시도하지만, 자기동일성은 쉽게 이루어지지 않았다. 동일한 시기에 그가 민족의 현실 속에서 발견한 '자기'는 결국 '병든 장미'(「薔薇病들어」), '용기 없는 나'(「츠르게네프의언덕」), '괴로운 사람'(「산골물」), '연인과 이별한 슬픈 나'(「소년」) 등이었고, 그리하여 그는 결국 창작의 공백기에 이르게 된다. 아마도 이러한 창작의 공백은 부끄럽고 욕된 자기에 대한 절망적 인식으로 인해 주체의 자기동일성이 이루어지지 않았기 때문일 것이다.

창작의 공백기를 지난 직후 윤동주는 부조리한 현실 속에서 신정론적인 고뇌를 시적으로 형상화하였다. 1940년 12월에 쓴 세 편의 시, 「慰勞」, 「八福」, 「病院」 등은 모두 신정론적 고뇌와 더불어 '위로'와 깊이 관련되어 있다. 이는 정병욱의 회고[16]에서도 확인할 수 있는 것처럼, 당시 윤동주는 그의 시를 통해 온통 "환자투성이"인 조선을 내면으로부터 위로하고 치유하기 위해 노력했다고 볼 수 있다. 이러한 사실은 그가 창작의 공백기를 통해서 자기 정체성에 대한 수용이 어느 정도 이루었음을 의미하는 것이라 볼 수 있다. 그리고 1941년 5월경에 창작한 종교시들에서 그는 구속사의 신정론적 의미를 시적으로 형상화하면서 민족의 고난에 종교적 가치를 부여하기 시작한다. 그는 「太初의아츰」과 「또太初의아츰」에서 '자유의 양의성'과 '책임의 윤리'를, 「十字架」에서 '고통당하는 신'과 '대속적 고난의 윤리'를, 「새벽이 올때까지」와 「눈감고간다」에서 '종말론적 희망'과 '길 예비의 윤리'를 시적 으로 형상화했는데, 이는 종교적 가치를 통해 고난당하는 조선 민중의 주체 성을 회복하고 부조리한 현실을 변혁하고자 한 것이었다.

결국 식민지 조선에서 주체가 자신에게 돌아가 자기와 하나가 된다는 것은 '슬퍼하는 자', '욕된 자', '고난받는 자'에게 되돌아가 그와 하나가 되는 것을 의미하는 것이었다. 그 이외의 것은 모두 자기 기만이요 허위일 뿐이었다. 오직 고난의 수용만이 자기 자신의 모습 그대로를 진실하게 수용하는 것인 동시에 슬픔과 욕됨과 고난 가운데 거하는 절대적 타자와 하나되는 길이었 다. 이런 점에서 「十字架」의 "처럼"은 고난의 '동시성'을 통한 자기 수용과 메시아적 주체성을 형상화한 것이라고 할 수 있다. 이러한 종교적 상상력은 당시 '정교분리'의 원칙에 의해 사(私)적 신앙에 함몰되고 탈정치적·탈사회 적 교회중심주의를 지향함으로써 일본 제국주의의 전쟁체제에 이용당했던 주류 기독교의 근본주의적 세계관과는 다른 것이었고,[17] '대고(代苦)'의 정신

---

16   정병욱, 앞의 글, 140-141쪽.

을 형상화함으로써 '대속(代贖)'을 강조하는 전통적 기독교 세계관과도 다른 것이었다. 이후 그는 다시 "白骨"(「또다른故鄕」)과 "어느 王朝의遺物"(「懺悔錄」)로서의 욕된 자기와 대면하게 되고, "隕石밑우로 홀로거러가는 슬픈 사람의 뒷모양"(「懺悔錄」), "푸로메디어쓰"(「肝」) 등으로 형상화된 '케노시스'적인 고난을 각오할 뿐만 아니라, 「흐르는거리」에서 민족을 초월하여 "가련한 많은 사람들"에 대한 연민을 나타내며, 고난 속에서 하나가 된 자기의 모습을 "信念이 깊은 으젓한 羊"(「힌그림자」), "눈물과 慰安으로잡는 最初의 握手"(「쉽게씨워진詩」) 등으로 형상화했다. 따라서 윤동주는 자기 자신으로 존재하고자 하는 실존적 과정 속에서 욕된 민족의 현실과 대면하고, 민족의 고난과 슬픔을 수용하는 시적 상상력을 나타냄으로써 일제에 의해 훼손된 민족적 주체성을 회복하고자 했다고 볼 수 있다.

한편 윤동주의 종교적 상상력을 단순히 '민족적 탈식민(Postcolonialism)'으로만 제한하여 생각할 수는 없다. 오히려 그의 시는 그 종교적 상상력의 깊이로 인해 민족을 넘어서 보다 넓은 의미의 '정신적인 탈식민'을 지향한다고 볼 수 있다. 그것은 개인의 주체성을 거세시키고 불의한 현실에 대해 무감각하게 하고 문명을 우상화하는 모든 '제국(帝國)의 상상력'에 맞서, 실존적 주체성을 회복시키고 고난의 현실에 아파하고 제국의 허위를 폭로하는 '시적 상상력'이라 할 수 있다. '제국의 상상력'이 다양한 신화와 상징을 통해 정신으로부터 개인을 노예화하고 길들이려고 한 반면, 윤동주의 '시적 상상력'은 종교에 내재한 자유와 저항의 정신을 바탕으로 '제국'의 신화를 비판하고 사랑과 정의가 실현되는 '하나님 나라'의 도래를 소망했던 것이다. 따라서 본회퍼와 함석헌의 신정론을 '고난의 신정론'이라 부를 수 있다면, 윤동주의 시적 상상력을 '고난의 시학'이라 할 수 있을 것이다. 여기에 그의 시적 상상력이 지니는 정신사적 의의가 있다고 하겠다.

---

17   양현혜, 앞의 책, 217-222쪽.

6. 결론

　이 책은 윤동주 시의 실존의식을 재해석할 필요가 있다는 문제의식하에, 윤동주 시의 실존적 변화 과정을 분석하고 그 속에서 드러나는 종교·철학적 사유의 정신사적 의미를 규명하고자 하였다. 이를 위해 윤동주의 시를 실존적 단계에 따라 심미적 실존, 윤리적 실존, 종교적 실존 등으로 구분하고, 각 실존 단계에서 나타나는 윤동주 시의 종교·철학적 사유의 성격을 윤동주 당대에 전개되었던 유신론적 실존주의, 조선적 기독교, 고난의 신정론 등을 통해 분석하였다.

　그 동안 선행연구들은 윤동주 시의 변화 과정에 주목하지 못하거나, 변화 과정을 주목하더라도 초기 시를 배제하거나 그 종교·철학적 사유를 무시하여 윤동주 시의 실존의식을 온전히 드러내지 못하였다. 그래서 이 책은 윤동주 시에 나타나는 실존의식의 변화과정을 살피기 위해서, 유고 시 전체를 키에르케고어가 언급한 '실존의 삼 단계'에 따라서 구분하여 그 종교·철학적 사유를 분석하고자 하였다. 그가 본격적으로 시를 기록하기 시작한 「초한대」(1934.12)로부터 동시를 쓰기 직전인 「南쪽하늘」(1935.10)까지를 '심미적 실존(반성적 심미주의)'으로, 최초의 동시 작품인 「조개껍질」(1935.12)부터 창작의 공백기 직전인 「츠르게네프의언덕」(1939.9)까지를 '윤리적 실존'으로, 창작의 공백기 직후인 「慰勞」(1940.12)에서부터 마지막 유고 시라 할 수 있는

「쉽게씌워진詩」(1942.6)까지를 '종교적 실존'으로 구분하였다. 이러한 구분은 작품 전개 과정에서 '동시'의 창작과 창작의 '공백'을 중요한 기준점으로 보았기 때문이다. 왜냐하면 '동시'에서부터 윤동주의 현실 인식과 민족의식이 구체적 현실 속에서 반영되기 시작하고, 창작의 공백기 이후부터 절대적 타자와의 관계가 본격적으로 형상화되기 때문이다.

2장에서는 윤동주 초기 시에 나타나는 실존의식의 변화 과정과 그 실존적 특성을 분석하였다. 윤동주는 1934년 12월 24일부터 본격적으로 그의 시를 습작 노트에 기록하기 시작했다. 그는 최초의 시편에서부터 서정시의 본질이라 할 수 있는 '반성적인 자기의식'을 뚜렷하게 드러내었고 삶과 시간에 대한 실존적인 물음을 던졌다. 하지만 초기 관념시에 반영된 그의 반성은 무한성과 가능성의 차원에서 시도된 추상적 사유였기에 결국 그는 절망에 이르면서 윤리적 실존으로 비약하고자 하는 양상이 나타났다.

선행연구들은 초기 시에 나타나는 실존의식의 변화 과정을 소홀히 한 측면이 있었고, 특히 이 시기의 실존의식을 감성적·감각적 측면의 '심미적 실존'으로 이해하였다. 하지만 우리는 초기 시에 나타난 '반성적 자기의식'과 '절망'의 다양한 양상을 살피면서 초기 시에 나타나는 실존의식의 변화과정을 정밀하게 분석하였다. 또한 초기 시에 나타나는 실존의식이 단순히 키에르케고어의 '심미적 실존'으로 규정하기 어려운 복합적이고 동적인 성격을 띠고 있음을 규명하면서 이를 윤리·종교적 지향성일 지닌 '반성적 심미주의'로 규정하였다.

3장에서는 중기 시에 나타나는 실존의식의 변화 과정과 그 종교·철학적 사유의 특성을 분석하였다. 우리는 윤동주가 동시를 쓰기 시작한 1935년 12월부터 창작의 공백기 직전인 1939년 9월까지를 중기 시로 규정하였다. 이 시기에 그의 시에는 구체적인 현실이 반영되고 약자와 민족에 대한 연민과 책임의식이 시 속에 형상화되기 시작한다. 하지만 식민지 조선의 상황 속에서 현실 인식이 확장되고 민족의식이 성숙할수록 윤동주의 시에는 더욱 심화된 자기 분열과 실존적 절망이 함께 형상화되면서, 그는 결국 1939년 9월을 끝으로 시 쓰기를 중단하게 된다. 한편 이 시기에 그는 민족의식이 성숙되는 과정 속에서 전통적인 윤리가 시 속에 반영되는데, 이는 전통적인 윤리와 기독교적 윤리가 공통적으로 지향하는 보편적인 성격을 지니고 있는 것이었다.

선행연구들은 이 시기 윤동주 동시에 나타나는 현실 인식과 민족의식을 소홀히 하여 이를 단순히 '심미적 실존'으로 이해하였지만, 우리는 그의 동시에 구체적인 현실이 반영되고 약자와 민족에 대한 연민과 책임이 드러나는 것에 주목하고 이를 '윤리적 실존'으로 규정하였다. 또한 선행연구들은 윤동주 시의 기독교적 특성에 주목하면서도 그의 시에 반영되어 있는 전통적인 윤리들을 무시한 측면이 있었다. 그래서 우리는 그의 시에 경천사상, 유교적 인의(仁義), 생태적 전통 등의 전통적 윤리가 내재해 있고, 이러한 전통적 윤리는 기독교적 윤리와 공유되는 보편적 가치임을 규명하였다. 또한 이를 당시 김교신과 함석헌에 의해 전개되던 '조선적 기독교'의 주체적 사유와 비교하면서 그 정신사적 의미를 고찰하였다.

4장에서는 윤동주 후기 시에 나타나는 실존의식의 변화 과정과 그 종교·철학적 사유의 특성을 분석하였다. 윤동주는 1940년 12월부터 다시 시 쓰기를 시작하는데, 이때부터 그의 시에는 '종교적 실존'의 면모가 두드러지게 나타난다. 윤동주가 창작의 공백기 직후에 쓴 시들은 모두 신정론(神正論)적 고뇌와 관련되면서 그가 종교적 실존으로 비약하는 과정을 보여주고 있다. 이러한 양상은 약 5개월 후에 쓴 일련의 종교시에서 더욱 심화되는데, 이때 그의 시에는 기독교 구속사의 신정론적 의미가 시적으로 형상화되면서 전통적인 신정론의 문제가 극복되는 모습이 나타난다. 이러한 종교·철학적 사유는 당시 신학계에서 본회퍼와 함석헌이 전개한 '고난의 신정론'을 내포하는 것으로서, 고난의 현실에 공감하고 동참하며 제국의 억압적 현실을 변혁하고자 하는 시적 상상력이었다고 할 수 있다. 이후 그는 절대적 타자의 소리에

귀 기울이고 잃어버린 자기를 되찾는 순례의 여정을 형상화하면서 자기 상실의 위협과 죄의식을 극복하고 '존재의 용기'를 회복하는 모습으로 나아갔다.

선행연구들은 그의 후기 시에 나타나는 저항적 특성과 윤리적 가치에 주목하면서도 그러한 정신의 이면에 존재하는 본질적인 종교·철학적 사유를 면밀하게 검토하지 못한 측면이 있었다. 특히 이 시기에는 종교적 실존자가 부정한 현실에서 경험하는 신정론적 고뇌가 시적으로 형상화되는데, 선행연구들은 이러한 종교·철학적 사유에 주목하지 못했다. 하지만 이 책은 이러한 사유가 당시 사상계에서 전개되었던 '고난의 신정론'을 내포하는 사유로 보고 그 정신사적 의미를 해석하고자 했다. 또한 우리는 절대적 타자와의 관계를 통해 본래적 자기를 회복하는 시적 주체의 변증법적 발전 과정을 고찰하였다.

5장에서는 앞에서 살핀, 윤동주 시에 나타난 실존의식의 변화과정과 그 종교·철학적 사유를 토대로 윤동주 시의 정신사적 의미를 규명하고자 하였다. 윤동주의 시는 초기에서부터 후기에 이르기까지 심미적 실존, 윤리적 실존, 종교적 실존 등의 실존적인 변화과정을 보여주면서, 정신사적 측면에서 유신론적 실존주의, 조선적 기독교, 고난의 신정론 등의 종교·철학적 사유를 내포하고 있다. 그의 시에 나타나는 '종교적 실존'은 전체주의의 위협 속에서 절대적 타자와의 관계를 회복함으로써 본래적 자기로 존재하고자 하는 주체적 의지의 소산이었고, 전통적 윤리와 기독교적 윤리가 융합된 '조선적 기독교'는 절대적 신앙으로 서구 근대 보편주의에 대항하여 사이비 기독교의 물질주의와 사이비 민족주의의 배타성을 극복하고 새로운 주체성을 형성할 수 있는 대안적 사유였으며, '고난의 신정론'은 조선 민중의 아픔에 공감하고 조선의 고난에 적극적으로 참여함으로써 제국의 허위를 폭로하고 변혁을 꿈꾸는 시적 상상력이었다고 할 수 있다.

그동안 윤동주 연구는 그 저항성이나 문학사적 위치에 대한 논의가 많이 이루어졌지만, 윤동주의 시가 지니는 보편적인 가치는 저항성이나 문학사적 위치보다는 그의 시가 지니고 있는 정신적 깊이, 즉 자기 완성을 향한 치열한 실존의식과 그 속에서 나타나는 종교·철학적 사유에 있다고 할 수 있다. 그래서 이 책은 윤동주 시에 나타나는 실존의식을 분석하고 이를 윤동주 당대의 사상적 흐름과 비교함으로써 그 정신적 깊이를 가늠해 보고자 한 것이다. 그 결과 종교적 실존, 조선적 기독교, 고난의 신정론 등의 사유를 내포하는 그의 시가 전체주의, 서구 근대 보편주의, 제국주의 등의 비존재적 위협을 극복하는 '존재 용기의 시학'임을 확인할 수 있었다.

Ⅱ

윤동주 관련
서지자료 연구

1. 서론

윤동주는 성장 과정에서 여러 잡지와 신문을 통해서 문학적인 소양을 길렀고, 다양한 매체들에 자신의 작품을 발표했다. 그는 북간도 명동학교 4학년 (1928) 무렵에 어린이 잡지 『어린이』, 『아이생활』을 구독한 것으로 알려져 있다. 1935년 10월에는 평양 숭실학교에서 발행하는 『숭실활천』 15호에 자신의 시 「공상」을 발표하였고, 1936년부터는 천주교 연길 교구에서 발행하는 『가톨릭소년』에 「병아리」, 「빗자루」, 「오줌싸개 지도」, 「무얼 먹고 사나」, 「거짓부리」, 「눈」, 「개」, 「이불」 등의 동요·동시를 발표했다.

1938년 연희전문학교 입학 후에 윤동주는 조선일보사에서 발행하던 『소년』을 매달 동생 윤일주에게 보냈고, 『소년』에 동시 「산울림」을 발표했으며, 『조선일보』 <학생 페이지>에 산문 「달을 쏘다」, 시 「유언」, 「아우의 인상화」를 발표했다. 이 당시에 그는 『문장』과 『인문평론』을 매달 사서 읽었고, 『조선일보』, 『동아일보』, 『매일신보』에 실린 문학 작품과 평론을 따로 스크랩해 놓기도 했다. 또한 1941년에는 연희전문학교 문과에서 발행하는 『문우』에 「새로운 길」, 「우물 속의 자상화」를 실었고, 1941년 12월에는 졸업 기념으로 자선 시집 『하늘과 바람과 별과 시』를 출판하고자 했으나 좌절되었다.

해방 이후 1947년에는 정지용에 의해 그의 시 「쉽게 씌어진 시」가 경향신문에 소개되었고, 1948년에는 윤동주의 유족과 친구들에 의해 유고 시집

『하늘과 바람과 별과 시』가 출판되었다. 1955년에는 유고 시집이 증보판으로 개정하여 중판본이 간행되었고, 교육현장에서는 1차 교육과정 시기부터 윤동주의 시가 교과서에 지속적으로 수록되었다. 1999년에는 『(사진판) 윤동주 자필 시고전집』이 출판되었으며, 이후 이를 토대로 연세대 출판부, 홍장학, 최동호 등에 의해 윤동주 시 전집이 새롭게 간행되었다.

이 책 Ⅱ부에서는 이처럼 윤동주와 관련이 있는 잡지, 신문, 유고 시집, 윤동주 자필 시고전집, 윤동주 시 전집, 교과서 등을 중심으로 서지자료에 대한 실증적인 분석을 시도해 보고자 한다. 윤동주에 대한 대표적인 실증적인 연구는 송우혜의 『윤동주 평전』(2014),[1] 오오무라 마스오의 『윤동주와 한국문학』(2001),[2] 왕신영·심원섭·윤인섭·오오무라 마스오의 『사진판 윤동주 자필 시고전집』(1999),[3] 홍장학의 『정본 윤동주 전집 원전 연구』(2004)[4] 등이 있었다. 현재까지 이루어진 수많은 윤동주 연구는 이 실증적인 연구들을 바탕으로 하고 있다. 하지만 윤동주 연구와 관련하여 서지자료에 대한 실증적인 연구는 여전히 미흡한 실정이다.

따라서 이 책에서는 『윤동주 평전』과 『(사진판) 윤동주 자필 시고전집』을 토대로, 2장에서는 윤동주가 어린 시절 읽었던 어린이 잡지 『어린이』·『아이생활』을 중심으로, 3장에서는 『숭실활천』·『가톨릭소년』을 중심으로, 4장에서는 『조선일보』·『소년』·『문우』를 중심으로, 5장에서는 해방 이후 1차 교육과정에서부터 7차 교육과정 시기까지의 국어·문학 교과서를 중심으로, 서지자료를 실증적으로 분석함으로써 윤동주의 시와 삶을 새롭게 조명해보고자 한다. 이를 통해 윤동주와 관련된 새로운 자료를 발굴하고, 『윤동주 평전』의 빈 곳을 메우며, 윤동주 관련 연구의 새로운 토대를 마련할 수 있기를 기대한다.

---

1 송우혜, 『윤동주 평전』, 시정시학, 2014.
2 오오무라 마스오, 『윤동주와 한국문학』, 소명, 2001.
3 왕신영 외, 『(사진판) 윤동주 자필 시고전집』, 민음사, 1999.
4 홍장학, 『(정본 윤동주 전집) 원전 연구』, 문학과지성사, 2004.

2. 『어린이』, 『아이생활』

2.1. 윤동주가 읽은 『어린이』와 『아이생활』

윤동주와 송몽규는 어린 시절에 『어린이』와 『아이생활』을 구독한 것으로 알려져 있다.

> 명동촌과 그와 관련하여 또 한 가지 말하고 싶은 것은 그가 열 두 살 때의 일이다. 그러니까 명동 소학교 4학년 때 동주는 벌써 서울에서 소년 소녀들을 위한 월간 잡지를 구독했다. 동주의 고종사촌이며 동갑인 송몽규(宋夢奎)란 친구가 있었다. 그도 역시 문학 소년이었다. 몽규는 『어린이』란 잡지를, 동주는 『아이생활』이란 잡지를 서울에서 부쳐다 읽었다. 동리 아이들은 그들이 다 읽은 후 빌어서 읽었다. 두 소년이 서울에서 월간 잡지를 구독해 읽는다는 것은 그 당시 만주 벽촌에서는 큰 사건이 아닐 수 없었으며, 그것이 마을에 큰 영향을 주어 『삼천리』 같은 월간 잡지가 청년들 사이에 널리 보급되었다.[1]

윤동주의 고향 친구 김정우의 회고에 의하면 윤동주와 송몽규가 잡지를

---

[1] 김정우, 「윤동주의 소년 시절」, 『나라사랑』 23, 외솔회, 1976, 120-121쪽.

구독한 것은 당시 북간도에서 흔한 일은 아니었던 듯하다. 그들은 어떤 이유에서 『어린이』와 『아이생활』을 구독하게 되었을까? 많은 잡지들 중에서 윤동주와 송몽규가 『어린이』와 『아이생활』을 구독한 것은 아마도 두 잡지가지닌 민족성과 문학성 때문이었을 것 같다. 두 잡지는 모두 창간 당시에 민족주의적인 색채가 강한 잡지였고, 문예 면에 강점이 있는 잡지였다.

『어린이』는 천도교에서, 『아이생활』은 기독교에서 발행하던 어린이 잡지였다. 기미년 3.1 운동을 주도했던 두 세력이 천도교와 기독교였는데, 윤동주와 송몽규가 공교롭게도 두 종교에서 발행하는 어린이 잡지를 구독했다는 것은 상당히 흥미로운 지점이다. 외조부 김하규 장로가 명동으로 이주하기전에 동학을 하던 어른이었다고 회고했던 문익환은 명동에 이주했던 네 개가문은 변방을 지키던 무관 가문이었고 이들은 귀양 온 선비들의 학문을 이어받은 이들이었으며 네 가문의 지도자들은 모두 동학을 하던 분들이었을 가능성이 높다는 중요한 증언을 남겨놓았다.

> 이 네 가문 지도자들은 다 동학을 하던 분들이었을 가능성이 많다. 그렇다면 그 어른들은 동학에서 실패한 뜻을 해외에 나가서 이루어 보려 한 것이 아니었을까? 청나라에 빼앗긴 우리 땅을 도로 찾아야 하겠다고 이주한 것은 아니었을까? 아니면 열강의 각축장이 된 조국의 처량한 내일을 내다보고 먼 훗날을 내다보며 북간도를 재도약의 디딤돌로 생각하고 이주한 것은 아니었을까?[2]

그렇다면 명동마을은 동학 정신의 바탕 위에 당시 새로운 사상이었던 기독교를 받아들인 민족 공동체였다고 볼 수 있다. 두 종교단체에서 발행하는 어린이 잡지의 구독에는 아마도 이런 사상적인 배경을 지닌 마을 어른들의 권유가 있었을 것이다. 특히 명동학교 교사였던 정재면과 윤영춘의 영향이

---

2   문익환, 『문익환 전집 6권-수필』, 사계절, 1999, 340쪽.

어느 정도는 있었을 것으로 짐작된다. 왜냐하면 정재면과 윤영춘은 모두 문학적인 소양이 뛰어난 인물이었고, 당시에 이미 『아이생활』의 필진으로 참여하고 있었기 때문이다.

2.1.1. 『어린이』, 『아이생활』의 발행과 필진

『어린이』는 천도교소년회에서 편집을 맡고 개벽사에서 1923년 3월 20일에 발행한 어린이 잡지였다. 천도교소년회는 방정환을 중심으로 우리나라에서 처음으로 어린이 문화운동과 어린이 인권운동을 시작한 단체였는데, 그 바탕은 해월 최시형의 '사인여천(事人如天)'과 같은 동학의 정신이었다.[3] 특히 방정환은 손병희의 셋째 사위였고 색동회 회원이었던 정순철은 해월 최시형의 외손자였으니, 이들은 모두 동학의 정신을 이어받은 이들이었다.[4] 실제로 『어린이』 창간호에 가장 처음 소개된 동요는 '파랑새'인데,[5] 이는 동학 운동을 시대적 배경으로 한 구슬픈 노래이다.

이들은 일제의 탄압으로 성인을 대상으로 하는 운동에는 한계가 있으니, 조선의 미래를 위해 씨를 뿌리는 마음으로 어린이 운동을 시작하였고, 그 결실 중 하나가 1923년 3월 20일에 창간한 『어린이』였다. 편집 겸 발행인은 천도교청년회의 김옥빈이었고 주도적인 역할을 한 것은 방정환이었다. 편집은 방정환이 주도적으로 하다가 작고한 후에는 천도교소년회 실무를 돌보던

---

3 사람을 하늘처럼 섬겨야 한다는 '사인여천(事人如天)' 사상은 어린이도 하늘처럼 섬겨야 한다는 생각으로 이어졌을 것이다. 해월이 반포한 「내수도문」에는 아래와 같은 구절이 나온다(도종환, 『정순철 평전』, 2002, M창비, 155쪽).

　"어린아이도 한울님을 모셨으니 아이 치는 것이 곧 한울님을 치는 것이오니, 천리를 모르고 일행 아이를 치면 그 아이가 곧 죽을 것이니 부디 집안에 큰 소리를 내지 말고 화순하기만을 힘쓰옵소서."(표영삼, 『동학2: 해월의 고난과 역정』, 통나무, 2004, 163쪽)

4 도종환, 앞의 책, 95쪽.

5 우촌, 「파랑새」, 『어린이』, 개벽사, 1923.3, 9쪽.

이정호가 뒤를 이었고 그 뒤에 신영철, 최영주, 윤석중, 다시 이정호로 이어지다가 122호(1935년 3월)를 끝으로 해방 전에는 더 이상 간행되지 못했다.

『어린이』의 핵심적인 필진은 방정환, 정순철, 윤극영, 손진태, 고한승, 진장섭, 조재호, 정병기 등의 '색동회' 회원들이었다. 더불어 『어린이』에는 당대 최고의 필진들이 참여하였는데, 이광수, 이은상, 피천득, 박태원, 이승만, 마해송, 주요섭, 이태준, 이무영, 설정식, 김복진, 심훈, 홍난파, 박팔양, 김소운, 한정동, 김기전 등이 대표 필진으로 있었고, 류지영, 이정호, 김기진, 김석송, 김억, 변영로, 박영희, 주요한, 오장환, 허문일, 채만식 등이 『어린이』에 글을 발표하였다. 게다가 소년 문사들의 글을 많이 실어서 윤석중, 서덕출, 윤복진, 최순애, 이원수 등이 발굴되기도 했다.

한편 『아이생활』은 1925년 10월말 제2회 조선주일학교대회에 참가한 조선인 목사들과 외국 선교사들이 협력하여 1926년 3월 창간호를 낸 이후 17년 11개월간 지속되어 1944년 1월에 폐간된 당대 최장수 어린이 잡지였다. 처음에는 기독교 민족주의의 색채가 강한 잡지였지만, 1930년대 후반부터는 일제의 탄압과 회유를 견디지 못하고 변절하여 친일의 길을 걸었다.

『아이생활』의 주간은 한석원, 송관범, 전영택, 이윤재, 주요섭, 최봉칙, 강병주, 장홍범 등이 맡았고, 필진으로는 이광수, 주요한, 박용철, 김억, 김동환, 최창남, 김윤경, 유억겸, 김활란, 반우거, 김태오, 이은상, 윤석중, 윤복진 등이 있었다. 축사를 한 이들로는 이화전문 교장 아편설라(亞編薛羅, Henry Appenzeller), 연희전문 교장 원한경(元漢慶, Underwood. Horace H.), 숭실학교 교장 윤산온(尹山溫, George Shannon McCune), 안창호, 조만식, 방응모, 여운형 등이 있었다. 또한 강소천, 황순원, 장만영 등의 소년 문사들이 『아이생활』에 글을 발표하였다.

2.1.2. 『어린이』의 애독자 송몽규, 『아이생활』의 필자 정재면, 윤영춘

　『어린이』는 3권 3호(1925년 3월)부터 뒤표지 앞에 「독자 사진」을 게재했는데, 여기에 처음으로 15세 윤석중의 사진이 실렸다. 4권 4호(1928년 4월)에는 18세 윤복진의 사진이, 5권 7호(1929년 10월)에는 16세 이원수의 사진이, 7권 8호(1929년 8월)에는 14세 오장환의 사진이 실렸다.

　흥미로운 것은 7권 5호(1929년 6월) 「독자 사진」(뒤표지 앞)에 북간도 명동학교 출신의 13세 송한범(몽규)의 사진이 실렸고, 10권 7호(1932년 7월)의 '6월호 현상당선발표'에도 '등외'에 '송한범'의 이름이 나온다는 것이다.[6]

〈『어린이』에 실린 송한범의 사진〉	〈『어린이』 현상 당선의 "송한범"〉
(위에서 두 번째 줄 왼쪽이 "북간도 명동학교 송한범(13세)"이다)	(맨 왼쪽에 "중국 송한범"이 있다)

6　이 외에도 『아이생활』 8권 1호(1933년 1월) '상타기발표'에는 윤영춘의 동생이자 윤동주의 명동학교 동기인 '윤영선'의 이름이 나오기도 한다.

이로 보아 송몽규가 직접 사진을 보내고 현상문제에 응모할 정도로 매우 적극적인 『어린이』 애독자였음을 알 수 있다.[7]

한편 널리 알려져 있지 않지만, 『아이생활』에는 북간도 명동학교의 교사였던 정재면과 윤영춘의 글들이 다수 실려있다.[8]

〈『아이생활』에서 삭제된 정재면의 「고무풍선」〉

『아이생활』 4권 1호(1929년 1월) 「집필동인」에는 정재면의 이름이 나오고, 43쪽 '사고'에는 검열에 의해 삭제된 정재면의 산문 「고무풍선」의 제목을

7   구마키 쓰토무, 「윤동주 연구: 시의식의 전개과정과 작품 세계」, 숭실대학교 박사학위논문, 2003, 46쪽.

8   이와 관련하여 구마키 쓰토무는 윤동주가 『아이생활』을 구독한 것은 『아이생활』의 필자였던 정재면과 윤영춘의 권유가 있었을 것으로 짐작했다(구마키 쓰토무, 위의 글, 46쪽). 윤동주는 당시 명동 기독교소년회 회원이었는데, 아마도 기독교 어린이 잡지인 『아이생활』을 구독한 것은 종교적인 이유도 있었을 것이다.

확인할 수 있다. 이 글이 삭제된 이유를 정확히 알 수는 없지만 아마도 민족적인 색채가 강한 글이었을 것으로 짐작된다. 또한 정재면의 글 「톨스토이 선생을 소개합니다」, 「독서하는 방법」이 4권 3호(1929년 3월)와 4권 6호(1929년 6월)에 실려있다. 11권 3호(1936년 3월)의 부록 「사우방명 일람표」에도 정재면의 이름을 확인할 수 있다. 이로 보아 『아이생활』 창간 초기에 정재면이 필자 및 사우(社友)로 참여했음을 알 수 있다.

윤영춘도 『아이생활』의 주요 필진으로 활동하면서 '활엽', '활빈' 등의 필명으로 다수의 글을 발표했다. 윤영춘은 1912년생으로 윤동주보다 다섯 살 많은 오촌 당숙이었고, 윤동주가 명동학교를 다닐 때 명동학교의 교사이기도 했다.[9] 그의 동생 윤영선은 윤동주와 명동학교 동기였다.

〈1931년 명동학교 졸업생 14명의 사진〉

(뒷줄 오른쪽 둘째가 교사 윤영춘, 가운뎃줄 오른쪽 끝이 윤동주,
오른쪽에서 셋째가 송몽규, 앞줄 오른쪽 끝이 김정우, 오른쪽에서
넷째가 윤영선, 왼쪽 끝이 문익환이다.)

---

9   윤영춘의 아들이 70·80년대 유명한 대중가요 가수이자 작곡가인 윤형주이다. 그는 아버지 윤영춘의 시로 작곡을 하기도 했고, 윤동주를 추모하는 노래를 작곡하기도 했다.

『아이생활』11권 3호(1936년 3월)「본지 창간 만10주년 기념 지상 집필인 좌담회」에는 임홍은이 그린 윤영춘의 삽화 그림이 실려있고,[10] 부록 '집필선생 여러분의 얼굴 1부'에는 윤영춘의 사진이 실려 있다.

〈『아이생활』에 실린 윤영춘의 삽화와 사진〉

보존된 자료의 한계로 인해 일제 식민지 시기에 출판된 『아이생활』을 전부 확인할 수는 없었지만, 현담문고, 연세대학교 도서관, 근대서지학회장 등이 소장하고 있는 『아이생활』을 확인한 결과, 『아이생활』에 나타난 정재면과 윤영춘의 글을 정리하면 다음과 같다.

〈『아이생활』에 발표한 정재면과 윤영춘의 글〉

저자명	갈래	작품명	권호(연월)
鄭載冕	산문	고무풍선(전문 삭제)	4권 1호(1929.01.)
鄭載冕	산문	톨스토이 선생을 소개합니다	4권 3호(1929.03.)
鄭載冕	산문	독서하는 방법	4권 6호(1929.06.)

---

10   이 삽화는 『아이생활』 10권 5호(1935년 5월)에도 실려 있는데, 여기에서 윤영춘을 아래와 같이 소개하고 있다.

"북만주 거센 바람에 단련받고 자라난 선생은 유년소설 그 속에도 억세인 뛰놂을 보야주시는 그점은 퍽도 귀하두군요. 지금은 평양 신학기숙에서 북만에 자라든 그 시절이 그리워서……."

尹活彬	산문	(글월) 우뢰	7권 7호(1932.07.)
間島 尹活彬	소설	(모험소설 山의 冒險) 두 소년 避難記	7권 8호(1932.08.)
間島 尹活彬	소설	(少年少女小說) 豆滿江의 悲曲	7권 9호(1932.09.)
間島 尹活彬	소설	(冒險小說) 불 가운데 용사(勇士)	7권 10호(1932.10.)
尹活彬	소설	小說 虛榮에 우는 자	7권 12호(1932.12.)
尹活彬	소설	少年小說 엿장사	8권 2호(1933.02.)
尹活彬	소설	사랑의 웃음	8권 9호(1933.09.)
尹活彬	소설	동화 소년용사 리서평(李西平)	8권 10호(1933.10.)
間島 尹活彬	소설	小說 비오는 밤	8권 11호(1933.11.)
尹活彬	소설	小說 물방아직이 소년	9권 8호(1934.08.)
尹活葉	소설	童話 아름다운 꼭감(柿)	10권 10호(1935.10.)
尹活葉	소설	童話 착한 소년	11권 1호(1936.01.)
尹永春	산문	本誌創刊 滿十週年紀念 紙上執筆人 座談會	11권 3호(1936.03.)
活葉 尹永春	소설	少年小說 사랑의 선물	11권 4호(1936.04.)
尹永春	소설	少年小說 앵무새	11권 9·10호 (1936.10.)
尹永春	산문	잘못을 고치는 용사가 됩시다	11권 12호(1936.12.)
活葉	시	童詩 백두산	12권 9호(1937.09.)
尹永春	산문	가을을 생각만해도	12권 9호(1937.09.)

이처럼 송몽규가 『어린이』의 애독자였고 정재면과 윤영춘이 『아이생활』
의 필자였음을 고려하면, 이들과 매우 가까운 사이였던 윤동주도 『어린이』와
『아이생활』의 애독자였음을 어렵지 않게 짐작할 수 있다. 어린 시절 그는
이런 어린이 잡지를 통해 문학적인 소양을 길렀던 것이다.

2.1.3. 윤동주와 『어린이』, 『아이생활』 필자들

당시 『어린이』와 『아이생활』에는 당대 최고의 필진들이 참여했는데, 윤동
주는 성장한 이후에 이들과의 만남을 통해 인연을 계속 이어갔다. 특히 윤석

중, 강소천, 손진태, 정인섭, 최현배, 유억겸, 정지용, 주요한, 박용철, 장만영, 황순원, 박영종, 김재준, 김교신, 윤산온, 원한경 등과 각별한 인연을 맺게 된다.

윤석중은 『어린이』가 발굴해낸 가장 인기 있는 소년 문사였는데, 이후 『어린이』와 『아이생활』의 주요 필진으로 참여했다.[11] 그는 1933년에는 『어린이』의 주간으로, 1936년에는 『소년』의 주간으로 활동했다. 1932년에 최초의 창작동요집 『윤석중 동요집』을, 1933년에 최조의 동시집 『잃어버린 댕기』를 출판했는데, 윤일주는 윤동주가 이 두 권의 책을 모두 소장하고 있었다고 했고,[12] 문익환은 윤동주가 은진중학교 시절부터 윤석중의 동요·동시에 심취해 있었다고 회고했다.[13] 윤동주는 연희전문학교 시절 매달 용정의 동생에게 『소년』을 보내주기도 했고, 1939년 3월 『소년』에 시 「산울림」을 발표하면서 당시 『소년』 편집장으로 있던 윤석중을 만나기도 했다.

강소천 역시 당대의 유명한 소년 문사였는데, 그도 『어린이』, 『아이생활』의 애독자였다.[14] 그는 『어린이』 1929년 5월호 「어린 가단(당선 가요)」에 '고원아희회 강용률'이란 이름으로 동시 「카렌다」를 발표한 이후 『어린이』와 『아이생활』에 다수의 글을 발표했고,[15] 1941년 우리나라 두 번째 동시집인

11　『어린이』 1권 7호 「독자담화실」, 1권 9호 「새현상」 제17회 당선 발표, 1권 10호 「독자담화실」 등에 윤석중이 글이 있고, 3권 3호 「독자사진」에 15세 윤석중의 사진이 실려 그가 『어린이』의 열렬한 애독자였음을 알 수 있다. 3권 4호 「입선동요」에는 윤석중의 '옷둑이'가 처음으로 입선을 하였고 가작에 윤석중의 '봄'이 뽑혔다. 이후 3권 11호와 4권 1호에 윤석중의 글이 실리고 4권 9호에 '소년시인 윤석중'의 사진이 실렸으며 6권 3호에도 산문이 실렸다. 7권 7호에 동요 「단풍닢」이 악보와 함께 1면에 실리고, 7권 9호에는 동요 「굽떠러진 나막신」이 윤극영의 곡과 함께 잡지 1면에 실림으로써 윤석중이 『어린이』를 대표하는 소년 문사가 되었음을 알 수 있다.

12　윤일주, 앞의 글, 155쪽.

13　문익환, 앞의 글, 350쪽.

14　박덕규, 『강소천 평전: 아동문학의 마르지 않는 샘』, 교학사, 2015, 51쪽.

15　박덕규가 쓴 『강소천 평전』에는 강소천이 잡지나 신문에 발표한 동시의 목록이 있는데(위의 글, 73-75쪽), 『아이생활』에 발표한 강소천의 작품을 확인한 결과, 오류가 있어서 여기

『호박꽃초롱』을 출판했다. 이 시집의 서시인 「호박꽃초롱 서시」를 영생고보 스승이었던 백석이 써주었는데, 여기에서 백석은 강소천을 '하늘이 사랑하는 시인'으로 극찬을 했다. 윤동주는 강소천의 동시집을 소장하여 읽을 뿐만 아니라 용정에 있는 윤일주에게 보내주기도 했다.[16] 강소천은 1930년대 중반 외가인 용정에 왔을 때 윤동주를 만난 것으로 추측된다. 『가톨릭소년』에는 윤동주의 동시가 8편 실려 있는데, 이 잡지에는 강소천의 동시, 동화, 산문 등도 함께 실려있다. 1955년 윤동주 추모의 밤 방명록에 강소천은 "20년 전 용정 영국덕이 아래 허성택 군의 사랑방이 그립다! / ─ 한번도 가고 /

에서 바로 잡고자 한다.

『강소천 평전』의 동시 목록에서 최초의 작품은 1930년 10월~12월 『아이생활』에 발표한 「버드나무」로 되어 있지만, 그 이전에 강소천이 강용률이란 본명으로 『아이생활』에 발표한 작품으로, 「카렌다」(1929년 5월), 「아침」(1929년 6월), 「꽃파리쇼녀」(1929년 8월), 「누나의 낮잠」(1930년 9월) 등 네 작품이 더 있는 것을 확인할 수 있었다. 목록에는 「쏭! 쏭! 숨어라」(1932년 9월), 「봄비」(1938년 4월) 등이 빠져있고, 목록에 있는 「이상한 노래」(1933년 5월)는 강소천의 것이 아니라 문기열의 작품으로, 「지도」(1939년 2월)는 발표 지면이 『아이동무』가 아니라 『아이생활』로 수정되어야 한다.

『강소천 평전』에서 박덕규는 흥미로운 일화를 소개한다. 강소천이 다른 이의 작품을 자기의 이름으로 『아이생활』에 발표한 「아침」이라는 작품이 있었고 그에 대해 '정상규'라는 이가 『아이생활』 「독자통신」란에 신랄하게 비판했던 일이 있음을 강소천이 스스로 밝힌 것인데, 박덕규는 이에 대해 "그 당시 지면에 실린 「아침」이라는 동요나 표절을 지적한 독자의 편지는 아직 확인되지 않았다."고 언급했다(박덕규, 앞의 글, 59-62쪽). 그러나 『아이생활』을 살펴보던 중, 강소천이 발표한 「아침」은 『아이생활』 1929년 6월호 「어린 가단(당선가요)」에서, 정상규의 글 「글쓸동모여 각성하라」는 『아이생활』 1929년 10월호 「자유논단」에서 확인할 수 있었다. 특히 1929년 10월호 『아이생활』 「자유논단」에 실린 정상규의 글이 실린 지면(71쪽)에 강용률의 글(70-71쪽)이 함께 실려 있어서 당시 강소천이 매우 무안해했을 것을 짐작할 수 있었다.

『강소천 평전』의 동시 목록에는 동시만 수록되어 있는데, 강소천은 동시 이외에도 『아이생활』의 「자유논단」, 「독자구락부」, 「웃음꽃」, 「글월」, 「독자와 기자」 등의 섹션에 다수의 글을 투고했고, 산문, 아동극, 동화, 장편동화 등의 작품도 발표를 했다. 1934년 11월호 「독자사진」에는 강소천의 얼굴 사진을 확인할 수 있고, 1936년 6월호에서 박용철 고선으로 「보슬비의 속삭임」이 십주년 기념현상 1등 작품으로 당선된 이후 1936년 11월호 「본지 집필자들의 가을 타령」에서는 독자가 아니라 '집필자'로 소개되고 있다.

16　윤일주, 「윤동주의 생애」, 『나라사랑』 23, 외솔회, 1976, 155쪽.

- 성택도 가고 / 나만 이 저녁 여기에 살아있어."라고 쓰며 과거를 그리워했다.[17]

　윤동주는 두 어린이 잡지에 글을 실었던 손진태, 정인섭, 최현배, 유억겸과는 연희전문학교에서 스승과 제자의 관계로 이들을 만나게 된다. 손진태, 정인섭은 색동회 회원으로 『어린이』의 주요 필진이었고, 유억겸은 『아이생활』의 주요 필진이었다. 최현배는 주요 필진은 아니었지만 『아이생활』에 짧은 글을 남겨 놓았다. 윤동수의 연희전문학교 시설에 대한 뮤영의 회고에 의하면 당시에 수업 중 손진태 교수가 이야기해 준 '퀴리 부인'의 일화를 듣고 윤동주를 포함한 모든 학생들이 식민지인의 비애를 느껴서 눈물을 흘렸다고 하고, 정인섭 교수가 낸 학기말 시험의 과제를 윤동주가 다듬어 신문 학생란에 발표한 글이 지금 남아있는 윤동주의 산문 「달을 쏘다」였다고 한다.[18] 또한 유영은 윤동주는 최현배의 수업을 늘 앞자리에 앉아서 들으며 감격했고 영광스러워했다고 했다.[19]

　그 외 두 잡지의 필진으로 정지용, 주요한, 박용철, 장만영, 황순원, 박영종 등이 있었는데, 윤동주의 소장 도서 목록을 보면 이들의 책이 있어서 이들의 작품에 관심이 많았음을 알 수 있다. 『숭실활천』 15호에는 황순원과 윤동주의 시가 함께 실렸고, 『가톨릭소년』에는 박영종과 윤동주의 시가 함께 실렸다. 또한 연희전문학교 시절 윤동주는 두 잡지의 필자 중 정지용, 오장환, 이태준, 박용철, 장만영 등이 신문에 발표한 작품을 스크랩해 놓기도 했다.

　김재준, 윤산온, 원한경 등은 두 잡지의 주요 필자는 아니지만 두 어린이 잡지에 축사를 내거나 글을 실은 적이 있다. 김재준은 미국 유학길에 오르기 전에 『아이생활』 3권 8호(1928년 8월)에 글을 실었고, 유학을 마친 이후 용정

17　윤동주 기념관, B-9-2.
18　유영, 「연희전문시절의 윤동주」, 『나라사랑』 23, 외솔회, 1976, 125-126쪽.
19　위의 글, 124쪽.

은진중학교 교목으로 재직했으며, 윤동주의 연희전문학교 졸업식에 참석하기도 했다. 숭실학교 교장이었던 윤산온과 연희전문학교 교장이었던 원한경은 『아이생활』에 축사를 실었는데 이후 숭실학교, 연희전문학교에 들어간 윤동주는 이들을 만나게 된다.

이처럼 어린 시절 윤동주가 구독했던 『어린이』와 『아이생활』은 그의 전 생애에 걸쳐서 귀한 인연으로 이어졌다. 두 잡지를 통해 이루어진 인연을 살펴보면 윤동주의 삶을 더 다채롭게 이해할 수 있다.

2.2. 습작 노트 기록의 동기 문제와 윤영춘

현재 남아있는 작품 중 윤동주가 쓴 최초의 시는 1934년 12월 24일에 쓴 「초 한 대」, 「삶과 죽음」, 「내일은 없다」 세 편이다. 이 작품들은 모두 윤동주의 습작 노트 「나의 습작기의 시 아닌 시」 가장 앞쪽에 기록되어 있다. 윤동주는 아마도 이때부터 본격적으로 자신의 습작을 기록하고 정리하고 보관한 것처럼 보인다. 일반적으로 윤동주의 습작 노트 기록은 송몽규의 『동아일보』 신춘문예 당선과 비슷한 시기에 이루어져서 둘 사이의 연관성이 주목되었다.

2.2.1. 습작 노트의 기록과 시인으로서의 결단

윤동주의 습작 노트 표지를 보면 당시에 그의 의식을 어느 정도 엿볼 수 있다. 그는 습작 노트에 제목을 "나의習作期의詩아닌詩"로 적었고, 표지 그림 옆에 "藝術은길고人生은쩗다."라는 메모를 적었다.

습작 노트 표지의 메모를 보면 윤동주는 자신의 시기를 "습작기"로, 자신의 시를 "시 아닌 시"로 규정하고 있음을 볼 수 있다. 이로 볼 때 윤동주는

자신의 시기를 '습작기', 즉 연습
을 통해 시인이 되어가는 과정으
로 인식하고 있음을 알 수 있다.
이는 그가 이 시기에 벌써 시인이
되고자 결단하고 있었음을 의미한
다. 또한 그가 1934년 12월 24일
처음 습작 노트에 기록한 세 작품
「초 한 대」, 「삶과 죽음」, 「내일은

〈윤동주의 습작 노트 표지〉

없다」는 모두 인생의 실존적 의미에 대해 탐색하는 것들이다. 이를 습작
노트 표지에 기록한 '예술은 길고 인생은 짧다.'라는 메모와 함께 생각해보
면, 윤동주는 이때 자기 인생을 성찰하면서 유한한 인생 가운데 영원한 의미
를 지닌 것이 예술이라고 판단하고 이를 위해 시인이 되고자 결단한 것이라
고 볼 수 있다. 불행인지 다행인지 모르겠지만, 그의 메모처럼 그의 삶은
너무나 짧았으나 그의 시는 한국문학이 존재하는 한 불멸의 작품으로 영원히
남게 되었다. 어쨌든 습작 노트의 표지에 적은 메모들은 그가 자신의 삶을
성찰하는 가운데 새로운 결단 속에서 습작시를 기록하기 시작했음을 알 수
있게 한다.

2.2.2. 윤동주와 청년 문필가 윤영춘

그렇다면 윤동주는 왜 1934년 12월 24일부터 습작시를 노트에 기록하고
정리하기 시작한 것일까? 일반적으로 그가 이때부터 습작 노트에 시를 기록
하고 정리하게 된 것은 1935년 1월 송몽규의 『동아일보』 신춘문예 당선에
자극을 받았기 때문으로 알려져 있다. 『윤동주 평전』[20]의 저자 송우혜는 이

---

20   송우혜, 『윤동주 평전』, 서정시학, 2014. 이 책은 지금까지 나온 윤동주 관련 도서 중에서

에 대해 다음과 같이 언급했다.

> 그리고 '1934년 12월 24일'이란 날짜와 송몽규의 신춘문예 당선 작품이
> 신문에 게재된 '1935년 1월 1일'은 불과 1주일 간격이다. 이것은 송몽규의
> 신춘문예 당선과 그의 작품이 『동아일보』에 실려 온 나라에 널리 알려진 것에
> 크게 자극된 윤동주가 '자기 문학'에 대한 새로운 각성과 단단한 각오를 갖게
> 되었음을 보여준다. 그리하여 그는 1주일 전에 정리해놓았던 세 편의 시에
> 완성일을 기입하여 보관하기 시작했고, 그 후로는 시를 지을 때마다 같은 양식
> 으로 정리하고 보관한 것이다.[21]

송우혜는 윤동주가 송몽규의 신춘문예 당선 이후부터 습작 노트에 자신의
시를 정리하고 보관하기 시작했다고 보았다. 하지만 이는 하나의 가정일
뿐이다. 기록된 날짜만 본다면 습작 노트에 시를 기록한 1934년 12월 24일이
『동아일보』 1면에 신춘문예 당선자가 발표된 1935년 1월 1일보다 더 먼저이
다. 게다가 습작 노트 「나의 습작기의 시 아닌 시」 이전에 윤동주의 다른
습작 노트가 존재했을 수도 있다.

물론 윤동주와 송몽규는 서로 문학적인 영향을 주고받았을 것이기에 윤동
주의 습작 노트 기록과 관련하여 송몽규의 영향을 완전히 배제할 수는 없다.
하지만 송몽규 이전에 윤동주에게 청년 문필가 윤영춘이 있었음을 간과해서
는 안된다. 윤동주는 어린 시절 송몽규 못지않게 윤영춘으로부터 문학적인
영향을 크게 받았을 것으로 짐작된다. 왜냐하면 앞서 언급한 것처럼 윤영춘

가장 기념비적인 저서라 할 수 있다. 여러 인물들의 증언과 다양한 자료의 분석을 통해
윤동주의 전기적인 생애를 잘 복원해 놓았다. 이후에 나온 대부분의 윤동주 연구는 이 책에
많은 부분을 빚지고 있다. 그러나 우리는 이 책의 일부 내용에 대해서 몇 가지 문제를 제기
하였다.

21 송우혜, 앞의 책, 114쪽.

은 윤동주가 명동학교를 졸업할 무렵에 명동학교 교사로 재직하고 있었고, 1930년쯤부터 이미 『제일선』, 『신동아』 등 여러 잡지에 자신의 문학작품을 발표하고 있었으며, 『아이생활』의 주요 필진으로도 활동하던 기성 작가였기 때문이다.

1936년 『아이생활』 11권 3호 「본지창간 만 십주년 지상 집필인 좌담회」에서 윤영춘은 다음과 같이 언급했다.

> 귀지에 붓을 들기 시작한 지도 만륙년이 되었읍니다. 그때 한참 문학을 연구하는 일방 가끔 어린동무들과 자주 사괴여 놀면서 그들을 통하여 느낀바를 글로 써서는 가장 권위있는 잡지사로 보낸다는 의도에서 귀지로 보내게 된것이었지요. 매월붓을 들때마다 이글이 조선 육백만 소년의 생활화(生活化)되어지이다 하고 빕니다.[22]

여기에서 윤영춘은 1930년쯤부터 『아이생활』에 글을 썼다고 회고하면서 "어린 동무들과 자주 사귀어 놀면서 그들을 통하여 느낀 바를 글로" 썼다고 했다. 여기에 언급된 이 "어린 동무들"이 아마도 당시 명동학교 학생이었던 윤동주, 송몽규, 문익환, 윤영선, 김정우 같은 이들이었을 수 있다.

현재 확인할 수 있는 윤영춘의 글 중에 최초로 인쇄되어 발표된 것은 『아이생활』 7권 7호(1932년 7월)에 실린 산문 「우뢰」이고, 그 이후에도 그는 지속적으로 『아이생활』에 글을 투고했다. 그는 1932년 『제일선』 10월호에 소설 「간도의 어느날」을 발표하여 채만식으로부터 높은 평가를 들었고,[23] 1933년 『신동아』 3권 2호(1933년 2월)에 시 「춘풍」을 발표한 후 지속적으로 『신동아』에 시 작품을 발표하였다. 널리 알려져 있지는 않지만 1934년 3월 『신동아』

---

22   『아이생활』 11권 3호, 아이생활사, 1936, 36-37쪽.
23   윤영춘, 『백향목』, 형설출판사, 1977, 235쪽.

에 '윤활엽'이란 필명으로 발표한 윤영춘의 시 「지금은 새벽」은 시 부문 1등으로 입상을 했다.[24]

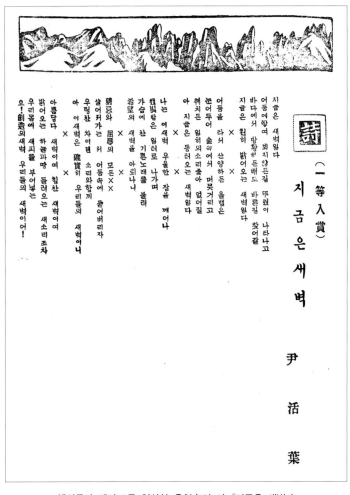

〈『신동아』에서 1등 입상한 윤영춘의 시 「지금은 새벽」〉

---

24 윤활엽, 『신동아』, 동아일보사, 1934.3, 203쪽. 윤영춘이 지속적으로 『신동아』에 시 작품을 투고했고 시 부문 1등 입선을 하기도 했기 때문에 윤동주도 이 당시 『신동아』를 읽었을 수 있다.

이와 같은 윤영춘의 투고와 1등 입상은 아마도 윤동주, 송몽규 같은 문학소년들에게 큰 문학적인 자극을 주었을 것이다. 어쩌면 이러한 윤영춘의 영향으로 윤동주는 시인의 꿈을 키우며 자신의 시를 습작 노트에 본격적으로 기록하고 정리하기 시작했고, 송몽규는 1935년 『동아일보』 신춘문예에 자신의 글을 투고했을 수 있다.

해방 이후 윤영춘은 "하나의 좋은 예술작품은, 내심의 정서에 충실하여 이 정서가 시대적 정서에 호응될 때, 현실감에 벅찬 박력을 갖게 됨을 말함이 아닐가?",[25] "'우리들은 신(神)의 시(詩)'라는 성경의 말씀과 같이, 그 인간 자체 하나가 좋은 시인 동시에 하나의 좋은 작품"[26] 등과 같은 언급을 했다. 그의 수필에 나타난 이러한 서술을 통해 그가 지닌 문학관의 단면을 엿볼 수 있다. 즉 좋은 예술작품은 내적인 정서와 시대 현실이 호응하는 것이고, 좋은 사람은 그 자체로 좋은 시라는 것이다. 그래서 해방 이후 윤영춘이 출판한 첫 시집 『무화과』의 서문을 쓴 양주동은 그가 "「기교」의 시인이기보다는 「본연」의 시인"이라고 비평했다.[27] 이러한 윤영춘의 문학관은 시를 통해 개인의 서정과 시대의 현실을 통합하고 시와 삶의 일치를 추구했던 윤동주의 시적 태도와 매우 닮아있다.

명동의 탁월한 인물들 중에서 문학적으로 뛰어난 성취를 가장 먼저 나타낸 인물은 윤영춘이었다. 따라서 어린 시절 윤동주에게 문학적으로 다양한 자극을 주고 문학적인 소양을 기를 수 있도록 도운 것이 오촌 당숙이자 명동학교 교사이며 당시에 벌써 기성 작가로 활동하던 윤영춘이었으리라고 자연스럽게 예상해 볼 수 있다. 게다가 1934년 3월 『신동아』에 발표한 윤영춘의 시가 1등으로 입선한 것은 윤동주에게 문학적으로 큰 자극이 되었을 것이다. 그러

---

25   윤영춘, 『문학과 인생』, 1957, 박영사, 19쪽.

26   위의 책, 30쪽.

27   윤영춘, 『무화과』, 숭문사, 1948, 2-3쪽.

나 지금까지 어린 시절 윤동주에게 미친 윤영춘의 문학적인 영향력은 크게 주목받지 못했다. 윤동주의 습작 노트 기록의 동기에 대한 논의는 송몽규의 신춘문예 당선 이전에 청년 문필가 윤영춘이 있었음을 고려해야 할 것이다.

2.2.3. 「조충혼」과 윤영춘의 회고

『아이생활』의 필자였던 윤영춘은 윤동주보다 먼저 평양으로 가서 평양승실전문학교에서 공부를 하고 일본으로 유학을 떠났는데, 공교롭게 윤동주도 평양 숭실학교에 가서 공부를 하고 연희전문학교 졸업 후 일본으로 유학을 떠났다. 만약 평양 숭실학교가 신사참배 문제로 폐교되지 않았다면 윤영춘처럼 윤동주도 숭실전문학교로 진학했을지도 모른다. 윤동주가 일본 유학을 할 무렵에 윤영춘은 일본에서 대학 강사로 활동하고 있었고, 윤동주와 여러 차례 만남을 가지면서 민족과 학문에 대한 이야기를 나누었다. 1943년 윤동주가 일경에 의해 잡혀서 수감되었을 때 그를 면회하고 돌봐준 이도 윤영춘이었고, 윤동주가 세상을 떠났을 때 비통한 심정으로 그의 죽음에 대한 중요한 증언을 남긴 이도 윤영춘이었다.[28]

윤영춘은 해방 이후 세 권의 시집을 발표했고, 다수의 번역과 수필집을 출판하면서 식민지 시대 북간도의 상황과 그곳에 살던 인물들에 대한 중요한 증언을 남겼다. 특히 그는 윤동주에 대한 한편의 시를 남겼고, 여러 번에 걸쳐서 윤동주의 삶과 죽음에 대해 증언하는 글을 썼다. 1948년 윤동주의 유고시집과 비슷한 시기에 출판된 그의 첫 번째 시집 『무화과』에는 윤동주의 비 앞에서 그를 추모하는 「조충혼」이란 작품이 실려 있다.

새벽닭 울 때 눈을 감았다,

---

28   윤영춘, 「명동촌에서 후쿠오카까지」, 『나라사랑』 23, 외솔회, 1976, 108-114쪽.

바다의 소란한 파도소리 들으며,

圄圄의 몸에 피가 말러가도
꿈이야 언젠들 고향 잊었으랴.

스산한 착고소리 들려올제
문들레 우슴으로 맘달랬고,

창안에 빗긴 달빛 만져가며
쓰고싶은 가갸거겨를 써보았나니,

근심에 잡힌 이마 주름쌀
나라 이룩하면 절로 풀렸으련만,

채찍에 맞은 상채기 낫기도전에
청제비처럼 너는 그만 울며 갔고나.

　　　　　-「弔忠魂」(一九四五年二月十六日, 思想不穩이라는 罪名으로

　　　　　福岡刑務所에서 獄死한—조카 東柱碑앞에서—) 전문[29]

　이 시에서 윤영춘은 윤동주가 "고향", "문들레 우슴"으로 마음을 달래며
"가갸거겨"를 썼을 것이라고 상상한다. 감방에서도 한글로 시를 썼을 윤동주
를 상상하고 그의 시를 "가갸거겨"로 표현한 것은 일제 강점기에 끝까지
한글로 시를 쓴 윤동주의 창작행위에 대해 윤영춘이 높게 평가한 것이라
할 수 있다.

───────────────

29　　윤영춘, 앞의 책, 1948, 54-55쪽.

이러한 윤동주의 민족정신과 한글 사랑은 어디로부터 연유한 것일까? 다양한 이유가 있겠지만, 『어린이』, 『아이생활』 같은 민족적인 어린이 잡지의 영향도 적지는 않았을 것이다. 『어린이』에는 우리 민족의 역사에 대한 글을 많이 실었던 역사학자 손진태가 있었고, 『아이생활』에는 우리 민족의 역사와 한글에 대한 글을 시리즈로 연재했던 한글학자 김윤경과 짧은 글을 남긴 한글학자 최현배가 있었다. 특히 윤영춘은 윤동주가 한글에 매력을 느끼고 한글로 시를 짓게 된 것이 최현배의 영향일 것이라고 짐작했다.[30]

또한 윤영춘은 윤동주를 회고하는 글들[31]을 통해 윤동주의 삶과 죽음에 대한 중요한 증언들을 남겨놓았다. 그는 이러한 글에서 윤동주의 생애를 요약적으로 서술하고 윤동주와 자신의 인연을 소개하고 있다. 특히 일본 유학시절 윤동주와 만났던 상황과 윤동주가 1943년 일경에 의해 검거된 후 감옥에서 죽기까지의 과정을 상세히 서술했다. 당시 취조실에 윤동주가 쓴 원고가 상당한 분량이 있었다는 것, 감옥의 죄수들이 주사를 맞고 있었다는 것, 알 수 없는 주사로 인해 윤동주와 송몽규가 죽게 되었다는 것, 윤동주가 죽을 때 무슨 말인가 소리 높이 외쳤다는 간수의 말이 있었다는 것, 간도 용정 동산에 윤동주의 묘가 있다는 것 등이 전부 윤영춘을 통해 알려지게 되었다.

이 중에서 흥미로운 대목은 「윤동주의 생애와 그 사색」에서 윤동주와 정지용, 최현배의 관계에 대해 언급한 부분이다. 이 내용은 윤영춘이 『나라사랑』 23호(1976년)에 실은 「명동에서 후쿠오카까지」란 제목의 글에는 없는 부분이다. 윤영춘은 이 글에 정지용, 최현배와 관련된 내용을 추가하여 수필집 『풍

---

30   윤영춘, 앞의 글, 110쪽. 더불어 윤일주는 윤동주 서가의 가장 좋은 자리에 『우리말본』이 있었다고 했고(윤일주, 앞의 글, 158쪽), 유영도 최현배의 『우리말본』 수업은 윤동주가 항상 앞자리에 앉아서 열심히 들었다고 회고했다(유영, 앞의 글, 124-125쪽).

31   윤영춘, 「고 윤동주에 대하여」, 『문학과 인생』, 박영사, 1957; 윤영춘, 「명동에서 후쿠오카까지」, 『나라사랑』 23, 외솔회, 1976; 윤영춘, 「윤동주의 생애와 그 사색」, 『풍요 속의 빈곤』, 지학사, 1977.

요 속의 빈곤』(1977년)에 실었다.

끝으로 동주의 생애와 문학사상에 영향을 끼쳐준 분들의 이야기를 더많이 써야 할 듯하다. 당시 우리 시단(詩壇)에서 인기를 끌었던 정지용에 대하여 말하지 않을 수 없다. 동주의 시는 간결한 말과 깨끗한 사상이 특색이 아닐 수 없다. 말의 간결은 정지용과 비슷하다고 볼 수 있으나 사상면이나 문학면은 동주에게 영향을 주지 못한 듯하다. 연전 시대에 정지용이 시간 강사로 나온 일이 있는데 인격적으로 감동된 일이 없어서 그런지 지용은 말버릇이 독해서 자기의 비위에 조금 거슬리면 학생들 앞에서 아무아무개 선생의 행동은 되어 먹지 않다면서 나무라더라는 말을 들려준 일이 있다. 별반 배울만한 분이 못 되어서 그처럼 생각하는 게 아닐까 하고 나혼자만의 판단을 내리기도 했다. (중략)

그의 학문을 대하는 태도나 인생에 대하여 생각하는 세계관이 놀랄만큼 신중하면서도 치밀하다는 것을 발견하게 되었다. 「서울 생활의 그 짧은 기간에 네게 그렇게 많이 배우도록 큰 영향을 준 교수는 어느 분인가?」고 물었더니 동주는 외솔 최현배 선생을 무척 좋아한다고 했다.

그는 최현배 교수님에게서 한글을 배웠다고 하면서 학문을 하는 자세에 대하여 배운 바가 많았다고 자랑했다. (중략) 최현배 선생에 대한 말은 나만이 아니고 영석 형도 여러 번 들었기 때문에 해방 다음 해에 내가 북간도 용정에서 서울로 올라올 때 영석 형은 나와 처를 전송하기 위해 행길가에까지 나와서 손을 잡고 「아우가 서울에 가서 동주의 원고를 수집해서 시집을 내게 될 때, 외솔 선생의 서문이 앞에 실린다면 애비된 나로서는 커다란 위안을 받겠고 동주에게는 영광이겠오.」 (중략)

영석 형의 말씀대로 동주의 시집에 외솔 신생의 서문을 실리지 못한 것은 나의 불찰로서 늘 죄송스럽게 생각하고 있다.[32]

그는 이 글에서 윤동주 시의 특징은 '간결한 말과 깨끗한 사상'인데, 윤동주가 '간결한 말'은 정지용으로부터, '깨끗한 사상'은 최현배로부터 영향을 받은 듯하다고 언급했다. 그는 언젠가 정지용이 연희전문학교에서 강의를 한 적이 있는데, 이 강의를 들은 후 윤동주가 했던 말을 바탕으로 윤영춘 자기의 생각에는 윤동주가 정지용을 그렇게 많이 존경한 것 같지는 않다고 밝히고 있다. 흔히 윤동주가 정지용의 시집에 밑줄과 메모를 남기며 열심히 시집을 읽었고, 연희전문 시절에는 정지용의 집을 방문한 적이 있으며, 정지용이 윤동주의 유고시집 『하늘과 바람과 별과 시』의 서문을 썼다는 사실을 바탕으로 윤동주가 시인 정지용을 많이 흠모했을 것으로 알려져 있는데, 윤영춘의 생각은 좀 달랐던 모양이다. 그에 반해 윤영춘은 윤동주가 최현배를 크게 존경했던 것 같다고 하면서, 윤동주의 부친 윤영석이 언젠가 윤동주의 시집이 나올 때 최현배의 서문이 실리게 되기를 바랐다고 회상했다.

2.3. 동요·동시 창작과 『정지용 시집』의 문제

일반적으로 윤동주가 쓴 최초의 동시는 1935년 12월에 쓴 「조개껍질」로 알려져 있고, 그의 동시 창작에는 『정지용 시집』이 결정적인 계기를 제공한 것으로 알려져 있다. 하지만 윤동주가 『어린이』와 『아이생활』의 독자였음을 감안한다면 다른 가능성이 있을 수 있다.

1934년 12월부터 습작 노트에 시를 기록하던 윤동주는 초기에는 다소 관념적인 시를 쓰다가 1935년 12월부터 동요·동시 창작에 집중하며 이 시기에 연속적으로 여러 편의 동요·동시 창작을 했다. 송우혜는 윤동주 최초의 동시 작품을 1935년 12월에 쓴 「조개껍질」로 보고, 윤동주가 동시를 쓰게

---

32   윤영춘, 위의 글, 1977, 172-175쪽.

된 계기를 1935년 10월에 발간된 『정지용 시집』으로 보았다. 이후 이 견해는 많은 윤동주 연구자들에게 그대로 수용되어왔다.[33] 2014년 개정판 『윤동주 평전』에서 송우혜는 이 부분에 많은 분량을 할애하여 서술을 하는데, 윤동주가 동시를 창작한 계기를 강소천의 영향이라고 주장한 박은희의 견해를 반박하고 정지용의 영향이 결정적이었음을 서술해 놓았다.

> 강소천을 처음 만난 1934년 봄부터 『정지용 시집』이 발간된 1935년 10월 말까지의 1년 8개월이 넘는 기간 동안, 윤동주는 '동시'를 쓴 일이 전혀 없다.
> 그런데 『정지용 시집』(1935.10.27, 발간)이 나온 이후 윤동주는 돌변한다. 『정지용 시집』이 발간된 뒤 직접 그 책을 사기까지 한 윤동주가 처음으로 쓴 작품은 '시'가 아닌 '동시'였다(「조개껍질」, 1935.12). 그 작품이 윤동주가 생애 최초로 쓴 동시였다. 그로 보아 "윤동주가 '동시'를 쓰게 된 계기"를 '강소천의 영향'이 아니라 '『정지용 시집』에서 받은 문학적 자극'이라고 파악한 필자의 분석이 정당하다.[34]

과연 윤동주 최초의 '동시'가 「조개껍질」일까? 과연 윤동주는 그 이전에 동시를 쓴 일이 없었을까? 윤동주 동시 창작에 『정지용 시집』이 결정적인 영향을 미쳤을까?

2.3.1. 동요, 동시의 구분과 「내일은 없다」

먼저 최초의 "동시"라는 「조개껍질」의 문제부터 살펴보자. 송우혜는 「조개껍질」을 '동시'라고 했지만, 정확하게는 '동요'이다. 『사진판 윤동주 자필

---

33 이에 대한 대표적인 연구로 김응교(2015)와 이숭원(2016)의 연구가 있다.
34 송우혜, 앞의 책, 183쪽.

시고전집』을 보면 습작 노트에 기록된 이 시의 제목 위에 윤동주는 "童謠"라고 적었다. 그는 「조개껍질」에는 "童謠"라고 적었고, 그 다음에 쓴 시 「고향집」에는 "童詩"라고 적었다. 그러나 습작 노트 목차에는 「고향집」이 "童謠"라고 다르게 적혀 있기도 하다. 습작 노트의 목차를 보면 이 시기에 쓴 시 「조개껍질」(1935.10), 「고향집」(1936.1), 「병아리」(1936.1), 「창구멍」, 「짝수갑」, 「기와장내외」의 제목 아래에는 모두 "童謠"라고 적혀 있고, 「오줌싸개 지도」에는 "童詩"로 적혀 있다.[35] 반면 이들 다음에 기록된 시 「비둘기」의 제목 옆에는 "詩"라고 적혀 있다. 이를 통해 볼 때 윤동주가 일반적인 '시'와 '동요·동시'를 구별하여 인식하고 있었음을 알 수 있다. 그렇지 않다면 굳이 제목 옆에 동요 또는 동시라고 적을 이유가 없었을 것이다. 다만 「고향집」의 경우 습작 노트 목차에는 '동요'라고 적었지만 작품 제목에는 '동시'라고 적은 것을 보면, 윤동주가 '동요'와 '동시'를 구별했는지는 명확하게 알 수 없다.

『어린이』를 살펴보면 창간호부터 계속해서 '동요'라는 명칭을 쓰다가 4권 1호(1926년 1월) 손진태의 「옵바 인제는 돌아오서요」에서 처음으로 '동시'란 명칭을 사용했다.[36] 당시에 동요는 우리나라 어린이들에게 제대로 된 노래가 없다는 인식 속에서 일어난 일종의 어린이 문화운동의 성격이 강했다. 아마도 초기에는 노래와 시의 구분이 없다가 서서히 노래를 전제로 하는 '동요'와 낭독을 전제로 하는 '동시'의 구별이 생겨나지 않았을까 싶다.

어쨌든 습작 노트의 기록만을 놓고 엄밀히 따지면, 현재 남아있는 작품 중에서 윤동주의 첫 번째 '동요'는 「조개껍질」이고, 첫 번째 '동시'는 「고향집」 또는 「오줌싸개 지도」가 될 수 있다. 그러나 윤동주가 동요와 동시를 명확하게 구분하여 인식하지 않았다면, 동요인 「조개껍질」을 동시의 범주에

---

35 왕신영 외, 앞의 책, 16쪽.
36 손진태, 「옵바 인제는 돌아오서요」, 『어린이』 4(1), 개벽사, 1926.1, 12쪽.

넣을 수 있다. 아마도 송우혜를 비롯한 윤동주 연구자들도 이렇게 생각하여 「조개껍질」을 최초의 동시로 규정한 듯하다.

하지만 여기에 다른 문제가 더 있다. 습작 노트에 기록된 작품 중 최초의 것인 1934년 12월 24일에 쓴 「내일은 없다」도 '동시'로 볼 여지가 충분하기 때문이다. 이 시는 부제에 '어린 마음이 물은'이라고 적혀 있어서 어린아이가 시의 화자임을 분명히 했고, 짧고 쉬우면서도 교훈적인 내용을 담고 있어서 동시로 볼 수 있다. 제목이나 목차에 '동요' 또는 '동시'라고 기록되어 있지는 않지만, 작품 자체를 놓고 보면 이 시를 동시로 보아도 무방하다. 이렇게 본다면 최초의 동시를 「내일은 없다」로 볼 수도 있는 것이다. 이처럼 현재 남아있는 윤동주의 시 중에서 동시를 구별하는 것이 그렇게 간단한 작업은 아니어서 논란의 여지가 있다.

2.3.2. "생애 최초로 쓴 동시"라는 문제

다음으로 송우혜가 언급한 "생애 최초로 쓴 동시"의 문제에 대해 살펴보자. 현재 남아있는 윤동주의 작품은 습작 노트 「나의 습작기의 시 아닌 시」, 「창」, 산문집, 자선시집 『하늘과 바람과 별과 시』, 그 외의 낱장 원고 상태인 습유시 등이 전부이다. 이 중에서 최초의 시는 1934년 12월 24일에 기록된 세 편의 시들이고, 처음으로 시에 '동요'로 메모해 놓은 것은 1935년 12월에 쓴 「조개껍질」이다. 이런 자료를 토대로 송우혜는 「조개껍질」 이전에 윤동주가 '동시'를 쓴 일이 전혀 없다고 서술했다. 하지만 많은 이들이 중요한 사실을 간과하고 있다. 그것은 윤동주가 습작 노트를 기록하기 이전에 동요·동시를 썼을 가능성이 매우 크다는 것이다.

앞서 언급한 것처럼 김정우의 회고에 의하면 윤동주는 명동학교 5학년 때 친구들과 함께 『새명동』이라는 등사 잡지를 만들었다. 게다가 윤동주가 6학년 때는 신문사를 만들고 한달에 한번 신문을 발행했는데, 여기에 윤동주와 송몽규의 동요가 가끔씩 실렸다는 문익환의 증언이 있었다.[37] 게다가 문익환은 은진중학교 시절에 이미 윤동주는 윤석중의 동요·동시에 심취해 있었고, 교내 잡지를 내느라 밤 늦게까지 등사 글씨를 썼다고 했다.[38] 즉 1935년 12월 이전에 이미 윤동주는 동요·동시에 심취해 있었고, 자체적으로 발행하던 잡지나 신문에 자신의 동요·동시를 실었다는 것이다. 그렇다면 현재 남아 있는 작품을 두고 '최초의 시', '최초의 동시' 같은 명칭을 부여하는 일은 조심스러울 필요가 있다. 특히 「조개껍질」은 윤동주가 "생애 최초로 쓴 동시"가 아닐 가능성이 매우 크다.

2.3.3. 『정지용 시집』의 문제와 『어린이』, 『아이생활』의 영향

다음으로 윤동주 동시 창작의 결정적 계기가 "『정지용 시집』에서 받은 '문학적 자극'"이라는 문제에 대해 살펴보자. 윤동주의 전기적인 삶을 살펴보았을 때, 분명히 『정지용 시집』은 윤동주의 시 창작에 중요한 동기를 제공했을 수 있다. 윤동주는 『정지용 시집』을 소장하고 있었고, 여러 군데 밑줄을 긋고 메모를 해 놓기도 했다.

그러나 윤동주 동시 창작의 결정적 계기가 『정지용 시집』이라는 주장은 문제가 있다. 『정지용 시집』은 1935년 10월 27일에 발간되었지만, 윤동주가 시집 속표지에 적어둔 구입 날짜는 1936년 3월 19일로 되어 있다.[39]

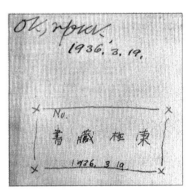

(『정지용 시집』에 기록된 시집 구입 날짜)

---

37   문익환, 앞의 책, 1999, 348쪽.
38   위의 책, 348-350쪽; 윤일주, 앞의 글, 1976, 152-153쪽 참조.

시집 구입일이 최초의 동시라는 「조개껍질」을 쓴 1935년 12월보다도 더 이후이다. 습작 노트가 정확한 시간 순서대로 기록되어 있지 않아서 정확한 창작일을 알 수 없지만, 「비둘기」가 1936년 2월 10일에 창작되었음을 고려한 다면, 습작 노트에서 윤동주가 목차에 '동요' 또는 '동시'라고 기록한 작품들 인 「조개껍질」, 「고향집」, 「병아리」, 「오줌싸개 지도」, 「창구멍」, 「짝수갑」, 「기와장내외」 등은 「비둘기」보다 앞서 기록되었기에 1936년 2월 10일 이전 에 쓰였을 가능성이 매우 크다. 그렇다면 이 동요·동시 창작은 『정지용 시집』 의 구입일보다 먼저 이루어진 것이다. 물론 송우혜는 윤동주가 『정지용 시집』 을 구입한 것이 1936년 3월 19일이지, 시집을 읽은 것은 1935년 10월 시집 발간 직후였을 것으로 추측했다.[40] 하지만 윤동주가 『정지용 시집』을 읽은 날짜를 정확히 알 수는 없다. 상식적으로는 시집을 구입한 후에 읽었을 가능 성이 구입하기 이전에 읽었을 가능성보다 더 클 듯하다.

그러나 윤동주가 『정지용 시집』을 언제 읽었느냐 하는 것보다 더 중요한 사실이 있다. 그것은 그가 『어린이』와 『아이생활』의 독자였다는 사실이다. 두 어린이 잡지는 우리나라 동요·동시 운동을 이끌던 대표적인 잡지였다. 하지만 그동안 윤동주의 동요·동시 창작과 관련해서 두 어린이 잡지의 중요 성은 크게 주목을 받지 못했다.

『어린이』는 동요·동시 운동을 선구적으로 일으켜 우리나라 동요·동시 운 동의 전성기를 이끈 잡지였다. 윤극영의 「설날」, 「반달」, 류지영의 「고드름」, 윤석중의 「오뚜기」, 최순애의 「오빠 생각」, 이원수의 「고향의 봄」이 모두 『어린이』를 통해 발표되었다. 이후 이 동요들은 당대 최고의 작곡가들이었던 윤극영, 홍난파, 박태준에 의해 작곡됨으로써 널리 불리며 우리 민족의 대표 적인 동요로 자리잡게 된다. 또한 『어린이』는 류지영의 「동요 지시려는 분께」

---

39   왕신영 외, 『(사진판) 윤동주 자필 시고전집』, 민음사, 2002, 189쪽.
40   송우혜, 앞의 책, 2014, 178쪽.

(2권 2호), 「동요 짓는 법」(2권 4호) 같은 동요 작법도 실었는데, 이는 당시로는 보기 드문 동요 창작론이라 할 수 있었다.[41] 『어린이』 4권 11호(1929년 11월)에는 정지용의 동요 「산에서 온 새」가 실렸는데, 어쩌면 정지용의 동요 창작도 실은 『어린이』의 동요·동시 운동의 영향이었을 수 있다. 문익환은 윤동주가 은진중학교 시절 이미 윤석중의 동요·동시에 심취했다고 했는데, 윤석중은 『어린이』가 발굴한 소년 문사였고, 이 시기 윤동주는 윤석중이 출판한 『윤석중 동요집』(1932)과 동시집 『잃어버린 댕기』(1933)를 소장하고 있었다. 문익환은 초기 윤동주의 동요·동시 중에서 날짜가 기록되지 않은 것들은 1934년 12월 24일 이전에 기록된 것으로 봐야 한다고 보기도 했는데,[42] 이는 그가 윤동주의 동요·동시 창작이 『정지용 시집』과는 큰 상관이 없다고 본 것이라 할 수 있다.

『어린이』와 마찬가지로 『아이생활』도 당시 동요·동시 운동을 주도했던 어린이 잡지였다. '어린 가단', '노래', '글월', '독자 문예', '동요' 등의 이름으로 매호마다 독자들의 작품을 실었다. '독자문예'에는 '고선자'가 있어서 '선후감'이란 평가를 남겼고, 고장환, 전영택, 송관범, 이은상, 윤석중, 박용철, 이헌구, 윤복진 등이 고선자로 활동하였다. 특히 '선후감'은 소년 독자들에게 작품 창작의 기준이 되기도 했다.[43] 또한 김태영, 김태오, 남석종 등에 의해 동요 창작법에 대한 이론이 실리기도 하고, 주요한, 홍은성, 김태오 등에 의해 동요 비평이 실리기도 했다.[44]

이러한 점을 고려해 보았을 때, 앞서 언급한 것처럼 『어린이』와 『아이생활』의 애독자로서 다양한 동요·동시를 읽었던 윤동주가 1935년 12월 이전에

---

41 『어린이』 3권 7호(1925년 7월)에서 편집실은 동요를 투고하는 독자들에게 2권 2호와 2권 4호를 다시 찾아서 버들쇠의 동요 창작론 읽을 것을 권하고 있다.

42 문익환, 앞의 책, 1999, 350쪽.

43 류덕제, 「한국 근대 아동문학과 아이생활」, 『근대서지학』 24, 근대서지학회, 2021, 593쪽.

44 위의 글, 594-595쪽.

동요·동시를 창작했을 것이라는 예상을 어렵지 않게 할 수 있다. 그가 명동학교 시절과 은진중학교 시절에 만들었다는 잡지와 신문에 실은 글은 문익환의 증언처럼 동요·동시였을 가능성이 매우 크다. 따라서 윤동주의 동요·동시 창작은 단순히 1935년 발간된 『정지용 시집』의 영향만으로 볼 수는 없고, 그 이전에 『어린이』, 『아이생활』 두 어린이 잡지의 영향이 있었음을 고려해야 한다.

2.3.4. 봉수리 주일학교와의 관련성

「조개껍질」은 윤동주의 주일학교 봉사와 관련이 있어 보인다.[45] 「조개껍질」은 1935년 12월로 창작일자가 기록되어 있는데, 창작일자 옆에 "鳳岫里에서"라고 기록되어 있다. 그런데 숭실학교 교지 『숭실활천』 15호의 '교내소식·숭실뉴스'의 '종교부' 소식을 보면 당시 숭실학교에서 주일학교를 세 군데 운영하고 있었고, 봉수리 주일학교의 교장이 '문익환'이었음을 확인할 수 있다. 아마도 윤동주는 문익환과 함께 봉수리 주일학교 봉사를 했을 것이다. 실제로 윤동주는 은진중학교 시절과 연희전문 1학년 때 문익환과 함께 주일학교 교사로 봉사를 한 이력이 사진으로 남아있다.[46]

이 시기 윤동주의 동요·동시 창작은 1935년 12월부터 1936년 2월 사이에 7편이 창작되어 다른 시기에 비해 짧은 기간 동안 집중적으로 이루어졌음을 볼 수 있는데, 이 시기는 봉수리 주일학교의 겨울 봉사기간과 겹친다. 윤동주는 「조개껍질」, 「고향집」, 「병아리」, 「창구멍」, 「짝수갑」, 「기와장내외」 등의 제목 아래에 "동요" 또는 "동시"라고 적어두었는데, 동요·동시는 예상 독자로 어린아이를 전제로 하는 것이기에 어쩌면 그 대상이 주일학교 아이들

---

45 구마키 쓰토무, 앞의 글, 2003, 47쪽.

46 정세현, 「윤동주 시대의 어둠」, 『나라사랑』 23, 외솔회, 1976, 25쪽; 장덕순, 「윤동주와 나」, 『나라사랑』 23, 외솔회, 1976, 143쪽.

이었을 수 있다. 하나의 가능성이기는 하지만 당시에 윤동주가 봉수리 주일학교 봉사를 했다면 이 시기 그의 집중적인 동요·동시 창작은 주일학교 봉사와 관련이 있을 수 있다.

정리를 하면, 일반적으로 1934년 12월 24일부터 관념적인 시를 쓰던 윤동주가 1935년 10월에 발간된 『정지용 시집』의 영향으로 「조개껍질」을 비롯한 다수의 동시 작품을 쓰기 시작했다는 견해가 널리 알려져 있는데, 윤동주가 『어린이』와 『아이생활』을 구독하던 독자였음을 고려하면 이는 수용하기 어렵다. 오히려 윤동주는 1935년 12월 이전부터 동요·동시에 심취해 있었고 자체 발행한 잡지나 신문에 윤동주의 동요를 실었다는 문익환의 증언을 고려할 때, 윤동주의 동요·동시 창작에 결정적인 영향을 준 것은 이 두 어린이 잡지였을 가능성이 더 크다. 또한 이 시기 집중적인 동요·동시 창작은 봉수리 주일학교 봉사와 관련이 있었을 수 있다. 따라서 초기의 관념적인 시를 쓰던 윤동주가 『정지용 시집』을 읽고 1935년 12월부터 갑자기 돌변해서 동시를 쓴 것이 아니라, 원래부터 이미 동요·동시를 쓰던 윤동주가 1934년 12월 24일 습작 노트를 기록할 시기에 다소 관념적인 시를 쓴 것으로 봐야 한다. 윤동주의 첫 동시를 「조개껍질」로 쉽게 단정해서도 안 되고, 윤동주 동요·동시 창작에 『정지용 시집』의 영향이 결정적이었다는 견해도 재고할 필요가 있다.

2.4. 투르게네프의 「거지」 번역본과 산문시 「투르게네프의 언덕」

윤동주의 시 중에는 1939년 9월에 쓴 산문시 「투르게네프의 언덕」이 있다. 이 시는 러시아 시인 투르게네프의 산문시 「거지」를 패러디한 작품인데, 『아이생활』에서 「거지」의 미발굴 한글 번역본을 확인할 수 있었다.

2.4.1. 투르게네프의 「거지」 미발굴 한글 번역본

『아이생활』 9권 4호(1934년 4월)에는 근당 최창남이 번역한 투르게네프의 「거지」가 실려있다.

散文詩
「거지」
槿堂 譯

로시아의 문사로 세게에 이름이 높은 투르게네쁘는 어쩌면 인정이많은 어룬이 었든지 사람을 사랑한것은 말할것도 없거니와 새나 즘생들까지도 끔직히 사랑하고 귀애한 어룬입니다. 어떤 치운 겨울날 밤이깊어서 길에서 간일이 었읍니다. 밤이깊어서 길에서 지나가는 사람도 별로없는 쓸쓸한 밤길을 걷는가 불상한 거지를 맞났읍니다. 거기서 투르게네쁘가 그 불상한 거지와 따뜻한 사랑이 넘치는 악수(握手)를 한 시를 여기 소개하여 드립니다.

× × ×

「나는 거리를 걷고 있었다. 한 늙은 거지가 내 소매자락을 잡아 당기었다. 피스발이서고 눈물고인 눈, 푸른입술, 갈기갈기 찢어진 헌누덕이, 곰은 부스럼……아— 어쩌면 지긋지긋한 가난이 이 불상한 사람을 따먹었음까? 그는 빩엏게 부풀어얼은 더러운 손을 내게 내밀었다. 그는 몹시 피롭게 않는 소리를 하며 중얼중얼 구걸 하였다. 나는 양복 주머니를 샀삿아 뒤커보았다. 돈지갑도 없다. 시게도 없다. 손수건꽃아 없다. 아모것도 가지고 나온것이 없다. 그런데 거지는 아직기다리고있다. 그의 내밀은손은 부들부들 떨면서 부들부들 떨고있다. 나는 어쩔줄을 몰라 허둥지둥하다가 그 부들부들 떠러운 손을 힘껏 쥐었다. 「여보게 미안하이. 마침 잊어버리고 지갑을 안봐고와서 자네에게 줄것이란 아모것도 없네그려 하는것)를 띠우고 그도 나의 차다찬 손가락을 꽉 쥐었다. 「벗말슴을 다하십니다 나리. 이것도 고맙습니다. 이것만도 감지 떡지 하옵니다. 이것도 커선(積善)입니다. 나리 커는 중얼 거리었다. 「이런 끔찍한 대접을 받기는 커로서는 평생 처음입니다. 나리 커는 만족합니다. 나도 또한 그에게서 무엇을 받은것을 느끼었다. (一八七八年二月투르게네쁘作)

〈근당 최창남이 번역한 투르게네프의 「거지」〉

「거지」는 러시아의 문호 투르게네프가 말년에 쓴 시로 1882년에 출판한 시집 『산문시』에 실려 있다. 「거지」는 일제강점기 동안 투르게네프의 시 중에서 가장 널리 알려진 시였고, 여러 사람에 의해서 번역되었다. 김진영은 현재까지 확인된 근대기 「거지」의 번역은 최소 12회라고 하며 목록을 다음과 같이 정리했다.[47]

몽몽(진학문)(1915), 걸식, 학지광 4.

김억(1918), 비령방이, 태서문예신보 5.

억생(1921), 비령방이, 창조 8.

나빈(나도향)(1922), 거지, 백조 1.

손진태(1924), 거지, 금성 3.

조규선(1929), 거지, 신생 2(3).

전치화(1929), 걸인, 진생 5(3).

김억(1931), 거지, 신여성 5(3).

또한밤(이영철)(1931.9.9), 걸인, 조선일보.

김상용(1932.2.20), 걸인, 동아일보.

이경숙(1932), 걸인, 만국부인 1.

함대훈(1933), 걸인, 삼천리 5(12).

하지만 여기에는 『아이생활』에 실린 근당 최창남의 한글 번역은 빠져있다. 이제는 기존의 목록에 『아이생활』에 실린 최창남의 미발굴 한글 번역본을 추가해야 한다. 그렇다면 근대기에 번역된 투르게네프의 「거지」는 최소 13회 이상이 된다.

---

47 김진영, 「거지와 백수−투르게네프 번역의 문화사회학」, 『비교한국학』 24(3), 국제비교한국학회, 2016, 21쪽.

2.4.2. 윤동주가 읽은 「거지」의 번역본

투르게네프의 「거지」는 윤동주의 유일한 산문시 「투르게네프의 언덕」에 모티프를 제공한 시이다. 윤동주는 투르게네프의 산문시 「거지」를 패러디하여 「투르게네프의 언덕」을 창작했다. 현재 윤동주가 「투르게네프의 언덕」을 창작하기 전에 읽은 투르게네프 「거지」의 원 텍스트를 정확하게 확인하기는 어렵다. 『아이생활』에 「거지」가 실렸다는 점을 고려하면 윤동주가 이를 읽었을 가능성도 있다. 앞서 언급한 것처럼 당시에 「거지」의 한글 번역본이 많았기 때문에 윤동주가 한글 번역본을 읽었거나 일본어 번역본을 읽었을 것으로 짐작된다. 선행연구에서는 한글 번역본 중에 김억의 번역본이 주목을 많이 받았다.[48]

투르게네프의 작품은 일본어 번역이 매우 활발하게 이루어져서 당시에 일본어로 번역된 투르게네프 전집이 나와 있었고 조선에도 유통되었다. 일본에서 「거지」는 1901년 처음 번역된 것으로 확인된다.[49] 1923년에는 이쿠타 슌게쓰가 투르게네프의 산문시를 번역하여 엮은 『산문시』가 출판되어 조선에도 유통되었는데,[50] 「거지」의 제목이 "乞食"으로 되어 있다. 아마도 대부분이 일본 유학파였던 진학문, 김억, 나빈, 손진태 같은 당시 번역자들은 러시아 원문을 보기보다는 영어 번역본이나 일본어 번역본을 보고 중역을 하였을 것이다. 「거지」를 최초로 번역한 진학문의 한글 번역본의 경우, 제목이 러시

---

48   김억은 투르게네프의 「거지」를 네 번이나 번역했는데, 세 번은 『태서문예신보』 5호(1918년 11월), 『창조』 8호(1921년 1월), 『신여성』 5권 3호(1931년 3월) 등의 잡지에 실었고, 네 번째 번역은 단행본 『투르게네프 산문시』에 실었다.
     윤동주의 「투르게네프의 언덕」과 관련하여 안병용은 김억, 나빈, 손진태의 번역에 주목하며 당시 번역의 문제를 지적하였고(안병용, 2006:191-198), 김응교는 『태서문예신보』에 실린 김억의 번역에 주목하고는 윤동주가 김억의 번역본을 읽었든 일본어 번역본을 읽었든 투르게네프의 「거지」를 읽은 것이 분명하다고 보았다(김응교, 2015:132-133).

49   김진영, 앞의 글, 22쪽.

50   이쿠타 슌게쓰, 『투르게네프 산문시』, 신호사, 1923.

아 원어로는 "Нищий(거지)"이지만 이쿠타 슌게쓰의 일본어 번역본처럼 "乞食"으로 되어 있다. 김억은 「창조」(1927년 1월)에 "원문을 몰으는 역자는 엇지할 수 업시 세계어 역본과 영문 역본과 또는 일본역을 照하야 重譯한다."고 언급한 바 있다.

윤동주가 읽은 「거지」의 원 텍스트는 어떤 번역본이었을까? 한 가지 주목되는 것은 윤동주의 습작 노트를 보면 시의 제목을 "散文詩 츠르게네프의 언덕"으로 표기하고 있다는 것이다.[51] 윤동주의 시 중에서 유일하게 "散文詩"로 기록해 놓은 것도 특이하고 '투르게네프'를 "츠르게네프"로 표기한 점도 독특하다.

앞에서 언급한 13개의 「거지」한글 번역본 중에 '투르게네프'를 '츠르게네프'로 표기한 것은 단 하나도 없다. 한글 번역본은 모두 '투르게네프'의 첫

〈육필원고의 제목〉

자음을 치조파열음인 'ㅌ', 'ㅆ' 등으로 표기했지만 유독 윤동주만 첫 자음을 경구개파찰음인 'ㅊ'로 표기해 놓았다. 왜 이런 차이가 발생했을까? 왜 윤동주는 '투르게네프'를 "츠르게네프"로 표기했을까?

아마도 윤동주는 투르게네프의 일본어 발음을 한글로 표기한 듯하다. 당시 '투르게네프'의 일본어 표기는 'ツルゲネフ'였고 일본어 발음을 한글로 표기하면 '츠르게네프'에 매우 가깝다. 'ツルゲネフ'의 첫 자음 'ツ'의 일본어 발음은 무성치경파찰음으로 한국어에는 없는 발음이다. 20세기 이후 조선의 표기규정을 살펴보면, 'ツ'는 한글로 '두, 쓰, 쯔' 등으로 표기되어 오다가 현재는 '쓰'로 표기하고 있다.[52] 하지만 1941년 『외래어 표기법 통일안』의

---

51   왕신영 외, 앞의 책, 104쪽.

52   김명주, 「20세기 전기 일본어 학습서의 일본어 한글 표기 연구」, 『어문학』 128, 한국어문학회, 2015, 10-11쪽. 『보통학교용 언문철자법』(1912)은 '두'로, 『보통학교용 언문철자법 대

「부록 조선어음만국음성기호표기법 총칙」에서 'ㅊ'의 발음이 [tʃ]로 되어 있는데, 'ッ'의 발음은 [tsu]여서 'ッ'는 '츠'와 발음이 매우 유사함을 알 수 있다.[53] 2009년 한국인의 'ッ' 표기 의식을 조사한 결과 어두 'ッ'를 '쓰'로 인식한 이가 22.1%, '츠'로 인식한 이가 51.8%, '쯔'로 인식한 이가 26.1%로 나타났다.[54] 즉 많은 한국인이 'ッ'를 '츠'로 인식하고 있는 것이다. 아마도 윤동주도 'ッ'를 '츠'로 인식하고 '츠'로 표기했을 가능성이 있다.

따라서 현재까지 발굴된 「거지」의 한글 번역본 중에 '투르게네프'를 '츠르게네프'로 표기한 것이 없다는 점, '투르게네프'의 일본어 발음이 '츠르게네프'에 매우 가깝다는 점을 고려한다면, 윤동주가 시의 제목을 "散文詩 츠르게네프의 언덕"으로 쓴 이유를 짐작해 볼 수 있다. 즉 윤동주는 한글 번역본이 아니라 일본어 번역본 「거지」를 읽었을 것으로 추론해 볼 수 있다.

2.4.3. 자기비판의 패러디와 '反求諸己'

송우혜는 윤동주의 「투르게네프의 언덕」을 투르게네프의 「거지」에 대한 날카로운 '풍자시'로 보았다.

> 러시아의 대문호 투르게네프가 쓴 이 산문시는 1919년 2월에 처음으로 우리나라에 소개되었다. 시인 안서 김억이 최초로 번역하여 『태서문예신보』에 발표한 뒤, 이 시는 우리나라 사람들에게서 아주 환영을 받은 듯하다. (중략) 윤동주

요.』(1918)·『언문철자법』(1930)·『외래어표기법통일안』(1941)·『외래어표기법』(1986)은 '쓰'로, 『들온말 적는법』(1952)은 '쯔'로 되어 있다. 1940년에 발간하여 개정된 최현배의 『한글갈』의 '일본말 소리의 한글삼기(일본어의 한글화)'에서 'ッ'는 '쯔'로 되어 있다(최현배, 1961:682).

53 조선어학회, 『외래어표기법통일안』, 조선어학회, 1941, 51-52쪽.

54 오미영, 「한국인의 일본어 표기의식에 관한 조사연구」, 『일본연구』 39, 한국외국어대학교 일본연구소, 2009, 154쪽.

는 이런 사이비 형제애에 대해, 싸구려 이웃사랑에 대해, 반발했다. 그래서 '아무 손해 없이 감사와 인심만 획득하는' 투르게네프의 「거지」식의 자선이 지니는 자기기만성과 부정직성을 폭로하는 작품을 써서 제목조차 「투르게네프의 언덕」이라 붙였다.[55]

이러한 해석은 재고의 여지가 있는 듯하다. 우선 번역과 관련된 사실관계를 바로 잡아야 한다. 송우혜는 1919년 2월에 김억에 의해 처음으로 투르게네프의 「거지」가 소개되었다고 했지만, 앞에서 언급한 것처럼 이 시를 처음 번역해 발표한 이는 김억이 아니라 1915년 『학지광』에 이 시를 소개한 몽몽 진학문이었다. 게다가 김억이 이 시를 『태서문예신보』에 발표한 것은 1919년 2월이 아니라 1918년 11월이었다.[56]

일반적으로 패러디는 송우혜의 언급처럼 원래의 텍스트가 지니고 있는 숭고함을 훼손시키고 그 의미를 비틀어 풍자하는 기법이다. 하지만 윤동주의 시 「투르게네프의 언덕」에 나타나는 패러디 기법은 오히려 그 반대이다. 시에서 윤동주는 '거지'를 대하는 투르게네프의 시적 화자와 자신의 태도를 대조시키고, "측은한 마음"도 있고 나눠줄 "지갑, 시계, 손수건"도 있지만, "용기"가 없어 끝내 행동하지 못하는 자신을 비판하고 있다. 즉 이 시는 패러디의 대상이 되는 텍스트 외부의 원 텍스트를 풍자하기보다는 오히려 그 비판의 방향을 자기에게 돌려 자신을 신랄하게 비판한 작품이다. 이는 언제나 반성적인 성찰에 매진하는 윤동주 특유의 높은 윤리 의식이 낳은 독특한 패러디 방식이라 할 수 있다.

이러한 자기에 대한 비판의식은 『맹자』와도 관련이 있어 보인다. 윤동주의 외삼촌이자 북간도 독립운동 지도자 김약연은 맹자에 정통한 학자였는데,

---

55 송우혜, 앞의 책, 2014, 250-251쪽.

56 김억, 「비렁방이」, 『태서문예신보』 5, 1918, 6쪽.

윤동주는 그에게서 『맹자』에 대해 배운 듯하다. 윤동주는 「투르게네프의 언덕」을 쓴 1939년에 『예술학』을 구입하여 소장하고 있었는데, 책 케이스 앞면 아래 부분에 『맹자』「離婁章句 上」의 한 구절을 적어 놓았고 이 구절 오른쪽에 "反求諸己"라고 써 놓았다.[57]

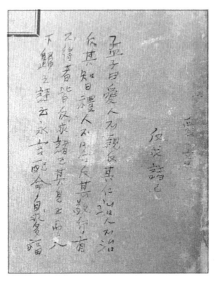

〈『예술학』 표지에 쓴 "反求諸己"〉

표지에 기록된 구절은 다음과 같다.

> 孟子曰 愛人不親 反其仁 治人不治 反其智 禮人不答 反其敬
>
> 行有不得者 皆反求諸己 其身正而天下歸之
>
> 詩云永言配命 自求多福
>
> (맹자께서 말씀하셨다. "사람을 사랑해도 친해지지 않거든 그 仁을 돌이켜보고, 사람을 다스려도 다스려지지 않거든 그 智를 돌이켜보고, 사람에게 禮를

---

57   왕신영 외, 앞의 책, 199쪽.

해도 답례하지 않거든 그 敬을 돌으켜보아야 한다. 행하고서 얻지 못함이 있거든 모두 자신에게 돌이켜 찾아야 하니, 그 몸이 바루어지면 천하가 돌아오는 것이다. 『시경』에 이르기를 '길이 천명에 배합할 것을 생각함이 스스로 많은 복을 구하는 길이다' 하였다.")[58]

'반구저기'는 '돌이켜 잘못을 자기에게 찾는다'는 의미이다. 늘 자기를 반성적으로 성찰하던 윤동주의 많은 시에서 이 '반구저기'의 시적 태도가 나타나는데, 「투르게네프의 언덕」은 '반구저기'의 정신을 통해 패러디가 지닌 공격적인 풍자의 힘조차도 자기에게 향하게 하는 윤동주 특유의 윤리 의식이 엿보이는 작품이라 할 수 있다.

이상으로 윤동주가 어린이 잡지 『어린이』, 『아이생활』의 애독자였음을 확인하면서, 그의 삶과 시에 미친 두 어린이 잡지의 영향에 대해 살펴보았다. 이를 통해서 윤동주가 1934년 12월 습작 노트에 자신의 습작시를 기록하기 시작한 동기에는 송몽규의 영향 이전에 청년 문필가 윤영춘의 영향이 클 것으로 보았고, 윤동주가 동요·동시를 창작한 계기에는 『정지용 시집』의 영향 이전에 당시 동요·동시 운동을 선도하던 『어린이』, 『아이생활』 같은 어린이 잡지의 영향을 고려해야 함을 강조하였다. 더불어 『아이생활』 9권 4호(1934년 4월)에 투르게네프의 산문시 「거지」에 대한 근당 최창남의 미발굴 한글 번역본을 확인하고, 시의 제목을 "츠르게네프의 언덕"으로 표기한 윤동주는 「거지」의 한글 번역본이 아니라 일본어 번역본을 읽었을 가능성이 대단히 크다고 추론하였다. 그리고 산문시 「투르게네프의 언덕」에 나타난 독특한 패러디 방식이 『맹자』의 '반구저기'와 관련이 있음을 살펴보았다.

58　성백효, 『(현토완역) 맹자집주』, 전통문화연구회, 2013, 287-288쪽.

3. 『숭실활천』, 『가톨릭소년』

1935년 9월 윤동주는 평양 숭실학교 3학년 2학기에 편입을 했다. 이때 숭실학교에는 한 학기 먼저 4학년에 편입한 문익환과 정재면의 아들 정대위가 있었다. 윤동주는 숭실학교에 편입한 직후인 1935년 10월에 자신의 시 「공상」을 숭실학교 교지인 『숭실활천』 15호에 게재하는데, 이는 현재 남아있는 윤동주 작품 중 활자화된 것으로는 최초의 것이다. 이 시기에 윤동주는 그의 습작 노트 『나의 습작기의 시 아닌 시』, 『창』에 동요·동시를 여러 편 창작했고, 슬픈 현실을 담은 습작시들을 많이 썼다.

신사참배 문제로 1936년 3월 말에 숭실학교를 그만 두고 용정으로 돌아온 윤동주는 1936년 11월부터 용정 가톨릭 연길 교구에서 발행하는 『가톨릭소년』에 「병아리」(1936년 11월), 「빗자루」(1936년 12월), 「오줌싸개 지도」(1937년 1·2월), 「무얼 먹고 사나」(1937년 3월), 「눈 三題-눈, 개, 이불」(1937년 4월), 「거짓부리」(1937년 10월) 등 모두 8편을 발표했다. 앞의 7편은 '尹童柱'라는 필명으로 발표했고, 마지막 「거짓부리」는 '尹童舟'로 발표했다.[1] 이때부터 그는 자신의 작품을 대외적으로 투고하면서 문단에 이름을 알리기 시작했다.

---

1   『가톨릭소년』 1권 8호(1936년 11월) 목차에는 윤동주의 이름이 "尹童楦"으로 되어 있지만, 작품이 있는 면에는 "尹童柱"로 되어 있다. 아마도 목차의 것은 인쇄의 오류로 보인다.

숭실학교 시기 윤동주와 관련하여 가장 중요한 서지자료는 「공상」이 실려 있는 『숭실활천』 15호이다. 이와 관련된 대표적인 선행 연구에는 송우혜의 『윤동주 평전』, 구마키 쓰토무의 「윤동주의 시적 태도」, 김성연의 「윤동주 평전의 질료와 빈 곳」 등이 있다. 송우혜는 『윤동주 평전』에서 편입 시험 후 숭실학교 3학년으로 편입하게 된 윤동주의 좌절, 『숭실활천』에 윤동주가 시를 게재하게 된 경위, 최초로 활자화된 시 「공상」, 신사참배 반대 운동과 윤동주의 자퇴 등에 대해 상세히 소개했다.[2] 구마키 쓰토무는 『숭실활천』 15호에서 문익환이 봉수리 주일학교 교장이었다는 사실을 발견하고 이를 통해 윤동주의 동요 「조개껍질」이 봉수리 주일학교 봉사와 관련이 있을 것으로 보았다.[3] 김성연은 윤동주가 숭실전문학교 교수였던 박치우에게 받은 엽서를 토대로 윤동주와 1세대 서양 철학자 박치우의 인연을 소개하였다.[4]

한편 윤동주와 『가톨릭소년』에 대한 선행연구는 최기영, 장정희, 박금숙 등에 의해 이루어졌다. 최기영은 성 베네딕도회에서 독일 오틸리엔 본원에 소장된 『가톨릭소년』의 원본을 빌려와 한국 진출 100주년을 맞아 공개한 것을 통해 『가톨릭소년』의 발간, 운영, 내용 등 전체적인 사항을 정리했다.[5] 장정희는 윤동주가 스크랩한 동시 5편 외에 『가톨릭 소년』에 수록된 윤동주의 동시 3편을 더 소개하였고,[6] 박금숙은 『가톨릭 소년』의 아동문학 양상을 소개하면서 윤동주의 동시를 소개하고 강소천의 미발굴 원고 「새하얀 밤」을 토대로 윤동주와 강소천의 인연을 설명하였다.[7]

2   송우혜, 앞의 책, 155-191쪽.

3   구마키 쓰토무, 「윤동주의 시적 태도: 초기 시에 나타난 창작의식의 변천과정을 중심으로」, 『숭실어문』 12, 숭실어문학회, 1995.

4   김성연, 「윤동주 평전의 질료와 빈 곳─윤동주와 박치우의 서신, 그 새로운 사실과 전망」, 『한국시학연구』 61, 한국시학회, 2020.

5   최기영, 「1930년대 『가톨릭소년』의 발간과 운영」, 『교회사 연구』 33, 한국교회사연구소, 2009.

6   장정희, 「윤동주의 삶과 그의 동시 세계」, 『아동문학평론』 42(1), 아동문학평론사, 2017.

하지만 이러한 선행연구에도 불구하고 윤동주와 관련된『숭실활천』과『가톨릭소년』에 대한 연구는 여전히 매우 미흡한 실정이다. 따라서 이 장에서는 윤동주와 관련된 서지자료인『숭실활천』15호와『가톨릭소년』에 대한 실증적인 분석을 통해 윤동주의 시와 삶을 새롭게 조명해 보고자 한다.

3.1.『숭실활천』의 발행과 필자 박치우

3.1.1.『숭실활천』의 발행과 필진

『숭실활천』은 1922년 평양 숭실학교에서 창간한 교지이다. 현재는 4호(1925년), 5호(1926년), 6호(1927년), 8호(1930년), 12호(1932년), 15호(1935년)가 남아있다.[8] 4호의 편집인은 숭실학교 지육부장 이홍현, 발행인은 교장 마포삼열(馬布三悅, Samuel A. Moffett)이었다. 6호는 숭실 창립 30주년 기념 '특별호'로 발행되었는데 톨스토이 탄생 백년을 기념하여 특집을 다루었고, 8호는 '숭실학교 연혁호'로 발행되어「본교연혁급내용일람」을 특집으로 다루었다. 12호는 다른 교지에 비해 학생 문예란이 풍성하였는데, 황순원의 소설「남경충:빈대」와 김조규의 시「추억」,「이날도 저들의 가슴엔」,「오날도 붉은 피는 거리를 물드럿나니」가 실려 있다. 이 외에도 숭실학교 출신인 시인 김현승이 교지에 작품을 발표하고 투고했다고 하는데, 현재 내용을 확인할 수는 없다.[9]

---

7   박금숙,「1930년대『가톨릭소년』지의 아동문학 양상 연구」,『한국아동문학연구』34, 한국아동문학학회, 2018.

8   현재 6호, 8호, 15호는 장로회신학교 도서관에서, 4호, 12호는 연세대학교 도서관에서, 5호는 숭실대학교 박물관에서 소장하고 있다.

9   김현승의 작가 연보에는 재학시절『숭실활천』에「화산」을 발표했다는 기록이 있다. 또한 숭실전문 1학년 때 교지『숭실』에 장시「쓸쓸한 겨울 저녁이 올 때 당신들은」을 투고했는

〈『숭실활천』 8호와 15호의 표지〉

　『숭실활천』 15호(1935년 10월)는 앞의 교지와는 다르게 김낙주의 표지 디
자인이 들어갔다. 표지가 당시 다른 문학잡지들에 비해 꽤 현대적인 디자인
을 하고 있는데, 목차를 보면 "표지…기증…김낙주"라고 되어 있다. 『숭실활
천』 15호에 게재된 'Y.M.C.A. 임원 명단'과 '졸업생 명단'을 보면, 김낙주가
당시 음악부 부원이었고 졸업을 앞둔 5학년이었으며 그가 하기 순회 음악전
도 강연회의 악사로 참여했음을 알 수 있다.[10]

　『숭실활천』 15호의 목차는 다음과 같다.

데, 양주동 교수가 교지에 싣지 말고 일간지에 실어보라는 조언을 하여 1934년 『동아일보』
문예란에 발표하였다(숭실백년사편찬위원회, 『숭실100년사 1. 평양숭실』, 숭실학원, 1997,
360쪽).
또한 숭실학교 출신으로 1913년에 입학한 김동인, 1918년에 입학한 주요섭 등의 소설가들
이 있지만 『숭실활천』이 1922년에 창간되었기 때문에, 이들의 글이 여기에 실리지는 않았
다. 이외에도 김종문, 김종삼 등 숭실학교에 재학했던 시인들도 있다.

10　숭실학교학생회 문예부, 『숭실활천』 15, 기신사, 1935.10, 167-171쪽.

〈『숭실활천』 15호의 목차〉

숭실활천 제15호 목차

표지 기증 ……………………………………………………… 김낙주

〈화보〉
본교 교장
십주년 근속 선생
제6회 졸업생 일동
YMCA 의사부원 일동
하기 전도대원 일동
활천 편집부 일동
현상 음악회 일등 당선자
본교 악대부 일동
본교 육상부 일동
본교 고금 전교 경대조

시간과 세기 ………………………………………… 윤산온 … 2
졸업할 이들에게 기함 …………………………… 조만식 … 8
이기와 이타주의의 조화생활 ………………… 이훈구 … 12
낙관장관 ……………………………………………… 채필근 … 17
인생과 책임 ………………………………………… 소 위 … 23
인종개량문제 ……………………………………… 김선명 … 25
인격 함량에 분투 ………………………………… 최영순 … 35
가치있는 인격 ……………………………………… 홍천표 … 38
모르는 철학 ………………………………………… 이승만 … 42
幸福に入るの途(행복으로 들어가는 길) ……… 임인식 … 44

〈문예〉
화한삼재도회조선어고 ………………………… 양주동 … 47
한가한 되푸리 ……………………………………… 박치우 … 58
낙수롱 ………………………………………………… 유원생 … 63
레오날자뷘치와 그의 작품 …………………… 배홍권 … 64
근시안에 대하여 ………………………………… 한두연 … 70
숭실 농구부 회상기 ……………………………… 김광선 … 142

〈시단〉
망우에게 준 노래 ………………………………… 선태학인 … 81
북으로 씨우는 편지(외 1편) …………………… 김조규 … 82

농부(외 1편) ························· 관 조 ··· 85
고아(외 1편) ························· 황순원 ··· 88
전원의 새벽 ························· 최영일 ··· 92
정보 ······························· 박종식 ··· 94

〈기행〉
만주여행록 ························· 이상조 ··· 96
졸업여행기 ························· 문기열 ··· 107

〈수필감상〉
현엄사에서 ························· 유성복 ··· 116
참동모 ····························· 정기원 ··· 117
꽃피는 여름밤 ····················· 경 용 ··· 120
어린 참새의 무덤 ·················· 장덕호 ··· 122

〈시가〉
말세시인 ··························· 김광선 ··· 126
그다림 ····························· CH생 ··· 127
기자림에서 ························· 김예도 ··· 129
침실 ······························· 박요섭 ··· 130
하늘 ······························· 이영현 ··· 131
고성의 폐허 ························· 김두찬 ··· 132
공상 ······························· 윤동주 ··· 133
비행기 ····························· 이용성 ··· 134
잡초 ······························· 전서암 ··· 135
농부가 ····························· 노명식 ··· 137

교실 스켓취 삼제 ·················· 이승만 ··· 138
넌센스 아보가도로 ················· ㅍㅌㅇ ··· 140

〈창작〉
꽃접시(외 1편) ····················· 문기열 ··· 144
집(단편) ··························· 야 은 ··· 147
실직과 안해(단편) ················· 김광선 ··· 152
새길(단편) ························· 박은영 ··· 154
일년감(단편) ······················ 이옥환 ··· 158
오—신이여!(단편) ················· 배정훈 ··· 163

◆ 교내소식·숭실뉴—스 ······································ 169
◇ 편집여묵

『숭실활천』 15호에는 윤산온의 「시간과 세기」, 조만식의 「졸업할 이들에게 기(寄)함」, 이훈구의 「이기와 이타주의의 조화생활」, 채필근의 「낙관장관」 등의 졸업생을 향한 격려와 당부의 글이 먼저 실렸고, 〈문예〉에는 양주동의 신라 이두 연구 논문인 「화한삼재도회조선어고」, 박치우의 「한가한 되푸리」, 배홍권의 「레오날짜삔치와 그의 작품」 등 교수진들의 글이, 〈시단〉에는 황순원의 「고아」, 「봄을 압두고」, 김조규의 「북으로 씨우는 편지」, 「오후 2시의 산곡」 등 졸업생들의 시가, 〈시가〉에는 이영현의 「하늘」, 윤동주의 「공상」 등 재학생들의 시가 실렸다. 이외에도 〈기행〉, 〈창작〉, 〈교내소식·숭실뉴스〉, 〈편집여묵〉 등에 다양한 글이 실렸다. 게재된 글 중에서 김선명과 임인식, 유원생의 글은 일본어로 실렸다.

목차에는 없지만 167쪽, 168쪽에는 "제6회졸업생씨명급주소"가 게재되어 있는데, 5학년 학생 71명의 이름과 주소가 기록되어 있다. 〈편집여묵〉에서 "판곡덕영, 전재경, 한수철 선생의 원고와 제문사 수인의 원고와 재학생 수인의 원고를 특별관계로 실니지 못함을 실로 유감이다."라고 언급한 것으로 볼 때 교지 발행에 대해 일제의 검열이나 억압이 있었음을 알 수 있다.

3.1.2. 『숭실활천』 15호의 필자 박치우

『숭실활천』 15호의 필자 중에는 당시 숭실전문학교 교수 박치우가 있었는데, 윤동주는 그와 각별한 사이였던 것 같다. 김성연은 박치우가 윤동주에게 보낸 엽서를 공개하면서 이 둘 사이의 인연을 소개한 바 있다.[11] 여기에서는 이와 더불어 박치우의 동생 박치원이 윤동주와 숭실학교 동기였다는 사실과 『숭실활천』 15호에 실린 박치우의 글 「한가한 되푸리」를 소개하고, 동아일보에 게재한 박치우의 「국제작가대회의 교훈」과 윤동주가 스크랩해 놓은

---

11   김성연, 앞의 글, 9-41쪽.

박치우의 「고전의 성격인 규범성」 두 편의 글을 통해 박치우가 윤동주에게 미친 영향을 추론해 보고자 한다.

3.1.2.1. 윤동주에게 보낸 박치우의 엽서

윤동주는 1941년 7월 김송의 하숙방에 기거할 무렵 박치우가 보낸 한 장의 엽서를 받는다. 그 내용은 아래와 같다.

〈박치우가 윤동주에게 보낸 엽서〉

속면	겉면
나 지금 부산(釜山)서 경성(京城)에 가는 차(車)를 탔오. 별 변동(變動)이 없다면 경성까지 갔다주겠지. 시간(時間)이 있으면 내게 다시 편지내서 만나기로 합시다. 얼마나 컸는가고. 경성부 제기정 137-126 (京城府 祭基町 一三七-一二六) 박치우 방(朴致祐 方) 우리집엔 개가 있으니 차저올 때 놀래지 마오.	경성부 누상정 9 (京城府 樓上町 九) 김송씨 방(金松氏 方) 윤동주 형(尹東柱 兄) 부산(釜山) 우편직인: 부산(釜山). 1941.7.17.(16.7.17.)

이 엽서의 내용은 윤동주기념관 준비위원회에 참여했던 김성연이 공개한 것이다.[12] 이를 보면 박치우와 윤동주는 매우 친밀한 사이였음을 알 수 있고 당시에 둘은 한동안 만나지 못하다가 오랜만에 연락했음을 알 수 있다. 당시 박치우는 경성제대 대학원생 2년차로 만 32세였고 윤동주는 연희전문 4학년 만 24세였는데, 아마도 둘의 첫 만남은 숭실학교에서 이루어졌을 것이다.

박치우는 1909년 함경북도 성진에서 당시 진도사였던 박창영의 아들로

---

12 위의 글, 19쪽.

태어났다. 그는 20세이던 1928년 4월 경성제대에 입학하였고 축구부로서 전선 중등학교 축구대회, 만주·일본 원정 경기 등에 참가했다. 경성제대 법문학부 철학과에서 서양철학을 전공한 그는 졸업논문으로 「니콜라이 하르트만의 존재론에 대하여」를 썼고, 졸업 후 경성제대 조교를 거쳐 1934년 9월 12일에 숭실전문학교 교수로 취임하게 된다.[13]

숭실학교 시절 윤동주와 같은 학급의 친구였던 김창걸의 회고에 따르면 박치우의 동생 박치원이 윤동주의 숭실학교 친구였다.

> 그러나 특별한 가정에서는 숭실학교로 학생을 보냈었다. 목사의 아들, 민족 운동가의 아들들이었다.
> 박치원(朴致源: 전 서울 약대 교수)이라는 학생은 이러한 부류에 속하였다. 그의 아버지는 목사였다. 그리고 그의 형 박치우(朴致祐)는 경성제대 출신이었고 숭실전문학교 교수로서 수재였다고 한다.[14]

윤동주가 숭실학교 학생일 때 박치우는 숭실전문학교 교수로 재직 중이었고, 그의 동료로 양주동, 이효석 등이 있었다. 당시에 숭실학교와 숭실전문학교는 바로 옆에 건물이 위치해 있었고 예배나 체육활동 등 학과 이외의 활동 시 서로 교류가 많았다. 숭실학교 교지인 『숭실활천』 15호에도 숭실전문학교 교수들의 글이 다수 게재되어 있다. 따라서 이 시기 윤동주는 친구의 형이자 숭실전문학교 교수 박치우와 만남을 가졌을 것으로 보인다. 그리고 앞의 엽서를 참고할 때, 숭실학교에서 시작된 둘의 인연은 1941년 연희전문학교 4학년 시절까지 이어졌다.

---

13   윤대석 외, 『사상과 현실: 박치우 전집』, 인하대학교 출판부, 2010, 598-603쪽.
14   김창걸, 『實찾아 30년』, 정문, 1993, 79쪽.

3.1.2.2. 『숭실활천』 15호에 실린 박치우의 「한가한 되푸리」

『숭실활천』 15호 〈교내소식·숭실뉴-스〉를 보면 '신임강사'에 "박치우(경성제대 졸업)"가 소개되어 있고,[15] 〈편집여묵〉에서 편집자가 명사들의 원고를 싣게 되어 자랑스럽다고 하는 부분에도 윤산온, 조만식, 양주동과 더불어 박치우의 이름이 나온다.

『숭실활천』 15호 〈문예〉에는 양주동 다음 순서로 박치우의 글 「한가한 되푸리」가 실려있다.[16]

이 글은 전체 5장으로 되어 있다. 1장 '한가한 되푸리'는 파르메니데스로부터 하이데거에 이르는 서양 철학 존재론의 관조적이고도 비실천적인 입장을 비판한 내용이다. 2장 '死와 負債'는 소크라테스의 유언을 소개하면서 자신의 빈궁한 처지를 드러내는 내용이고, 3장 '엠페도크레스의 비극'은 엠페도클레스의 위선적인 최후를 소개하고 남에게 존숭받는 자의 위선을 경계하는 내용이다. 4장 '테르트리아누스의 이론'에서는 테르툴리아누스의 말을 인용하여 '역리의 진리'를 위해서 '합리의 진리'를 먼저 느껴야 함을 역설하고, 5장 '감상주의자의 식상'에서는 감상주의자들을 풍자한 키에르케고어의 말을 인용하면서 과한 감상주의를 경계하고 있다.

글의 내용을 보면 박치우는 경성제대에서 철학을 전공한 1세대 서양철학자답게 파르메니데스, 소크라테스, 엠페도클레스, 테르툴리아누스, 키에르케고어 등에 대한 해박한 지식을 드러내는 한편, 관념적인 철학 공부가 아니라

---

15 『숭실활천』 15호 「교내소식」에는 '사임교직원'에 박치우의 이름이 나온다. 사임교직원에 나오는 박치우는 지리와 역사 강사로 소개되어 있는데, 김성연은 이를 토대로 박치우가 지리역사 담당 교수일 것으로 보았다(김성연, 2020:27). 하지만 『숭실활천』 15호 「교내소식」을 보면, '사임교직원' 옆에 '신임강사'가 먼저 소개되는데 여기에도 박치우의 이름이 나오고 '경성제대졸업'으로 소개되어 있다. 아마도 당시 박치우라는 이름을 쓰는 두 명의 강사가 있었는데, 지리와 역사를 담당하던 강사는 사임을 하고 경성제대를 졸업한 강사가 새로 취임하게 되었던 듯하다. 윤동주에게 엽서를 보낸 박치우는 사임을 한 지리역사 강사가 아니라 경성제대를 졸업하고 새로 취임한 강사로 보아야 한다.

16 『숭실활천』 15, 58-62쪽.

〈박치우의 「한가한 되푸리」〉

지식인의 실천을 강조하고 과거의 철학자들뿐만 아니라 당시의 지식인들을 향해 날카로운 비판을 감행하고 있음을 알 수 있다. 특히 그의 글에는 키에르케고어를 언급하는 대목이 나와서 주목이 된다. 문익환은 신학교 재학 시절 윤동주가 신학자인 자신보다도 키에르케고어에 대한 이해가 깊어서 놀랐다고 회고한 바 있는데,[17] 키에르케고어에 대한 윤동주의 이해에 서양철학을 전공한 박치우의 영향이 있었을 것으로 짐작해 볼 수 있다.

3.1.2.3. 「국제작가대회의 교훈」과 「고전의 성격인 규범성」

윤동주는 1936년부터 『조선일보』, 『동아일보』의 문예 면을 스크랩해 놓았고 『문장』, 『인문평론』 등의 문학잡지를 구독했는데, 박치우가 이 매체들에 다수의 글을 발표해서 주목이 된다. 1935년부터 1941년까지 박치우가 『동아일보』, 『조선일보』, 『인문평론』에 발표한 글은 다음과 같다.[18]

〈박치우가 『동아일보』, 『조선일보』, 『인문평론』에 발표한 글〉

제목	발표지	발표날짜
나의 인생관	동아일보	1935.1.11~18(6회)
불안의 정신과 인테리의 장래	동아일보	1935.6.12~14(3회)

---

17 문익환, 「동주형의 추억」, 『하늘과 바람과 별과 시』, 정음사, 1976, 254쪽.

18 윤대석 외, 앞의 책, 609–610쪽.

현대철학과 '인간'문제	조선일보	1935.9.3~11(6회)
'정독'과 '야독'	조선일보	1935.10.2
불안의 철학자 하이데거	조선일보	1935.11.3~11.12(8회)
자유주의의 철학적 해명	조선일보	1936.1.1~1.5(4회)
국제작가대회의 교훈	동아일보	1936.5.28~6.2(4회)
두 편의 노작	조선일보	1936.9.4
고문화 음미의 현대적 의의에 대하여	조선일보	1937.1.1~1.4(2회)
사교의 발호와 종교상업주의	조선일보	1937.4.24~4.29(4회)
지성옹호와 작가의 교양	조선일보	1938.1.1
현대 학생 풍기론	조선일보	1938.5.10~5.14(5회)
고전의 성격인 규범성	조선일보	1938.6.14
해반후포 제3참	조선일보	1938.7.23~7.27(4회)
전체주의의 철학적 해명	조선일보	1939.2.22~2.24(3회)
종교와 투자	조선일보	1939.4.14
형식논리의 패퇴	조선일보	1939.5.6~5.7(2회)
교양의 현대적 의미	인문평론	1939.11
한해지 실정과 그 구제책	조선일보	1939.11.8~11.11(4회)
조선학의 독무대	조선일보	1939.12.15~12.16(2회)
자력갱생의 '호 표본' 소학생 일요노동대	조선일보	1940.1.4
평단 삼인 정담회	조선일보	1940.3.15~3.19(3회)
지식인과 직업	인문평론	1940.5
동아협동체론의 일성찰	인문평론	1940.7
중얼기	조선일보	1940.8.10

3.1.2.3.1. 박치우의 「국제작가대회의 교훈」과 윤동주의 메모

박치우는 1936년 5월 28일부터 6월 2일까지 4회에 걸쳐서 『동아일보』 문화 면에 「국제작가대회의 교훈 – 문화실천에 잇어서의 선의지(1-4)」를 게 재했는데, 이를 보면 그가 당시의 국제적인 정세와 문학의 역할에 대해 수준 높은 안목을 지니고 있었음을 엿볼 수 있다.

이 글에서 그는 1935년 6월 파리에서 24개국 230여 명의 작가가 모였던

'문화옹호 국제작가대회'의 반파시즘적 성격을 규명하면서 문학과 정치의 관계, 작가와 정치의 관계, 소시민의 역사적 자각 과정 및 그 운명에 관한 문제, 작가대회의 선의지와 실천의 방향성 결여 문제 등을 논의한다. 특히 그는 일제의 탄압으로 인해 카프가 해산되었던 당시, 예술지상주의자와 전향 작가들이 작품에 이데올로기를 삽입하는 것이 작가적 양심에 어긋난다고 한 주장에 대해 신랄하게 비판하면서 아래와 같이 진술했다.

> 현대와 같이 부단히 정치적인 『이것냐? 저거냐?』가 강요되는 시기 따라서 침묵조차 무시못할 하나의 사회적인 죄악으로 간주되는 시기에 잇어 어찌 문학만이 정치와 절연일 수 잇으랴! 그럼에도 불구하고 여전히 정치와의 분리, 『이데오로기』의 포기를 부르짖고 잇다면 우리는 그 심사를 의심할 따름이다.
>
> 대체 작가는 그러케 주장함에 의하야 누구의 이익에 봉사하고 잇는가를 생각하는가? 달을 읊던 꽃을 노래하던 문학의 길은 여전히 정치와 통하고 잇는 것이다. 예술가적 양심 운운하고 떠들기만 하기 전에 작가는 우선 삐두러진 현실을 삐두러진 것으로 용감히 충실히 그려내고 잇는 것을 스스로 물어볼 것이다. 그러치 못하다면 유감이지만 우리는 벌서 그 소위 『양심』이란 자를 존경할 수 없다. 무딘 양심은 양심이 아니기 때문이다. 썩어진 양심은 이미 양심은 아니기 때문이다. 작가대회는 작가의 양심이란 어떤 것인가를 뵈여주고 잇다. 작가의 『모럴』의 문제이다.[19]

여기에서 박치우가 언급하고 있는 『이거냐? 저거냐?』는 키에르케고어가 쓴 책인데, 이를 언급하면서 그는 현실 정치에 대해 침묵해서는 안 되고 작가적 양심은 이데올로기를 포기해서는 안 된다고 주장한다. 이와 같은

---

19   박치우, 「국제 작가대회의 교훈 – 문화실천에 잇어서의 선의지(1)」, 『동아일보』, 1936.5.29, 7쪽.

그의 반파시즘적인 성향과 현실참여적인 문학론은 윤동주에게 영향을 주었을 것으로 보인다.

윤동주는 박치우가 소개하고 있는 국제작가대회 연설문 중 월터 프랭크의 연설문「작가의 본분」일본어 번역본의 일부분을 시「못 자는 밤」의 원고 옆에 기록해 두었다.[20] 이 일본어 메모는 "미를 추구하면 할수록 생명이 하나의 가치라는 것을 인정하게 된다. 왜냐하면 미를 인정한다는 것은 생명으로의 참여를 기꺼이 승인하고 참가하는 것임에 다름이 아니므로"라는 뜻인데, 이는 고마쓰 기요시가 편역하여 1935년 11월에 출판된 일본어 번역본『문화의 옹호－국제작가회의보고』에 수록된 것이다.[21] 윤동주가 특별히 이 문장을 기록해 둔 것은 아름다움을 추구하는 예술의 본분이 생명의 가치를 추구하는 것이라는 의미가 그에게 깊이 와닿았기 때문일 것이다.

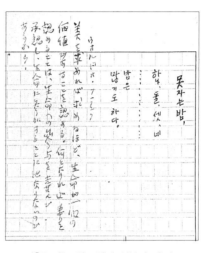

〈「못 자는 밤」옆의 일본어 메모〉

공교롭게 숭실학교 시기부터 윤동주는 초기의 관념성을 탈피하고 '생명의 가치'가 위협당하고 있는 슬픈 현실의 모습을 구체적으로 시에 반영하기 시작한다.「남쪽하늘」,「고향집」,「오줌싸개 지도」,「창구멍」,「기왓장 내외」,「모란봉에서」,「닭」,「이런 날」,「양지쪽」,「곡간」,「한난계」,「아침」,「장」등의 시에서는 고향을 떠난 유랑민, 부모 없이 버려진 아이들, 자식을 잃은 노부부,

---

20   왕신영 외, 앞의 책, 173쪽.

21   왕신영,「소장자료를 통해 본 윤동주의 한 단면」,『비교문학』27, 한국비교문학회, 2001, 269-273쪽.

어려운 형편으로 인해 삶을 빼앗긴 사람들 등의 모습이 그려지고 있다. 이러한 윤동주의 시적인 변화는 박치우가 「국제작가대회의 교훈」에서 강조한 "삐두러진 현실을 삐두러진 것으로 용감히 충실히 그려내"는 현실 참여적인 문학을 지향한 결과라 할 수 있는데, 윤동주가 이 시기 순수시나 이미지즘 시보다는 현실 참여적인 리얼리즘 시의 면모를 지니게 된 것은 박치우의 영향이 있었을 것으로 추론해 볼 수 있다.

3.1.2.3.2. 박치우의 「고전의 성격인 규범성」과 윤동주의 스크랩

현재 남아있는 윤동주의 「스크랩 내용 일람」을 보면, 박치우가 1938년 6월 14일 『조선일보』 문화면(5면)에 기고한 「고전부흥의 이론과 실제 ⑦: 고전의 성격인 규범성-참된 전승과 개성의 창조력」이 있어 주목할 만하다.[22] 박치우는 이 글에 앞서서 『조선일보』에 게재한 글 「고문화 음미의 현대적 의의」에서도 민족의 전통 문화유산을 현대에 되살리는 일의 중요함을 지적하기도 했고, 1939년 12월 15·16일 『조선일보』에 게재한 「조선학의 독무대」에서는 당시 학계에서 가장 활기를 띤 분야가 '조선학' 방면이라고 진단하고 각 학계의 성과를 정리하기도 하였다.

「고전의 성격인 규범성 – 참된 전승과 개성의 창조력」은 1938년 6월 4일부터 시작된 「고전부흥의 이론과 실제」 연재물의 일곱 번째 글인데, 이 연재물은 전환기에 다시 고전부흥의 현대적 의의를 고찰하기 위해 평론가와 고전 연구가들의 글을 교차로 게재하고자 한 기획이었다. 여기에서 박치우는 고전과 고전 아닌 것을 구별하는 조건을 구명하고자 하는 문제를 제기하고, 고전의 성격을 역사성과 규범성으로 규정하였다. 고전은 역사성의 측면에서 '역사적 전기'를 이루거나 규범적 측면에서 범형(範型) 이상의 '독창성'을 지니고 있어야 한다고 보았으며, 고전을 소중히 여기는 것은 단순히 고전을 알아보기

---

22   왕신영 외, 앞의 책, 371쪽.

위해서가 아니라 고전을 낳기 위해서인 것을 잊지 말아야 한다고 역설했다.

이와 관련하여 당시 윤동주의 「스크랩 내용 일람」을 보면, 박치우의 글이외에도 「고전 부흥의 이론과 실제」, 「전통의 일선적 성격과 그 현대적의의에 관하여」, 「향가와 국풍·고시 – 그 연대와 문학적 가치에 대하여」 등우리 전통 문화의 현대적 계승과 관련된 글들이 많다. 1943년 12월에 작성된일본 특고경찰의 '재 경도 조선인 학생 민족주의 그룹 사건'에 대한 『특고월보』와 경도 지방재판소의 윤동주에 대한 판결문을 보면,[23] 일제에 의해 민족문화와 민족의식이 소멸되고 있던 당시에 윤동주는 민족 전통 문화의 유지와회복에 대한 관심과 열의가 대단히 높았음을 알 수 있다. 이러한 조선 문화의유지와 민족의식 앙양에 대한 윤동주의 열정적인 태도에는 조선의 전통문화에 대한 현대적 계승을 강조했던 박치우의 영향도 일정 부분 있었음을 그의스크랩을 통해 확인할 수 있다.

이처럼 1941년 7월에 박치우가 윤동주에게 보낸 엽서를 볼 때, 숭실학교시절에서 시작된 윤동주와 박치우의 인연은 그 이후에도 지속적으로 이루어졌음을 알 수 있다. 박치우가 신문에 발표한 「국제작가대회의 교훈」과 「고전의 성격인 규범성 – 참된 전승과 개성의 창조력」을 보면, 당시 박치우는 국제정세에 대한 정확한 분석을 통해 순수문학론을 비판하고 조선의 문학운동이파시즘에 대항하는 정치운동이 되어야 한다고 주장했으며, 그 실천 중 하나로 민족의 전통문화 유산을 현대에 되살리는 것을 중요하게 여겼음을 알수 있다. 윤동주가 자신의 시 「못 자는 밤」에 국제작가대회 연설문을 기록해놓은 점과 박치우의 「고전의 성격인 규범성」을 스크랩해 놓은 점을 감안하면, 박치우가 강조한 현실참여 문학론과 조선문화 부흥론은 윤동주의 삶과시에 영향을 주었을 것으로 추론해 볼 수 있다. 특히 숭실학교 시기부터윤동주의 시에는 슬프고 고달픈 현실을 반영하는 시들이 본격적으로 나타나

---

23   송우혜, 앞의 책, 386-413쪽.

는데, 여기에는 숭실학교에서의 체험과 더불어 박치우의 영향이 있었을 것으로 보인다.

3.2. 『숭실활천』 15호와 「공상」, 「조개껍질」, 「이별」

3.2.1. 「공상」의 퇴고 흔적과 게재 의도

윤동주는 1935년 10월 『숭실활천』 15호에 「공상」을 발표했다. 흔히 「공상」은 윤동주의 시 중에서 최초로 활자화된 것으로 알려졌다. 송우혜는 「공상」에 대해 다음과 같이 언급했다.

> 이 작품들 중에서 특히 시 「공상(空想)」은 윤동주가 쓴 시들 중에서 최초로 활자화된 것으로서, 그 점에서 기념비적인 작품이라 하겠다. 「공상」은 1935년 10월에 발간된 『숭실활천』지에 게재되었다. 『숭실활천』은 숭실학교 학생회에서 간행하던 학우회지로서 1922년 창간되었다.[24]

하지만 윤동주는 이미 명동학교와 은진중학교 재학 시절에 자신이 만든 잡지와 신문에 자신의 작품을 게재했던 것으로 보인다.[25] 다만 「공상」은 현재 남아있는 작품 중에서 최초로 활자화된 것이다. "최초로 활자화"되었다는 그 자체에 너무 큰 의의를 두게 되면 「공상」 이전에 윤동주의 작품이 인쇄된 적이 없었던 것 같은 오해를 살 수 있다. 그러나 윤동주가 자신이 쓴 많은 습작시 중에서 「공상」을 『숭실활천』 15호에 실은 만큼 다른 습작시에 비해

---

24   위의 책, 168-169쪽.
25   문익환, 『문익환 전집 6권-수필』, 사계절, 1999, 348쪽.

「공상」의 비중이 크다 할 수 있다.

3.2.1.1. 「공상」의 퇴고 흔적과 또 다른 습작 노트의 가능성

윤동주의 습작 노트 『나의 습작기의 시 아닌 시』에 기재된 「공상」은 『숭실활천』 15호에 발표된 「공상」과 차이가 있다. 습작 노트에는 "黃金, 知慾의 水平線을 向하여."라고 되어 있는데, 『숭실활천』 15호에는 "金錢 知識의 水平線을 向하여"라고 되어 있다.[26] 어느 것이 더 먼저 기록된 것일까? 윤동주는 『숭실활천』의 「공상」을 스크랩해 놓았는데, 마지막 행에는 파란색 펜으로 두 줄을 긋고 "금전"은 "황금"으로, "지식"은 "지욕"으로 단어를 수정해 놓은 흔적이 있다. 그리고 이 퇴고의 내용이 습작 노트에 그대로 반영되어 있다.

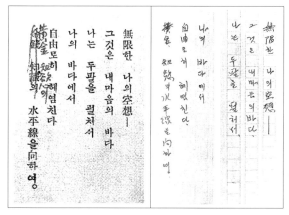

〈스크랩(왼쪽)과 습작 노트(오른쪽) 비교〉

퇴고의 흔적으로 보아 『숭실활천』에 게재된 「공상」이 먼저이고, 이를 퇴고한 후 습작 노트에 기록했다고 보아야 할 것이다. 게다가 습작 노트에는 「공상」보다 앞에 1936년 5월에 창작한 「산상」이 기록되어 있어, 「공상」은

---

26   왕신영 외, 앞의 책, 30-31쪽.

창작되고 수정된 뒤 1936년 5월 이후 습작 노트에 기록되었음을 알 수 있다.

습작 노트 『나의 습작기의 시 아닌 시』에 기록된 순서대로 작품의 제목과 창작일자를 살펴보면 다음과 같다.

「초 한 대」(1934년 12월 24일), 「삶과 죽음」(1934년 12월 24일), 「내일은 없다」(1934년 12월 24일, 「조개껍질」(1935년 12월, 봉수리에서), 「고향집」(1936년 1월 6일), 「병아리」(1936년 1월 6일), 「오숨싸개지도」, 「창구멍」, 「짝수갑」, 「기와장내외」, 「비둘기」(1936년 2월 10일), 「이별」(1936년 3월 20일, 영현군을), 「식권」(1936년 3월 20일), 「모란봉에서」(1936년 3월 24일), 「황혼」(1936년 3월 25일), 「가슴 1」, 「가슴 2」(1936년 3월 25일), 「종달새」(1936년 3월, 평.상.), 「산상」(1936년 5월), **「거리에서」(1935년 1월 18일),** **「공상」**, 「이런 날」(1936년 6월 10일), 「오후의 구장」(1936년 5월), 「양지쪽」(1936년 6월 26일), 「산림」(1936년 6월 26일), 「가슴 3」(1936년 7월 24일), **「꿈은 깨여지고」(1935년 10월 27일, 1936년 7월 27일 개작), 「창공(未定稿)」** **(1935년 10월 20일, 평양에서), 「남쪽하늘」(1935년 10월, 평양에서),** 「빨래」(1936년), 「비ㅅ자루」(1936년 9월 9일), 「해ㅅ비」(1936년 9월 9일), 「비행기」(1936년 10월 초), 「닭」, 「곡간」(1936년 10월 23일 밤), 「아인 양」(1936년 10월 23일 밤), 「무얼 먹구 사나」(1936년 10월), 「봄」(1936년 10월), 「참새」(未定稿), 「개」, 「편지」, 「버선본」(1936년 12월 초), 「니불」(1936년 12월), 「사과」, 「눈」, 「닭」, 「아츰」(1936년), 「겨을」, 「호주머니」, 「황혼」(1937년 1월), 「거즛뿌리」, 「둘다」, 「반듸불」, 「밤」, 「할아버지」(1937년 3월 10일), 「만돌이」, 「개」, 「나무」

습작 노트에 기록된 순서는 대체로 시간적인 순서에 의해 기록되어 있지만, 정확하게 시간 순서대로 기록된 것은 아니다. 눈에 띄는 것은 유독 시간 순서를 지키지 않은 것들이 대부분 1935년에 창작된 것이라는 것이다. 「거리에서」, 「공상」, 「꿈은 깨여지고」, 「창공」, 「남쪽하늘」은 모두 창작일자가 1935년인데, 습작 노트에는 1936년에 창작된 시들 사이에 삽입되어 있다. 앞에서 살펴본 「공상」의 경우 퇴고의 흔적으로 보아 1935년 10월 『숭실활천』에 발표한 후에 수정하여 1936년 5월 이후 습작 노트에 기록되었는데, 이처럼 「거리에서」, 「꿈은 깨여지고」, 「창공」, 「남쪽하늘」도 1935년 창작 당시에는 다른 곳에 기록된 후에 1936년에 습작 노트에 옮겨 기록된 것으로 볼 수 있다. 실제로 윤동주는 두 번째 습작 노트 『창』에 첫 번째 습작 노트 『나의 습작기의 시 아닌 시』에 기록된 「황혼」, 「가슴 1」, 「가슴 2」, 「가슴 3」, 「산상」, 「양지쪽」, 「산림」, 「남쪽하늘」, 「빨래」, 「닭」, 「아인 양」, 「곡간」 등을 다시 옮겨서 기록해 두기도 했었다. 그렇다면 현재 보존되어 있는 윤동주의 두 권의 습작 노트 『나의 습작기의 시 아닌 시』, 『창』이외에 1935년 무렵에 윤동주가 쓴 '또 다른 습작 노트'가 존재했을 가능성이 있다.

3.2.1.2. 숭실학교 편입과 「공상」의 게재 의도

「공상」이 발표된 것은 1935년 10월이지만 이 시가 창작된 날이 언제인지 정확하게 알 수 없다. 다만 습작 노트에서 이 시 바로 앞에 기록된 「거리에서」가 1935년 1월 18일로 창작일자가 기록되어 있어서 1935년 1월부터 1935년 10월 사이에 창작되었음을 짐작할 수 있다. 습작 노트를 보면 「꿈은 깨여지고」가 10월 27일에 창작하여 1936년 7월에 개작했다고 쓰여있는데, 「거리에서」, 「공상」, 「꿈은 깨여지고」는 비슷한 시기에 모두 유사한 시적 발상을 지니고 있어 관련성이 주목된다.

〈「거리에서」, 「공상」, 「꿈은 깨어지고」 비교〉

「거리에서」	「공상」	「꿈은 깨어지고」
달밤의 거리 광풍이 휘날리는 북국의 거리 도시의 진주 전등 밑을 헤엄치는, 쪼그만 인어 나. 달과 선승이 비쳐 한 몸에 둘 셋의 그림자, 커졌다 작아졌다, 괴롬의 거리 회색빛 밤거리를 걷고 있는 이 마음, 선풍이 일고 있네. 외로우면서도 한 갈피 두 갈피, 피어나는 마음의 그림자, 푸른 공상이 높아졌다 낮아졌다.	공상 — 내 마음의 탑 나는 말없이 이 탑을 쌓고 있다. 명예와 허영의 천공에다, 무너질 줄도 모르고, 한 층 두 층 높이 쌓는다. 무한한 나의 공상 — 그것은 내 마음의 바다, 나는 두 팔을 펼쳐서, 나의 바다에서 자유로이 헤엄친다. 황금, 지욕의 수평선을 향하여.	꿈은 눈을 떴다. 그윽한 유무에서. 노래하던 종다리, 도망쳐 달아 나고, 지난날 봄 타령 하던 금 잔디밭은 아니다. 탑은 무너졌다. 붉은 마음의 탑이 — 손톱으로 새긴 대리석 탑이 — 하루 저녁 폭풍에 여지 없이도, 오 — 황폐의 쑥밭, 눈물과 목메임이여! 꿈은 깨여졌다, 탑은 무너졌다.

세 편의 시를 살펴보면, 「거리에서」에서 "푸른 공상"이 피어났다가 「공상」에서 "공상− / 내 마음의 탑"이 한없이 높아졌다가 「꿈은 깨어지고」에서는 "탑은 무너졌다. 붉은 마음의 탑이−"처럼 '공상의 탑'이 무너지는 일련의 양상을 보여주고 있다. 이로 볼 때, 이 세 편에 나타나는 시의식은 서로 연관이 되어 있음을 알 수 있다.

아마도 「공상」은 평양 숭실학교 편입과 관련하여 윤동주 마음 속에서 생겨난 세속적인 욕망에 대해서 반성적으로 성찰한 시인 듯하다. 당시 용정 은진중학교는 4년제 학교여서 대학 진학을 위해서는 5년제 학교로 편입을 해야 했다. 윤동주가 평양 숭실학교라는 명문 학교로 올 때 아마도 그는 대학 진학을 염두에 두고 있었을 것이고 어쩔 수 없이 내면에 미래에 대한 야망을 품게 되었을 것이다. 윤일주는 윤동주가 평양 숭실학교로 진학하게 된 것이 문익환이 숭실학교 간 것이 부러워서 어른들을 설득한 것처럼 보였다고 회고하기도 했다.[27] 이러한 마음이 「거리에서」에서 '푸른 공상'이 피어나는 것으로 형상화되었다. 그리고 「공상」에서 그는 "명예", "허영", "황금", "지욕" 등에 대한 헛된 욕망을 솔직하게 그려내고 있다. 뒤이어 1935년 10월에 쓴 「꿈은 깨여졌다」에 나타나는 좌절은 숭실학교 4학년 편입에 실패하고 3학년에 편입하게 된 실망감과 관련이 있는 것으로 보인다.

따라서 윤동주가 「공상」을 『숭실활천』 15호에 게재한 것은 소위 명문 학교인 숭실학교의 학생들에게 자신이 편입 과정에서 품게 된 세속적인 욕망을 그대로 드러냄으로써 이에 대한 반성과 경계를 하고자 했던 것으로 볼 수 있다. 윤동주의 어릴 적 친구 김정우의 회고에 의하면 사각모를 쓴 윤동주의 모습이 부러워서 자신도 서울에서 고학을 할 수 있겠는지 물었을 때 "서울에서는 고학할 수 없고 토오쿄오는 가능할 것이다. 그러나 네가 사각모를 쓰고 싶어서 공부하려면 안 하는 것이 낫다."라는 내용의 편지를 윤동주로부터 받았다고 한다.[28] 여기에서 윤동주가 세속적인 허영심을 경계하는 마음을 지니고 있었음을 알 수 있는데, 이를 시적으로 형상화한 것이 「공상」이라할 수 있다. 즉 윤동주가 하필 「공상」을 『숭실활천』에 게재한 것은 것은 그가 명문 학교에 진학하면서 생겨난 세속적인 욕망을 반성적으로 성찰하고, 이를 같은 처지에 있는 학생들과 나누며 세속적 허영을 경계하고 학문하는 참된 태도에 대해서 성찰하고 싶었던 것으로 볼 수 있다.

---

27 윤일주, 앞의 글, 154쪽.
28 김정우, 앞의 글, 120쪽.

3.2.2. 「조개껍질」과 숭실학교 종교부

〈「조개껍질」의
창작일자 아래에 쓴
"鳳岫里에서"〉

윤동주가 평양 숭실학교 시기에 창작한 시 중에는 1935년 12월에 창작한 「조개껍질」이 있다. 「조개껍질」의 창작일자 아래에는 "鳳岫里에서"라는 짤막한 메모가 기록되어 있다.[29]

그런데 『숭실활천』 15호 〈숭실뉴—스〉의 '종교부' 소식을 보면 당시 숭실학교 학생회에서는 봉수리, 서신리, 감북리 세 지역에 주일학교를 경영하고 있었고, 그 중에서 봉수리 주일학교의 교장이 '문익환'이었음을 확인할 수 있다. 이에 대해서는 구마키 쓰토무가 이미 언급한 적이 있지만,[30] 이 책에서는 이와 더불어 『숭실활천』 15호 〈숭실뉴—스〉에 실린 종교부 활동을 더 자세히 소개하고 윤동주와 문익환의 주일학교 봉사활동 이력을 추적함으로써 이 시기 윤동주의 동요·동시 창작과 주일학교 봉사활동의 관련성에 대해 논의하고자 한다.

『숭실활천』 15호 〈숭실뉴—스〉에는 당시 숭실학교 학생회의 활동이 상세하게 기재되어 있다.[31] 숭실학교 학생회는 의사부, 종교부, 지육부, 사교부, 체육부, 음악부 6개 부로 이루어져 있었다. 의사부에서 보고한 1935년 예산 편성 내역을 보면 총수입은 950원이었고, 이에 대한 총지출의 세부 내역은 의사부 40원, 종교부 230원, 지육부 230원, 사교부 180원, 체육부 50원, 음악부 50원, 부채환상 30원, 만주연합전도회 100원,

---

29 왕신영 외, 앞의 책, 20쪽.
30 구마키 쓰토무, 앞의 글, 129쪽.
31 『숭실활천』 15, 169-171쪽.

예비 40원으로 되어 있다. 이를 보면 학생회의 총지출 중에서 종교부와 지육부에 가장 많은 금액인 230원이 편성되어 있음을 볼 수 있다. 각 부의 활동 내역을 보면 지육부는 『숭실활천』 발행과 웅변대회 개최가 활동의 전부인데 반해[32] 종교부는 매우 다양한 활동을 했음을 알 수 있다. 의사부 소식란을 보면 평양남녀학생전도연합회에 학생회장 임인식과 종교부장 이방환 두 명이 숭실학교 학생회 대표 자격으로 참가했는데, 이로 볼 때 각종 종교행사에 종교부가 적극 참여했음을 알 수 있다. 아마도 총지출 중 100원이 편성되어 있는 '만주연합전도회'도 종교부에서 행사를 주관했을 가능성이 크다. 이처럼 미션스쿨 숭실학교의 학생회에서 가장 활발하게 활동하는 곳이 '종교부'였던 것으로 보인다.

종교부 부장 이방환이 작성한 『숭실활천』 15호의 종교부 활동은 다음과 같다.

〈『숭실활천』 15호 「숭실 뉴-스」의 종교부 소식란〉

◆ 종교부 (이방환)
一. 주일학교경영
　　봉수리(교장 문익환), 서신리(교장 이인환), 감북리(4월 28일 창설 교장 김두식)
一. 주일학교 예비공부

32　김창걸은 당시 지육부에서 발행하던 『숭실활천』은 잡지로 시판까지 했고, 웅변대회를 통해 일본을 향한 민족의 울분을 터트리곤 했다고 언급했다.
　　"지육부가 있었다. 여기서는 문예 창작 활동을 담당하였다. 교지 발행이 주 활동이었으며 교지를 「숭실활천」이라고 했다. 「숭실활천」은 이름있는 잡지로 시판까지 했었다. 교지를 담당하였던 졸업생 중 후일 한국 문단에 쟁쟁한 분들이 많았다. 황순원, 김현승, 윤동주, 김종문, 김조규 등이 바로 그들이다.
　　지육부의 괄목할 만한 활동에는 또 웅변활동이 있었다. 웅변은 일본을 향해 우리의 울분을 터트리고 민족 사상을 표현하는 기회로 삼았었다. 그러므로 웅변활동이 성행하여 각종 웅변대회가 열리곤 했었다. 교회에서도 정기적으로 개최하곤 하였다. 우리 숭실 학생회 지육부의 웅변대회도 성대했었다. 이러한 활동은 웅변술을 연마하는 데 목적이 있다기보다는 자유를 외쳐보는 데 의의가 있었다고 볼 수 있다."(김창걸, 앞의 책, 199쪽)

매 토요일 오후 7시-8시
一. 청신기도회
　　매 일요일 오전 5시 반-6시 반
一. 평양 남녀 중학 졸업생 송별예배
　　연사 채필근 목사, 김취성 선생
　　시일 2월 16일
　　장소 광성고보 강당
一. 하기 아동 성경학교 지도자 강습회
　　강사 김우석 목사, 정재호 목사, 조용훈 선생, 강신명 선생
　　시일 6월 17일-동 24일
　　장소 서문외예배당
一. 하기 아동 성경학교
　　평남, 평북, 황해도 지방

	학교수	선생수	생도수
종교부 파송	20	27	1,887
개인	37	40	3,458
합계	57	67	5,435

　　시일 7월 22일-8월 4일
一. 하기 순회 음악 전도 강연회
　　인솔자 정재호 목사
　　악사 김신찬, 홍천표, 김낙주
　　연사 구흥남, 이방환
　　시일 7월 21일-8월 4일
　　장소 충북지방 15교회
一. 부기
　　교내 동기 사경회를 조력하오며 성탄축하회를 개최할 예정이어라.
一. 1년간 총경비
　　450여 원

이를 보면, 당시 숭실학교 종교부의 활동이 어떠했는지 알 수 있다. 종교부는 주일학교 경영(봉수리, 서신리, 감북리), 주일학교 예비공부, 청신기도회, 평양 남녀 중학 졸업생 송별예배, 하기 아동 성경학교 지도자 강습회, 하기 아동 성경학교, 하기 순회 음악전도 강연회, 교내 동기 사경회, 성탄 축하회 등의 행사를 했고 1년간 총경비가 450여 원이었음을 알 수 있다. 특히 눈에 띄는 것은 주일학교 경영과 하기 아동 성경학교이다. 주일학교는 봉수리, 서신리, 감북리 세 군데에서 운영을 했고, 하기 아동 성경학교는 평남, 평북,

황해도 지방에서 이루어졌는데, 종교부에서 20개 성경학교에 교사 27명을 파송했으며, 숭실학교에서 전체 57개 성경학교에 67명을 파송하였음을 확인할 수 있다.

김창걸은 숭실학교 종교부에 대해 다음과 같이 회고했다.

> 그러나 평양 시외 변두리 지역은 교회가 세워지기도 어려워서 교회가 필요하다고 생각되는 지역에는 숭실학교 종교부가 교회를 개척하여 학생들이 목회자 역할을 하였고, 나중에 교회가 성장하면 정식으로 목회자를 모셔왔다. 그러나 그것도 끝내 어려운 경우에는 학생들이 계속하여 목회일을 감당해야 했다. 이를테면, 인흥리, 봉수리에 개척된 교회들은 온전히 숭실학생이 목회하는 교회들이었다. 교회를 정기적으로 돕지 못하는 경우에는 비정기적으로 돕는 방법도 있었다. 즉 주일학교의 특별행사나 교회의 특별한 절기행사, 또는 부흥회 때는 숭실악대나 노래단을 파견하여 적극적으로 도와주기도 하였다.[33]

> 학생회의 종교부 활동은 대단하였다. 평양 시내 또는 시외에 있는 여러 교회의 어린이 주일학교 반사로 파송되어 봉사하는 일과 평양시외에 교회가 없는 곳을 찾아 교회를 개척하고 담당하는 일도 하였었다.[34]

김창걸의 회고를 감안하면, 아마도 봉수리, 서신리, 감북리 등의 지역은 목회자가 목회를 담당하기 어려운 곳이어서 숭실학교 학생들이 목회한 곳이었던 것 같다. 여기에서 아마도 문익환은 목회자를 대신하여 목회를 주도하고 윤동주는 그를 도와 주일학교 봉사를 했을 것으로 보인다.

『나라사랑』 23호에 공개된 사진에 의하면 문익환과 윤동주는 이미 은진중

---

33 김창걸, 앞의 책, 121쪽.
34 위의 책, 199쪽.

학교 시절에 주일학교 유년부 교사로 봉사한 적이 있었고 연희전문 1학년 때도 감리교회 하기 아동 성경학교에서 어린이들을 가르쳤다.[35]

〈은진중학교 시절 용정중앙교회 주일학교 유년부 봉사〉

(뒤에서 두 번째 줄 오른쪽에서 두 번째가 윤동주, 세 번째가 문익환)

〈연희전문 1학년 시절 용정 감리교회 주일학교 봉사〉

(뒷줄 왼쪽에서 두 번째가 윤동주, 맨 오른쪽이 문익환)

윤일주에 의하면 윤동주는 광명중학교 때도 주일학교 교사를 했고, 주일학

---

35 정세현, 앞의 글, 25쪽; 장덕순, 앞의 글, 143쪽.

교 봉사는 연희전문 2학년 때까지도 지속되었다고 한다.[36] 이렇게 보면 은진 중학교, 숭실학교, 광명중학교, 연희전문 시절까지 윤동주는 문익환과 함께 매우 오랜 기간 주일학교 교사로 봉사해 왔음을 알 수 있다.

윤동주는 1935년 12월 봉수리에서 쓴 동요 「조개껍질」을 창작한 후, 이 시기에 「고향집」(196.1.6), 「병아리」(1936.1.6), 「오줌싸개 지도」, 「창구멍」, 「기와장 내외」 등 동요·동시를 집중적으로 창작했다. 윤동주가 평양 숭실학 교에서 주일학교 봉사활동을 했다면 이 시기 윤동주의 동요·동시 창작은 주일학교 봉사와 관련이 있을 수 있고 그 예상 독자가 봉수리 주일학교 학생 들이었을 수 있다.

3.2.3. 「이별」의 "영현군"과 편집부원 이영현

3.2.3.1. 시 「이별」에 나타난 "永鉉君"

1935년 12월부터 1936년 2월 사이에 동요·동시를 집중적으로 쓰던 윤동 주는 1936년 3월 무렵에는 답답한 현실에 대해 안타까워하는 내용의 시들을 쓴다. 아마도 이 시들은 신사참배 반대로 인해 윤산온 교장이 강제 추방된 평양 숭실학교의 상황과 관련이 있을 것이다. 당시 1935년부터 일제는 모든 학교에 신사참배를 강요했는데, 숭실학교는 이를 단호하게 거부했다. 이에 따라 윤산온 교장은 미국으로 추방되었고 신사참배 반대 운동에 가담했던 윤동주와 문익환도 1936년 3월 말에 스스로 학교를 그만두고 다시 용정으로 돌아오게 된다.

---

36 "광명 중학교 때에는 교회 주일 학교의 반사(班師)도 하고, 연희 전문 1·2학년 때까지도 여름 방학에 하기 성경 학교 등을 돕기도 하였으나, 3학년 때부터는 교회에 대한 관심이 덜해졌다는 느낌을 받았다. 그 때가 그의 시야가 넓어지면서 신앙의 회의기에 들었던 때인 지 모른다."(윤일주, 앞의 글, 157쪽)

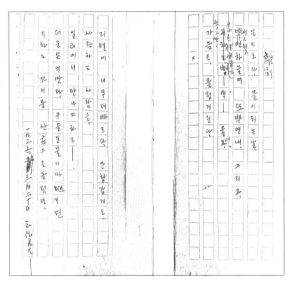

〈「이별」의 창작일자 아래에 쓴 "永鉉君을"〉

이러한 상황 속에서 1936년 3월 20일에 윤동주는 시 「이별」을 썼다. 그런
데 윤동주는 「이별」의 창작일자 아래에 "永鉉君을－"이라고 써 놓았는데,[37]
이는 윤동주 시에 매우 드물게 등장하는 '인명'이기 때문에 주목이 된다.
윤동주의 메모에 나오는 '영현군'은 누구일까? 시의 제목이 '이별'이니 영현
이란는 사람과 헤어진 듯한데, 지금까지 윤동주 연구에서 「이별」에 나타나는
"영현군"에 대한 논의는 거의 이루어지지 않았다.

　그런데 『숭실활천』 15호의 <화보>에는 '활천 편집부 일동'의 사진이 실려
있는데, 여기에 '李永鉉'이라는 학생이 있다. 이 인물이 바로 윤동주의 시
「이별」에 나오는 "永鉉君"일 가능성이 크다.

37　왕신영 외, 앞의 책, 24-25쪽.

〈'숭실 편집부 일동' 사진〉

(앞줄 맨 오른쪽이 "이영현(李永鉉)"이다)

위 사진에서 뒷줄 왼쪽부터 윤산온 교장, 정재호 선생,[38] 배치엽 선생, 강봉우 선생이고, 앞줄 왼쪽부터 문기열, 박길영, 이승만, 전재호, 최영순, 이영현이다. 즉 앞줄 맨 오른쪽이 바로 '이영현'인 듯하다.[39]

---

38 김창걸은 정재호에 대해서 다음과 같은 언급을 남겼다.

"그러나 숭실학교에서는 성경과 예배를 전담하시는 목사님이 계셨다. 그분은 정재호 목사님이었다. 나는 그분으로부터 인격적으로 신앙적으로 많은 감화를 받았다. 그분은 학생 시절 맥큔 교장의 수제자였다고 한다. 3.1 만세운동에도 참가하여 애국애족운동의 선봉에 섰던 일이 있다고 한다. 맥큔 교장의 도움으로 신학을 공부하게 되었고, 목사가 된 후 우리 학교에 교목으로 오신 것이다(김창걸, 앞의 책, 70쪽)."

39 <화보> 사진에는 앞줄에 7명이 앉아 있는데, 이름은 6명만 기록되어 있다. 『숭실활천』 15호 171쪽의 "Y.M.C.A. 임원"의 '지육부원' 7명의 명단과 비교해 보면 <화보> 사진에는 이양섭의 이름이 빠진 것으로 보인다. 이영현을 제외한 모두가 5학년 졸업생이었기 때문에 후배인 이영현이 맨 오른쪽 학생일 듯하다.

〈숭실학교 Y.M.C.A. 임원 명단〉

　　『숭실활천』 15호에 실린 "Y.M.C.A. 임원" 명단을 보면,[40] 여기에는 지육부원들이 소개되어 있는데, 지육부장은 전재호이고 지육부 부원으로 이양섭, 이승만, 박길영, 최영순, 이영현, 문기열 등이 소개되어 있다. 이는 〈화보〉에 나오는 '활천 편집부원'과 동일한 명단이다. 이로 볼 때 활천 편집부원들이 곧 Y.M.C.A. 지육부원임을 알 수 있다.[41]

　　『숭실활천』 15호에 실린 6회 졸업생들의 명단을 보면,[42] 지육부원 중에 이영현을 제외한 전재호, 이양섭, 이승만, 박길영, 최영순, 문기열 등은 졸업생 명단에 이름이 있어서 이들이 모두 당시 5학년이었음을 알 수 있다. 모두

40　『숭실활천』 15, 171쪽.

41　당시 숭실학교 지육부는 편집부, 문예부 등의 이름으로 불리기도 했다. 『숭실활천』 15호를 보면, 〈숭실 뉴스〉에는 '지육부'라는 이름으로 나오지만, 〈화보〉에는 '활천 편집부'라는 이름으로, 〈편집여묵〉 아래 '발행소'에는 '학생 Y.M.C.A. 문예부'라는 이름으로 기록되어 있다.

42　『숭실활천』 15, 171쪽.

졸업생들로 이루어진 편집부에 유일하게 졸업생이 아닌 이가 이영현이었다. 이를 고려한다면, 그만큼 그가 문학적인 재능을 선배들로부터 인정받은 것으로 추측해볼 수 있는데, 아마도 그가 유력한 차기 편집부장 후보였던 것으로 보인다.

3.2.3.2. 이영현(李永鉉)과 이영헌(李永獻)

『숭실활천』15호와 관련하여 문익환의 증언이 있었다. 문익환은 당시의 상황을 아래와 같이 회고했다.

> 동주는 숭실학교에 한 학기밖에 다니지 않았지만, 그 동안 학교 문예지 편집을 맡았었고 거기 동주의 시 한 편이 실렸던 걸로 기억하고 있다. 갓 편입해 온 학생에게 그 일이 돌아간 것은 은진중학교에서 먼저 숭실에 나가 있던 이영헌(현 장로회신학대학 교수)이 문예부장이 되면서 동주에게 그 일을 맡겼기 때문이다. 그때 동주는 내게도 시를 한 편 써내라고 하였다. 그래서 한 편 써내었더니 "이게 어디 시야?" 하면서 되돌려주는 것이었다.[43]

그리고 문익환은 숭실학교 재학 시절 윤동주, 이영헌과 함께 찍은 사진을 공개했다.

이 사진에 대해 문익환은 "이 사진은 은진중학교 출신으로 숭실에 전학 간 학생들끼리 모여서 찍은 것이다. 앉아 있는 친구는 이영헌이라고 장로회신학대 교수를 지낸 사람이고, 내 왼쪽은 잘 아는 윤동주, 오른쪽은 얼굴은 기억나는데 이름은 잊었다. 그 사람은 숭실 시절 이후 전혀 보지 못했다."라고 언급했다.[44]

---

43 문익환, 앞의 책, 352쪽.
44 송우혜, 앞의 책, 163쪽.

〈숭실학교 시절 윤동주, 문익환, 이영헌〉

(뒷줄 중앙이 문익환, 오른쪽이 윤동주,
앞줄 중앙에 앉은 이가 '이영헌'이다.)

송우혜는 『윤동주 평전』에서 이 사진에 대한 일화를 소개하고 '이영헌'에 대해 다음과 같이 언급했다.

이영헌(李永獻) 목사는 문익환 목사님과 윤동주 시인의 은진중학교 동기동창생으로서 그들보다 먼저 숭실학교로 전학했다. 문재(文才)를 인정받아서 윤동주 시인이 전학했을 때는 숭실학교 학생회 문예부장으로 활동했다. 그가 교내 잡지『숭실활천』편집하는 일을 윤동주에게 맡겨서 윤동주가 그 일을 기꺼이 했음이 문익환 목사님의 증언에 나온다.

이 목사는 함북 명천 태생으로 숭실을 졸업한 뒤 동경에 있는 일본신학교에 진학하여 수학하다가 평양신학교로 옮겨서 졸업했고, 미국에 유학하여 에스버리 신학교, 프린스톤 신학교 대학원, 아주사대학에서 공부하여 신학박사 학위를 받았다. 귀국하여 대현교회 목사, 숭실대학 부교수, 장로회신학대학 교수를 역임했다.[45]

그런데『숭실활천』15호를 보면, 편집부원 사진이나 지육부원 명단에 '이영헌'이라는 이름이 그 어디에도 나오지 않는다.『숭실활천』15호 어디에도 '문예부장 이영헌'의 이름은 없고 그가 쓴 글도 없다. 다만 차기 지육부장으로 짐작되는 '이영헌'만이 있을 뿐이다. 게다가『숭실활천』15호의 지육부 명단을 보면 당시 지육부장은 이영헌이 아니라 〈편집여묵〉을 작성한 전재호였다.

---

45   위의 책, 164쪽.

어떻게 된 일일까? 『숭실활천』 15호 어디에도 이영헌의 이름이 없다는 것을 감안하면 그가 문예부장이었다는 문익환의 증언에 오류가 있는 것으로 보아야 할 것이다. 아마도 당시에 이영헌과 이영현 두 학생이 있었는데, 오랜 세월이 지났기 때문에 문익환이 비슷한 이름을 지닌 이 둘을 구분하지 못하고 착각했을 것으로 추론해 볼 수 있다. 혹은 두 인물이 사실은 동일 인물일 가능성도 있다.[46]

문익환의 증언에는 또 하나의 오류가 있다. 그는 윤동주가 "숭실학교에 한 학기밖에 다니지 않았지만"이라고 했지만, 당시 숭실학교는 1학기(4~8월), 2학기(9~12월), 3학기(1~3월)로 되어 있어서 실제 9월에 편입하여 3월에 학교를 그만 둔 윤동주는 두 학기를 다닌 셈이 된다. 이로 볼 때 '이영헌'에 대한 문익환의 증언도 오류가 있을 수 있다.

『숭실활천』 15호 어디에도 이영헌의 이름이 없음을 감안하면, 이영헌은 문예부장이 아니었던 것 같고, 이영현은 편집부원이었지만 아직 문예부장은 아니었다. 다만 그는 『숭실활천』 15호에 소개된 편집부원 중 졸업생이 아닌 유일한 편집부원이었기 때문에 5학년 선배들이 졸업을 하면 차기 문예부장으로 유력했던 학생으로 보인다. 문익환의 증언 중 "이영헌이 문예부장이 되면서"라고 언급한 부분은 아마도 '이영현'이 차기 문예부장이 되었다는 의미로 고쳐서 이해해야 할 듯하다. 따라서 갓 편입한 윤동주가 교지에 글을 낼 수 있도록 도와준 편집부원이 있었다면, 아마도 그는 '이영현'이었을 듯하다.

3.2.3.3. 이영현의 시 「하늘」과 윤동주의 시 「이별」

『숭실활천』 15호에는 편집부원들의 글도 다수 실려있는데, 〈기행〉에 문기열[47]의 「졸업여행기」,[48] 〈시가〉에 이영현의 「하늘」, 이승만의 산문 「교생 스

---

46   이영헌과 이영현에 대한 사실 확인 작업은 추가적인 조사가 더 필요해 보인다.

47   문기열은 〈화보〉와 〈YMCA 임원〉, 〈제6회졸업생씨명급주소〉'에는 '文基恕'로 이름이 표기되어 있지만, 목차와 「졸업여행기」와 시 「꽃 접시」, 「애정의 궤도」에는 '文箕列'로 표기

켓취 삼제」,[49] 〈창작〉에 문기열의 산문 「꽃 접시」·「애정의 궤도」, 전재호가 쓴 〈편집여묵〉 등이 있다. 특히 〈시가〉에 시를 실은 학생은 윤동주와 이영현을 포함하여 모두 10명인데, 이 중에서 이영현은 시 「하늘」을 교지에 게재했다.[50]

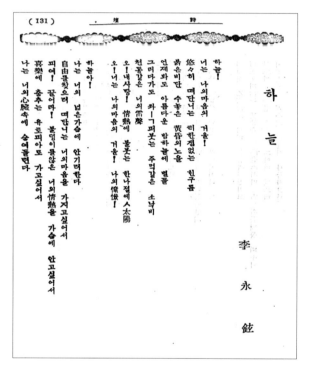

〈이영현의 시 「하늘」〉

되어 있다. 아마도 동일인물인 듯한데 표기가 다르게 되어 있다.

48 숭실학교는 매년 졸업생들이 만주로 기행을 다녀왔음을 알 수 있는데, 1935년에는 '다롄-여순-경성-개성'을 다녀왔다.

49 목차에는 제목이 '교실 스켓취 삼제'로 되어 있으나 138쪽 제목은 '교실 스켓취 이제'로 되어 있는데, 내용에 세 편의 글이 있음을 감안하면 목차의 제목이 맞는 듯하다.

50 『숭실활천』 15, 131쪽.

이 시에서 "하늘"은 마음의 "거울"이자 나의 "동경"이며 "자유", "정열", "희락"에 대한 열망으로 명명된다. 하늘을 거울삼아 나를 비춰보고 그 하늘을 동경하며 하늘을 지향하는 시적 화자의 태도는 윤동주 시의 시적 화자와 닮아있다. 이러한 유사한 시적 지향으로 인해 둘은 더욱 친밀하고 각별한 사이가 되었는지 모른다.

그러나 일제의 신사참배 강요로 인해 신사참배 반대 운동이 일어나고 교장이 추방되고 학교가 휴교에 들어간 상황 속에서 둘은 학업을 지속하기가 어려웠을 것이고 결국 헤어질 수밖에 없었을 것이다.

> 눈이 오다, 물이 되는 날
> 잿빛 하늘에 또 뿌연 내, 그리고,
> 커다란 기관차는 빼—액— 울며,
> 쪼그만
> 가슴은, 울렁거린다.
>
> 이별이 너무 재빠르다, 안타깝게도,
> 사랑하는 사람을,
> 일터에서 만나자 하고 —
> 더운 손의 맛과, 구슬 눈물이 마르기 전
> 기차는 꼬리를 산굽으로 돌렸다.
>
> —윤동주, 「이별」 전문(1936.3.20. 永鉉君을 —)

「이별」은 윤동주가 평양을 떠나는 이영현을 기차역에서 배웅하고, 사라지는 기차를 보면서 눈물을 흘리며 슬퍼하는 내용을 시적으로 형상화한 것으로 볼 수 있다. 윤동주는 잿빛 하늘에서 눈이 내리는 3월의 평양역에서 이영현과 뜨겁게 작별의 인사를 나누고 눈물을 흘리며 그가 탄 기차가 사라지는 모습을 바라보았던 것이다. 일제의 신사참배 강요로 학교가 혼란스럽게 되고 이로 인해 학업을 중단해야 하는 상황 속에서 "사랑하는 사람" 이영현과 이별해야 하는 슬픔이 이 시에 담겨있다. "눈이 오다, 물이 되는 날"의 언어유희에서 느껴지는 슬픔, "잿빛 하늘"과 "뿌연 내"의 유비, "크다란 기관차"와 "쪼그만 가슴"의 대조, "이별이 너무 재빠르다"라는 단정적인 진술, "더운 손의 맛"과 "구슬 눈물"의 감각적인 이미지, 산굽이를 돌아 사라지는 "기차"가 남기는 여운 등으로 인해 시 「이별」은 짧지만 안타까움과 슬픔의 정서를 환기하면서 매우 강한 인상을 남긴다.

이처럼 윤동주의 시 「이별」의 "영현군"은 『숭실활천』 15호에 나오는 편집부원 이영현일 가능성이 매우 크다. 전입한 지 얼마 안 된 윤동주가 『숭실활천』 15호에 작품을 실을 수 있도록 도와주고, 이별할 때 윤동주가 눈물을 흘릴 정도로 깊은 우정을 나눈 이가 편집부원 이영현이라면, 그동안 윤동주의 숭실학교 시절에서 다뤄지지 않았던 중요한 인물을 새롭게 발굴한 것이 된다. 앞으로 이에 대한 논의가 더 깊이 이루어질 필요가 있다.

3.2.4. 숭실학교 3학기에 쓴 시

당시 숭실학교는 1년이 3학기로 운영되고 있었는데, 1학기가 4~8월, 2학기가 9~12월, 3학기가 1~3월이었다. 그런데 숭실학교 시기 윤동주는 유독 3학기에 많은 시들을 창작했다. 이 시들은 당시의 슬픈 현실을 반영하거나 숭실학교에서 일어났던 신사참배 거부 운동과 관련이 있는 시들이다.

3.2.4.1. 1936년 1, 2월에 쓴 시

윤동주의 첫 번째 습작 노트 『나의 습작기의 시 아닌 시』를 보면, 1935년 12월에 쓴 「조개껍질」 이후 「고향집」(1936.1.6), 「병아리」(1936.1.6), 「오줌싸개 지도」, 「창구멍」, 「짝수갑」, 「기와장내외」를 쓰는데, 이들은 모두 1936년

1월에 쓴 것으로 추정되는 동요·동시이다. 2월에 창작한 시는 「비둘기」(1936.2.10)이고, 이 시는 동요나 동시가 아니라 "시"라고 기록해 두었다. 이 시들은 대체로 식민지 사회의 슬픈 현실이 반영되어 있는 시들이어서 이 시기 사회 현실을 바라보는 윤동주의 비판의식과 슬픈 사람들에 대한 연민을 엿볼 수 있다.

「고향집」은 부제가 "만주에서 부른"으로 되어 있고 만주 유랑민인 시적 화자가 남쪽에 있는 자신의 고향과 어머니를 그리워하는 내용이다. 「오줌싸개 지도」는 습작 노트에 퇴고의 흔적이 있는데, 퇴고 이전의 것은 잃어버린 "우리 땅"에 대한 언급이 나오는 것이고, 퇴고 이후의 것은 부모 없이 살아가는 아이들에 대한 내용이다. 「창구멍」은 바람 부는 새벽부터 눈 내리는 저녁까지 일하러 간 아버지를 기다리는 아이의 심정이 나타난다. 「짝수갑」은 제목만 있고 내용이 비워져 있다. 무엇인가 쓰려고 빈칸을 비워두었지만 끝내 쓰지 못한 듯하다. 하지만 제목만으로도 당시의 엄혹한 상황이 연상이 되고, 내용이 없음으로 인해 오히려 말하고자 하는 바를 말할 수 없는 시대를 고발한 작품이 되었다. 「기와장 내외」는 비 오는 날 기와에서 떨어지는 빗물을 통해 외아들을 잃어버린 노부의 슬픔을 형상화하고 있다. 「비둘기」에도 "어려운 이야기"를 주고 받고 새끼 생각에 집으로 날아가는 비둘기를 통해 당시 민중들의 어려운 생활 형편이 형상화되어 있다. 이 시들 중에서 「병아리」, 「오줌싸개 지도」는 이후 잡지 『가톨릭소년』에 발표하게 된다.

이처럼 이 시기에 윤동주가 쓴 시들은 떠돌이 유랑민, 고아처럼 버려진 아이, 수갑 차고 잡혀가는 사람, 자식을 잃어버린 부모, 하루 먹을 양식을 위해 걱정 속에서 일하는 고달픈 부부 등 당시 일제 식민지 사회 속에서 슬픔과 아픔을 지니고 살아가는 조선 민중들의 모습이 나타난다. 이로 볼 때 당시 사회 현실에 대해 비판적인 의식과 더불어 힘든 삶을 사는 민중들에 대한 연민이 윤동주의 의식 속에 자리잡고 있음을 엿볼 수 있다. 게다가 이때 쓴 대부분의 시가 동요·동시인데, 주로 밝고 명랑한 내용이 아니라 슬픈 시대 현실을 담았다는 점은 이 시기 윤동주 동요·동시의 중요한 특징이라 할 수 있다.

1934년과 1935년에 쓴 시들이 대체로 관념적인 시들이었는데, 1936년부터 그는 식민지 현실의 구체적인 모습을 시에 반영하기 시작한다. 이러한 변화에는 숭실학교 시기 만났던 문인들의 영향이 있었을 것이다. 특히 "작가는 우선 삐두러진 현실을 삐두러진 것으로 용감히 충실히 그려내고 잇는 것을 스스로 물어볼 것이다."라며 현실 참여 문학을 지지하던 박치우 같은 이들과의 만남이 윤동주에게 영향을 끼친 것으로 보인다.

3.2.4.2. 1936년 3월에 쓴 시

윤동주는 1936년 3월에 유독 많은 시들을 썼다. 「이별」(1936.3.24), 「식권」(1936.3.20), 「황혼」(1936.3.25), 「가슴 1」(1936.3.25), 「가슴 2」(1936.3.25), 「종달새」(1936.3) 등 6편을 썼다. 이 시들은 모두 습작 노트 『나의 습작기의 시 아닌 시』에 실려있고, 이 중에서 「황혼」, 「가슴 1」, 「가슴 2」는 두 번째 습작 노트인 『창』에도 기록되어 있다. 『창』에서 「가슴 2」는 전체가 "X" 표시로 삭제되어 있고, 「황혼」과 「가슴 1」은 부분적으로 퇴고를 하고 창작일자 옆에 "平壤서"라고 기록해 두었다.[51] 아마도 이 시기에 쓴 시들은 평양 숭실학교에서 있었던 신사참배 거부 운동과 이로 인해 학교를 그만 둘 수밖에 없었던 상황과 관련이 있는 듯하다.

「이별」은 앞에서도 언급했듯이 신사참배 반대로 인해 교장이 추방되고 학교가 휴교에 들어간 상황에서 편집부원 이영현과 평양역에서 눈물을 흘리며 이별하는 모습을 형상화하였다.

「식권」은 북간도에서 태어나고 자란 윤동주가 우리 땅 평양에 와서 우리

---

51   첫 번째 습작 노트 『나의 습작기의 시 아닌 시』와 두 번째 습작 노트 『창』을 비교해 보면, 두 노트에 모두 있는 시들은 작품의 상단에 연필로 이기했음을 표시해 두었다.

땅에서 나는 음식을 먹는 감격이 나타난다. "대동강", "평안도", "조선", "식권"이 모두 한자어로 표기되어 있다. 그는 음식을 먹으면서도 "대동강", "평안도", "조선"을 떠올리고 있는 것이다. "식권"은 말 그대로 '먹을 권리'를 의미하는데, 당시 조선인들이 조선 땅에서 나는 쌀을 먹지 못하는 식민지 상황을 감안하면, "식권"은 일제에 대한 항거의 의미로 읽히기도 한다.

「모란봉에서」의 '모란봉'은 당시 평양 신궁이 있던 곳이었다. 윤동주와 숭실학교 같은 반이었던 김두찬은 당시 모란봉에 있었던 신사참배 반대 운동에 대해 1982년 『동아일보』에 다음과 같은 증언을 남겼다.

> 서울 남산의 조선신궁 다음으로 크고 장엄하게 지었다는 평양신궁은 모란봉 산정 부근에 위치하고 있었다. 신궁에 올라가기 위해서는 가파른 돌계단을 한참이나 올라가야 했다. 돌계단을 오르고 있을 때 이미 참배를 마친 다른 학교 학생들이 찡그린 표정으로 계단을 내려오고 있었다. 숭실학교는 참배 대열의 맨 꼴찌였다. 계단의 한가운데쯤 올라갔을 때였다. 당시 5학년이던 학생장 임인식 형[52]이 갑자기 "제자리 서" "뒤로 돌아"라고 고함쳤다. 학생들은 마치 일시에 전류가 통한 듯 "와" 하는 함성과 함께 그대로 돌계단을 뛰어내려오고 말았다. 그것은 이심전심의 무서운 결속이었다.

---

[52] 임인식은 학생회장으로서 당시 신사참배 반대운동과 동맹휴교 운동에 앞장을 섰다. 김창걸은 아래와 같이 회고했다.

그때 강단 뒷방의 문이 비스듬히 열리면서 일본 형사들이 엿보고 있는 것이 보였다. 학생 회장이 일어났다. 그는 5학년으로 임인식이라는 학생이었다. "맥큔 교장님이 우리 앞에 나오실 때까지 동맹휴교를 합시다."라고 외치자 모두 이에 호응하여 자리를 뜨기 시작했다. 학생들은 삽시간에 강당을 떠나 교실로 들어가 책가방을 가지고 학교 운동장으로 모였다. 우리들은 성난 군중처럼 노하기 시작했다. 우리는 상급자들의 지시를 따라 옆에 있는 숭실 전문학교로 달려갔다. 학교 현관 앞을 에워싸고 전문학생을 향하여 "나오라"고 고함을 질렀다. 이는 함께 동맹휴교를 하자는 외침이었던 것이다. (중략) 5학년 학생 중 체포된 학생은 임인식 회장 한 사람 뿐이었다. 5학년 학생들은 두 달 후면 졸업을 하기 때문에 그들에게 피해를 주지 않기 위해서 4학년 학생이 주동이 되었던 것이다. 임인식 회장은 학생 대표로서 희생을 각오하였던 것 같았다.(김창걸, 앞의 책, 134쪽)

이 일로 인해 숭실학교의 '조지 S 매퀸' 교장(한국명 윤산온)은 다음 해인 1936년 1월 20일 파면됐다.[53]

아마도 시 「모란봉에서」는 이러한 신사참배 반대 운동이 시의 배경이 되었을 것이다. 이 시 1연의 "앙상한 솔나무 가지"와 "얼음 섞인 대동강물", 2연의 "허무러진 성터"는 모두 식민지 조선에 대한 은유라 할 수 있다. 1연의 "훈훈한 바람의 날개", "한나절 햇발"은 식민지 조선에서 일어나는 저항의 움직임을 의미할 수 있고, 이와 대조적인 2연의 "철모르는 여아들"은 역사의식이나 저항의식이 없는 무지한 무리들을 의미할 수 있다. 3연의 "난데없는 자동차"는 당시 식민지 자본과 권력에 대한 은유로 읽을 수 있을 텐데, 윤동주는 이에 대해 "밉다"라는 말로 정서를 직설적으로 표현하며 시를 마무리했다.

「가슴 1」, 「가슴 2」, 「종달새」에서는 당시 상황에 대한 윤동주의 답답한 심정을 엿볼 수 있다. 「가슴 1」에서는 답답하여 가슴을 두드리고 길게 한숨을 쉬는 모습이 형상화되어 있고, 「가슴 2」에서는 공포의 정서가 나타난다. 첫번째 습작 노트에 보면 아래 빈 공간에 "가슴, 불 꺼진 화로"라고 메모해 두었는데, 그는 이 내용을 반영하여 이후에 "불 꺼진 화독을 / 안고 도는 겨울밤은 깊었다. // 재만 남은 가슴이 / 문풍지 소리에 떤다."라는 내용의 「가슴 3」(1936.7.24)을 창작하였다.

---

53 김두찬, 「혹독했던 신사참배 강요」, 『동아일보』, 1982.8.16, 10쪽.
1982년 『동아일보』에 실린 김두찬의 증언에는 당시 숭실학교 관련 인물들이 여러 명 언급되는데, 그 중에는 당시 신사참배 거부 운동을 주도했던 학생회장 임인식, 강신명 목사, 데모하는 학생들에게 다치지 말고 잡히지 말라고 당부했다는 정재호 목사, 배치엽 선생 등의 이름이 나온다. 이들에 대한 기록을 『숭실활천』 15호에서 확인할 수 있다. 'Y.M.C.A. 의사부원 일동' 사진과 '활천 편집부원 일동' 사진에 교목 정재호와 학생지도 담당 배치엽 선생의 사진이 있다. 'Y.M.C.A. 의사부원 일동' 사진에는 학생회장 임인식의 사진이 있고, 그가 쓴 글 「幸福に入る 途」이 교지에 실려있다. 또 「숭실 뉴-스」의 '종교부'를 보면 '하기 아동성경학교 지도자 강습회' 강사에 교목인 정재호 목사와 신사참배 거부를 주도했던 강신명 선생의 이름이 있는 것을 확인할 수 있다.

「종달새」는 창작일자 아래에 "平.想."이라고 써 놓았는데, 이는 아마도 '평양에서 느끼는 감상'이란 의미일 듯하다. 시적 화자는 두 나래를 펴서 봄 노래하는 "종달새"와 자신을 대조시키고, 자신을 "고기 새끼 같은 나"라고 은유하여 "나래"와 "노래"가 없고 "가슴이 답답"함을 토로한다. 이러한 답답함의 정서는 당시 평양 숭실학교에서 있었던 신사참배 거부 운동, 윤산온 교장의 추방, 숭실학교의 무기 휴교, 윤동주와 문익환의 자퇴 등의 일련의 사태 속에서 느낀 윤동주의 심정이 반영된 것이라 할 수 있다.

이상으로 윤동주의 숭실학교 시절을 엿볼 수 있는 중요한 서지자료인 『숭실활천』 15호를 통해 윤동주의 시와 삶을 새롭게 조명해 보았다. 『숭실활천』 15호에는 윤산온, 조만식, 박치우, 양주동, 황순원, 김조규 등의 글이 실려있음을 확인할 수 있었고, 윤동주는 이들과 직간접적으로 인연을 맺으며 여러 영향을 받았을 것을 예상해 볼 수 있었다. 『숭실활천』 15호에 게재된 박치우의 글 「한가한 되풀이」, 시 「못 자는 밤」 옆에 윤동주가 기록해 놓은 '국제작가대회' 관련 메모, 박치우의 글 「고전의 성격인 규범성」이 스크랩된 윤동주의 스크랩북을 보면, 윤동주는 박치우로부터 서양 철학, 현실참여적인 문학론, 조선 문화의 현대적 계승 등에 대해 영향을 받은 듯하다. 또한 『숭실활천』 15호와 관련하여 「공상」, 「조개껍질」, 「이별」 등을 살펴보았다. 「공상」의 퇴고 흔적과 습작 노트의 기록 순서를 살펴보았고, 「조개껍질」과 관련하여 당시 활발하게 활동했던 숭실학교 종교부 활동에 대해 살펴보았으며, 「이별」에 기재된 "영현군"이 『숭실활천』 편집부원이었던 '이영현'일 것으로 추론하여 『숭실활천』 15호에 게재된 이영현의 시 「하늘」과 윤동주의 시 「이별」에 대해 논의하였다. 이영현에 대해서는 앞으로 더 깊은 연구가 필요해 보인다.

3.3. 『가톨릭소년』의 발행과 필자 엄달호, 강소천

3.3.1. 『가톨릭소년』의 발행과 필진

『가톨릭소년』은 1936년 3월 1일에 창간한 어린이 잡지로 통권 28호인 1938년 8·9월호로 폐간되었다. 하지만 엄밀히 따지면 실제 창간호는 1936년 4월에 발행했고, 1938년 8·9월호는 통권 27호라 할 수 있다.

창간호에는 발행일이 1936년 3월 1일로 인쇄되어 있는데, 통권 3호인 1936년 6월호 '편즙 끝마구미'를 보면 다음과 같은 내용이 나온다.

> 처음 예정은 이 북쪽 나라에 버들개지 피고 잔디 파릇파릇 돋는 4월 초승에 이삼호를 띠우려든 것이 인쇄관계로 창간호가 4월호로 되고보니 삼호는 녹음 (綠陰)호가 되고 말엇습니다.

즉 3월에 창간호를 내고 4월에 2, 3호를 내려고 했는데 창간호를 4월에 내다보니 3호는 6월에 내게 되었다는 것이다. 게다가 1937년 4월호가 "창간 첫돌호"로 되어 있음을 볼 때, 실제 창간호의 발행은 1936년 4월이었다고 볼 수 있다.

또한 1937년부터 통권 몇 호인지 잡지의 표지나 목차에 표시를 하기 시작 했는데, 여기에 오류가 나타난다. 1937년 3월호와 4월호가 모두 통권 11호로 표기되어 있는가 하면, 1937년 8·9월호 합본이 통권 16호인데 10월호가 통 권 18호로 표기되어 있다. 게다가 1938년 4월호, 5월호, 6월호는 모두 통권 24호로 표기되어 있다. 그리하여 종간호인 1938년 8·9월호가 통권 28호로 표기되었지만, 실제로는 통권 27호로 보아야 한다.

'창간사'에 따르면 이 잡지의 모태는 가톨릭 연길교구 탈시시오 소년회 연합회에서 발행하던 『탈시시오연합회보』였는데, 백화동 주교의 의지로 전

조선의 소년소녀들을 위해 개편한 것이 『가톨릭소년』이었다. 동요·동시, 동화, 소년 소설, 아동극, 우화·일화, 탐험담, 수필, 아동문학 평론, 그 외 실화나 수신 등 다양한 갈래의 작품이 실렸다.

『가톨릭소년』 초기에 표지와 삽화에는 장발, 이상, 구본웅 등이 참가했다. 휘문고보 미술교사이자 화가였던 장발은 창간호 표지부터 1936년 9월까지 다섯 차례 표지를 담당했다. 또한 초기 잡지 인쇄를 창문사에서 하였기 때문에 이곳에서 근무하던 이상과 구본웅이 『가톨릭소년』의 편집 일부를 담당하기도 했다. 그래서 1권 2호(1936년 5월)는 표지를 이상이 담당하였고, 여기에 '해경'이란 이름으로 이상의 동시 「목장」과 이상의 삽화가 실리기도 했다.

주요 작가로는 동요·동시에 방수용, 박경종, 목일신, 윤동주, 엄달호, 박영종, 강소천, 권오순, 김태오 등이 있었고, 동화에는 황덕영, 김영일, 송창일, 윤극영, 강소천, 김복진 등이 있었다. 소설에는 안수길, 김독영, 조관오 등이 있었고, 아동극에 안수길, 고장환 등이 작품을 발표했다. 이외에도 「아동문학강좌」로 엄달호, 김옥분, 천청송, 송창일 등의 문학 강좌가 연속적으로 연재되기도 했고, '목양아' 강영달의 '시평'이 운영되기도 했다. 그 외 이병기, 김환태, 최봉칙 등의 글도 실렸다.

〈이상이 그린 『가톨릭소년』 표지〉

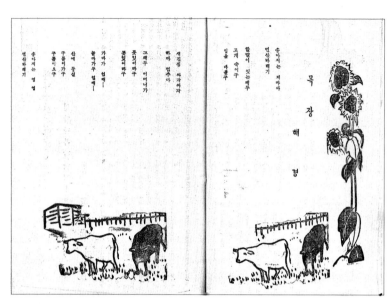

〈『가톨릭소년』에 실린 이상 김해경의 동시 「목장」과 삽화〉

3.3.2. 『가톨릭소년』의 필자 엄달호와 강소천

3.3.2.1. 『가톨릭소년』의 필자 엄달호

『가톨릭소년』의 필자 중에는 윤동주의 연희전문학교 동기인 엄달호가 있어서 주목이 된다. 윤동주의 연희전문학교 친구였던 유영은 당시 윤동주의 교우 관계에 대해서 다음과 같이 언급했다.

> 당시 친구들로는 동요·동화 등으로 많이 활약을 하던 엄 달호가 있었고, 또 판소리에 먼저 손을 댄 김 삼불, 늘 밖으로만 나돌던 풍류객 김 문응, 영어에 도사라고 할 한 혁동, 강 처중이 있고, 오늘의 한글의 석학인 허 웅, 현 한양대 영문학 교수 이 순복 등 그 밖에 지금 보아도 지도적인 인물들이 많이 자리를 함께 하여 강의를 듣고 공부하였다.[54]

『조선일보』1938년 4월 3일자 사회면(2면)에는 연희전문학교 입학생들의 이름이 나오는데, 윤동주, 김삼불, 김문응, 한혁동, 강처중, 허웅, 이순복 등은 문과 본과에 입학한 반면, 송몽규와 엄달호는 문과 별과에 입학한 것으로 되어 있다. 유영이 회고한 친구들 중에서 가장 먼저 언급한 친구가 엄달호였는데, 그는 당시에 벌써 동요·동화로 유명한 작가였다.

지금까지 윤동주와 관련하여 엄달호에 대한 연구는 거의 이루어지지 않았는데, 『가톨릭소년』에는 엄달호의 작품이 다수 발표되어 있어서 주목할 만하다.

〈『가톨릭소년』에 실린 윤동주와 엄달호의 작품〉

저자명	갈래	작품명	연월	쪽
윤동주	동요	병아리	1936.11.	43
엄달호	동시	엄마는 사공입니다	1936.12.	54
윤동주	동시	비ㅅ자루		55
엄달호	동요	우리집 호외ㅅ군	1937.1-2.	42
윤동주	동시	오줌싸개 지도		50
엄달호	강좌	동요에 대하야	1937.3.	30-32
윤동주	동요	눈 삼제-눈, 개, 이불	1937.4.	30
엄달호	동시	햇님마지		40
엄달호	동시	동무	1937.7.	41
엄달호	강좌	진정한 동요		64-67
엄달호	동요	할미꽃	1937.10.	44
윤동주	동시	거즛뿌리		66
엄달호	동시	달님이 살작	1938.3.	30

흥미롭게도 『가톨릭소년』에 게재된 윤동주의 시 8편 가운데 5편은 엄달호의 글과 같은 호에 실렸다. 1936년 12월호, 1937년 1-2월호, 1937년 4월호, 1937년 7월호, 1937년 10월호에 모두 엄달호와 윤동주의 글이 함께 실린

---

54   유영, 앞의 글, 124쪽.

것이다. 게다가 1936년 12월호에는 두 시인의 작품이 바로 옆 페이지에 나란히 게재되었다. 이로 볼 때 아마도 둘은 연희전문학교 시절 이전부터 『가톨릭소년』을 통해서 서로를 알고 있었을 것 같다. 비록 직접적인 만남은 없었을지 몰라도 잡지에 실린 작품을 통해서 서로를 간접적으로 알고 있었을 듯하다.

『가톨릭소년』에 게재된 두 사람의 작품은 대부분 독자 투고란이 아니라 동요·동시 섹션에 게재되어 있어서 당시에 어느 정도 작가로 인정받고 있는 모습을 볼 수 있다. 단, 1937년 10월호에서 엄달호의 「할미꽃」이 <동요>에 게재된 반면, 윤동주의 「거짓부리」만은 <독자문단>에 게재되어 있다. 한편 엄달호는 1937년 3월호와 1937년 7월호 <강좌>에 「동요에 대하야」, 「진정한 동요」를 발표하고 있어서 당시에 이미 기성 작가로 완전히 인정을 받고 있음을 알 수 있다. 엄달호는 <강좌>에 발표한 두 글에서 진정한 동요는 음악다운 맛이 있어야 하고, 단순하고 쉬운 표현을 사용해야 하며, 지나치게 구슬픈 마음을 일으켜서는 안 된다고 했고, 특히 그 민족의 전통과 향토미를 저버려서는 안된다고 강조했다.

엄달호는 연희전문학교 입학 전에 『가톨릭소년』 이외에도 라디오와 『조선일보』에 자신의 작품을 왕성하게 발표하고 있었다.[55] 그래서 유영은 그를 "동요·동화 등으로 많이 활약하던 엄 달호"라고 회고했고, 윤동주도 1938년 4월 연희전문학교에 들어가서 『가톨릭소년』의 필자이자 동기가 된 작가 엄달호를 더욱 반갑게 만났을 듯하다.

3.3.2.2. 윤동주와 강소천의 만남

당시 청년 문사였던 강소천도 『가톨릭소년』의 필자였다. 그는 아래 네 편의 글을 『가톨릭소년』에 게재했다.

---

[55] 엄달호는 연희전문학교 입학 전에 이미 라디오와 『조선일보』를 통해 작품을 발표했다.

〈『가톨릭소년』에 실린 강소천의 작품〉

저자명	갈래	작품명	연월	쪽
강소천	동요	눈.눈.눈.	1937.1·2	34
강소천	산문	새하얀 밤	1937.3	33-36
강소천	동시	가을밤 숲속	1937.11	19
강소천	편지글	서울 오빠에게	1937.12	32

윤동주는 1930년대 중반에 강소천을 만난 듯한데 그 시기가 정확하지 않다. 강소천과 영생고보 동창생이던 전택부는 1934년에 강소천이 1년 동안 북간도에 머물다가 고향으로 돌아왔다고 했고,[56] 김용성은 강소천이 1934년부터 약 2년을 고모가 살고 있던 북간도에 머물렀고 이때 두 살 연하의 윤동주를 만났다고 했다.[57] 박덕규는 1934년 4학년 겨울방학 때 용정으로 가서 1936년 초에 돌아온 것으로 보았고,[58] 『사진판 윤동주 자필 시고전집』의

〈『조선일보』에 나타나는 엄달호의 작품〉

갈래	작품명	날짜	면
소녀극	라디오 끗엽시 가는 배	1936.7.2	6
소녀극	라디오 끗엽시 가는 배	1936.7.3	6
소녀극	라디오 끗엽시 가는 배	1936.7.4	6
유년소설	귀	1936.8.5	4
동시	별똥	1936.9.16	4
동시	병아리	1936.9.17	4
동시	까치	1036.10.6	4
동시	말뚝사람	1936.10.11	4
동시	그림자	1036.10.29	4
동시	키	1936.12.1	4
아동극	라디오 푸른 하늘	1937.10.19	5
유년동화	라디오 편지, 사지 할아버지	1937.12.21	5

---

56 전택부, 「소천의 고향과 나」, 『강소천 아동문학전집 2』, 교학사, 2006, 312쪽.
57 김용성, 『한국현대문학사탐방』, 현암사, 1984, 397쪽.

윤동주 연보에는 1936년에 강소천을 만났다고 되어 있다.[59]

『가톨릭소년』에 실린 「새하얀 밤」은 당시 강소천의 용정 방문에 대한 내용이 있어서 주목할 만하다.

참 집이야기가 낫스니 말이지만 나는 지금 천리밖에 고향을 두고 이곳(龍井)에 왓습니다.

이곳 온지도 벌서 석달이 넘는데요 아마 고향에돌아가 어린 누이동생(용애)를 만날 날도 가까워 오나봅니다.

내가 재작년 여름에 하기방학을 이용하야 간도에 잠깐 왓다간일이잇슴으로 그다지 용정이 낯설흘 곳은 아니지만— 그래도 조선에 비하면 풍속이라든지 말이라든지 여간 달으지않어요. (중략)

내가 용정 영국덕이 제창병원(濟唱病院) 아래 선일상회(鮮一商會)라는 간판을 부친 우리 외삼촌댁에 온날입니다. 외삼촌방에잇는 크다란 그림은 눈이 하—얗게 나린 마을에 보름달이 환—하게비최인 그림이엿서요 나는 그 그림이 어찌두 조앗던지— 지금도 늘그 그림을 본답니다. (중략)

그런데 말입니다. 내가 이곳(龍井)에온지 멧날이지나지 않어서 벌서 첫눈이 나렷지요. 그게아마 음력으로 구월보름날이 아니면 열나흔날이나 열엿샛날인 듯합니다.[60]

여기에서 강소천은 음력 9월 보름쯤에 외삼촌 댁이 있는 "용정 영국덕이 제창병원 아래 선일상회"에 왔고 그때 첫눈이 내렸으며 지금은 3개월이 지났다고 했다.[61] 강소천이 용정을 자주 들른 것은 그곳에 외삼촌 허상운과 허영

58   박덕규, 『강소천 평전』, 교학사, 2015, 92쪽.

59   왕신영 외, 앞의 책, 395쪽.

60   『가톨릭소년』, 1937.3, 34-35쪽.

61   박금숙은 이 글과 강소천이 생전에 이 시기 간도에 1년 정도 머물렀다고 말한 점, 「눈.눈.눈」

순, 허형순, 허성택, 허춘아 등의 친밀한 외가 친척들이 있었기 때문으로 보인다. 「아이생활」 5권 6호(1930년 6월)를 보면, 강소천의 형 강용택은 <글월> 「간도 어린이에게」에서 1930년 1월과 2월 사이 한달 동안 용정에 머물렀다고 하고, 강소천은 <독자구락부>에서 용정에 있는 '허영순' 누나에게 안부를 전하고 있다. 아마 이때도 강소천이 용정을 방문했을 가능성이 클 듯하다.

강소천이 위의 글에서 언급한 1936년 음력 9월 15일은 양력으로 1936년 10월 29일이니 강소천은 양력으로 1936년 10월 말부터 3개월 후 이 글을 쓴 1937년 1월 말까지 용정에 머물렀다고 볼 수 있다. 또 강소천은 재작년 여름 방학 때 간도에 잠깐 왔다 갔다고 했으니 1934년 여름에 용정을 방문한 듯하다. 1937년 1·2월호에 발표한 「눈.눈.눈」의 경우 부제가 '고향에 있는 어린 조카에게'이기 때문에 시인이 이 시를 쓸 무렵 고향을 떠나 용정에 있었을 것으로 추정해 볼 수 있다.

강소천이 세상을 떠난 다음 날인 1963년 5월 7일 동아일보 5면에는 그의 미발표 유고가 실렸는데, 여기에 당시의 정황이 나타난다.

> 그게 아마 1935년인가? 36년이었다고 생각된다. 나는 외사촌 누나를 따라 외삼촌이 살고 있는 간도 용정엘 갔었다. 두만강을 건너 낯선 타향땅─ 거기서 나는 윤석중선생이 주신 편지 한 장을 받았다. 『소년』이란 잡지를 하니 동요 한 편을 보내달라는 편지였다. 그때 거기서 쓴 노래 ─ 고국 하늘을 우러러 보며 읊은 것이 바로 「닭」이다. 내가 고향에 돌아와 받아든 『소년』 창간호엔 정말 예쁜 삽화와 함께 「닭」이 실려 있었다. (중략) 「닭」 하면 지금도 간도 용정이 눈앞에 나타나며 이미 고인이 된 중학생 윤동주 씨의 모습이 선하다.[62]

이 1937년 1·2월에 발표됐고 「가을밤 숲속」이 1937년 11월에 발표되었다는 점을 토대로 강소천이 1936년 겨울에 용정에 와서 1937년 겨울까지 있었던 것으로 추정하였다(박금숙, 「1930년대 『가톨릭소년』지의 아동문학 양상 연구」, 『한국아동문학연구』 34, 2018, 78쪽).

62 강소천, 「고국의 하늘과 '닭'」, 『동아일보』, 1963.5.7, 5쪽.

강소천은 35년인지 36년인지 정확하게 기억하고 있지 못했지만, 아마 36년일 가능성이 크다. 왜냐하면 앞에서 살펴보았듯이 1937년 3월에 발표한 「새하얀 밤」에서 36년 10월 말에 용정에 왔고, 재작년 1934년 여름에도 용정을 방문했다고 했기 때문이다. 즉 그는 1934년 여름과 1936년 가을부터 겨울에 용정을 방문했다고 볼 수 있고, 1935년에는 용정을 방문하지 않은 듯하다.

윤석중은 조선일보사 입사 직후인 1936년 12월부터 『소년』 발행을 준비하고 있었고, 창간호는 1937년 4월에 발행되었다. 그러니 강처중은 1936년 12월쯤에 용정에서 윤석중의 원고 청탁 편지를 받아 동시 「닭」을 써서 보냈고, 다시 고향에 돌아와 1937년 4월 이후에 『소년』 창간호를 받아보았다고 할 수 있다. 그러면 강처중은 1936년 10월 말부터 1937년 4월 무렵까지는 용정에 머물렀다고 볼 수 있고, 아마도 그는 이 시기에 윤동주를 만난 듯하다.

윤동주가 세상을 떠난 이후 1955년 10주기 기념 '윤동주 추모의 밤' 방명록에 강소천은 아래와 같은 글을 남겨 놓으며 윤동주를 그리워했다.[63] 여기에서 강소천은 20년 전 용정 "영국덕이 아래 허성택 군의 사랑방"에서 윤동주와 송몽규를 함께 만났다고 회고하고 있다. '영국더기'는 기독교 장로교파에 소속된 캐나다 선교부가 자리 잡은 동산 일대를 의미하는데 '영국인들의 언덕'이란 뜻으로 부른 별칭이었다.[64] 여기에 캐나다 선교사들이 운영하는 학교, 병원, 주택 등이 있었는데, 윤동주가 다닌 은진중학교, 제창

〈'윤동주 추모의 밤' 방명록〉

---

63   연세대학교 윤동주기념관, B-9-2.

64   송우혜, 앞의 책, 101쪽.

병원 등이 모두 여기에 있었다.

그런데 『가톨릭소년』에서 윤동주가 살던 집 주소를 확인할 수 있었는데, 영국 더기와 매우 가까운 위치였음을 알 수 있었다. 1937년 6월호에서 "이 귀여운 소년지에 재미잇는 글을 쓰는 전상옥 윤동주 한춘기 제형의 주소를 알고잇습니다."라는 독자 '하양 송진옥'의 물음에 대해 편집부는 아래와 같이 윤동주의 주소를 공개했다.[65]

여기에서는 윤동주 집의 정확한 주소를 지면으로 확인할 수 있는데, 당시 윤동주는 '간도성 용정가 제2구 4동 3통 2호'에 살았던 것이다. 그런데 1936년에 편입한 광명학원의 「광명학원중학부 학적부」에는 주소가 '용정가 2구 4동 3통 10호'로 되어 있어서 약간의 차이가 있다.[66] 한편 윤일주는 1932년 무렵 명동에서 용정으로 이주했을 당시의 주소가 "용정가 제2구 1동 36호로서 20평 정도의 초가집이었다."라고 회고했다.[67] 그렇다면 1932년 용정가 제2구 1동에 살던 윤동주가 1936년과 1937년에는 용정가 제2구 4동으로 옮겨 살았던 것으로 추정해 볼 수 있다.

용정에서 살던 윤동주의 집은 현재 주소로는 "정안구 제창로 1-20"으로 추정되고 있다.[68] 이곳은 은진중학교와 제창병원이 있던 영국더기 바로 아래 간도 일본총영사관 맞은편인데, 이로 볼 때 윤동주가 살던 용정의 집과 강소천이 머물렀던 제창병원 아래 선일상

（答）全霜玉＝黃海道 長淵邑
外里六八

尹東柱＝間島省龍井街第
二區四洞三統二戶

韓春基＝間島省 龍井街
光明高等女學校·

〈용정 윤동주의 집 주소〉

65 『가톨릭소년』, 1937.6, 42-43쪽.

66 오오무라 마스오, 앞의 책, 34쪽.

67 윤일주, 앞의 글, 153쪽.

68 김혁, 「더기 위의 시인의 집」, 『윤동주 시인을 기억하며』, 다시올, 2015, 38쪽.

회는 걸어서 몇 분 걸리지 않을 정도로 거리가 매우 가까운 곳임을 알 수 있다. 이곳에 아마도 강소천의 외가쪽 친척으로 보이는 허성택의 사랑방이 있었고, 이곳에서 윤동주는 송몽규와 함께 강소천을 만났을 것으로 추론해 볼 수 있다. 이런 인연이 있었던 때문인지 이후 연희전문학교 시절 윤동주는 강소천의 동시집 『호박꽃초롱』을 읽고 동생 윤일주에게 보내주기도 했다.[69]

3.4. 『가톨릭소년』에 실린 동요·동시 8편의 퇴고 양상과 정본 확정 문제

『가톨릭소년』에는 「병아리」, 「빗자루」, 「오줌싸개 지도」, 「무얼 먹구 사나」, 「눈」, 「개」, 「이불」, 「거짓부리」 등 모두 8편의 윤동주 작품이 게재되었다. 윤동주는 자신이 잡지나 신문에 발표한 작품을 스크랩해 놓았는데, 『가톨릭소년』에 발표한 작품들도 스크랩해 놓았다. 하지만 『가톨릭소년』에 발표한 8편 중에서 윤동주는 5편을 스크랩해 놓았고, 「눈 三題」에 포함된 「눈」, 「개」, 「이불」 3편의 시는 스크랩해 놓지 않았다. 그래서 이 시들이 『가톨릭소년』에 발표되었다는 내용이 윤일주가 작성한 윤동주 연보에도 빠져있고,[70] 송우혜가 쓴 『윤동주 평전』에도 빠져 있다.[71] 이로 인해 일반적으로 윤동주가 『가톨릭소년』에 5편의 작품을 발표한 것으로 널리 알려져 있다.

이 작품들은 대체로 윤동주의 습작 노트와 스크랩에 중복으로 수록되어 있는데, 같은 작품이라 하더라도 습작 노트의 것과 스크랩해 놓은 것은 서로 미세한 차이가 있고, 작품 위에 퇴고의 흔적도 다르게 나타나 있다. 따라서

---

69   윤일주, 앞의 책, 155쪽.

70   왕신영 외, 앞의 책, 395쪽.

71   송우혜, 앞의 책, 207쪽.

이로 인해 다양한 이본이 생겨나게 되었고 정본 확정의 문제가 발생했다. 이 작품들은 1948년 유고 시집 초판에는 실리지 못했다가, 이후「병아리」, 「빗자루」, 「오줌싸개 지도」, 「무얼 먹구 사나」, 「거짓부리」, 「이불」은 1955년 유고 시집 중판에 실렸고, 「눈」, 「개」는 1976년 유고 시집 삼판에 실렸다. 하지만 유고 시집에서 이 시들을 수록하고 정본을 확정하는 과정에서 다양한 오류들이 발생했다. 그래서 1999년『사진판 윤동주 자필 시고전집』이 출판된 이후 육필원고를 대조한 윤동주 전집들이 출판되었다. 그 중에서 가장 대표적인 윤동주 전집이라 할 수 있는 것은 연세대학교 출판부의『하늘과 바람과 별과 시: 원본대조 윤동주 전집』(2004), 홍장학의『정본 윤동주 전집』(2004), 최동호의『하늘과 바람과 별과 시: 육필원고 대조 윤동주 전집』(2010)이다.

연세대학교 출판부의 전집은 심원섭, 정현기, 정현종, 윤인석 등이 편집에 참여하였다. 이들은 책의 구성을 7부로 나누었고 3, 4, 5, 6부의 작품들은 창작연대의 역순으로 실었다. 습작 노트의 작품 중 잡지에 게재된 것은 잡지에 게재된 것을 저본으로 삼았고, 필요한 경우 습작 노트에 수록된 것과 잡지에 인쇄된 것을 나란히 함께 실어서 둘을 대조할 수 있도록 하였다. 그리고 창작 일자가 있는 것은 기록하고 없는 것은 창작 일자를 기록하지 않았다.

홍장학의 전집은 꼼꼼한 원전 분석을 통해서 편집자의 판단에 따라 퇴고의 반영 여부를 결정하여 정본을 확정하였다. 전집의 순서를 작품이 창작된 순서대로 모두 재배열하였고, 창작 일자가 기록되어 있지 않은 작품도 창작 일자를 추정하여 모든 작품에 창작 일자, 발표 일자 등을 기록하였다.

최동호의 전집은 서지자료별로 1부 자선 시집, 2부 두 번째 습작 노트, 3부 첫 번째 습작 노트, 4부 습유 작품 및 산문 등으로 전집을 구성하였고, 창작 일자가 기록되어 있는 것들만 창작 일자를 전집에 기록하였다.

따라서 이 책에서는『가톨릭소년』에 게재된 8편의 동요·동시들을 대상으로 습작 노트「나의 습작기의 시 아닌 시」와『가톨릭소년』스크랩에 작품이 수록된 양상과 퇴고 양상을 살펴보고, 유고 시집과 이후 출판된 윤동주 전집에서 어떻게 정본이 확정되고 있는지 살펴보고자 한다.

3.4.1. 「병아리」의 경우

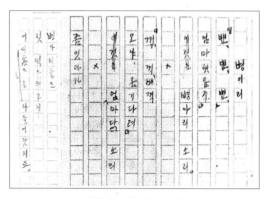

〈「병아리」(습작 노트)〉

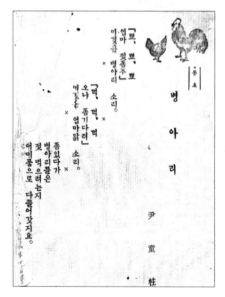

〈「병아리」(스크랩)〉

『가톨릭소년』에 가장 먼저 실린 「병아리」의 경우 습작 노트에는 작품이 평행하게 기록된 반면,『가톨릭소년』스크랩에는 연이 바뀔 때마다 앞의 연보다 더 내려 기록함으로써 시각적인 변화를 주고 있다. 습작 노트에는 1, 3연에 마침표가 있고 2연에는 마침표가 없지만, 스크랩에는 모든 연에 마침표를 찍었다. 습작 노트에는 2연 "오냐" 뒤에 쉼표를 사용했지만, 스크랩에는 쉼표가 없다.

습작 노트와 스크랩에는 퇴고한 흔적이 나타난다. 퇴고의 흔적을 보면 습작 노트에 시를 쓴 후 퇴고하여 잡지에 발표한 것이 아니라, 발표한 후에 습작 노트, 스크랩 모두에서 퇴고가 이루어졌음을 볼 수 있다. 퇴고의 양상을 살펴보면, 습작 노트, 스크랩 양쪽 모두 1, 2연에 각각 "이것은"이 잉크로 세로로 두 줄이 그어져 삭제되어 있다. 습작 노트와 스크랩 모두 3연 2행 "젖 먹으려는지"가 연필로 세로로 줄이 그어져 삭제되어 있다. 스크랩에는 3연 4행에 연필로 "어미"를 두 줄로 삭제한 후 "엄마"라고 써 놓았다. 스크랩에는 마지막에 연필로 "1936 가톨릭소년 11월호"라고 적어두었다.

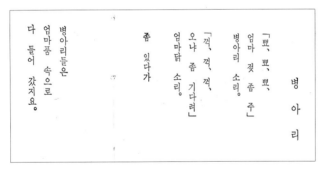

〈「병아리」(유고 시집)〉

이 시는 유고 시집 중판(1955년)부터 실렸는데, 여기에는 1, 2연의 "이것은"과 3연의 "젖 먹으려는지"가 삭제되어 있고 3연의 "어미품으로"는 "엄마 품 속으로"로 바꾸었다. 즉 유고 시집은 대체로 스크랩의 퇴고 흔적을 반영하였다. 하지만 2연의 "엄마품 속으로"의 경우 습작 노트와 스크랩에 없는 "속"이란 글자가 들어갔고, 3연의 3·4행의 경우 습작 노트와 스크랩에 모두

한 행으로 쓴 것을 유고 시집에서는 "엄마품 속으로 / 다 들어 갔지요"로 두 행으로 바꾸어 놓아서 오류가 발생했다.

〈「병아리」(전집)〉

연세대 출판부	홍장학	최동호
병아리	병아리	병아리
『뾰, 뾰, 뾰	"뾰, 뾰, 뾰	『뾰, 뾰, 뾰
엄마 젖 좀 주』	엄마 젖 좀 주"	엄마 젖 좀 주』
이것은 병아리 소리.	병아리 소리.	이것은 병아리 소리.
×　　×		×　　×
『꺽, 꺽, 꺽	"꺽, 꺽, 꺽	『꺽, 꺽, 꺽
오냐, 좀 기다려』	오냐 좀 기다려"	오냐 좀 기다려』
이것은 엄마닭 소리.	엄마 닭 소리.	이것은 엄마닭 소리.
×　　×		×　　×
좀 있다가	좀 있다가	좀 있다가
병아리들은	병아리들은	병아리들은
젖 먹으려는지	엄마 품으로	어미 품으로
엄마 품으로 다	다 들어갔지요.	다 들어갔지요.
들어갔지요.		
	-1936.1.6.(『카톨릭소년』	(1936.1.6.)
1936.11.	1936년 11월호에 발표)	

연세대 출판부는 「병아리」의 경우 『가톨릭소년』에 게재된 것을 저본으로 삼되 퇴고는 무시하였다. 연세대학교 출판부 전집의 「해제」를 보면 습작 노트와 잡지 스크랩에 중복 수록되어 있는 경우, 습작 노트를 수정하여 잡지에 수록한 것으로 판단하여 잡지 스크랩을 텍스트로 삼는다는 선정 원칙을 세웠다.[72] 하지만 『가톨릭소년』에 게재된 것을 저본으로 삼고 퇴고를 무시했다면 2연의 "오냐" 뒤 쉼표는 없어야 하고, 3연 마지막 행의 "엄마"는 "어미"

72　연세대학교 출판부 편, 『하늘과 바람과 별과 시: 원본대조 윤동주 전집』, 연세대학교 출판부, 2004, 348-349쪽.

가 되어야 하는데, 그렇지 못했다. 게다가 잡지에 게재된 것을 저본으로 삼는다는 텍스트 선정 원칙은 잡지 발표 이후에 행해진 퇴고를 무시하게 된다는 문제점이 있다. 그래서 연세대 출판부는 스크랩 게재본을 저본으로 삼아 정본을 확정하면서도 습작 노트와 스크랩에 수록된 것을 독자가 참고할 수 있도록 퇴고의 흔적을 반영하여 병기해 두었다.[73] 하지만 퇴고를 반영하면서도 스크랩의 경우 3연의 "젖 먹으려는지"는 삭제하지 않아서 오류가 발생했다.

반면에 홍장학은 앞의 연세대 출판부와 달리 스크랩의 퇴고 흔적을 모두 수용하여 정본을 확정하였다.

최동호는 연세대 출판부처럼 스크랩의 것을 저본으로 삼고 퇴고의 흔적을 모두 무시하였는데, 그렇다면 4연의 "젖 먹으려는지"는 삭제되어서는 안되는데 이 행이 삭제되어 있다. 최동호는 이 시의 각주에서 1연의 "이것은"은 습작 노트에는 펜으로 그어 있지만 잡지에는 표기되어 있기 때문에 이를 삭제하지 않았음을 기록해 두었지만,[74] 윤동주의 스크랩에도 습작 노트와 마찬가지로 "이것은"은 줄이 그어져 있다.

창작 일자의 경우 연세대학교 출판부는 작품이 발표된 날짜를 창작 일자로 표기하는 오류를 범했다. 홍장학은 창작 일자와 더불어 작품이 발표된 일자를 기록해 두었다. 반면에 최동호는 창작 일자만 기록해 두었다.

습작 노트와 스크랩을 살펴보면 윤동주는 습작 노트에 「병아리」를 창작한 이후 『가톨릭 소년』에 발표했고, 퇴고의 흔적이 『가톨릭 소년』에 반영되어 있지 않은 것을 감안하면, 잡지에 작품을 발표한 이후 이를 다시 퇴고하여 스크랩과 습작 노트에 표시를 해 두었다고 보아야 한다. 따라서 「병아리」는 홍장학의 경우처럼 스크랩의 퇴고 흔적을 반영하여 정본을 확정하는 것이 더 바람직해 보인다.

---

73   연세대학교 출판부 편, 앞의 책, 257쪽.

74   최동호 편, 『하늘과 바람과 별과 시: 육필원고 대조 윤동주 전집』, 서정시학, 2010, 138쪽.

3.4.2. 「빗자루」의 경우

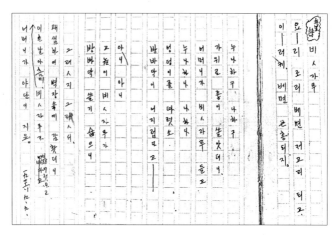

〈「빗자루」(습작 노트)〉

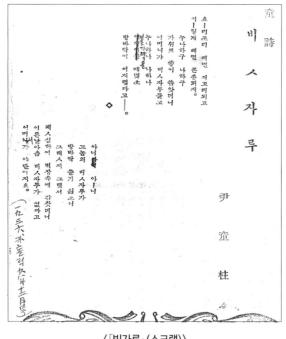

〈「빗자루」(스크랩)〉

「빗자루」의 경우에도 습작 노트와 달리 『가톨릭소년』에서는 행 배열에 시각적으로 변화를 주었다. 습작 노트 1연의 "따렷소"가 "때렷소"로, "이러케"가 "이렇게"로, 습작 노트 2연의 "아니 아니"가 "아니아니 아니"로, "고놈이"가 "고놈의"로, "그래ㅅ서"가 "그랫서"로, "괘쌤하여"가 "괘ㅅ심하여"로, "이튿날아츰에"가 "이튿날아츰"으로, "어머니"가 "어머나"로 『가톨릭소년』에 인쇄되어 있다. 이 외에도 습작 노트와 스크랩은 기본적으로 띄어쓰기, 마침표·쉼표의 사용, 어휘에 조금씩 차이가 있다.

퇴고의 흔적을 보면, 습작 노트에는 연필로 2연의 "이튿날아츰에"에서 "에"가 삭제되어 있고, 파란색 잉크로 2연의 "없다고"가 삭제되고 "잃어젓다고"로 수정되어 있다. 스크랩에 이 수정이 반영되어 있지 않은 것으로 볼 때 이는 아마도 『가톨릭소년』에 발표된 이후에 수정한 듯하다. 스크랩에는 검정색 잉크로 1연의 "엉덩이를"이 "볼기짝을"으로, 2연의 "아니아니 아니"가 "아니 아니"로, 2연의 "어머나가" "어머니"로 수정되어 있다.

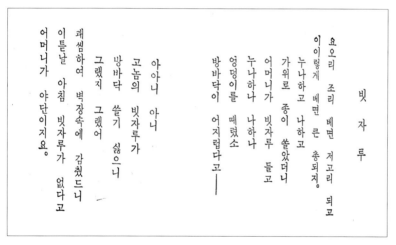

〈「빗자루」(유고 시집)〉

유고 시집의 경우, 전체적으로 띄어쓰기나 맞춤법을 당시에 맞게 고쳤다.

그런데 습작 노트나 『가톨릭소년』 스크랩에는 없는 표현으로 1연에 "요오리", "이이렇게", 2연에 "아아니"가 나타난다. 게다가 스크랩의 검정색 잉크로 퇴고한 "볼기짝"을 무시하고 "엉덩이"로 기록하였다. 아마도 윤동주는 구어나 사투리를 살려 쓰려고 한 반면, 유고 시집 출판과정에서는 가능한 표준어를 사용하려고 한 것처럼 보이기도 한다. 습작 노트에 연필로 삭제한 "에"는 유고 시집에도 반영되어 삭제되어 있다.

〈「빗자루」(전집)〉

연세대 출판부	홍장학	최동호
빗자루	빗자루	빗자루
요—리조리 베면 저고리 되고 이—렇게 베면 큰총 되지. 누나하구 나하구 가위로 종이 쏠았더니 어머니가 빗자루 들고 누나 하나 나 하나 볼기짝을 때렸소 방바닥이 어지럽다고—.	요—리 조리 베면 저고리 되고 이—렇게 베면 큰총 되지. 누나하구 나하구 가위로 종이 쏠았더니 어머니가 빗자루 들고 누나 하나 나 하나 볼기짝을 때렸소 방바닥이 어지럽다고—	요—리 조리 베면 저고리 되고 이—렇게 베면 큰 총되지. 누나하고 나하고 가위로 종이 쏠았더니 어머니가 빗자루 들고 누나 하나 나 하나 엉덩이를 때렸소 방바닥이 어지럽다고—
아니 아—니 고놈의 빗자루가 방바닥 쓸기 싫으니 그랬지 그랬어 괘씸하여 벽장 속에 감췄더니 이튿날 아침 빗자루가 없다고 어머니가 야단이지요.	아니 아—니 고놈의 빗자루가 방바닥 쓸기 싫으니 그랬지 그랬어 괘씸하여 벽장 속에 감췄더니 이튿날 아침 빗자루가 없다고 어머니가 야단이지요.	아니 아니 고놈의 빗자루가 방바닥 쓸기 슲으니 그랬지 그랬어 괘씸하여 벽장 속에 감췄더니 이튿날 아침 빗자루가 잃어졌다고 어머니가 야단이지요.
1936.9.9. (1936.12. 이후 개작)	-1936.9.9.(『카톨릭소년』 1936년 12월호에 발표)	(1936.9.9.)

연세대 출판부와 홍장학은 『가톨릭소년』 스크랩의 퇴고를 반영하여 정본으로 삼은 반면, 최동호는 습작 노트의 퇴고를 반영하여 정본으로 삼았다.

연세대 출판부의 경우 잡지에 발표한 작품은 잡지에 게재된 것을 텍스트로 선택한다는 작성 원칙을 세웠지만, 「빗자루」의 경우 작성 원칙과는 다르게 스크랩의 퇴고를 수용하여 "엉덩이"를 "볼기짝"으로 수정하였다. 그래서 연세대 출판부는 "이 작품은 첫 번째 원고집 『나의習作期의 詩아닌詩』에 1936년 9월 9일작으로 수록되었다가 『가톨릭 少年』(1936.12)에 수록된 후 다시 수정이 가해진 작품이다. 여기서는 『가톨릭 少年』(1936.12) 수록분과 윤동주의 자필 수정 내용을 합쳐서 저본으로 삼았다."라는 언급을 기록해 두었다.[75] 하지만 이로 인해 앞에서 언급한 「병아리」는 퇴고를 반영하지 않고, 「빗자루」는 퇴고를 반영하게 되어 정본 확정의 일관성에 문제가 발생하게 되었다.

반면에 홍장학은 「병아리」, 「빗자루」 모두 스크랩의 퇴고를 수용하여 정본을 확정했다.

최동호의 경우 습작 노트의 퇴고를 반영하여 정본으로 삼았다. 이 경우 잡지 스크랩이 아니라 그 이전에 기록된 습작 노트를 저본으로 삼는 문제가 발생한다. 게다가 「병아리」의 경우 스크랩의 퇴고를 수용하지 않았지만, 「빗자루」는 습작 노트의 퇴고를 수용함으로써 정본 확정의 기준이 일관적이지 못한 측면이 생기게 되었다. 또한 1연에서 "누나하구 나하구"는 "누나하고 나하고"로 현대 맞춤법에 맞게 수정했지만 2연에서 "슲으니"는 현대어로 수정하지 않고 그대로 두었다.

작품 말미에 연세대 출판부는 창작 일자를 적고 괄호 안에 "1936.12. 이후 개작"으로 적었고, 홍장학은 창작 일자와 발표 일자를 적었으며, 최동호는 창작 일자만을 적어두었다.

「빗자루」의 경우 습작 노트와 스크랩의 퇴고 양상이 서로 다르다. 퇴고

---

75   연세대학교 출판부 편, 앞의 책, 249쪽.

흔적이 스크랩에 있지만 습작 노트에 없는 것도 있고, 습작 노트에 있지만 스크랩에 없는 것도 있다. 따라서 퇴고 흔적을 반영한다면 습작 노트의 것을 반영하거나 스크랩의 것을 반영할 수 있고, 아니면 습작 노트와 스크랩의 퇴고 흔적 둘 다를 반영하여 정본으로 확정할 수도 있다. 그러나 습작 노트보다는 스크랩이 더 이후의 것이기 때문에 홍장학의 경우처럼 스크랩의 퇴고를 반영하여 정본으로 확정하는 것이 바람직할 듯하다.

3.4.3. 「오줌싸개 지도」의 경우

〈「오줌싸개 지도」(습작 노트)〉

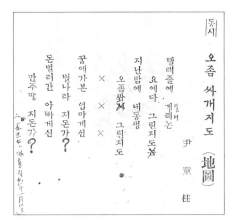

〈「오줌싸개 지도」(스크랩)〉

「오줌싸개 지도」의 경우 습작 노트의 제목은 "오줌쏘개디도"이고, 한번 퇴고한 흔적이 있다. 습작 노트에 파란색 잉크로 퇴고의 흔적이 있는데 1연에 "바줄"이 "빨래줄"로, "간밤에"가 "지난밤에"로 바뀌었다. 1연의 "요에다"의 "다"가 잉크로 삭제되었다가 연필로 "다"가 다시 표시되어 있고, 연필로 "그린"과 "디도" 사이 띄워진 곳에 이음줄로 연결되어 있으며, 연필로 "오줌솨서"에 "서"가 삭제되어 있다. 2연은 전체가 다른 내용으로 바뀌었다. 원래의 2연은 "우에큰것은/꿈에본 만주땅/그아래/길고도가는건 우리땅."이었는데, 이것이 "꿈에가본 어머님게신/별나라 디도ㄴ가/돈벌러간아바지게신/만주땅 디도ㄴ가"로 바뀌었다. 이렇게 함으로써 시의 내용이 완전히 바뀌었는데, 전자는 잃어버린 우리 땅이 부각되지만 수정된 후자는 부모 없이 버려진 아이들이 부각된다.

스크랩에는 제목이 "오줌 싸개지도"로 되어 있고 각 행의 높이를 달리해서 시각적인 변화를 주었다. 습작 노트의 "걸어논"이 "거러논"으로, "그린디도"이 "그린지도"로, "어머님"이 "엄마"로, "디도ㄴ가"가 "지돈가"로, "아바지"가 "아빠"로 바뀌어 인쇄되었다. 습작 노트의 퇴고가 스크랩 인쇄본에 반영되어 있음을 볼 때, 습작 노트에 퇴고 후 잡지에 발표했다고 볼 수 있다. 스크랩에 다시 퇴고의 흔적이 있는데, 연필로 쓴 것으로 보인다. "거러논"을 "걸어논"으로 수정하였고, "그린지도는"의 "는", "오줌솨서"의 "서"가 삭제되었으며, "지돈가" 뒤에 "?"를 추가하였다.

유고 시집은 시의 제목이 "오줌싸개지도"로 되어 있고, 스크랩의 퇴고를 반영하였다. 하지만 1연과 2연의 간격이 좁아서 연 구분이 없어졌다. 이 시는 7차 교육과정에서 중학교 2-1 국어 교

〈「오줌싸개 지도」 (유고 시집)〉

빨래줄에 걸어논
요에다 그린지도
지난밤에 내동생
오줌싸 그린지도
꿈에 가본 엄마계신
별나라 지돈가?
돈벌러간 아빠계신
만주땅 지돈가?
오줌싸개지도

과서와 고등학교 문학 교과서(한철우)에 실렸는데, 교과서에 게재된 시는 모두 스크랩의 퇴고를 반영하고 있다. 이로 볼 때 많은 오류에도 불구하고 유고 시집 중판본이 오랫동안 정본 확정의 기준이 되었음을 알 수 있다.

〈「오줌싸개 지도」(전집)〉

연세대 출판부	홍장학	최동호
오줌싸개 지도	오줌싸개 지도	오줌싸개 지도
빨랫줄에 걸어 논 　요에다 그린 지도는 지난밤에 내 동생 　오줌쏴서 그린 지도 　×　　×　　× 꿈에 가 본 엄마 계신 　별나라 지돈가 돈 벌러간 아빠 계신 　만주땅 지돈가	밧줄에 걸어논 요에다 그린 지도는 간밤에 내 동생 오줌 싸서 그린 지도. 위에 큰 것은 꿈에 본 만주 땅 그 아래 길고도 가는 건 우리 땅.	빨래, 줄에 걸어논 요에다 그린 지도 지난밤에 내 동생 오줌싸 그린 지도 × 꿈에 가 본 어머님 계신 별나라 지돈가, 돈벌러 간 아버지 계신 만주땅 지돈가,
	-1936년 초(추정)	(1936.)

　연세대학교 출판부는 작성 원칙대로 스크랩의 퇴고를 무시하고 『가톨릭소년』에 게재된 것을 저본으로 삼았다. 스크랩과 달리 1연 1행은 "걸어 논"으로 띄어쓰기를 하였다.

　홍장학은 이 시가 검열의 압박으로 윤동주가 어쩔 수 없이 퇴고하여 발표했다고 보고, 퇴고가 이루어지기 이전 습작 노트에 기록된 최초의 것을 정본으로 삼아야 한다고 보았다.[76] 그래서 다른 두 전집과 달리 2연의 내용이 완전히 다르게 되었다.

　반면 최동호는 습작 노트의 파란색 잉크로 퇴고한 것을 저본으로 삼고

76　홍장학, 앞의 책, 554-559쪽.

정본을 확정하되, 각주로 스크랩의 것을 참고로 함께 실었다.[77]

　창작 일자의 경우 연세대 출판부는 창작 일자를 표시하지 않았고, 홍장학은 추정한 창작 일자를 적어두었다. 최동호는 창작 일자가 기록된 작품에만 창작 일자를 적는다는 작성 원칙을 세웠지만, 이 작품은 습작 노트에 창작 일자가 기록되어 있지 않음에도 불구하고 창작 일자를 "(1936.)"으로 기록하였다.

　「오줌싸개 지도」는 퇴고의 흔적으로 인해 두 개의 이본이 발생하여 정본 확정에 대한 논란의 여지가 있다. 이 시의 두 가지 이본은 모두 당대 현실 속에서 그 나름대로 시적인 의미를 지니고 있다. 퇴고 이전의 것은 잃어버린 우리나라에 대한 기억과 회복에 대한 염원이 엿보이고, 퇴고 이후의 것은 당시 부모 없이 살아가는 가여운 아이들의 삶이 엿보인다. 이 중 한 가지를 정본으로 삼으면 한 가지는 버려지게 된다. 따라서 이 시의 경우 둘 중 어느 하나를 정본으로 삼기보다는 두 가지를 모두 정본으로 삼아 서로 다른 이본이 있음을 안내하는 것이 바람직할 듯하다.

3.4.4. 「무얼 먹구 사나」의 경우

〈「무얼 먹구 사나」(습작 노트)〉

77　최동호 편, 앞의 책, 139쪽.

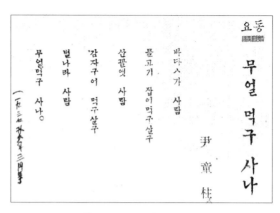

〈「무얼 먹구 사나」(스크랩)〉

　「무얼 먹구 사나」의 경우 습작 노트의 것은 2행으로 한 연을 구성하여 전체 3연으로 되어 있지만, 『가톨릭소년』스크랩에는 행과 행 사이 간격을 넓게 해서 전체가 1연(또는 6연)으로 이루어지게 되었다. 또한 습작 노트에는 각 연의 마지막에 쉼표가 있지만, 스크랩에는 쉼표가 하나도 없다. 습작 노트 1연의 "잡어 먹구살구"가 "잡어먹구살구"로, 습작 노트 2연의 "산꼴에"가 "산꼴엣"으로, "감자 구어"가 "감자구어"로, 3연의 "무얼 먹구사나"가 "무얼 먹구 사나."로 수정되어 인쇄되어 있다. 이 시는 습작 노트나 스크랩에 퇴고의 흔적이 없다.

　유고 시집은 습작 노트를 따라서 전체 3연으로 구성하였고, 2연의 "먹구살구"는 "먹고 살고"로 수정하였다. 하지만 습작 노트보다 스크랩이 더 이후의 것이기 때문에 습작 노트를 저본으로 삼은 것은 문제가 될 수 있다.

무얼 먹구 사나

바닷가 사람
물고기 잡아 먹고 살고

산골엣 사람
감자 구어 먹고 살고

별나라 사람
무얼 먹고 사나.

〈「무얼 먹구 사나」(유고 시집)〉

연세대 출판부	홍장학	최동호
무얼 먹구 사나	무얼 먹구 사나	무얼 먹고 사나
바닷가 사람 물고기 잡아먹구 살구 산꼴엣 사람 감자 구어먹구 살구 별나라 사람 무얼 먹구 사나.	바닷가 사람 물고기 잡아먹구 살구 산꼴엣 사람 감자 구워 먹구 살구 별나라 사람 무얼 먹구 사나.	바닷가 사람 물고기 잡아먹구 살구 산꼴에 사람 감자 구어먹구 살구 별나라 사람 무얼 먹구 사나.
1936.10.(1937.3. 개작)	- 1936.10월. (『카톨릭소년』 1937년 3월호에 발표)	(1936.10.)

　　연세대 출판부와 홍장학은 제목을 "무얼 먹구 사나"로 했고 스크랩을 따라서 전체 1연으로 구성했지만, 최동호는 제목을 "무얼 먹고 사나"로 했고 습작 노트를 따라서 전체 3연으로 구성했다.

　　창작 일자의 경우 연세대 출판부는 "(1937.3. 개작)"이라고 표기해 놓았는데, 이는 개작 날짜가 아니라 잡지에 발표한 날짜이다. "(1937.3. 개작)"보다는 '(1937.3. 발표)'로 수정되어야 한다. 홍장학은 창작 일자와 더불어 잡지에 발표한 날짜를 써놓았고, 최동호는 창작 일자만 표기해 놓았다.

　　「무얼 먹구 사나」의 경우 잡지에 발표된 것처럼 전체 1연으로 한 것을 정본으로 삼아야 할 듯하다. 왜냐하면 습작 노트보다 『가톨릭소년』 스크랩이 더 이후의 것이고, 만약 작품이 습작 노트처럼 3연이 되어야 한다면 윤동주는 스크랩에 이를 다시 3연으로 퇴고해 놓았을 것인데, 스크랩에는 퇴고의 흔적이 없기 때문이다.

3.4.5. 「거짓부리」의 경우

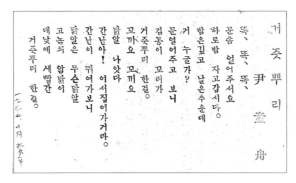

〈「거짓부리」(습작 노트)〉

〈「거짓부리」(스크랩)〉

　「거짓부리」의 경우, 습작 노트와 스크랩의 제목은 "거줏뿌리"이다.[78] 습작 노트에는 2연으로 연 구분이 되어 있고, 각 연의 4, 5행이 다른 행에 비해 조금 아래에 배치되어 표기되어 있다. 하지만 스크랩에는 연 구분이 없어졌고, 각 행은 동일하게 평행으로 배치되어 인쇄되었다. 그리고 습작 노트와

78　이 시는 『가톨릭소년』 1938년 1월호에 게재된 목양아의 「10월호 시평과 감상」에 짧은 시평이 실려 있기도 하다.

스크랩의 마침표 표기가 조금 다르다.

습작 노트의 퇴고가 잡지에 반영되어 있음을 감안하면, 이 퇴고는 잡지 발표 이전에 이루어졌음을 알 수 있다. 스크랩의 퇴고는 "×"로 연 구분을 해놓은 것을 보아 『가톨릭소년』에 1연으로 된 것이 인쇄의 오류임을 알 수 있게 한다.

〈「거짓부리」 (유고 시집)〉

유고 시집은 습작 노트를 저본으로 삼고 습작 노트의 퇴고를 반영하였다. 제목을 "거짓부리"로 했고, 연 구분을 하여 두 개의 연으로 배치했으며, 행의 배열은 습작 노트를 따라서 1연과 2연의 4, 5행에 들여쓰기를 했다.

〈「거짓부리」 (전집)〉

연세대 출판부	홍장학	최동호
7거짓부리	거짓부리	거짓부리
똑, 똑, 똑 문 좀 열어주세요 하룻밤 자고 갑시다	똑, 똑, 똑, 문 좀 열어주셔요. 하룻밤 자고 갑시다.	똑, 똑, 똑, 문 좀 열어주세요 하로밤 자고 갑시다

밤은 깊고 날은 추운데 거, 누굴까? 문 열어주고 보니 검둥이 꼬리가 거짓부리 한 걸. ×　　× 꼬끼요 꼬끼요 닭알 낳았다 간난아! 어서 집어가거라 간난이 뛰어가 보니 닭알은 무슨 닭알 고놈의 암탉이 대낮에 새빨간 　거짓부리 한 걸.	밤은 깊고 날은 추운데, 거, 누굴까? 문 열어 주구 보니, 검둥이 꼬리가, 거짓부리한걸. 꼬끼요, 꼬끼요, 닭알 낳았다. 간난아! 어서 집어가거라. 　간난이 뛰어가 보니, 　닭알은 무슨 닭알. 고놈의 암탉이 대낮에 새빨간 거짓부리한걸. －1937년 초.(추정 [『카톨릭소년』 1937년 10월호에 발표])	밤은 깊고 날은 추운데 거, 누굴까? 문 열어주고 보니 검둥이의 꼬리가 거짓부리 한걸. ×　　× 꼬끼요, 꼬끼요, 닭알 낳았다. 간난아! 어서 집어가거라 　간난이 뛰어가 보니 　닭알은 무슨 닭알, 고놈의 암탉이 대낮에 재빨간 거짓부리 한걸. (연도 표시 없음)

　연세대 출판부는 잡지에 게재된 것을 저본으로 한다는 작성 원칙을 세웠지만 여기에서는 스크랩의 퇴고를 반영하여 연 구분을 하였다. 연세대 출판부는 스크랩을 따라서 1연 4, 5행과 2연 4, 5행에 들여쓰기를 하지 않고 마지막 행에는 들여쓰기를 했지만, 홍장학과 최동호는 습작 노트를 따라서 1연 4, 5행과 2연 4, 5행에 들여쓰기를 하고 마지막 행에는 들여쓰기를 하지 않았다. '거짓부리한걸'의 경우, 세 전집은 각각 '거짓부리 한 걸', '거짓부리한걸', '거짓부리 한걸' 등으로 띄어쓰기를 다르게 했다.

　「거짓부리」의 경우 스크랩의 퇴고를 반영하여 전체 2연으로 연을 구성해야 하고 습작 노트를 따라서 들여쓰기를 하는 것이 좋아 보인다. 마지막 행의 들여쓰기는 아마도 인쇄의 오류로 보이기 때문에 홍장학과 최동호의 경우처럼 들여쓰기를 하지 않는 것이 바람직해 보인다.

3.4.6. 「눈 삼제-눈, 개, 이불」의 경우

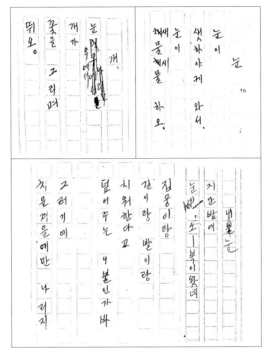

〈「눈」, 「개」, 「이불」(습작 노트)〉

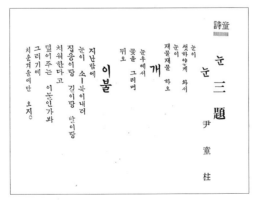

〈「눈 三題 - 눈, 개, 이불」(『가톨릭소년』)〉

『가톨릭소년』의 「눈 三題」에는 「눈」, 「개」, 「이불」 등 짧은 3편의 시가 하나의 제목으로 묶여 있다. 하지만 이 시들은 윤동주의 스크랩에는 빠져있다.

「눈」의 경우, 습작 노트에는 마침표가 있지만 『가톨릭소년』에는 마침표가 없다. 그 외에는 차이가 없다. 「개」의 경우, 습작 노트에는 3행에 "개가"가 있고 마침표가 있지만, 『가톨릭소년』에는 "개가"가 빠져 있고, 마침표가 없다. 「이불」의 경우, 습작 노트의 제목은 "니불"이다. 습작 노트의 "소-복이왓네"가 "소-북이 내려"로, "이불인가바"가 "이불인가봐"로, "치운 겨울에만 내리지"가 "치운겨울에만 오지."로 수정되어 『가톨릭소년』에 인쇄되었다. 또한 습작 노트에는 "집웅이랑"과 "길이랑 밭이랑"이 행 구분이 되어 있는데 『가톨릭소년』에는 행구분 없이 하나의 행으로 되어 있고, 습작 노트에는 연 구분이 있어서 전체 2연으로 되어 있으나 『가톨릭소년』에는 연 구분 없이 전체 1연으로 되어 있다.

퇴고의 양상을 보면, 「눈」의 경우, "재물재물"을 연필로 "새물새물"로 고쳐놓았다. 이 부분은 필적이 윤동주의 것과 다소 차이가 있다. 「개」의 경우, 처음에는 "눈 우에서"를 "눈이나리는날"로 고치고 이를 다시 "눈우에서"로 수정하였는데 이것이 발표된 잡지에 반영되어 있다. 아마도 처음에 습작 노트에 기록된 후 수정하여 잡지에 발표한 듯하다. 「이불」의 경우, 원래 제목이 "니불"이었는데 연필로 제목을 "눈"으로 수정해 놓았다. 이는 윤동주의 필적과 다소 차이가 있다.

「개」의 경우 퇴고한 "눈우에서"가 『가톨릭소년』에 반영된 것을 보면 작품 발표 이전에 수정한 것인 반면, 「눈」의 "새물새물"은 『가톨릭소년』에 반영되지 않아서 퇴고가 잡지 발표 이후에 이루어진 것을 알 수 있다. 또한 「이불」의 퇴고도 『가톨릭소년』에 반영되어 있지 않기 때문에 작품 발표 이후에 수정했음을 알 수 있다.

눈

눈이
샛하얗게 와서
눈이
새물새물하오。

개

눈 위에서
개가
꽃을 그리며
뛰오.

눈

지난밤에
눈이 소오복이 왔네
지붕이랑
길이랑 밭이랑
추워 한다고
덮어주는 이불인가봐
그러기에
추운 겨울에만 나리지

〈「눈」, 「개」, 「눈(이불)」(유고 시집)〉

「눈」과 「개」는 1955년 유고 시집 중판에는 실리지 못했고 1976년 유고 시집 삼판에 실렸다. 반면에 「이불」은 1955년 유고 시집 중판에 실렸는데 제목이 「눈」으로 되어 있다. 이 세 편의 경우 유고 시집은 『가톨릭소년』에 게재된 것이 아니라 습작 노트의 것을 저본으로 삼았다. 이는 윤동주의 스크랩에 세 편의 시가 없었기 때문에 유고 시집 편집자는 이 작품들이 『가톨릭소년』에 게재된 것을 인지하지 못한 듯하다.

「눈」의 경우 습작 노트의 연필 퇴고를 반영하여 "새물새물"로 표기했고, 「개」의 경우 습작 노트의 것을 저본으로 삼아 전체 4행으로 실었다. 「이불」의 경우 연필 퇴고를 반영하여 제목을 "눈"으로 했고, "지붕이랑"과 "길이랑 밭이랑"의 행 구분을 했지만 습작 노트와 달리 연 구분이 되어있지 않다. "소ー복이"는 "소오복이"로 표기했다.

연세대 출판부	홍장학	최동호
눈	눈	눈
눈이 새하얗게 와서 눈이 새물새물 하오..	눈이 새하얗게 와서, 눈이 새물새물 하오..	눈이 새하얗게 와서 눈이 새물새물 하오..
	-1936.12월(추정)	(연도 표시 없음)
개	개 1	개
눈 우에서 개가 꽃을 그리며 뛰오.	눈 우에서 개가 꽃을 그리며 뛰오.	눈 우에서 개가 꽃을 그리며 뛰오.
	-1936.12월.(추정)	(연도 표시 없음)
눈	이불	눈
지난밤에 눈이 소—복이 왔네 지붕이랑 길이랑 밭이랑 추워한다고 덮어주는 이불인가 봐 그러기에 추운 겨울에만 나리지	지난밤에 눈이 소—복이 왔네 지붕이랑 길이랑 밭이랑 추워한다고 덮어주는 이불인가 봐 그러기에 추운 겨울에만 내리지	지난밤에 눈이 소—복이 왔네 지붕이랑 길이랑 밭이랑 치워한다고 덮어 주는 이불인가 봐 그러기에 추운 겨울에만 나리지
1936.12.	-1936.12월.	(1936.12)

세 권의 전집은 모두 습작 노트의 것을 저본으로 삼았다. 연세대 출판부는

이 세 편의 경우 모두 습작 노트를 저본으로 삼았음을 작품 옆에 기록해 두었는데, 이는 습작 노트와 잡지에 중복 수록된 것은 잡지에 게재된 것을 텍스트로 선정한다는 작성 원칙에 어긋나는 것이다. 홍장학의 경우 다른 시들과는 달리 잡지에 발표된 일자를 기록하지 않았다. 이로 볼 때, 유고 시집과 마찬가지로 전집의 편집자들도 모두 이 세 편이 『가톨릭소년』에 발표 된 것을 인지하지 못한 듯하다.

「눈」의 경우 세 전집이 모두 동일하게 습작 노트의 퇴고를 반영하였다. 「개」의 경우도 세 전집이 모두 습작 노트의 퇴고를 반영하였다. 다만 홍장학 의 경우 동일한 제목의 시가 또 있기 때문에 제목을 "개 1"로 붙였고, 습작 노트에 기록된 대로 "개가"를 2행에 배치하여 행 구분을 하였다. 「이불」의 경우도 세 전집이 모두 습작 노트의 것을 저본으로 삼았는데, 홍장학의 경우 는 습작 노트의 연필 퇴고를 반영하지 않고 다른 두 권과 달리 제목을 "이불" 로 했고, 최동호는 다른 두 권과 달리 시를 3연으로 표시하는 오류를 범했다.

「눈」의 경우는 습작 노트의 퇴고가 『가톨릭소년』에 반영되지 않은 것으로 볼 때, 『가톨릭소년』에 작품을 발표한 이후에 퇴고한 것으로 보아야 한다. 그렇다면 세 전집의 경우처럼 습작 노트의 퇴고를 반영하여 정본을 확정하면 된다. 다만 연필로 퇴고한 "새물 새물"의 경우 윤동주의 필적과 조금 차이가 있기 때문에 면밀한 검토가 필요하다. 유고 시집의 편집자는 대체로 사투리 대신 표준어를 사용하고자 하는 경향이 있는데, 이 퇴고가 윤동주의 것인지 유고 시집 편집자의 것인지 검토가 필요하다. 만약 윤동주의 필적이 아니라 고 판단되면 "재물 재물"이 되어야 한다.

「개」의 경우는 습작 노트의 퇴고가 『가톨릭소년』에 반영되어 있기 때문에 습작 노트의 퇴고를 반영해서 작품이 『가톨릭소년』에 게재되었다고 보아야 한다. 그러면 습작 노트가 아니라 3행으로 된 『가톨릭소년』의 것을 저본으로 삼아야 한다. 그렇게 되면 "개가"는 삭제되어야 한다.

「이불」의 경우도 습작 노트보다 이후에 발표한 『가톨릭소년』에 게재된 것을 저본으로 삼아야 한다. 즉 전체 1연으로 된 것을 저본으로 삼아야 한다. 다만 습작 노트에 제목이 수정되어 "눈"으로 되어 있는데, 이는『가톨릭소년』에 반영이 되어 있지 않은 것으로 보아 잡지에 발표한 이후에 퇴고한 듯하다. 하지만 필적이 윤동주의 것과 다소 달라서 정밀한 분석이 필요하다. 혹시라도 유고 시집 편집과정에서 생겨난 퇴고일 수도 있다.『가톨릭소년』에「눈三題」에 함께 게재한 작품 중에 제목이 '눈'인 작품이 있기 때문에 윤동주가 이 작품의 제목을 '눈'으로 바꾸지는 않았을 듯하다. 그렇게 본다면 이 작품의 제목은 홍장학의 경우처럼 '이불'로 하는 것이 바람직해 보인다.

이상으로 대표적인 윤동주 전집 세 권을 통해『가톨릭소년』에 게재된 윤동주의 동요·동시의 정본 확정 양상에 대해 살펴보았다. 연세대 출판부가 편집한 전집은 습작 노트의 작품 중 잡지에 게재된 작품이 있으면 후자를 저본으로 삼는다는 작성 원칙을 세워 대체로 습작 노트가 아니라 스크랩을 저본으로 삼았다. 하지만 스크랩을 저본으로 삼을 경우 작품 발표 이후 스크랩에 윤동주가 표시해 놓은 퇴고를 무시하게 되기 때문에, 이 작성 원칙은 문제가 발생한다. 또한 퇴고를 반영한 경우 창작 일자 옆에 개작 일자를 표시해 두기도 했지만, 개작 일자가 창작 일자나 발표 일자로 표기된 부분이 있는 점은 조금 아쉬운 부분이라 할 수 있다. 하지만 습작 노트와 스크랩 중에서 무엇을 저본으로 삼았는지를 밝히고 퇴고 흔적의 수용 여부를 기록해 둔 점이나, 정본으로 삼은 것과 함께 습작 노트나 스크랩의 작품을 병기하여 독자가 대조할 수 있도록 한 점은 매우 잘된 점이라 할 수 있다.

홍장학의 전집은 다른 전집과 다르게 작품을 창작 일자 순서대로 재배열하였고, 철저한 원전 분석을 통해서 연세대학교 출판부처럼 일관된 기준을 세우기보다는 작품마다 그에 알맞은 합리적인 기준으로 정본을 확정하였다. 특히 창작 일자가 기록되지 않은 경우에도 추정된 창작 일자를 적고,『가톨릭소년』에 발표된 날짜를 병기한 점이 돋보인다. 하지만「눈」,「개」,「이불」

세 작품은 『가톨릭소년』에 게재된 것을 알지 못하여 습작 노트를 저본으로 삼고 잡지에 발표된 날짜를 병기하지 않은 점은 아쉬운 부분이라 할 수 있다.

최동호의 전집은 실제 존재하는 원전 자료별로, 1부는 자선시집, 2부는 두 번째 습작 노트, 3부는 세 번째 습작 노트, 4부는 습유작품과 산문 등으로 전집을 구성하였다. 정본 확정 과정에서 논란의 여지가 있는 것들은 각주를 달아놓은 것은 잘된 점이라 할 수 있다. 하지만 습작 노트에 수록된 이후에 윤동주가 수정하여 잡지에 게재하였음에도 불구하고 대체로 습작 노트의 것을 저본으로 삼은 것과 세 전집 중에서 가장 나중에 출판된 것임에도 불구하고 정본 확정의 일관성이 부족하고 소소한 오류들이 확인되는 것은 아쉬운 점이라 할 수 있다.

『가톨릭소년』에 게재된 8편의 시들은 윤동주가 출판하려고 했던 자선시집 『하늘과 바람과 별과 시』에는 단 한 편도 실리지 못했다. 윤동주가 살아있었더라면 시집에 실리지 못했을 가능성도 있다. 하지만 윤동주가 쓴 많은 습작시 중에서 그가 고르고 골라서 잡지에 발표한 시들이라는 점에서 다른 작품에 비해 비중이 있다고 하겠다. 지금까지 윤동주 시에 대한 수많은 연구들이 있었지만 윤동주와 관련된 서지자료에 대한 실증적인 연구는 여전히 미흡한 점이 많다. 특히 현재 남아있는 서지자료들에 나타난 퇴고의 흔적으로 인해 발생하는 윤동주 시의 이본들 중에서 정본 확정을 어떻게 할 것인지 하는 문제가 온전하게 해결되지는 못했다. 앞으로도 이에 대한 더욱 정밀한 연구가 이어지기를 바란다.

4. 『조선일보』, 『소년』, 『문우』

윤동주는 1938년 연희전문학교를 입학한 후, 『조선일보』, 『소년』, 『문우』 등에 자신의 작품을 발표했다. 『조선일보』의 <학생 페이지>에 「아우의 인상화」(1938.10.17), 「달을 쏘다」(1939.1), 「유언」(1939.2.6)을, 조선일보사에서 발행하고 윤석중이 편집장으로 있었던 어린이 잡지 『소년』에 「산울림」(1939.3)을, 연희전문학교 문예부에서 발간한 『문우』 폐간호(1941.6)에 「새로운 길」, 「우물 속의 자상화」를 발표했다.

이와 관련된 선행연구는 송우혜, 이수경 등에 의해 이루어졌다. 송우혜는 1941년 6월에 발간된 『문우』와 여기에 게재된 윤동주와 송몽규의 시를 소개하고 윤동주의 장례식에서 『문우』에 게재된 시 두 편이 낭독되었다는 전기적인 사실을 밝혔다.[1] 이수경은 윤동주와 송몽규의 재판 판결문을 번역하여 소개하였고, 송몽규가 『문우』 편집후기에 쓴 내용을 요약적으로 제시하고 『조선일보』에 실린 송몽규의 시 「밤」을 함께 소개하였다.[2]

하지만 이러한 선행연구에도 불구하고 여전히 윤동주 시와 관련하여 『조선일보』, 『소년』, 『문우』에 대한 실증적인 연구는 여전히 미흡한 실정이다.

---

1   송우혜, 앞의 책, 284-290쪽.

2   이수경, 「윤동주와 송몽규의 재판 판결문과 『문우』(1941.6) 고찰」, 『한국문학논총』 61, 2012.8, 402-407쪽.

『조선일보』와『소년』과 관련된 윤동주 연구는 거의 제대로 시도되지 않았고, 『문우』는 송우혜와 이수경에 의해 소개가 되었으나 충분하지는 않았다. 따라서 여기에서는 연희전문학교 시절 윤동주와 관련이 깊은 서지자료인 『조선일보』, 『소년』, 『문우』 등에 대한 분석을 통하여 윤동주의 시와 삶을 새롭게 조명해보고자 한다.

4.1. 『조선일보』에 게재된 「아우의 인상화」와 후기인상주의 미술

4.1.1. 『조선일보』의 <학생 페이지>

『조선일보』는 1938년 4월 25일부터 <학생 페이지> 란을 신설하고 여기에 학생들의 글을 실었다.[3] 이때부터 당시 많은 학생들이 <학생 페이지>에 글을

---

3   『조선일보』1938년 1월 27일 석간 5면의「금춘 각 학교 입학 안내」를 보면 당시 연희전문학교 입학 시험의 대강을 알 수 있다. 당시 연희전문학교는 문과 50명, 상과 50명, 수물과 30명의 입학생을 선발했다. 입학 전형은 시험검정과 무시험검정이 있었는데, 입학시험일은 3월 28일과 3월 29일 양일간 치루었으며, 시험 과목은 문과의 경우 국어(일본어), 영어, 조선어, 국사(일본사), 서양사였다. 『조선일보』1938년 4월 3일자 석간 2면을 보면 당시 연희전문학교 입학생들의 명단을 확인할 수 있다.
『조선일보』1938년 4월 3일 석간 2면에 게재된 연희전문학교 문과 입학생 명단은 다음과 같다.

<문과 본과>
김종수 최동진 김숙주 백남훈 백인준 윤영갑 왕정방
이경주 정인준 백승룡 임길순 김삼불 신상묵 강처중
태계성 강홍주 이순복 한기홍 배용건 윤동주 유　영
이영주 안춘근 허　웅 오용순 서정욱 김창수 한혁동
김문웅 배석빈 김기호 이갑선 이기빈 김수명 임철희
심재봉 정원낙

투고했는데, 1938년 연희전문학교 입학생들도 이곳에 다수의 글을 발표했다.
이를 정리하면 다음과 같다.

〈『조선일보』〈학생 페이지〉에 실린
연희전문학교 1938년 입학생들의 글(1938.4.1~1940.8.11)〉

저자명	갈래	작품명	연월일	면
엄달호	시	내일 연전	1938.5.30	석간 4(학생 페이지)
한기홍	시	반딧불	1938.6.20	석간 4(학생 페이지)
송몽규	시	밤	1938.9.12	석간 4(학생 페이지)
오용순	산문	모팟상 소론 －그의 단편집을 읽고서	1938.9.19	석간 4(학생 페이지)
유영	시	시-하일삼제-달, 부채, 그늘	1938.9.19	석간 4(학생 페이지)
윤동주	시	아우의 인상화	1938.10.17	석간 4(학생 페이지)
오용순	산문	C, C, C의 예찬 － 댄소철학	1938.11.7	석간 4(학생 페이지)
엄달호	산문	약진의 출발	1938.11.7	석간 4(학생 페이지)
백인준	시	순례	1938.12.5	석간 4(학생 페이지)
윤동주	산문	달을 쏘다	1939.1.23	석간 4(학생 페이지)
윤주	시	유언	1939.2.6	석간 4(학생 페이지)
유영	시	고향	1939.2.13	석간 4(학생 페이지)
김삼불	산문	계절의 감각	1939.3.27	석간 4(학생 페이지)
김삼불	산문	수상 비 나리는 밤	1939.4.17	석간 4(학생 섹슌)
김삼불	산문	내 방의 우울 단상	1939.10.16	석간 4(학생과 독서)
엄달호	소설	장편소설 거미	1940.5.13	석간 4(학생 섹슌)
엄달호	소설	장편소설 시계	1940.7.1	석간 4(학생 섹슌)

<문과 별과>
민병숙 엄달호 박창근 최봉철 김현주 송몽규 오천석
송은섭 강은서

이를 보면 당시 연희전문학교 문과의 1938년 입학생은 본과 37명, 별과 9명이었다. 50명을
선발하려고 했지만 46명이 선발되었음을 알 수 있고, 윤동주가 본과에 입학한 반면 송몽규
는 별과에 입학했음을 알 수 있다.

이를 보면 엄달호가 4회, 윤동주와 김삼불이 3회, 오용순과 유영이 2회, 한기홍·송몽규·백인준이 1회 자신의 글을 <학생 페이지>에 발표했음을 알 수 있다. 엄달호는 당시 이미 동요·동화 분야에 이름이 꽤 알려진 작가였고,[4] 백인준은 훗날 윤동주가 일본 릿쿄대학 유학 시절 「쉽게 씌어진 시」를 쓸 당시 윤동주와 함께 하숙을 했던 인물이다.[5] 송몽규는 시 「밤」을 발표했고, 윤동주는 「아우의 인상화」, 「달을 쏘다」, 「유언」 3편을 발표했다.

조선일보사는 1938년 11월 17일부터는 「학생모의신문」란을 신설하고 각 학교별로 돌아가면서 학생들의 작품을 게재했는데, 그 첫 번째로 연희전문학교에서 '학생모의신문－연전편'을 꾸미게 하였다. 여기에는 당시 문과 1학년이던 오용순, 엄달호의 글과 2학년 최경섭, 박종식의 시가 실렸다. 교내 소식이라 할 수 있는 「수첩 통김치」란을 보면 당시 최경섭은 『풍경』이란 시집을 낸 바 있고, 박종식은 윤동주가 소장하고 있던 『을해명시선집』에 시 「동경」이 실렸던 기성 시인이었다.

4.1.2. <아우의 인상화>와 후기인상주의 미술

윤동주는 1938년부터 『조선일보』에 자신의 작품을 발표했는데, 「아우의 인상화」가 10월 27일에, 「달을 쏘다」가 1939년 1월에,[6] 「유언」이 1939년

---

4 유영, 앞의 글, 124쪽.

5 황석영은 1989년 방북 당시에 조선문학예술총동맹 위원장인 백인준을 만났고 그와의 만남을 아래와 같이 언급했다.

"백인준 선생은 금년에 일흔둘이며 연희전문과 와세다(실제로는 릿쿄대학)를 나왔고 시인 윤동주와 동경 시절에 같이 하숙을 했다고 한다. 시의 제목은 생각나지 않지만 남의 땅 남의 나라에서 어머님이 보내주신 학비봉투를 받아보니 삶은 어려운데 시가 왜 이렇게 쉽게 써지느냐고 하는 그 유명한 시를 쓸 무렵에 백 선생과 윤동주는 함께 살았다고 한다 (황석영, 『사람이 살고 있었네』, 시와사회사, 1993, 28-29쪽)."

6 윤동주의 연전 동기였던 유영에 의하면 「달을 쏘다」는 정인섭 교수가 학기말 시험 문제로 낸 작문 제목 '달을 쏘다'에 대해 윤동주가 글을 쓴 다음 이를 신문 학생란에 발표했다고

2월에 게재되었다. 그는 시 「아우의 인상화」와 「유언」은 스크랩해 두었으나 산문인 「달을 쏘다」는 스크랩해 두지 않았다. 이 중에서 「아우의 인상화」는 후기인상주의 미술과 관련이 있어 보여서 주목이 된다.

4.1.2.1. 윤동주와 『오지호·김주경 이인화집』

윤동주 시의 제목에는 「아우의 인상화」, 「자화상」 같이 후기인상주의 미술과 관련된 듯한 작품이 있음에도 불구하고 지금까지 윤동주와 후기인상주의 미술에 대한 논의는 거의 이루어지지 않았다. 「아우의 인상화」의 "인상화"는 당시에 대중적으로 잘 쓰지 않는 표현으로 일본식 표현으로 보인다. 이는 '인상주의 화풍의 그림'이란 의미로 이해되기도 하는데, 윤일주의 회고에 의하면 연희전문학교 시절 윤동주는 후기인상주의 미술에 깊은 관심을 가지고 있었다.

> 1940년 또는 1941년으로 기억되는데, 그의 짐 속에서 크고 호화스러운 책이 나왔다. 그것은 그 당시로는 희귀한 천연색 화집으로서 『오지호·김주경 2인화집』이었다. 그 중 몇 점의 그림을 나에게 설명해 주었지만 지금 기억에 없고, 다만 김 주경 씨 그림 중의 들길을 그린 선명한 한 그림을 보고 미국적이라고 말하였는데, 그것이 옳게 판단한 것인지는 알 수 없는 일이지만 미술 전반에 대하여 많은 이해를 하고 있었음은 확실하다. 그가 책 속에 끼워 두었던 전람회 프로그램이 어쩌다 발견되는 수가 있었다. 서울에서 전람회에 구경 다니었던 모양이었다. 그가 일본 경찰에 체포된 후 친구의 주선으로 보내온 책 짐 속에는 『고호의 생애』, 『고호의 서간집』 등 고호에 관한 책이 적지 않게 있었다.[7]

한다(유영, 앞의 글, 126쪽). 당시 『조선일보』 <학생 페이지>에는 학생들의 작품이 주로 실렸지만 1939년 1월에 특이하게 정인섭 교수의 글이 실린다. 1939년 1월 9일에 정인섭의 「현대학생기질론 ②」가 실렸는데, 같은 달인 1939년 1월 23일에 윤동주의 「달을 쏘다」가 실렸다.

위에서 윤일주가 언급하는 오지호, 김주경은 모두 1930년대 대표적인 한국 인상주의 화가들로서 서양의 후기인상주의를 수용하면서도 한국적 토속성을 바탕으로 한국적 후기인상주의를 주체적으로 발전시킨 이들로 평가된다.

『오지호·김주경 이인화집』은 1938년 10월에 발간된 우리나라 최초의 원색 화보집이자 한국근대미술의 유일한 원색화집이다. 화집의 편집 겸 발행인은 김주경이었고 한성도서주식회사에서 출판하였는데, 1938년 11월 11일 황금정 아서원에서 열린 출판기념회에는 미술계와 문단 인사 40여 명이 몰려 성황을 이룰 정도였다고 한다. 이 화집에 대해『문장』의 편집인이자 장정가였던 김용준은『조선일보』에 발표한「화집출판의 효시」에서 "침체극한 조선화단에 한개철퇴를 던지는듯이 일대통쾌사라 하지안흘수업다."라고 극찬을 하였다.[8] 이 글은 연희전문 학생들이 글을 자주 발표하던『조선일보』<학생 페이지>에 실려 있었기 때문에 윤동주가 읽었을 가능성이 크다.

두 화가는 각자 자신의 그림 10점씩을 화보집에 싣고, 각각「순수회화론」(오지호),「미와 예술」(김주경)이라는 예술론도 함께 실었다. 그래서 이 화집은 인상주의를 우리 풍토에 맞게 구사했을 뿐만 아니라 이론적으로도 정립시켰다는 평가를 받았다.[9] 화집에 실린 그림 중 정물화는 하나도 없고 모두가 풍경화와 인물화이다.

---

7   윤일주, 앞의 글, 159쪽.

8   김용준,「화집출판의 효시」,『조선일보』, 1938.11.17, 석간 5면. 김용준 이외에도 유진오와 구본웅이『오지오·김주경 이인화집』에 대한 평을 신문에 실었다.
     유진오,「오지호 김주경『이인화집』을 보고」,『동아일보』, 1938.11.23, 석간 3면.
     구본웅,「戊寅이 걸어온 길⋯其二 今年의 異彩는 吳, 金 二人畫集」,『동아일보』, 1938.12.10, 석간 3면.

9   홍윤리,「『오지호·김주경 이인화집』연구」,『한국근현대미술사학』22, 2011, 190쪽.

〈『오지호·김주경 이인화집』의 표지와 속표지〉 〈「입추절의 숲」(김주경, 1935)〉

윤일주가 언급한 "김 주경 씨 그림 중의 들길을 그린 선명한 그림"은 화집에 실린 김주경의 그림 중 유일하게 들길이 선명하게 그려져 있는 「입추절의 숲」인 듯하다. 화집에는 풍경화 14점, 풍경과 인물이 함께 있는 그림 3점, 인물화 3점이 있다. 이들은 대체로 후기인상주의 기법의 밝고 강렬한 색채를 통해, 조선의 아름다운 자연과 한복을 입고 있는 조선 민중들을 그렸다. 오지호는 4점에 작품 설명을 덧붙였지만, 김주경은 10점 모두에 작품을 그리게 된 계기, 당시의 상황이나 분위기 등을 글로 적어두기도 했다.

윤일주의 회고에 의하면 윤동주는 김주경의 그림 중 하나에 대해 "미국적"이라는 평을 했는데, 이는 윤동주가 작품을 평가하면서 그것이 조선적인 것인지 서구적인 것인지 눈여겨 보았음을 짐작할 수 있게 하는 부분이다. 당시 1930년대 조선에서는 '조선 향토색 논의'가 화단을 풍미했는데, 이러한 영향으로 윤동주도 '조선적 회화'에 대해 관심을 가졌을 것으로 보인다.

4.1.2.2. 오지호·김주경의 예술론과 윤동주의 메모

한국에서 후기인상주의는 1930년대에 이르면 대중매체를 통해서 일반 대중에게까지 널리 알려지게 된다. 『조선일보』는 1930년 11월 8일부터 12월 25일까지 총 40회에 걸쳐서 「근대태서미술순례」라는 제목의 연속 기획물을 게재했다. 여기에는 세잔, 고갱, 고흐 등의 후기인상주의 작가들이 소개되는데, 세잔을 "강렬한 자아성과 주관주의로서 객체계가 빚쳐준 주관적 표현에 역점"을 두는 작가로 소개했다.[10] 당시 후기인상주의는 객체의 주관화, 형태 변형과 단순화, 과감한 색채 등을 특징으로 하는 혁명적인 예술로 이해되어 마르크스주의나 아나키즘과 연결되기도 했다. 대중들은 조선미술전람회, 서화협회전 같은 다양한 전시회를 접하거나 대중매체의 복제화나 사진을 통해서 후기인상주의 미술을 경험했다. 이러한 상황 속에서 윤일주의 회고에도 나오듯이 윤동주도 다양한 전람회를 통해 후기인상주의 미술을 경험했을 것이다.

대표적인 후기인상주의 작가 중 한 명이 빈센트 반 고흐인데, 오지호, 김주경은 모두 고흐의 영향을 강하게 받은 화가였다. 오지호는 1937년 1월 김주경의 집에서 보았던 고흐의 화집을 3월 14일 서울에서 구입하고 일기에 "색채화가로 유례없는 화가이고 그의 찬란한 색채를 늘 볼 수 있게 되었음에 대단한 만족을 느낀다."라고 썼고,[11] 5월 30일 일기에는 "늘 우울해지는 마음을 어찌할 수가 없어서 읽기 시작한 반 고흐의 서한집을 그의 정열에 휩싸여, 흐린 정신에도 불구하고 다 읽어버렸다. …… 자연과 태양을 미칠 듯이 찬미하고, 향수하는 그의 정열, 자기 믿음의 절대함이 마치 내 거울을 보는 것 같았다. …… 그는 이미 이 세상에 없지만 내 벗의 하나가 되었다. 그가 한 말과 같이 그는 내가 살아있는 한 조선에서도 살고 있다."[12]라고 썼을 정도로 고흐의 생명과 태양에 대한 정열에 깊이 공감하고 그의 예술을 수용하려고 애썼다. 공교롭게도 윤일주의 회고에 의하면 윤동주도 오지호가 감명 깊게 읽은 『고흐의 서간집』을 소장하고 있었다.

『오지호·김주경 이인화집』에서 주목되는 것은 두 화가가 화집에 실어놓

---

10   조선일보사(1930.11.23), 「근대태서미술순례(10)-『목욕』…세잔 작」, 『조선일보』, 1930. 11.23, 석간 4.

11   오병욱, 「오지호와 반 고흐의 과수원」, 『한국근현대미술사학』 38, 2019, 306쪽.

12   위의 책, 312쪽.

은 예술론인 「순수회화론」, 「미와 예술」에서 공통적으로 '생명'을 강조하고 있다는 것이다. 오지호는 「순수회화론」의 첫 문장을 "예술은, 생명의 본성의 실현이다."라고 쓰고 생(生)의 가장 긍정적인 환희감이 미(美)이고 미란 생의 환희를 느끼는 것이라고 썼고,[13] 김주경은 「미와 예술」에서 "예술은 미(美)의 표현이 아니라 미를 창조하는 세계—즉 예술은 '생명의 자연 현상을 창조하는 세계'라고 나는 말한다."라고 했다.[14] 즉 예술의 본질을 오지호는 '생명 본성의 실현'으로 본 것이고, 김주경은 '생명의 창조'로 본 것이다.

이와 관련하여 윤동주의 자필원고 여백에는 '미(美)'와 '생명'에 대한 메모가 있어서 주목이 된다. 윤동주는 습작시 「못 자는 밤」의 원고 옆에 "미를 구하면 할수록 생명이 하나의 가치임을 인정하게 된다. 왜냐하면 미를 인정한다는 것은 생명에의 참여를 기꺼이 받아들이고 생명에 참가하는 바로 그것이기 때문에"라는 뜻의 일본어 메모를 기록해 두었다.[15] 이는 1935년 6월 파리에서 있었던 국제작가회의 연설문 중 월터 프랭크의 연설문 「작가의 본분」을 고마쓰 기요시가 편역하여 1935년 11월에 출판된 일본어 번역본 『문화의 옹호-국제작가회의보고』에 수록한 글의 일부이다.[16] 윤동주가 특별히 이 문장을 기록해 둔 것은 미(美)를 추구하는 예술의 본질이 '생명의 가치'를 추구하는 것이라는 의미가 그에게 깊이 와닿았기 때문일 것이다.[17]

이처럼 후기인상주의 화가들과 윤동주는 양자 모두 '미'를 추구함에 있어 생명의 가치를 중시했는데, 이러한 정신은 일본 전체주의의 폭력이 노골적으

---

13 오지호, 「순수회화론」, 『오지호, 김주경. 이인화집』, 1938.10, 한성도서, 1쪽.

14 김주경, 「미와 예술」, 위의 책, 18쪽.

15 왕신영 외, 앞의 책, 173쪽.

16 왕신영, 앞의 글, 269-273쪽.

17 이와 같은 생명의 가치에 대한 추구는 1930년대 후반의 미술계뿐만 아니라 문학계에서 서정주, 유치환, 오장환 등의 생명파 시인들에 의해서도 시도되었는데, 윤동주의 신문 스크랩에는 이들의 작품이 있어서 이들에 대한 윤동주의 각별한 관심을 확인할 수 있다. 윤동주가 스크랩해 놓은 생명파 시인들의 글은 다음과 같다.(왕신영 외, 앞의 책, 365-382쪽)

로 심화되던 식민지 조선에서 폭압적 권력에 대한 저항의 의미와 연결될 수 있다.[18] 김주경은 후기인상주의를 프롤레타리아 사상과 연결짓기도 했고,[19] 월터 프랭크는 마르크스주의자였는데, 이는 생명의 가치를 추구하는 예술이 반파시즘적인 저항성을 내포하고 있음을 의미한다. 생명의 정열과 전체주의적 시대 현실의 대립적인 양상은 윤동주의 시 「아우의 인상화」에서도 드러난다.

4.1.2.3. 「아우의 인상화」와 후기인상주의 미술

1938년 10월 17일 『조선일보』 학생란에 발표한 「아우의 인상화」는 윤동주의 습작 노트 『창』에 실려 있는데 창작 일자가 1938년 9월 15일로 기록되

이름	제목	갈래	연월일	신문
서정주	칩거자의 수기: (상) 주문, (중) 다모사, (하) 여백	수필	1940.3.2.-3.6.(3회)	조선일보
유치환	입추	시	1937.9.2.	
	풍습	시	1937.10.6.	
	보살상	시	1937.12.9.	
	신인시총: 비력의 시, 우너수, 오월우	시	1938.6.4.	
오장환	성탄제	시	1939.10.24.	
	'마리아(상)', '마리아(하)'	산문시	1940.2.8., 2.9.	매일신보
	신작시첩: 패랭이-'1두서', '2타관사람', '3씨름동무', '4고가', '5침석'	시	1940.11.16.-11.23.(6회)	

18　오지호와 김주경은 식민지 시기 동안 창씨개명을 하지 않았고 전쟁화 제작에 동참하지 않았다. 해방 직후 오지호는 1948년 고향 광주로 귀향해 조선대학교 미술과 교수가 되었고 김주경은 1946년 월북을 해 1947년 평양 미술전문학교 학교장이 되었다. 오지호는 1948년 첫 개인전에서 김주경이 그린 「지호지실」을 전시하고 다음과 같은 작품설명을 덧붙였다. "지금은 남한 땅에 있지 않은 지우(知友) 김주경 씨의 작품이다. '우리가 왜적의 기반(羈絆)을 벗어나는 날이 있다면, 만일 있다면 그때야말로 우리 손으로 된 국립미술관에서 2인전(二人展)을 호화롭게 개막하자.'라는 것이 과거 20년간 군과 말하던 이야기요, 가슴 아픈 꿈이었다. 그러나 오늘도 역시 꿈은 꿈 그대로 계속되고 있다. 1936년의 겨울 군이 내 개성 만거(開城萬居)에 왔을 때의 휘호인 <지호지실(之湖之室)>은 그때 군 자신의 제(題)한 바이다. 투명한 색채감과 예리한 필치에 주의해 주기 바란다.(홍윤리, 앞의 글, 197쪽)

19　이애선, 「1920-1930년대 한국의 후기인상주의 수용 양상: 김주경의 폴 세잔에 대한 인식을 중심으로」, 『미술사논단』 49, 2019, 179쪽.

어 있다. 창작한 지 얼마 되지 않아서 바로 신문에 발표한 것으로 보인다.
이 작품에 대해 윤동주의 동생 윤일주는 아래와 같이 언급했다.

> 1938년 9월, 그러니까 전문 학교의 첫방학 뒤에 쓴 그의 시 「아우의 인상화」
> 속의 그와 나의 대화는 실제 있었던 일로 회상된다. 이렇게 구체적인 사례가
> 아니라도 그의 시상의 대부분은 그의 산책길에서 자연을 관조하면서 마음 속에
> 서 우러나고 다듬어진 것이 아닌가 생각된다.[20]

습작 노트에는 퇴고의 흔적이 나타나 있는데[21] 퇴고 양상이 발표한 신문에
반영되어 있는 것으로 보아서 작품 발표 전에 퇴고한 것으로 보인다.

〈「아우의 인상화」(습작 노트)〉

---

20 윤일주, 앞의 책, 156쪽.

21 왕신영 외, 앞의 책, 92-93쪽. 퇴고의 흔적을 보면 처음에는 "힌니마"라고 적은 것을 "붉은
니마"로 수정했고, 처음과 마지막 연의 4행을 2행으로 수정했다. 습작 노트의 2연과 3연
사이에는 ×표시로 연구분을 표시했으나 『조선일보』에는 이것이 반영되지 않고 2, 3연이
하나의 연으로 처리되어 있다. 이는 아마도 인쇄 과정의 오류인 듯하다. 이 시는 1948년
초판부터 유고 시집에 실렸는데, 유고 시집은 『조선일보』에 발표된 스크랩을 저본으로 삼
아서 연 구분을 하지 않았다.

〈「아우의 인상화」(스크랩)〉

퇴고의 흔적을 보면 처음에는 "힌니마"라고 적었다가 "붉은니마"로 수정한 것을 볼 수 있다. 이와 관련하여 고흐의 「자화상」이나 오지호의 「시골소녀」, 「자화상」을 보면, 인물화에서 후기인상주의 화가들이 얼굴빛을 매우 붉게 채색해서 강렬한 인상을 주고 있음을 볼 수 있는데, 이는 인물이 지니고 있는 '생에 대한 강렬한 정열'을 의미한다고 할 수 있다.

〈「자화상」(고흐, 1887)〉   〈「시골소녀」(오지호, 1929)〉   〈「자화상」(오지호, 1931)〉

이로 볼 때, 「아우의 인상화」에서 "붉은니마"도 어린 아우가 지닌 '생에 대한 강렬한 정열'을 표현하는 것으로 볼 수 있다. 이와 대조되는 것이 "싸늘한 달"인데, 이로 인해 붉은 색과 흰 색의 색채 대비가 나타나고 시각과 촉각의 감각적인 이미지가 나타나게 되었다. 이는 후기인상주의 화가들이 색채의 대비를 통해서 색의 강렬함을 강화함으로써 격동하는 내면을 그리는 수법과 닮아있다. 이때 "싸늘한 달"은 생에 대한 정열로 가득한 개별적인 존재자를 위협하는 전체주의적 시대 현실에 대한 상징이라 할 수 있다.

1연에서 "붉은니마"에 "싸늘한 달"이 서리어 "아우의 얼굴"은 "슬픈 그림"이다. "붉은니마"를 지닌 아우는 환한 태양 아래에서 열정적으로 살아가야 하는데, 지금은 어두운 '밤'이고 그를 비추고 있는 것은 "싸늘한 달"이기에 시적 화자는 아우를 슬프게 바라보고 있다. 이 시의 자필원고 옆에는 "모욕을 참어라"라는 메모가 있다. 조선인은 조롱과 욕됨을 견뎌야 하고 장래에 대한 그 어떤 소망도 보이지 않는 시대였기에 화자는 아우의 손을 잡으면서 걱정스레 묻는다. "너는 자라 무엇이 되려니"라는 화자의 물음에 아우는 "사람이 되지"라고 천진하게 대답한다. 화자는 이것이 "설운 대답"이라고 느낀다. 사람을 사람으로 대우하지 않는 세상 속에서 아우가 사람이 되고자 하기 때문이다. 화자의 물음은 시대 현실에서 비롯된 현실적인 염려이지만, 아우는 오히려 시대 현실 너머에 있는 존재론적인 가치를 지향하고 있다. 이 대답으로 인해 4연에서 화자는 잡았던 손을 놓고 다시 아우를 바라보는데 5연에서 1연과는 반대되는 상황이 펼쳐진다.

1연과 5연은 수미상관의 형식으로 얼핏 보기에는 비슷한 반복처럼 보이지만 1행의 앞뒤가 뒤바뀌면서 상황의 역전이 일어난다. 1연에서는 붉은 이마에 싸늘한 달이 서리지만, 5연에서는 싸늘한 달이 붉은 이마에 젖는다. 이는 상황이 역전이 된 것으로 붉은 색이 지니고 있는 생명의 정열이 어두운 시대 현실을 극복해 나가는 모습이라 할 수 있다.

따라서 이 시는 제목처럼 한 폭의 '인상화'로 볼 수 있다. 즉 붉은 이마를 지닌 아우가 어두운 밤 달빛을 배경으로 서 있는 후기인상주의 인물화인 것이다. 화가가 유화로 색채를 덧칠하듯이, 시인은 1연에서는 붉은 이마에 하얀 달빛을 덧칠했지만, 5연에서는 하얀 달에 붉은 빛을 덧칠했다. 결국에 어두운 시대 현실이 생에 대한 정열을 이기지 못할 것임을 암시한 것이다.

이러한 「아우의 인상화」는 어두운 배경 앞에서 붉은 얼굴의 소녀와 젊은 사나이가 입술을 굳게 다물고 정면을 응시하고 있는 오지호의 「시골소녀」나 「자화상」과 닮아있기도 하다.

그러나 1연과 5연에서 2행은 바뀌지 않는다. 아우의 얼굴은 여전히 슬픈 그림인 것이다. 1연에서는 싸늘한 달로 인해서 슬픈 그림이 되었지만, 2연에서는 싸늘한 달이 붉게 물들었음에도 슬픈 그림이 되었다. 왜냐하면 생명의 정열이 결국 어두운 현실을 극복하고 아침을 맞이하겠지만, 그렇다 하더라도 그 지난한 과정이 결코 즐겁지 않을 것임을 화자가 내다보았기 때문이다.

이처럼 윤동주의 시 「아우의 인상화」는 당시 그가 깊은 관심을 지녔던 후기인상주의 미술과 연관이 있다. 후기인상주의자인 고흐는 빛에 대한 세밀한 표현과 색채의 과감한 사용을 통해 생에 대한 고뇌와 정열을 표현했고, 1930년대 오지호와 김주경은 후기인상주의를 주체적으로 수용하여 조선적인 회화 미술을 전개했다. 당시 윤동주는 후기인상주의 미술에 대해 많은 관심을 가지고 있었고 그의 시에도 이러한 영향이 나타난다. 「아우의 인상화」는 달빛을 배경으로 붉은 색과 흰색의 대비를 통해 전체주의가 팽배한 시대 현실 속에서도 꿋꿋하게 '사람'으로 살아갈 주체적인 존재자의 고뇌와 정열을 한 폭의 인물화로 그리고 있다.

4.2. 윤동주의 스크랩북과 '동서고근 사상의 화충'

4.2.1. 윤동주의 스크랩북과 조선 전통문화의 현대적 계승

윤동주는 연희전문학교 입학 전부터 신문 기사의 문예면을 스크랩해 놓았다. 『사진판 윤동주 자필 시고전집』 증보판에는 유족이 보관해 온 스크랩 1개와 2000년 8월 중국 연변 용정의 심호수가 보관해 온 스크랩 3개에 대한

「스크랩 내용 일람」이 있다.

여기에는 전체 208개의 기사가 있는데, 조선일보 기사 178개, 동아일보 기사 24개, 매일신보 기사 6개가 스크랩되어 있다. 시기 상으로 가장 빠른 것은 1936년 10월 1일 윤태웅의 시 「구월창공」이고 가장 늦은 것은 1940년 12월 26일 이용악의 시 「세한시초: 눈보라의 고향」이다. 갈래별로 살펴보면 평론이 140개, 시가 33개, 소설 6개, 수필 23개, 서간문 3개, 좌담회 기사 3개 등으로 압도적으로 평론이 많다. 주요 작가로는 평론에 최재서, 백철, 김남천, 임화, 윤흥섭, 전몽수 등이 있었고, 시에 정지용, 오장환, 유치환, 장만영 등이 있었으며, 수필에 정지용, 서정주, 백석 등이 있었다.

특히 이 중에서 눈에 띄는 것은 조선 민족의 문화적 부흥과 관련된 『조선일보』의 기사 스크랩이 많다는 것이다. 예를 들면, 「고전 부흥의 원리와 실제」(박영희, 이희승, 박종홍, 이여성, 최재서, 유자후, 박치우, 송석하), 「향가해의 (3), (4), (4), (5), (6), (6)」(전몽수), 「전통의 일선적 성격과 그 현대적 의의에 관하야 (1), (2), (3), (4), (5), (7), (8)」(서인식), 「학예 지나문학과 조선문학의 교류 (상), (중), (하)」(김태준), 「문학건설의 결의와 방법(2) - 현대 조선문학의 정점에서」(한식) 등이 있다.

1943년 12월에 발행된 일본 내무성 경보국 보안과가 발행한 『특고월보』에는 연희전문학교 시절 윤동주와 송몽규가 조선문화의 유지와 향상에 관심이 많았음을 기록하고 있다. 송몽규에 대한 내용은 다음과 같다.

조선의 독립을 위해서는 조선문화의 유지 향상에 힘쓰고 민족적 결점을 시정하는 데 있다고 믿고 스스로 문학자가 되어 지도적 지위에 서서 민족적 계몽운동에 몸바칠 것을 협의했고, 조선문학을 연구하여 조선 문학자가 되려면 서울에 있는 연희전문학교가 가장 적합하다고 믿어, 1938년 4월에 윤동주와 함께 연희전문학교에 입학했으나, 당시 정부가 추진하던 동화 정책의 강화로 말미암아 조선의 각급 학교에서 조선어 수업이 폐지되고 일본어 사용을 장려하기에 이르자 이러한 정책이 조선문학을 필연적으로 소멸시키고 말 것이며 이렇듯 조선의 고유문화를 말살시키는 일은 조선민족을 멸망시키고 말 것이므로 어떤 일이 있어도 민족문화를 유지 향상해야 한다고 믿고, 1939년 2월경, 연희전문학교의 동급생인 윤동주·백인준·강처중 등 수명과 함께 조선문학의 동인지를 출판할 것을 모의하여 동년 8월에 이르기까지 학교 기숙사 또는 다방에서 수차에 걸쳐 민족적 작품의 합평회를 열어 서로 민족의식의 앙양과 조선문화의 유지에 힘썼고, 그 동인지의 간행이 불가능하게 되자 연희전문학교 동창회지 『문우』의 간사가 되어 윤동주를 권유하여 뜻을 함께함으로써 조선문화의 유지와 민족의식의 앙양에 힘썼다.[22]

일제 치하 조선인 사상범을 수사한 일본 특고경찰의 진술로 볼 때 연희전문학교 시절 송몽규와 윤동주가 조선문화의 유지와 향상을 통해 민족의식을 고취시키려고 했던 것은 사실로 보인다.

4.2.2. '동서고근의 화충'과 조선학 운동

이 시기 조선문화의 부흥에 대한 윤동주의 관심은 당시 연희전문학교의 교육방침과 민족주의 성향이 강했던 교수진들의 영향과도 관련이 있다. 기독교 신앙과 조선 문화의 통합을 중시했던 교장 원한경은 1932년에 '동서고근 사상의 화충'을 교육방침으로 표명했다.

본교는 기독교주의 하에 동서고근 사상의 화충(和衷)으로 문학, 신학, 상업학, 수학, 물리학 및 화학에 관한 전문교육을 시(施)하야 종교적 정신의 발양으로써 인격의 도야를 기(期)하며 인격의 도야로부터 독실한 학구적 성취를 도

---

22   송우혜, 앞의 책, 388-389쪽.

(圖)하되 학문의 정통에 반(伴)하야 실용의 능력을 병비한 인재의 배출로써 교육 방침을 삼음[23]

여기에서 언급된 '동서고근 사상의 화충'이란 동양 학문과 서양 학문, 고전과 현대 학문 사이의 통합을 지향하는 활동을 의미한다. 이러한 교육 방침 속에서 연희전문학교는 무분별한 서구 문화의 수입을 지양하고 동서양의 학문적 전통을 통합하며 조선의 주체적인 근대화를 위해 노력했다.

이러한 '화충'의 교육방침 아래에서 연희전문 교수들은 1930년대에 민족문화운동에 적극적으로 동참했는데, 대표적인 인물이 정인보와 최현배였다. 정인보는 민족주의 역사학과 조선학 운동을, 최현배는 조선어 연구와 한글 보급운동을 주도했다. 정인보는 1935년 1월부터 1936년 8월까지 「오천년간 조선의 얼」을 동아일보에 연재하면서 이 시기 조선학 운동을 주도했고, 최현배는 1926년 「조선민족갱생의 도」를 동아일보에 연재하고 조선어교육이 금지된 상황에서도 연희전문에서 조선어 교육을 실시하며 조선어학회의 수장으로서 활동을 했다. 1930년 연희전문학교 문과 연구집 제1집으로 낸 『조선어어문연구』에는 정인보의 「조선문학 원류 초본 제1편」과 최현배의 「조선어의 품사 분류론」이 실렸다.[24] 윤동주의 연희전문 동기인 유영과 당숙 윤영춘의 증언에 의하면 윤동주는 연희전문학교 시기 최현배를 가장 존경하면서 감격에 차서 수업을 들었다고 회고했다.[25]

이처럼 어린 시절부터 김약연, 정재면, 문재린 등의 주체적인 기독교 민족주의자들로부터 큰 영향을 받은 윤동주는 '동서 고근 사상의 화충'이라는 교육방침을 세운 연희전문학교의 학풍과 주체적인 민족주의 성향의 교수진

---

23 원한경, 「본교교육방침」, 『연희전문학교상황보고』, 연희전문학교, 1932, 2쪽.

24 이윤석, 「식민지시기 다섯 명의 조선학 연구자」, 『연민학회』 22, 2014, 144쪽.

25 유영, 앞의 글, 124-125쪽; 윤영춘, 『풍요 속의 빈곤』, 지학사, 1977, 172-175쪽.

을 통해서 조선의 전통과 민족 문화의 부흥에 큰 관심을 가지게 되었을 것으로 보인다.

4.3. 『소년』과 「산울림」

4.3.1. 『소년』의 발행과 필진

연희전문학교에 입학할 당시 윤동주에 대해 윤일주는 다음과 같이 회고하였다.

> 1938년 첫 여름 방학에 나에게 준 서울 선물은 김 동인의 『아기네』라는 두툼한 소년 역사 소설집이었다. 그리고 서울 있는 동안에도 조선일보사 발행의 잡지 『소년』을 매달 우편으로 보내 주었다. 김내성의 『백가면』이 연재되고 있기도 하여 매달 즐거움으로 기다리곤 하였다.[26]

윤일주가 언급한 『소년』은 1937년 4월 조선일보 출판부에서 발행하여 1940년 12월 통권 45호로 폐간된 어린이 잡지였다. 조선일보사는 당시 각기 다른 독자층을 겨냥하여 1935년 11월에 『조광』을, 1936년 4월에 『여성』을 발행했고, 1937년 4월에 『소년』을 발행하였다. 어린이 독자층을 겨냥한 『소년』은 서정문학보다는 서사문학의 비중이 컸는데, 김복진, 현덕, 송창일 등의 단편들과 김내성, 박태원, 계영철 등의 탐정소설이 대중적인 인기를 얻었고, 채만식, 김유정 등의 연재소설이 실렸다. 서정문학은 박영종, 강소천, 이태준, 최순애, 윤동주 등의 동요·동시 작품들이 실렸고, 문학 이외에도 최현배의 「재미나는

---

26 윤일주, 앞의 글, 155쪽.

조선 말」이 지속적으로 연재되었으며, 독자들과 소통할 수 있는 '깔깔소년회', '오락실', '척척대답 척척박사', '소년담화실' 등의 섹션이 있었다.

『어린이』의 편집을 맡았던 윤석중이 『소년』의 편집을 맡았기 때문인지 잡지의 내용 체계나 필진이 『어린이』와 매우 유사했다. 마해송, 정순철, 정인섭, 이헌구 등의 색동회 회원들과 『어린이』의 필진이었던 이광수, 이은상, 주요섭, 한정동, 이원수, 윤복진, 강소천, 박영종이 『소년』의 필진으로 참여했다. 또한 박태원, 이부영, 김유정, 정지용, 이태준 등 구인회의 문인들도 필진으로 참여하였다. 더불어 당시 조선일보 소속이었던 이광수, 이훈구, 최영해, 백석, 김내성, 노천명, 정현웅 등도 『소년』에 직간접적으로 참여했던 것으로 짐작된다. 하지만 『소년』은 1939년부터 친일적인 내용들이 잡지에 실리게 된다. 1939년 1월호부터 '황국신민서사'와 일본 왕실에 대한 기사들이 실리기 시작했고, 일제의 전쟁을 미화하고 선전하는 「소년총후미담」, 「전선미담」 등의 고정란이 신설되었다.

『소년』의 주요 작가들 중에서 윤동주와 인연이 깊었던 윤석중, 강소천, 박영종, 최현배, 정인섭, 정지용, 김송의 작품을 정리하면 다음과 같다.

〈『소년』의 주요 작가와 작품〉

저자명	갈래	작품명	연월
윤동주	동요	산울림	1939.3
윤석중	동요	새양쥐(홍난파 곡)	1937.4
	동요	할멈과 도야지	1937.5
	동시	신	1937.7
	동요	말 안 들은 개고리	1937.8
	동요	봄나드리(박태준 곡)	1938.4
	동요	샘	1938.6
	동요	눈굴리기/눈받아먹기/얼음	1939.1
	동요	권두시-차장 누나	1939.10
	동요	체신부와 나무닢	1940.1
	동요	대낮 / 해질 때	1940.3

	동요	동요 3인집-자장노래	1940.10
	동요	새유치원 "동요작곡집"(제1곡)(정순철 곡)	1940.11
	동요	새유치원 "동요작곡집"(제2곡)(정순철 곡)	1940.11
강소천	동요	닭	1937.4
	동요	도토리-다람쥐 노래	1938.11
	동요	따짜구리	1940.12
박영종	동요	토끼길	1937.4
	동요	잠자리	1937.9
	동요	집 보는 시계	1937.10
	동요	사슴네삼칸집	1938.1
	동요	삼삼진날	1938.3
	동요	절한쌍	1938.4
	동요	해바라기와 면장님	1938.7
	동요	저녁놀	1938.8
	동요	동요 3인집-새벽	1938.10
	동요	토끼방아 짛는 노래	1939.1
	동요	권두시-주막집	1939.2
	동요	권두시-나란이 나란이	1939.3
	동요	봄노래 특집-흥부 오막집	1939.4
	동요	권두시-논뚝길	1939.5
	동요	조고리	1939.8
	동요	불국사	1940.1
	동요	쥐	1940.3
	동요	나룻배	1940.5
	동요	우리 아기 두 살	1940.9
최현배	산문 수필	재미나는 조선말	1937.4 ~1940.12
		도라보는 어린시절의 여름	1939.8
정인섭	수필	즐겁던 여름방학	1937.8
	르포	타지에 잇는 조선 어린이-만주국 신경편	1939.7
	수필	소년소녀에게 읽히고 싶은 책	1939.9
정지용	수필	어렸을 때 나의 결심	1937.12
		다시 소년이 된다면	1938.1
김송	소설	용늪	1939.7
	극본	아동극 은촛대-전 3경	1939.11

4.3.2. 『소년』의 편집장 윤석중과 『소학생』

윤동주는 어린 시절 아동 잡지 『어린이』와 『아이생활』의 애독자였고, 아동 잡지를 통해서 접하게 된 윤석중의 동요에 심취했던 것으로 알려져 있다.[27] 윤일주가 작성한 윤동주 연보를 보면 윤동주는 『소년』에 작품을 발표한 후에 윤석중을 만났고, 이때 생애 처음으로 원고료를 받았다고 한다.

> 동시 「산울림」을 『소년』(3월호)에 윤동주(尹童舟)란 이름으로 발표하다. 이를 계기로 『소년』 편집인인 동요시인 윤석중 씨를 만나다. 처음으로 원고료를 받다.[28]

하지만 윤석중은 『소년』 편집장 시절에 윤동주를 만난 것을 기억하지 못했다. 그는 다만 일본 유학 시절에 윤동주의 당숙 윤영춘을 통해서 윤동주를 처음 만난 것으로 기억하고 있었다.

> 윤동주(당시 25세)는 연전 문과를 나와 도꾜 입교대학에 입학하러 왔었는데, 그는 간도 용정 광명중학 때부터 동요를 짓기 시작하여 '동주(童舟)'란 이름으로 「가톨릭소년」(1936.3.~1938.9. 간도 연길에서 원 형근 발행)에 늘 발표가 되었고 「소년」에도 '달같이'를 보내 준 적이 있었다. ('산울림' '햇빛·바람' '해바라기 얼굴' '아기의 새벽'은 해방 뒤 내가 주간하던 『소학생』에 실었었다.) 어느 날 당숙과 함께 나를 찾은 윤 동주는 무척이나 반가와하였다. 그 해 가을 교또 동지사대학으로 옮겨 간 그는 그 이듬해 7월, 사상범으로 일경에 체포되어 8·15 해방 반 년 전인 1945년 2월 16일, 28세 때 일본 규슈 후꾸오까(福岡) 형

---

27   문익환, 앞의 책, 350쪽.

28   왕신영 외, 앞의 책, 396-397쪽.

무소에서 옥사했는데 함께 갇혔던 고종사촌 연전 동창 송 몽규(宋夢圭)와 50여 명의 한국 학생들도 살아 나오지 못했다.

그가 도꾜에서 그냥 눌러 있었더라면? 혹 죽을 고비를 넘겼을지도 모를 일이었다. 단 한번 그것도 잠깐 만났을 뿐이었으나 그 앳되고 상냥하고 꽉 다문 입이 눈에 선하다.[29]

그런데 여기에 몇 가지 눈에 띄는 부분이 있다. 우선 윤동주가 『소년』에 발표한 작품은 「산울림」인데, 윤석중은 「달같이」로 기억하고 있다는 것이다. 오랜 시간이 지난 이후여서 그의 기억에 오류가 있었을 수 있다. 현재 『소년』에 실린 것으로 확인되는 윤동주의 작품은 「산울림」이 유일하다. 하지만 보존된 자료의 한계로 인해 현재 『소년』 1937년 6월호·11월호, 1938년 5월호·9월호·12월호를 확인할 수 없다. 혹시 이 중에 윤동주의 「달같이」가 실렸을 수도 있다. 하지만 「달같이」의 경우 습작 노트의 창작일자가 1939년 9월로 되어 있는데, 1939년 9월 이후에 발간된 『소년』에는 「달같이」가 수록되어 있지 않다. 물론 잡지에 발표한 후에 습작 노트에 기록했을 가능성도 배제할 수는 없지만, 아마도 윤석중이 「산울림」을 「달같이」로 착각했을 가능성이 크다.

반면에 윤석중이 『소학생』에 실었다고 언급한 네 작품은 현재 모두 확인할 수 있는데 그의 기억이 정확하다. 그가 네 편의 윤동주의 시를 해방 이후 『소학생』에 소개했다는 점은 주목할 만하다. 그는 『소학생』 53호(1948.1)에 「해바라기 얼굴」, 「산울림」, 「햇빛·바람」을, 『소학생』 72호(1949.11)에 「애기의 새벽」을 실었다.

---

29 윤석중, 『어린이와 한평생』, 범양사출판부, 1985, 181쪽.

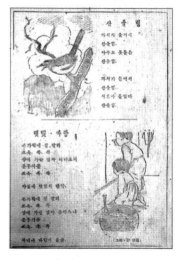

〈『소학생』에 게재된 「해바라기 얼굴」〉　　　　〈『소학생』에 게재된
　　　　　　　　　　　　　　　　　　　　　「산울림」, 「햇빛·바람」〉

〈『소학생』에 게재된 「애기의 새벽」〉

　이 부분이 주목되는 이유는 「해바라기 얼굴」, 「햇빛·바람」, 「애기의 새벽」
세 편이 최초로 잡지에 발표되었기 때문이다. 윤동주의 유고 시집『하늘과
바람과 별과 시』초판이 1948년 1월 30일에 발행되었는데,[30] 초판에는 이

30　정음사 대표 최영해의 장남 최동식의 증언에 의하면, 윤동주 유고 시집의 초판본은 출간이

시들이 실려있지 않았다. 해방 이후 윤동주의 시는 1947년 2월 13일과 1947년 7월 27일에『경향신문』을 통해서「쉽게 씌어진 시」와「소년」이 소개되었고 1947년 2월『문화창조』에「무서운 시간」이 소개되었을 뿐이었기 때문에, 윤석중이『소학생』에 실은 4편 중『소년』에 발표한「산울림」을 제외한 나머지 3편은 당시까지 세상에 알려지지 않은 시들이었다. 이 시들은 모두 윤동주의 습작 노트『창』에 수록되어 있었는데, 이 습작 노트는 1948년 12월에 윤동주의 누이 윤혜원이 고향에서 서울로 이주하면서 가져온 것이다. 습작 노트에 수록된 이 시들은 1955년 윤동주의 유고 시집 중판에 실리게 되면서 세상에 알려지게 된다. 그런데 윤석중은 1948년 1월에 아직 세상에 발표된 적이 없는 윤동주의 시를 어떻게 알고『소학생』에 소개할 수 있었을까?

어쩌면 윤동주는『소년』에「산울림」1편만 투고한 것이 아니었는지도 모른다. 윤동주는 윤석중이 언급한「달같이」와 더불어「해바라기 얼굴」,「산울림」,「햇빛·바람」,「애기의 새벽」등 여러 편의 시를 투고했을 수 있다. 결과적으로『소년』에「산울림」1편이 수록되었지만, 나머지 시를 윤석중이 보관하고 있었을 수 있다. 또는 일본 유학 시절 윤석중과 윤동주가 만났을 때, 윤동주가 이 시들을 보여주었을 수도 있다.『소학생』64호(1949.1,2)에는 윤일주의 동요「노란 닭 하얀 닭」이 실려 있는데, 어쩌면 윤석중이 윤일주를 통해서 윤동주의 원고를 접했을 수도 있다. 현재로서는 정확하게 확인할 수는 없지만, 어쨌든『소년』에 실린「산울림」이외에 해방 이후『소학생』을 통해 윤동주의 시「해바라기 얼굴」,「햇빛·바람」,「애기의 새벽」을 최초로 소개한 이가 윤석중이었다는 점은 눈여겨볼 만한 부분이다.

늘어져서 1948년 2월 16일 윤동주의 3주기를 맞아서 10부 정도만 표지 없이 추도식에 가져갔고, 실제 표지가 있는 정식 초판본은 한달 정도 뒤에 발간했다고 한다(「윤동주 유고 시집 최초본, 3주기 추도식에 헌정」,『경향신문』, 2014.10.28, 22쪽). 그렇다면 윤동주 유고 시집의 초판본에 발행일이 1948년 1월 30일로 기록되어 있지만, 실제로는 1948년 3월에 발간되었다고 할 수 있다.

4.3.3. 『소년』에 게재된 「산울림」

「산울림」은 『소년』 1939년 3월호 9쪽에 실렸다. 김복진의 동화 「까만 나무꾼 흰 나무꾼」이 실린 지면에 삽입되어 있는데, 유난히 크게 그린 삽화 아래에 시가 실렸다.

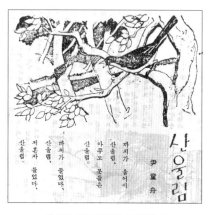
〈『소년』에 게재된 「산울림」〉

「산울림」은 윤동주의 습작 노트 『창』에는 창작일사가 1938년 5월로 기록되어 있다. 그렇다면 시기상으로 그가 연희전문학교 입학한 직후에 쓴 것이고, 「새로운 길」(1938.5.10)과 비슷한 시기에 쓴 것이 된다. 그런데 습작 노트의 「새로운 길」을 보면 퇴고의 흔적이 나타난다.[31]

여기에서 윤동주는 먼저 각 연이 4행으로 된 것을 2행으로 수정한 후 딱 한 군데를 고쳤는데, "종달새"를 "까치"로 고쳤다. 이리하여 공교롭게도 1938년 5월에 쓴 두 편의 시에 모두 "까치"가 등장하게 되었다. 윤동주는 왜 굳이 "종달새"를 "까치"로 바꾸었을까? "까치"가 그에게는 어떤 의미가 있는 것이었

〈「새로운 길」(습작 노트)〉

---

31   왕신영 외, 앞의 책, 83-84쪽.

을까?

까치는 우리나라 주변에서 가장 흔하게 볼 수 있는 새이고, 예로부터 우리 민족에게 사랑을 많이 받은 대표적인 길조였다. 까치가 울면 반가운 손님이 온다고 믿는 민간 신앙이 있었고, 까치는 헌 이를 가져다 주면 새 이를 가져다 주는 고마운 새로 인식되어 왔다. 「산울림」에서는 그런 까치가 울어서 "산울림"을 만들어 냈다. 그러나 그 '산울림'을 아무도 듣지 못했고, 오직 까치만 "저혼자" 들었다. 여기에서 까치와 산울림은 무엇을 의미하는 것일까?

이 시에서 '까치'는 아무도 없는 곳에서 홀로 소리를 내어 산울림을 만들고, 홀로 아무도 듣지 못하는 산울림을 들으며 고독하게 살아가는 주체적인 존재라고 할 수 있다. 1938년에 쓴 윤동주의 시들 중에는 유독 주체성이 강조되는 것들이 많다. 「새로운 길」에서 윤동주는 언제나 새로운 "나의 길"을 걷고자 다짐하고, 「사랑의 전당」에서는 기꺼이 고난과 역경의 길을 가고자 하며, 「이적」에서는 자신의 소명을 다시 확인하고자 한다. 1938년에 창작한 다른 시들과 비교해 볼 때, 「산울림」은 새롭게 연희전문학교에 입학하게 된 윤동주가 세상의 시선으로부터 벗어나 자기만의 길을 외롭고도 숭고하게 걷고자 하는 마음을 형상화한 것으로 볼 수 있다.

4.4. 『문우』(1941.6)와 「새로운 길」, 「우물 속의 자상화」

4.4.1. 『문우』의 발행과 필진

일제강점기 연희전문학교에서는 학생회 기관지 『연희』(1922.5 창간), 상과 경제연구회의 『경제연구』(1927.12 창간), 수물과 수리연구회의 『과학』(1929. 6 창간), 기독학생청년회의 『시온』(1930.12), 문과 문우회의 『문우』(1932.12 창간), 문과·수물과·상과 연합 신문 『연전타임스』(1936.9 창간) 등의 잡지를 자체적으로 간행하고 있었다.[32] 이 중에서 『문우』는 문과 학생들의 자치단체인 문우회가 발간하는 잡지였는데, 1932년 12월에 창간되었다. 창간호 「권두언」에서 편집인 겸 발행인인 한태수는 "원래 문예운동이란 당면한 그 사회의 생활상태, 감정, 의식 또는 그 사회의 구조, 모순성, 계급성 등을 정확하게 대중의 앞에 그려내어서 문예감을 만족시키는 동시에 그들의 장차 나아가야 할 방침을 가장 효과있게 지시하는 데 있는 것이다."라며 잡지의 방향성을 분명히 했다.[33] 그러나 「편집후기」에서 "너무도 지리할만치 오래 싸워오던" 탓에 잡지의 창간이 늦어졌고 외부의 억압이 너무 심해서 "위선 원고가 교내에서 검열을 지내엇다. 그래서 이시우 군의 「하나님의 하나님」이란 시와 김대균 군의 「부역의 끝」이란 희곡이 섭섭하게도 희생을 당하고 말았다."라고 언급하며 편집이 너무 늦어진 점과 편집 과정에서 뜻을 굽힐 수밖에 없었던 점을 사과했다.[34]

1941년 6월에 발간된 『문우』는 편집인 겸 발행인이 문우회장 강처중이었고, 「편집후기」는 문예부장이던 송몽규가 썼다. 1941년 당시에는 일본어 상용정책에 따라 조선어 사용이 금지되고 각종 간행물들이 폐간되고 있었는데, 1941년 『문우』도 폐간호가 되었다. 표지 하단에는 "總力で築け明るい新東亞"라는 전시체제를 위한 총력 구호가 들어갔고, 속 표지에는 '황국신민서사'가 수록되었으며, 영어와 한글시를 제외한 거의 모든 글은 일본어로 게재되었다.

창간호의 경우 편집인 겸 발행인 한태식이 「권두언」을 작성한 것으로 보아 1941년 『문우』도 「권두언」을 편집인 겸 발행인인 강처중이 작성한 것으로 짐작된다. 여기에서 그는 새로운 천을 낡은 옷에 붙이고, 새 포도주를 낡은

---

32   홍성표, 「연희전문학교의 학생자치단체와 간행물」, 『동방학지』 184, 2018.9, 81쪽.

33   『문우』, 1932.12, 1쪽.

34   위의 책, 91쪽.

가죽부대에 넣는 것은 지극히 어리석은 행위라는 성경 「마태복음」9장 16, 17절을 토대로 일본의 신체제 운동을 옹호하는 듯한 내용을 담았지만, "그렇게 움직이는 자, 일하는 자만이 새로운 포도주가 되어 새로운 가죽부대에 담기는 특권을 갖는 것이다."라는 마지막 문장은 읽기에 따라서 신체제가 아니라 일제가 물러나는 새로운 시대를 위해서 지속적으로 운동을 하자는 의미로 읽히기도 한다. 이처럼『문우』1941년 6월호에는 일본 제국주의에 대한 반감과 조선 문화를 옹호하고자 하는 학생들의 의도가 엿보이는 부분들이 있다.

〈『문우』(창간호) 표지〉

〈『문우』(1941.6) 표지〉

표지를 보면 창간호와 1941년 6월호는 현격한 차이를 보인다. 창간호가 모던한 스타일인데 비해 1941년 6월호는 전통적인 서체와 그림을 넣었다. 민태식이 해서체 한자로 쓴 '문우' 글씨와 고구려 강서대묘의 '청룡도' 그림으로 표지 디자인을 했다. 당시 고구려는 외세를 끌어들인 신라와는 대조적으로 조선인의 주체성과 긍지를 상징하는 고대국가로 이해되었고, 고구려 문화의 가장 대표적인 예술은 강서대묘 사신도였다. 따라서 이 표지는 고구

려의 문화적 전통을 계승하고 있는 조선인의 기상을 상징하는 것으로 볼 수 있는데, 표지 하단에 적힌 "總力で築け明るい新東亞"라는 총력 구호와 묘한 대조를 이루고 있다. 이는 마치 고구려 청룡도가 위에서 아래로 총력 구호를 누르는 듯한 배치인데, 황국신민화를 강요하는 식민지 현실 속에서도 우리가 고구려의 전통을 잇고 있는 조선인임을 잊지 않으려는 편집인의 의도가 엿보인다고 할 수 있다.

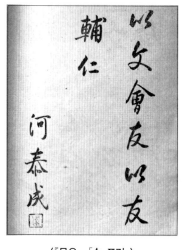

〈『문우』「속 표지」〉

〈『문우』「속 제목」〉

　『문우』 창간호에는 '속 표지'와 '속 제목'이 없지만, 1941년 6월호에는 '속 표지'와 '속 제목'을 넣었다. '속 표지'에는 하태성이 쓴 "이문회우 이우보인(글로써 벗을 모으고, 벗으로써 어질게 됨을 도우라)"이라는 『논어』「안연편」의 글을 써놓아서 '문우'라는 말이 어디에서 비롯되었는지를 밝혀놓았다. 속 제목 '문우' 아래에는 1937년부터 조선인들에게 암송을 강요했던 맹세문인 '황국신민서사'가 기록되어 있는데, 그 옆에 빨래하는 아낙네가 흐르는 물을 방망이로 때려서 때를 빼는 엄달호의 그림이 있다. 이는 보기에 따라서 '황국신민서사'가 흐르는 물에 떠내려가는 빨래의 때처럼 보이기도 한다. 어쨌든 표지, 속 표지, 속 제목 등을 보면 엄혹한 식민지 상황 속에서도 잡지 속에 조선의 전통 문화를 최대한 싣고자 하는 학생들의 의지를 엿볼 수 있다.

『문우』(1941.6)의 목차는 다음과 같다.

〈『문우』(1941.6)의 목차 〉

문우 목차

표지 ………………………………………………………… 민태식 제자(題字)
내표지
내제

권두언 ………………………………………………………………………… 1
명예교장선생의 메시지(영문) 5 ……………………………………………… 2
신체제의 학생 …………………………………………………………………… 3
실존철학의 근본문제 ……………………………………………… 박상현 … 7
최근 독일 역사학계의 움직임 …………………………………… 조의고 … 28
영어모음조직에 대해 ……………………………………………… 김선공 34
아틀란담(at random) …………………………………… 이당 계진수 … 37
분쟁에 관한 바울의 교훈 ………………………………………… 송본탁부 … 42
미술에서의 개성과 보편성(미술사의 기본관념) ……………… 윤석주 … 52
묘사 자각의 조화 ………………………………………………… 엄달호 … 64

「시란」
벼개 ………………………………………………………………… 김성도 … 78
물새 …………………………………………………………………………… 79
코쓰모쓰 ……………………………………………………………………… 81
비온뒤 ……………………………………………………………… 야마생 … 83
못난쥐 ………………………………………………………………………… 84
숨박곡질 ……………………………………………………………………… 84
오리떼 ………………………………………………………………………… 85
가을(역시) ……………………………………………… 릴케 작/윤태웅 역 … 86
고독(역시) …………………………………………………………………… 87
새로운길 …………………………………………………………… 윤동주 … 88
우물속의자상화 ……………………………………………………………… 89
산가의밤 …………………………………………………………… 김삼불 … 90
하늘과더브러 ………………………………………………………… 꿈별 … 92

일본학의 주장 ·· 95
번역소설 안전 ································· 존 어빈 원작 / 한혁동 역 ··· 100
William Words Worth and his sister By Star Kim ······················· E1
편집후기 ·· 문예부

　권두언 다음으로 일제의 강요로 인해 교장을 사임하고 명예교장이 된 원한
경의 메시지가 실렸는데, 당시 교장이었던 친일파 윤치호의 글을 싣지 않고
일본에 의해 교장직을 사임한 원한경의 글을 실은 점도 눈여겨 볼 부분이다.
앞에서도 언급했듯이 원한경은 '동서고근 사상의 화충'을 교육방침으로 삼
아 조선문화를 바탕으로 서구문화를 주체적으로 수용하고 동양과 서양, 고대
와 근대가 통합하여 조화를 이루는 교육을 위해 애쓴 인물이었다. 이 글
다음으로는 편집부가 작성한 「신체제의 학생」이 실렸고, 뒤를 이어 철학,
역사, 언어, 성경, 예술 등에 대한 산문이 먼저 실렸는데, 창간호에 「철학변천
의 사적 고찰」을 실었던 박상현은 1941년 6월호에도 「실존철학의 근본문제」
를 실었고, 속 제목의 그림을 제공한 엄달호는 「묘사 자각의 조화」를 게재했
다. 「시란」에는 김성도, 야아생, 윤태웅, 윤동주, 김삼불, 꿈별(송몽규) 등이
쓴 13편의 시가 실렸는데, 일본어 상용 정책이 엄격하게 시행되던 시기임에
도 불구하고 모두 한글로 게재되었다. 송몽규가 자신의 이름을 순한글 '꿈별'
로 쓴 점도 이채롭다.
　편집후기에서 송몽규는 다음과 같은 후기를 남겼다.[35]

　　잡지 발행이 얼마나 어려운 일인지를 이번의 경험을 통해 알았다. 원고라든
　　지 광고라든지 검열이라든지 교정이라든지... 아무래도 두세 명의 손으로는
　　어림도 없음을 절실히 느꼈다.

---

[35]　연희문예부, 『문우』, 1941.6, 145쪽. 이 「편집후기」는 원래 당시에 일본어로 기록된 것인데,
　　　여기에서는 전문을 우리말로 번역하여 소개한다.

게다가 완성된 것이 만족스럽지 못하다고 생각될 때에는 부아가 치밀어 어쩌할 도리가 없다. 겨우 이 정도의 것을 내놓으려고 그렇게 고생한 것인가… 더 좋은 잡지를 꿈꾸고 있었는데…

하지만, 이제 와서는 구제할 방법도 없다. 마지못해 하면서도 부끄럽게 생각하면서도 내놓지 않을 수는 없다. 단지 나중에… 라고 결심하면서 학우들 앞으로 보낸다.

이 잡지를 받는 사람들은 내용의 빈약함, 편집의 형편없음에 얼굴을 찡그릴 것이다. 그러나 이것은 어리고 경험이 없는 학생들의 손에 의해 만들어진 것이라는 점과 동분서주하며 긁어모은 원고의 대부분을 실을 수 없었던 점에 대해 양해를 구하고 싶다.

국민총력운동에 통합하여 학원의 신체제를 확립하기 위하여 문우회는 해산하게 된다. 그리고 국민총력학교연맹은 철저하게 활동해야 한다.

그래서 문우회의 발행으로는 이것이 최후의 잡지가 될 것이다. 그러나 잡지 발행 사업은 연맹에 계승되어 더 좋은 잡지가 나올 것이라고 생각한다.

우리들은 새로운 것에 합류하는 것을 기뻐하며 또한 그것에 대한 노력을 맹세하면서 이 마지막 호를 보낸다.

제형들의 협력에 감사해 마지 않는다. 그중 특히 김병서 형에게 감사하다. 원고를 보내준 선배들에게도 감사드린다. 그러나 잡지에 실리지 못한 제형들에게는 진심으로 사과한다. 다만, 사정에 대해 양해해 주길 바란다.

원고를 처음부터 끝까지 읽어 준 선배들에게도 감사드린다. 마지막으로 엄군의 협력도. (문예부 송)

여기에서 송몽규는 두세 명이 잡지를 발행하느라 매우 고생했다고 하는데, 아마도 송몽규 자신과 편집인 겸 발행인이었던 강처중, 「편집후기」에 언급이 있는 김병서, 엄달호, 『특고월보』에서 언급된 윤동주 등이 잡지 편집에 관여했던 것으로 보인다. 또한 그는 검열로 인해 원고 대부분을 실을 수 없었다는 점과 신체제 확립을 위해 『문우』가 폐간됨을 고지하고 있다.

이처럼 일본이 황국신민화와 신체제 운동을 강요하던 시기에 이례적으로 발간된 『문우』는 일제의 감시와 검열 속에서도 일제에 저항하고 조선의 민족문화를 이어가고자 하는 노력을 잡지 곳곳에서 드러내고 있다. 표지에 '문우'라는 글자와 고구려 강서대묘의 사신도 벽화를 넣고, 속 표지에는 '이문회우 이우보인'을 썼으며, 속 제목에는 흐르는 강물에 앉아 빨래하는 조선 여인의 그림을 넣었다. 친일파 윤치호의 글 대신에 명예교장 원한경의 글을 실었고, 조선어 사용이 금지된 상황에서 한글로 시를 게재했다.

4.4.2. 「새로운 길」과 「우물 속의 자상화」의 게재 의도

윤동주는 『문우』에 두 편의 시 「새로운 길」과 「우물 속의 자상화」를 실었다. 왜 하필 윤동주는 많은 습작시 중에서 이 두 편을 게재했을까?

「새로운 길」은 윤동주의 습작 노트 『창』에 실려 있는데, 창작일자가 1938년 5월 10일로 되어 있다.[36] 이 시의 창작일자를 고려하면 이 시는 연희전문학교 신입생 윤동주의 내면에서 일어난 새로운 희망을 내포하는 작품이라 할 수 있지만, 이 시가 일제의 신체제 운동 시기에 발간된 『문우』에 게재되었음을 감안하면 새롭게 해석될 수 있다.

앞에서도 살펴보았듯이 『문우』 1941년 6월호에는 곳곳에

〈『문우』에 게재된 「새로운 길」〉

---

36 왕신영 외, 앞의 책, 83쪽.

황국신민화와 신체제 운동을 강요하는 일제에 대해 저항하고 조선문화를 계승하고자 하는 연희전문학교 학생들의 의지가 엿보인다. 이러한 점을 고려하면 「새로운 길」은 일제의 신체제 운동이 강요되던 시기에 일본이 강요하는 '신체제'가 아니라 민족 문화를 바탕으로 하는 진정한 의미의 '새로운 길'로 나가고자 하는 의지로 읽을 수 있다.

화자는 "내"와 "고개"라는 부정적인 현실의 장애를 넘어서 이상적인 장소인 "숲"과 "마을"로 가고자 한다. "숲"은 자연이 어울려 살아가는 생태적 공간이고, "마을"은 인간이 더불어 살아가는 문화적 공간이다. 이 길은 "어제도 가고 오늘도 갈" 길이자 "오늘도" "내일도" 갈 길이다. 이 길은 과거, 현재, 미래가 단절된 길이 아니라 지속적으로 연결된 길이며, 오래된 길인 동시에 새로운 길이다. 과거에도 걸었던 길인데 이 길이 어떻게 새로운 길일 수 있을까? 그것은 이 길이 과거를 그대로 답습하는 길이 아니라 과거를 오늘에 다시 새롭게 계승하여 미래로 나아가는 길이기 때문이다.

과거에 잇대어 미래로 향하는 이 '새로운 길'은 앞에서 살펴본 것처럼 이 시기 윤동주에게는 민족 전통문화를 현재에서 회복하고 계승하여 새로운 민족 문화를 창조하는 길일 수 있다. 이는 당시 황국신민화를 강요하던 일본 전체주의에 대한 저항의 의미를 내포하는 것이다. 게다가 이 길은 전쟁과는 거리가 먼 "문들레"와 "까치"와 "아가씨"와 "바람"이 있는 평화로운 일상의 공간이다. 따라서 「새로운 길」은 조선을 민족의 전통과 단절시키고 총력전시 체제를 통해 일상생활을 통제하고자 하는 신체제 운동이 강조되던 시기에, 부정적인 현실의 장애를 극복하고 과거의 전통을 현대에 맞게 새롭게 계승하며 평화로운 일상적 공동체를 회복하고자 하는 소망과 의지를 함축하고 있다고 볼 수 있다.

한편 「우물 속의 자상화」는 세 번의 개작 과정을 거쳤다. 처음에는 1939년 9월 윤동주의 습작 노트 『창』에 미완으로 기록되었다. 여기에는 1939년 1월 『조선일보』 <학생 페이지>에 발표한 산문 「달을 쏘다」의 "못 속에도 역시

가을이 있고 삼경이 있고 나무가 있고 달이 있다."라는 구절과 유사한 시구가 사용되었다. 습작 노트에서 퇴고의 흔적을 보면 처음의 제목은 '외딴 우물'이었는데 제목을 '자상화'로 수정했다. 습작 노트의 '자상화'는 마지막 6연이 없이 미완으로 끝이 나는데, 윤동주는 이를 수정해서 1941년 6월 『문우』에 「우물 속의 자상화」라는 제목으로 발표하였다. 그리고 이를 다시 퇴고하여 「자화상」이란 제목으로 윤동주의 자선 시집 『하늘과 바람과 별과 시』에 실었다.

〈『문우』에 게재된 「우물속의 자상화」〉

『문우』에 게재된 「우물 속의 자상화」는 윤동주의 시 중에서 「아우의 인상화」와 마찬가지로 '화(畵)'가 들어가 있는 작품이어서 윤동주가 당시에 큰 관심을 가지고 있었던 후기인상주의 미술과 연관해서 생각해 볼 수 있다. 「아우의 인상화」가 인물화였다면 「우물 속의 자상화」는 우물 속의 풍경과 인물이 어우러진 그림이다. 『오지호·김주경 이인화집』에도 가을 하늘을 배경으로 풍경과 인물이 어우러진 김주경의 자화상이 있다.

김주경의 「가을의 자화상」은 가을 하늘을 배경으로 하여 그림을 그리는 자신의 뒷모습을 그림으로써 메타적인 미술이 되었다. 윤동주의 「우물 속의 자상화」도 가을 밤하늘을 배경으로 물에 비친 자신을 들여다 봄으로써 메타인지를 통한 자아성찰이 드러난다. 둘 모두에서 자아는 분열되어 자신을 바라보는 메타적인 자아와 관찰의 대상이 되는 자아가 나타난다.

하지만 화가로서의 자부심과 삶에 대한 긍지가 느껴지는 김주경[37]과 달리

〈「가을의 자화상」(김주경, 1936)〉

윤동주가 우물에 비친 자신을 들여다 보았을 때 그가 처음 느낀 감정은 '미움'이었다. 이는 아마도 식민지인으로서 느끼는 민족적 자괴감과 비애감으로부터 비롯된 감정일 수 있다. 2연과 3연은 형식적으로 분리되어 있는데, 이는 2연의 조화로운 세상과 3연의 미운 사나이가 통합되지 못하고 분리되어 있음을 의미한다. 화자는 미움, 연민, 미움, 그리움 등으로 정서의 변화를 느끼며 갈등을 하다가 6연에서 조화로운 세상과 사나이가 한 연 안에서 연결되어 갈등이 해소되고 있음을 나타내고 있다. 오지호는 『이인화집』에 실린 「순수회화론」에서 "자기를 대상화하고, 동시에 대상을 자기화하는 운동"을 통해서 개개의 생명과 우주가 일체를 이루는 것이 미를 체험하는 것이라고 했는데(홍지석, 2019:95-97), 「자화상」의 6연에는 화자와 우주가 조화로운 일체가

---

37 「가을의 자화상」 캔버스 뒷면에는 김주경 자신이 쓴 글이 있는데, 여기에서 가을에 느끼는 화가의 감상을 엿볼 있다(신수경, 2019:22-23).

되는 모습이 형상화되어 있다. 이때 조화로운 자연과 사나이를 매개하는 가장 중요한 것은 "추억"인데, 시적 화자는 추억을 통해서 자기를 볼 때 생겨나는 자괴감을 극복하고 존재의 바탕인 세계와 조화를 이루고자 하는 것으로 볼 수 있다. '추억'은 아름다웠던 과거를 상기하는 행위로서 본질적인 자아를 다시 회복하고자 하는 행위인데, 이러한 의미에서 '추억'은 민족적 측면에서는 민족의 전통적인 문화를 현재에 다시 계승하는 것과 연결될 수 있다. 「새로운 길」에서 '오래된 미래'로서의 "어제도 가고 오늘도 갈" "새로운 길"이 「우물 속의 자상화」에서는 "추억처럼"으로 변주되어 형상화되고 있는 것이다.

이처럼 당시 일본이 전시체제를 갖추기 위해 생산력 확대와 국방국가 건설에 주력하고 총력으로 일상생활을 혁신하고자 신체제 운동을 강요하던 시기에 발간되었던 『문우』를 생각한다면, 윤동주의 「새로운 길」과 「우물 속의 자상화」는 창작 의도와는 별도로 1941년 6월의 상황에서 이 작품을 게재한 윤동주의 의도를 생각하지 않을 수 없다. 즉 「새로운 길」은 신체제를 강요하는 상황 속에서도 '과거'와 잇대인 평화로운 일상을 복원하여 진정한 '새로운 길'을 걷고자 하는 소망을 형상화한 것이고, 「우물 속의 자상화」는 식민지인으로서 느껴지는 자괴감을 아름다웠던 과거에 대한 '추억'을 통해서 극복하고 조화로운 세계와 자신을 통합하고자 하는 의지를 형상화한 것으로 볼 수 있다.

이상으로 윤동주의 연희전문학교 시기 중요한 서지자료라 할 수 있는 『조선일보』, 『소년』, 『문우』를 분석함으로써 윤동주의 삶과 시를 새롭게 조명해 보고자 했다.

윤동주가 1938년 10월 『조선일보』 <학생 페이지>에 발표한 「아우의 인상화」를 당시 윤동주가 소장하고 있던 『오지호·김주경 이인화집』을 통해 후기 인상주의 미술과 연관하여 살펴보았고, 현재 남아있는 윤동주의 스크랩북

「스크랩 내용 일람」의 신문기사 목록과 '동서고근 사상의 화충'이라는 연희전문학교의 교육방침을 통해 당시 전통적인 조선 문화의 현대적 계승에 대한 윤동주의 관심에 대해 논의하였다. 또한 윤동주는 1939년 3월『소년』에「산울림」을 발표하면서 편집장 윤석중을 만나게 되고 윤석중은 해방 이후 윤동주의 시「해바라기 얼굴」,「산울림」,「햇빛·바람」,「애기의 새벽」네 편을 잡지『소학생』에 발표하는데, 이 중에서「산울림」을 제외한 세 편이 해방 이후 처음으로 발표된 것임을 밝혔다. 그리고 1941년 6월에 윤동주는『문우』에「새로운 길」,「우물 속의 자상화」를 발표하는데, 우리 전통문화를 옹호하는『문우』폐간호의 편집 의도를 바탕으로 윤동주의 게재 의도를 추론하여 두 시를 새롭게 해석해 보았다.

앞에서 살펴본 것처럼「아우의 인상화」, 조선의 후기인상주의 미술가 오지호와 김주경, '동서고근 사상의 화충'을 지향했던 연희전문학교의 교육방침, 조선 전통문화의 부흥에 대한 윤동주의 신문기사 스크랩, 시「산울림」,『문우』폐간호, 시「새로운 길」과「우물 속의 자상화」등을 통해 확인할 수 있는 것은 연희전문학교 시기 윤동주의 중요한 화두 중 하나가 '주체성'이라는 것이다. 그가 살았던 식민지 시기는 일본 전체주의와 서구 보편주의에 의한 동일성의 폭력으로 인해 개인의 주체성뿐만 아니라 민족적 주체성도 심각한 상처를 입을 수밖에 없던 때였다. 이러한 때에 그가 쓴 시 또는 그가 지녔던 조선문화의 부흥에 대한 관심은 일본 전체주의와 서구 보편주의에 대한 저항과 주체성 회복의 의미를 지니고 있는 것이라 할 수 있다.

5. 국어·문학 교과서

지난 2017년 12월 30일은 윤동주 탄생 100주년이 되는 날이었다. 그래서 탄생 100주년이 되는 해를 기념하여 영화 『동주』가 개봉되었고, 저작권 보호가 해제된 유고시집 『하늘과 바람과 별과 시』가 복각본, 필사 시집, 달력 시집 등의 다양한 형태로 출판되었으며, 한·중·일 각국의 여러 단체에서 자발적으로 온갖 기념행사가 개최되기도 했다.[1]

우리나라 독자들은 왜 윤동주의 시를 이렇게 사랑하고 기념하는 것일까? 그것은 아마도 학교 현장에서 이루어지는 문학 교육으로부터 시작되었을 가능성이 크다. 문학 교육은 문학 현상을 교육하는 것이기도 하지만 오히려 문학 현상을 주도하기도 하기 때문이다. 그렇다면 그동안 우리나라 중등교육에서 교사들은 윤동주를 어떻게 가르쳐 왔을까? 학생들은 윤동주의 시에서 무엇을 배웠을까? 과연 학교 교육 현장에서 윤동주의 시는 제대로 교육

---

[1] 2017년에는 윤동주 탄생 100주년을 맞아서 윤동주에 대한 인식을 조사한 김응교의 연구가 있었다. 그는 구글 설문방식을 통해서 한 달 동안 1,086명을 대상으로 10가지 문항에 대하여 설문을 실시하였다. 설문 결과, 많은 독자들이 시집을 읽거나 교과서를 계기로 윤동주를 알게 되었고, 윤동주를 '자기를 성찰하고 실천을 꿈꾸었던 시인'으로 인식하고 있었으며, 윤동주의 시 중에서 「서시」를 가장 좋아하는 것으로 응답하였다(김응교, 「윤동주에 대한 기억—2017년 3월 인터넷 사용자의 윤동주 인식: 윤동주 연구. 10」, 『현대문학의 연구』 62, 한국문학연구학회, 2017 참조).

되어 왔을까? 본 연구는 이러한 문제의식을 바탕으로 윤동주 시의 교과서 수록 양상을 살펴보고 이를 통해 윤동주 시 교육의 통시적 변화 양상을 고찰해 보고자 한다. 특히 국정 교과서가 중심이 되는 1차에서 7차 교육과정의 국어 및 문학 교과서를 대상으로 각 시기별로 주목받았던 학계의 연구, 국가 교육과정에 포함된 이데올로기, 교과서 제재 선정의 이유와 교수 학습 방법론 등을 중점적으로 살펴보고자 한다.

5.1. 윤동주 시의 교과서 수록 양상

1차 교육과정에서 7차 교육과정까지 개발된 교과서 중에서 본 연구는 중·고등학교 국정 『국어』 교과서와 검정 교과서인 『현대문학』(4차), 『문학』(5차, 6차, 7차) 교과서를 대상으로 하였다. 윤동주 시와 교과서 관련 선행 연구에서는 대체로 교과서 '본문'에 실린 작품들만 대상으로 하거나 작품의 '전문'이 실린 경우와 작품의 '부분'이 실린 경우를 구별하지 않은 경우가 많았다. 하지만 '본문'과 '본문 외', '전문'과 '부분'의 경우를 동일한 비중으로 다룰수는 없기 때문에 이 책에서는 이를 구분하고자 하였다. 각 교육과정 시기별로 윤동주 시의 교과서 수록 양상을 간단하게 개관하면 다음과 같다.[2]

---

2   다음에 제시되는 표에서 작품명 아래의 (   )는 단원명을 의미한다.

5.1.1. 윤동주 시의 국어 교과서 수록 양상

5.1.1.1. 중학교 국어 교과서

교육과정	교과서	본문	본문 외
1차	국어 2-1	「새로운 길」 전문 (Ⅰ. 시의 세계 1. 시 감상)	·
2차	·	·	·
3차	국어 1-2	「굴뚝」 전문 (15. 겨울의 리듬)	·
4차	국어 1-2	「새로운 길」 전문 (4. 시 (1) 시의 세계)	·
5차	국어 3-2	「자화상」 전문 (7. 시와 표현)	·
6차	국어 1-2	·	「서시」 전문 (3. 시의 화자: 단원의 길잡이)
6차	국어 3-2	「소년」 전문 (4. 시와 표현)	·
7차	국어 1-2	·	「굴뚝」 전문 (2. 문학의 아름다움 (1) 바다가 보이는 교실: 읽기 전에)
7차	국어 2-1	·	「오줌싸개 지도」 전문 (4. 문학과 삶: 단원의 길잡이)
7차	국어 3-2	·	「자화상」 전문 (1. 창조적인 문학체험: 보충·심화활동)

5.1.1.2. 고등학교 국어 교과서

교육 과정	교과서	본문	본문 외
1차	·		·
2차	국어2 (실업계)	「별 헤는 밤」 전문 (Ⅲ. 시의 풍토 1. 우리 시인의 시정)	·
	국어2 (인문계)	「별 헤는 밤」 전문 (Ⅰ. 시의 세계 1. 근대시)	·
3차	국어2 (실업계)	「별 헤는 밤」 전문 (Ⅲ. 우리 시의 모습 1. 우리 시인의 시정)	·
	국어3 (인문계)	「참회록」 전문 (14. 유월의 시)	·
4차	국어3	「서시」 전문 (2. 시)	·
5차	국어(상)	·	「십자가」 부분 (6. 시의 세계 (1) 시와 언어)
6차	국어 (상)	·	「별 헤는 밤」 부분, 「또 다른 고향」부분 (4. 읽기와 어휘 (2) 잊지 못할 윤동주)
			「간」 전문, 「별 헤는 밤」 전문, 「또 다른 고향」 전문 (부록-참고자료)
7차	국어(상)	·	「별 헤는 밤」 부분, 「또 다른 고향」 부분 (1. 읽기의 즐거움과 보람-보충·심화)

5.1.2. 윤동주 시의 문학 교과서 수록 양상

5.1.2.1. 4차 교육과정 『현대 문학』(5종)

대표 저자	본문	본문 외
구인환	·	·
김열규	「서시」 전문 (Ⅱ. 시 5. 저항의 노래들)	「별 헤는 밤」 부분 (Ⅱ. 시, 시의 기본 개념과 원리)
문덕수	「병원」 전문 (Ⅱ. 언어와 심상 2. 시의 구성과 기법)	·
이재선	「서시」 전문 (Ⅱ. 문학 작품의 분석과 이해 4. 시의 세계)	「새벽이 올 때까지」 부분 (Ⅰ. 한국 현대 문학의 전개 -현대 문학의 흐름) 「간」 부분 (Ⅱ. 문학 작품의 분석과 이해 2. 이미지와 수사)
전광용	·	「십자가」 부분 (Ⅲ. 정서의 샘 1. 시와 언어)

5.1.2.2. 5차 교육과정 『문학』(8종)

대표 저자	본문	본문 외
구인환	「별 헤는 밤」 전문 (Ⅱ. 한국 문학의 이해와 감상 1. 언어와 심상)	·
김동욱	「쉽게 씌어진 시」 전문 (Ⅲ. 시와 노래 8. 작품의 총괄 읽기)	·

김봉군	「참회록」 전문 (IV. 현대 문학 1. 시 (8) 존재의 의미)	·
김용직	·	「서시」 전문 (I. 문학 이해의 기초 3. 문학 작품의 해석과 감상)
김윤식	「참회록」 전문 (IV. 한국 문학의 흐름과 감상 8. 현대 문학의 심화와 확산)	·
김흥규	「쉽게 씌어진 시」 전문 (III. 시와 서정 7. 시의 세계)	·
박동규	「참회록」 전문 (III. 시의 이해 2. 시적 언어와 표현 기교)	·
우한용	「참회록」 전문 (III. 작품 세계와의 만남 2. 시의 세계)	·

5.1.2.3. 6차 교육과정 『문학』(18종)

대표 저자	교과서	본문	본문 외
구인환	문학(하)	「쉽게 씌어진 시」 전문 (III. 문학 작품의 이해와 감상(2) 5. 근대의 문학)	·
권영민	문학(상)	·	「십자가」 전문 (II. 시의 이해와 감상 4. 시의 표현기법)
김대행	문학(상)	·	「참회록」 전문 (I. 문학이란 무엇인가 -단원의 마무리)

김봉군	문학(하)	「참회록」 전문 (Ⅷ. 근.현대 문학 7. 존재의 의미)	·
김열규	문학(상)	·	「서시」 전문 (Ⅰ. 문학이란 무엇인가 3. 문학의 기능과 갈래 -더 읽어야 할 작품)
김용직	문학(상)	·	「참회록」 전문 (Ⅰ. 문학 이해의 기초 1. 문학의 본질-발전학습)
김윤식	문학(상)	·	「서시」 전문 (Ⅱ. 문학작품을 어떻게 이해할 것인가-단원의 마무리)
	문학(하)	「참회록」 전문 (Ⅴ. 한국 문학의 흐름과 감상(2) 2. 현대 문학의 본격적 전개)	「자화상」 전문 (Ⅴ. 한국 문학의 흐름과 감상(2) 2. 현대 문학의 본격적 전개 -학습참고자료)
김태준	문학(하)	「참회록」 전문 (Ⅲ. 문학 작품의 해석과 감상 3. 삶과 갈등의 양상)	·
남미영	문학(상)	「참회록」 전문 (Ⅱ. 노래와 시 2. 시와 언어)	「서시」 전문 (Ⅵ. 감상과 비평 1. 외재적 비평)
박갑수	문학(하)	「쉽게 씌어진 시」 전문 (Ⅺ. 기법의 다양성과 문학적 관심의 확대 2. 생명 탐구와 자아 성찰의 시)	·
박경신	문학(하)	「십자가」 전문 (Ⅱ. 시의 감상 2-3 역사와 현실)	·
성기조	문학(하)	「별 헤는 밤」 전문 (Ⅲ. 문학 작품의 내면화 1. 시 작품의 내면화)	·

오세영	문학(하)	「쉽게 씌어진 시」전문 (Ⅳ. 한국 현대 문학 작품의 이해와 감상 1. 시의 이해와 감상)	·
우한용	문학(하)	·	「별 헤는 밤」 부분 (Ⅱ. 문학의 미적 구조 1. 문학의 형식과 요소)
윤병로	문학(상)	·	「별 헤는 밤」 부분 (Ⅰ. 문학의 본질과 기능 1. 문학의 본질)
이문규	문학(하)	「참회록」 전문 (Ⅲ. 한국 문학의 흐름 7. 현대 문학의 본격적 전개)	·
최동호	·	·	·
한계전	문학(하)	「참회록」 전문 (Ⅳ. 문학과 인간 2. 인간의 내면 심리)	「별 헤는 밤」 부분 (Ⅰ. 문학 작품의 감상 2. 문학 작품 감상의 길) 「참회록」 부분 (Ⅰ. 문학 작품의 감상, 2. 문학 작품 감상의 길)

5.1.2.4. 7차 교육과정 『문학』(18종)

대표 저자	교과서	본문	본문 외
강황구	문학(상)	「십자가」 전문 (Ⅴ. 문학과 삶 2. 역사 속의 삶과 문학)	「서시」 전문 (Ⅰ. 문학의 본질 3. 문학의 기능과 가치)
구인환	·	·	·

권영민	문학(상)	「쉽게 씌어진 시」 전문 (Ⅱ. 문학의 수용과 창작 3. 문학 작품의 창조적 재구성)	「자화상」 전문 (Ⅱ. 문학의 수용과 창작 2. 문학 작품의 수용)
	문학(하)	·	「십자가」 전문 (Ⅲ. 문학의 가치화와 태도 2. 문학 문화에 참여하는 능동적인 태도-보충 활동)
김대행	문학(하)	·	「참회록」 전문 (Ⅸ. 한국 현대 문학의 전개 -보충·심화 활동)
김병국	문학(상)	「십자가」 전문 (1. 서정의 세계 3. 시인의 목소리)	「쉽게 씌어진 시」 전문 (2. 문학의 수용 2. 문학 작품의 비판적 수용)
김상태	문학(상)	·	「서시」 전문 (Ⅰ. 문학이란 무엇인가 1. 문학의 본질)
			「참회록」 전문 (Ⅲ. 시의 수용과 창작 2. 시의 언어와 운율)
김상태	문학(하)	·	「자화상」 전문 (Ⅹ. 한국문학의 흐름(2) -보충학습)
			「십자가」 전문 (Ⅺ. 문학과 문화 3. 문학과 종교)
김윤식	문학(상)	「서시」 전문 (Ⅰ. 문학의 본질 1. 문학의 특성)	「쉽게 씌어진 시」 전문 (Ⅱ. 문학의 수용과 창작 방법 1. 문학 작품의 수용 방법-보충)
	문학(하)	·	「별 헤는 밤」 부분 (Ⅰ. 문학과 문화 2. 문학의 인접영역)

김창원	문학(상)	「별 헤는 밤」 전문 (Ⅲ. 문학의 수용과 창작 7. 자연과 서정의 힘)	「자화상」 부분 (Ⅲ. 문학의 수용과 창작 2. 자아의 발견과 성장)
			「길」 부분, 「참회록」 부분, 「쉽게 씌어진 시」 부분 (Ⅲ. 문학의 수용과 창작 7. 자연과 서정의 힘)
			「서시」 전문 (Ⅳ. 문학 화동의 가치와 태도 2. 문학과 개인의 성숙)
박갑수	문학(상)	·	「쉽게 씌어진 시」 전문 (Ⅲ. 서정 문학의 수용과 창작 3. 주제와 내용)
	문학(하)	·	「참회록」 전문 (Ⅴ. 문학의 가치화와 태도 1. 문학의 가치 인식)
		·	「십자가」 전문 (Ⅴ. 문학의 가치화와 태도 -보충학습)
박경신	문학(상)	·	「십자가」 전문 (Ⅱ. 서정문학의 수용과 창작 -보충심화활동)
박호영	문학(상)	·	「자화상」 전문 (Ⅱ. 한국 문학과 세계 문학 2. 한국문학의 갈래)
	문학(하)	·	「간」 전문 (Ⅰ. 문학의 흐름(1) 1. 상고 시대의 문학)
오세영	문학(상)	·	「쉽게 씌어진 시」 전문 (Ⅰ. 문학이란 무엇인가 4. 문학활동의 가치)

우한용	문학(상)	·	「또 다른 고향」 전문 (Ⅱ. 문학의 수용과 창작. 1. 서정 세계의 감응과 표현)
	문학(하)	·	「아우의 인상화」 전문 (Ⅳ. 문학의 문화적 특징 1. 삶에 대한 간접 체험의 세계)
			「서시」 전문 (Ⅳ. 문학의 문화적 특징 2. 상상력의 세련과 정서의 내면화)
			「쉽게 씌어진 시」 전문 (Ⅴ. 문화의 변동과 문학의 대응 2. 문화의 충격과 문학의 변화)
조남현	문학(하)	「쉽게 씌어진 시」 전문 (Ⅱ. 한국 문학의 흐름 5. 근대화 시기의 문화와 문학)	「서시」 전문 (Ⅴ. 문학의 가치화와 태도 1. 문학의 가치 인식)
최웅	문학(상)	「자화상」 전문 (Ⅲ. 시의 수용과 창작 1. 시적 화자와 시의 어조)	「참회록」 전문 (Ⅱ. 문학의 수용과 창작 1. 문학 작품의 수용)
한계전	문학(상)	「참회록」 전문 (Ⅱ. 문학의 가치와 기능 2. 문학의 본질적 기능)	·
한철우	문학(상)	「별 헤는 밤」 전문 (Ⅱ. 시의 수용과 창작 2. 시의 형식과 운율)	「오줌싸개 지도」 전문 (Ⅰ. 문학의 본질 1. 문학의 특성)
			「또 다른 고향」 부분 (Ⅱ. 시의 수용과 창작 2. 시의 형식과 운율)
	문학(하)	·	「참회록」 전문 (Ⅲ. 문학과 삶 4. 역사 앞에서)

홍신선	문학(상)	「참회록」 전문 (Ⅱ. 시의 수용과 창작 4. 시의 주제와 의미)	·

5.1.3. 교육과정 시기별 작품 수록 양상과 작품별 빈도수

5.1.3.1. 교육과정 시기별 작품 수록 양상[3]

교육 과정	국어 교과서				문학 교과서	
	중학교		고등학교			
	본문	본문 외	본문	본문 외	본문	본문 외
1차	새로운 길	·	·	·	·	·
2차	·	·	별 헤는 밤(2)	·	·	·
3차	굴뚝	·	별 헤는 밤, 참회록	·	·	·
4차	새로운 길	·	서시	·	서시(2), 병원,	(별 헤는 밤) (새벽이 올 때까지), (간), (십자가)
5차	자화상	·	·	(십자가)	참회록(4), 쉽게 씌어진 시(2), 별 헤는 밤,	서시

---

3 다음 표에서 작품명이 ( )로 표시된 것은 작품의 '부분'이 수록된 것을 의미한다. 1회 수록
된 작품은 횟수를 생략했고 2회 이상 수록된 것은 ( )안의 숫자로 횟수를 표시했다. 예를
들어 표에서 '참회록(2), (참회록)'은 「참회록」 전문이 2회, 부분이 1회 수록되었음을 의미
한다.

6차	소년	서시	·	간, 별 헤는 밤, (별 헤는 밤), 또 다른 고향, (또 다른 고향)	참회록(6), 쉽게 씌어진 시(3), 십자가, 별 헤는 밤	서시(3), 참회록(2), (참회록), (별 헤는 밤)(3) 십자가, 자화상
7차	·	굴뚝, 오줌싸개 지도, 자화상	·	(별 헤는 밤), (또 다른 고향)	참회록(2), 쉽게 씌어진 시(2), 별 헤는 밤(2), 십자가(2), 자화상(1) 서시	참회록(5), (참회록), 서시(5), 쉽게 씌어진 시(5), (쉽게 씌어진 시), 십자가(4), 자화상(3), (자화상), 간, 또 다른 고향, (또 다른 고향), 아우의 인상화, 오줌싸개 지도, (별 헤는 밤), (길)

5.1.3.2. 작품별 빈도수[4]

구분	작품명	빈도수				계
		국어 교과서		문학 교과서		
		본문	본문 외	본문	본문 외	
1	「참회록」	1	·	12	7, (2)	20, (2)
2	「서시」	1	1	3	9	14
3	「쉽게 씌어진 시」	·	·	7	5, (1)	12, (1)
4	「별 헤는 밤」	3	1, (2)	4	(5)	8, (7)
5	「십자가」		(1)	3	5, (1)	8, (2)
6	「자화상」	1	1	1	4, (1)	7, (1)
7	「또 다른 고향」	·	1, (2)	·	1, (1)	2, (3)
8	「간」	·	1	·	1, (1)	2, (1)
9	「새로운 길」	2	·	·	·	2
10	「오줌싸개 지도」	·	1	·	1	2
11	「굴뚝」	1	1	·	·	2
12	「소년」	1	·	·	·	1
13	「병원」	·	·	1	·	1
14	「아우의 인상화」	·	·	·	1	1
15	「길」	·	·	·	(1)	(1)
16	「새벽이 올 때까지」	·	·	·	(1)	(1)

4 　다음 표에서 숫자는 작품의 '전문'이 수록된 횟수이고, ( ) 안의 숫자는 작품의 '부분'이
　　수록된 횟수를 의미한다. 예를 들어 '20, (2)'는 작품의 '전문'이 20회, 작품의 '부분'이
　　2회 수록되었음을 의미한다.

5.2. 윤동주 시 교육의 통시적 변화 양상

5.2.1. 1차 교육과정(1955-1963)

윤동주의 시가 최초로 교과서에 등장한 것은 1차 교육과정 시기이다. 1947년 정지용에 의해서 「쉽게 씌어진 시」가 경향신문에 처음으로 소개되었고 1948년에 유고시집 『하늘과 바람과 별과 시』가 출간되었을 뿐, 윤동주 연구가 거의 전무하였을 무렵에 그의 시가 교과서에 실렸다는 것은 조금은 이례적인 일이라 할 수 있다. 어떻게 유고 시집이 나온 지 10년도 안 된 시기에 그의 시가 교과서에 실리게 되었을까? 그리고 왜 하필 「새로운 길」이 선택된 것일까?

1947년 2월 16일 윤동주 추도회에 정지영, 유영, 윤일주, 안병욱, 윤영춘, 이양하, 김삼불, 정병욱 등 30여 명이 모였고, 1955년에는 윤동주 사망 10주년을 추모하는 추도회가 연희대학교 문과 주최로 열렸는데, 최현배, 김용호, 정병욱, 노천명, 조병화, 이한직 등이 모였다. 이들 중에는 교과서 집필에 참여하거나 교과서 제재의 저자로 참여한 인물들이 있었다. 그리고 1955년에는 1948년 유고시집에 실렸던 31편의 시를 보완하여 시 88편, 산문 4편이 실린 유고시집 중간본이 출간되었다. 이러한 사실은 당시에 윤동주 연구가 본격화되지는 않았지만 그의 시에 대한 학계의 관심이 상당히 컸음을 짐작할 수 있게 한다.

한편 단정기부터 시작하여 1차 교육과정 이전까지만 하더라도 교과서에는 반공과 전쟁에 관련된 제재가 전면화되어 있었다. 하지만 전후에 제출된 1차 교육과정에서는 국가 이념이나 정책과 관련된 제재는 사회과로 상당수 이관되고 반공교육은 『반공 독본』과 같은 부교재를 통해서 이루어지면서, 반공 이데올로기와 관계된 담론들이 상대적으로 적게 나타나게 된다.[5] 1차 교육과정 중학교 편 「우리나라의 교육 목적과 국어교육」을 보면, 심미적 정서를 함양하여 숭고한 예술을 감상 창작하고 자연의 미를 즐기며 여유의 시간을 유효히 사용하자는 내용을 볼 수 있는데, 이는 문학의 심미적 특성을 강조한 것으로 볼 수 있다.[6] 그래서 이 시기 교과서에 현대시 작품의 양은 대체로 적은 편이지만 그나마 실려 있는 작품은 주로 순수 서정을 노래한 작품이 대부분이다. 1차 교육과정 고등학교 국어교과서에는 이헌구의 '시인의 사명'이라는 글이 실려 있는데, 이 글에서는 시인을 "국가가 비운에 빠지거나 통일을 잃거나 하는 때에" "민족혼을 불러일으키는 선구자", "우리의 시가와 민족의 정신을 지켜온 영광의 전사"로 명명하고 있다. 아마도 이러한 측면에서 윤동주는 의미 있는 민족 시인으로 선정되었을 것이고, 중학교 교과서에는 그의 작품 중에서 비교적 심미적 특성이 두드러지는 「새로운 길」이 선택되었을 것으로 예상해 볼 수 있다.

1차 교육과정 『중학 국어』 교과서는 단원 안내, 학습 목표의 제시, 제재와 관련된 학습 활동, 단원의 마무리 등의 체계적 과정 없이 그저 단원명의 제시, 유사한 주제와 연관된 제재의 나열, 제재에 대한 간략한 해설, 중단원 '익힘 문제' 등을 제시해 놓고 있다. 「새로운 길」은 『중학 국어』(2-1)의 '1. 시 감상'이라는 중단원에 실려 있는데, 이 단원의 다섯 작품은 모두 새 학기의 시작과 어울리도록 봄을 계절적 배경으로 하여 새로운 희망을 함축하는 작품들이다. 교과서에 실린 「새로운 길」에 대한 해설을 살펴보면 시 내용에 대한 깊이 있는 해설보다는 창작과 관련된 시의 형식에 관한 내용이 중심을 이루고 있고, 「새로운 길」을 '청년의 기개가 엿보이는 작품', '자기다운 작품' 등으로 규정하고 있다. 또한 '익힘 문제'에는 비평문 쓰기, 암송, 낭독, 창작 등과 관련된 수행적인 활동을 제시하고 있다.

요컨대 1차 교육과정에서 윤동주의 시는 순수 서정을 바탕으로 청년의

---

5   강진호, 『국어 교과서와 국가 이데올로기』, 글누림, 2007.
6   문교부, 『중학교 교육과정』, 문교부, 1955.

기개가 엿보이는 자기다운 작품으로 규정되고 있고, 교수 학습 방법으로 비평문 쓰기, 암송, 낭독, 창작 등의 전통적인 시가 수용 방식이 활용되었다.

5.2.2. 2차 교육과정(1963-1973)

이 시기에는 윤동주 연구가 본격화되면서 여러 연구자들이 윤동주 시의 '저항성'에 주목하였다. 이상비는 4.19 직후의 시대적 분위기 속에서 '윤동주의 피맑은 반항의 태도'가 시인이 지녀야 할 마땅한 태도라고 주장하였고,[7] 해방 후 한국 현대문학사를 최초로 기술한 백철은 윤동주를 1940년대 국문학사에서 빛나는 "암흑기 하늘의 별"로 평가하였으며,[8] 김윤식은 윤동주를 식민지 후기의 고난을 '부끄러움의 미학'으로 극복하고 있는 대표적인 저항시인으로 규정하였다.[9]

한편 당시 박정희 정권은 2차 교육과정을 구성하면서 정권의 이데올로기를 창출하고 홍보하기 위해서 민주적 신념, 반공 이데올로기, 민족주의 등을 강조하였다. 특히 1968년 12월부터는 모든 교과서에 국가 이데올로기를 집약한 '국민교육헌장'을 게재했다. 이런 측면에서 일제시대의 엄혹한 현실을 함축적으로 반영하고 있는 김소월, 한용운, 신석정의 시나 항일의 정서와 애국의 정신을 강조하는 이육사, 윤동주의 시 등이 수록되었다. 즉 학계에서는 윤동주 시의 '저항성'이 주목을 받고 있는 상황에서 정권이 문학 작품을 민족주의 이데올로기를 교육하는 도구로 사용하고자 하면서 윤동주의 시가 교과서 제재로 선택된 것으로 볼 수 있다.

2차 교육과정에서 윤동주의 시는 『고등 국어 2』(인문계)와 『고등 국어 2』

---

7   이상비, 「시대와 시의 자세」, 『자유문학』 11·12, 한국자유문학자협회, 1960.

8   백철, 「암흑기 하늘의 별」, 『하늘과 바람과 별과 시』, 정음사, 1968.

9   김윤식, 『한국문학사』, 민음사, 1974.

(실업계)에 「별 헤는 밤」이 실려 있다. 여기에서 윤동주의 시는 김소월, 한용운, 김영랑, 이육사, 유치환, 노천명, 신석정, 서정주, 박두진, 박목월, 조지훈 등의 시와 함께 실려 있다. 즉 2차 교육과정에서 윤동주는 이미 우리나라 현대시를 대표하는 작가 중 한명으로 자리매김하고 있음을 확인할 수 있다. 「별 헤는 밤」이 실려 있는 대단원의 구성은 1차 교육과정과 마찬가지로 여러 제재를 나열한 다음 중단원 '익힘 문제'를 제시하는 방식으로 되어 있다. '익힘 문제'를 살펴보면 '시인의 개성'과 '시인의 시풍' 등을 강조하면서 1차 교육과정에 비해서 표현론적 방법론이 작품 감상의 중요한 방식으로 제시되어 있음을 알 수 있고, 형식적 차원에서는 리듬이 강조되고 있다. 특히 "여기 실려 있는 시인들의 시집을 구해 읽고, 각 시인의 시풍을 연구하여 보라."라는 '익힘 문제' 7번이 이채롭다. 왜냐하면 시집을 구해 읽는 것은 문학 교육의 중요한 목적이자 본질이라고 할 수 있는데, 현재의 교육 현장에서는 잘 이루어지지 않는 교육 활동이기 때문이다.

이처럼 2차 교육과정에서 윤동주는 어느새 우리 현대시를 대표하는 작가 중 한 명으로 인식되고 있음을 알 수 있다. 당시 학계에서 윤동주를 1940년대라는 문학사적 암흑기에 시를 쓴 대표적인 저항 시인으로 평가함으로써, 그의 시는 애국과 민족을 강조하고자 하는 정권의 의도에도 부합되었던 것으로 보인다. 그리고 교수 학습의 과정에서는 표현론적 관점이 중요한 방식으로 활용되고 있고, 시집을 구하여 읽을 것을 권하기도 했다.

5.2.3. 3차 교육과정(1973-1981)

70년대에는 『나라사랑』의 '윤동주 특집호'에 윤영춘, 김정우, 박창해, 정병욱, 장덕순, 윤일주 등의 증언이 실렸고,[10] 게재 유보되었던 시 23편을 유고

10　『나라사랑』 23권(1976년 여름호)에는 다음의 글들이 실려 있다.

시집에 추가하여 1976년에 『하늘과 바람과 별과 시』 제3판이 발간되었다. 그리고 『문학사상』에 일본인 우지고 츠요시(宇治鄕毅)의 도움으로 발견된 『특고월보(特高月報)』(1943년 12월)의 윤동주 재판 판결에 대한 기록이 공개되었다.[11]

한편 1972년 10월 유신헌법의 제정을 통해 장기 집권의 길을 연 박정희 정권은 3차 교육과정을 통하여 국민정신교육의 강화를 도모하고자 하였다. 모든 교과서에 '국기에 대한 맹세', '국민교육헌장'이 실리고 정서 순화, 봉사/협동 정신, 민족 주체성, 국가관 등의 가치 교육 강화를 위한 '제재 선정의 기준'이 제시되었다. 현대시 교육 제재로 중학교에서는 예술의 심미성을 강조하는 순수 서정시 제재가 다수 선정된 반면, 고등학교에서는 애국과 반공을 강조하는 작품들이 선정되었다.

3차 교육과정에서 윤동주의 시는 『중학 국어』(1-2)에 「굴뚝」, 『고등 국어 3』(실업계)에 「별 헤는 밤」이, 『고등 국어 3』(인문계)에 「참회록」이 실렸다. 『중학 국어』(1-2)의 경우, 중단원 '15. 겨울의 리듬'에 「먼길」(윤석중), 「굴뚝」(윤동주), 「눈이 오는 아침」(박목월), 「새하얀 밤」(강소천) 등이 실려 있는데, 흥미로운 점은 여기에 실려 있는 시들이 모두 동시라는 점에서 윤동주 시의 새로운 측면이 부각되었다고 할 수 있다. 교과서의 '공부할 문제 3-1'에는 "이 네 편의 시는 대체로 어린이의 세계를 다룬 것이라고 할 수 있다. 우리는 씩씩한 젊은이로 자라나야 한다. 그러나, 언제나 마음 속에는 동심을 지니도록 하자."라고 하면서 교수학습 활동을 제시하는 것이 아니라 직설적으로 단원의 교육 의도를 전달하고 있어서, 가치 교육을 강조하면서 당시 문학 작품을 가치

윤영춘, 「명동촌에서 후꾸오카까지」; 김정우, 「윤동주의 소년 시절」; 유영, 「연희전문 시절과 윤동주」; 박창해, 「윤동주를 생각함」; 정병욱, 「잊지 못할 윤동주의 일들」; 장덕순, 「윤동주와 나」; 윤일주, 「윤동주의 생애」

11   문학사상 자료조사연구실, 「윤동주에 대한 일경극비취조문서」, 『문학사상』, 문학사상사, 1977.

교육의 도구로 활용하고자 했던 3차 교육과정의 분위기를 엿볼 수 있다.

『고등 국어 3』(인문계)의 경우, 대단원 '인간과 문화'의 중단원 '유월의 시'에 「참회록」(윤동주), 「조국」(정완영), 「부다페스트에서의 소녀의 죽음」(김춘수) 등이 실려 있다. '유월'은 한국전쟁이 일어난 달로서 특별히 애국, 반공 등의 가치관 교육을 위한 작품들이 선정되었는데, 국가 이데올로기 전달의 수단으로 윤동주의 시가 선정되었음을 알 수 있다. '유월의 시' 단원의 '공부할 문제'를 보면 당시 애국, 반공 등의 가치 교육이 상당히 직접적으로 교육되고 있음을 알 수 있다. '3-1'에서는 "반공의 의의"를 생각해 볼 것과 '4-1'에서는 '族'이라는 한자를 익힐 것을 지시하고 있다.

정리하면 3차 교육과정에 와서 윤동주의 시는 국가 이데올로기 교육을 전면에 내세운 정권에 의해 교과서 제재로 선정되었고, 시의 감상은 반영론적인 관점에서 항일 정서와 결합하여 애국주의, 민족주의 등을 지향하며 교육되었음을 알 수 있다. 즉 윤동주의 시는 1차 교육과정에서 비해 3차 교육과정에 와서 보다 노골적으로 이데올로기 교육을 위한 도구로 이용되었다고 볼 수 있다.

5.2.4. 4차 교육과정(1981-1987)

1980년대에는 윤동주의 전기적 사실에 중점을 두었던 이전 연구들에 비해 개별 작품 해석에 중점을 두면서 상징, 이미지, 기호론 등의 새로운 방법론이 제시되었다. 마광수는 '상징적 표현'을 분석하여 각 상징유형에 나타난 윤동주의 의식세계와 시의 특질을 분석하였고,[12] 김재홍은 윤동주의 대표시를 검토하면서 그의 시의 가치가 저항성에 있는 것이 아니라 자아의 적나라한

---

12   마광수, 「윤동주 연구-그의 시에 나타난 상징적 표현을 중심으로」, 연세대학교 박사학위 논문, 1983.

존재론적 고뇌를 투명한 서정으로 끌어올린 데 있다고 보았다.[13]

한편 제5공화국 출범 이후에 공포된 4차 교육과정은 3차 교육과정을 비판하면서 교과 목표를 언어 기능, 언어, 문학 영역으로 나누어 제시하였다. 특히 고등학교 『국어』 교과서에서 문학의 비중이 늘어났고, 국정 국어 교과서 이외에 검정 교과서 『현대 문학』을 새롭게 신설하였다. 소단원 제재와 중단원 '익힘 문제' 또는 '공부할 문제' 등을 제시하는 이전의 교과서 방식과 달리, 4차 교육과정에 와서는 대단원을 문종 중심으로 분류하고, 학습 목표, 학습 목표와 관련된 핵심적인 개념 설명, 학습 목표 달성을 위해 설계된 '공부할 문제', 글쓰기를 강조하는 '작문 문제' 등을 제시함으로써 단원 구성 방식이 보다 체계화되었다. 특히 검정 문학 교과서의 등장은 이전 시기의 국정 교과서에 비해 국가 이데올로기로부터 집필진이 비교적 자유로울 수 있게 되었다는 것과 권력에 의해 만들어진 기존의 정전(正典)에 균열을 낼 수 있음을 의미하는 것이었지만, 이 시기 교과서들은 이러한 기능을 잘 수행하지는 못했다. 이전 시기에 비하여 더 많은 작품들이 문학 교과서에 수록되었는데, 현대시 갈래에서는 여전히 순수 문학을 중심으로 일제 식민지 시기 작품들이 다수 수록되었다.

윤동주의 시는 『중학 국어』(1-2)에 「새로운 길」과 『고등 국어 3』에 「서시」가 실렸다. 『중학 국어』(1-2)의 대단원 '4. 시'에 수록된 현대시는 대체로 순수 서정시들이고 학습 목표는 "시의 형식을 알아보자. 시 속에서 말하는 사람을 찾아보자."로 되어 있다.[14] 즉 여기에서 「새로운 길」은 자유시의 형식과 1인칭 화자를 설명하기 위해서 선정되었다고 볼 수 있다. 한편 『고등 국어 3』의 대단원 '2. 시'에는 5개의 현대시 작품, 한용운의 「님의 침묵」, 윤동주의 「서시」, 조지훈의 「승무」, 김춘수의 「꽃」, 김남조의 「겨울바다」

---

13   김재홍, 「자기 극복과 초인에의 길」, 『현대시』 1, 문학세계사, 1984.
14   문교부, 『중학 국어 1-2』, 대한교과서, 1988, 70쪽.

등이 실려 있다. 대단원 학습 목표는 "우리나라의 현대 문학 작품을 읽고 이해해 보자.", "시의 구조를 분석하여 이해한다."로 되어 있어서 학습의 초점이 시의 내용보다는 형식적 특질에 맞추어져 있음을 알 수 있다. 즉 가치 교육을 강조하였던 3차 교육과정과 달리 4차 교육과정은 작품의 형식적 특징에 주목함으로써 문학 교육의 고유한 특질을 강조하고 있음을 알 수 있다. 한편『중학 국어 3-1』의 '국문학에 관하여(조연현)'와『고등 국어 3』의 '현대 문학사(신동욱)'에서는 1차 교육과정 이래 처음으로 문학사적인 측면에서 윤동주의 저항성이 강조되었다.

『현대 문학』에는 3종의 교과서에 윤동주의 시가 실렸는데, 중단원 '2. 시의 구성과 기법'에 「병원」이, 중단원 '(3) 자아성찰과 소망의 시'에 「서시」가, 중단원 '5. 저항의 노래들'에 「서시」가 실렸다. 이에 따라 「서시」의 경우에는 문학 교과서와 국어 교과서에 모두 수록됨으로써 중복 수록의 문제가 발생하였다. 또한 문학 이론을 설명하기 위해서 윤동주 시의 일부가 인용되기도 했는데, 산문적 운율을 설명하기 위해서 「별 헤는 밤」이, 원형적 상징을 설명하기 위해서 「간」과 「십자가」의 일부가, 1940년대 문학사를 설명하기 위해서 「새벽이 올 때까지」 등이 예시로 인용되었다. 이러한 인용은 이 시기에 윤동주의 시가 문학 정전으로서의 위상을 가지기 시작했음을 의미한다고 볼 수 있다. 각 단원에서 강조하는 것은 조금씩 다르지만, 이 시기『현대 문학』은『국어』와는 달리 윤동주의 사진을 제시하고 일본 유학 중 후쿠오카 형무소에서 옥사했다는 전기적 사실을 강조하면서 그를 '저항 시인'으로 규정하고 있다. 특히 '5. 저항의 노래들'에서는 1940년대 시대 상황을 소개하고 "이육사와 윤동주는 그 비극의 뜻을 되새기며 시대에 맞선 대표적인 저항 시인들이었다."라고 직접적으로 언급하고 있다.[15] 이뿐만 아니라『현대 문학』은 문학사를 기술하면서도 윤동주의 저항성을 강조하였다.

---

15   김열규 외,『현대 문학』, 동아출판사, 1989, 79쪽.

요컨대 4차 교육과정에 와서 윤동주는 자아성찰과 저항의 시인으로서 규정되고 있음을 알 수 있다. 이 시기 학계에서는 윤동주 시의 저항성에 대한 비판이 제기되면서 윤동주 시의 상징, 존재론 등에 대한 관심이 대두된 반면, 교육 현장에서는 여전히 윤동주 시의 저항성이 강조되면서 그의 시에 나타난 정신적 가치가 중요하게 여겨졌다. 특히 『현대 문학』이 신설되었고, 교수 학습 방법의 측면에서 구조론적인 방법론이 강조되면서 윤동주의 시에서 1인칭 화자, 산문적 운율, 상징 등이 주목을 받았고, 그의 비극적인 생애를 바탕으로 저항시의 맥락에서 그의 시가 교육되었다. 또한 「병원」이 처음으로 교과서에 실린 점도 주목할 만하다.

5.2.5. 5차 교육과정(1987-1992)

이 시기에는 송우혜의 『윤동주 평전』이 출판되면서 윤동주의 전기적 사실들이 상세하게 소개되었고,[16] 윤동주의 무덤을 발굴한 일본인 연구자 오오무라 마스오에 의해서 자필시고와 윤동주의 독서력 등에 대한 연구가 시작되면서 실증적 연구의 중요성이 부각되었다.[17] 1988년에는 월북 작가의 해금 조치가 이루어지면서 윤동주와 정지용, 강처중, 백석 등의 관계가 새롭게 조명을 받았다.

한편 1987년 6.29 선언 이후에 제출된 5차 교육과정은 언어 사용 기능을 핵으로 하여 국어과 교육을 체계화하려고 하였다. 하지만 현대시에서는 이전과 동일하게 여전히 현실과 무관한 서정을 노래한 작품이나 애국주의, 민족

---

16   송우혜, 『윤동주 평전』, 열음사, 1988.

17   일본인 학자 오오무라 마스오는 윤동주 연구에 있어서 한국학계가 간과하고 있었던 실증적 연구의 중요성을 여실히 보여준 인물이다. 그는 80년대에 윤동주의 사적을 답사면서 윤동주의 묘소와 묘비를 찾아내었고, 윤동주의 학적부와 독서 이력을 세밀하게 연구했으며, 이후 『(사진판) 윤동주 자필 시고전집』 발간에 중추적인 역할을 담당했다. 오오무라 마스오, 『윤동주와 한국문학』, 소명출판, 2001 참조.

주의 등을 내면화하기 위한 제재가 많이 선정되었다.

윤동주의 시는 『중학 국어』(3-2)에 「자화상」이 실렸고, 『고등 국어(상)』에는 「십자가」의 일부가 상징을 설명하기 위해서 인용되었다. 「자화상」은 중단원 '7. 시와 표현'에 다섯 번째 작품으로 실려서 내용보다는 1인칭 화자와 같은 형식적 표현에 초점이 맞춰져 있다.

한편 『문학』에는 「참회록」이 4종에, 「쉽게 씌어진 시」가 2종에, 「별 헤는 밤」이 1종에, 「서시」가 1종에 실렸다. 4차 교육과정 시기와 마찬가지로 작가 소개란에는 대부분 1945년 후쿠오카 형무소에서 옥사한 사실이 부각되어 있고, 일제 암흑기를 대표하는 민족 시인으로서 그의 시에 나타나는 자아성찰과 저항성이 강조되었다. 특히 이전 시기까지 교과서에 단 한 번만 실렸던 「참회록」이 이 시기에 와서 4종의 문학 교과서에 수록된 점이 눈에 띈다. 왜 갑자기 「참회록」이 윤동주의 대표적인 작품으로 자리매김하게 되었을까? 물론 이 시기에 송우혜에 의해서 이 작품이 창씨개명과 관련된 것임이 명백하게 밝혀지면서 많은 사람들의 주목을 끌었던 점도 이유가 될 수 있겠지만, 더 중요한 이유는 작가의 문학사적인 위치가 문학 교과서 제재 선정의 기준으로 작용했다는 점이다. 문학사적으로 윤동주는 흔히 1940년대 암흑기를 대표하는 저항 시인으로 규정되는데, 이러한 성격이 가장 잘 반영된 작품이 「참회록」이었다고 할 수 있다. 또한 주목할 것은 5차 교육과정 문학 교과서에 수록된 「참회록」, 「쉽게 씌어진 시」, 「별 헤는 밤」, 「서시」 등의 네 작품이 이후 6차, 7차 교육과정의 교과서에서도 가장 많이 수록되었다는 점이다. 이는 5차 교육과정에 와서 윤동주 시의 정전화가 고착화되었음을 의미한다고 볼 수 있다.

5.2.6. 6차 교육과정(1992-1997)

이 시기에는 1995년에 윤동주 서거 50주년을 기념하여 새로운 유고가 추가된 윤동주 전집과 기존의 주목할 만한 연구들이 정리되어 『서거 50주년 윤동주 전집』이 출판되었고,[18] 비교문학적 측면에서의 논의들이 시도되기 시작하였다.

한편 문민정부 출범 이후에 제출된 6차 교육과정은 창의성과 민주성을 강조하였다. 국가 이데올로기를 강조하던 경향이 많이 사라졌고, 교과목 배정의 권한을 지방 자치 단체와 학교장에게 분산하였다.

윤동주의 시는 『중학 국어』에 「서시」와 더불어 「소년」이 처음으로 수록되었다. 그리고 검정 교과서 『문학』이 18종으로 출판되면서 고등학교 국어 교과서의 '본문'에는 윤동주의 시가 수록되지 않았다. 하지만 『고등 국어(상)』에 수록된 「잊지 못할 윤동주」(정병욱)에서 윤동주는 단순히 여러 시인 중의 한 명이 아니라 겨레 사랑의 정신으로 충만한 대표적인 민족 시인으로 묘사됨으로써 그의 문학적 위상이 더욱 공고해졌음을 알 수 있다.

검정 교과서인 18종 고등학교 『문학』에는 앞에서 표로 제시한 바와 같이, 「참회록」이 9종에, 「별 헤는 밤」이 4종에, 「쉽게 씌어진 시」가 3종에, 「서시」가 3종에, 「십자가」가 2종에, 「자화상」이 1종에 실려 있다. 5차 교육과정 문학 교과서에 가장 많이 수록되었던 「참회록」, 「별 헤는 밤」, 「쉽게 씌어진 시」, 「서시」 등이 6차 교육과정 문학 교과서에도 가장 많이 수록된 것을 확인할 수 있다.

5.2.7. 7차 교육과정(1997~2007)

이 시기에는 오오무라 마스오, 왕신영, 심원섭, 윤인석 등의 국내외 학자들과 유족들이 윤동주의 직필초고와 퇴고과정을 사진으로 담은 『(사진판) 윤동

---

18   권영민 편, 『서거 50주년 윤동주 전집 1 - 하늘과 바람과 별과 시』·『서거 50주년 기념 윤동주 전집 2 - 윤동주 연구』, 문학사상사, 1995. 1권에는 시 97편과 산문 4편을 실었고, 2권에는 13명의 연구 논문과 기타 주요 참고 자료를 실었다.

주 자필 시고전집』을 출간하였는데,[19] 이는 정본 확정에 대한 강한 문제의식을 바탕으로 윤동주 연구의 새로운 전환기를 마련하는 계기가 되었다. 2000년대 이후에도 윤동주 시 연구는 활발히 진행되었는데, 『(사진판) 윤동주 자필 시고전집』 발간 이후 정본 확정과 관련된 연구들이 본격적으로 시작되었고, 홍장학,[20] 연세대학교,[21] 최동호[22] 등에 의해서 윤동주 정본 시집들이 새롭게 발간되었다.

한편 국민의 정부 출범 즈음에 시행되기 시작한 7차 교육과정은 '문학의 수용과 창작'을 중심으로 내용을 체계화했고, 민족성을 강조하거나 자연의 아름다움을 노래하는 식민지 시기의 시들이 많이 줄어든 반면, 월북 작가의 시나 비교적 최근의 시들이 많이 선정되었다. 또한 수용론의 측면에서 독자의 주체적인 해석을 강조하고 수용과 더불어 창작 교육도 시도하였다.

윤동주의 시는 『중학 국어』에 「굴뚝」, 「오줌싸개 지도」, 「자화상」 등이 수록되었고 6차 교육과정과 마찬가지로 7차 교육과정에서도 문학 교과서가 18종으로 출판되면서 윤동주의 시는 고등학교 국어 교과서 '본문'에는 한 편도 실리지 않았다. 하지만 6차 교육과정에서 수록되었던 정병욱의 「잊지 못할 윤동주」가 다시 한번 고등학교 국어 교과서에 수록되었다.

검정 교과서인 18종 『문학』에는 「참회록」이 8종에, 「쉽게 씌어진 시」가 7종에, 「서시」가 6종에, 「자화상」과 「십자가」가 6종에, 「별 헤는 밤」이 3종에, 「또 다른 고향」이 2종에, 「길」과 「간」과 「아우의 인상화」와 「오줌싸개 지도」가 각각 1종에 실렸다.

요컨대 7차 교육과정에서도 이전과 마찬가지로 「참회록」, 「별 헤는 밤」,

---

19 왕신영 외, 앞의 책.
20 홍장학 편, 앞의 책.
21 연세대학교출판부 편, 앞의 책. 이 책은 윤인석, 심원섭, 정현기, 정현종 등의 주도로 발간되었다.
22 최동호 편, 앞의 책.

「쉽게 씌어진 시」, 「서시」 등이 많이 수록되는 현상은 지속되고 있다. 하지만 이전의 교육과정에 비해서 다양한 작품이 교과서에 수록되었고, 이전에 한 번도 수록되지 않았던 「길」, 「아우의 인상화」와 교과서에 잘 소개되지 않았던 「굴뚝」, 「간」 등이 다시 수록되었다. 또한 「굴뚝」과 「오줌싸개 지도」는 명랑한 분위기의 동시인데 이로 인해 그의 저항적 시들이 지니고 있던 엄숙주의에 균열이 생기게 되었다. 이러한 점은 윤동주 시인이 지니고 있는 문학적 위상은 그대로 지속되는 반면에 그의 작품이 지니고 있는 정전의 위상이 조금씩 흔들리고 있음을 의미한다. 이러한 탈정전화 현상은 이 시기에 심화되는 탈근대적인 가치의 확산과도 관계가 있다고 할 수 있다.

5.3. 정리 및 제언

이상으로 윤동주 시의 교과서 수록 양상과 통시적 변화 양상을 살펴보았다. 윤동주의 시는 1차 교육과정에서 순수 서정시의 형태로 소개되었고, 2차와 3차 교육과정에서는 그의 시가 지니고 있는 저항성이 부각되면서 국가 이데올로기에 의해 애국주의과 민족주의를 교육하는 도구로 이용되기도 했다. 4차 교육과정에서는 그의 시가 지니고 있는 1인칭 화자, 상징, 산문적 운율 등의 형식적 특질들이 부각되었고, 5차 교육과정에 이르러서는 문학사적 가치 기준에 의해 그의 1940년대 시들이 정전으로서의 위상을 확고하게 지니게 되었다. 이러한 양상은 6차 교육과정에서도 그대로 지속되다가 7차 교육과정에 오면 그의 문학적인 위상은 지속되되 그의 새로운 시들이 주목을 받으면서 이전에 지니고 있던 정전의 위상들에 균열이 가해지는 양상이 나타난다.

교과서는 크게 '무엇을 가르칠 것인가'와 '어떻게 가르칠 것인가'로 내용이 구성된다고 볼 수 있다. 전자가 제재 선정과 관련된 문제라면 후자는 교수 학습 방법과 관련된 문제가 될 수 있는데, 이를 중심으로 앞의 내용을 정리하면 다음과 같다.

먼저 제재 선정의 경우, 윤동주의 시는 대체로 중학교에서는 순수 서정성이 강한 작품들이 교과서에 선택되었고 고등학교에서는 민족, 항일, 자아성찰 등의 주제의식을 지닌 작품들이 선택되었다. 또한 고등학교에서는 4차 교육과정부터 문학 교과서가 신설되면서 「서시」의 경우는 국어 교과서와 문학 교과서 중복 수록의 문제가 발생했고, 「서시」 이외의 작품들은 4차부터 7차 교육과정까지 국어 교과서 '본문'에는 더 이상 수록되지 않았다. 문학 교과서에서는 4차 교육과정 시기부터 문학사 서술에서 윤동주가 대표적인 1940년대 저항시인으로 언급되면서 그의 저항성이 부각되었고, 5차 교육과정 시기에 「참회록」, 「서시」, 「쉽게 씌어진 시」, 「별 헤는 밤」 등이 정전군(正典群)으로 고착화되어 이후에도 지속적으로 정전의 지위를 지니게 되었다. 그리고 7차 교육과정에 와서는 작품의 수가 더 다양해졌고 '본문 외'에 작품이 수록되는 경우가 더 많아졌으며 '전문'이 아니라 작품의 '부분'이 수록되는 경우가 잦아졌다. 또한 7차 교육과정 시기에는 「굴뚝」, 「오줌싸개 지도」 등의 동시가 수록되었고 이전에는 교과서에 수록되지 않았던 「길」, 「아우의 인상화」 등이 실리면서 기존의 정전에 조금씩 균열이 가는 현상이 나타났다. 한편 1차부터 7차 교육과정까지 교과서에 수록된 작품의 횟수는 「참회록」, 「서시」, 「쉽게 씌어진 시」, 「별 헤는 밤」 순으로 많았고, 교과서 '본문'에 수록된 횟수는 국어 교과서는 「별 헤는 밤」이, 문학 교과서는 「참회록」, 「쉽게 씌어진 시」 등이 많았다.

다음으로 교수 학습 방법의 경우, 1차 교육과정에서는 작품을 읽고 작품 자체의 의미를 이해하는 것이 중요한 교육활동이었다면 이후에는 교육과정의 논리에 의하여 문학적 가치보다는 교육적 가치가 중요시었다. 즉 윤동주의 시는 형식적으로는 일인칭 화자, 산문적 운율, 비유와 상징, 1940년대 문학사 등을 교육하기 위해서, 내용적으로는 항일의식, 민족주의, 자기성찰적 태도 등을 교육하기 위해서 도구화되었다. 고등학교의 경우 교육과정 초기에는 항일, 민족 등의 거시적 가치가 중시되었고, 이러한 경향은 이데올로기 교육을 중시했던 3차 교육과정에서 더욱 강조되다가 7차 교육과정에서는 자아성찰, 실존의식 등의 미시적 주제로 무게의 중심이 이동하게 되었다. 그리고 교육과정 초기에는 낭독, 암송, 시집 읽기, 비평문 쓰기, 창작 등의 전통적인 교수 학습 방법이 활용된 반면, 이후에는 작품 자체에 대한 분석적인 읽기나 외재적 비평의 관점이 중요시되다가 독자 중심의 수용이 강조되는 방향으로 변화하였다. 5차 교육과정에 와서는 다시 시집 읽기가 안내되기도 하고 7차 교육과정에서는 창작이 다시 강조되기도 했다.

이처럼 교육과정 시기별로 윤동주 시 교육의 양상은 발전적으로 변화해 왔다. 하지만 여전히 변함없는 것은 국가 주도의 교육과정 체제 속에서 독자의 주체적인 작품 수용이 제한된다는 점이다. 이를 어떻게 극복할 것인가 하는 다양한 논의가 더 있어야 하겠지만 이 책에서는 세 가지 교육 활동을 제안하며 논의를 마무리하고자 한다.

첫째, 교과서와 더불어 시집을 찾아서 읽는 교육을 병행해야 한다. 앞에서도 언급했듯이 국정 및 검정 교과서는 국가 이데올로기의 영향을 받을 수밖에 없다. 그리고 7차 교육과정까지 수많은 교과서가 개발되었지만, 교과서에 부분이라도 수록된 윤동주의 시는 기껏해야 16개 작품밖에 되지 않기 때문에 이 작품만으로는 윤동주 시의 전체적인 면모를 제대로 이해할 수가 없다. 시집 읽기 활동은 이러한 교과서의 한계를 극복하고 정전과 비정전을 모두 접하게 함으로써 독자로 하여금 정전을 배울 뿐만 아니라 자신이 주체적으로 정전을 구성할 수 있는 기회를 제공한다. 게다가 늘 누군가에 의해서 선정된 시만을 감상하도록 교육된 독자는 학교 교육 이후에 자신이 적극적으로 시집을 찾아서 읽는 평생 독자로서의 자질을 함양할 수 있는 기회를 가질 수 없게 된다. 윤동주는 알지만 『하늘과 바람과 별과 시』를 직접 찾아서 읽은 학생이 얼마나 될까? 따라서 시 교육은 시집을 읽는 활동을 반드시 지향해야 한다.

둘째, 일종의 작가론적인 교육도 필요하다. 현재의 교과서는 대체로 작품 위주로 편성이 되어 있어서 작가에 대한 깊이 있는 안내가 부족한 실정이다. 윤동주의 경우 마치 일기처럼 대부분의 시에 창작 날짜를 적어놓았고 시기별로 작품 성향의 변화가 비교적 뚜렷하기 때문에 그의 생애와 작품의 변화 양상을 이해하면 시를 이해하는 데 큰 도움이 된다.

셋째, 정전의 개념과 그것을 바라보는 관점을 교육할 필요가 있다. 오랜 세월에 걸쳐 사회적인 합의에 의해 형성된 정전의 가치를 옹호하는 관점이 있을 수도 있고, 선택과 배제의 과정에 국가 권력이 개입하기 때문에 정전을 해체하려는 관점이 있을 수도 있다. 어찌 되었든 정전에 대한 다양한 관점에 대한 인식은 여전히 교과서에 실린 정전의 권위를 맹신하는 교육 현장에서 그것을 비판적으로 성찰할 수 있는 메타인지적인 시각을 제공해 줄 수 있다. 그리고 이 과정에서 학생들은 국가로부터 주어지는 정전이 아니라 자기 자신의 정전을 주체적으로 구성할 수도 있을 것이다.

6. 결론

현재 윤동주와 관련된 여러 서지자료들이 남아있다. 그가 자필로 쓴 시 원고들이 사진판으로 출판되어 있기도 하고, 그가 독자였거나 필자로 참여했던 잡지와 신문, 그가 소장하고 있었던 도서 목록과 스크랩북, 생전의 행적에 대한 주변인들의 증언과 유품 등이 비교적 잘 보존되어 있다. Ⅱ부에서는 이러한 서지자료의 실증적인 분석을 통해서 윤동주의 시와 삶을 논의해 보고자 했다.

이를 위해『윤동주 평전』과『(사진판) 윤동주 자필 시고전집』에 실린 습작 노트, 자선 시집, 습유 작품, 자필 메모, 스크랩북 등을 기본 자료로 삼아, 윤동주가 어린 시절에 구독한 어린이 잡지『어린이』와『아이생활』, 청소년 시기에 작품을 게재한『숭실활천』과『가톨릭소년』, 연희전문 입학 후에 작품을 게재한『조선일보』·『소년』·『문우』, 그리고 해방 이후 1차 교육과정에서 7차 교육과정 시기 국어·문학 교과서 등의 서지자료에 대한 실증적인 고찰을 통해 윤동주의 시와 삶을 새롭게 조명해 보았다. 이를 통해 윤동주 시 창작에 영향을 준 청년 문필가 윤영춘, 동요·동시 창작의 계기가 된 어린이 잡지, 윤동주에게 미친 박치우의 영향, 숭실학교 종교부, 윤동주와 숭실 편집부원 이영현, 윤동주 시에 나타나는 후기인상주의 미술의 영향, 전통문화의 현대적 계승에 대한 윤동주의 관심, 윤동주 시의 교과서 수록 양상 등을 살펴보았다.

지금까지 수많은 윤동주 연구들이 있었지만, 서지자료를 실증적으로 분석한 연구는 여전히 미흡한 실정이다. 실증적인 연구는 새로운 자료를 발굴하고, 윤동주 평전의 빈 곳을 채우며, 윤동주 연구의 새로운 토대를 마련할 수 있다는 점에서 매우 의미 있는 연구라 할 수 있다. 하지만 실증적인 연구는 자료의 수집과 수집한 자료에 대한 정밀한 분석이 필요하여 많은 시간을 필요로 한다. 이 책의 연구도 충분치 않아서 보다 심화된 연구가 절실히 요구된다. 이 책에서 미처 다루지 못했지만 윤동주가 읽었던 도서들과 그의 스크랩북, 7차 교육과정 시기 이후의 교과서 등에 대한 연구도 필요해 보인다. 앞으로도 관련된 실증적 연구들이 지속적으로 진행되어 윤동주 연구의 새로운 전기를 마련해주기를 기대해 본다.

참고문헌

1. 기본 자료

왕신영, 심원섭, 윤인석, 오오무라 마스오, 『(사진판) 윤동주 자필시고전집』, 2002, 민음사.

『어린이』, 『아이생활』, 『숭실활천』, 『가톨릭소년』, 『조선일보』, 『소년』, 『문우』

2. 단행본 및 논문

Adorno, Teodor W., *Dialektik der Aufklarung: Philosophische Fragmente*, 김유동 역, 『계몽의 변증법: 철학적 단상』, 문학과지성사, 2001.

Arendt, Hanna, *The human condition*, 이진우·태진호 역, 『인간의 조건』, 한길사, 1996.

Augustinus, Aurelius, *St. Augustine's confessions I.II*, 선한용 역, 『성 어거스틴의 고백록』, 대한기독교서회, 2003.

Augustinus, Aurellius, *De Civitate Dei: Contra Paganos Libri Viginti Duo*, 성염 역주, 『신국론』, 분도출판사, 2004.

Baudrillard, Jean, *(La)societe de consommation: ses mythes, ses structures*, 이상률 역, 『소비의 사회: 그 신화와 구조』, 문예출판사, 1991.

Bauman, Zygmunt, *Liquid fear*, 함규진 역, 『유동하는 공포』, 산책자, 2009.

Beck, Ulrich, 홍성태 역, *Risikogesellschaft: Auf dem Weg in eine andere Moderne*, 『위험 사회: 새로운 근대(성)을 위하여』, 새물결, 2006.

Bethge, Everhard, *Dietrich Bonhoeffer: Theologe, Christ, Zeitgenosse: eine Biographie*, 김순현 역, 『(신학자-그리스도인-동시대인)Ditrich Bonhoeffer』, 복있는사람, 2014.

Bonhoeffer, Dietrich, *Ethik*, 손규태·이신건·오성현 역, 『윤리학: 옥중서간』, 대한기독교서회, 2010.

Bonhoeffer, Dietrich, Everhard Bethge 편, *Widerstand und Ergebung*, 손규태·정지련 역, 『저항과 복종: 옥중서간』, 대한기독교서회, 2010.

Bonhoeffer, Dietrich, *Nachfolge*, 손규태·이신건 역, 『나를 따르라: 그리스도의 제자직』, 대한기독교서회, 2010.

Bonhoeffer, Dietrich, *Schöpfung und Fall*, 강성영 역, 『창조와 타락: 창세기 1-3장에 대한 신학적 해석』, 대한기독교서회, 2010.

Dostoevsky, Fedor Mikhaylovich, 계동준 역, 『지하로부터의 수기 외』, 열린책들, 2007.

Eliade, Mircea, *(Das)Heilige und das Profan*, 이은봉 역, 『성과 속』, 한길사, 1998.

Elliade, Micea, *Images of Symboles*, 이재실 역, 『이미지와 상징: 주술적-종교적 상징체계에 관한 시론』, 까치, 2000.

Elliade, Micea, *Patterns in comparative religion*, 이은봉 역, 『종교형태론』, 한길사, 1996.

Han, Byung-Chul, *Mudigkeitsgesellschaft*, 김태환 역, 『피로사회』, 문학과지성사, 2002.

Hick, John, *Evil and the god of love*, 김장생 역, 『(신과 인간 그리고 악의) 종교·철학적 이해: 아우구스티누스에서 플란팅가까지 신정론의 역사』, 열린책들, 2007.

Johnson, Howard A., 임춘갑 역, 『키르케고르 사상의 열쇠: 키르케고르 사상의 변증법적 구조』, 다산글방, 2006.

Kierkegaard, Søren Aabye, *Lilien paa marken og fuglen under himlen: tre gudelige taler*, 표재명 역, 『들의 백합화·공중의 새: 세 개의 경건한 강화』, 프리칭아카데미, 2005.

Kierkegaard, Søren Aabye, *(A)kierkegaard anthology*, 최혁순 역, 『키에르케고어 선집』, 집문당, 2014.

Kierkegaard, Søren Aabye, *(Die)Krankheit zum Tode*, 임규정 역, 『죽음에 이르는 병』, 한길사, 2007.

Kierkegaard, Søren Aabye, *Christelige taler*, 표재명 역, 『이방인의 염려: 그리스도교적 강화』, 프리칭아카데미, 2005.

Kierkegaard, *Søren Aabye, Christelige taler. pt.4, To taler ved altergangen om fredagen*, 표재명 역, 『예수께서 잡히시던 밤에: 금요일 성찬식 때에 할 일곱 개의 강화』, 프리칭아카데미, 2005.

Kierkegaard, Søren Aabye, *Either or a fragment of life*, 임춘갑 역, 『이것이냐 저것이냐 II』, 다산글방, 2008.

Kierkegaard, Søren Aabye, *Frygt og Baeven: dialektisk lyrik*, 임규정 역, 『두려움과 떨림: 변증법적 서정시』, 지식을 만드는 지식, 2009.

Kierkegaard, Søren Aabye, *Gjentagelsen*, 임춘갑 역, 『반복: 현대의 비판』, 치우, 2011.

Kierkegaard, Søren Aabye, *Indøvelse i Christendom*, 임춘갑 역, 『그리스도교의 훈련』, 한길사, 2007.

Kierkegaard, Søren Aabye, *Opbyggelige taler II*, 표재명 역, 『주신이도 여호와시요 거두신이도 여호와시오니』, 프리칭아카데미, 2010.

Kierkegaard, Søren Aabye, *The point of view*, 임춘갑 역, 『(저술가로서의 나의 저술활동의)관점』, 치우, 2011.

Kierkegaard, Søren Aabye, *Ypperstepraesten – Tolderen – Synderinden: tre taler ved altergangen om fredagen*, 표재명 역, 『적게 사함을 받은 사람은 적게 사랑한다: 금요일 성찬식 때에 할 강화』, 프리칭아카데미, 2005.

Le Blanc, Charles, *Kierkegaard*, 이창실 역, 『키에르케고어』, 동문선, 2004.

Long, Thomas G., *What shall we say?: evil, suffering, and the crisis of faith*, 장혜영 역, 『고통과 씨름하다: 악, 고난, 신앙의 위기에 대한 기독교적 성찰』, 새물결플러스, 2014.

Lourie, Walter, *(A)Short life of kierkegaard*, 『키르케고르 평전: 키르케고르의 생애와 사상』, 다산글방, 2006.

Mandel, Ernest, 이범구 역, *Der Spatkapitalismus*, 『후기자본주의』, 한마당, 1985.

Manheimer, Ronald J., *Kierkegaard as educator*, 이홍우·임병덕 역, 『키에르케고어의 교육 이론』, 교육과학사, 2003.

Moltmann, Jurgen, *Der gekreuzigte Gott*, 김균진 역, 『十字架에 달리신 하나님: 기독교 신학의 근거와 비판으로서 예수의 十字架』, 한국신학연구소, 2005.

Moltmann, Jurgen, *Gott in der Schopfung*, 김균진 역, 『창조 안에 계신 하나님: 생태학적 창조론』, 한국신학연구소, 1987.

Rilke, Rainer Maria, 김재혁 역, 『말테의 수기』, 펭귄클래식 코리아, 2010.

Said, Edward W., *ORIENTALISM*, 박홍규 역, 『오리엔탈리즘』, 교보문고, 2009.

Shrady, Nicholas, *The.Last day: wrath, ruin, and reason in the great Lisbon Earthquake of 1755*, 강경이 역, 『운명의 날: 유럽의 근대화를 꽃피운 1755년 리스본 대지진』, 에코의 서재, 2009.

Tillich, Paul, *Systematic theology*, 김경수 역, 『조직신학 3』, 성광문화사, 1986.

Tillich, Paul, *Theology of culture*, 남정우 역, 『문화의 신학』, 대한기독교서회, 2009.

Tillich, Paul, *(The) courage to be*, 차성구 역, 『존재의 용기』, 예영커뮤니케이션, 2004.

Walsh, Brian J. & Keesmaat, Sylvia C., *Colossians remixed: subverting the empire*, 홍병룡 역, 『제국과 천국: 세상을 뒤집은 골로새서 다시 읽기』, IVP, 2011.

Wiesel, Elie, *Night*, 김하락 역, 『나이트: 살아남은 자의 기록』, 예담 위즈덤하우스, 2007.

Wrignt, Nicholas T., *Evil and the Justice of God*, 노종문 역, 『악의 문제와 하나님의 정의』, IVP, 2008.

강성영, 『생명·문화·윤리: 기독교 사회윤리학의 주제 탐구』, 한신대학교 출판사, 2006.

강성자, 「서정주와 윤동주 시의 자의식 비교」, 한국교원대학교 석사학위논문, 1993.

강소천, 「고국의 하늘과 '닭'」, 『동아일보』, 동아일보사, 1963.5.7, 5면.

강신주, 「한국 현대 기독교시의 공간현상학적 연구」, 숙명여자대학교 박사학위논문, 1992.

강영안, 『주체는 죽었는가』, 문예출판사, 1996.

강재언, 하우봉 역, 『선비의 나라 한국유학 2천년』, 한길사, 2003.

강준만, 『한국 근대사 산책』 8, 인물과사상사, 2008.

강진호, 『국어 교과서와 국가 이데올로기』, 글누림, 2007.

고석규, 「윤동주의 정신적 소묘」, 『초극』, 삼협문화사, 1954.

고재길, 『한국교회 본회퍼에게 듣다』, 장로회신학대학교출판부, 2014.

공자, 최영갑 역, 『論語: 「주자의 논어집주」』, 웅진씽크빅 펭귄클래식코리아, 2009.

곽명숙, 「윤동주 문학 연구의 트랜스내셔널적 가능성」, 『한중인문학연구』 37, 한중인문학회, 2012.

구마키 쓰토무, 「윤동주 연구」, 숭실대학교 박사학위논문, 2003.

구마키 쓰토무, 「윤동주의 시적 태도: 초기 시에 나타난 창작의식의 변천과정을 중심으로」, 『숭실어문』 12, 숭실어문학회, 1990.

구모룡, 「윤동주의 시와 디아스포라로서의 주체성」, 『현대문학이론연구』 43, 현대문학이론학회, 2010.

구본웅, 「무인이 걸어온 길…기이 금년의 이채는 오, 김 이인화집」, 『동아일보』, 동아일보사, 1963.5.7, 석간 3면.

권영민 편, 『서거 50주년 윤동주 전집 1 - 하늘과 바람과 별과 시』·『서거 50주년 기념 윤동주 전집 2 - 윤동주 연구』, 문학사상사, 1995.

권오만, 『윤동주 시 깊이 읽기』, 소명출판, 2009.

권혁웅, 『시론』, 문학동네, 2010.

김경훈, 「윤동주 시의 시간의식 연구」, 『다시올문학』, 다시올, 2013.겨울.

김교신, 노평구 편, 『김교신 전집』, 부키, 2001.

김근주, 「그의 백성을 부르신 목적」, 『복음과상황』 196, GN커뮤니케이션, 2007.

김남조, 「윤동주 연구－자아 인식의 변모 과정을 중심으로」, 『현대문학』, 현대문학, 1985.8.

김두찬, 「혹독했던 신사참배 강요」, 『동아일보』, 동아일보사, 1982.8.16, 10면.

김명주, 「20세기 전기 일본어 학습서의 일본어 한글 표기 연구」, 『어문학』128, 한국어문학회, 2015.

김상봉, 「윤동주와 자기의식의 진리」, 『코기토』69, 부산대학교 인문학연구소, 2011.

김상봉, 『(민족의 큰 사상가) 함석헌 선생』, 한길사, 2001.

김상봉, 『나르시스의 꿈: 시양정신의 극복을 위한 연습』, 한길사, 2002.

김상봉, 『서로주체성의 이념: 철학의 혁신을 위한 서론』, 길, 2007.

김상용, 「걸인」, 『동아일보』, 1932.2.20, 5면.

김상일, 『한의 철학』, 온누리, 1995.

김석원, 「쉐브첸코와 윤동주의 역사의식, 저항정신」, 『슬라브 연구』13(1), 한국외국어대학교 외국학종합연구센터 러시아연구소, 1997.

김성연, 「윤동주 평전의 질료와 빈 곳－윤동주와 박치우의 서신, 그 새로운 사실과 전망」, 『한국시학연구』61, 2020.

김수복, 「한국 현대시의 상징 유형 연구: 김소월과 윤동주의 시를 중심으로」, 단국대학교 박사학위논문, 1995.

김승태, 『한국기독교의 역사적 반성』, 다산글방, 1994.

김억, 「비렁방이」, 『창조』8, 창조사, 1921.

김억, 「비렁방이」, 『태서문예신보』5, 원문사, 1918.6.

김억, 『안서김억전집』, 한국문화사, 1987.

김열규, 「윤동주론」, 『국어국문학』, 국어국문학회, 1964.8.

김영민, 『윤동주 시론집』, 바른글방, 1989.

김옥성, 「윤동주 시의 예언자적 상상력 연구」, 『문학과종교』15권 3호, 한국문학과종교학회, 2010.

김용규, 『백만장자의 마지막 질문』, 휴머니스트, 2013.

김용규, 『서양문명을 읽는 코드 신』, 휴머니스트, 2010.

김용성, 『한국현대문학사탐방』, 현암사, 1984.

김용성, 『하나님 이성의 법정에 서다: 신정론』, 한들, 2010.

김용주, 「윤동주 시의 자아 연구」, 국민대학교 박사학위논문, 2004.

김용준, 「화집출판의 효시」, 『조선일보』, 조선일보사, 1938.11.17, 석간 5면.

김용직, 「윤동주 시의 문학사적 의의」, 『나라사랑』, 외솔회, 1976.여름.

김우종, 「암흑기 최후의 별-그의 문학사적 위치」, 『문학사상』, 문학사상사, 1976.4.

김우종, 「윤동주의 문학적 순교와 부활」, 『다시올문학』, 다시올, 2013.겨울.

김우종, 『서정주의 음모와 윤동주의 눈물』, 글봄, 2012.

김우창, 「손들어 표할 하늘도 없는 곳에서」, 『문학사상』, 문학사상사, 1976.4.

김우창, 『궁핍한 시대의 시인』, 민음사, 1977.

김우창, 『김우창 전집 I -궁핍한 시대의 시인』, 민음사, 1982.

김윤식, 「십자가와 별, 윤동주의 경우-시와 종교」, 『현대시학』, 현대시학사, 1974.12.

김윤식, 「윤동주론의 행방」, 『심상』, 심상사, 1975.2.

김윤식, 「윤동주와 딩스쉔-「참회록」이 놓인 자리」, 『서정시학』 26, 서정시학, 2005.

김윤식, 「한국 근대시와 윤동주」, 『나라사랑』, 외솔회, 1976.여름.

김윤식, 『한국근대작가론고』, 일지사, 1974.

김윤식, 『한국문학사』, 민음사, 1974.

김윤식·김현, 『한국문학사』, 민음사, 1974.

김응교, 「1년 동안 글쓰기, 윤동주 산문 '달을 쏘다'」, 『사고와표현』 12(1), 한국사회와
표현학회, 2019.

김응교, 「릿쿄대학 시절, 윤동주의 유작시 다섯 편-윤동주 연구3」, 『한민족문화연구』
41, 한민족문화학회, 2010.

김응교, 「만주, 디아스포라 윤동주의 고향」, 『한민족문화연구』 39, 한민족문화학회,
2012.2.

김응교, 「윤동주에 대한 기억-2017년 3월 인터넷 사용자의 윤동주 인식: 윤동주 연구
10」, 『현대문학의 연구』 62권, 한국문학연구학회, 2017.

김응교, 「윤동주와 『정지용 시집』의 만남」, 『국제한인문학연구』 16, 국제한인문학회,
2015.

김응교, 「윤동주와 걷는 새로운길: 1~24」, 『기독교사상』 제650호~제674호, 대한기독
교서회, 2013~2015.

김응교, 「일본에서의 윤동주 인식」, 『한국문학 이론과 비평』 43, 한국문학이론과 비평
학회, 2009.

김응교, 『처럼: 시로 만나는 윤동주』, 문학동네, 2016.

김의수, 「윤동주 시의 해체론적 연구」, 서울대학교 석사학위논문, 1991.

김의수, 「윤동주 시의 해체론적 연구」, 『현대문학연구』 132, 한국비교문학회, 1991.

김재진, 「윤동주 시상에 담겨진 신학적 특성」, 『신학사상』 136, 한국신학연구소, 2007.

김재혁, 『릴케와 한국의 시인들』, 고려대학교출판부, 2006.

김재홍, 「자기 극복과 초인에의 길」, 『현대시』 1집, 문학세계사, 1984.

김정우, 「윤동주의 소년 시절」, 『나라사랑』 23, 외솔회, 1976.여름.

김종두, 『키에르케고어의 실존사상과 현대인의 자아이해』, 엠-에드, 2002.

김주연, 「한국현대시와 기독교」, 『기독교사상』, 1984.9.

김진영, 「거지와 백수―투르게네프 번역의 문화사회학」, 『비교한국학』 24(3), 국제비교한국학회, 2016.

김창걸, 『實찾아 30년』, 정문, 1993.

김장환, 「윤동주 시 연구: 윤리적 주체의 형성과정과 타사현상을 중심으로」, 연세대학교 석사학위논문, 2002.

김하자, 『키에르케고어와 교육』, 성신여자대학교출판부, 2004.

김학동, 『윤동주』, 서강대학교출판부, 1997.

김혁, 「더기 아래 윤동주의 집」, 『다시올문학』, 다시올, 2013.겨울.

김현, 「윤동주, 혹은 순결한 젊음」, 『한국문학사』, 민음사, 1973.

김현자, 「대립의 초극과 화해의 시학」, 『현대시』 1집, 문학세계사, 1984.

김현자, 「아청빛 언어에 의한 이미지」, 『소천 이헌구선생 송수기념논총』, 1970.8.

김형태, 「서지자료 분석을 통한 윤동주 시 연구 1」, 『문화와 융합』 45(8), 한국문화와융합학회, 2023.

김형태, 「서지자료 분석을 통한 윤동주 연구 2」, 『청람어문교육』 95, 청람어문교육학회, 2023.

김형태, 「서지자료 분석을 통한 윤동주 시 연구 3」, 『문화와 융합』 45(9), 한국문화융합학회, 2023.

김형태, 「서지자료 분석을 통한 윤동주 시 연구 4」, 『문화와 융합』 45(10), 한국문화융합학회, 2023.

김형태, 「윤동주 시의 신정론적 의미 연구」, 『청람어문교육』 54, 청람어문교육학회, 2015.

김형태, 「윤동주 시의 실존의식 연구」, 한국교원대학교 박사학위논문, 2015.

김형태, 「윤영춘의 시 세계와 시 의식 연구」, 『청람어문교육』 93, 청람어문교육학회, 2023.

김효진, 「『소학생』지 연구: 동화 및 소년소설을 중심으로」, 단국대학교 석사학위논문, 1992.

김흥규, 「윤동주론」, 『창작과비평』, 창작과비평사, 1974.가을.

나빈, 「거지」, 『백조』 1, 백조문화사, 1922.

남기혁, 「윤동주 시에 나타난 윤리적 주체와 저항의 의미」, 『한국시학연구』 36, 한국시학회, 2013.

남송우, 「윤동주 시에 나타난 공간 인식의 한 양상: 일본 유학 시절의 시를 중심으로」, 『동북아시아문화학회 국제학술대회 발표자료집』, 동북아시아문화학회, 2005.

남송우, 「윤동주 시에 나타난 기독교사상」, 『동북아시아문화학회 국제학술대회 발표자료집』, 동북아시아문화학회, 2004.

남송우, 「윤동주 시의 연구: 종교적 실존을 중심으로」, 『국어국문학』 13-14, 부산대학교 인문대학 국어국문학과, 1977.

남송우, 「윤동주와 윤일주 동시 비교연구」, 『한국시학연구』 19, 한국시학회, 2007.

남송우, 「중국조선문학사에서의 윤동주 연구현황 일고」, 『한국문학논집』 68, 한국문학회, 2014.

남송우, 『(윤동주 시인의) 시와 삶 엿보기』, 부경대학교출판부, 2007.

다나카 유운, 이은정 역, 「어둠을 뚫고 나아가는 사랑의 시경(詩境)」, 『다시올문학』, 다시올, 2013.겨울.

도올, 『맹자: 사람의 길』, 통나무, 2012.

도종환, 『어린이를 노래하다: 한국 동요의 선구자 정순철 평전』, 2022, M창비.

류덕제, 「아이생활 발간 배경 연구」, 『국어교육연구』 80, 국어교육학회, 2022.

류덕제, 「한국 근대 아동문학과 아이생활」, 『근대서지학』 24, 근대서지학회, 2021.

류병덕, 『근·현대 한국 종교사상 연구』, 마당기획, 2000.

류보선, 『한국 근대문학의 정치적 무의식』, 소명출판, 2005.

류양선 외, 『윤동주 시인을 기억하며: 70주기 추모문집』, 다시올, 2015.

류양선, 「윤동주 시 깊이 읽기」, 『다시올문학』 1~26, 다시올, 2008~2015.

류양선, 「윤동주 시에 나타난 기독교 신앙」, 『한국시학연구』 31, 2011.

류양선, 「윤동주 시에 나타난 종교적 실존-<돌아와 보는 밤> 분석」, 『어문연구』 134, 한국어문교육연구회, 2007.여름.

류양선, 「윤동주 시의 대칭구조」, 『어문연구』 141, 한국언어교육연구회, 2009.봄.

류양선, 「윤동주의 <별 헤는 밤> 분석」, 『한국현대문학연구』 29, 한국현대문학회, 2009.12.

류양선, 「윤동주의 <서시> 연구-시어의 상징성과 관련하여」, 『어문연구』 156, 한국어문교육연구회, 2012.

류양선, 「윤동주의 시에 나타난 시간과 영원-<쉽게 씌어진 시>분석」, 『한국시학연구』 34, 한국시학회, 2012.

류양선, 「하늘에 올리는 제물: 육필자선시집『하늘과 바람과 별과 시』」, 『다시올문학』, 다시올, 2013.겨울.

류양선, 『순결한 영혼 윤동주』, 북페리타, 2015.

류연산, 「김약연 목사－윤동주를 길러낸 명동의 '진짜 주인공'」, 『말』 240, 월간말학회, 2006.

리순옥, 「나의 시로 감지하는 조선족 삶의 풍경 및 윤동주 시인의 정신미에 관통하여」, 『다시올문학』, 다시올, 2013.겨울.

마광수, 「윤동주 연구－그의 시에 나타난 상징적 표현을 중심으로」, 연세대학교 박사학위논문, 1983.

마광수, 『윤동주 연구: 그의 시에 나타난 상징적 표상을 중심으로』, 정음사, 1984.

문덕수, 『현대시의 이해와 감상』, 삼우출판사, 1982.

문익환, 「동주 형의 추억」, 『하늘과 바람과 별과 시』, 정음사, 1968.

문익환, 「동주, 내가 아는대로」, 『문학사상』, 문학사상사, 1973.3.

문익환, 「하늘·바람·별의 시인, 윤동주」, 『월간중앙』, 중앙일보사, 1976.

문익환, 『문익환 전집』, 사계절, 1999.

문재린·김신묵, 『기린갑이와 고만녜의 꿈』, 삼인, 2006.

문학사상 자료조사연구실, 「윤동주에 대한 일경극비비취조문서」, 『문학사상』, 문학사상사, 1977.

문현미, 「윤동주의 나르시즘적 존재론－윤동주와 릴케 시문학의 거울 모티브를 중심으로」, 『한국시학연구』 2, 한국시학회, 1999.

문현미, 「윤동주의 시세계와 기독교 의식」, 『진리논단』 11, 천안대학교, 2005.

미즈노 나오키, 왕신영 역, 「윤동주는 '창씨개명'을 했는가」, 『다시올문학』, 다시올, 2013.겨울.

박금숙, 「1930년대『가톨릭소년』지의 아동문학 양상 연구」, 『한국아동문학연구』 34, 한국아동문학학회, 2018.

박노균, 「1930년대 한국시에 있어서의 서구 상징주의 수용 연구」, 서울대학교 박사학위논문, 1995.

박덕규, 『강소천 평전: 아동문학의 마르지 않는 샘』, 교학사, 2015.

박영식, 『고난과 하나님의 전능: 신정론의 물음과 신학적 답변』, 동연, 2012.

박원빈, 「쇠렌 키에르케고어와 엠마누엘 레비나스의 윤리적 주체성에 대한 연구」, 『한국기독교신학논총』 62, 한국기독교학회, 2009.

박원빈, 『레비나스와 기독교: 기독교 신학적 관점에서 바라본 현대철학』, 북코리아,

2010.

박은희 역, 「宋夢圭에 대한 판결문」, 『다시올문학』, 다시올, 2013.겨울.

박은희 역, 「윤동주의 對稱性 思想의 형성: 1936년 초여름의 시를 중심으로」, 『다시올문학』, 다시올, 2013.겨울.

박의상, 「윤동주 시의 사회심리학적 연구」, 인하대학교 박사학위논문, 1993.

박이도, 「한국 현대시에 나타난 기독교 의식―윤동주, 김현승, 박두진의 시」, 경희대학교 박사학위논문, 1984.

박재순, 『함석헌의 철학과 사상』, 한울, 2012.

박종찬, 「윤동주 시 판본 비교 연구: 『자필 시고전집』 및 재판본을 중심으로」, 연세대학교 석사학위논문, 2003.

박창해, 「윤동주를 생각함」, 『나라사랑』 23, 외솔회, 1976.여름.

박춘덕, 「한국 기독교시에 있어서 삶과 신앙의 상관성 연구: 윤동주·김현승·박두진을 대상으로」, 부산대학교 박사학위논문, 1993.

박치우, 「고전부흥의 이론과 실제 ⑦: 고전의 성격인 규범성―참된 전승과 개성의 창조력」, 『조선일보』, 조선일보사, 1938.6.14, 5면.

박치우, 「국제 작가대회의 교훈―문화실천에 잇어서의 선의지(1-4)」, 『동아일보』, 1936.5.28~6.2, 7면.

박치우, 「전체주의의 제상: 전체주의의 철학적 해명―「이즘」에서 「학(學)」으로의 수립과정(상)·(중)·(하)」, 『조선일보』, 조선일보사, 1939.2.22~2.24.

박호영, 「윤동주론의 문제점―저항성 여부」, 『현대시』 1집, 문학세계사, 1984.

박호용, 「백석과 윤동주 시의 비교연구」, 한국외국어대학교 석사학위논문, 1992.

백철, 「암흑기 하늘의 별」, 『하늘과 바람과 별과 시』, 정음사, 1968.

서굉일·김재홍, 『규암 김약연 선생』, 고려글방, 1997.

서정민, 「김교신의 생명 이해」, 『한국기독교와 역사』 20, 한국기독교역사연구소, 1991.

서정민, 『한국기독교와 역사』 20, 2004.

서진태, 「크로노스에서 아이온으로」, 서울대학교 석사학위논문, 2011.

성백효, 『(현토완역)맹자집주』, 전통문화연구회, 2013.

손진태, 「거지」, 『금성』 3, 금성사, 1924.

송우혜, 「『윤동주 평전』에 담긴 뒷이야기」, 『다시올문학』, 다시올, 2013.겨울.

송우혜, 『윤동주 평전』, 서정시학, 2014.

송우혜, 『윤동주 평전』, 열음사, 1988.

숭실백년사편찬위원회, 『숭실100년사 1. 평양숭실』, 숭실학원, 1997.

신수경, 「『오지호·김주경 이인화집』을 통해서 본 김주경의 1930년대 작품」, 『인물미술 사학』 14·15, 인물미술사학회, 2019.

신형철, 『몰락의 에티카: 신형철 평론집』, 문학동네, 2008.

아이자와 가크, 「시인의 목숨: 윤동주의 시를 생각하며」, 『다시올문학』, 다시올, 2013. 겨울.

안변용, 「뚜르게네프 산문시 『거지』와 윤동주의 「투루게네프의 언덕」: 한국근대문학의 러시아 문학 수용 문제에 부쳐」, 『슬라브학보』 21(3), 한국슬라브학회, 2006.

안병로, 「동·서양의 하늘(天)님 사상: 신종교사상에서 본 그리스도교와 유교의 종교적 천(天) 사상」, 『신종교연구』 20, 한국신종교학회, 2004.

안상혁, 『불안, 키에르케고어의 실험적 심리학』, 성균관대학교, 2015.

안호상, 『국민윤리학』, 배영출판사, 1977.

야나기하라 야스코, 이은정 역, 「시인 윤동주, 동경시대의 하숙과 남겨진 시」, 『다시올 문학』, 다시올, 2013.겨울.

양금선, 「윤동주 시에 나타난 실존적 자아인식」, 연세대학교 석사학위논문, 2003.

양현혜, 『근대 한·일 관계사 속의 기독교』, 이화여자대학교출판부, 2009.

양현혜, 『김교신의 철학』, 이화여자대학교출판부, 2013.

엄국현, 「윤동주 시에 나타나는 유교적 기독교와 종말론」, 『한국문학논총』 46, 한국문 학회, 2007.

엄선애, 「릴케의 작품 속에 나타난 죽음」, 『논문집』 20(2), 경성대학교, 1999.

역사문제연구소 편, 『한국의 '근대'와 '근대성' 비판』, 역사비평사, 1996.

오문석, 「윤동주와 다문화적 주체성의 문학」, 『한국근대문학연구』 25, 한국근대문학회, 2012.

오미영, 「한국인의 일본어 표기의식에 관한 조사연구」, 『일본연구』 39, 한국외국어대 학교 일본연구소, 2009.

오병욱, 「오지호와 반 고흐의 과수원」, 『한국근현대미술사학』 38, 한국근대문학회, 2019.

오세영, 「우상의 가면을 벗어라」, 『어문연구』 125, 한국어문교육연구회, 2005.봄.

오세영, 「윤동주의 문학사적 위치」, 『현대문학』, 현대문학, 1975.4.

오세영, 「윤동주의 시는 저항시인가」, 『문학사상』, 문학사상사, 1976.4.

오세영, 『문학과 그 이해』, 국학자료원, 2003.

오세영, 『한국현대시 분석적 읽기』, 고려대학교출판부, 1998.

오세영, 『한국현대시인연구: 20세기 전반기를 중심으로』, 월인, 2003.

오영식, 「아이생활 목차 정리」, 『근대서지』 20, 근대서지학회, 2019.

오영식, 「최장수 어린이잡지 아이생활 소개」, 『근대서지』 20, 근대서지학회, 2019.

오오무라 마스오, 『윤동주와 한국문학』, 소명, 2001.

오지호, 김주경, 『오지호·김주경 이인화집』, 한성도서, 1938.10.

왕신영, 「1940년 전후의 윤동주-'미'에 대한 천착을 중심으로」, 『비교문학』 50, 한국 비교문학회, 2010.

왕신영, 「소장자료를 통해서 본 윤동주의 한 단면」, 『비교문학』 27, 한국비교문학회, 2001.

왕신영, 「윤동주와 다찌하라 마찌조」, 『비교문학』 별권, 한국비교문학회, 1998.

왕신영, 「윤동주와 일본의 지적 풍토」, 고려대학교 박사학위논문, 2007.

왕신영, 「『윤동주 자필 시고 전집』에 관한」, 『다시올문학』, 다시올, 2013.겨울.

원한경, 「본교교육방침」, 『연희전문학교상황보고』, 연희전문학교, 1932.

유성호, 「저항 텍스트의 기억을 넘어-윤동주의 경우」, 『문학수첩』 24, 문학수첩, 2008.

유성호, 「한국 현대시에 나타난 종교적 상상력의 의미: 윤동주와 김현승의 경우를 중심으로」, 『문학과 종교』 2(1), 한국문학과종교학회, 1997.

유시경, 「윤동주 시 낭독 CD '하나'와 윤동주 장학금」, 『다시올문학』, 다시올, 2013.겨울.

유영, 「연희전문시절의 윤동주」, 『나라사랑』 23, 외솔회, 1976.여름.

유종호, 『시란 무엇인가-경험의 시학』, 민음사, 1995.

유진오, 「오지호 김주경 『이인화집』을 보고」, 『동아일보』, 1938.11.23, 석간 3면.

윤대석 외, 『사상과 현실: 박치우 전집』, 인학대학교 출판부, 2010.

윤동주, 『하늘과 바람과 별과 시』, 정음사, 1955.

윤동주, 『하늘과 바람과 별과 시』, 정음사, 1968.

윤동주, 『하늘과 바람과 별과 시』, 정음사, 1976.

윤동주, 김학동 편, 『별하나에 사랑과 별하나에 시』, 새문사, 1998.

윤동주, 연세대학교출판부 편, 『하늘과 바람과 별과 詩: 원본대조 윤동주 전집』, 연세대학교 출판부, 2004.

윤동주, 최동호 편, 『하늘과 바람과 별과 詩: 육필원고 대조 윤동주 전집』, 서정시학, 2010.

윤동주, 홍장학 편, 『정본 윤동주 전집』, 문학과지성사, 2004.

윤병로 외, 『문학』, 노벨문화사, 2001.

윤석중, 『어린이와 한평생』, 범양사출판부, 1985.

윤수종, 「넝마공동체의 성격과 그 변화」, 『민주주의와 인권』 제2권 1집, 전남대학교 5.18 연구소, 2002.

윤영춘, 「간도의 어느 날」, 『제일선』, 개벽사, 1932.10.

윤영춘, 「명동촌에서 후쿠오카까지」, 『나라사랑』 23, 외솔회, 1976.여름.

윤영춘, 「윤동주의 생애와 그 사색」, 『풍요 속의 빈곤』, 지학사, 1977.

윤영춘, 「지금은 새벽」, 『신동아』 4(3), 동아일보사, 1934.

윤영춘, 『무화과』, 숭문사, 1948.

윤영춘, 『문학과 인생』, 박영사, 1957.

윤영춘, 『백향목』, 형설출판사, 1977.

윤영춘, 『풍요 속의 빈곤』, 지학사, 1977.

윤인석, 「큰아버지의 유고와 유품이 연세에 오기까지」, 『다시올문학』, 다시올, 2013.겨울.

윤일주, 「선백의 생애」, 『하늘과 바람과 별과 시』, 정음사, 1955.

윤일주, 「유고를 공개하면서」, 『문학사상』, 1973.

윤일주, 「윤동주의 생애」, 『나라사랑』 23, 외솔회, 1976.여름.

윤지영, 「한국 현대시의 숭고 연구에 관한 탈근대적 검토」, 『현대문학이론연구』 48, 현대문학이론학회, 2012.

윤혜린, 「정지용과 윤동주 시에 나타난 실존의식 연구」, 한양대학교 석사학위논문, 2010.

이가림, 「물질적 상상력과 역동적 상상력 Ⅰ −바슐라르의 시학」, 『시와시학』 20, 시와시학사, 1995.

이경숙, 「걸인」, 『만국부인』 1, 삼천리사, 1932.

이경숙, 「윤동주 시의 발전과정 연구−정지용 시와의 비교를 중심으로」, 인하대학교 석사학위논문, 1999.

이남호, 「윤동주 시의 의도 연구」, 고려대학교 박사학위논문, 1987.

이남호, 『윤동주 시의 이해』, 고려대학교 출판부, 2014.

이동순, 「일제시대 저항시가의 정신사적 연구」, 경북대학교 박사학위논문, 1988.

이동용, 「제임스 파울러의 신앙 발달단계에 따른 윤동주 시연구」, 고려대학교 석사학위논문, 2009

이복규, 「윤동주의 이른바 '서시'의 제목 문제」, 『한국문학논총』 61, 한국문학회, 2012.

이사라, 「윤동주 시의 기호론적 연구−이항대립에 있어서의 매개기능을 중심으로」, 이화여자대학교 박사학위논문, 1987.

이상비, 「시대와 시의 자세」, 『자유문학』 11·12월호, 한국자유문학자협회, 1960.

이상섭, 『윤동주 자세히 읽기』, 한국문화사, 2007.

이상호, 「한국 현대시에 나타난 자아의식에 관한 연구-이상화와 윤동주의 시를 중심으로」, 동국대학교 박사학위논문, 1988.

이선영, 『윤동주 시론집』, 바른글방, 1989.

이수경, 「윤동주와 송몽규의 재판 판결문과 『문우』(1941.6)지 고찰」, 『한국문학논총』 61, 한국문학회, 2012.

이숭원, 「윤동주 시에 나타난 자아의 변화 양상」, 『국어국문학』 107, 국어국문학회, 1992.

이숭원, 「정지용 시가 윤동주에게 미친 영향」, 『한국시학연구』 46, 한국시학회, 2016.

이애선, 「1920-1930년대 한국의 후기인상주의 수용 양상: 김주경의 폴 세잔에 대한 인식을 중심으로」, 『미술사논단』 49, 한국미술연구소, 2019.

이영철, 「걸인」, 『조선일보』, 조선일보사, 1931.9.9.

이유식, 「아웃사이더적 인간성」, 『현대문학』 9(10), 현대문학사, 1963.

이윤석, 「식민지시기 다섯 명의 조선학 연구자」, 『연민학회』 22, 2014.

이은정, 「아름다운 청년시인 윤동주, 그리고 그를 사랑하는 아름다운 사람들」, 『다시올문학』, 다시올, 2013.겨울.

이진화, 「윤동주시연구-'자아인식'의 양상을 중심으로」, 서울대학교 석사학위논문, 1984.

이창민, 「윤동주론의 종교적 평가 기준 비판」, 『어문논집』 58, 민족어문학회, 2008.

이쿠타 슌게쓰, 『투르게네프 산문시』, 신호사, 1923.

이황직, 「근대 한국의 윤리적 개인주의 사상과 문학에 관한 연구: 정인보, 함석헌, 백석, 윤동주를 중심으로」, 연세대학교 박사학위논문, 2002.

일연, 이가원 역, 『삼국유사 신역』, 태학사, 1991.

임규정, 「가능성의 현상학-키에르케고어의 실존의 삼 단계에 관한 소고」, 『범한철학』 55, 범한철학회, 2009.

임규정, 「시인의 실존: 키르케고르의 시인과 시의 개념에 관한 연구 Ⅰ」, 『철학·사상·문화』 14, 동국대학교 동서사상연구소, 2012.

임규정, 「키에르케고어의 자기의 변증법」, 고려대학교 박사학위논문, 1991.

임규정, 「키에르케고어의 절망의 형태와 삶의 단계의 상응에 관한 연구」, 『철학연구』 15, 대한철학회, 2008.

임규정, 「키에르케고어의 주체성의 지양과 "죄책감"에 대한 고찰」, 『철학연구』 76, 대한철학회, 2000.

임수만, 「윤동주 시의 실존적 양상: 절망과 불안, 그리고 존재에의 용기」, 『한국현대문학연구』 24, 한국현대문학회, 2008.

임월남, 「이육사·윤동주 시의 공간 상상력과 실존의식 연구」, 배제대학교 박사학위논문, 2014.

임현순, 「윤동주 시의 상징과 존재의미 연구」, 이화여자대학교 박사학위논문, 2005.

임현순, 『윤동주 시의 상징과 자기의 해석학』, 지식산업사, 2009.

장경래, 「이육사와 윤동주의 실존의식과 시적 모색 연구」, 경원대학교 박사학위논문, 2011.

장덕순, 「윤동주와 나」, 『나라사랑』 23, 외솔회, 1976.여름.

장정희, 「윤동주의 삶과 그의 동시 세계」, 『아동문학평론』 42(1), 아동문학평론사, 2017.

장철환, 「대문자 윤동주와 저항의 심도-윤동주 후기시의 타자인식을 중심으로」, 『비교한국학』 22, 국제비교한국학회, 2014.

전치화, 「걸인」, 『진생』 5(3), 기독교청년면려회 조선연합회, 1931.9.9.

전택부, 「소천의 고향과 나」, 『강소천 아동문학전집 2』, 교학사, 2006.

정과리, 「윤동주가 우리 마음속에 생생히 살아 있다는 사실의 의미: <윤동주의 시세계>」, 『다시올문학』, 다시올, 2013.겨울.

정병욱, 「잊지 못할 윤동주의 일」, 『나라사랑』 23, 외솔회, 1976.여름.

정세현, 「윤동주 시대의 어둠」, 『나라사랑』 23, 외솔회, 1976.여름.

정용서, 「아희생활/아이생활 목차 정리(2)」, 『근대서지』 22, 근대서지학회, 2020.

정의열, 「윤동주 시에서의 '새로운 주체' 연구」, 서울대학교 석사학위논문, 2003.

정재규, 「이육사와 윤동주 시의 비교연구」, 부산대학교 석사학위논문, 1992.

정재완, 『한국현대시인연구』, 전남대출판부, 2001.

정진홍, 「문학과 종교」, 『문학과 종교』 6(2), 한국문학과종교학회, 2001.

조규선, 「거지」, 『신생』 2(3), 신생사, 1929.

조병기, 「한국 현대시에 나타난 비극적 서정성의 연구-이육사와 윤동주 시의 전통적 맥락을 중심으로」, 성균관대학교 박사학위논문, 1990.

조선어학회, 『외래어표기법통일안』, 조선어학회, 1941.

조승기, 「한국현대시에 나타난 비극적 서정성 연구: 이육사와 윤동주 시의 전통적 맥락을 중심으로」, 성균관대학교 박사학위논문, 1990.

조영환, 「아스라한 존재들의 초대: 윤동주 문학기행」, 『다시올문학』, 다시올, 2013.겨울.

조용훈, 「투르게네프의 이입과 영향」, 『서강어문』 7, 서강어문학회, 1990.

조재수, 『윤동주 사전: 그 시 언어와 표현』, 연세대학교출판부, 2005.

조혜진, 「인문학적 상상력과 서사전략: 윤동주 시에 나타난 윤리적 개인으로서의 타나
성 연구-힘의 메커니즘과 용기의 수사학」, 『한국문예비평연구』 36, 한국문예비평
학회, 2011.

지현배, 『영혼의 거울-윤동주 시의 세계』, 한국문화사, 2004.

지현배, 『윤동주 시 읽기』, 한국학술정보, 2009.

진학문, 「걸식」, 『학지광』 4, 태학사, 1915.

최기영, 「1930년대 "가톨릭소년"의 발간과 운영」, 『교회사 연구』 33, 한국교회사연구
소, 2009.

최남선, 정재승·이주현 역주, 『불함문화론』, 우리역사연구재단, 2008.

최동식, 「윤동주 유고시집 최초본, 3주기 추도식에 헌정」, 『경향신문』, 2014.10.28.

최동호, 「윤동주의 <또다른고향>과 이상의 <문벌> 상호텍스트성 연구-시어 '백골'을
중심으로」, 『어문연구』 39, 어문연구학회, 2002.

최동호, 「한국현대시에 나타난 물의 심상과 의식의 연구: 김영랑, 유치환, 윤동주의
시를 중심으로」, 고려대학교 박사학위논문, 1981.

최동호, 『한국 현대시와 물의 상상력』, 서정시학, 2010.

최동호, 『현대시의 정신사』, 열음사, 1985.

최명표, 「『아이생활』 연구」, 『한국아동문학연구』 24, 한국아동문학회, 2013.

최문자, 「윤동주 시 연구-기독교적 원형 상징의 수용을 중심으로」, 성신여자대학교
박사학위논문, 1995.

최상욱, 『헤겔과 키에르케고어에 있어 신앙의 본질』, 강남대학교 인문과학연구소, 1997.

최성은, 「폴란드 콜롬부스 세대와 윤동주의 저항시 비교 연구」, 『동유럽발칸학』 4권
2호, 한국동유럽발칸학회, 2002.

최숙인, 「제3세계 문학과 탈식민주의-필리핀의 호세 리잘과 한국의 윤동주」, 한림대
학교 박사학위논문, 2000.

최윤정, 「윤동주 시 연구: 타자로 구성되는 주체의 탈식민성」, 『한국문학이론과비평』
43, 한국문학이론과비평학회, 2009.

최은성, 「윤동주 '서시'의 텍스트언어학적 분석 연구」, 고려대학교 석사학위논문, 2002.

최종환, 「현대시에 나타난 기독교 죄의식의 심리학적 연구-윤동주, 김종삼, 마종기의
시를 중심으로」, 경희대학교 박사학위논문, 2003.

최현배, 『한글갈: 정음학』, 정음사, 1961.

최홍규, 「존재와 생성의 역(域)」, 『세대』 3(8), 세대사, 1965.

콘다니 노부코, 박은희 역, 「시인 윤동주 기억과 화해의 비석」건립 運動의 現狀과 과정 에서 공개된 윤동주와 송몽규의 판결문에 대하여」, 『다시올문학』, 다시올, 2013.겨 울.

태서문예신보, 『태서문예신보』 1-16, 태학사, 1981.

표영삼, 『동학2: 해월의 고난과 역정』, 통나무, 2004.

표재명, 『키에르케고어 연구』, 지성의 샘, 1995.

표재명, 『키에르케고어를 만나다: 사랑과 영혼의 철학자』, 치우, 2002.

표재명, 『키에르케고어의 단독자 개념』, 서광사, 1992.

하선규, 「키에르케고어 철학에 있어서 심미적 실존과 예술의 의미에 관한 연구」, 『키에 르케고어, 미학과 실존』, 킹덤북스, 2014.

한국키에르케고어학회, 『다시 읽는 키에르케고어』, 철학과현실사, 2003.

한국키에르케고어학회, 『키에르케고어, 미학과 실존』, 킹덤북스, 2014.

한국키에르케고어학회, 『키에르케고어에게 배운다』, 철학과현실사, 2005.

함대훈, 「걸인」, 『삼천리』 5(12), 삼천리사, 1933.

함석헌, 『뜻으로 본 한국역사: 젊은이들을 위한 새 편집』, 한길사, 2014.

함석헌, 『성서적 입장에서 본 조선 역사』, 성광문화사, 1950.

함석헌, 『함석헌 저작집』, 한길사, 2009.

허정, 「윤동주 시의 정전화와 민족주의 지평 넘기」, 『어문논총』 51, 한국문학언어학회, 2009.

허정, 「윤동주의 저항시 담론과 해석」, 『한국시문학』 16, 한국시문학회, 2005.

홍경실, 「시간에 대한 이해를 중심으로 한 키에르케고어의 실존의 삼 단계설, 『인문학 연구』 20, 경희대학교 인문학연구원, 2011.

홍경실, 『동학과 서학의 만남』, 한국학술정보, 2002.

홍문표, 『문학적 구원과 시적 구원: 키에르케고어와 김현승의 고독에서 구원까지』, 창 조문화사, 2005.

홍성표, 「연희전문학교의 학생자치단체와 간행물」, 『동방학지』 184, 연세대학교 국학 연구원, 2018.9.

홍용희·유재원, 「분열의식과 탈식민성」, 『한국시학연구』 39, 한국시학연구, 2014.

홍윤리, 「『오지호.김주경 이인화집』 연구」, 『한국근현대미술사학』 22, 한국근현대미술 사학회, 2011.

홍장학, 「윤동주 시 다시 읽기-원전과 상호텍스트성(INTERTEXTUALITY) 연구」,

서강대학교 석사학위논문, 2002.

홍장학, 『정본 윤동주 시집 원전 연구』, 문학과지성사, 2004.

홍장학, 『정본 윤동주 전집』, 문학과지성사, 2004.

홍정선, 「윤동주 시연구의 현황」, 『현대시』 1집, 문학세계사, 1984.

홍지석, 「오지호와 김주경: 생명의 회화와 데포르메─『오지호·김주경 이인화집』을 중심으로」, 『인물미술사학』 14·15, 인물미술사학회, 2019.

황석영, 『사람이 살고 있었네』, 시와사회사, 1993.

3. 교과서

1차 교육과정 교과서

문교부(1956), 『중학 국어 1-1』, 대한교과서.

문교부(1959), 『중학 국어 1-2』, 대한교과서.

문교부(1956), 『중학 국어 2-1』, 대한교과서.

문교부(1957), 『중학 국어 2-2』, 대한교과서.

문교부(1956), 『중학 국어 3-1』, 대한교과서.

문교부(1956), 『중학 국어 3-2』, 대한교과서.

문교부(1956), 『고등 국어 1』, 대한교과서.

문교부(1956), 『고등 국어 2』, 대한교과서.

문교부(1956), 『고등 국어 3』, 대한교과서.

2차 교육과정 교과서

문교부(1969), 『중학 국어 1-1』, 대한교과서.

문교부(1972), 『중학 국어 1-2』, 대한교과서.

문교부(1973), 『중학 국어 2-1』, 대한교과서.

문교부(1967), 『중학 국어 2-2』, 대한교과서.

문교부(1971), 『중학 국어 3-1』, 대한교과서.

문교부(1967), 『중학 국어 3-2』, 대한교과서.

문교부(1968), 『국어 1(실업계 고등학교)』, 대한교과서.

문교부(1970), 『국어 2(실업계 고등학교)』, 대한교과서.

문교부(1972), 『국어 3(실업계 고등학교)』, 대한교과서.

문교부(1968), 『국어 1(인문계 고등학교)』, 대한교과서.

문교부(1968), 『국어 2(인문계 고등학교)』, 대한교과서.
문교부(1973), 『국어 3(인문계 고등학교)』, 대한교과서.

3차 교육과정 교과서
문교부(1983), 『중학 국어 1-1』, 대한교과서.
문교부(1976), 『중학 국어 1-2』, 대한교과서.
문교부(1983), 『중학 국어 2-1』, 대한교과서.
문교부(1974), 『중학 국어 2-2』, 대한교과서.
문교부(1983), 『중학 국어 3-1』, 대한교과서.
문교부(1974), 『중학 국어 3-2』, 대한교과서.
문교부(1974), 『국어 1(실업계 고등학교)』, 대한교과서.
문교부(1974), 『국어 2(실업계 고등학교)』, 대한교과서.
문교부(1983), 『국어 3(실업계 고등학교)』, 대한교과서.
문교부(1983), 『국어 1(인문계 고등학교)』, 대한교과서.
문교부(1975), 『국어 2(인문계 고등학교)』, 대한교과서.
문교부(1983), 『국어 3(인문계 고등학교)』, 대한교과서.

4차 교육과정 교과서
문교부(1986), 『중학 국어 1-1』, 대한교과서.
문교부(1988), 『중학 국어 1-2』, 대한교과서.
문교부(1989), 『중학 국어 2-1』, 대한교과서.
문교부(1984), 『중학 국어 2-2』, 대한교과서.
문교부(1989), 『중학 국어 3-1』, 대한교과서.
문교부(1990), 『중학 국어 3-2』, 대한교과서.
문교부(1985), 『국어 1』, 대한교과서.
문교부(1988), 『국어 2』, 대한교과서.
문교부(1989), 『국어 3』, 대한교과서.
구인환(1991), 『현대 문학』, 금성교과서.
김열규 외(1989), 『현대 문학』, 동아출판사.
문덕수 외(1991), 『현대 문학』, 이우출판사.
이재선(1991), 『현대 문학』, 학연사.
전광용 외(1991), 『현대 문학』, 교학사.

5차 교육과정 교과서

문교부(1991), 『국어 1-1』, 대한교과서.

문교부(1990), 『국어 1-2』, 대한교과서.

문교부(1991), 『국어 2-1』, 대한교과서.

문교부(1990), 『국어 2-2』, 대한교과서.

문교부(1991), 『국어 3-1』, 대한교과서.

문교부(1995), 『국어 3-2』, 대한교과서.

문교부(1991), 『국어(상)』, 대한교과서.

문교부(1991), 『국어(하)』, 대한교과서.

구인환 외(1991), 『문학』, 한샘.

김동욱 외(1991), 『문학』, 동아출판사.

김봉군 외(1991), 『문학』, 지학사.

김용직 외(1991), 『문학』, 학습개발.

김윤식 외(1991), 『문학』, 한샘.

김흥규 외(1991), 『문학』, 한샘.

박동규 외(1991), 『문학』, 금성교과서.

우한용 외(1991), 『문학』, 동아출판사.

6차 교육과정 교과서

교육부(1997), 『국어 1-1』, 대한교과서.

교육부(1997), 『국어 1-2』, 대한교과서.

교육부(1996), 『국어 2-1』, 대한교과서.

교육부(1998), 『국어 2-2』, 대한교과서.

교육부(1991), 『국어 3-1』, 대한교과서.

교육부(1997), 『국어 3-2』, 대한교과서.

교육부(1996), 『국어(상)』, 대한교과서.

교육부(1998), 『국어(하)』, 대한교과서.

구인환 외(1996), 『문학』, 한샘출판사.

권영민 외(1996), 『문학』, 지학사.

김대행 외(2002), 『문학』, 교학사.

김봉군 외(2001), 『문학』, 지학사.

김열규 외(1996), 『문학』, 동아출판사.

김용직 외(1996), 『문학』, 대일도서.
김윤식 외(1996), 『문학』, 한샘출판사.
김태준 외(1998), 『문학』, 인문고.
남미영 외(1995), 『문학』, 동아서적.
박갑수 외(1997), 『문학』, 지학사.
박경신 외(1996), 『문학』, 금성교과서.
성기조 외(1996), 『문학』, 학문사.
오세형 외(1996), 『문학』, 천재교육.
우한용 외(1996), 『문학』, 두산.
윤병로 외(2001), 『문학』, 노벨문화사.
이문규 외(2002), 『문학』, 선영사.
최동호 외(1996), 『문학』, 대한교과서.
한계전 외(1996), 『문학』, 대한교과서.

7차 교육과정 교과서
교육인적자원부(2001), 『국어 1-1』, 대한교과서.
교육인적자원부(2001), 『국어 1-2』, 대한교과서.
교육과학기술부(2002), 『국어 2-1』, 대한교과서.
교육과학기술부(2002), 『국어 2-2』, 대한교과서.
교육인적자원부(2003), 『국어 3-1』, 대한교과서.
교육인적자원부(2003), 『국어 3-2』, 대한교과서.
교육인적자원부(2002), 『국어(상)』, 두산.
교육인적자원부(2002), 『국어(하)』, 두산.
강황구 외(2004), 『문학』, 상문연구사.
구인환 외(2004), 『문학』, 교학사.
권영민 외(2003), 『문학』, 지학사.
김대행 외(2004), 『문학』, 교학사.
김병국 외(2002), 『문학』, 한국교육미디어.
김상태 외(2004), 『문학』, 태성.
김윤식 외(2002), 『문학』, 디딤돌.
김창원 외(2004), 『문학』, 민중서림.
박갑수 외(2004), 『문학』, 지학사.

박경신 외(2004), 『문학』, 금성출판사.

박호영 외(2003), 『문학』, 형설출판사.

오세영 외(2004), 『문학』, 대한교과서.

우한용 외(2003), 『문학』, 두산.

조남현 외(2003), 『문학』, 중앙교육진흥연구소.

최 웅 외(2004), 『문학』, 청문각.

한계전 외(2002), 『문학』, 블랙박스.

한철우 외(2004), 『문학』, 문원각.

홍신선 외(2004), 『문학』, 천재교육.

김형태

현재 대구 경북고등학교 교사, 한국교원대학교 강사, 우리말교육현장학회 편집위원, 좋은교사 수업코칭연구소 활동가, 좋은교사 기독국어교사모임 회원, 전국국어교사모임 회원, <시와 사람들> 동인.

2000년 경북대학교 국어교육과를 졸업했고, 2001년 대구 중등교사로 임용된 이후 중리중학교, 학남고등학교, 서부공업고등학교, 경북고등학교에서 국어교사로 재직하였다. 2008년 <시와 사람들> 동인으로 활동하며 2013년 공동시집 『가려운 그리움』을 펴내었고, 2015년 한국교원대학교 일반대학원에서 「윤동주 시의 실존의식 연구」로 박사학위를 받았다. 2016년부터 충북대학교, 경북대학교, 한국교원대학교에서 학생들을 가르쳤고, 2019년부터 대구문예창작영재교육원 강사 및 심사위원으로 활동하며 배창환 시인과 함께 학생 시집 『남천에는 송사리가 살았다』, 『너의 삶은 그 자체로 작품이다』를 펴내었다.

윤동주 연구

실존의식과 서지자료를 중심으로

초판 1쇄 인쇄 2023년 10월 16일
초판 1쇄 발행 2023년 10월 31일

지은이 김형태
펴낸이 이대현
편집 이태곤 권분옥 임애정 강윤경
디자인 안혜진 최선주 이경진 | 마케팅 박태훈
펴낸곳 도서출판 역락 | 등록 1999년 4월 19일 제303-2002-000014호
주소 서울시 서초구 동광로46길 6-6 문창빌딩 2층(우06589)
전화 02-3409-2060(편집부), 2058(영업부) | 팩스 02-3409-2059
전자우편 youkrack@hanmail.net | 홈페이지 www.youkrackbooks.com

ISBN 979-11-6742-619-2 93810